WELTENBAUM VERLAG

WELTENBAUM VERLAG

Vollständige Taschenbuchausgabe
05/2024 1. Auflage

Nathaniel

© by Kai C. Moore
© by Weltenbaum Verlag
Egerten Straße 42
79400 Kandern
Umschlaggestaltung: © 2023 by Magicalcover
Bildquelle: Depositphoto
Druck: CreativWorkDesign
Lektorat: Hanna Seiler
Korrektorat: Giuseppa Lo Coco
Buchsatz: Giusy Amé
Autorenfoto: Privat

ISBN 978-3-949640-50-6

www.weltenbaumverlag.com

KAI C. MOORE

NATHANIEL

Gay Romance-Drama

Für Joe,
wieder und wieder und wieder

1

HEDFORD ENGLAND 1985

Gott, er hasste den Sommer. Hinter der Tür schlüpfte Nate mit einem Ächzen aus seiner fettbekleckerten Schürze. Der Stoff war keine Woche alt und schon unbrauchbar. Darren würde ihn umbringen, wenn er das sah.

Mit einem Handtuch rieb er sich das Gesicht trocken. Sein Körper war nicht für tropische Temperaturen gemacht. Ständig klebte ihm die Kleidung am Leibe. Schweiß drang ihm aus allen Poren und benetzte seine Haut, rann daran hinab wie Wasser. Er hasste, hasste, hasste es. Selbst sein Haar glänzte vor Feuchtigkeit, unabhängig davon, wie kurz er es hielt.

Beides warf er in den Wäschekorb neben das Waschbecken. Ein Blick zur Uhr verriet ihm, dass er seine Katzenwäsche besser auf zuhause verschob. Ohne ordentlich Seife würde der Geruch nach billigem Portwein und Zwiebeln ohnehin nicht abgehen. Er streifte frische Sachen über, zischte, als er den neuen blauen Fleck begutachtete, den der Holzlöffel des Chefkochs auf seinem Arm hinterlassen hatte, und stempelte seine Schicht ab. Seine Füße schmerzten, vor allem am Ballen, wo die Dielen durch die abgelaufenen Sohlen seiner Schuhe drückten. Aus der Küche drangen Guidos Verwünschungen – darunter hörte er seinen Namen und schlug die Tür hinter sich zu.

Der Weg hinaus brachte keine Erleichterung – zumindest,

was die Temperatur betraf. Immerhin stank es nicht mehr nach ranzigen Köchen und schwitzendem Fett. Nate atmete auf und kniete sich hin, um das Schloss an seinem Fahrrad zu öffnen.

Hinter ihm mahlte Sand unter leisen Schritten. »Entschuldigen Sie, Mister? Ist das hier das Halster's Hutch, das bekannteste Lokal in Hedford?«

»Sie meinen wohl das Einzige, Miss.« Er wickelte die Kette um den Griff und fädelte das Vorderrad aus dem Ständer. »Wenn Sie mich entschuldigen würden, ich habe seit einer Ewigkeit Feierabend.«

»Genau genommen seit zwei Minuten.«

Nate schnaubte. »Seit einer Ewigkeit. Sagte ich doch.«

Sie schenkte ihm ein Lächeln. Unter der breiten Krempe ihres Huts wirkte ihr Haar wie die Gerstenhalme auf den Feldern. Zu allen Seiten stand es wild ab, knickte sich scheinbar grundlos. Außerdem – und das mochte er am liebsten daran – bestach es im Licht der untergehenden Sonne mit einem goldenen Schimmer. »Würden Sie denn ein junges Mädchen nach Hause begleiten in einer Stadt wie dieser?«

»Eigentlich, Miss ...«, er nickte ihr zu, sich auf den Gepäckträger zu setzen, »... habe ich einen strengen Zeitplan.«

»Es liegt auf dem Weg.«

Er wartete, bis sie ihre Arme um seinen Bauch schlang. »Wenn das so ist ...« Kaum wandte er ihr den Kopf zu, küsste sie ihn. »Du sollst dich nicht ständig davonschleichen«, schalt er sie und betätigte die Pedale.

»Ich werde immer besser. Außerdem hätte ich dich sonst wieder nicht gesehen.«

Nate seufzte. »Samstag habe ich die Mittelschicht. Wir könnten danach ausgehen.«

Das Halster's Hutch lag auf einer weitläufigen Anhöhe, umgeben von dunklen Backsteingebäuden mit bunten Markisen. Nate überquerte die Hauptstraße, winkte Mr. Dulles zu, der gerade die Tür seines Juweliergeschäfts abschloss, und suchte sich über schlangenartige Straßen und Kieswege einen Weg hinab in die Wohngebiete. Sobald sie bergab fuhren, riss der Fahrtwind an seinem Hemd und kühlte seine Haut. Nate legte den Kopf in den Nacken und widerstand dem Drang, die Augen zu schließen. Er war so müde. Jeder Muskel in seinem Körper schien überstrapaziert und bleiern.

Hedford wirkte beinahe friedlich, wenn man es nicht kannte. Die Sonne versank stets hinter den hohen Nadelbäumen, bevor sie ganz hinter dem Horizont verschwand, und wenn man sich ein Stück in den Wald vorarbeitete, erwartete einen der Ferrers Lake, der sich wie ein kleines, heimliches Meer in der Mitte Englands ergoss. Das Branden seiner Wellen gehörte zu den alltäglichen Geräuschen dieser mittelständischen Kleinstadt wie das Brummen von Motoren, das Rauschen von falsch eingestellten Radios und das Lachen von Kindern.

»Apropos Samstag«, sagte Ivy. »Ich wollte dich – huch!«

Er lachte, als eine Bodenwelle sie nach oben katapultierte.

»Etwas fragen.« Sie richtete ihren Hut und schlug mit der Faust gegen seine Schulter.

»Nur zu.« Mit dem zusätzlichen Gewicht gelang ihm die Kurve hinab in die Lane Street nicht so mühelos wie sonst. Kurz strauchelten sie. Dann gewann er die Kontrolle zurück und brachte sie auf geteerten Straßen sicher in das südliche Wohngebiet.

»Du erinnerst dich doch an Christa, oder?«

»Miss Morough meinst du?«

9

»Du brauchst sie nicht Miss zu nennen. Sie ist meine Freundin.«

Die Straßen vor ihnen verengten sich zu einspurigen Pfaden, welche zu beiden Seiten von Familienhäusern gesäumt wurden. Auf den Bordsteinen parkten schräg stehende Autos, in deren Rückspiegeln sich die letzten Sonnstrahlen fingen. Warme Schatten krochen über den Teer und sammelten sich in alten Schlaglöchern.

»Jedenfalls ...«, sie lehnte ihren Kopf gegen seinen Rücken, »... hat sie uns eingeladen.«

»Schön.« Nate verzog das Gesicht, als er das Rad vom Gehweg herunterlenkte. Er wich einer Katze aus, die zwischen den Autos hervorflitzte, und nahm die Abzweigung in den Blakouv Way.

»Sie wird achtzehn. Es wird eine richtige Party. Du kommst doch mit, oder?«

Zögerlich wanden sich seine Finger um die Bremse, bis sie zum Stehen kamen. »Du weißt doch, dass das nicht geht.«

»Nur dieses eine Mal.« Sie glitt vom Gepäckträger und rieb sich den Hintern. Über die Schulter warf sie ihm einen Blick zu. »Guck wenigstens.«

Mit einem schiefen Grinsen betrachtete er ihre Hände, die langsam über ihre Rundungen glitten. »Wundervoll machst du das.«

»Sei nicht immer so. Manchmal glaube ich, du findest mich gar nicht hübsch.«

»Blödsinn.«

Ivy hob ihr Kinn. »Also, Mister? Was haben Sie denn Samstagabend so Wichtiges vor?«

»Das weißt du.«

»Du kommst nie mit! Immer bin ich allein ...«

»Was soll ich denn tun?«

»Sie wird es überleben, wenn du einen Abend nicht da bist. Einen einzigen Abend. Bitte, Nate. Alle werden da sein. Nur ...« Sie biss sich auf die Lippe. »Nur du nicht.«

Hilflos hob er die Hände, bevor er sie auf seine Oberschenkel fallen ließ.

»Ein Abend. Bitte.«

»Lass mich darüber nachdenken.«

»Fein«, sagte sie. »Lass dir nur nicht zu viel Zeit dabei, sonst war ich ohne dich dort und du hast es nicht einmal bemerkt.«

»Keine Sorge, Miss. Noch bin ich bei vollem Verstand.«

Ivy hob eine Augenbraue. »Gute Nacht, Nate.«

»Gute Nacht.«

Ihr Abschiedskuss war kalt und flüchtig. Sie verschwand hinter dem Holzzaun, ohne zu winken. Erst, nachdem das Scharren der Haustür verstummt war, seufzte er und kehrte um.

Jemand wie er wohnte nicht im Blakouv Way und auch nicht in der Lane Street. Seine Beine schmerzten noch immer, doch er hatte einiges an Zeit aufzuholen. Der geläufige Witz, dass Ivys Zuhause auf seinem Heimweg lag, fußte auf nicht viel mehr als einer bloßen Lüge.

Unter den blassen Lichtkegeln der Straßenlaternen sammelten sich Mückenschwärme. Er duckte sich und folgte der Straße in den Wald. Der Lärm der Stadt verschwand hinter harzigen Kiefern. Unebenheiten im Boden brachten ihn dazu, lieber im Stehen zu fahren; das wiederum führte dazu, dass niedrig gewachsene Eschenäste durch sein Haar strichen wie Finger. Früher hatte er sich gefürchtet. Heute genoss er die kurzen Augenblicke der Stille. Nur drei, vier Minuten. Ein paar

Atemzüge mit Ausblick auf den Ferrers Lake, dessen sanfte Wellen zwischen den Stämmen schimmerten.

Bis zur Einfahrt führte eine ungepflegte Teerstraße. Aus ihren Rissen sprossen Löwenzahn und Brennnesseln, wucherten von dort aus hinüber zur Außenwand und die Veranda hinauf, als gehöre das Haus zur Hälfte dem Wald. Die Dachziegel, die er nach dem Sturm im letzten Frühjahr frisch decken wollte – mit Betonung auf *wollte* –, boten den Stechpalmen ein Bett. Ihre Stacheln kratzten an seinen Beinen, als er vom Radsattel stieg und sich ein Stöhnen verkniff.

Aus dem Küchenfenster drang Licht, obwohl sie die Gardinen schon zugezogen hatte. Sie vermied es, schlafen zu gehen, wenn er ausgeflogen war – und er vermied es, darüber nachzudenken.

Die Haustür ließ sich ohne Schlüssel öffnen; vermutlich besaßen sie gar keinen. Er hatte nie gefragt. Seine Schuhe trat er sich von den Füßen und stellte sie zur Seite. »Ich bin wieder da!«

»Ich dachte schon, du kommst nie ...«

»Ich komme immer. Das weißt du doch.«

»Wo warst du denn?«

Als er die Küche betrat, sah sie von einem Rätselblock auf. Sie begrüßte ihn mit einem Blick über die Ränder ihrer Hornbrille hinweg. Selbst, wenn sie lächelte, wirkte sie zwanzig Jahre älter, als sie war. Dunkelblondes Haar kringelte sich strähnig bis zu ihren eingefallenen Wangen. Darüber, dass es schütter wurde und grau, scherzte sie gerne an ihren besseren Tagen.

»Hast du deine Medikamente genommen?« Nate trottete zum Buffettisch. Zwischen knisternden Blistern suchte er nach ihrem Dosierungsplan. *Gestern schon nicht.* Er zählte die Kapseln. *Ich muss besser aufpassen.*

»Die helfen doch ohnehin nicht.«

»Tun sie, Mum. Du musst sie nur nehmen.«

»Das haben sie letztes Mal auch gesagt.« Sie nahm ihre Brille mit tatterigen Fingern ab. »Nun sieh mich an.«

»Na los.« Nate stellte ein Wasserglas auf ihr Heft und legte ihr die Pillen daneben. »Jetzt.«

»Nathaniel!«

»Nimm sie einfach. Dann sind sie weg und du kannst wieder alles sehen.«

»Wie sein Vater«, murmelte sie. »Stur und rotzfrech.«

Sei lieber froh, dass ich noch hier bin. »Tay«, sagte er und deutete auf ein paar Kästchen direkt unter ihrem Glas. »Der längste Fluss Schottlands. Tay.«

»Das hätte ich auch gewusst!« Dabei klang sie schon versöhnlicher. »Wo warst du denn?«

Nate betrachtete den Stapel Geschirr, der sich neben der Spüle häufte. Seufzend griff er nach dem Spülmittel – nur noch ein Viertel voll; es wurde Zeit, wieder zu Waitrose zu gehen – und ließ Wasser ein. »Arbeiten.«

»So lange?«

»Ja.«

»Mhm.«

Nate schauderte, als er seine Hände eintauchte. Das Gefühl, wenn das Wasser seine Haut entlangkrabbelte ... Er versuchte, nicht auf die Essensreste zu achten, die zwischen seinen Fingern schwammen, und schrubbte verbissen.

»Valery hat angerufen.«

»Wirklich?«

»Sie hat vor, uns zu besuchen. Ist das nicht toll?«

»Wundervoll«, murmelte Nate. »Absolut wundervoll.«

»Willst du gar nicht wissen, wann?«

Das letzte Glas landete sauber und kopfüber auf der Arbeitsplatte. Er trocknete sich die Hände ab und faltete das Tuch. »Wann?«

»In ein paar Tagen schon. Mit Marcus. Sie bleiben eine Weile.« Mum hob den Blick und runzelte die Stirn. »Was machst du da? Das gehört in die Wäsche.«

»Ja, natürlich.« Mit einem Brummen knüllte er den Stoff zusammen und sammelte andere alte Tücher ein. Er brachte sie in den Waschraum, warf sie auf den Stapel, der den Korb längst sprengte, und ließ sich kurz auf den geschlossenen Toilettensitz sinken. *Sie hat mir gerade noch gefehlt.* Seine Hand roch nach günstiger Seife, als er sich über das Gesicht strich. Er rümpfte die Nase und raffte sich auf.

Im ganzen Haus mochte die Küche der Raum sein, dem man am Wenigsten ansah, in welch miserablem Zustand sich der Rest befand. Zwar trat er über teils zerbrochene Fliesen, doch die Täfelung an der Wand glänzte. Vor zwei Jahren hatte er sie neu lackiert. Die alte Eckbank knarzte, wenn er sich dort hinsetzte, aber sie hielt sein Gewicht. Ihre Utensilien funktionierten; manchmal sprang der Gasherd nicht direkt an und das Wasser blubberte aus dem Hahn, doch sie erfüllten ihren Zweck. Der Kühlschrank hatte seine Momente. Meistens war er deshalb leer. Er warf einen Blick hinein und runzelte die Stirn. Mums Portion Nudeln für heute Abend ruhte unberührt darin. Nicht einmal die Alufolie hatte sie abgelegt.

»Freust du dich denn gar nicht?«

»Worüber?«

»Deine Schwester?«

Mit Schwung knallte er die Kühlschranktür zu. »Klar.«

»Du hast mich schon besser belogen.« Sie lehnte sich in ihrem Rollstuhl zurück und bedachte ihn mit einem dieser Blicke, die er schon als Kind abbekam, wenn sie ihre Strenge spielte. »Seit wann redest du mir nach dem Mund?«

Seit du aufgehört hast, dich an unsere Unterhaltungen zu erinnern.

»Ich wollte dir nur eine Freude machen.«

»Das hat deine Schwester heute auch gesagt.«

»Ach?«

»Ja!« Sie bog ihre Augenbrauen und lächelte. »Wusstest du, dass sie schwanger ist? Sie kommt her, weil sie möchte, dass ihre Tochter hier geboren wird. Bei mir. Damit ich sie sehen kann.« Mum lachte leise. »Ihr müsst mir so etwas nicht verschweigen.«

Ich hatte keine Ahnung.

»Schau mich nicht so an.«

Nate verbarg sein Augenrollen, indem er sich wegdrehte. »Besser?«

Sie schnalzte mit der Zunge und senkte den Kopf über ihr Kreuzworträtsel. Schnaubend widmete er sich dem Geschirr. Während er Teller in die Schränke räumte, tippte sie gegen die vergilbten Seiten und formte mit ihren dünnen Lippen Worte, die sie nie aussprach, wohl aber zufrieden nickend in ihre Kästchen schrieb. Nate verkniff sich sein Lächeln, bis es ganz von selbst verging. Der Kragen ihres Pullunders entblößte ihren Hals, oder vielmehr die Sehnen, die aus ihrer sonst sämigen Haut herausragten. Dunkle Sprenkel verteilten sich auf ihrem Körper wie sonst die Altersflecken auf den Armen alter Menschen, bis hinauf zu ihrem Ohr. Nur ihre Augen verrieten ihr tatsächliches Alter. Sie hatte den scharfen Blick einer Frau Ende vierzig, die zwei Kinder allein großgezogen und in diesem Leben schon zuvor Krieg gegen ihren Körper geführt hatte. Mit dem Kugelschreiber rieb sie sich die Wange und schmückte sich mit blauen Strichen. Nate schmunzelte und stapelte Gläser in die letzte verbleibende Lücke im Hängeschrank.

»Wo warst du?«, fragte sie.

»Arbeiten.«

»So lange?«

»Ja.«

»Mhm.«

»Möchtest du etwas essen?«, fragte er.

»Ach.« Sie seufzte. »Gerne.« Mit einem unterdrückten Schmerzenslaut sank sie wieder zurück. »Bringst du mir ein Glas Wasser, wenn du dort schon stehst?«

»Ja, natürlich.«

Seine Augen folgten der kreisenden Bewegung des Tellers in der Mikrowelle. Nate rieb sich die Stirn. Valery. Marcus. Mum. Ivy. Die Wäsche, die im Bad überquoll. Wo sie schlafen sollten, sie und er. Was er antworten würde, wenn sie ihn ansah, mit ihrem Blick und dem gehobenen Kinn, und fragte: *»Was hast du hier gemacht?«*

Kurze Zeit später saß er mit seiner Mutter am Tisch und unterhielt sich mit ihr. Über ihren Tag. Ihre Schmerzen. Dass sie wieder zum Arzt musste, bald sogar. Ob er deswegen nicht seinen Freund fragen könnte, diesen schicken Burschen, der immer diese Mützen trug. Er half doch so gerne. Ja, Mrs. Higgsons Jungen, genau den.

Nachdem er ihr ins Bett geholfen hatte, schmiss er sich in

sein eigenes. Die Matratze ragte über den alten Lattenrost hinaus; er hatte sie von Tante Susan geerbt, jedoch ohne das dazugehörige Bettgestell. An der Wand rollte er sich zusammen und achtete darauf, nicht zu weit nach links zu rutschen. Es wäre nicht das erste Mal, dass er unvorhergesehen auf dem Boden nächtigte. Nate vergrub den Kopf in seiner Armbeuge. Er hasste den Sommer. Wenn er nicht klatschnass aufwachen wollte, galt es, die Decke zu meiden, unter der er sich sonst versteckte. Stattdessen starrte er aus dem Dachfenster und ertappte sich dabei, von dem Wäscheberg zu träumen, den er schon zu lange ignorierte.

»Danke, Mann.« Nate öffnete die Beifahrertür und achtete darauf, sich nicht versehentlich auf die halb lebendige Verpackung eines Fertigsandwiches zu setzen, das Tony dort vergessen haben könnte. Der Geruch nach Old Spice und kalter Asche begrüßte ihn wie einen alten Bekannten.

»Kein Problem.« Obwohl in Tonys Auto noch unerträglichere Temperaturen herrschten als außerhalb, trug er seine Cap mit dem Symbol der Ferrer's High. Schwarze Locken kamen darunter hervor und fielen ihm vor die Augen, was dazu führte, dass seine Finger ständig an seiner Stirn zu sein schienen. Mit einem Grinsen startete er den Wagen.

Nate wurde das Gefühl nicht los, auf einer Scheibe Schinken oder altem Toast zu sitzen. Er versuchte, nicht darüber nachzudenken. Unter ihm knisterten die Plastikfolien von Schoko- und Müsliriegeln, aber auch kleine Tütchen, deren Inhalt er nicht mehr hinterfragte. *Das Leben an der Uni ist hart*, hatte Tony damals gesagt. *Keiner kriegt sein Geld geschenkt.* Nate schob sie vorsichtig mit dem Schuh zur Seite.

»Sag mal, was ist jetzt mit Samstag?«, fragte Tony.

»Du kommst auch?«

Sie wechselten von der überwachsenen Einfahrt auf den Teer. Der Wagen rumpelte.

»Klar. Alle kommen.« Tony warf ihm einen Blick zu. »Ivy war ganz aufgeregt.«

»Ich habe ihr gesagt, dass ich komme.«

»Hast du das auch vor?«

»Ja, natürlich.«

»Wieso glaube ich dir nicht?« Ihre Blicke trafen sich im Rückspiegel. »Nate, Nate, Nate.«

»Sei leise«, wollte er sagen. »Ich komme. Ich weiß nur nicht, wie lange.«

»Also geht sie wieder allein nach Hause?«

»Was schlägt der weise Student denn vor?«

Er steckte sich seine Kippe zwischen die Lippen und legte die Hand an den Schalthebel. Bevor er seine Zigarette mit Daumen und Zeigefinger wieder aufnahm, kratzte er sich an seinem Kinnbart. Tony verschwand hinter weißgrauem Dunst. »Ganz schön zickig heute, Madame.«

Etwas an der Art, wie sein Freund sich beim Rauchen bewegte, faszinierte ihn. Er folgte einem Bewegungsablauf, der von Gewohnheit und Überheblichkeit gleichermaßen strotzte – wie eine einstudierte Unterschrift mit einem abschließenden Schnörkel daran.

»Weißt du«, fuhr er nach einer Weile fort, »Ivy hat dich gern. Wirklich gern.«

»Ja.«

»Sie fragt sich langsam, ob das von deiner Seite aus auch so ist. Immerhin warst du nie bei ihr zu Hause. Gibt so'n paar

Gerüchte, weißt du.« Tony stieß ihn an die Schulter. »Sieh mich nicht so an. Ich versuche, dir zu helfen.«

Natürlich. Nate verkniff sich ein Schnauben. Er betrachtete die Innenstadt, die an ihnen vorbeizog: altbackene Reihenhäuser mit Bogenfenstern und bunten Schildern vor ihren Türen. Frisches Brot hier, noch frischeres Fleisch dort, ein paar Perlen zum Hochzeitstag, jetzt auch noch günstiger, Mr. Simons, der die Straßen fegte, drei Mädchen mit Flechtzöpfen, die Seilspringen spielten, und der runde Dackel von Mrs. O'Mettins.

»Geh nach Christas Party mit zu ihr. Es würde sie sehr, sehr glücklich machen.«

Dass ich bei ihr bin? Oder dass die Leute aufhören, sich das Maul zu zerreißen?

»Ich kann dich verstehen. Aber Ivy hat es nicht verdient, dass du ...«

»Dass ich *was?*«

»Dass du jede Gelegenheit nutzt, um ihr aus dem Weg zu gehen?« Tony hielt auf dem Parkplatz vor dem Waschsalon. »Sie glaubt, dass du nicht mal mit ihr schlafen würdest, wenn sie sich nackt vor dem Halster's auf den Boden wirft.«

»Darum geht's also?« Nate zog am Türgriff.

»So ist das nicht, und das weißt du.« Tony hielt ihn zurück. »Bleib hier, wenn ich mit dir rede.«

»Was denn noch?«

»Jetzt mal unter uns.« Seine Hand wand sich um Nates Schulter. Er grinste wie ein Teenager, der verstohlen einen Blick in die Mädchenumkleide riskierte. Seine Zähne blitzten zwischen seinen breiten Lippen hervor. »Warum macht ihr's nicht? Wenn ich eine kennenlerne, ist das doch das Erste, woran ich denke.« Er zwinkerte. »Du kannst mir nicht erzählen, dass du nie ...«

»Und wenn?«

Tony nahm einen letzten Zug, dann stopfte er seine Zigarette in den Aschenbecher hinter dem Schalthebel. »Oh.«

»Können wir es jetzt dabei belassen?«

»Aber ... Mary?«

»Darüber möchte ich noch weniger sprechen.«

»Das löst dein Problem mit Ivy nicht.«

»Ich habe kein ...«

»Sie aber.« Er schnallte sich ab. »Komm schon, lass uns das Zeug reinbringen.«

Zwei volle Körbe hatten sich angesammelt, die Nate allein mit seinem Fahrrad nie zum Waschsalon geschafft hätte. Über dem Eingang leuchtete in bunten Farben ›soaking sober‹, was ihm mehr denn je wie ein übelkeitserregendes Wortspiel vorkam. Tony stieß ihn kichernd mit dem Ellenbogen an.

Wenigstens kühlte der Innenraum ihre erhitzten Gemüter und Körper. An der Decke baumelten Ventilatoren über flackernden Neonlichtern. Dennoch klebte ihm das Shirt am Rücken. Nate ekelte sich – vor allem, als Tony ihm einen Klaps versetzte und die Nässe mit seinen Fingern berührte. Sie suchten sich ihren Weg zwischen den Kunden hindurch und nickten Mrs. Katter zu, die von der Theke aus winkte. So oft, wie sie das Gebäude betraten, hatten sie längst einen Lieblingsplatz gefunden. Verborgen unter einer Treppe befüllten sie die Maschinen. Nate warf die Münzen ein, ehe er sich auf einer Bank niederließ. Tony setzte sich neben ihn.

»Danke.«

»Nicht dafür, Mann.« Er nahm seine Cap ab, schüttelte seine Locken und setzte sie wieder auf.

»Du hast mir nicht geantwortet.«

»Worauf?«

»Wovor hast du Angst?«

»Ich habe keine ...«

Tony pikte ihn in die Seite.

»Schön. Dann habe ich eben Angst.«

»Weil du nicht weißt, wie es geht?«

Sein erster Impuls beinhaltete ein empörtes Aufspringen. Sein zweiter erschien ihm nur geringfügig erwachsener, sodass er sich für unverbindliches Schweigen entschied.

»Es geht ganz leicht. Sobald sie sich auszieht, wirst du nur noch daran denken, wie schön sie ist. Du willst sie berühren.« Tony zeichnete Brüste in die Luft, die er begrabschte. »Gut zu ihr sein. Du weißt schon. Das Bedürfnis wird wachsen wie dein Schwanz, und dann läuft alles von allein.«

Nate verdrehte die Augen. »Wie poetisch.«

»Hab' ich nur für dich gedichtet.«

»Vielen Dank.«

Sie tauschten einen Blick, bevor sie grinsten.

»Das wird schon.«

»Ja, natürlich.«

»Da wir das geklärt haben ...«

Ob er wollte oder nicht, ihm drängte sich ein neues Lächeln auf. Bald schon drehten sich ihre Gespräche um das Übliche: Darrens hundsmiserable Laune, die blauen Flecken, die sie ihn kostete, Guidos Kochlöffel und die Hitze, die den Gästen ordentlich auf die Laune schlug. »So wenig Trinkgeld gab's schon ewig nicht mehr.«

»Vielleicht liegt's an dir. Ich mein' ja nur.« Tony wich seinem Schlag aus und maulte, wie lausig Hake ihn dafür bezahlte, dass er seine halb gegarten Nudeln auslieferte, während seine Professoren ihm keinen Aufschub mehr für seine Hausarbeiten gewährten.

»Von Mum soll ich dir ausrichten, dass du mal wieder zum Essen kommen sollst«, sagte Tony. Er reckte sein Kinn und platzierte die Hand auf seiner Brust, während er seine Mutter mit hoher Stimme nachahmte. »Ich vermiss' ihn ja so! Nate ist ein braver Junge. So vorbildlich. Warum bist du nicht so geworden, Mr. Tony Higgson?«

»Hör' bloß auf!« Nate drückte gegen seine Schulter, bis Tony sich lachend duckte. »Da wird mir ja schlecht.«

»Dir ist immer schlecht. Du bist eine Mimose.«

»Sei leise.« Er schaffte es ganze drei Minuten, sich an seine eigene Anweisung zu halten. »Valery kommt diese Woche.«

»Was will sie denn hier?«

»Marcus bringt sie auch mit. Sie möchte ihr Baby hier bekommen.«

»Ihr Baby?!« Tony pickte die Locken aus seiner Stirn. »Manchen Leuten sollte man verbieten, zu vögeln.«

»Reden wir nicht darüber.«

»Du hast doch angefangen!«

Nate zog eine Grimasse. Mit dem Kinn nickte er auf das grüne Licht an der Maschine. »Die Wäsche ist fertig.«

Der Duft von billigem Lavendel-Weichspüler begleitete sie bis zum Auto. Dort verschmolz er mit dem Geruch der Lucky Strikes, die Tony rauchte. Sein Freund half ihm, die Wäschekörbe nach Hause zu bringen und begrüßte seine Mutter, die in ihrem Rollstuhl saß und Kreuzworträtsel löste. Er zog seine Cap wie einen Hut vor ihr, was sie stets zum Lachen brachte, und verabschiedete sich wieder. Nate folgte ihm bis zum Auto.

»Ach, und Tony ...«

»Was gibt's?«

»Sag's ihr nicht.«

Er maß ihn mit einem langen Blick, bevor er schließlich grinste. »Sicher.«

Dann fuhr er los, und mit ihm verschwand die Leichtigkeit.

Nate servierte seiner Mutter Toast mit Marmelade und ein paar hartgekochte Eier zum Abendessen. Danach schwang er sich auf sein Fahrrad, um einen weiteren schwülen Sommerabend im Halster's Hutch zu verbringen.

Ivy kam nicht, als er um kurz vor Mitternacht das Lokal verließ. Auch am nächsten Tag nicht.

Erst am Donnerstag sah er sie wieder. Er drehte den Spieß um und wartete im Eingangsbereich des Colleges auf sie. Unter ihrer Mascara trug sie Augenringe und ihre Haare hatte sie zu einem Nest auf ihrem Hinterkopf gebunden. Er fragte ob er sie zur Apotheke bringen sollte, doch sie lehnte ab.

»Aber es ist schön, dass du da bist«, sagte sie.

Sie verbrachten den Nachmittag in dem kleinen Stadtpark hinter dem Rathaus und teilten sich ein Eis vom Italiener um die Ecke. Gemeinsam lungerten sie im Gras herum. Ivy legte ihren Kopf auf seine Brust und schloss die Augen.

»Kommst du Samstag?«, fragte sie.

»Das habe ich dir doch versprochen.«

»Okay.«

Ihr Kopf wog schwerer und schwerer auf seiner Brust. Die Art, wie ihr Haar sein Gesicht kitzelte, der spitze Duft ihres Zitronenparfüms ... Der Druck auf seinem Kehlkopf wuchs. *Meine Güte. Rede mit ihr. Sprich es an!* »Du hättest mir sagen können, dass ...«

»Ich weiß. Tut mir leid.«

»Ich wollte dir keine ...«

»Schon gut.« Ivy setzte sich auf. »Ich möchte nicht reden.«

»Ja, natürlich.«

»Es ist nicht ... ach, Nate. Ich will nur ... es ist ...«

»Ja?«

»Ich ... ich weiß nicht, ob du das genauso willst wie ich. Wenn dir irgendetwas daran läge ... dann ...«

Verstehe. »Soll ich dich Samstag abholen?«

Als er bemerkte, wie sie aufstand, richtete er sich auf und zwang sich, sie anzusehen. »Gerne«, sagte sie in einem Ton, der ihre Worte Lügen strafte. »Lieber wäre es mir, wenn du mich nach Hause bringst.« Sie rückte ihren Schulrock zurecht, verhedderte sich und fluchte. Dann eilte sie davon.

Nate stützte sein Gesicht auf der Handfläche ab. Was erwartete sie von ihm? Dass er aufsprang und ihr nachlief? Sie leidenschaftlich küsste und hinter den nächsten Rosenbusch zerrte? War es das, was sie sich wünschte?

Der Gedanke bereitete ihm nichts als Unbehagen.

Abends darauf stand sie am Ende seiner Schicht hinter dem Halster's. Sie entschuldigte sich und bat um eine Fahrt nach Hause. Dabei drückte sie sich eng an ihn. *Was willst du nur?* Vor dem weißen Holzzaun verlangte sie einen Kuss. »Einen richtigen!« Ihre Hände verschränkte sie hinter seinem Nacken und gab ihm kaum die Chance, sich zu lösen. Dann wünschte sie ihm eine gute Nacht. Dieses Mal drehte sie sich um, bevor sie sich fortstahl. Als wäre nie etwas geschehen.

Vielleicht kommt es ja doch wieder in Ordnung.

Nate beschloss, keine Pläne mehr zu schmieden für die morgige Nacht. Hauptsache, er kehrte vor dem Morgengrauen zurück – ob von Miss Moroughs Haus oder Ivys, was spielte das für eine Rolle? Wenn er nur so kühn wäre, wie dieser Gedanke klang. Seine Knie gaben nach, sobald er vom Radsattel rutschte. *Alles wird gut. Alles ...*

Samstagmorgen.

Das Klingeln an der Tür klang dringend.

In Unterwäsche wankte er durch das Haus und unterdrückte ein Gähnen. »Ja?«

»Post!« Ein angeregtes Klopfen folgte.

»Schon gut.« Er öffnete die Tür einen Spalt breit. »Was gibt's?«

»Per Einschreiben. Ich brauche eine Unterschrift.«

Seufzend verabschiedete Nate sich von seiner Privatsphäre. Mit dem Bein hielt er die Tür auf, während er seinen Namen auf die gepunktete Linie setzte. »Schönen Tag noch.« Er schloss die Tür und drehte den Brief, um den Absender zu kontrollieren.

Oh nein.

Er starrte auf die Lettern, bis sie sich zu bewegen schienen, blinzelte, rieb sich die Augen.

Oh nein, oh nein, oh nein. Als er schluckte, hatte er das Gefühl, an seinem Adamsapfel zu ersticken. Er riss den Brief aus dem Kuvert und überflog ihn.

Zwei Minuten später wünschte er sich, ihn nicht gelesen zu haben.

Nate schlurfte in die Küche. Er stolperte und quetschte sich die Finger bei dem Versuch, den ersten, warnenden Brief, mit dem er alles hätte aufhalten können, aus der Schublade des Buffettischs zu kramen.

Ich habe die Frist übersehen. Er sank auf seinen angestammten Platz auf der Eckbank. *Ich habe es einfach vergessen.*

Von Schulden war die Rede.

Ein gemeinsamer Kredit aus dem Jahre 1964.

Ein im April verstorbener Ehemann.

Das Erbe. Die Schulden.

Eine sechswöchige Frist, eine Schonzeit, der Funken von Hoffnung – und er hatte sie vergessen.

Es handelte sich um Immobilien. Immer wieder tastete sein Blick über die Zeilen. Ein Buchladen. Ein Grundstück, 1972 bebaut. Alles lief auf den Namen seines Vaters, es gehörte ihm; oder vielmehr der Bank, die ihr Geld forderte.

Gemeinsamer Kredit. 1964.

Verstorbener Ehemann.

Das Erbe.

Die Schulden.

Achtzigtausend Pfund.

Achtzig. Tausend. Pfund.

Am liebsten hätte er geschrien. Stattdessen entwich ihm ein heiseres Keuchen. Er biss in die Innenseite seiner Wange, um sich zusammenzureißen, und pfefferte beide Briefe über den Küchentisch.

Mum darf es nicht wissen. Niemals.

Was für ein dämlicher Idiot er doch war. Wie sollte er Mums

Therapien weiter bezahlen? Ihre Ärzte? Wie viele Jobs musste er annehmen, damit sie hierbleiben konnten? Wie hoch durften die Raten sein, ohne dass sie Hunger litten?

Plötzlich kämpfte er mit Tränen. Er verfluchte seinen Vater, der seine Mutter verlassen hatte, als sie krank wurde. Er verfluchte den Postboten, der ihm den Brief gebracht hatte, er verfluchte die Sonne, die ihm ins Gesicht schien und seine Wangen trocknete, und am meisten verfluchte er sich selbst. Valery würde ihn angaffen, mit ihren gehobenen Augenbrauen und in Ekel gekrausten Mundwinkeln, und wenn sie fragte: *»Was hast du hier gemacht?«*, hatte er keine schlagfertige Antwort mehr darauf. *»Nichts«*, würde er sagen. *»Ich habe uns in den Ruin getrieben.«* Oder: *»Du hattest von Anfang an Recht. Ich bin ein absoluter Versager.«* Sie würde voller Abscheu schmunzeln und sich dann abwenden.

Wie lange würde es dauern, bis sie kamen und ihnen das Haus wegnahmen?

Wer würde sie aufnehmen?

Wie sollte er …

»Nathaniel?«

Er sprang auf. Mit einer Verwünschung auf den Lippen griff er nach den Papieren.

»Bist du wach?«

Er stopfte beide Briefe zurück in die Schublade. Am Boden entdeckte er einen Umschlag – er musste ihn verloren haben. *Verflucht.*

»Nathaniel?«

Mit den Zehen schoss er ihn unter die Eckbank. Darum würde er sich später kümmern. »Hier.« Seine Stimme klang selbst in seinen Ohren brüchig. »Guten Morgen.«

»Guten Morgen.« Sie manövrierte ihren Rollstuhl ächzend über die Schwelle. Ihr Nachthemd flatterte um ihren Körper. Den Ringen unter ihren Augen nach zu urteilen, hatte sie schlecht geschlafen; ihr Haar formte ein verwaistes Vogelnest auf ihrem Kopf. Nach einem Blinzeln lächelte sie auf eine wissende, mumartige Weise, die ihn schlucken ließ.

Sie war bei sich.

In einem der wenigen Momente, in denen er sich das Gegenteil wünschte.

»Was machst du da?«

»Ich wollte dir deine Medikamente bringen.« Der Dosierungsplan entglitt ihm und fiel ihm vor die Füße.

»Wie wäre es vorher mit Frühstück?«

»Oh, ja. Stimmt.« Seufzend bückte er sich und stopfte ihn zurück in die Schublade.

»Ist alles in Ordnung, Schatz?«

»Ja, natürlich.« Er schenkte ihr eine Grimasse, die ein Lächeln werden sollte. »Ich hab' nur schlecht geschlafen.«

»Schlecht geschlafen also.«

»Ja.«

Der Blick, den sie ihm zuwarf, sprach Bände. Doch sie beließ es dabei. Er erlaubte sich ein vorsichtiges Ausatmen, dann trat er an den Vorratsschrank.

Mit einer Kraft, die verboten gehörte, verpasste sie ihm eine mit ihrem Rätselheft.

»Hey!«

Mum lachte. Sie rollte ihren Block zu einem dieser Fernrohre, die Kinder für ihre Spiele bastelten, und schlug wieder nach ihm. Nate wich aus. Die Spitzen des Papiers kratzten an seinem Handgelenk, dann sprang er zurück und griff sich ein altes

Tablett. Verbeult und durchgebogen markierte es meistens nur noch die Stelle, wo der Abwasch sich sammelte. Für ein behelfsmäßiges Schild reichte es und brachte seine Mutter zum Kichern wie ein junges Mädchen. Er wehrte ihren nächsten Hieb ab. Vom Tisch klaute er ihren Kugelschreiber und hielt ihn ihr drohend entgegen. Ein blauer Strich verunstaltete ein fertig gelöstes Rätsel. Von links nach rechts hechtend, pikste er ihren Arm und duckte sich, bis sie schwer atmend in ihrem Rollstuhl zurücksank. »Na?«, fragte sie. »Wer war es? Deine Ivy? Oder Mr. Huttson?«

»Niemand.« Nate legte das Tablett an seinen ursprünglichen Platz und füllte es mit Mums Besteck von gestern Abend. Diesmal sank er in die Knie, bevor er die Schranktür öffnete.

Sie gluckste.

Sein Lächeln verblasste. »Ich befürchte, Pfannkuchen fallen leider aus.«

»Nicht so schlimm. Mir war ohnehin nicht danach.«

Also rührte er ihr ein recht wässriges Porridge an und garnierte es mit etwas Zimt. »Hier bitte. Ich muss jetzt duschen.«

»Tu, was du nicht lassen kannst.«

Mit dem Schweiß rann auch seine gehobene Laune den Abfluss hinab. *Sie braucht sich nur in der Schublade zu irren, falls sie nach ihren Tabletten sucht. Ein Fehlgriff.* Wie würde sie reagieren, wenn sie las, was er ihr vorenthielt? Gott, was sollte er nur tun? Mit ihr darüber sprechen? Nein. Konnte er die Briefe verschwinden lassen, ehe er ins Halster's musste?

Immer wieder fühlte er Mums Augen auf sich ruhen, ganz gleich, ob er ihr nun half, sich zu waschen, sich umzuziehen oder ihr die Tabletten reichte. Ein Blick zur Uhr sagte ihm, dass er nur noch hoffen konnte. Hoffen, dass sie keinen

Grund fand, in der Küche herumzustöbern, und dass Darren die paar Minuten, die er zu spät kam, nicht bemerkte. Er verabschiedete sich mit einem Kuss auf ihre Wange. *Warum kannst du sowas nicht sofort vergessen, hm?* Er schluckte. *Ich sollte dankbar sein für die guten Tage, die ihr bleiben.*

Nates Herz raste, noch bevor er die Hügel zur Stadt hinauffuhr. Sein Shirt klebte dunkel vom Schweiß an seiner Haut. Schwer atmend warf er sein Rad gegen den Ständer und huschte durch den Personaleingang. Zu spät. Darren tötete ihn mit Blicken und warf mit einem frischen Hemd nach ihm. »Du siehst aus wie ein Gossenkind, Alglow.« Vier Versuche brauchte er, um seine Schürze zu binden. Bis zum Ende der Schicht hatte er zwei Tabletts fallen lassen, der alten Mrs. Gretsen versehentlich das Wasser übergekippt, dreimal Guidos Kochlöffel abbekommen und blindlings in ein Fleischmesser gegriffen. Nachdem Sabrina ihm die Handfläche verbunden hatte, die übel blutete, entließ Darren ihn mit einem Schlag auf den Hinterkopf. »Die Stunde arbeitest du Montag länger«, knurrte er.

Nate nickte nur.

Seine Hand schmerzte. Unmöglich, damit vernünftig die Bremse zu bedienen. Trotzdem stieg er auf sein Fahrrad und fuhr los. Da er über Kies und Sand schlitterte, hielt er schlussendlich an, um sein Rad zu schieben. Zu Fuß brauchte er ewig – ein Grund mehr, sich zu beeilen.

Als er zuhause ankam, lag Mum auf dem Sofa und schlief. Stirnrunzelnd kniete er sich neben sie. Sie hatte weder Fieber noch Ausschlag, ihr Herz schlug im Takt und ihr Atem pausierte nicht. Alles schien in Ordnung, dennoch überprüfte er all das ein zweites Mal. Schließlich schrieb er ihr eine Notiz, um sie nicht wecken zu müssen.

Bin mit Ivy unterwegs. Wenn du mich brauchst, ruf bei den Moroughs an. Hab dich lieb.

Nate zögerte. Nach der Nachricht am Morgen sollte ihm alles in den Sinn kommen – ein zweiter Job, Darren um eine Gehaltserhöhung bitten, beim Finanzamt anrufen, Raten verhandeln –, wirklich alles. Außer eine Party zu besuchen. *Ich hab's versprochen. Wenn ich wieder nicht auftauche ...* Er seufzte und sank auf den Hosenboden. ›*Hey, ich konnte nicht kommen, weil ich den größten Fehler meines Lebens begangen habe. Da habe ich mich nicht gut genug gefühlt, um zu feiern, tut mir leid.*‹

Sie würde ihn hassen. Und das zurecht. Vielleicht würde sie das zwischen ihnen sogar beenden. Seine allerletzte Chance – und er vergeigte sie. Hatten die Banken am Wochenende nicht ohnehin geschlossen? Was die Sache mit Darren anging ... sein Blick fiel auf seine bandagierten Finger. Ihn heute um mehr Lohn zu bitten, wäre die Kirsche auf der Sahnetorte seiner Dummheiten.

Wofür er sich auch entschied, seine Wahl konnte nur die falsche sein. Schließlich riss er den Zettel aus dem Block. *Lass es mich nicht bereuen.*

Missmutig zog er sich um. Er wählte das beste Hemd, das er besaß; was nicht bedeutete, dass es sonderlich schick war. Der oberste Knopf fehlte. Mit einer locker gebundenen Krawatte versuchte er das zu kaschieren. Auch, wenn es ihn reizte, verzichtete er auf eine zweite Dusche.

Der Weg in den Blakouv Way dauerte, vor allem zu Fuß. Kurz zog er in Erwägung, in die Notfallapotheke zu laufen, um etwas gegen die pochenden Schmerzen in seiner Hand zu unternehmen, doch die immer weiter sinkende Sonne hielt ihn davon ab.

Ivy begrüßte ihn überschwänglich am Gartentor, obwohl er zu spät kam. Sie trug ihr Haar wie eine Krone um ihr Haupt geflochten und ein leichtes Sommerkleid, das ihre Schultern entblößte. Aufgeregt plapperte und tänzelte sie immerzu, anstatt zu laufen. Nicht einmal nach dem Fahrrad fragte sie. Ihm sollte es recht sein.

Christas Vater, Timothy Morough, unterrichtete Mathematik und Geographie in der Rushden Sec und hatte ihn damals beinahe durch das Abitur fallen lassen. Das Haus seines ehemaligen Lehrers näher rücken zu sehen mit der Absicht, es zu betreten, kam ihm – abgesehen von allem anderen – falsch und verboten vor. Als eine der bestverdienenden Familien in Hedford lebten die Moroughs nicht in einem heruntergekommenen Haus, sondern in einem villenartigen Gebäude mit zwei Stockwerken. Es wirkte genauso, wie der alte Morough vor seiner Klasse gestanden hatte: steif, geradlinig und gezwungen modern.

Auf der Straße vor dem Anwesen tummelten sich die ersten Besucher. Sie standen zwischen den Autos, locker an ihre Wagen gelehnt, rauchten und tranken oder unterhielten sich. Die meisten von ihnen kleideten sich in grelle Farben und legere Outfits. Nicht wie er. Nickend und lächelnd folgte er Ivy, die ihn von Gruppe zu Gruppe zerrte. Mit beiden Händen umklammerte sie seinen Arm, als würde sie somit sichergehen wollen, dass er ihr nicht versehentlich abhandenkam. Er begrüßte Sabrina, die in einer kurzen Jeans und pinker Bluse einen ungewöhnlichen Anblick bot, und quatschte mit Sam, einem Freund von Ivy. Mit dem roten Haar entsprach er dem

Klischee eines Iren – worüber er selbst und ständig scherzte. Er zwinkerte ihm zum Abschied zu. Nate blinzelte und folgte Ivy durch das Gewühl.

Sie entdeckten Tony rauchend auf der Motorhaube seines Fords. Er sprang ihnen entgegen und hob die Hand zum High-Five. Nate grinste, doch statt einzuschlagen, präsentierte er den mittlerweile fleckigen Verband.

»Oh Mann, was hast du getan?« Mit den Lippen hielt er seine Zigarette fest, um die Mullbinden zur Seite zu schieben. »Fuck!«

»Halb so wild.«

»Warst du damit beim Arzt?«

»Wie gesagt: halb so wild.« Nate bemerkte Ivys prüfenden Blick. Statt ihn zu erwidern, betrachtete er Tonys Locken. Ohne eine Cap, die sie im Zaum hielt, flogen sie wie elektrisiert um seinen Kopf. Sie zu kämmen musste einem Wrestling-kampf gleichen, so kraus und lang, wie sie waren. Tony hob die Augenbrauen. »Na, bin ich hübsch genug?«

Bevor Nate sich eine verlegene Antwort ausdenken konnte, schlichen George und Archie heran. Sie verteilten Bierflaschen unter den Leuten und versuchten, auch ihm eine anzudrehen, doch er lehnte ab.

»Ach, komm schon«, meinte Tony. »Eins wird dich nicht umbringen.«

»Dann werden es zwei und drei und vier ...«

Tony entschied sich für ein Fuller's und prostete ihm zu. »Wann, wenn nicht heute? Cheers!«

Ivy trat ihm auf den Fuß. Zu dezent, um aufzufallen, aber zu lange, um ein Versehen zu sein. Seufzend griff er nach den braunen Flaschen, die George ihm anbot, und reichte eine an sie weiter. »Cheers.«

Archie grinste ihm zu. Mit seinem Muskelshirt und dem rot-
blonden Schnauzer wirkte er älter als seine neunzehn Jahre.
»Lasst uns reingehen.«

Tony warf einen Blick auf die Menschengruppen, die sich in
Richtung des Tors bewegten. Er nickte. »Los geht's.«

Oh Gott. Nate nippte an seinem Bier und kämpfte gegen eine
Grimasse an. *Bitte lass mich das nicht bereuen.*

Allem Anschein nach kannte Tony das Anwesen der
Moroughs. Er führte sie durch ein offenes Foyer, zeigte ihnen
die Toiletten und das Gästezimmer – »Nur für alle Fälle«, wie
er mit einem Zwinkern betonte – und brachte sie in den Keller.
Nate warf einen Blick auf das Wandtelefon über dem Schuhregal, als würde es klingeln, wenn er es nur lange genug anstarrte. *Es geht ihr gut. Ganz bestimmt.* Ivy rief nach ihm und
klammerte sich an seine Hand. »Was ist denn jetzt schon wieder?«

Anstelle einer Antwort zeigte er ihr sein bestes Lächeln. Auf
dem Weg nach unten hörten sie die neuesten Beats aus New
York durch die Wände.

Christa Morough begrüßte sie am Fuß der Treppe, wo sie die
Geburtstagsglückwünsche höflich entgegennahm, ohne eine
Sekunde nicht zu lächeln. Als er vor ihr stand, fiel ihm auf, dass
er kein Geschenk für sie hatte. Mit geröteten Wangen setzte er
zu einer Entschuldigung an – doch Ivy rempelte ihn wie zufällig an und überreichte eine goldglänzende Geschenktüte: »Von
Nate und mir!« Christa lächelte noch breiter und zeigte hinter
sich auf eine Tür.

»Danke«, raunte er ihr zu.

»Sag das Tony«, zischte sie.

George ging voraus. Sie betraten einen großzügig gehaltenen Kellerraum, der nicht zu dem sonst so modernen Haus passte. Anstelle von polierten Fliesen überquerten sie Beton. Eine provisorische Bar aus Bierkästen ragte gegenüber auf, behangen mit Lichterketten und Wimpeln der Rushden Towns und Irthlingborough Diamonds. Ein Ghettoblaster befand sich neben einer Auswahl an halbvollen Colaflaschen, Sprite und Orangensaft. Dahinter stand Francis, mit seinem zurückgebundenen Haar und dem pinken Stirnband, und verteilte Whiskey quer über einer Reihe roter Plastikbecher. Lou drängte sich an ihm vorbei, um sich ein Getränk zu schnappen, und küsste ihn auf die Wange. Rap oder Hip-Hop – Nate war sich nie ganz sicher, was davon nun was war – grölte aus den Lautsprechern. Nicht seine bevorzugte Musikwahl.

Noch weniger gefiel ihm die Anzahl der Menschen. Er hatte kein Problem mit Leuten an sich. Wenn man in der Gastronomie arbeitete, konnte man es sich nicht leisten, Angst vor ihnen zu haben oder Gesprächen aus dem Weg zu gehen. Doch in diesem Gewölbe tummelten sich mehr, als im Halster's überhaupt Platz gehabt hätten. Die Menge stimmte ihn nervös. Beinahe seine gesamte ehemalige Klasse befand sich zwischen Leuten, die er kaum bis gar nicht kannte. Er erkannte Clara und Fred und natürlich Theodor. Obwohl er tief in ein Gespräch mit Louis vertieft schien – nicht, dass man während der ratternden Verse aus dem Blaster etwas hätte verstehen können –, sah Nate sein breites, überlegenes Grinsen vor sich, das ihn an Valery erinnerte und an die Tage, an denen er Toilettenwasser schmeckte.

Ivy zog ihn mit sich. Sie arbeiteten sich durch die Tanzfläche, grüßten hier und da ein paar Leute und suchten sich einen Platz an einem der ausklappbaren Stehtische. Aus dem Aschenbecher quollen die Kippenstummel und eine klebrige Flüssigkeit, die sehr nach Ale roch, bedeckte den Großteil der Tischoberfläche. Tony verabschiedete sich, um eine Runde Drinks zu spendieren. Archie und George schlossen sich ihm an.

»Entspann dich.« Ivy musste ihre Stimme heben, damit er sie verstand.

»Ich gebe mir Mühe.«

»Wir sind hier, um Spaß zu haben, und du siehst die ganze Zeit drein, als sei jemand gestorben.«

»Ich hatte einen Scheißtag«, hätte er sagen können. Oder: *»Lass mir doch Zeit zum Ankommen.«* Oder: *»Ich mache mir Sorgen, weil Mum sich komisch verhalten hat.«* Stattdessen legte er zwei Finger seiner bandagierten Hand an die Stirn. »Aye, Miss.«

»Sei nicht immer so ein Arsch!«

»Was?«

»Du tust schon wieder, als sei alles nur ein Spiel.« Ihre Lippen zuckten. Er kannte dieses Zucken.

»Wenn es mir nicht wichtig wäre, wäre ich nicht hier.« Er erwartete, dass sie seine Hand losließ, doch sie hielt ihn nach wie vor fest. Sein Arm war zu einer Leine geworden, mit der sie sicherstellte, dass er bleiben würde.

Die Jungs kamen zurück und verteilten eingedellte Plastikbecher. »Das hier ist für unser Bienchen, was Leichtes zum Anfang, das hier ist für George, Archie und das hier, das ist ...« Tony zog eine Schnute, die wohl ein Lächeln sein sollte. »Spezialmischung für dich, Kumpel.«

»Nicht heute, danke.«

Er spitzte die Lippen. »Nur den einen.«

»Ich habe nicht mal mein Bier leer.«

»Dann wird's Zeit. Wie willst du die Musik hier sonst ertragen?« Er steckte sich eine Zigarette zwischen die Lippen und nahm ihm die Bierflasche ab.

Nate schloss die Augen, bevor er sie verdrehte, doch er schaffte es nicht, sein Grinsen zu unterdrücken. »Ein Becher.«

»Mehr verlange ich nicht.«

»Schön.« Er nippte daran, während Tony solidarisch das Bier für ihn austrank. Das Gebräu schmeckte, wie Benzin roch, und brannte den gesamten Weg seinen Rachen hinab. »Was ist das?«

Archie und George prusteten. »Du guckst, als hättest du Pisse getrunken.«

»Eure?«

Sie lachten lauter. Nate zwang sich zu einem weiteren Schluck. Je schneller er diese Plörre leerte, desto besser. Danach würde er ganz gepflegt auf Wasser umsteigen und sich den Geschmack aus dem Mund spülen.

Ivy betrachtete ihn über den Rand ihres Bechers hinweg.

Was auch immer. Er nippte, ehe er sein Getränk kopfschüttelnd abstellte.

Zwei Minuten später hielt er den Becher wieder in der Hand. Fünf Minuten später trank er ihn aus.

Nach weiteren zehn Minuten wusste er, dass etwas nicht stimmte. Seine Sicht verschwamm. Gleichzeitig überkam ihn das Gefühl, zu fallen – seine Schuhe klebten an dem Betonboden, während sein restlicher Körper wie abgetrennt in Schwerelosigkeit wankte. Er presste die Lider zusammen. Mit geschlossenen Augen gleißten bunte Blitze durch seinen

Verstand. Das Halbdunkel des Raumes begann zu glühen. In seinen Ohren wummerte sein Blut und der Bass aus dem Blaster.

»Geht's dir gut, Mann?«

Archie fing ihn auf. Wann war er gefallen?

»Nate?« Tonys Stimme. Sie schien von überall zu kommen, von allen Seiten gleichzeitig. Er stützte sich auf Archie, der ihn dicht bei sich hielt. »Nate!«

»Wie viel hast du ihm denn gegeben?«, fragte Ivy.

»Nur ein bisschen ...«, murmelte Tony.

»Du hast ihm was gegeben?«, fragte George.

»Nur ein bisschen Liquid X, nichts Schlimm... «

»Bist du bescheuert?!«

»Hey ...« Ivys Stimme überlagerte die anderen. »Gleich geht's dir besser. Versprochen.«

Sein Herz raste. Jedes Pumpen dröhnte in seinem Ohr. Schwer atmend lehnte er sich an die Schulter, die ihn stützte, und versuchte, nicht in Tränen auszubrechen. *Alles wird gut. Es ist gleich vorbei.* Dann dachte er plötzlich, dass Archies Aftershave ziemlich angenehm roch. Ein bisschen wie hochprozentiges Sandelholz. George und Tony diskutierten. Ivy nahm seine Hand. Unangenehm berührt entzog er sich ihr und umschlang sich mit den Armen. Archies Finger krallten sich unter seine Achselhöhle.

Ob nach zwei Minuten oder zwanzig konnte er nicht sagen, aber sein Atem beruhigte sich. Anstatt gleichzeitig zu fliegen und zu fallen, schnellte er zurück in seinen Körper, taumelte und war einmal mehr froh darüber, dass Archie ihn hielt. Er blinzelte. Der Raum zoomte an ihn heran und sprang wieder nach außen. Tony war da. Er fragte ihn, ob ihm übel wäre oder ob er frische Luft brauchte. Seine Augenbrauen waren dicht zusammengezogen. Sie berührten sich fast, wie zwei kleine, schwarze Fäuste, die aufeinander zustrebten.

Der Anblick brachte ihn zum Lachen. Nate wusste nicht, weshalb er lachte, aber es befreite die Enge in seiner Brust. Er klopfte Archie auf die Schulter, als er sich löste, und grinste über den Ausdruck auf dessen Gesicht.

Tonys Stirn glättete sich. »Willkommen an Bord«, sagte er. Es verschwand unter dem Trommeln der Musik.

Die Musik.

Sie lag über allem. Ein kräftiges Wumm-Wumm-Wumm. Rasend schnell wie sein Herz, wie der Rhythmus, mit dem das Blut durch seinen Körper pumpte. Er wollte sie berühren, diese Musik. Also hakte er sich bei Tony ein und nahm ihn mit zwischen all diese Menschen, die genau das fühlten, was er fühlte, sich zu dem Bass bewegten, der ihn bewegte. Er verlor Tony in dem Gewühl, aber es war nicht schlimm. Leute, die er vom Sehen kannte, quatschten ihn an und er quatschte zurück. Meistens erschloss sich ihm nicht, was sie sagten. Wenn sie lachten, lachte er mit. Von allen Seiten drängten Menschen auf ihn ein, ihre Körper stießen an seinen, ihm wurde zunehmend heißer und er verstand nichts mehr. Nate ertaubte für alles außer dem Beat.

Ivy tauchte vor ihm auf, zog ihn an seiner Krawatte zu sich heran und verschloss seinen Mund mit dem ihren. Sie schmeckte nach Bier und Zigaretten. Sie küssten sich, bis er das Gefühl hatte, keine Luft mehr zu bekommen – dann erst ließ sie von ihm ab. Eine Frage. Er verstand sie nicht. Also küsste sie ihn wieder, bis er beinahe an ihr erstickte. Tony kam zurück und drückte ihm einen Becher in die Hand, ehe er zu tanzen begann, direkt neben ihm. Als er schwitzte, zog er sich sein Shirt – ein hellgelbes Culture Club-Shirt mit Boy Georges geschminktem Gesicht – über den Kopf und enthüllte Haut, so viel Haut. Im Halbdunkel spiegelte sie das Licht, als wäre sie geölt. Nate wollte ihn berühren. Er wollte fühlen, wie diese Haut unter seinen Fingern dahinglitt. Oder an seiner, blasseren, helleren Haut. An ihm. Gott, nie zuvor hatte er sowas gefühlt. Sein Atem ging zitternd, während er ihn beim Tanzen beobachtete. Das Lächeln, zu dem er seine Lippen formte, wenn er Zigarettenrauch ausstieß. Die Art, wie seine Hüften sich bewegten, wenn er sich dem Rhythmus beugte.

Wumm-Wumm-Wumm.

Er streckte die Hand aus. Tony hielt ihm seine Zigarette entgegen. Eine Welle von Schaudern übergoss seinen Körper, als er danach griff und daran zog und bemerkte, wie Tony ihn dabei nicht aus den Augen ließ.

Ivy zerrte ihn wieder zu sich. Ihre Zunge spielte mit seiner. Dabei wanderten ihre Hände seinen Nacken hinab. Seinen Hals. Forschend. Suchend. Tiefer. Sie fand die Stelle zwischen seinen Beinen, an der es pochte, und griff zu.

Die Musik war so laut in seinem Blut.

Er trank noch einen Becher. Und noch einen. Menschen verschwammen vor seinen Augen, bis er sich nicht mehr sicher war, wen er anstarrte, mit wem er sprach oder mit wem er tanzte. Es könnte Ivy sein, aber auch Tony oder George oder Keen oder Theodor oder Sabrina oder Darren oder Archie, der ihn die Kellertreppe hochzerrte, um mit ihm an die frische Luft zu gehen. Er hatte sich übergeben, aber ihm war nicht übel. Draußen plumpste er ins Gras und blieb liegen. Gras. Es drückte durch sein Hemd, taufeucht und noch warm vom Tag.

Vielleicht schlief er, vielleicht träumte er. Irgendwann richtete er sich auf und zog an der Zigarette, die Tony ihm anbot. Seine Finger berührten ihn. An den Lippen. Am Kinn. Ivy setzte sich auf seinen Schoß, streichelte sein Haar, dann seine Wangen.

Er wollte ihn küssen. Er küsste sie.

Plötzlich schoss die Übelkeit in ihm hoch.

Tony klopfte ihm auf dem Rücken. »Bringen wir dich nach Hause«, sagte er. Oder sagte er: »Wir bringen dich zu ihr nach Hause«? Oder sogar: »Bringen wir dich zu mir nach Hause«?

Warum redete er überhaupt?

Die Welt verschwamm. In einem Moment fand er sich in einem Auto wieder, das ihm bekannt vorkam, dann auf einer Straße, die ihn nicht willkommen hieß. Tony war verschwunden, der Wagen ebenso. Ivy hielt seine Hand. Mühsam kämpfte er sich irgendwelche Treppen hoch, die er nicht kannte. Archie packte ihn nicht mehr, als ihm schwindelig wurde, und Ivy fluchte. Dann landete er auf etwas Weichem, einer Decke, einem Kissen, einem Bett. Sie legte sich zu ihm, doch jetzt war sie nackt. Er bedeckte sie mit raschelndem Stoff. Auch deshalb schimpfte sie.

Wann hatte er sich ausgezogen? Kalte Finger glitten über seine Brust, seinen Bauch, doch er mochte sie nicht leiden. Die Musik fehlte. Das Dröhnen, das seinen Herzschlag übertönte, das Gefühl der Hitze, das Flattern in seiner Brust.

Ivy kam über ihn.

»Nein«, wollte er sagen. Vielleicht tat er es. Vielleicht nicht.

Sie küsste seine Wangen. Er wandte den Kopf ab. Ihre Zähne knabberten in seiner Halsbeuge. Eine Gänsehaut überzog seinen Körper. Ivy rückte an ihm hinab. Mit ihren Lippen erforschte sie seine Haut. Immer wieder warf sie ihm einen Blick zu. Darin lag ein Hunger, der ihm Angst einjagte.

»*Nein*«, wollte er sagen.

Ihr Speichel kühlte seine Lenden. Ihre Hand legte sich auf seinen Oberschenkel, schob ihn zur Seite, streichelte ihn, kratzte ihn. Sie küsste seine Eichel, öffnete ihre Lippen …

Eilig zog er die Beine an. Er rutschte von ihr weg und bedeckte sich mit den Armen. Ihm entkam ein Wimmern. »Mir ist schlecht«, brachte er hervor. Zumindest etwas in der Art. Sie verstand es, denn plötzlich hielt sie einen Mülleimer in der Hand.

Danach stieg sie mit dem Rücken zu ihm ins Bett.

Er wickelte sich komplett in ihre Decken ein und versuchte, zu schlafen. Sobald sie sich bewegte, krümmte er sich weiter zusammen, wusste nicht, ob er gehen, bleiben oder einfach nur schlafen sollte. Der Stoff lag auf seiner Haut wie ihre Finger zuvor. Er konnte sich nicht mehr kleiner machen. Vor ihm wirbelten Gestalten in der Dunkelheit. Eine Straßenlaterne rötete Ivys Kleid, ließ es brennen und schweben. Zusammengeknüllt lag es auf dem Boden und warf Falten, in denen Schatten umherkrochen wie Würmer.

Wenn er aufwachte, mit einem pelzigen Geschmack auf der Zunge und dem Gefühl von Scham und Schmutz, der sich mit keinem Wasser der Welt abspülen ließ, in fremden, durchgeschwitzten Laken und unter den Augen einer jungen Frau, die ihn nie nackt hätte sehen sollen … wenn er aufwachte, würde er sich nur noch wünschen, nach Hause gegangen zu sein.

2

Die Scheibe des Zugfensters schien seit Wochen nicht mehr geputzt worden zu sein. Trist und grau erlaubte sie ihm einen Blick hinaus. Bis nach Shrewsbury dauerte es noch zwei Stunden. Bis nach Dwellton, einer kleinen Gemeinde am Rande der Shropshire Hills, noch einmal eine Stunde länger.

Sein einziger Sitzpartner war sein Reiserucksack auf dem Platz gegenüber. Der blaue Ärmel seines Lieblingspullovers ragte daraus hervor, ebenso die Kapuze seiner Jacke und der Zipfel einer Karte, die er nicht mehr ordentlich zusammengefaltet bekam. Darin steckten, neben seinen Klamotten, ein Notgroschen, ein Zugticket und die Besitzurkunden zweier Häuser in besagtem Dorf.

Nicht einmal sein Fahrrad hatte sie ihm gelassen.

Mit dem Handrücken wischte er sich über das Gesicht. Nate beobachtete die Landschaft, ohne sie wirklich wahrzunehmen. Er saß und saß und saß und versuchte, sich mit seinem Schicksal abzufinden. Seit dem Umstieg in Birmingham veränderte sich die Umgebung wieder auf eine Weise, die ihm bekannt vorkam. Das Land vergaß die Städte. Hügel durchbrachen die glattgegrabenen Felder. Anstatt stur geradeaus folgten die Gleise dem Lauf der Natur, schlängelten sich wie Flüsse durch Wälder. Bei jedem See, der vor ihm auftauchte, hätte er gerne angehalten und sich hineingestürzt. Manche zogen rasend schnell an ihm vorbei, andere krochen auf ihn zu, wuchsen und wuchsen, blaugraue Risse in grünen Fassaden, bis sie vor ihm lagen. Mit dem Pfeifen und Ächzen des Zuges verschwanden sie und hinterließen eine sumpfige Leere.

Die Abteiltür bewegte sich zischend. »Guten Tag, meine Damen und Herr... oh. Hey, Junge. Deine Fahrkarte bitte.«

Nate grub in seinem Rucksack, bis er das Ticket zwischen den Fingern hielt. Zweimal geknipst befand es sich nicht gerade in einem wundervollen Zustand, aber so passte es zu ihm. Wortlos reichte er es weiter.

Der Mann in dem blauschwarzen Anzug zückte seine Zange und räusperte sich. »Keine Rückfahrt?«

Nate schüttelte den Kopf.

»Sag mal, Junge ... bist du ganz allein?«

»Ich bin zweiundzwanzig Jahre alt, Mister.« Seine Stimme klang verbraucht und angeschlagen. Seit Stunden hatte er geschwiegen. Es hatte keinen Grund gegeben, zu sprechen.

»Das ist trotzdem eine verdammt weite Strecke für so 'nen jungen Burschen wie dich.«

Er zuckte mit den Schultern.

»Weiß deine Mutter, dass du unterwegs bist?«

»Mhm.«

Ein Seufzen. »Ist es in Ordnung, wenn ich mich einen Moment setze?«

»Ja, natürlich.«

Neben seinem Rucksack ließ sich der Mann mittleren Alters sinken, dessen Haupthaar am Hinterkopf schütter zu werden begann. »Wie heißt du denn?«

»Nathaniel. Steht auf dem Ticket.«

Er nickte. »Hier, deine Karte, Mr. Alglow.« Das *Glow* zog er absichtlich in die Länge.

Nate nahm sie schnaubend an sich.

»Wirklich strahlen tust du aber nicht.«

»Nicht so mein Tag.«

»Na schön.« Der Kontrolleur streckte ihm seine Hand entgegen. »Jacob.«

»Hi, Jacob.« Er schlug ein, bereute es aber sofort. Mit einem unterdrückten Schmerzenslaut zog er seine Hand zurück.

»Oh, sorry. Das habe ich gar nicht gesehen.«

»Nicht so schlimm.«

»Was ist passiert?«

»Ach ...«, meinte er, während er vorsichtig den Verband zurechtrückte, »... nur ein Messer.« Auf Jacobs gehobene Augenbrauen hin fügte er hinzu: »Ich arbeite als ... ich habe als Kellner gearbeitet.«

»Hör zu, Nate – Nate ist doch in Ordnung, oder? – Du siehst entweder aus wie jemand, der vor der Polizei flüchtet oder wie jemand, dem sie hätte helfen sollen.«

Er hob die Schultern. »Hab' schon Schlimmeres gehört.«

»Zum Beispiel?«

»Dass du dich überhaupt traust, hier nochmal aufzuschlagen!«, schrie sie. *»Du widerst mich an!«*

»Ja«, sagte Marcus. *»Absolut ekelerregend.«*

»Schon gut.«

»Du bist also ein Ausreißer, ja?«

»Quasi.«

»Nathaniel?«, hatte Mum gefragt. *»Wo warst du? Ich habe dich angerufen, aber ...«*

»Eigentlich wurde ich rausgeworfen.«

»Rausgeworfen? Mit zweiundzwanzig?«

»Es gibt wohl keinen passenden Zeitpunkt, um ...« *Den einzigen Menschen im Stich zu lassen, der blind auf einen angewiesen ist.* »...

ordentlich Mist zu bauen.«

»Ach? Was hast du angestellt?«

»Feiern, Mum!«

»Wie ein richtiger Versager.«

»Getrunken.«

»Nathaniel, ist das wahr?«

»Gelogen.«

»Und damit nicht genug.« Valery brauchte nicht weiter zu sprechen. Er wusste es. Er wusste, was sie aus ihrer Tasche kramte, er wusste, was sie auf den Tisch donnerte, er wusste es.

»Nathaniel, wie konntest du nur?«

»Schulden gemacht.«

»Nathaniel ... wieso sagst du nichts?«

»Weil es stimmt, Mum! Er sagt nichts, weil es stimmt!«

Jacob lehnte sich mit einem Brummen zurück. »Klingt für mich nach einem ziemlich durchschnittlichen jungen Mann.«

»Oh nein.«

»Wo ist der Haken?«

»Hab's verdient.«

Sein zweites Grollen klang wesentlich tiefer. »Du hast es verdient, in einem Zug zu sitzen, der dich über fünf Stunden weit weg von Zuhause bringt, weil du gelogen hast?«

Nate nickte und starrte auf seine Hände.

»Ging's um deine besten Drogendeals?«

»So in etwa.«

»Oh, Mr. Alglow hier hat also doch eine dunkle Seite.« Jacob lachte leise. »Gehst du auf Entzug?«

»Was? Gott, nein.«

»Wohin willst du dann?«

»Was kümmert's dich?«

Jacob kratzte sich an seinem Haarkranz. Ein unterdrücktes Seufzen schmälerte seine Lippen. »Mein Sohn ist so alt wie du«, begann er. »Er geht zur Uni. Oxford. Großes Ding, weißt du? Meine Frau und ich waren so stolz darauf, dass er zugelassen wurde. Aber wir verdienen nicht genug, um ihm ein Appartement *und* die Gebühren zu bezahlen. Also lebt er Zuhause. Theoretisch.« Als er aufblickte, schenkte er ihm ein schräges Lächeln. »Wir streiten, oft sogar. Wegen jedem Mist. Letztens hat seine Mutter ihm vorgeworfen, dass er nach seinen Partys schlimmer stinkt als unser Golden Retriever nach einem Schlammbad.«

Nate atmete erheitert auf.

»Manchmal kommt er tagelang nicht zurück. Meine größte Angst ist es, ihn eines Tages in einem meiner Züge zu finden …«, er wies auf den Rucksack, »… mit gepackten Taschen«, dann auf die Karte in seiner Hand, »… und einem One-Way-Ticket.«

»Ich glaube nicht, dass er einen deiner Züge nehmen würde.«

»Oh, das glaube ich auch. Was es schlimmer macht. Stell dir nur vor, er sitzt ganz allein in einem Abteil. Hat Angst vor Zuhause und vor der Zukunft noch mehr. Alles, was er bräuchte, wäre jemand, der ihm ein bisschen Zeit und Verständnis schenkt, und schon steigt er am nächsten Bahnhof aus und fährt wieder zurück. Ich werde dann nicht da sein, um mit ihm zu sprechen. Aber möglicherweise …«

»Und wenn er dich vorher so enttäuscht hat, dass du ihn rausgeworfen hast?«

Jacob hob seine Brauen. »Ich bezweifle, dass er das könnte. Er hat schließlich niemanden umgebracht, oder?«

»Nein, natürlich nicht.«

Er machte eine wegwerfende Handbewegung. »Scheint alles verzeihbar zu sein.«

Nate kämpfte sich ein Lächeln ab. »Danke.«

»Wo steigst du um?«

»In Shrewsbury.«

»Ich kann für dich nachsehen, wann es wieder zurück geht.« Nates Kopfschütteln schien ihn zu enttäuschen. »Es wird eine Weile dauern, bis ich nach Hause zurück kann.«

»Egal, wie sauer deine Eltern sind, ich kann mir nicht vorstellen, dass sie dich wegschicken würden.«

Nate schwieg für einen Moment. »Ich überlege es mir.«

»Das gefällt mir schon besser.« Er erhob sich ächzend aus seinem Sitz. »Wenn du mich brauchst, findest du mich vorne beim Zugführer. Pass auf dich auf, Nate. Die Welt ist kein schöner Ort. Vor allem nicht allein.«

»Danke, Jacob.«

Die restliche Fahrt verbrachte er mit einem vorsichtigen Lächeln im Gesicht.

Industriell und kalt empfing ihn der Bahnhof von Shrewsbury. Viel Zeit, sich daran zu stören, blieb ihm nicht; nachdem sie mit einer Verspätung von zehn Minuten eingefahren waren, hatte er genau zwei übrig, um seine Anschlussbahn zu erwischen. Er rannte über die Treppen und sprang gerade noch rechtzeitig in den nächsten Zug. Schwitzend und schwer atmend quetschte er sich durch ein belebtes Großraumabteil und entschuldigte sich bei sämtlichen Leuten, die er dabei anrempelte. Meistens erntete er nur einen finsteren Blick oder einen gemurmelten Fluch. Die Fahrgäste sprachen einen ausgeprägten Dialekt. Es erinnerte ihn an den Singsang, den Tony früher oft in seine Worte eingeflochten hatte, wenn er seine Tante aus Wales imitierte.

Tony.

Nate riss an seinem Rucksack und presste die Lippen zusammen.

Weiter hinten entdeckte er neben einem Fahrgast einen leeren Sitzplatz, den er zügig ansteuerte und auf den er sich schließlich fallen ließ. Er war müde und erschöpft. Geschätzt dauerte sein Tag bereits fünfzig Stunden und ging freilich nicht zu Ende.

Heute Morgen war er zuhause aufgewacht.

Wo er heute Nacht schlafen würde, war ungewiss.

Nate rutschte auf seinem Sitz zurecht und fischte die Besitzurkunden aus dem Rucksack. Bisher hatte er vermieden, die Papiere anzusehen, die Valery ihm in die Hand gedrückt hatte. *»Ein Gang zum Amt«*, hatte sie geschnauzt. *»Ein einziger. Nicht mal den kriegst du hin.«*

Von dem Lächeln, das Jacob ihm geschenkt hatte, blieb nicht viel übrig.

Abgesehen davon, dass um ihn herum Wortfetzen aus allerlei Unterhaltungen sirrten wie Insekten, roch er sich selbst und den aufdringlichen Schweißgeruch seines Nachbarn. Ob es eine Dusche gab, dort in der Tannstreet 97? Eine, die funktionierte? Oder hatten die Stadtverwalter Strom und Wasser eingestellt, nachdem sein Vater seit seinem Tod im April keine Raten mehr bezahlt hatte? War dies vielleicht die Anschrift des Buchladens und das Haus lag im Rubson Way 28?

Nun ja, nachdem Valery darauf bestanden hatte, ihm in Mums Namen eine Vollmacht auszustellen, hatte er wohl alle Zeit der Welt, sich ›seine‹ Häuser anzusehen und zu entscheiden, welches er zuerst verkaufen würde. *»Regle das«*, hatte sie gesagt. *»Vorher will ich dich hier nicht wieder sehen.«*

Er schluckte und blätterte durch die Grundrisse. Je länger er sich damit befasste, desto wahrscheinlicher schien es, dass das Wohnhaus im Rubson Way lag. Als Orientierungshilfe zog er seine Karte heran. Wie es aussah, stand ihm ein langer Fußmarsch Richtung Wald bevor.

Wieder unweit von Kiefern und abgenutzten Straßen zu wohnen klang nicht verkehrt. Dann würde es sich mit Glück ein bisschen wie zuhause anfühlen.

Er sollte nicht daran denken.

Seufzend faltete er seine Karte. Zumindest so weit, dass er sie verstauen konnte, ohne sie dabei versehentlich zu zerreißen. Begleitet von einem Pfeifen hielt die Bahn und die Urkunden rutschten von seinem Schoß. Nate fluchte. Hastig bückte er sich und knallte mit dem Kopf gegen den seines Sitznachbarn. »Oh, Verzeihung ...«

»Tut mir leid, Mann.« Er sprach den Dialekt der anderen Fahrgäste, während er ihm die Dokumente reichte. Wie sehr sich die Menschen über ein paar Meilen Land doch änderten.

Vor allem, wenn man stundenlang schwieg und mit niemandem redete.

»Danke.«

»Warte! Hier steht ... Du bist der junge Alglow?«

»Scheint so.« Nate runzelte die Stirn, obwohl sie pochte. »Du ... kennst ... mich?«

»Nicht dich, aber deinen alten Herrn.«

Das ist doch wohl ein Witz. »Oh.«

»Auf dem Weg nach Dwellton?«

Bitte. Bitte lass es einen Witz sein. »Ja.«

»Krass.« Der Mann reichte ihm die Hand. Er trug Ringe an jedem Finger, die kalt an Nates Haut rieben. Ein kariertes Hemd dekorierte seine Brust. Darunter lugte ein fleckiges Shirt hervor, das dieselbe auffällige rote Farbe besaß wie sein nach hinten gekämmtes Haar. »Blake. Blake Thunning.«

»Nate. Alglow, offensichtlich.«

Blake grinste. »Freut mich. Pa hat oft davon gesprochen, dass Bob 'nen Sohn hat.« Seine Augen verengten sich, als er ihn musterte. »Siehst aus wie deine Mutter, was?«

Ist das ein Kompliment? »Die Haare sind von ihr.«

»Stimmt, Bob war nicht blond. Nicht mal 'n bisschen.« Er kratzte sich an seinem Kinn. Dann weiteten sich seine Augen. »Oh, mein Beileid. Mit sowas fängt man an, oder?«

»Alles gut. Ich kannte ihn nicht.«

»Gar nicht?«

»Ich war fünf, als er ging.«

»Oh. Schade.«

»Ja.«

Vielleicht war es ja ein Traum. Ein ziemlich hässlicher und übelriechender Traum, aber immerhin etwas, worüber er in zwei, drei Tagen lachen konnte, wenn Mum ihn wieder mit Rätselheften schlug. Nate schüttelte den Kopf und blätterte durch die Unterlagen. *Es gibt tausend Alglows. Und bestimmt auch mehr als dieses eine Dorf ...*

Blakes Blick lag durchgehend auf Nate. Immer, wenn er aufsah, blitzten Blakes Zähne zwischen seinen Lippen hervor.

Seufzend verstaute er seine Papiere und versuchte, das Beste aus seiner Lage herauszuholen. »Wohnst du dort?«

»In Dwellton?«

»Mhm.«

»Sicher. Warst du schon mal dort?«

»Nein, nie.«

»Ich kann dich rumführen. Bin dort aufgewachsen, kenn mich aus.«

»Das ist nett, danke.«

Blake kratzte an seinem Bart. Wie alt mochte er sein? Sein gesamtes Gesicht war übersät von Mitessern und Pickelmalen, doch seine Behaarung wuchs dicht und voll. Der Blick aus seinen tiefliegenden Augen wirkte alles andere als freundlich, selbst, als er lächelte. »Mein Pa holt mich am Bahnhof ab. Wette, er hat nichts dagegen, dich bei Bob abzuladen.«

»Dein Dad?«

»Sicher. Er wird sich freuen, dich zu sehen. Er und Bob waren ziemlich dicke, weißt du.«

Oh, natürlich. Unsere Väter waren Freunde. Klar. »Danke, aber ...«

»Oh, nein, nein – echt keine Ursache. So läuft das bei uns. Eine Hand wäscht die andere.«

Nate verbarg sein Augenrollen hinter geschlossenen Lidern. »Ich weiß wirklich nicht ...«

»Du bist so'n Städter, richtig?« Blake lehnte sich von seinem Sitz zu ihm hinüber. Sein Atem stank nach altem Nikotin. »Bei uns bringt keiner den andern um. Entspann dich.«

Meine Güte. Wie wenig Lust er darauf hatte, mit fremden Menschen in einem Auto zu hocken, die ihn – vielleicht – zu einem Haus brächten, in dem seit Monaten niemand mehr lebte – wenn sie denn überhaupt den richtigen Sohn erwischt hatten. Fehlten nur noch Mörderszenarien und unter den Sitzen versteckte Messerklingen.

»Rauchst du?«

»Nein.«

»Krass.« Blake kramte in seiner ausgeleierten Hemdtasche nach seinen Zigaretten. »Kenn keinen, der's nicht macht.« Er entzündete seinen Glimmstängel. »Außer dich. Bin gespannt, wie's wird mit dir im Dorf.«

Ich habe nicht vor, lange zu bleiben. »Wie ist es denn so?«

Blake zuckte mit den Schultern. Er stieß den Rauch aus, doch ihm fehlten die Eleganz und die Lockerheit, die Tony besessen hatte. Bei ihm wirkte es eher wie ein Abfertigen, ein schnelles Erfüllen seiner Bedürfnisse. Von Genuss –

Tony.

Schon wieder.

Gottverdammt.

Er sah aus dem Fenster auf die immer näherrückende Dunkelheit.

»Pa sagt immer, Dwellton ist 'ne gottesfürchtige Stadt und wird das auch bleiben.«

»Wundervoll.«

Blake grinste. »Du wirst noch, Naty.« Er drückte ihm die Schulter und zog wieder an seiner Zigarette. »Nächste Station ist unsere.«

»Nathaniel Alglow?«

»Jawohl, Sir.«

Blakes Vater stellte sich als breiter, untersetzter Mann heraus, der Halbhandschuhe trug und seinen Haarausfall mit einer verschlissenen Baskenmütze kaschierte. »Du bist hier bekannt wie'n bunter Hund.«

Nate beschloss, höflich zu bleiben. »Ich war noch nie in meinem Leben hier, Mr. Thunning.«

»Buck«, schnauzte er und überflog die Papiere, die er zu

sehen verlangt hatte. »Nenn' mich einfach Buck, Junge.« Er rollte sie zusammen und reichte sie an ihn zurück. »Willkommen zu Hause.«

Er hob abwehrend die Hände. »Wissen Sie, wie ich am schnellsten zum Rubson Way komme?«

»Mit meinem Auto. Steig ein, ich bring' dich hin.«

Blakes gerecktes Kinn wirkte im Licht der flackernden Straßenlaterne überheblich. Ein klassischer Ich-hab's-dir-doch-gesagt-Blick.

Nate mochte ihn nicht. »Ich möchte keine Umstände machen ...«

»Laber keinen Mist, Junge. Blake, pack seine Tasche in den Kofferraum.«

»Aye.«

Sein Schicksal nicht zu akzeptieren, hätte in einem unschönen Aufstand geendet, für den er schlichtweg zu müde war. Er ließ sich seine Tasche abnehmen und sank auf den Rücksitz eines grünen Ladas. »Vielen Dank.« Der Gedanke, dass noch immer die Möglichkeit bestand, an eine mörderische Crew geraten zu sein, schien mittlerweile gar nicht mehr so furchteinflößend.

Buck grunzte. »Nicht dafür.« Er stellte den Rückspiegel ein, während Blake sich auf den Beifahrersitz fläzte und an seinem Gesicht herum kratzte. Der Motor röhrte.

Nach diesem Tag fiel es Nate schwer, die Augen offen zu halten. Immer wieder schreckte er hoch, wenn sein Kopf absackte. Dem Gespräch zwischen den beiden Männern auf den vorderen Plätzen folgte er notdürftig – sowohl dem Dialekt als auch seiner Müdigkeit geschuldet.

So verstand er Bucks Frage erst beim zweiten Mal.

»Wie bitte?«

»Ob du was gegessen hast.«

»Nein.«

»Ist zwar schon spät, aber Tiff hat bestimmt wieder mehr als genug gekocht. Sie wird dir was aufwärmen.«

»Schon in Ordnung. Ich komme klar.«

Buck lachte leise. »Nichts da. Bobs Sohn wird hier nicht hungern oder in kalten Zimmern schlafen.«

Es ist August. Kalte Zimmer wären ein Luxus …

»Du bleibst heute bei uns, Nathaniel. Morgen bring ich dich rüber, wenn du gefrühstückt hast.«

Um sein Augenverdrehen zu verstecken, schloss er die Lider. Ein Ticken zu lange. Er gähnte. »Danke, Mr. …«

»Buck.«

»Okay, Buck. Dann bin ich Nate.«

»Braver Junge.«

Die Thunnings lebten auf einem Hof. Der Wagen knirschte über den Schotter in der Einfahrt, ansonsten blieb es still. Als Nate schwerfällig die Autotür öffnete, schlug ihm der Geruch nach Kuhmist und feuchtem Heu entgegen. Sein Nasenrümpfen entlarvte ihn wieder als *Städter*, wie Blake anmerkte. Ein gedämpftes Kichern folgte.

Buck trug seinen Rucksack zu einem recht schlichten, aber großzügigem Haus. Er spuckte aus, bevor er die Tür aufsperrte und ihm mit dem Kinn bedeutete, vorzugehen.

»Wir sind Zuhause, Ma!« Blake trat sich die Stiefel von den Füßen und drängte sich an ihm vorbei. Hinter einem kleinen Durchgang rankte sich eine Treppe, die er mit großen Schritten hinaufeilte. »Gute Nacht!«

Buck grunzte und schüttelte den Kopf. »Komm mit. Reicht,

wenn ein Junge hier im Haus keine Manieren hat.«

Nate folgte ihm durch einen Flur in eine kleine, behaglich eingerichtete Küche. Eine Frau mit dunklem Haar saß dort am Tisch und rauchte. Ihre Begrüßung bestand aus einem finsteren Blick und einem empörten Aufatmen. »Ihr seid wieder viel zu ... oh, wer bist du denn?«

Buck antwortete für ihn. »Bobs Junge. Er bleibt heute hier. Das ist meine Frau, Tiffany.«

»Nate.«

»Willkommen, Liebling. Setz' dich. Du musst schrecklich hungrig sein.« Sie erhob sich und sammelte Geschirr aus den Küchenschränken. »Von wo kommst du her? Von deiner Ma? Lebt sie noch da in ... wie hieß der Ort? Hetchford?«

»Hedford. Ja.« Stirnrunzelnd beugte er sich dem Druck von Bucks Händen auf seinen Schultern und sank auf den Stuhl. »Ich verstehe nicht ...« Die Mördercrew. Eindeutig. »Das ... ist das hier Dwellton?«

»Was soll's sonst sein? London?« Buck grunzte.

»Ich bin nur ... so verwirrt.«

Tiffany holte die Reste eines Bratens aus dem Kühlschrank und schnitt zwei Scheiben ab. »Keine Sorge. Ich kann's mir vorstellen. Ich habe zwar früher mit dir gerechnet, aber jetzt bist du ja da.«

»Mit mir gerechnet?« Nate unterdrückte ein ungläubiges Kichern.

»Natürlich.« Buck setzte sich ihm gegenüber, nahm seine Mütze ab und fuhr sich durch den kümmerlichen Rest seines Haars. »Mach mir auch was, Tiff«, meinte er, ehe er sich an ihn wandte. »Irgendjemand muss den Laden ja schmeißen. Dass es deine Schwester nicht macht, war klar. Wo studiert sie nochmal? Stephen F. Austin State, Texas?«

Unfähig, etwas zu erwidern, nickte er nur. Er bedankte sich bei Tiffany, die geröstetes Brot, kalten Braten und Cheddar vor ihm abstellte. Kurz überlegte er, ihre Gastfreundschaft zu verschmähen. Dann bemerkte er, wie laut sein Magen knurrte, und bediente sich.

»Geht's dir nicht gut, Liebling? Du siehst blass aus.« Sie ergriff sein Kinn und hob es an, um sein Gesicht zu betrachten.

Nate hörte auf, zu kauen und versuchte, mit vollem Mund zu sprechen. »Alles in Ordnung. Ich bin nur müde.«

»Lass ihn essen.«

Sie schnaubte, dann tätschelte sie seine Wangen und wuselte aus der Küche. »Ich mache dir das Gästebett fertig.«

Ohne ihre Gegenwart breitete sich ein zähes Schweigen aus, das ihm den Appetit verdarb. Wenn Tante Susan aus Leeds sie besuchte, brachte sie auch stets eine solche Stille mit. Sie erwartete, dass er über jede Entwicklung ihres Lebens als Schauspielerin Bescheid wusste. Nate hatte nie großes Interesse an Verwandten gezeigt, die alle zwei Jahre auftauchten und meinten, ihre Nase in sämtliche Angelegenheiten zu stecken, die sie die restliche Zeit nicht kümmerten. Das hatte Susan nie daran gehindert, sich verächtlich schnaubend abzuwenden. *»Kein Wunder, dass hier alles den Bach runtergeht«*, sagte sie dann immer. Valery musste es von ihr gelernt haben.

Dabei kannte er die Thunnings nicht. Auch Buck nicht. *Er kennt Valerys Uni.* Trotzdem. Dieser Typ konnte Weiß-Gott-wer sein. Dennoch beäugten sie sich abwechselnd und warteten darauf, dass einer das Wort an den anderen richtete.

Tiffanys Schritte erlösten ihn. Ohne einen weiteren Kommentar räumte sie seinen halb geleerten Teller ab und bedeutete ihm, ihr zu folgen.

Nate bückte sich nach seinem Rucksack und zwang sich, Buck anzusehen. »Gute Nacht«, wünschte er.

»Gute Nacht, Junge.« Klang er generell so harsch?

Heute würde er nicht mehr darüber nachdenken. Schlafen und erholen. Das war sein Plan. Der kräftigen Mrs. Thunning trottete er die Stufen in den zweiten Stock hinterher. Sie zeigte ihm ein Bad, deutete auf ›Blakes Zimmer‹ und brachte ihn in sein Schlafzimmer für diese Nacht. Er bedankte sich und ließ sich auf das Bett fallen. Gott, wie er stank. Seufzend raffte er sich nochmal auf, um ins Bad zu tapsen.

Zumindest etwas frisch machen. Die Motivation, seine Zahnbürste aus dem Rucksack zu kramen, fehlte ihm allerdings. Also klatschte er sich Wasser ins Gesicht und wusch sich notdürftig.

Auf dem Weg zurück in sein Zimmer – er hatte die Tür aufgelassen, um peinliche Verwechslungen zu vermeiden – hörte er recht eindeutige Geräusche aus dem Raum nebenan dringen. Mit glühenden Wangen schlich er weiter. Bloß nicht stören. Nachdem er unbehelligt wieder auf dem Bett saß, dachte er daran, wie hastig Blake die Stufen hochgestürmt war.

Sein heimliches Grinsen erlosch mit der Erinnerung an Ivys nackte Haut.

Nicht. Daran. Denken.

Nate schlüpfte unter die Decken. Sie rochen nach frisch gewaschener Wäsche und lagen angenehm kühl auf seiner Haut.

Blakes Stöhnen hörte er selbst hier mit geschlossener Tür.

Hätte er sich so angehört, wenn …

Nein. Denn er hatte nichts davon gewollt. Nicht ihre Berührungen, nicht ihre Küsse, nicht diese Art von Nähe. Er hatte nie mit ihr geschlafen, weil er es nicht wollte.

So, wie sie ihn am nächsten Morgen angesehen hatte, wusste sie es auch.

»Hier sind wir.«

Zwischen den Bäumen wand sich die Kiesstraße bis hin zu einer Auffahrt und mündete an einem Garagentor. Daran angeknüpft erstreckte sich ein Haus. Weiße Fensterrahmen, verputzte Wände, eine dunkelgrüne Haustür mit einer goldenen 28 darauf. Keine fehlenden Dachziegel, keine größeren Schäden an den Außenwänden. Die Bäume hielten einen respektvollen Abstand. Keinerlei Unkraut presste sich durch die Splittsteine; nicht einmal schlichtes Gras.

Dieses Haus wirkte nicht im Geringsten, als wäre sein Vater seinen Ratenzahlungen nicht nachgekommen. Wie konnte es sein, dass ein einzelner Mann hier wie der König im Walde lebte, während Mum und er Zuhause gerade so über die Runden kamen? Dass sein Vater sich zwei Häuser leisten konnte, während ihres nach und nach zusammenfiel?

»Was meinst du?«

»Nett.«

Buck lachte leise. »Kann man so sagen.« Er räusperte sich. »Komm erstmal an. Hab' gestern nicht daran gedacht, dass alles etwas viel ...«

»Schon gut. Danke für die Fahrt. Und die Herberge.«

»Wenn etwas ist, ruf an. Oder komm vorbei.«

»Mach ich.«

»Wenn du nicht kommst, komm ich.« Buck stieß ihn freundschaftlich an die Schulter. »Du bist nicht allein, Junge.«

Oh doch ... und wie.

»Hat mich gefreut.« Buck hielt ihm die Hand hin. »Das ist dein Moment. Der geht mich nichts an.«

Er schluckte, schlug aber ein. »Danke.«

Mit zaghaften Schritten überquerte er den Kies bis zur lackierten Haustür. In dem Metall der 28 spiegelte sich sein Gesicht wider. Ob Robert Alglow hier tagtäglich innegehalten und sich bewundert hatte? Nate verdrehte die Augen. Er wartete, bis er den Motor nicht mehr hörte. Dann wartete er weiter. Und weiter. Ohne zu wissen, worauf. Die Sonne brannte in seinem Nacken. Anders als in Hedford herrschte hier eine Brise, die den Schweiß auf seiner Haut direkt kühlte.

Im Zug hatte er sich so fest an seinen Plan geklammert. *Ich werde dort bleiben, bis ich genug Geld verdient habe, um die Schulden zu bezahlen.* Sobald er konnte, würde er sich ein Zugticket kaufen, eines ohne Rückfahrt, und nach Hause kommen, um sich um Mum zu kümmern. Sie brauchte ihn doch. Ihn, nicht Valery, die sich fünf verdammte Jahre nur um sich selbst gekümmert hatte. Zwei Monate würde er bleiben, vielleicht drei. Die Häuser renovieren und verkaufen. Vielleicht wieder kellnern, denn er hatte nichts gelernt, so dringend hatten das Geld gebraucht, nachdem Valery fortgegangen war. Nur ein paar Wochen, ganz schnell, damit ...

Jetzt erschien es ihm wie eine verdammt lächerliche Idee. Wie sollte er auch nur einen Tag in einem Haus überleben, in dem es zuvor nie Platz für ihn gegeben hatte?

Ob Mum ihn wieder aufnehmen würde, nun, nachdem sie

Zeit hatte, darüber nachzudenken? Was, wenn er auf der Stelle umdrehte, zum Bahnhof lief und zurück nach Hedford fuhr? Bis er dort ankäme, wäre es dunkel. Er würde sich hineinschleichen und morgen sprächen sie über alles. Vielleicht hatte sie vergessen, dass sie Valerys Vorschlag zugestimmt hatte. Oder sie hatte vergessen, dass er überhaupt fort war, und suchte ihn. Mum würde ihm vergeben, vielleicht nicht morgen, aber nächste Woche, vielleicht nächstes Jahr ...

Aber Valery würde es nicht tun. Nicht einmal, wenn er verblutend auf der Schwelle liegen würde. Eher würde sie nach ihm treten.

Nate schloss die Augen und drückte die Klinke.

Knarrend bewegte sich die Tür. Kein Schlüssel, wie Buck gesagt hatte.

Er musste nur noch die Augen öffnen. Die Augen öffnen. Die Augen ...

Jetzt.

Blinzelnd linste er zwischen seinen Wimpern hindurch. Erst, als er keine Leiche vor sich liegen sah, atmete er auf und schnaubte über sich selbst. Wie kam er darauf, dass jemand seinen Vater seit April hier verrotten ließ?

Ein kurzer Flur tat sich vor ihm auf. Fünf geschlossene Türen führten in weitere Räume. Wie im Haus der Thunnings breitete sich zu seiner Rechten eine Treppe aus. Es gab Wandhaken, an denen zwei Lederjacken baumelten – eine schwarze und eine braune mit Fransen – und ein Schuhregal aus Kirschholz. Schluckend zwang er sich, den Schritt hinein zu wagen.

Das Schloss hinter ihm klickte.

Ein dunkler, nicht unangenehmer Geruch lag in der Luft. Der Duft dieses Ortes. Alt, ohne aufdringlich zu sein. Ein klein wenig wie der schwarze Kaffee, den Darren morgens zum Frühstücksmenü servierte.

Zögerlich näherte er sich der ersten Tür. Dahinter verbarg sich eine Abstellkammer voller Gerümpel. Putzmittel, Besen, Kehrbleche, ein Staubsauger. Ein Schlafsack und ein Klappstuhl. Müllbeutel. Nichts Besonderes.

Hinter der nächsten Tür fand er ein Badezimmer. Die grünen Fliesen schimmerten, der Spiegel über dem Waschbecken war geputzt. Sein Vater schien aufgeräumt zu haben, bevor er gestorben war.

Bevor er ... Woran war er überhaupt gestorben? Altersschwäche? Zu jung. Robert Alglow musste um die fünfzig Jahre alt gewesen sein. Ein Unfall? Eine langwierige Krankheit? Krebs? Vielleicht ... ermordet? Er hatte keine Ahnung.

Weshalb er sich deshalb schlecht fühlte, wollte er ebenfalls nicht wissen.

Nate öffnete die nächste Tür. Unfassbar, in welch gepflegtem Zustand sich alles hier befand. Ein Ledersofa breitete sich unter einem Waldgemälde aus – sein Vater schien grün gemocht zu haben –, zwei Ohrensessel flankierten einen eingebauten Kamin, auf dessen Ablage ein Fernseher das Sonnenlicht reflektierte. Das Laminat glänzte wie poliert. Bücher- und CD-Regale versteckten die Wand neben ihm. CDs! Sie mussten ein kleines Vermögen gekostet haben. Obwohl er nicht neugierig sein wollte, ertappte er sich dabei, die Buchrücken und CD-Cover zu überfliegen. Er presste die Lippen zusammen und wandte sich ab.

Auf dem Sideboard thronten eingerahmte Bilder. Auf einem davon entdeckte er sich selbst im Alter von drei Jahren. Ein kleiner, pausbäckiger Junge, dem gerade erst der Flaum blonden Haares spross. Mit einem bitteren Geschmack im Mund kippte er es um. Dahinter: ein Bild von Mum und Valery. Er kannte es. Zuhause stand es im Wohnzimmer hinter dem Sofa. Mum, jung und robust, auf zwei Beinen, hielt ihre rothaarige Tochter auf dem Arm. Auf diesem Foto hier fehlte Mums Gesicht; abgerissen. Geisterhände umklammerten das grinsende Mädchen mit den beiden Zöpfen.

Auch dieser Rahmen landete auf seiner Vorderseite.

Das Bild daneben zeigte einen Mann im Anzug, der ein Diplom in der Hand hielt. Nate widerstand dem Drang, es hochzunehmen und das Gesicht zu erkunden, das seine Erinnerung schon lange vergessen hatte. Dafür war er nicht bereit. Vielleicht würde er das nie sein. Stattdessen klappte er es um – mit ein wenig mehr Nachdruck als die anderen – und setzte seinen Rundgang fort.

Wo früher eine Mauer die Räume getrennt haben musste, ersetzte sie nun ein Rundbogen. Eine Fensterfront warf goldene Teppiche aus Licht auf das Holz des Esstischs. Er zog die Gardinen zurück. Staub flog auf und kitzelte seine Nase. Vorsichtig betätigte er den Hebel an der Terrassentür und öffnete sie, um hinauszusehen.

Nate entdeckte Mülltonnen, ein Regenfass und ein Fahrrad unter dem Überhang eines Carports. Ein Zaun umgab die Rasenfläche. Alles schien an Ort und Stelle zu sein, wirkte so friedlich und gepflegt. Er spürte seine eigenen Zähne in seiner Wange. Er sollte das Haus seines Vaters nicht hübsch finden. Müsste er nicht einfach nur sauer sein? Enttäuscht? Es wenigstens abstoßend finden?

Am hinteren Ende quetschte sich ein Hühnerstall zwischen zwei Hochbeete und einen Apfelbaum. Tomatenpflanzen mit prallen, roten Früchten neigten sich unter ihrem Gewicht, als klopften sie auf das Dach des Hühnerstalls.

Ob darin noch Tiere lebten?

Die Antwort auf seine Frage ließ nicht lange auf sich warten. Ein braun-schwarz gefiederter Hahn stolzierte auf der gepflasterten Terrasse herum.

Nate winkte ihm – und schnaubte über sich selbst, als er keine Reaktion erhielt; wirklich, was hatte er erwartet? –, dann schloss er die Tür wieder.

Im nächsten Raum entdeckte er eine Küche. Trotz seiner Befürchtungen fand er weder schimmliges Essen noch Maden oder sonstiges Ungeziefer. In einem Obstkorb lagen sogar zwei Äpfel, die alles andere als verdorben wirkten.

Nate runzelte die Stirn. Er zog die Kühlschranktür auf und schüttelte den Kopf über das Essen darin. Kam Buck öfter hierher? Er hatte erwähnt, dass er seit Roberts Tod ab und zu nach dem Rechten sah. Hatte er sich hier einen Rückzugsort eingerichtet? Aber im Haus seines verstorbenen Freundes? War das nicht sogar für einen Pragmatiker wie ihn etwas makaber?

Wer sonst?

Hatte sein Vater weitere Kinder bekommen, von denen eines hier lebte? Darüber hätte es doch einen Absatz im Testament gegeben – oder ein Foto auf dem Regal. Vorsichtshalber ging er noch einmal zurück, doch auf keinem der Bilder fand er ein unbekanntes Gesicht; nicht einmal eine zweite Frau.

Hatte ein Obdachloser sich hier ein Versteck gesucht? Unwahrscheinlich. Ein Bettler besaß kaum genug Geld, um sich Essen zu kaufen. Wie sollte er an einen gefüllten, funktionierenden Kühlschrank …

Er funktionierte.

Nate trat einen Schritt zurück und bediente den Lichtschalter. Die Deckenlampe flackerte kurz, dann leuchtete sie auf.

Irgendetwas stimmt hier nicht.

Lag hier eine Verwechslung vor? Hatte Buck ihn bei einem falschen Haus abgesetzt?

Döste er immer noch in Ivys Bett und wachte gleich auf?

Konzentriert horchte er die Umgebung ab. Der Wind spielte draußen mit den Ästen, Hühner gackerten im Garten, seine Schuhe schliffen über die Fliesen. Nichts Ungewöhnliches.

Eine Tür fiel ins Schloss.

Keine Panik. Der Wind hat sie zugeworfen.

»Hallo?«, rief er. »Ist hier jemand?« Nate kehrte in den Flur zurück, setzte eilig einen Fuß vor den anderen. Schließlich stand er vor der Haustür, mit der Hand auf dem Knauf, und schimpfte sich einen Idioten. Entschieden drehte er sich um und erklomm die Treppe. *Hier gibt es nur ...*

Bildete er sich das ein, oder waren es Schritte?

War sein Vater gar nicht tot und hatte ihn unter einem Vorwand hierher gelockt? Welchen Grund hätte er dafür? Hatte jemand anderes ihn hier haben wollen? Was zum –

Er stolperte. Sein Herz setzte einen Schlag aus, bevor er das Geländer zu fassen bekam. Mit einem Zischen zog er sich hoch. Frisches Blut benetzte seine Handfläche. *Verdammt noch mal.* Er hätte damit wirklich zum Arzt gehen sollen. Über dem Verband ballte er seine Finger zur Faust und verkniff sich ein Stöhnen.

Immerhin wusste er jetzt, dass er nicht träumte. Er durchstöberte das Haus seines Vaters. Seines toten Vaters. Buck kümmerte sich darum. Vielleicht hatte Tiffany es geputzt und kam regelmäßig, um die Hühner zu füttern. Ja, und sie war es auch, die den Kühlschrank gefüllt hatte, deshalb hatte Buck nichts davon erwähnt. Es war alles in Ordnung. Sie hätten ihm Bescheid gesagt, wenn es das nicht wäre.

Richtig?

Die letzten Stufen nahm er gewissenhaft. Sein Verband zeigte dunkle Flecken. Mit einem Fluch auf den Lippen beschloss er, nach einem Erste-Hilfe-Kasten zu suchen.

Oben angekommen fand er drei weitere Türen. Nicht mehr so unbeschwert wie zuvor untersuchte er sie, allzeit bereit, zur Seite zu springen. Zwei Räume entpuppten sich als Schlafzimmer. Eines davon wirkte belebter als das andere. Kleinigkeiten, wie ein Pullover über der Stuhllehne oder ein Paar schwarzer Schuhe neben der Tür. Ein gekipptes Fenster, Blätter auf einem Tisch, eine Gitarre mit abgeplatzten Ecken und Kratzern, die am Schrank lehnte. Der Rückzugsort seines Vaters. Kurz überlegte er, die dunkle Wolle anzufassen, dann ließ er den Pullover in Ruhe. Ob Robert Alglow in diesem Bett lag, als er starb? Hatte er hier gelegen, mit eingefallenen Wangen und bleicher Haut, mit blauen Adern, die sich immer schwärzer färbten, so gut sichtbar unter dem Pflaster, das den Zugang verbarg? Nate kniff die Augen zusammen. *Er. Ist. Nicht. Mum.*

Das andere Zimmer glänzte mit der Abwesenheit von Lebenszeichen. Ein Gästezimmer. Strikt gemachtes Bett, geschlossene Schränke, gesaugter Teppich.

Teppiche. Was für ein Luxus.

Siehst du. Niemand ist hier. Nate beschloss, dieses Zimmer als dasjenige zu nehmen, in dem er schlafen wollte. Er schlüpfte aus seinen Schuhen und trat vorsichtig über die weichen Fransen. Seufzend stellte er den Rucksack neben das Bett. Dabei schnappte er seinen eigenen Geruch auf.

Eine Dusche. Ganz dringend. Am besten vor dem Verbandswechsel. Etwas Wasser, um die Wunde auszuwaschen, schadete nicht.

Die Stimme der Vernunft sagte ihm, dass er es lassen sollte.

Was soll denn sein? Er würde sich vergewissern, dass sich niemand in dem letzten Zimmer aufhielt. Dahinter vermutete er ein zweites Bad.

Ein zweites.

Zuhause hätte er sich gewünscht, auch nur eines zu haben, das anständig funktionierte.

Er durchwühlte seinen Rucksack, fand zwar auf die Schnelle nicht seine Lieblingssachen, aber welche, die für den Moment ausreichten. Wie sein Shirt – ein graues, das aufgrund vieler Waschgänge mittlerweile unterschiedlich ausgeprägte Farbnuancen besaß – auf der Bettwäsche lag, wirkte es wie ein Putzlappen. Nate ließ sich den goldorangenen Satin durch die Finger gleiten.

Ich hole Mum einfach hierher.

So viele Schulden er auch abbezahlte – in Hedford würde sie es nicht mehr erleben, dass ihr Haus sich in einen Palast wie diesen hier verwandelte. Sie hatte es verdient, hier zu leben. Nach allem, was sie durchgemacht hatte.

Ob sie sich weigern würde, in das Haus seines Vaters zu ziehen? Würde sie die Zugfahrt überstehen?

Nate lugte hinter die letzte Tür und fand ein L-förmiges Bad vor. Das beruhigte seine Sorgen. Die Fliesen an den Wänden spiegelten das Licht aus dem Dachfenster. Ein Vorhang trennte die Toilette vom Rest. In der Luft lag der unverkennbare Geruch nach Chlorreiniger und Scheuermilch, noch dick und brennend, als wären sie heute Morgen erst im Einsatz gewesen.

Gab es Ärzte hier in der näheren Umgebung? Ein Krankenhaus, in dem Mum ihre Therapien erhalten würde? Eine Apotheke, die ihre Medikamente vorrätig hatte? Vielleicht würde es leichter werden, sie zu pflegen. Die Menschen hier schienen ihm nicht abgeneigt. Mit Glück ließ sich dieses Wohlwollen auf sie übertragen.

Das einzige große Problem wären die Treppen. Sie würde einen Raum im Erdgeschoss brauchen. Eine Ecke in der Wohnstube oder ...

Er hatte eine Tür übersehen. Unten. Abstellkammer, Bad, Wohnzimmer, Küche. Das ergab vier.

Aber es gab fünf Türen.

Mit der Hand an seiner geöffneten Hose verharrte er.

Sollte er sich wieder anziehen und nachsehen? Sein Blick glitt über das Shirt, das er seit drei Tagen trug, und sein durchgeschwitztes Unterhemd. Was würde dort unten schon warten? Eine Kellertreppe? Ein Büro?

Sicherlich kein verrückter Serienmörder.

Außerdem hatte er abgeschlossen.

Seine Hose sank zu Boden. Wenn er sterben würde, dann zumindest sauber. Der einzige Verrückte hier war er, der zu viele Gruselfilme gesehen hatte und zu selten allein war.

Nate betrachtete die Badewanne. Zwar schlängelte sich der Schlauch zu einem Duschkopf über den Rand, einen Vorhang schien es aber nicht zu geben.

Er löste mit zusammengebissenen Zähnen den Verband von seiner Hand. Der Schnitt hatte sich in der Mitte wieder geöffnet. Eine unansehnliche Narbe würde das werden.

Verdient.

Schluss jetzt! Nate hob sein Bein und stieg über den Rand. Wenn er sich mit dem Rücken an die Fliesen lehnte, sollte der Boden nicht allzu nass werden. Er nahm den Duschkopf in die Hand und erschrak über den Druck, mit dem das Wasser daraus hervorsprudelte. Vorsichtig hantierte er am Wärmeregulator herum. Zuhause gab es nur kochend heiß oder lauwarm bis kalt. Hier gab es alle Stufen dazwischen.

Seine Zehen quiekten über den rutschigen Boden der Wanne. Nach den ersten Schaudern, die ihm Wasser stets bescherte, genoss er die Wärme. Mit einem Aufseufzen legte er den Kopf in den Nacken.

Und erstarrte.

Genauso wie der Mann.

Der andere Mann.

In der Ecke zwischen Waschbecken und Handtuchschrank.

Nate sprang zurück. Mit einem Bein knallte er gegen die Wanne, mit dem anderen versuchte er, draußen Halt zu finden. Seine nassen Fersen ließen ihn im Stich, er strauchelte, der Duschkopf fiel ihm aus der Hand, er keuchte auf –

Mit einem Ruck endete sein Fall. Wenige Zentimeter vor dem Badewannenrand.

Eine Hand hielt ihn fest. *Seine* Hand.

Eilig befreite Nate sich. Er riss an seinem Handtuch, verteilte die Unterwäsche darauf über den Boden und wickelte sich ein. Rückwärts, immer weiter taumelte er rückwärts, bis kalte Fliesen gegen seinen Rücken drückten.

Mit aufgerissenen Augen starrte der Mann ihn an.

Das Wasser sprudelte aus dem umgekehrten Duschkopf wie aus einem Springbrunnen.

»Ha... Hallo?« Nate drückte das Handtuch an seinen Körper. *Oh Gott, oh Gott, oh Gott.* Wie lange hatte dieser Typ dagestanden? Hatte er ihm dabei zugesehen, wie er sich auszog?

Wie hatte er ihn übersehen können?!

Abgeschlossen. Pah! Eingeschlossen hatte er sich.

Im Bad.

Mit einem Fremden.

Der gerade die Hand hob, als würde er ihn grüßen.

Mit hochroten Wangen mied er seinen Blick. »Wer ... bist ... du?« Ein Sohn seines Vaters? Ein verirrter Halbbruder oder etwas in der Art? Nate betrachtete ihn mit gesenktem Blick.

Einige Haarsträhnen fielen in sein Gesicht. Ein Drei-Tage-Bart wuchs über seine Wangen und umschloss seinen Mund. Seine Lippen wirkten fremd. Zu breit. Zu voll. Kein blondes Haar, keine blaugrüne Iris, kein familientypisches herzförmiges Gesicht, eher markant, mit ausgeprägter Wangenkontur. Um seine hellen Augen bildeten sich vornehme Falten, als er seinen Blick bemerkte und ihn erwiderte. Er zeigte ihm seine Handflächen. Ein Friedensangebot.

»Wie heißt du?« Sich schmerzlich bewusst, dass er nackt und nass vor ihm stand, senkte er erneut den Kopf.

»Ethan.«

Er konnte also sprechen. Mit erstaunlich stoischer Stimme.

»Wer bist du?«, fragte Nate.

»Ethan ...?«

Oder auch nicht. »Ich meine ... Was machst du hier?«

Das Sprudeln des Wassers zerstörte immerhin die Stille, wenn schon nicht das Schweigen. Es trieb ihm die Röte auf die Wangen.

Ethan räusperte sich. »Verzeihung. Ich arbeite hier. Ich bin der Haushälter dieses Hauses.«

Sein Vater hatte sogar einen Haushälter? Wassertropfen rannen seine Beine hinab und störten seine Gedanken. »Würde es dir etwas ausmachen ...?«

»Verzeihung.« Mit hastigen Schritten ging er an ihm vorbei. Als er beinahe auf die Unterhose trat – seine ›Zuhause‹-Unterhose mit dem Loch, das gut sichtbar oben klaffte –, hob er sein Bein höher. Nate wünschte sich, in der Badewanne geschmolzen und im Abfluss verschwunden zu sein.

Bemüht leise drehte Ethan den Schlüssel herum und schlich hinaus. Die Tür sank hinter ihm ins Schloss.

Oh. Mein. Gott.

Wieso hatte er nichts gesagt? Hatte er ihn beim Ausziehen beobachtet? Wo war er überhaupt gestanden? Etwa hinter der Ecke? War er denn der Haushälter oder bloß ein Spinner, der sich hierher verirrt hatte? Aber weshalb hielt er – es war demnach sein Verdienst – das Haus ansonsten in Ordnung?

Es dauerte, bis er sich aufraffte. Wie sollte er diesem Ethan je wieder ins Gesicht sehen? Nicht nur seine hässlichste Unterhose hatte er gesehen, sondern auch das, was sich normalerweise darin befand.

Wundervoll. Absolut wundervoll.

Dieses Mal setzte er sich hin und wusch sich schnell.

Mit nassen Haaren schlich er aus dem Bad. Keine Spur von Ethan.

Wollte er ihm denn über den Weg laufen? Nate entschied, dass keine seiner Fragen wichtig genug war, um aktiv nach ihm zu suchen. Nicht heute. Er schlurfte zurück in sein ausgewähltes Zimmer und schloss die Tür ab.

Nur, um sicherzugehen.

Nate ließ sich auf das Bett fallen. Wie er dort lag, auf Laken, die ihm nicht gehörten und irgendwie doch, allein und irgendwie doch nicht, wünschte er sich, er hätte weinen können. Oft hatte er im Zug seine Tränen unterdrückt. Im Zug und die Tage davor. Jetzt kamen sie nicht. Er starrte gegen eine vertäfelte Decke, die ihm ebenso gut gleich auf den Kopf fallen könnte.

Seine Hand ballte er zur Faust. Sie ziepte und an seinen Fingerspitzen klebte Blut. Es fing das Sonnenlicht auf seiner Haut - eine dunkel schimmernde Linie, auf seine Finger gezeichnet.

Er sollte sich darum kümmern.

Obwohl er allen Grund hatte, ihn zu hassen, wünschte er sich, Tony wäre hier. Der würde sich seine hinter selbstironischen Witzen versteckten Sorgen anhören, und ihm dann irgendeinen Rat geben, den er mit einer ordentlichen Portion Fremdschämen garnierte. Er würde ihm damit drohen, jedes Geheimnis zu verraten, wenn er weiterhin jammerte, und ihm noch so einen verdammten Becher andrehen. Vielleicht hätte er ihn angenommen.

Das Rauschen des Windes lenkte ihn ab. Er reckte den Kopf und betrachtete die quirligen Birkenblätter vor seinem Fenster. Dahinter leuchtete der Himmel in einem sanften Blau, unterbrochen von diesigen Wolkenschwaden.

Der Sommer rief: *»Komm, steh auf, geh raus!«*

In Hedford hätte er sein Rad geschnappt und wäre mit Ivy zum Ferrers Lake gefahren. Tony hätte ihn in den See geschubst und Archie hätte ihn untergetaucht, bis er Panik bekam und mit den Armen ruderte. Danach hätten sie gelacht. Zusammen. Ivy hätte ihn geküsst, während Wasserperlen ihre Lippen benetzten – zumindest so lange, bis Tony sich auf sie stürzte und mit in die Wellen riss. Die Fontänen hätten das Sonnenlicht gefangen, bis sie auf ihren Köpfen zerschellten.

Aber Nate hasste den Sommer.

Er deckte sich nicht zu, sondern rollte auf die Seite, zog seine Knie an seinen Bauch und vergrub seinen Kopf in den schlackernden Ärmeln seines gefleckten grauen Shirts.

Wenigstens der Schlaf war ihm gnädig.

Als er aufwachte, neigte sich der Tag dem Ende zu. Er rieb sich die Augen und seufzte. Gott, er schmeckte seinen eigenen Mundgeruch. Schal, mit einer Note von vergorener Limonade. Wie spät mochte es sein? Zwanzig Uhr? Einundzwanzig? Spät genug, dass gewisse Andere hoffentlich nach Hause gefahren waren.

Ich brauche einen Schluck Wasser. Und Verbandszeug.

Nate torkelte die Treppen hinab. Auf halbem Weg bemerkte er, dass unten Licht brannte. Hatte er das Küchenlicht nicht ausgemacht? Oder war Ethan doch noch hier? *Lebte* er hier?

Was soll's.

Seine Wangen leuchteten. Er holte tief Luft, dann gab er der – nur angelehnten – Küchentür einen Schubs. Auf den ersten Blick entdeckte er nur die hölzernen Küchenschränke und die Kücheninsel mit Barhockern. Nach der Sache im Badezimmer vertraute er seinen ersten Blicken allerdings nicht mehr. »Hallo?«

Keine Antwort.

Entspann dich. Wie ein Einbrecher kam er sich vor. Selbst, wenn es auf dem Papier anders stand – dieses Haus gehörte ihm nicht. Am besten wurde er es schnellstmöglich los. Wie viel Geld war es wohl wert? Reichte es, um die Schulden abzubezahlen?

»Guten Abend, Mr. Alglow.«

Nate fuhr zusammen und fluchte.

»Verzeihung. Ich wollte Sie nicht ...«

»Schon gut«, murmelte er. Er legte die Hand in den Nacken und trat zur Seite, um Ethan durchzulassen. »Ich hätte es wissen müssen.«

Ethans Mundwinkel zuckten. Als müsste er überlegen, neigte er den Kopf und hielt den Blick gesenkt; er wich ihm aus, gerade so, und trug ein paar Schalen zur Arbeitsplatte. Über seiner Schulter trug er ein Geschirrtuch wie einen Schal.

»Woher kennst du m...«

Vorher im Bad hatte er nicht wahrgenommen, wie groß Ethan war. Er überragte ihn um fast einen Kopf. Ethans Haar erinnerte ihn an die dunkle Seite von Kastanien und glänzte ebenso seidig. Es fiel glatt und wellenlos, als wäre es schwer, dort, wo es sich aus dem dicken Knoten löste, der den Rest zusammenhielt. Hinter seinem Ohr zog sich eine Narbe bis unter sein Hemd, wo sie entweder aufhörte oder verschwand.

Ethan warf ihm einen Blick über die Schulter zu.

Hastig bemühte sich Nate, die Küchenschränke zu inspizieren.

Mit einem hochgezogenen Mundwinkel wandte Ethan sich ab und ließ Wasser in das Spülbecken.

Seine Augen. Nie zuvor hatte Nate solche Augen gesehen. Sie trugen die Farbe von Ivys Haar, ein heller Braun-, beinahe schon Honigton, der für eine Iris nicht existieren sollte. Etwas Beunruhigendes haftete ihnen an.

Generell war Ethan nicht ein Haushälter, wie man ihn sich vorstellte. Er zählte kaum mehr Jahre als er selbst: schätzungsweise Mitte zwanzig. Anstelle eines Wohlstandsbauches bewegte er einen sehnigen Körper, zumindest soweit Nate dies unter seinem Aufzug ausmachen konnte. Dienstkleidung schien das nicht zu sein. Der ölfarbene Hemdstoff deutete die flüssigen Bewegungen seiner Schulterblätter an, endete an seinen Ellenbogen und enthüllte stark gebräunte Haut – oder war sie generell etwas dunkler? Er trug weder Jackett noch Anzugshose. Sein Hemd steckte in einer schwarzen Jeans, die er mit einem ebenfalls dunklen Ledergürtel über seiner Hüfte befestigt hatte.

»Haben Sie einen Wunsch, Mister?«

Nate blinzelte. Konnte Ethan Gedanken lesen? Da fiel ihm auf, wie unverhohlen er starrte. Vermutlich fühlte er sich einfach nur belästigt. »Nein – also, vielleicht doch.« Er räusperte sich. »Ich bin Nate. Einfach Nate. Oder Nathaniel, wenn's sein muss. Aber kein Mister.«

»Das steht mir nicht zu.«

»Bitte.«

»Aber ...«

»Ich bestehe darauf.«

Ethan neigte den Kopf, ohne ihn anzusehen. Versuchte er, einem eigensinnigen Gör nicht zu widersprechen? War es das, was er in ihm sah? »Wie Sie ... du wünschst.«

Er hatte eine sehr eigene Art, zu sprechen. Seine Sätze klangen monoton, wie seit langer Zeit einstudiert. *Schräger Typ.*

»Gibt es hier einen Verbandskasten?«

»Sind Sie verletzt?«

»Ein bisschen.«

»Ich könnte einen Arzt ...«

»Nein, nein. Schon gut.« Seit wann unterbrach er Menschen so häufig? »Entschuldige.«

»Wofür?«

Er meinte, eine Regung in Ethans Stimmlage zu erkennen. Lag es daran, dass seine gesamte Frage aus einem einzigen Wort bestand?

Die Antwort blieb er ihm schuldig.

In der Abstellkammer fand er ebenfalls keine Verbände. Als er sich umdrehte, stand Ethan wieder hinter ihm. Wortlos. Diesmal schaffte er es immerhin, einen Schreckenslaut zu unterdrücken. Er nahm ihm die rote Erste-Hilfe-Tasche ab, murmelte ein kleinlautes ›Danke‹ und flüchtete ins Wohnzimmer. *Dieser Kerl macht mich fertig.* Mit dem Ellenbogen bediente er den Lichtschalter, ehe er auf das Sofa sank.

Dem Knarzen der Tür hatte er zu verdanken, dass Ethan ihn dieses Mal nicht überraschte. »Brau... Brauchst du Hilfe?«

»Nein«, wollte er sagen. Allerdings sah er ein, dass es alleine schwer werden würde, sich die Haupthand zu verbinden. Seufzend nahm er sein Angebot an. Mit zusammengebissenen Zähnen zeigte er ihm den Schnitt.

Ethan erledigte seine Arbeit schnell. Kein Kommentar fiel darüber, dass er damit *wirklich* zum Arzt gehen sollte, keine Frage kam bezüglich des Verletzungsvorgangs. Er tupfte den offenen Teil der Wunde ab und legte einen streng sitzenden Verband an. Einfach so.

Im Gegensatz zu den seinen wirkten Ethans Hände sauber und gepflegt. Seine Haut umschmeichelte seine Gelenke, anstatt rissig darüber zu wachsen. Unter seinen Fingernägeln verbargen sich keine Halbmonde aus Dreck. *So gründlich ist meine Wäsche also ausgefallen.* Nate kaute auf seiner Lippe.

»Wünschen Sie ein Abendessen? Ich kann Ihnen alles zubereiten, wonach Ihnen der Sinn steht.«

»Nein, schon gut.«

»Möchten Sie lieber etwas trinken? Ein Glas Wasser? Tee? Whiskey?«

Mehr als ein Kopfschütteln brachte Nate nicht zustande. Er wartete, bis Ethan das Wohnzimmer verließ. Erst dann zog er seine Beine aufs Sofa und umschlang sie mit den Armen. So viel zu seinem Schluck Wasser.

Erging es Mum Zuhause genauso? Wie oft nahm sie das Wasserglas an, weil ihr keine andere Wahl blieb? Vergaß sie ihre Tabletten wirklich regelmäßig? Wann hatte sie Appetit und wann aß sie seinetwegen?

Er sollte sie anrufen.

Gegenüber dem Esstisch fand er ein Telefon. Er zog den Apparat auf seinen Schoß. Die Nummer seines Zuhauses in die Drehscheibe einzuwählen kam ihm seltsam vor. Verkehrt. Er sollte dort sein, nicht dort anrufen. *Bitte nimm ab, Mum. Nicht Valery. Nicht Marcus. Bitte.*

»Alglow?«

»Mum! Geht es dir gut?«

»Nathaniel, bist du das?«

»Ja.«

»Wieso rufst du um diese Uhrzeit an? Ist etwas passiert?«

Schuldbewusst warf er einen Blick auf die Wanduhr. »Tut mir leid. Daran hab' ich nicht gedacht. Ich wollte nur ... ich dachte ...«

»Wo bist du?«

Durch die Leitung klang ihre Stimme verzerrt, was es ihm unmöglich machte, ihren aktuellen Zustand einzuschätzen.

»Nathaniel?«

»Mir geht's gut, Mum.«

»Wann kommst du nach Hause?«

»Sobald ... ich hier fertig bin. Ist bei dir alles in Ordnung?«

»Oh, ja. Valery ist hier, wusstest du das?«

»Wie ... schön.«

»Ja! Sie hat neue Fliesen für die Küche gekauft. Marcus arbeitet den ganzen Tag an unserem Boden. Wenn du zurückkommst, kannst du ihm helfen. Er muss das ja nicht alleine machen, der Gute.«

»Ja, natürlich.«

»Ist viel los?«

»Wo?«

»Na, im Restaurant?«

»Es ... es geht.«

»Vielleicht kannst du früher kommen.«

»Das würde ich gerne.«

»Deine Schwester ist schwanger, wusstest du das?«

»Ja.«

»Sie bekommt eine Tochter. Bald.«

»Deshalb ist sie ja gekommen.«

»Haben ... wir darüber ... schon einmal – Nathaniel?«

»Ja?«

»Du bist nicht im Restaurant, oder?«

»Nein.«

Stille. Nate presste die Lippen zusammen.

»Wo bist du?«

»Da, wo ihr mich hingeschickt habt. Weißt du noch?«

»Ich ...«

»Schon gut, Mum. Ich bin bald zurück. Versprochen.«

»In Ordnung.«

»Ich rufe dich morgen wieder an, ja?«

»Weinst du?«

»Blödsinn.«

»Mhm.« Sie seufzte. »Geht es dir wirklich gut?«

»Ja, natürlich. Ich muss nur schlafen. Morgen steht viel an.«

»Nun, dann ... Gute Nacht, Schatz.«

»Gute Nacht. Hab dich lieb.«

Sie legte auf. Er lauschte dem Tuten in der Leitung, bis es zu einem Knistern verging.

Dann flitzte er die Treppen hinauf und sperrte sich ein.

3

Bevor er am nächsten Morgen duschen ging, überprüfte Nate
das Bad. Zweimal. Seine verschwitzten Klamotten waren verschwunden. Er bedachte die Waschmaschine hinter der Ecke
mit einem langen Blick. Die Wäschetrommel drehte sich fröhlich und schäumte ihm ein blasiges Gemälde entgegen. *Bitte
nicht.*

Seufzend packte er seine Zahnbürste in den Becher – sil-
berne Ränder und Milchglas – und rasierte sich die letzten
Nächte aus dem Gesicht. Nicht, dass es etwas ändern würde,
aber irgendwo musste er schließlich anfangen. Dieses Mal rieb
er sein Haar wieder trocken.

Auf der Treppe begegnete ihm Kaffeeduft gepaart mit dem
Aroma von geröstetem Toast. Nate widerstand dem Drang,
eine Grimasse zu ziehen, und zwang sich stattdessen ein Lächeln auf. Die Küchentür wartete einmal mehr einen Spalt
breit offen. »Guten Morgen«, sagte er.

Ethan warf ihm über die Schulter einen Blick zu. Er hantierte
mit einer Pfanne auf dem Ceranfeld. »Guten Morgen, Mister.«

»Nate.«

»Verzeihung. Möchten Sie Kaffee?«

»Du, bitte.«

»Möchtest du Kaffee?«

»Nein.«

»Ich habe Ihnen ein Frühstück zubereitet.«

»Ich habe keinen Hunger.«

»Frühstücken Sie nicht?«

»Nein. Niemals.«

»Ich verstehe.«

Nate warf die Tür hinter sich zu und nahm einen tiefen Atemzug. Die Zähne versenkte er in der Innenseite seiner Wange. Er holte seine Schuhe und beschloss, einen Spaziergang zur Tannstreet zu machen.

Bis er ankam, stand die Sonne am Mittagszenit. Sein Shirt klebte ihm am Rücken und sein Haar auf der Stirn. Die Tannstreet schien die einzig vernünftig geteerte Straße im ganzen Ort zu sein; jede Meile etwa verband sie sich mit einer Nebenstraße, Kieswegen oder zerrütteten Teerwegen, die kaum die Bezeichnung Straße verdienten. An ihren Seiten reihten sich altbackene Gebäude aus klobigen Ziegelsteinen aneinander. In den Schaufenstern zeigten Bilder, was im Inneren geboten wurde: Wollknäuel neben einem lächelnden Schaf, Lutscher, Zeitschriften und Zigaretten, Steak und Rippchen. Dazwischen wuchsen mit Zierzaun umgebene Birken aus dem Bürgersteig, flankierten Bänke und Parkmöglichkeiten. Zwischen einer Fleischerei und einem Bäcker lugte ein kleines, gezwungen modernes Bankgebäude heraus. Es war das einzige Haus, über dessen Eingangstür kein Schild, sondern eine Leuchtschrift hing. Die Fenster eröffneten einen opulenten Blick auf zwei, drei Bankschalter und graue Kästen: Automaten. Selbst die Tür mit ihren Fensterfronten und langstieligen Griffen ächzte nach Neuerungen, die es in einem Dorf wie diesem nicht geben sollte.

Auf einem gepflasterten Rundplatz entdeckte er einen Brunnen. Grob behauene Fischskulpturen spuckten Wasser in einen steinernen Teich. Wäre er Fischer und nicht der seltsame Junge aus dem Wald, könnte er die Arten benennen. Stattdessen missfiel ihm der Gedanke, sich mit Fischspeichel das Gesicht zu waschen; er tat es trotzdem. *»Du bist eine Mimose«*, sagte Tony. Durchnässt von Schweiß und Wasser sank er vor dem Brunnen zu Boden und rieb sich mit Daumen und Zeigefinger über die Augen.

Wenn er wenigstens ein Fahrrad hätte. Der Weg wäre nicht kürzer, aber schneller zurückgelegt – die Sonne nicht kälter, aber im Fahrtwind erträglicher.

Sein Magen knurrte.

Sei leise.

Er lehnte sich an den Brunnenrand. Eine der Fischstatuen ächzte ihm ihren Wasseratem in den Nacken. Gegenüber verweilten geflochtene Stühle und Tische, die – dem meterhohen Pappbild einer dreistöckigen Eiswaffel nach – zu einer gut besuchten Eisdiele gehörten. Gefühlt jeder Blick galt ihm. Egal, ob es die alte Dame war, die ihn anstarrte, das Kind mit dem Eis in der Hand, die kinderwagenschiebende Mutter in ihrem Sommerkleid oder der Kellner zwischen den Tischen. Ein ergrauter Herr flanierte auf seinen Gehstock gestützt an ihm vorbei und rümpfte die Nase. Nate konnte es ihm nicht verübeln. Eine Straße weiter entdeckte er das grüne Schild einer Apotheke und ein Restaurant, über dessen Eingang flammende Lettern den Namen ›Marvolo's‹ anpriesen. Das Haus dazwischen erregte seine Aufmerksamkeit. Es besaß einen gewissen Altbaucharme, mit dem viktorianischen Spitzdach und den Stuckfassaden.

»The Pawn's Books«. Was war es nur mit diesen Menschen und den Namen ihrer Läden?

Nate seufzte. Er rieb sich über das Gesicht, warf dem glucksenden Fischgesicht einen letzten Blick zu und raffte sich auf. *Was soll's. Wenn ich schon hier bin ...*

Der Weg erwies sich länger als erhofft; was ziemlich sicher daran lag, dass Nate den Blick des Kellners mehr als einmal kreuzte. Einmal warf er sein schwarzes Haar zurück und lächelte ihm zu, bevor er sich das leere Tablett unter den Arm klemmte und in der Eisdiele verschwand. Frischer Schweiß benetzte Nates Handflächen, bis er vor dem Buchladen stehen blieb.

In der Auslage ruhten Bücher auf winzigen Ständern, gut sichtbar für jeden, der wie er einen Blick riskierte. Passend zu der kleinen Provinz im Nirgendwo handelte es sich zumeist um Ratgeber über das Säen und Ernten, die Geschichte der Traktoren oder ortsansässige Gewässer und Wälder. Im hinteren Teil des Ladens machte er dichtgepackte, dunkle Holzregale aus. Es musste Stunden gedauert haben, jedes einzelne Stück Literatur einzuräumen. Rote Sessel schimmerten dazwischen hervor. Einer von ihnen ruhte direkt neben dem Schaufenster: ein warm belichteter Platz, der zum Lesen und Verweilen einlud.

Eine dunkelholzige Ladentheke trennte den hinteren Teil ab. Neben einer altmodischen Kasse – er konnte ihr Klingeln beinahe hören – stand eine Schale, in der sich Bonbons türmten. Ein handhoher Keramikbär schwang sein Tanzbein und präsentierte ein Schild mit der Aufschrift »Catch you later«. *Mum würde darüber lachen.* Nates Kiefer mahlte. Wenn er sich vorbeugte, konnte er sogar den Stift erkennen, der daneben ruhte. Zaghaft, als könnte er stechen oder beißen, berührte er den golden lackierten Türgriff und spürte die Wärme der Sonne darauf. Mit dem Daumen ertastete er eine abgeplatzte Stelle; als er die Finger zurückzog, blieben seine Abdrücke gut sichtbar auf der Klinke haften. Selbst, wenn er nun ging, würde eine Spur von ihm hierbleiben – wie ein unerfülltes Versprechen.

Anstatt zu spekulieren, wie viel dieser Laden wert sein mochte, stellte Nate sich unwillkürlich die Frage, ob sein Vater an jenem Tag gewusst hatte, dass er die Tür für immer schloss. Sein Blick klebte an dem aufwendig kalligraphierten ›Closed‹-Schild, zeichnete jeden geschwungenen Buchstaben nach, der einzeln nichts bedeutete, wohl aber in dieser Anordnung: Geschlossen. Aufgegeben.

Verwaist.

Zu Grabe getragen.

Hatte Robert Alglow gewusst, dass er sterben würde? Seine Finger von der Klinke gezogen in dem Wissen, dass er den Türgriff nie wieder berühren würde? Hatte er hier, genau hier, einen Moment innegehalten und sein Werk betrachtet, bevor er sich ein letztes Mal verabschiedete?

Hatte er sich je verabschiedet?

Nates Blick flackerte über die staubige Scheibe. Er wandte sich ab und ging.

Am nächsten Morgen weckten ihn Bauchschmerzen. Er musste essen. Wie lange war es her? Zwei Tage? Mit den Händen auf seinem Unterleib drehte er sich im Bett herum und versuchte, noch etwas Schlaf zu finden. Wenn er über die Haut rieb, besänftigte die Wärme das Stechen. Kurz, zumindest. *Verdammt.* Er vergrub das Gesicht im Kissen. Konnte er sich einen der beiden Äpfel aus dem Obstkorb leihen? Ein Stück Toast vielleicht? Er bräuchte nicht mal Butter dazu. Sobald er eine neue Arbeit gefunden hatte, würde er jeden Bissen ersetzen.

Während er die Treppe hinab schlurfte, rieb er sich über die Arme, als fröre er. Kaffeeduft empfing ihn in der Küche, so stark, dass er ihn schmeckte. Ethan stand hinter der Kücheninsel und füllte eine Tasse damit. Immerhin bereitete er nicht wieder ein aufwändiges Frühstück zu.

Nate setzte sich auf einen der Barhocker. »Guten Morgen.«

»Guten Morgen.«

Mit den Fingerspitzen trommelte er auf die Arbeitsplatte. Beging er einen Diebstahl? Sollte er warten, bis Ethan die Küche verließ? Mit dem wenigen Geld, das oben in seinem Rucksack lag, konnte er sich kaum eine einzige Mahlzeit leisten. Sollte er es dennoch versuchen? Gott, wie erbärmlich. Wie ein Schmarotzer saß er im Haus seines Vaters und war auf dessen Almosen angewiesen, selbst nach seinem Tod.

»Möchtest du Kaffee?«, fragte Ethan.

Nate hob den Blick. Zögerte. »Vielleicht.«

Mit spitzen Fingern schob Ethan eine Tasse aus weißem Porzellan über die Arbeitsfläche, darauf bedacht, den Rand nicht zu berühren. »Es ist Freitag«, sagte er. »Die Bank schließt heute um dreizehn Uhr.«

»Du meinst, ich sollte hingehen?«

Ethan neigte den Kopf. Für einen Herzschlag begegneten sich ihre Augen. Seine Mundwinkel zuckten. Er nickte ihm zu und entfernte sich mit gemessenen Schritten.

Nate rieb sich über das Gesicht. Das Kaffeearoma reizte seinen Magen. Er knurrte spürbar. Mit einem schweren Atemzug vergewisserte er sich, dass Ethan die Tür zugezogen hatte.

Die Dame hinter dem Bankschalter griff nach ihrer Brille und schob sie den Nasenrücken hinab, während sie die Urkunden überflog. Sie runzelte die Stirn und setzte ein paar Kreuze in ihre Akten.

»Geburtsdatum?«

»17. Dezember 1962.«

»Geburtsort?«

»Rushden.«

»Das ist ein Stück weit von hier. Meine Cousine wohnt dort.« Sie leckte sich über die Lippen. »Scheint, als wäre alles in Ordnung.« Mit einem Räuspern packte sie die Papiere zusammen und erhob sich. »Ich bin gleich zurück. Warten Sie hier.«

»Ich hatte nicht vor, wegzurennen«, nuschelte er. *Wohin auch.* Sein Blick glitt über das triste Grau an den Wänden. In gläsernen Rahmen hingen Reklamen für Hauszinsen oder Studienkredite. Auf ihnen lagerte sich der Staub ab wie auf seiner Zunge. *Ich sollte Ethan danken.* Er musste gewusst haben, dass sein Vater eine Übernahme für ihn vorbereitet hatte. Weshalb sonst hätte er ihn hierher geschickt? Dabei wollte er ihm nicht dankbar sein müssen. Ethan war der Haushälter seines Vaters.

Die Dame kehrte zurück. Riesige Zähne leuchteten ihm während ihres Lächelns entgegen. »In diesem Umschlag finden Sie alles, was Sie benötigen. Bitte füllen Sie den Antrag aus und werfen Sie ihn mir morgen in den Briefkasten an der Tür. Dann sollte Ihre neue Karte in ungefähr zwei Wochen da sein.«

»Danke.«

»Sollten Sie in der Zwischenzeit auf das Konto zugreifen oder Überweisungen tätigen müssen, melden Sie sich bei mir.«

Er unterdrückte ein Seufzen. *Es wird nicht anders sein als bei Mum. Oder?* »Könnten Sie bitte für mich nachsehen, ob alle erforderlichen Daueraufträge laufen?«

»Selbstverständlich.« Mit zusammengekniffenen Augen wandte sie sich dem Computerbildschirm zu ihrer Rechten zu. Sie tippte ein paar Daten ein, dann nickte sie. »Alles wie gehabt.«

Seine nächste Frage kostete ihn Überwindung. »Ist es denn gedeckt?«

»Das Konto?« Sie lachte, als hätte er einen Scherz gemacht.

»J... ja?«

»Aktuell beträgt das Guthaben sechzehntausend Pfund. Reicht Ihnen das?«

Sechzehntausend Pfund?! »Ja, natürlich. Vielen Dank.« Nate zog den Umschlag vom Schalter und zwang sich ein Lächeln auf. »Ich bringe die Papiere morgen vorbei. Danke nochmal, Mrs. ...?«

»Harting.«

»Danke, Mrs. Harting. Einen schönen Tag wünsche ich.«

»Ebenso.« Ihr Blick flog über sein Gesicht, dann wandte sie sich wieder ihrem Bildschirm zu.

So schnell wie möglich, ohne fluchtartig zu wirken, verließ er das Bankgebäude. Draußen atmete er tief durch. Diese ganze Sache stank zum Himmel. Konnte es so einfach sein? Das Bankkonto seines Vaters übernehmen, die Häuser verkaufen und zack, waren all die Schulden getilgt? Es musste einen Haken geben. Einen großen.

Zögerlich tastete er das Kuvert ab. Der Schlüssel ließ sich unschwer erfühlen.

Wollte er den Laden betreten?

Heute?

Na los. Es ist nur ein Haus. Geh schon.

Seine Beine bewegten sich nicht.

Ich bin es Mum schuldig.

Wie ein Tourist – der er eigentlich war – schlenderte er die Tannstreet entlang. Für den Besuch bei der Bank hatte er Tonys altes Jackett ausgegraben. Auf den Straßen fühlte er sich damit fehl am Platze. Niemand hier kleidete sich schick. Im Schatten der Sonnenschirme des Marvolo's hockten ein paar Männer: Sie trugen Hosenträger und ungebügelte Hemden, zwei von ihnen Gummistiefel trotz der Hitze. Auf ihren Köpfen kauerten Strohhüte. Darunter versteckten sie bestimmt kein sorgsam gekämmtes Haar oder gegelte Frisuren. Wenn sie lachten, klafften ihre Münder groß und dunkel. Sie schämten sich weder für die Zahnlücken, die sie enthüllten, noch für die derben Worte, die ihnen daraus entkamen. Die Damen umgaben sich mit wehenden Stoffbahnen, meistens in Grün oder Karomustern. Die Kleinsten liefen nackt mit ihren Windeln. Ihr Lachen hallte über den Brunnenplatz. Zwei Mädchen bespritzten sich mit dem Wasser aus den Fischmäulern, tränkten ihre Tuniken in kühlem Nass. Die Spuren von Kinderfüßen bedeckten das Pflaster.

Nate atmete tief durch.

Schließlich stand er wieder dort. Vor dem Schaufenster. In der Scheibe beobachtete er die Menschen, die hinter ihm flanierten; anfangs, zumindest. Es dauerte nicht lange, bis er die Bücher in der Auslage überflog und den Keramikbär betrachtete.

Heute nicht. Er steckte den Schlüssel in das Schloss. Es klickte. Mit einem Knarren wich die Tür vor ihm zurück und machte ihm Platz.

Die Klingel über ihm bimmelte verhalten. Zwei, drei tiefe Atemzüge lang stand er mitten im Raum. Der Geruch von Büchern umgab ihn, der ganz eigene Duft von Papier, Druckerschwärze und Alter. Mit Büchern war es wie mit Wein: Je älter, je reifer sie waren, desto intensiver rochen sie. Das zumindest hatte Tante Susan behauptet, wenn sie abends mit Mum in der Küche saß. Dabei trank sie meistens von dem Wein, über den sie schwärmte, und schimpfte über den Schriftsteller, der sie zwar begattete, aber nie heiratete.

Schluckend verstaute er den Schlüssel in der Hosentasche und zwang sich, seinen Blick schweifen zu lassen. Unterteilt in verschiedene Rubriken, rankten sich die Bücherregale wie wilder Efeu bis hoch zur Stuckleiste. Eine Staubschicht lag auf allem wie eine Decke. Nate wischte mit dem Finger über das erstbeste Regal und starrte auf das Grau auf seiner Fingerspitze, bis er es mit einem mulmigen Gefühl zerrieb.

Was sollte er nur mit diesem Ungetüm anfangen? Er befand sich in einem Schrein voller Erinnerungen, die ihm nicht gehörten. Zwischen den Büchern roch es nicht nur nach hölzernem Zellstoff und Tinte, sondern auch nach dem Parfüm seines Vaters. An der Kasse verstaubten *seine* Fingerabdrücke. Er würde sie verwischen müssen, wenn er sie berührte. Berühren, was er berührt hatte. Tun, was er getan hatte. Wofür? Gab es eine reelle Chance, dass ein Grünschnabel wie er ein Geschäft wie dieses zum Laufen brachte? Oder war er besser damit beraten, es schnellstmöglich zu verkaufen und wieder zu kellnern?

Es stand ihm frei, das Pawn's zu verlassen und drüben einen der Kellner anzusprechen, ob sie Leute brauchten. Das zumindest schien alle Lokale und Cafés zu vereinen: Mitarbeiter suchten sie immer. Ob er nun im Halter's Hutch arbeitete oder im Marvolo's, ob ihm Darren gegen die Knöchel trat, weil er die Tische zu langsam wischte, oder ein Lawrence oder Rick oder Terry. Was zählte, war der Lohn, den er dafür erhielt.

Andererseits könnte er Mum zu Weihnachten ein paar Bücher mitbringen, wenn es mit dem Laden gut lief. Solange er kellnerte, blieben Geschenke ein Luxus. Dann müsste sie sich nicht immer mit ihren uralten Rätselblöcken beschäftigen. Und zu Weihnachten würde nicht einmal seine Schwester ihn vor der Tür stehen lassen, oder?

Während er weiterging, glitten seine Finger über die Buchrücken. Er überflog sie. Keines der Sachbücher kam ihm bekannt vor. Sein Interesse weckten erst die Kinderbücher im Regal dahinter. Manche der Titel kannte er, andere hatte er gelesen. Von Zeit zu Zeit zog er eines heraus und schlug es auf, lauschte dem zarten Rascheln von Papier, während er Illustrationen und schwarzgedruckte Worte auf beigeweißen Seiten überflog. ›The famous Five‹, ›Mary Poppins‹, ›Doctor Dolittle‹ ... Schließlich landete er bei einem ganz bestimmten.

›The Wind on the Moon.‹ Er hatte es zu seinem sechsten Geburtstag geschenkt bekommen. Mum hatte ihnen die Geschichte vorgelesen, jeden Abend ein paar Seiten. Valery und er hatten sich den Platz auf ihrem Schoß geteilt – oder vielmehr darum gerangelt –, während Mum sich damit abmühte, das Buch nicht fallen zu lassen.

Die Geschichte handelte von zwei Schwestern, deren Herzen durch einen Wind aufgebraust wurden, der sie ungezogen werden ließ. Unschlüssig verharrte er über dem Exemplar, bis er es herauszog. Der Einband glitt unter seinen Fingern dahin wie die Buchstaben auf der Frontseite. ›Eric Linklater‹ zeichnete er mit den Fingerspitzen nach.

Am Weihnachtsabend las Mum, wie der Vater in der Geschichte zu seinen Töchtern sagte: »Ich will nicht, dass ihr eurer Mutter eine Last seid.« Danach verließ er seine Familie. *»Euer Vater wollte das auch nicht«,* sagte Mum. Nur, dass Dinahs und Dorindas Dad nach einem Jahr wiederkehren wollte. Und magische Kräfte, um ihn zu retten, besaßen weder er noch Valery. Sie weinten. Mum drückte sie an sich und versprach, dass alles gut werden würde. Sie knabberte an ihren Ohren und in ihren Nacken, bis ihr Lachen das Weinen ablöste und sie sich kichernd ihrem Griff entwanden. Danach rollte sie Ferngläser aus zerrissenem Geschenkpapier und focht mit ihnen. Sie spielte den Bösewicht, den ihre beiden mit rot glitzernden Schwertern bewaffneten Helden bekämpften. Bald hatten sie ihre Tränen vergessen und besiegten das Ungetüm, ehe sie mit einer neuen Gute-Nacht-Geschichte ins Bett gingen.

Ein Jahr später konnte Mum nicht mehr laufen. Das Buch hatten sie nicht beendet. Und Robert Alglow kam nie nach Hause zurück.

Nate stopfte es wieder an seinen Platz. Mit einem Blick auf seine Hand fluchte er. Der Schnitt hatte sich wieder geschlossen, aber kellnern würde er damit noch nicht können. Und das hier? Das konnte er offensichtlich auch nicht, wenn er nicht aufhörte, wegen jedem Mist emotional zu werden. Was war geschehen auf diese paar Tage? Er hatte sein Leben im Griff gehabt, einen Job, genug Geld, um zu überleben und Mums Rechnungen zu bezahlen. Und jetzt? Weder hatte er eine

Ahnung davon, wie man Erbschaften an- und übernahm, noch davon, wie man mit einem Haushälter zusammenlebte, ohne sich vor ihm zu schämen, oder davon, wie man überhaupt in einem Haus lebte, in dem es zuvor nie Platz für ihn gegeben hatte, oder davon, wie verloren man sich fühlte, wenn man plötzlich mutterseelenallein in einer Stadt wohnte, in der man niemanden kannte.

Einmal mehr überlegte er, was es ihn kosten würde, seine Sachen zu packen und nach Hedford zu flüchten. Seine Würde? Kein Problem. Achtzigtausend Pfund und ein Leben in Armut?

War es das wert?

Mum würde sagen, dass er sich Zeit nehmen sollte, um seine Entscheidung nicht zu überstürzen. Hatte er denn eine? Oder hatte Valery sie längst für ihn getroffen?

Tony würde sagen, dass er sich freuen sollte, ein vernünftiges Dach über dem Kopf zu haben. Gott, er konnte ihn hören. *»Regnet es hinein? Nein? Dann sei nicht so. Das Leben beschenkt dich nicht jeden Tag!«*

Ivy würde sagen, dass er alle möglichen Leute kennenlernen und mit ihnen trinken sollte. Als ob er keine anderen Probleme hätte.

Am schlimmsten war es, dass keiner von ihnen hier war.

Er war es.

Für eine Midlifecrisis hatte er keine Zeit. Das Dach über dem Kopf? Pah! Und die Leute? Blake? Buck? Trinken? Als er das letzte Mal getrunken hatte, wurde er haushoch von seiner Schwester rausgeworfen.

Nun, sie war auch nicht hier.

Immerhin etwas.

Nate schmunzelte, während er sich Tränen aus den

Augenwinkeln wischte. Natürlich. Solange Valery am anderen Ende Englands hockte, konnte es nur besser sein. Manche Dinge änderten sich nie.

Sollte er rüber ins Marvolo's und einen Aushilfsjob annehmen? Um zumindest die zwei Wochen zu überbrücken, bis er die Bankkarte erhielt? Seine Hand lehnte diesen Vorschlag dankend ab. Und er?

Ein Blick auf die Wanduhr sagte ihm, dass er das nicht mehr heute entscheiden musste. Das Wochenende stand bevor. Zeit, um Gedanken zu ordnen und Anträge auszufüllen.

Sechzehntausend Pfund.

Vielleicht sollte er anrufen.

»Mum?«

»Ist das dein Ernst?«

»Oh ... hi, Valery.«

»Kannst du dir vorstellen, was hier los war?«

»Es —«

»Die ganze Nacht konnte sie nicht schlafen, weil DU nicht nach Hause kamst!«

»Ich habe kein Wort davon gesagt, dass —«

»Und dann lässt du nicht einmal eine Nummer hier, unter der wir dich erreichen könnten! EIN Anruf! Ein Anruf hätte gereicht, damit sie beruhigt ist, aber nein, du —«

»Ich dachte —«

»Das ist ja das Problem! Du *denkst!*«

»Aber —«

»Halt den Mund, Nate!«

»... okay.«

»Anstatt dich zu entschuldigen! Ehrlich. Mit dir konnte man

nie reden! Noch nie!«

»Mach doch.«

»Ich hätte dich niemals mit Mum allein lassen sollen. Ist dir auch nur einmal aufgefallen, wie sie aussieht? Sie hätte längst wieder in die Klinik gemusst. Wo sind ihre neuesten Berichte? Wie viele Arztbesuche hat sie verpasst?«

»Sie wollte nicht.«

»Sie wollte nicht?! Ist das dein Ernst? *Das* ist deine Entschuldigung? Du bist unmöglich. Ist das auch deine Entschuldigung dafür, dass es hier aussieht, als käme morgen ein Abrisskommando? ›Mum wollte nicht, dass ich das Haus renoviere?‹«

»Nein.«

»Was dann?«

»Valery, ich … ich habe vielleicht eine Lösung.«

»Danach habe ich nicht gefragt!«

»Hör zu … es ist wichtig.«

»Ich bin gespannt.«

»Heute war ich bei der Bank, um das Konto zu übernehmen.«

»Und weiter?«

»Es ist gut gefüllt.«

»Was meinst du?«

»Das Haus ist riesig und … es hat alles, was man braucht. Wenn wir Mum hierherbringen würden, könnten wir —«

»Weißt du eigentlich, was du da sagst?«

»Wenn du hier wärst, würdest du verstehen —«

»Alles, was ich verstehe, ist, dass du dir da oben ein schönes Leben machen willst, während —«

»Das ist nicht wahr!«

»Dann sieh zu, wie du diese – deine – Schulden loswirst!

94

Bevor du das nicht in den Griff bekommst, braucht dich hier niemand. Mum hat genug Sorgen.«

»Es wäre einfacher –«

»Nur für dich.«

»Nein.«

»Ach ja? Du willst Mum zwingen, in Dads Haus zu leben, weil es schöner ist als das, in dem sie dich undankbares Stück großgezogen hat!«

»Du bist da genauso aufgewachsen –«

»ICH will es ja auch nicht aufgeben, oder?! Sonst würden wir nicht unser ganzes hart erspartes Geld in diese Bruchbude stecken, die du –«

»DU bist doch abgehauen, um aus DEINEM Leben etwas zu machen! Es war dir egal, was aus Mum und mir wird. Wir haben das ganz allein –«

»Was ist mit all den Jahren davor?! Als ICH mich um alles kümmern musste? Da hast du auch nie gefragt, wie ICH alles ALLEIN hinbekomme! NIE! Du warst immer nur der kleine, süße –«

»DU bist ABGEHAUEN!«

»Ich habe dieses Studium VERDIENT! Ich habe etwas aus meinem Leben gemacht, anstatt mein Abitur aus dem Fenster zu werfen und als billiger Kellner in einem Drecksladen zu arbeiten! Jetzt sieh, was ich hier –«

»Was hätte ich tun sollen? Wir brauchten das –«

»Weiter denken als nur bis morgen früh!«

»Das versuche ich doch gerade!«

»Nein. Alles, was du versuchst, ist Mum dazu zu bringen, dir hinterherzukommen. Du bist ein egoistischer Scheißkerl, das bist du. Wenn es dir wirklich um sie ginge, würdest du die

Häuser losbekommen und Dads Geld schicken, damit wir es ihr hier schön machen können. Du willst sie nur bei dir haben.«

»... darf ich sie wenigstens noch einmal sprechen?«

»Nein. Es hat die ganze Nacht gedauert, sie zu beruhigen. Das hat sie nicht verdient.«

»Verstehe.«

»Ruf nicht mehr an.«

»Okay.«

»Du kannst ja einen Brief schicken, wenn du endlich was zustande gebracht hast.«

Wie lange er im Schneidersitz auf dem Boden der Terrasse hockte, das Gesicht in den Händen vergraben, bis die Katze zu ihm kam, wusste er nicht mehr. Er fuhr hoch, als sie an seinem Knie schnupperte, das aus seiner kurzen Hose herausragte. Sie erschrak und hüpfte miauend zurück.

Dann beruhigte sie sich. Zögerlich tippte sie mit der Pfote auf sein Bein, als bitte sie um Erlaubnis. Nate ließ sie gewähren. Sie schlüpfte auf seinen Schoß. Mit seinem Ärmel fuhr er sich über das Gesicht, bevor er sie kraulte. Sie trug gestreiftes Fell, rot und weiß wie ein Tiger, dem die Schwärze abhandengekommen war. Er taufte sie Nama.

»Wie zutraulich du bist.«

Sie antwortete mit einem Schnurren.

Schnaubend richtete er sich auf, um seinen gebeugten Rücken zu entlasten. Mit der freien Hand tastete er nach hinten, um sich abzustützen.

Mittlerweile trug der Horizont ein nebliges Blau und Rosa, während er die Sonne hinter den Bäumen nicht mehr sah. Der Wind frischte auf und segelte durch die Blätter.

Namas Nähe tat ihm gut. Sanft streichelte er über ihren Nasenrücken, bis sie hohe, abgehackte Laute ausstieß. Ein kleiner Kratzer verunzierte das Pink ihrer Nase, eine Narbe, so unscheinbar, dass er sie eher erfühlte als erkannte. »Denkst du auch, dass ich ein Vollidiot bin, hm?«

Sie knabberte an seinem Finger.

»Ja, du hast Recht. Hier, hier magst du's, oder?«

Schnurrend rieb sie sich an seiner Hand.

Der Geruch nach Holzkohle und gebratenem Fleisch lag in der Luft. In der Ferne meinte er, die Geräusche einer Feier zu vernehmen – das Klirren von Flaschen, dumpfes Getratsche, mehrstimmiges Gelächter. Irgendwie fand er den Gedanken tröstlich, nicht allein auf der Welt zu sein.

»Gehörst du hier hin? Oder bist du hier genauso fremd wie ich?«

Eigentlich hatte er auch keine Antwort erwartet.

»Ich hatte gehofft, nicht lange bleiben zu müssen. Wenn ich mir genug Mühe gebe, dann bin ich in Nullkommanichts wieder Zuhause – dachte ich. Manchmal dauert es wohl länger, Dinge, die man verbockt hat, wieder gerade zu biegen. Und wahrscheinlich ... werden sie nie wieder wie vorher.« Gedankenverloren kraulte er ihr Ohr. »Habe ich dabei tatsächlich vergessen, worum es geht? Habe ich es schlimmer statt besser gemacht? Ich wollte doch nur ...« Nate blinzelte. »Magst du es hier? Lässt es sich hier aushalten, meinst du?«

Nama miaute.

»Nein, keine Kleinigkeiten, auch wenn Jacob es so gedreht hat.« Mit einem Seufzen verlagerte er sein Gewicht. »Ich wünschte, er hätte Recht gehabt. Aber ... sie lag die ganze Nacht auf dem Boden, weißt du? Die ganze Nacht. Weil ich nicht gehört habe, dass das Telefon geklingelt hat.«

Eine Zeit lang gab keiner von ihnen einen Mucks von sich. Die Katze steckte ihre Nase zwischen ihre Hinterbeine und schlief, während er der Nacht dabei zusah, wie sie heraufzog. »Außerdem wünschte ich, dass ich wütend sein könnte«, murmelte er weiter. »Auf Valery.«

Zu müde, um aufzustehen, rollte er sich auf den Steinplatten zusammen, die die Wärme des Tages in sich trugen. Wenige Handbreit neben ihm sammelte sich eine Sitzgruppe, doch bis dorthin war der Weg zu weit. Irgendwo hinter den Bäumen grölten einige Männer eine verwaschene Version von ›*The daughter of Megan*‹. Nama schmiegte sich an seine Brust. Ihr rotweißes Fell kitzelte seine Nase. Er vergrub seine Hand in ihrem Nacken und schloss die Augen.

Als er mitten in der Nacht aufschreckte, lag eine Decke auf ihm.

Ausgeschlafen – eine Rarität, seit Valery das Land verlassen hatte –, geduscht und mit einem Stift in der Hand hockte er am nächsten Tag am Esstisch im hinteren Teil des Wohnzimmers und brütete über den Unterlagen. Obwohl der Sommer langsam zu Ende gehen sollte, brannte die Sonne erbarmungslos. Die Hühner litten unter dem Wetter. Ihr Gackern klang träge, beinahe empört, und sie fläzten im Schatten des Apfelbaums.

Der Geruch von Rührei und Toast wehte aus der Küche.

Immer wieder warf er einen Blick zur Tür und maßregelte sich. Nachdem er seinen Namen zweimal falsch geschrieben hatte, schmiss er den Kugelschreiber auf die Papiere und fuhr sich über das Gesicht.

Ich gebe alles zurück, sobald ich Geld verdiene.

Der Weg in die Küche erwies sich als länger, je mehr er sich schämte. Vorsichtig klopfte er mit den Fingerknöcheln gegen die Tür. »Hey.«

»Guten Tag.« Vermutlich der Hitze geschuldet trug Ethan sein Haar zu einem formlosen Knoten am Hinterkopf, was ihn ... menschlicher machte. Sein Hemd flatterte lose und enthüllte die Ansätze eines Unterhemdes. Hinter ihm brutzelten Eier in einer Pfanne, während er Kirschen entstielte. Seine Finger erledigten ihre Arbeit geschickt. Die Haut seiner Hände glänzte wie frisch gewaschen, leicht rötlich, als hätte er sie geschrubbt. »Möchte...st du Kirschen? Oder Mittagessen? Ich habe Wasser kaltgestellt, falls ...«

»Schon gut.« Nate lehnte sich gegen den Türrahmen und seufzte. »A... also eigentlich ...«

»Ja?«

Er fuhr sich mit der Hand über den Nacken. Dass Ethans Mundwinkel zuckten, machte es nicht besser. Versuchte er, zu lächeln? Oder versuchte er, genau das nicht zu tun? »Können wir ein paar Abmachungen treffen?«

»Wie du wünschst.«

»Du kannst einfach ›okay‹ sagen.«

»Okay.«

Ihre Blicke begegneten sich. Nate wandte sich mit glühenden Ohren ab und betrachtete das Loch in seiner Socke. Der Nagel seines großen Zehs lugte daraus hervor. »Ich möchte nicht ...

bedient werden.«

»Das ist meine Aufgabe.«

»Nicht mehr.«

»Ich ...« Ethan räusperte sich. »Schickst du mich fort?«

»N... Nein, natürlich nicht.« *Gott, warum ist alles so kompliziert?* »Es sei denn, du möchtest nicht hierbleiben. Dann geh ruhig.«

»Ich bleibe gerne.«

»Okay. Dann ... pass auf. Können wir nicht etwas wie ... Mitbewohner sein? W... wir teilen uns die Aufgaben. Einer kocht, der andere wäscht ab. Oder einer kümmert sich darum, dass die Wäsche in der Waschmaschine landet, und der andere sorgt dafür, dass sie auf der Wäscheleine hängt. Einer meiner Freunde macht das so. Mit seinen Studiumskollegen.« Mit einem Lächeln, das sich wie ein Gesichtsunfall anfühlte, hob er den Kopf.

Ethan spielte mit einer Kirsche und musterte ihn. Seine Augenbrauen sanken herab. War er misstrauisch?

»Dein Gehalt wird weiterhin genauso bezahlt. Darum geht es nicht. Wirklich.« Nate streckte die Handfläche nach oben. »Ich habe einfach ...«

»Okay«, sagte Ethan. Er nahm seine Arbeit wieder auf und strich sich einige verirrte Haarsträhnen aus dem Gesicht. »Ich befürchte, dann bist du dieses Mal mit dem Abwasch dran. Das ...«

»Ist kein Problem.« Nate betrat die Küche. »Das habe ich zuhause jeden Tag gemacht.«

»Okay«, sagte Ethan in einem Ton, der vor Widerwillen nur so troff.

Wenig später saß Nate am Esstisch und verputzte das Rührei, drei Scheiben Toast mit Butter und eine halbe Schale Kirschen.

Die Schauder, die ihm das Spülwasser bescherte, verblassten angesichts des Gewichtes, das er gerade verloren – oder eher zugelegt – hatte.

Ethan nahm das Geschirr entgegen, trocknete es ab und räumte es in die dafür vorgesehenen Schränke. Seinen Blick hielt er gesenkt. Nate beobachtete ihn dabei, während seine Finger im Spülwasser schrumpelig wurden. *Damit ich lerne, wohin die Sachen gehören.* Weshalb brannten dann seine Wangen, sobald ihre Blicke sich streiften? *Es liegt an diesem unnatürlichen Braun. An diesem hellen* ... Er blinzelte. »Wäre es in Ordnung, wenn ich mich um das Abendessen kümmere?«

»Gehört das ebenso zu den Abmachungen?«, fragte Ethan.

»Nun ja«, meinte er. »Das habe ich dich gerade gefragt.«

»Du hast mich gefragt?«

»Ja, natürlich.«

»Wenn du das Essen zubereitest, bedeutet das, dass ich den Abwasch erledige.«

»Ja.«

»Okay.«

Seltsamer Typ. »Wie lange bist du schon hier?« Nate schrubbte mit dem Schwamm über den Pfannenrand.

Ethan hob die Achseln. »Zehn Jahre, vielleicht elf.«

»Doch so lange.« Er versuchte, einen Blick auf ihn zu erhaschen, ohne dabei auf sich aufmerksam zu machen. Gut, er gab es zu: Ethan hatte etwas an sich, das einen dazu verleitete, ihn zu betrachten. Immer wieder aufs Neue.

Wie Tony.

Nate verdrehte die Augen.

»Ich habe früh angefangen.«

»Zu arbeiten?«

»Das auch.«

»Mit was denn noch?«

Wieder zuckte er mit den Schultern. »Mit allem Möglichen.« Ethan drehte ihm den Rücken zu. »Ich kam mit sechzehn Jahren hierher.«

»Direkt nach der Schule?«

»Kann man so sagen, ja.«

»Hast du keinen Abschluss?«

»Nein.«

Nate zog den Stöpsel aus dem Waschbecken. Er trocknete sich ab und drapierte das Tuch über dem Griff des Backofens. »Du musst nicht antworten, wenn du das nicht möchtest«, sagte er leise.

»... okay.«

Später durchstöberte er die Küchenschränke auf der Suche nach Inspirationen für das Abendessen. Ein Blick in den Kühlschrank verriet ihm, dass sein ... Mitbewohner vegetarisches Essen bevorzugte. Er fand Tomaten und jede Menge Beeren, Gurken, Karotten und Salatköpfe, im Vorratsschrank unter der Spüle Kartoffeln und Zwiebeln. Im Eisfach entdeckte er Butter und Toast. Zwei Schränke weiter gab es Knäckebrot und Reiswaffeln, im letzten jede Menge Konserven und Trockenvorräte. »Fast zu spät dafür«, murmelte er mit einem Blick zur Uhr, dann entschied er sich für Nudeln und selbstgemachte Tomatensoße.

Er schämte sich für das Chaos, das er in der Küche hinterließ. Als es ihm zu viel wurde, brach er seine eigene neue Regel und wusch während des Kochens das erste Geschirr ab.

Ethan erschien an seiner Seite, räumte die Ernte ein, die er mitgebracht hatte – Radieschen, Eier und Kirschen – und übernahm das überfüllte Spülbecken ohne ein Wort.

»Tut mir leid.«

»Ich sehe keinen Grund, der eine Entschuldigung notwendig macht.«

»D... die Abmachung. Ich habe sie gebrochen.«

»Ich habe nichts gesehen.«

Nate schüttelte den Kopf und wandte sich der Soße zu, die er langsam erwärmte. Zehn Minuten vergingen, in denen Ethans Schrubben und das Klicken von Geschirr, das er aneinanderstellte, die einzigen Geräusche waren. Am Anfang schien es ein einvernehmliches, angenehmes Schweigen zu sein. Mit der Zeit fühlte es sich zäh und gezwungen an.

»Tut mir leid, dass ich gemein zu dir war.«

»Ich bezweifle, dass ›gemein‹ das richtige Wort ist.« Ethan warf ihm einen Blick zu. Seine Mundwinkel zuckten.

Nate spürte sich lächeln. Er testete die Nudeln und goss sie ab, als er mit ihrer Bissfestigkeit zufrieden war. »Fertig.«

»Vielen Dank.« Ethan warf sich sein Tuch über die Schulter und ging zum Geschirrschrank. »Es ist eine Weile her, dass ich bekocht wurde.«

»Dann hoffe ich, dass es schmeckt.«

Mit zwei Tellern kehrte er zurück. »Dessen bin ich mir sicher.«

Nate tischte auf und wollte beide Portionen mit sich hinüber ins Wohnzimmer an den Esstisch nehmen, als Ethan ein Protestlaut entfuhr.

Erstaunt drehte Nate sich um. »Was ist?«

Offenbar genauso überrascht erwiderte der seinen Blick. »Ich ... ich ...«

Es wäre gelogen, zu sagen, Ethan sprachlos zu erleben, würde seinem verletzten Ego nicht gut tun.

»Ich esse für gewöhnlich allein.«

»Warum?«

»Regel des Hauses.«

»Okay.« Nate stellte einen Teller zurück auf die Küchentheke. »Wenn du deine Meinung änderst, kannst du gerne mitkommen.« Dann nahm er sich sein Besteck mit und aß auf der Terrasse. Allein.

4

Montagmorgen kämpfte er noch immer mit seinen Unterlagen.

Wortlos schob Ethan eine Tasse Kaffee über die Kücheninsel. Nate bedankte sich mit einem schmallippigen Lächeln. *Ich habe mich viel zu schnell daran gewöhnt.* Er tippte mit dem Boden des Kugelschreibers auf die Arbeitsplatte. »Hast du so etwas hier schon einmal gemacht?«

»Ich kann es mir gerne ansehen.«

Nate reichte ihm die Papiere über die Theke, griff dann nach seiner Tasse und pustete seinen Kaffee. Ethan lehnte sich gegen den Kühlschrank und überflog den Antrag. Seine Augen malten jedes Wort nach; seine Lippen bewegten sich lautlos.

An seinem ersten Schluck verbrannte Nate sich die Zunge und zischte, woraufhin Ethan ihn mit einem amüsierten Blick bedachte. Die Mühe, sein Augenrollen zu verbergen, sparte er sich und sah aus dem Fenster. *Er muss glauben, ich begaffe ihn.*

Was er ja auch tat.

Was auch immer. Nate betrachtete die eingearbeiteten Rillen im Tassenrand und die Spuren, die seine Lippen darauf hinterließen.

»Würdest du mir bitte den Stift reichen?«

»Klar.«

Ethan strich durch, kreuzte an und erledigte die Arbeit, für die Nate zwei Tage gebraucht hätte, innerhalb weniger Minuten. Er trug Daten ein und schrieb in peniblen Lettern. Mit einem unterdrückten Lächeln händigte er ihm das ausgefüllte

Antragsdokument aus. »Deine Unterschrift fehlt noch.«

»Das sollte ich gerade so schaffen. Dankeschön.«

»Gerne.«

Nate unterzeichnete – seine Schrift erinnerte eher an einen Fünftklässler, der gerade seinen eigenen Schreibstil entdeckte –, und steckte die Papiere zurück in den Umschlag. Die Umrisse des Schlüssels hoben sich sichtbar ab. Mit den Fingerspitzen zeichnete er ihn nach. »Sag' mal ... kennst du dich mit dem Laden aus? The Pawn's Books?«

»Geringfügig.«

»Schade.«

»Weshalb?«

»Ich ... ich wollte ihn mir ansehen. Schauen, was man damit anstellen kann – oder ... i... ich könnte etwas Hilfe gebrauchen.«

»Oh«, sagte Ethan und kratzte sich hinter dem Ohr. »Ich gehe nicht in die Stadt.«

»Oh.«

»Ja.«

»Gut, dann ... gehe ich wohl alleine.«

»Ja.«

»Tut mir leid ...«

»Nicht schlimm, ich ...« Ethan räusperte sich.

»Ich gehe dann mal.«

»Ja.«

Mit glühenden Wangen packte er zusammen und flüchtete aus der Haustür. Nach zwei Schritten bemerkte er, dass er seine Schuhe vergessen hatte.

Dass er sich mit kurzen Hosen und locker sitzendem Shirt

wohler fühlte als in einem Jackett, das ihm nicht einmal vernünftig passte, half ihm nicht, als er sich erneut dem Pawn's näherte. Für seinen Geschmack hatte er den Briefkasten der Bank zu schnell entdeckt. Nun wog der Schlüssel schwer in seiner Hand.

Er betrat den Buchladen mit einem Rumoren im Magen, das nicht vom Hunger stammte. Nate zuckte, als hinter ihm eine Hand hervorschoss und die Tür davon abhielt, ins Schloss zu fallen.

Buck stand grinsend hinter ihm. Auf seinem Kopf thronte die abgewetzte Baskenmütze. Trotz der Hitze trug er seine Halbhandschuhe und ein kariertes Hemd, dessen oberste Knöpfe offen standen – seiner Leibesfülle geschuldet. »Na, wen haben wir denn da? Wie geht's dir, Junge?«

»Hi, Buck.« Er legte die Hand in den Nacken. »Was machst du hier?«

Buck lachte. Der Laut ähnelte dem Klang seiner Stimme, rau, resolut und barsch, doch es erreichte seine Augen. »Hab' dich gesehen. Bist du gut angekommen, ja?«

Nate nickte zögerlich.

»Schön. Hast du gegessen?« Er zwickte ihn in die Seite. »Bob sagte, der Junge kann gut kochen.«

»Der Junge?« Ohne eine Miene zu verziehen, rieb er sich über die schmerzende Stelle.

»Na, Caddler.«

Ethan? »Nun, also ...«

Buck zog die Augenbrauen zusammen. »Was hat er gemacht?«

»Nichts. Ich ... ich wusste nur nicht, dass dort noch jemand wohnt.«

»Ja, der Junge ist anständig erzogen. Manchmal vergisst man, dass er da ist, so wie's sich gehört.« Buck nahm seine Mütze ab und wischte sich über die glänzende Stirn. »Steig ein, wir fahren zu Ashton.«

»Ashton?«

»Ashton Gartener, der Bürgermeister. Er feiert heute sein' Sechzigsten. Alle kommen da hin.«

»Ich glaube nicht, dass ich ...«

»Alle.« Buck warf ihm einen langen Blick zu. »Wär' ne Frechheit, das abzulehnen.«

»Wundervoll.«

»Braver Junge.« Sein Grinsen wirkte wie eine Drohung. »Tiff und Blake warten schon.«

Auf mich? Nate schloss die Tür hinter sich ab. In den Tiefen seiner Hosentasche versteckte er den Schlüssel, dann trottete er die Straße entlang. Der grüne Lada parkte unweit des Fischbrunnens. Tiffany saß mit überschlagenen Beinen auf dem Beifahrersitz und rauchte. Blake hockte hinten, mit seinem fettigen, rot leuchtenden Haar, einem Hemd und Hosenträgern.

»Sollte ich mich umziehen?«

Buck grunzte. »Du bist 'n Städter. Da hilft auch umziehen nicht.«

Sei froh, dass ich meine Schuhe anhabe. Er warf einen Blick auf die abgeriebenen Spitzen seiner Sneaker und seufzte. Dann zwang er sich ein Lächeln auf, als Tiffany sich aus dem Auto beugte und ihn an sich heranzog.

»Nate, mein Schatz!« Sie küsste ihn auf die Wange. Überrascht vergaß er, sich zu wehren. »Du siehst ja noch dünner aus als letztes Mal. Isst du denn nicht?« Mit den Fingerspitzen zupfte sie an seinem Shirt herum und blies ihm Zigarettendampf ins Gesicht. »Meine Güte, jemand muss dem Jungen Kleider kaufen.«

»Lass ihn in Ruhe, Tiff.« Buck legte ihm die Hand auf die Schulter und schob ihn weiter. »Rein mit dir.«

Mit einem unterdrückten Seufzen sank er neben Blake auf die Rückbank. »Hi«, meinte er zaghaft und griff nach dem Gurt.

Blake grinste. »Na, Naty? Du schnallst dich sogar an. Ganz der Städter, hm?«

»Macht man das nicht so?« Er ließ den Gurt zurückgleiten.

»Also ich kann damit nicht fahren. Du etwa?«

»Keine Ahnung.«

»Du kannst nicht fahren?« Blake trat gegen den Rücken des Fahrersitzes. »Ma! Pa! Der kann nicht mal Autofahren!«

Wäre ich doch nur zuhause geblieben.

»Kannst du nicht, Liebling?«

»Nein.«

In Tiffanys Gesicht stand eine Mischung aus Bedauern und Faszination: Augen, nicht ganz zu Schlitzen verengt und gesenkte Augenbrauen. Ihre Schminke verstärkte diesen Eindruck nur, als wären es die knallroten Lippen eines Clowns, die sich nach unten verzogen. »Jetzt wird es dir besser gehen«, sagte sie.

Der Motor jaulte auf. *Wo bin ich hier nur gelandet?* Hinter jeder Geste der Freundlichkeit vermutete er Mitleid, oder noch schlimmer, hinter Mitleid verborgenes Amüsement. Armer, kleiner Nate. Ohne Vater aufgewachsen, arm trotz harter Arbeit, nicht einmal vernünftige Klamotten, geschweige denn einen Führerschein. Es wurde Zeit, dass er endlich wieder auf die Beine kam.

»Bob hatte einen Ford Cortina«, sagte Buck. »Schickes Ding.

Glaube, er hat ihn sogar noch neu lackieren lassen. Steht in der Garage.«

Nein.

»Gehört jetzt dir.«

Ich will ihn nicht.

»Das Fahren bring' ich dir bei.« Seine Hand glitt zum Schalthebel. »Sag einfach Bescheid.«

Das Surren eines arbeitenden Motors begleitete sie auf dem Weg. Tiffany und Blake rauchten mit heruntergelassenen Scheiben. Der Windzug machte eine Unterhaltung unmöglich, kühlte jedoch die schweißtreibenden Temperaturen im Auto.

Die Stadt wich zurück. Hügelige Wiesen und Sandwege breiteten sich vor ihnen aus. Häuser entdeckte er nur wenige. Wenn, dann standen sie auf einem Hof, umgeben von Feldern und Ställen, Traktoren und Tieren. Heuballen lagen wie vergessen auf gerodetem Land. Am Horizont erspähte er nicht nur den hellblauen Himmel und Wolkenfetzen, sondern immer und überall die gezackte, grüne Linie eines Walddachs.

Der Sommer hielt lange dieses Jahr.

Buck nahm die Abzweigung zu einem der Grundstücke. Das Haupthaus erstreckte sich über zwei Stockwerke, das untere aus vornehmen weißen Ziegeln, oben mit dunklem Holz verkleidet. Daneben befand sich ein Schuppen, vor dessen weit geöffneten Toren einige Bänke und Tische standen. Tischdecken wehten im dwellton'schen Wind genauso wie die Kleider der Frauen, die dazwischen umherliefen.

Die Männer tummelten sich entlang der Seitenstraße, die bis zur Abzweigung auf die Tannstreet zugeparkt war. Bucks Lada rumpelte auf den Weg. Er kurbelte die Scheibe runter, hupte und rief den Leuten etwas zu, grüßte und lachte. Bierflaschen hoben sich ihnen zum Prosit entgegen; ihre Halter johlten. Nate drückte sich tiefer in den Sitz, obwohl der Bezug muffig roch. Nach nassem Hund oder Kuh, sicher war er sich nicht.

Sie hielten vorne an der Spitze der Schlange. Tiffany sprang aus ihrem Sitz, umarmte eine jüngere blonde Frau, die doppelt so viel wog sie wie selbst, und fasste sie am Arm. »Komm, Amanda«, sagte sie. »Ich habe meinen Braten gemacht, den dein Vater so gerne mag. Und Eiersalat.«

Amanda lächelte und begleitete Tiffany zum Kofferraum.

Buck zündete sich eine Zigarette an. »Auch eine?«

Nate schüttelte den Kopf.

»Unser Städter!« Während er sich aus dem Auto quälte, lachte er.

»Mich fragt er nie, ob ich eine will. Er scheint dich echt zu mögen, Naty.« Blake grinste. »Komm schon!« Mit dem Ellbogen stieß er die Tür auf und schlüpfte nach draußen.

Bevor er ihm folgte, erlaubte er sich einen tiefen Atemzug. *Es wird nicht wie die letzte Party. Ganz sicher.*

Trotzdem fiel es ihm schwer. Vor Christa Moroughs Feier hatte er knapp eine Woche gehabt, sich vorzubereiten. Hier stolperte er blindlings in fremde Menschen, Sitten und Gebräuche. In kurzer Hose, ausgewaschenem Shirt und Schuhen, deren Sohlen den Sand einluden anstatt ihn draußen zu halten.

Blake warf einen Blick in alle Richtungen. »Ey, Sully!«, rief er, dann war er fort.

So viel dazu. Nate blieb verloren zurück. Keine Ivy, die sich an seinen Arm schmiegte; kein Tony, der ihn mit sich zog. *Gut so.* Er kam besser ohne ihn zurecht. »Tiffany, braucht ihr beiden Hilfe?«

Amanda mit dem roten Kleid hielt inne. Sie tauschte einen

Blick mit Bucks Ehefrau, ehe sie ihm offen ins Gesicht starrte. Ihre Wangen erinnerten ihn an eine Bulldogge und damit unangenehm an Valery. Sie hingen nach unten und bebten, als sie lächelte.

»Komm, Liebling«, meinte Tiffany und nahm ihn bei der Hand. »Du bist so gut erzogen. Hier ... Kannst du das dort hinten zum Buffettisch tragen?«

»Ja, natürlich.«

Er spürte die Blicke der anderen und hörte ihr verhaltenes Lachen. Mit zusammengepressten Lippen verteilte er Gläser und Teller. Darren hatte stets darauf geachtet, dass die Tische des Halter's ordentlich gedeckt und die Bestecke frei von Fingerabdrücken waren. Selbst, wenn zur Schnapsstunde ohnehin alles durch die Gegend flog.

Eine junge Frau warf zwei Hände voll Messer und Gabeln auf den Tisch. »Wo hast du das gelernt?«, fragte sie.

»Auf der Arbeit«, sagte er und beeilte sich, mehr Teller zu holen. Eine andere Dame kam zu ihm und wollte wissen, wie er die Servietten so hübsch faltete. Er zeigte es ihr. Ehe er sich versah, befand er sich in einem Kreis von fünf oder sechs Frauen, die ihm auf die Finger blickten, um seine Falttechnik zu übernehmen.

Als er sich streckte, kreuzte er Bucks Blick, der ihn mit einem Bier in der Hand und einem unterdrückten Grinsen betrachtete.

Was auch immer.

»Du musst Nathaniel sein.« Ein Mann zog ihn zu sich und rubbelte mit der Faust über seinen Kopf. »Bob hat viel von dir erzählt.« Mit den Händen auf seinen Schultern schob er ihn vor sich, um ihn zu betrachten. Dunkles, mit grauen Strähnen durchsetztes Haar schmiegte sich um seinen Kopf. Seine Ohrläppchen waren lang und seine Nase breit. Er lächelte mit fleischlosen Lippen: als wären sie nach innen gestülpt und nur ein kläglicher Rest von außen zu sehen. »Du hast die Augen deiner Mutter«, sagte er.

»Sie sind Mr. Gartener, nehme ich an? Herzlichen Glückwunsch.«

»Höflich.« Er zwinkerte. »Aber nenn' mich ruhig Ashton.« Mit seinem Arm auf Nates Schultern führte er ihn fort. »Buck hat erzählt, dass du angekommen bist. Wie gefällt dir unser Dorf?«

»Ich habe noch nicht viel davon gesehen.«

»Dann wird es aber Zeit!«

Ashtons Grundstück befand sich auf einem Hügel. Er zeigte ihm die drei Straßen, die darauf zuführten, wovon zwei als direkter Verbindungsweg zu den Nachbarhöfen fungierten. An den Geruch gewöhne er sich schon noch, sagte er. Der käme davon, dass sie vor zwei Tagen die Jauche ausgefahren hatten. Außerdem sprach er von den Shropshire Hills. »Alles nur Altweibergeschichten für lästige Kinder, die nicht zu Bett gehen wollen. Hier gibt es keine Satanisten und auch keine Kindermörder. Darauf geben wir Acht.« Er deutete nach Südosten, Richtung Innenstadt. »Wenn du mal Hilfe mit dem Laden brauchst, melde dich. Ich helfe dir gerne.« Er drückte ihm die Schulter und lächelte. »Willkommen in Dwellton.«

»D... danke.«

»Jetzt holst du dir ein Bier und mischst dich unter die Leute.«

»Ich trinke nicht.«

»Quatsch! Geht alles auf mich.« Ashton winkte einem anderen Mann, der ihnen schnurstracks zwei Flaschen reichte. »Auf dich, Nathaniel.«

»Auf Sie, Mr. Gartener.«

Er grinste. »Ah ah ah. Wie heiße ich?«

»Ashton.«

Er tätschelte ihm die Wange und stieß mit seiner Flasche an die seine. »Cheers, Junge.« Dann verschwand er und begrüßte weitere Gäste.

Nate berührte seine Wange und zog eine Grimasse. Tickten die Uhren in Dwellton anders? Oder sah er aus wie siebzehn?

Sein Blick fiel auf das Bier in seiner Hand. Kein Tony. Das ungute Gefühl blieb trotzdem.

»Trink, solange es kalt ist.« Buck stieß ihn an die Schulter. »Steh hier nicht so allein rum. Komm. Wir suchen uns einen Platz.«

Sie wanderten durch die Tischreihen. Blicke folgten ihm auf Schritt und Tritt. Er entschuldigte sich, als er einem jungen Mann versehentlich sein Hinterteil ins Gesicht hielt, und nickte Amanda höflich zu, die ihn anlächelte. Aufatmend sank er neben Tiffany auf eine Bank und ertrug sogar ihren Wangenknuff lieber als das Starren der Leute. Unterhaltungen schwirrten umher, Lachen schallte über den Hügel, Trinksprüche und Flaschenklirren folgten darauf. Es roch nach gebratenem Fleisch, Zigaretten und Schweiß. Im Stall beschwerte sich eine Kuh und ein Hund bellte hinter dem Haupthaus.

Ashton trat vor. Augenblicklich kehrte Ruhe ein. Er bedankte sich für die Anwesenheit der Gäste, sprach davon, wie gesegnet er war, der Bürgermeister für solch grandiose Menschen sein zu dürfen, und dass sie sich wohlfühlen, lachen und trinken sollten. Er eröffnete das Essen und die Leute strömten nach und nach an das Buffet. Nate wartete, bis der größte

Andrang vorbei war. Überfordert stand er dann vor der langen Tischreihe und nahm von allem, was appetitlich erschien, ein bisschen. Nach dem Hauptgang folgte der Nachtisch. Nate entschuldigte sich. »Ich bin satt.«

»Du solltest aber mehr essen«, bemerkte Tiffany mit einem strengen Blick. »Noch weniger, und du fällst vom Fleisch.«

»Er will sich doch nur das Bier sparen.« Buck klopfte seiner Frau auf den Hintern. »Schneller betrunken, schneller umgeben von hübschen Weibern.«

Sie schlug nach ihm, und Nate konnte nicht mit Sicherheit sagen, ob es noch zu ihrem Spiel gehörte.

Er dachte an seine Abmachung mit Ethan. Hoffentlich konnte er sich denken, dass er verhindert war, und kochte. Aber nur für sich selbst. Dafür würde er morgen das Frühstück übernehmen.

Blake brachte ihm Bier mit. Nach einem kurzen Zögern nahm er es an. Auch diese Flasche enthielt keine unangenehmen Überraschungen, sodass er die dritte und vierte schon lockerer entgegennahm.

Nachdem der letzte Teller abgeräumt wurde, spielten sie Musik. Eine flotte Melodie, begleitet von einer Tanzgruppe. Sie hüpften und drehten sich mit wehenden Kleidern zwischen den Tischen hindurch, wo sie dem ein oder anderen eine Blumenkette überstreiften. Blake neben ihm johlte den Mädchen zu und stieß Nate an die Schulter, als der einen Kranz übergeworfen bekam. Mit leuchtenden Wangen wich er Bucks Blick aus. Sein Lachen hörte er trotzdem.

Die Musik verstummte. Greg – der sich als alter Freund von Ashton bezeichnete – kommandierte ein paar junge Männer herum, die ihm aus Paletten und Kisten eine Bühne aufbauten.

Er bestieg sie wie ein König. Nate erkannte ihn: den alten Herrn vom Brunnen. Über ein Mikrophon plauderte er die Geheimnisse aus, die der Bürgermeister sich in sechzig Lebensjahren angeeignet hatte. Viele Leute lachten mit ihm und bedankten sich mit Applaus. Zum Ende hin bat er Beth und Amanda, Ashtons Frau und deren Tochter, zu sich, um sich die Wahrheit seiner Geschichten bestätigen zu lassen.

Sogar Nate ertappte sich dabei, wie er den Kopf schüttelte und grinste. Langsam fiel die Anspannung von ihm ab. Jemand drückte ihm ein neues Bier in die Hand. Er bedankte sich und begann, Gefallen an seiner Situation zu finden. Die drei verließen die Bühne unter Applaus.

Ein Mann mittleren Alters mit halboffenem Hemd und fleckiger Jeans stimmte ein Gitarrenlied an. Das Haar auf seiner Brust ergraute; das auf seinem Kopf vermutlich auch, unter seiner Cap. Eine schöne Stimme hatte er. Kernig, mit Persönlichkeit. Er sang ›Greensleeves‹, oder zumindest die Melodie davon geschmückt mit einem etwas freien Text. Manche Leute fielen singend und klatschend mit ein. Musik hallte durch die aufziehende Nacht. Kleine Kinder rannten zwischen den Bänken herum und spielten Fangen; andere schliefen auf den Schößen ihrer Eltern, Strohhüte über ihre Gesichter gezogen. Amanda entzündete Laternen und Lichterketten. Tanzpaare fanden sich. Ungezwungen nahmen sie jeden Platz, der sich ihnen zum Tanzen bot oder schunkelten eng umschlungen im Takt.

Es kühlte ab, die Luft wog schwer und roch nach Regen.

Nate bemerkte erst gar nicht, dass Blake verschwand. Buck drehte ihm eine Zigarette an, die er schulterzuckend annahm. Angetrunken schmeckten sie ohnehin besser. Sollte er etwa ablehnen, weil er sonst nur Tonys Kippen rauchte? Tony war nicht hier. Außerdem hatte er ihn verraten. Ihn betrogen. Er zog und beobachtete, wie die Glut am Ende aufleuchtete.

Buck stieß Tiffany an und deutete quer durch die Leute. Nate folgte seinem Fingerzeig und grinste. Blake knutschte mit einem brünetten Mädchen, die einen ganzen Kopf kleiner war als er. Seine Zunge leckte ihr über die Lippen. Die Geräusche, die er vor wenigen Abenden vernommen hatte, gehörten also zu ihr.

»Was ist mit dir, Liebling?«, fragte Tiffany, als sie sein Grinsen bemerkte. »Hast du ein Mädchen?«

Nate verschluckte sich an seinem Bier. Buck prustete und schlug ihm kräftig auf den Rücken.

»Anscheinend ja«, kommentierte er. Seine Frau lachte.

»Ich hatte eines«, sagte er, nachdem er wieder atmen konnte.

»Aber die Entfernung hat ihr Angst gemacht?« Tiffany seufzte. »Das tut mir leid für dich.«

»Schon gut. Es ist vorbei.«

»Dann wird es Zeit für eine Neue«, meinte Buck. »Sitzen ist nur was für die Alten. Geh und lern jemanden kennen!«

Mit Zigarette und Bier in der Hand stand er auf und taumelte ein paar Schritte. *Oh Gott.* Der Boden unter seinen Füßen bewegte sich, schunkelte hin und her wie die Leute beim Tanz. *Oh Gott, oh Gott, oh Gott. Schnell wieder hinsetzen.* Buck lachte ihn aus und scheuchte ihn fort.

Jemand hakte sich bei ihm unter und half ihm, einen Fuß vor den anderen zu setzen. Blake war es nicht, das hätte er gerochen. Als er den Kopf hob, blickte er in das Gesicht eines jungen Mannes, das ihm seltsam bekannt vorkam. »Du bist der Kellner aus der Eisdiele«, sagte er.

Er nickte. »Und du bist der junge Alglow.«

»Nate.«

»Kian.«

»Du hast mich beobachtet, als ich aus der Bank gekommen bin.«

»Und du hast ewig vor dem Laden deines Vaters gestanden.«

»Du kennst ihn?«

»Alle kannten ihn.« Er zuckte die Schultern und grinste. »Und jetzt wollen alle dich kennenlernen. Komm mit!«

Plötzlich fand er sich inmitten einer Gruppe junger Männer und Frauen wieder. Kian stellte ihn vor. Nate versuchte, die Namen und Gesichter zu verbinden, die vor ihm auftauchten. Sara, Camille, Jessica. Easton, Gordon, Heath. »Ohne Jackett siehst du besser aus«, sagte Camille und Jessica lachte. »Gut sieht er trotzdem nicht aus«, murmelte Heath, und Sara sagte: »Du hast ja keine Ahnung.« Die restlichen Unterhaltungen verschwammen in seiner Erinnerung. Heath küsste Jessica und sie verschwanden spurlos, Camille stritt sich mit Kian über irgendetwas, das seinen Verstand überstieg, Gordon legte sich mit Blake an und kassierte eine blutige Nase, und Sara lächelte. Sara lächelte ständig. Ihre Zähne leuchteten durch die Nacht, immer und immer wieder, zwischen ihren geschminkten Lippen. Er lag neben ihr im Gras und sie erzählte ihm etwas, das er nicht verstand. Sie duftete nach Apfel und Zimt, als hätte sie einen Kuchen gebacken. Sara nahm seine Hand und flüsterte ihm Akzent zu, dass er wirklich süß redete, mit so einem komischen Akzent. Sie kam ihm nahe und er glaubte schon, dass sie ihn küssen würde, als Gordon sich zwischen sie setzte. »Nimm's mir nicht übel, Alter ...«, sagte er, »... aber sie ist meine Schwester.«

Ich wollte sie sowieso nicht küssen. Zu dritt teilten sie sich eine Zigarette. Sein Blick hing an Gordon und wie er sich durch das gold-glänzende Haar fuhr. Wie die Kippe auf seinen Lippen lag, wenn er an ihr zog. Plötzlich sah er Tony, der sich halbnackt zu einem Rhythmus bewegte, den er nicht nur hörte, sondern fühlte, und er spürte, wie sich sein Atem beschleunigte. Er dachte an Ethans gepflegte Hände und wie er auf magische Weise jeden seiner Blicke fing, und dann sah er wieder Gordon an, der über irgendeinen Witz lachte, den Kian riss, und ihm wurde übel. Nate stemmte sich hoch und taumelte einige Schritte weit. Er musste aufhören zu trinken. Sofort. Irgendetwas stimmte nicht mit ihm, wenn er trank. Sein Herz raste, aber es lag nicht am Alkohol.

Sara folgte ihm. »Was ist los?«, fragte sie. »Du bist ganz bleich! Nate? Nate!«

»Komm.« Da war er wieder: Kian, der Kellner aus der Eisdiele. »Beruhig' dich, Sara. Der hatte nur ein Bier zu viel.« Hilfsbereit griff er ihm unter die Arme. »Jag' ihr nicht so einen Schrecken ein, Mann. Letztes Jahr hat sich einer totgesoffen. Direkt neben ihr. Seitdem …« Entweder ließ er den Satz unbeendet oder Nate überhörte den Rest. Er murmelte ein undeutliches »Danke«, als Kian ihn im Haupthaus auf einen Stuhl setzte und ihm eine Decke überwarf, doch er wagte es nicht, ihn anzusehen. Was würde er dann nur wieder denken?

Nach einer Weile kam Buck. »Du bist mir einer. Kannst doch nicht nach ein paar Bierchen umkippen. Das üben wir noch.« Er hievte ihn hoch und brachte ihn zum Auto. »Ich fahr unseren Städter nach Hause«, rief er Tiffany zu.

Die Lichter der Straßenlaternen brannten in seinen Augen.

Das Gefühl der Bewegung ließ seine Übelkeit Sturmwellen schlagen, bis er es nicht mehr aushielt. Kurz vor dem Haus seines Vaters musste Buck rechts ranfahren.

»Tut mir leid«, murmelte er.

Buck lachte leise. Der Geruch seiner Zigarette kitzelte an seinem Würgereiz. »Solang du mir nicht auf den Sitz kotzt, ist alles okay. Hab Blaky schon in schlimmeren Zuständen abgeholt.«

Nate fragte nicht nach.

Das Auto hielt endlich an. Buck bestand darauf, ihn ins Bett zu bringen, dabei hätte Nate auch das Sofa oder die Terrasse genommen. Hauptsache, er konnte sich hinlegen. Wankend passierte er die Eingangstür und schlug den direkten Weg Richtung Treppe an. Buck folgte ihm.

»Caddler!«

Nate zuckte. *»Schhh«*, hätte er beinahe gemacht. Ethan musste nicht seinetwegen aufstehen. Was, wenn er in seinem Gesicht sehen konnte, was er vor wenigen Momenten über ihn gedacht hatte? Würde er ihn hassen? Als ob es nicht schlimm genug war, dass sie sich im Badezimmer kennengelernt hatten, als einer von ihnen nackt war. Und dass ...

Ethan tauchte verschlafen am oberen Ende der Treppe auf. »Mr. Thunning ...«, er unterbrach sich für ein unterdrücktes Gähnen, »... welch eine Ehre.«

»Halt' die Schnauze. Mach das Bett für den Jungen fertig. Und stell' ihm 'nen Eimer hin!«

»Nein«, nuschelte Nate. »Schon gut, ich schaff das sch... «

Natürlich schaffte er es nicht.

Natürlich stolperte er über die letzten drei Stufen.

Natürlich knallte er gegen Ethan. Er roch nach frischem

Schweiß, Kaffee und Leder. Kein Shirt – er trug kein Shirt – Nates Finger suchten Halt auf seiner nackten Haut. Er japste und taumelte. Ethan zerrte ihn von der Treppe weg.

»Wag' es ja nicht, ihn anzufassen!« Bucks Arm preschte zwischen sie. »Der Eimer, na los!«

Nate wünschte sich, dieser Moment würde einfach enden. Selbst angetrunken und gleichgewichtslos kamen ihm die Schrecksekunden in der Badewanne lächerlich vor gegen diesen unendlich langen Weg in sein Zimmer. Ethan ging wortlos die Stufen hinab. Er hörte es, aber er wagte nicht, sich umzudrehen, aus Angst, was seinem Körper als Nächstes einfallen würde.

Sein Bett. Endlich. Buck half ihm, die Schuhe auszuziehen, dann hob er sogar die Decke für ihn an. Mit hochroten Wangen kroch er darunter. Sein Kopf drehte sich, obwohl er die Augen weit offen hielt, und Druck rauschte in seinen Ohren. Raunzte Buck gerade jemanden an? Ethan? Aber was ... und ... ihm war so schlecht. Hoffentlich erinnerte er sich morgen an all das nicht mehr.

»Wie geht es dir?«

Nate stöhnte und zog sich die Decke über den Kopf.

»Ich habe dir Wasser gebracht.«

»Danke.« Unter den Daunen hervor klang seine Stimme selbst für ihn dumpf.

»Und etwas gegen Kopfschmerzen. Falls du möchtest.«

»Du musst das nicht machen.«

»Das gehört zu meinen Aufgaben, wie Mr. Thunning mich gestern eindringlich erinnert hat.«

»Das ... tut mir leid.«

»Das muss es nicht.«

»Doch. Es ist meine Schuld. Das wollte ich nicht. Wirklich.« Mit Ethan zu sprechen, gestaltete sich unkomplizierter, wenn er ihn nicht ansah. »Ich ... ich hoffe, du hast gestern Abend nicht gehungert.«

Er meinte, ein Schnauben zu hören. »Es ist alles ... okay.«

»Es tut mir leid, dass ich gegen dich gerannt bin.«

»Das ist kein ...«

»Und dass Buck dich deshalb angemacht hat. Du hast nur geholfen.«

»Wirklich, das ist ...«

»Wehe, du machst Frühstück. Ich mache das. Gleich. Wenn ich aufgestanden bin.«

Ethan seufzte. »Es ist dreizehn Uhr.«

»Oh.«

»Ja.«

Nate wischte sich unter der Decke über das Gesicht. »Es tut mir leid. Ich mache das wieder gut.«

»Was denn überhaupt?« Er klang aufrichtig verwirrt. »Ich verstehe nicht ...«

»Ich habe dich versetzt. Ich habe mich benommen wie ein Idiot, war betrunken ...«

»Ich bezweifle, dass ›versetzt‹ das richtige Wort ist.« Ethan räusperte sich. »Es gibt nach wie vor keinen Grund, sich zu entschuldigen.«

Nate seufzte in das Kissen. »Dann eben ›Danke‹«, rang er sich ab. »Dass du dich um mich gekümmert hast.«

»Das ist … ich meine … Gerne.«

Bitte geh jetzt.

»Möchtest du etwas essen?«

»Nein.«

»Hast du sonst einen Wunsch?«

»Nein.«

»Okay.«

Erst, nachdem die Tür ins Schloss fiel, wagte er sich unter der Decke hervor und blinzelte tapfer gegen das Tageslicht an. Zu seinen Gunsten blieb die Sonne heute hinter einer Wolkendecke verborgen. Er nippte an dem Wasserglas und wartete, ob sein erzürnter Magen darauf reagierte. Alles in Ordnung. Die Kopfschmerztablette folgte.

Warum blieb er nicht den ganzen Tag im Bett? Was war so wichtig? Er rollte sich auf die Seite und musterte seine Schuhe, die voller Grasflecken auf dem Teppich lagen. Hatte er gestern ein Mädchen geküsst? Oder war es bei dem Versuch geblieben? Was würde Ivy sagen, wenn sie erfuhr, dass er jetzt schon eine Andere küsste?

Als ob das noch wichtig wäre.

»*Du warst auf Tony geiler als auf mich*«, sagte sie. Entrüstet. Enttäuscht. »*Was bist du, Nate? Schwul? Oder ein Arschloch?*«

»*Keins von beidem*«, hatte er geantwortet. Am Telefon. Weil sie ihn nicht sehen wollte.

»Gottverdammter Mist.« Er rieb sich über das Gesicht. Kein Alkohol mehr. Nie wieder. Problem gelöst. Der Rausch verwirrte ihm die Sinne. Solange er nüchtern blieb, hatte er seine Gedanken unter Kontrolle. Kein Herzrasen, kein hektisches

Atmen. Alles würde gut werden.

Sobald seine Gedanken zu dem Anblick abgleiten wollten, den Ethan in Pyjamashorts – und zwar nur in Pyjamashorts – geboten hatte, bremste er sie. Dachte daran, wie Buck Ethan zur Seite geschubst hatte oder daran, wie Tiffanys überschminkte Lippen sich nach unten verzogen hatten.

Der Geruch von Bucks Auto. Nasser Hund.

Alles wird gut.

Valerys Gesicht. Die schmutziggrauen Augen. Der Ausdruck von Abscheu in ihnen.

Ich bin nicht ...

Wie Ethans Lippen zuckten, wenn er ein Lächeln unterdrückte.

Nate drehte sich herum und fluchte in sein Kissen. Vielleicht half eine Dusche. Kalt. Sehr kalt.

Er schwang die Beine aus dem Bett. Aus Protest wirbelte sein Kreislauf mit ihm herum. Eine Weile hockte er mit geschlossenen Augen da.

Ich mag ihn nicht mal. Er benimmt sich seltsam und redet komisch. Saras Worte kamen ihm in den Sinn. *»Du redest süß«*, sagte sie, *»mit so einem komischen Akzent.«* Dann hatten sie sich geküsst, oder es zumindest versucht. Eigensinnige Sprache schien kein Argument zu sein.

Sein Auftreten ist manchmal ... gewöhnungsbedürftig. Das wiederum hatte nichts mit seiner Menschlichkeit zu tun: Zweimal hatte er ihn bereits davor bewahrt, sich den Schädel einzuschlagen.

Duschen. Jetzt.

Sie hatten es doch nur versucht. Dieser blonde Junge, Gordon, war rechtzeitig zwischen sie gesunken. Damit hatte das ganze Dilemma doch angefangen.

Steh jetzt auf!

Der Weg ins Bad erschien ihm ewig lang. Lustlos warf er seine Sachen auf den geschlossenen Toilettensitz, streifte dann seine Klamotten ab und stieg in die Wanne.

Das warme Wasser half. Er putzte sich gründlich die Zähne, nachdem er aus der Wanne gestiegen war, und rieb sein Haar trocken, bevor er die Treppen nahm.

Die Tür zum Wohnzimmer war angelehnt, was ihm einen Blick auf Ethan gewährte, der auf dem Boden saß. Er lehnte sich gegen die Sofakante, ein Bein aufgestellt, das andere wie im Schneidersitz angewinkelt.

Nate klopfte, bevor er eintrat. Ihre Blicke kreuzten sich, dann zuckten Ethans Mundwinkel.

»Was machst du da?«, fragte Nate, das unterdrückte Lächeln geflissentlich ignorierend.

Ethan wandte den Blick ab, hob die Hand, als unterstreiche er damit seine folgenden Worte, und zuckte dann mit den Schultern. Erst, als er sprach, verstand Nate, dass er sich schämte. »Fernsehen.«

»Und wieso auf dem Boden?«

Ohne Worte gestikulierte er, bis er schließlich die Achseln hob.

»Ja, natürlich. Was läuft?«

Ethan räusperte sich. Wieder hatte Nate den Eindruck, seine echte, tatsächliche Stimme zu hören und nicht die einstudierte Diktion eines Haushälters. »Das ist ... eine Seifenoper. Ich ... ich kann das ausmachen, das ...«

»Nein, alles gut.« Er sank vor den hinteren der beiden Sessel und lehnte sich an. Auf der Ablage des Kamins stand der Röhrenfernseher, auf dessen Bildschirm eine Frau in einem blauen

Kleid durch eine Küche tanzte. Natürlich kannte er Fernseher; besessen hatte er nie einen. Dafür hatte das Geld nie gereicht. Konzentriert versuchte er, den Stimmen zu lauschen.

»Wirklich, das ist ...«

Gott, dieser Kerl machte ihn wahnsinnig. »Schon okay. Wer ist diese Frau? Harriet? Ist das ihr Name?«

»Holly. Sie ist ... die Mutter der Kinder. Aber ihr Mann ist nicht der leibliche Vater.«

»Wie kam es?«

Er spürte Ethans prüfenden Blick, doch er zwang sich, weiterhin den Film zu beobachten. Ein gestriegelter junger Herr im Maßanzug nahm die Hand der Dame und begann, im Walzer mit ihr durch die Küche zu stürmen. Zwei Kinder – dem Kleidungsstil nach Jungs – begleiteten den wilden Tanz mit Applaus.

»Er hat sie betrogen.«

»Sie hat sich getrennt?«

»Ja.«

»Sieht er die Kinder denn?«

»J... ja, darum geht es. Der Vater, James, und ihr neuer Mann geraten ständig aneinander. Sie wetteifern darum, wen die Kinder mehr lieben. Manchmal ... wird das ziemlich schräg.« Er hob die Schultern. »Und lustig.«

»Du lachst?«

Schnaubend presste er die Lippen zusammen. »Manchmal.«

»Wie stehen die Chancen, das heute zu erleben?«

»Es hat erst angefangen. Wer weiß.«

Hör auf. Hör einfach auf. Nate griff hinter sich und zog die Decke auf dem Sessel zu sich herab. Eingekuschelt fühlte er sich direkt wohler. Seinen Kopf stützte er auf die Sitzfläche.

Die Nacht lag ihm schwer in den Knochen. Immer wieder döste er weg und wachte durch sein eigenes Schnarchen auf. Ethan beschwerte sich nicht, drehte aber heimlich den Fernseher lauter, als er ihn für schlafend hielt. Peinlich berührt schaffte Nate es dadurch, ganze zwanzig Minuten am Stück wach zu bleiben, ehe er wieder wegnickte.

Draußen begann es zu regnen. Dicke Tropfen trommelten gegen die Fensterscheiben und erlaubten Ethan ganz legitim, die Lautstärke weiter zu erhöhen. Begleitet von ihrem Prasseln gewann der Schlaf immer müheloser. Wagte er sich an einen Kaffee?

Mühsam kämpfte er sich auf die Beine, als Ethan sich anstellte, es ihm gleichzutun. »Bleib sitzen.«

»Aber ...«

»Erzähl mir lieber gleich, was passiert ist.« Damit warf Nate die Decke zurück auf den Sessel und stapfte in die Küche. Eine Kaffeemaschine konnte er bedienen. So eine gab es im Halster's auch. Er öffnete wahl- und ratlos Schränke, bis er die blaue Kaffeebox entdeckte. Während die Maschine blubbernd und glucksend ihre Arbeit verrichtete, stöberte er weiter herum. Er fand eine Packung Shortbread. *Ist eine Weile her, seit ich welches hatte.* Er kaute auf seiner Wange und seufzte. Erst holte er eine Schale aus dem Geschirrschrank und schüttete ein paar Kekse hinein, doch dann fiel ihm ein, was geschehen könnte, wenn sie gleichzeitig danach greifen würden. Also füllte er zwei separate Schalen, schenkte Kaffee in die bauchigen, weniger filigranen Tassen, die Ethan benutzte, und brachte alles zurück ins Wohnzimmer.

Ethan starrte ihn an, als hätte er eine Teufelsbeschwörung durchgeführt. »Was tust du da?«

127

Mit einem Keks im Mund konnte er nicht antworten. Er reichte ihm eine Tasse und eine Schale und sank zurück an seinen Platz. »Ich hab' gesagt, ich mach es wieder gut. Das ist immerhin ein Anfang.«

Blinzelnd stellte Ethan die Kekse vor sich ab. Sein Blick wanderte zwischen ihm, dem Kaffee in seiner Hand und dem Fernseher hin und her.

»Gewöhn' dich besser daran«, riet er ihm, bevor er sich den nächsten Keks schnappte. »Wenn du mich bedienst – und das hast du heute Mor... Mittag, dann bediene ich dich auch.«

»Es ist mein Job.« Seine Stimme hatte wieder den gewohnten Klang. »Es steht mir nicht zu ...«

»Auf dem Sofa zu sitzen wie ein normaler Mensch?«

»Ja. Das auch.«

Die Ernsthaftigkeit in seiner Stimme erregte seine Aufmerksamkeit. Nate hielt inne. Das ungute Gefühl, eine Grenze überschritten zu haben, verstärkte sich, als er seinen Blick bemerkte. »Ich wollte nicht ...«

»Natürlich nicht.«

Autsch. »Ist es wegen Buck?«

»Nein.«

»Ich ... Es tut mir leid.«

»Es gibt keinen Grund, sich zu entschuldigen«, sagte Ethan, der professionelle, der Haushälter-Ethan, der nicht gerade eine Fernsehshow mit ihm angesehen hatte. Selbst ihm gelang es nicht, glaubwürdig zu klingen.

»*Egal, was ich getan habe, es tut mir leid*«, wollte er sagen. Stattdessen schwieg er und knabberte appetitlos an seinem Shortbread. *Ich hätte nicht davon ausgehen sollen, dass du das Ganze genauso siehst wie ich.* Er nahm seinen Kaffee und flüchtete in die Küche.

Ich bin so ein Idiot. Ich habe ihn bedrängt. Nie gefragt, was er will. Dabei habe ich doch bemerkt, dass er nur ... gehorcht.

Davon wurde ihm übel.

Ohne Decke fror er, weshalb er sich nach kurzer Zeit wieder auf den Boden setzte, den Rücken an die Heizung gelehnt. An seinem Kaffee nippend warf er einen Blick aus dem Fenster. Regentropfen rannen an der Scheibe herab und zeichneten wurzelartige Muster. Sie verbanden sich zu Rinnsalen, brachen sich in verschiedene Abzweigungen desselben Flusses. Wie er. Und sein Vater. Nate hatte keine Ahnung davon, wie das Verhältnis zwischen Ethan und Robert Alglow ausgesehen hatte. Kalt? Firm? Hierarchisch? Ganz sicher sogar hierarchisch. Es musste ihm schwerfallen, sich von etwas zu distanzieren, dass er nur auf diese Art kannte. Zehn verdammte Jahre lang. Er sollte verständnisvoller sein. Rücksichtsvoller. Nicht von ihm verlangen, alles umzukrempeln, damit er selbst sich wohler fühlte.

Valery hatte Recht. Ein egoistischer Scheißkerl, das bin ich.

Am nächsten Morgen suchte er nach der Hose, in deren Tasche er den Schlüssel zum Laden aufbewahrt hatte. Weder neben seinem Bett, noch im Bad fand er sie, und ihn beschlich eine Vermutung, die ihm wieder die Röte ins Gesicht trieb.

Wie er es auch drehte und wendete, um ein Gespräch mit Ethan kam er nicht umhin. Seufzend begab er sich auf die Suche, fand ihn aber weder in der Küche, noch im Wohnzimmer und auch nicht in einem der Bäder. Er schien wie vom Erdboden verschluckt. *Ist er abgehauen?* Nate schluckte sein schlechtes Gewissen.

Erst auf den zweiten Blick entdeckte er, dass die Terrassentür offenstand. Erleichtert atmete er aus. *Er ist bestimmt nur im Garten.* Weshalb es ihm derart wichtig war, konnte er sich nicht erklären. Denn – er mochte ihn ja nicht einmal.

Oder?

Nama saß auf den warmen Steinen und hob ihren Kopf, als er hinaustrat.

»Da bist du ja wieder!« Er bückte sich und streichelte sie. Schnurrend leckte sie über seine Finger. »Gehörst du hierher, ja?«

»Sie gehörte deinem Vater.«

Nate zuckte zusammen. »Musst du mich immer erschrecken?«

»Verzeihung.«

Er seufzte. »Schon gut. Sag' mal ...«

»Ja?«

»Hast du meine Hose gesehen?« Das konnte er nicht fragen. Nicht so. Unmöglich. »Weißt du zufällig, wo ich den Schlüssel zum Laden hingelegt habe?« Nate dachte, sich gut gerettet zu haben, bis er das unterdrückte Lachen in Ethans Stimme hörte.

»Ich habe ihn auf die Küchenzeile gelegt.«

Was hatte Ethan nur an sich, das ihn ständig in Verlegenheit brachte? Möglichst unauffällig warf Nate ihm einen Blick zu. Mit hochgekrempelten Ärmeln stand er vor einem Beet und goss Tomatenstauden. Wie üblich trug er schwarze Kleidung, ausnahmslos. Sein Haar trug er heute locker durch ein Band zusammengefasst. Die Spitzen fielen ihm bis zwischen die

Schulterblätter.

»Gehst du wieder in die Stadt?«

Überrascht blinzelte Nate. »Ich wollte zum Pawn's.«

»Würde es dir etwas ausmachen ... etwas mitzubringen?«

Ein Fortschritt. Ein Fortschritt! »Nein, gar nicht. Was brauchst du?«

Ethan stellte die Gießkanne zur Seite und legte beide Hände an den Hinterkopf. »Ich ... *Wir* haben kein Katzenfutter mehr. Für Louise.«

»Louise? Du meinst Nama?«

»Nama? So hast du sie genannt?« Er meinte, ein Grinsen aus seinen Worten herauszuhören, konnte sich nicht vorstellen, wie Ethan mit einem echten, tatsächlichen Lächeln im Gesicht aussah. »Ich glaube, der Name gefällt mir besser.«

»Okay, ähm ... Welches Futter braucht sie?«

»Irgendeines. Am liebsten mag sie das Nassfutter von Claude. Er hat einen Laden am Ende der Tannstreet, Ecke Ristonstreet. Es ist ein Stück. Wenn du möchtest, kannst du mein Fahrrad nehmen.«

Ein Fahrrad. Endlich. »Das wäre ... nett.«

»Nimm es, wann immer du es brauchst.«

»Ich ... Danke.«

Ethan kickte mit seinem Fuß einen Stein zur Seite. »Das mit gestern ...«

»Es tut mir leid.«

»Nichts davon war deine Schuld. Ich ...« Seine Arme sanken herab, dann kratzte er sich an der Narbe hinter seinem Ohr. »Ich sollte nicht in zwanglosem Ton sprechen.«

»Doch.« Nate schluckte. »Das ... solltest du. Öfter.«

»Es gehört sich nicht.«

»Sagt wer?«

Ein Schulterzucken. »Mr. Thunning?«

Nate presste die Lippen aufeinander und wandte sich Nama zu, die mit großen Augen darauf wartete, dass er mit ihrem Verwöhnprogramm fortfuhr. »Ich wusste gar nicht, dass er so gute Ohren hat.«

»Es reicht, wenn er es irgendwo aufschnappt.«

»Wenn niemand darüber spricht, kann er es nicht aufschnappen, oder?«

»Er kann recht ... überzeugend sein.«

»Wird er danach fragen?«

»Vielleicht nicht.«

»Ich finde, dass es ihn nichts angehen sollte. Er lebt hier nicht.«

Ethan schüttelte den Kopf, dann rieb er sich gedankenverloren den Arm. »Du ... steckst voller Überraschungen.«

»Nein.« Nate verabschiedete sich mit einem letzten Kraulen von Nama und steuerte das Fahrrad an, das wie vergessen am Pfeiler des Carports lehnte. »Ich bin nur nicht mein Vater.«

Gott, es tat so gut, wieder in die Pedale zu treten. Fichten und Kiefern zogen an ihm vorbei und verschmolzen zu grüngefleckten Schatten. Die Kette rasselte und die Bremse quietschte, außerdem war der Sattel zu hoch eingestellt, aber das kümmerte ihn nicht, dann fuhr er eben im Stehen. Nate dachte gar nicht daran, für einen staubigen Buchladen anzuhalten. Er schoss an den Fischgesichtern vorbei, die noch immer Wasser erbrachen und grinste den tobenden Kindern dort zu.

Nama würde es überleben, wenn er eine Extrarunde drehte.

Nur eine kleine.

Kian winkte ihm zu, als er an der Eisdiele vorbeifuhr. Nate winkte zurück.

Hinter der Stadt schlug er den erstbesten Weg ein, trat weiter in die Pedale, bis seine Waden brannten und er endgültig das bewohnte Gebiet verließ. Eine Abzweigung zu viel – eine nur – und vor ihm teilte sich die Welt.

Ein Hügel erklomm den nächsten. Die Wellen des Ozeans konnten nicht höher sein, leuchteten grün und braun und violett und in all den Farben der Blüten, während sie übereinander herfielen. Anstelle eines Walddachs riss der Horizont über ihm auf, zeigte sich blau und weiß und grau, erzählte von der Weite der Welt und all den Orten, die er nicht kannte.

Dazwischen verlief die Straße wie ein Fluss. Der Sand unter den Reifen stob auf und verwob sich mit dem Wind, der an ihm zerrte und das Lachen ungehört von seinen Lippen pflückte. Er war glücklich, in diesen kurzen Momenten. Wie in Hedford, wenn die niedrigen Äste der Eschen durch sein Haar strichen und sich die brüchige Straße vor ihm ausbreitete.

Es war gestohlenes Glück und er wusste es.

Nate fuhr weiter, bis sein Shirt schweißnass an ihm klebte, seine Muskeln zitterten und seine Augen von Wind, Salz und Staub brannten. An einem See hielt er an, warf das Rad zur Seite und riss sich seine Sachen vom Leib. Es musste nicht der Ferrers Lake sein. Das Wasser kühlte auch hier. Zwei, drei stramme Runden schwamm er auch hier. Anstelle von Erde klebte Sand an seinen Füßen, als er zurück trottete, und anstelle von Sonne trocknete der Wind seine Haut.

Vielleicht musste er nicht zuhause sein.

Vielleicht war zuhause gar kein fester Ort.

Oder vielleicht war ich noch nie wirklich irgendwo zuhause und das hier ist meine Chance, eines zu finden.

Der Ruf eines Wanderfalken echote über die Hügel. Nate bettete sich inmitten der Stämme einiger Schwarzerlen und verschränkte die Hände hinter dem Kopf. Zwischen den Blättern rieselten Sonnenstrahlen auf seine Haut und wärmten sie. Am Horizont bauschten sich die Wolken auf, färbten sich an der Unterseite leicht gräulich. Es würde bald regnen. Der Sommer würde enden.

Nates rechter Mundwinkel hob sich.

Der Rückweg gestaltete sich aufregend. Gedankenlos, wie er war, hatte er sich den Weg nicht gemerkt und kämpfte sich Hügel um Hügel hoch, um danach Ausschau zu halten. Schweißgetränkt erreichte er schließlich Claudes Laden. Noch hatte er keinen Zugriff auf das Vermögen seines Vaters und bezahlte drei Dosen Katzenfutter, neues Duschgel und eine Wasserflasche, die er bitternötig hatte, mit seinem restlichen Geld. Ethan musste nichts davon wissen.

Claude grüßte ihn, wie alle Dwelltoner es taten: mit dem Namen seines Vaters.

»Ich bin nicht mein Vater«, widersprach er. Grinsend überließ er dem Mann das Restgeld und verschwand aus dem Laden mit den gelben Markisen. Die Hälfte des Wassers stürzte er auf dem Weg hinaus hinunter. Als er vor dem Fahrrad stand, fiel ihm auf, dass er seinen Rucksack nicht mit sich trug.

Seufzend – und unangenehm berührt – zog er sich sein Shirt über den Kopf, packte alles hinein und verstaute es wie ein Bündel unter der Fixierung des Gepäckträgers. *Besser das Shirt als die Hose.*

Als er im Rubson Way ankam, dämmerte es. Wie lange war er fort gewesen? Er parkte das Fahrrad am Garagentor. Sein Bein schmerzte, als er es über den Sattel hob. Ohne Gefühl für Bewegung oder Widerstand stakte er zur Haustür. *Das werde ich morgen spüren.*

In der Küche schnitt Ethan Zwiebeln für das Abendessen. Er hob den Kopf. »Guten Abend.«

»Hi.« Nate rollte sein Shirt auf und holte das Katzenfutter hervor. »Tut mir leid, dass es gedauert hat. Ich wasche mir die Hände, dann helfe ich dir.«

»Das ist ...«

»Gegen die Vereinbarung. Ich weiß.« Er zeigte ihm seine Handflächen, wie Ethan es sonst tat, und fragte: »Okay?«

Der seufzte und gestikulierte mit dem Messer in der Hand. »Schön.« Als er seinen Blick bemerkte, lächelte er.

Er lächelte.

Ein kurzes, scheues Lächeln.

Es war genug, um ihn zu überzeugen. Nate warf sein Shirt über den Barhocker und ging zur Spüle, um sich die Hände zu waschen. »Was gibt's heute?«

»Nichts Besonderes.«

»Oh, das Rezept kenne ich.«

»Wenn du möchtest, kannst du die Kartoffeln schälen.«

»Okay.«

Ihr Gespräch geriet ins Stocken. Irgendwann seufzte er. Ja,

er wollte Ethan nicht drängen, aber wenn von ihm gar nichts kam? Verstohlen warf er ihm über die Schulter einen Blick zu. Oder ... traute er sich nicht, zu sprechen? »Wie war dein Tag?«

»Nun.« Ethan räusperte sich. »Warm, glaube ich?«

»Ja ... meiner auch.«

»Warst du im Laden?«

»Nein.« Er legte die fertig gepellte Kartoffel zur Seite und griff nach der nächsten. »Ich habe beschlossen, beim Radfahren die Zeit zu vergessen.«

Ethan stieß amüsiert die Luft aus. »Du hättest das Rad gerne eher nehmen können. Ich benutze es kaum mehr.«

»Ich wollte nicht ... also, ich wollte schon. Aber ich habe mich nicht getraut, zu fragen.«

»Weshalb?«

»Ich wollte nicht aufdringlich sein. Dir nicht auf die Nerven gehen. Du weißt schon.«

»Du ... mir?«

»Ja?«

»Dieses Gefühl wollte ich auf keinen Fall vermitteln. Das ist ...«

»Ethan. Es ist okay.«

»... okay.«

Nate lächelte schwach. »Was machst du denn den ganzen Tag über?«

»Ich erledige, was ansteht. Es gibt genug zu tun.«

»Und wie war es heute?«

Ethan schwieg.

Er verkniff sich ein weiteres Seufzen. »Das ist keine Kontrolle. Ich möchte ...« *Dich kennen lernen?* »... es einfach gerne wissen.«

Trotz Nates Versicherung begann er zögerlich. »Als du gegangen bist, habe ich über deinen Vorschlag nachgedacht. Es … wäre schön, nicht immer … ich weiß nicht, ob es … angemessen ist?«

Gedankenlos schnitt Nate sich in den Finger. *Verdammt!* Mit zusammengebissenen Zähnen schluckte er den Schmerz. »Wir können es gerne versuchen«, rang er sich dann ab. Leider klang seine Stimme gedämpfter, als sie sollte. »Wirklich.«

»Okay.« Ethan griff nach seinem Brett und wandte sich der Pfanne zu. Auf halbem Wege hielt er an. »Alles in Ordnung?«

»Mhm.«

Die Falten auf Ethans Stirn vertieften sich.

Nate gab nach. Mit einem schrägen Lächeln zeigte er ihm den Schnitt. »Man darf mir kein Messer in die Hand drücken.«

Mit einem Schnauben kippte er die Zwiebeln in die Pfanne. »Schlimm?«

»Nein.«

»Sicher?«

»Ja, danke.« Nate reichte ihm die geschälten Kartoffeln. »Du scheinst dich gerne um andere zu sorgen.«

»Nun«, er trommelte mit den Fingern auf die Küchenzeile, »wenn du an einer Blutvergiftung sterben solltest, habe ich keine Arbeit mehr.«

Verblüfft starrte er ihn an.

Ethan warf ihm über die Schulter einen Blick zu.

Dann grinsten sie beide. Hastig wandte Ethan sich ab und griff nach dem Öl aus einem der Schränke. Nate lachte leise. »Vielleicht kannst du dann für meine Schwester kochen. Wie ich sie kenne, wäre sie nur zu angetan von jemandem wie dir.« Würde er das falsch verstehen? »Also, ich meine, als

Haushälter.« Er machte es immer schlimmer. »N... natürlich weiß ich nicht, ob sie nicht sonst auch Gefallen an dir fände.« Warum öffnete er seinen Mund überhaupt? »Oder auch nicht. Keine Ahnung.« Eine wahre Glanzleistung, was er da vollbracht hatte.

Ethan hob die Augenbraue. »Okay.«

Mit brennenden Wangen blickte er sich in der Küche um, griff nach dem Katzenfutter und räumte es in einen der Eckschränke. *Meine Güte.* Wenn Ethan wenigstens mit irgendetwas zurückgefeuert hätte, wäre das als schlechter Witz in Vergessenheit geraten. Aber so? »Genau genommen ist sie verheiratet.«

»Für gewöhnlich gehört es nur zu meinen Aufgaben, das Bett zu machen.«

»Das wollte ich damit nicht sagen.« *Reiß dich zusammen!*

»Ich habe viel gesagt, was ich eigentlich nicht sagen wollte. Entschuldige.«

»Es war sehr erfrischend.«

»Wundervoll.«

Ethan schüttelte den Kopf und holte dann einen Kochlöffel aus der Schublade.

Nama stürmte wehmütig miauend in die Küche. Nate begrüßte sie mit langen Streicheleinheiten, bevor er sie fütterte. Sie verschlang eine ganze Dose und rieb sich aufreizend an seinem Bein, um nach mehr zu betteln.

»Das macht sie immer«, meinte Ethan. »Wenn sie könnte, würde sie sich kugelrund fressen.«

Heimlich steckte er ihr noch etwas zu, setzte sich anschließend neben ihr auf den Boden und beobachtete Ethan dabei, wie er kochte. Passte ihm jedes Hemd wie angegossen? Wie viele davon besaß er? Aus der letzten Waschmaschine hatte er bestimmt fünf Stück herausgeholt. Schwarz, was auch sonst. Selbst seine Unterhosen waren schwarz. Er hatte sie in der Hand gehabt und auf die Wäscheleine gehängt.

Ob er andersherum auf die seinen achtete? Auf die Löcher und ... Vielleicht sollte er den Waschdienst komplett übernehmen.

Ethan warf ihm einen Blick zu und schmunzelte.

Er konnte doch Gedankenlesen. Ganz sicher. Nate erhob sich räuspernd und strich sich über den Nacken. Dann nahm er den Teller entgegen, den Ethan ihm reichte. Bratkartoffeln, Spiegelei und Spinat. »Komm mit«, sagte er.

Mit gesenktem Blick hob Ethan die Schultern und wandte sich ab.

»Komm schon.« Nate setzte sich in Bewegung, während Nama ihm zwischen die Beine lief. Er öffnete die Terrassentür und ließ sie hinaus; dann stockte er, sah über die Schulter zurück. Seufzend nahm er auf der Terrasse Platz. *Morgen vielleicht.*

5

Das Pawn's und er pflegten eine schwierige Beziehung. Luis Hamfond, der Besitzer des Marvolo's, wies ihn lachend ab. »Wenn Bob da oben rauskriegt, dass ich dich hier die Teller schrubben lasse ...«

Kian riss die Augen auf, als er ihn fragte, ob sie noch Kellner in der Eisdiele bräuchten. »Bist du bescheuert? Du hast 'nen Laden, mach ihn auf!«

Wenn Buck vorbeikam, seine Baskenmütze auf die Theke warf und ihn erneut zum Abendessen einlud, schwieg er darüber. Sein Gefühl sagte ihm, dass Buck viel hören wollte, nur nichts über das Erbe und wie sehr er es loshaben wollte.

Schließlich stand er wieder im Pawn's und wischte den Staub von den Regalen. In einem vernachlässigten Zustand käme es weder bei Kunden noch bei Kaufinteressenten gut an. Zumindest sagte er sich das, damit das, was er tat, sich sinnvoll anfühlte. Danach ging er die Bücher durch und notierte die Bestände. Im Restaurant nannten sie es Inventur. Meistens hatte Darren ihn am Ende des Jahres damit betraut. *Das schaffst selbst du*, hatte er gesagt und ihm Keen zugeteilt. *Pass auf, dass er sich nicht verzählt.* Es entpuppte sich angenehmer, wenn Ivys Cousin ihm dabei nicht auf die Finger guckte.

Die meisten Bücher stellte er direkt wieder zurück. Allerdings fand er auch Werke aus dem letzten Jahrhundert, bei denen er nur noch auf Sammlerwert hoffen konnte. Andere zeigten schon vergilbte oder beschädigte Seiten. All diese

140

Exemplare türmte er auf einem Schreibtisch, den er dann der Einfachheit halber vor die Kasse zerrte.

Dabei entdeckte ihn Sara.

»Hi!« Sie warf ihre Denimjacke über den roten Sessel unter dem Schaufenster. »Was machst du hier?«

»Was machst *du* hier?«, fragte er.

»Dem alljährlichen Frühstück mit meiner Tante Rosie entkommen. Sie ist – na ja, deutsch. Wenn du sie hören würdest ... da wird einem schlecht. Selbst meine beiden Onkel aus Wyoming reden nicht so. Außerdem plappert sie immer wirres Zeug über eine Mauer mitten im Land. Als ob sie im alten China wohnt. Also ...« Mit zusammengekniffenen Augen inspizierte sie das halb geleerte Sachbuchregal. »Bringst du den Laden in Schuss? Letztens meintest du doch, dass du das nicht willst. Hast du dich umentschieden? Bleibst du hier? Das wirst du ganz sicher nicht bereuen. Keine Sorge, ich helfe dir und ...«

»Meine Güte, Sara. Atmest du manchmal?«

Sie warf ihren Kopf in den Nacken und lachte. »Ich kann atmen und sprechen gleichzeitig, weißt du? So ist das bei Frauen. Sie schaffen mehrere Dinge zur selben Zeit.«

Nate schüttelte den Kopf. »Wenn du magst, kannst du mir beim Aussortieren helfen. Alles, was kaputt oder aus Achtzehnhundert-sonst-was ist, kommt weg.«

»Achtzehnhundert?«

»Das ist eine Zahl mit einer Eins, einer Acht und dann ...«

»Danke, Herr Professor, das wusste ich!« Sie warf mit einem ausrangierten Buch nach ihm.

Nate lachte und duckte sich. Hinter ihm knallte es an die Wand. »Immer sachte. Die wollte ich vielleicht noch an den Mann bringen.«

»Die?« Sie rümpfte die Nase. »Wer kauft die denn?«

»Für ein oder zwei Pfund? Bestimmt irgendjemand.«

»Das klingt fair. Okay, wo soll ich anfangen? Oh, ich weiß! Ich gehe zu den Liebesromanen. Davon hast du ohnehin keine Ahnung. Keiner von euch Kerlen hat das. Du bist bestimmt so romantisch wie ein Schuh.«

»Meistens bin ich froh, wenn ich sie anhabe.«

»Was?«

»Egal. Du machst das bestimmt wundervoll.«

»Kein Grund, mich zu verarschen.«

»Das würde ich nie wagen.«

»Mach weiter und ich schicke dir meinen Bruder auf den Hals.«

»Wie auf der Feier?«

Sara schnaubte und drehte ihm den Rücken zu. »Ich dachte, das hättest du vergessen. Du warst ziemlich betrunken.«

»Und du wolltest das ausnutzen.« Weshalb klangen diese Worte wie ein Witz, hinterließen aber einen seltsam bitteren Geschmack in seinem Mund?

»Das ist nicht wahr!« Sie holte eines der Bücher aus dem Regal und blätterte durch die ersten Seiten. »Aber ... wenn wir schon dabei sind ... Ich wollte dich fragen, ob wir, na ja, den Abend unter besseren Voraussetzungen wiederholen wollen. Wir könnten zu Vin gehen. Ihm gehört das Pub am Ende der Straße. Wir sind da öfter. Kian und Heath und Camille ... und ich. Und du, wenn du Lust hast.«

Nate schluckte. Er spielte mit den abgeknibbelten Ecken eines Bildbandes über Traktoren. »Ich hab' echt viel zu tun ...«

»Kein Problem! Solange ich Semesterferien habe, kann ich jeden Tag kommen und dir helfen. Meine Hausarbeiten schreibe ich sowieso lieber abends.«

»Ich weiß nicht ...«

»Wenn wir uns anstrengen, kannst du Ende des Monats wieder öffnen. Die Leute warten darauf, weißt du? Sie fragen ständig ›Oh, was ist denn mit dem Buchladen?‹ oder ›Roberts Junge, was ist ...‹«

»Wer fragt?«

»Na, alle!«

»Nach dem Laden?«

»Natürlich! Hier war immer etwas los. Die Leute vermissen die Lesungen, die Autoren und die anderen komischen Abende, die es immer gab, diese – na, hier kam so ein Typ und hat mit den Männern auf irgendwelche literarischen Ergüsse angestoßen. Das klingt eklig, aber die fanden das gut. Und –«

»Woher weißt du das alles?«

»Ich wohne hier?« Sara deutete hinter sich auf die Auslage. »Ich weiß nicht, ob du's wusstest, aber wenn dein ganzes Dorf aus einer Straße und vierzig Feldern besteht, na ja, dann weiß man eben, was so passiert.«

»Verstehe.«

»Weißt du denn gar nichts davon, was dein Pa ...«

»Nein.«

»Oh.« Ihre Schritte klangen dumpf auf den Dielen. »Ich wollte nicht ...«

»Schon gut.« Nate hob abwehrend die Hände und zwang sich ein Lächeln auf. »Du meinst, die Leute würden hierherkommen?«

»Auf jeden Fall.«

»Erinnerst du dich an die Autoren, die hier vorgelesen haben?«

»Nein. Aber eigentlich hat jeder Laden ein Geschäftsbuch. Da stehen solche Sachen drin, oder nicht?«

»Keine Ahnung. Ich hatte nie einen.«

»Na ja ...«, Sara lächelte, »... jetzt schon.«

Nate kaute auf seiner Lippe.

»Na, geh schon!«

Mit einem Seufzen überließ er ihr den vorderen Teil des Ladens. Zuerst durchsuchte er die Schränke unter der Ladentheke, danach die Schubladen am Boden der Bücherregale. Fündig wurde er in dem kleinen Raum neben dem Hinterausgang, den er für eine Abstellkammer gehalten hatte. Beim Öffnen der Tür knallte ihm ein Besen gegen die Stirn. Sobald er diesen an die Wand und das Kehrblech auf den Boden gestellt hatte, entdeckte er eine private Garderobe, Eimer und Lappen, eine alte Buchlieferung – eingeschweißt in einem Karton – und eine zusammengedrückte Zigarettenschachtel. Ein minimalistisch gehaltenes Schreibpult versteckte sich unter einer grünen Fischerjacke. Nate hob sie an. Darunter quoll ein aufdringlicher Duft nach toten Schuppen und Moder hervor. Er rümpfte die Nase und warf sie in den Eimer. Kein Geschäftsbuch. *Gott sei Dank.* Was auch immer hierunter lag, würde auf ewig nach der Hochsaison in den Wellingborough Fishing Lakes stinken. Anschließend zog er an einer Schublade. Darin fand er einen Ordner mit Händlernamen und Bestellverläufen. In einem Notizbuch häuften sich die Namen von Autoren, Termine für ihre Lesungen, ihre Nummern und Präferenzen. Alleine im letzten Jahr schien ein gewisser Robert Benfried fünfmal zu Gast gewesen zu sein. Tabellen erstreckten sich dahinter: genaue Aufzeichnungen über Ausgaben und Einnahmen. Nate berührte die schlampige Handschrift seines Vaters.

Wenigstens schreibe ich nicht wie er. Wenn er es detailliert vor sich aufgefächert sah, wirkte es nicht schwer. Nette Autoren einladen, ihnen Wein servieren, Bücher verkaufen. *Anscheinend ist es leichter, als hier einen Job als Aushilfskellner zu bekommen.*

Mit seinen Fundstücken unter dem Arm kehrte er in den vorderen Teil des Ladens zurück. »Danke«, sagte er.

Sara schnaubte und widmete sich einer Ausgabe von *»The End of The Affair«* von Graham Greene. »Das haben wir im Literaturkurs gelesen«, sagte sie. »Schrecklich, wenn eine der Hauptfiguren eines Romans heißt wie du. Plötzlich meinten Caleb und Flynn, dass es lustig wäre, ›die Szenen nachzustellen‹, na ja ... du weißt schon. Blake hat sich damals mit ihnen angelegt und sie verprügelt. Seitdem hasse ich Kerle, die keine Ahnung von Manieren haben.« Sie blätterte durch die Seiten. »Ma fand das Buch schrecklich. ›Gotteslästerung‹ meinte sie und dass ich sowas nie mehr lesen soll. Danach hat sie sich mit meiner Lehrerin angelegt und mir verboten, in Stafford zur Uni zu gehen. In Stafford gäb's noch mehr verrückte Weiber, sagte sie. Nach einer Weile ging es wieder. Vermutlich war es Pas Verdienst. Ich mag die Uni dort, da sind nette Leute. Mit denen kann man fast so gut feiern gehen wie hier. Zumindest, seit Caleb und Flynn nicht mehr da sind, wo Blake sich rumtreibt.« Mit einem Schulterzucken stellte sie das Buch zurück in das Regal. »Das hier sieht gut aus. Ich lasse es hier.«

Nate räumte die Ordner in den Schrank unter der Ladentheke. Er seufzte. »Schön.« Ihr Gesicht hellte sich auf. Eilig hob er die Hand. »Aber nur, wenn du nicht sofort wieder versuchst, mich zu küssen.«

»So genau nimmt Ma es nicht mehr, seit ich ...«

»Generell.«

»Küsst du nicht gerne?«

»Was?« Er grinste. »Das habe ich mich nie gefragt. Aber ja. Ich meine nein. In letzter Zeit habe ich ein paar Küsse zu viel verschenkt, glaube ich.«

»Verstehe.« In hohem Bogen flog das nächste Buch auf den Schreibtisch. »Das ist total in Ordnung. Wir müssen uns ja nicht daten. Wir können als Freunde zu Vin gehen und da freundschaftliche Dinge ohne Küsse machen.«

»Du bist so seltsam.«

»Und du redest wie eine Robbe. Ah, ah, ah! Bestehen deine Worte aus etwas anderem als Ahs?«

»Letztes Mal war es noch süß.«

»Da war ich betrunken.«

Sie sahen sich an und lachten. *Warum kann es mit Ethan nicht so sein?* Er kratzte an seinem Ohr herum. »Wann willst du zu Vin?«

»Heute Abend?«

»Okay. Vorher muss ich duschen.«

»Wäre ich nicht drauf gekommen«, meinte sie trocken und warf wieder ein Buch durch den Laden.

Grinsend schüttelte er den Kopf.

Das Schweigen, mit dem sie ihre Arbeit fortsetzten, fühlte sich angenehm an. Sie hingen eigenen Gedanken nach, stöberten in den Büchern und sortierten. Nach einer Weile setzte Regen ein und prasselte gegen das Schaufenster. Wenn ihnen ein Schmuckstück in die Hände fiel, tauschten sie Geschichten aus oder lachten über Buchtitel wie »Wer wurmt denn da?«, die ihren wahren Charme erst entfalteten, wenn Sara sie vorlas. Gegen sechzehn Uhr beschloss Nate, nach Hause zu fahren.

»Wann treffen wir uns?« Er sperrte den Laden ab und löste das

Schloss an Ethans Rad.

»Bei dem Wetter fährst du Rad? Dann kannst du dir das Duschen gleich sparen.«

Er zuckte mit den Schultern. »Zu Fuß komme ich zu spät.«

»Ich hole dich ab.«

»Das musst du nicht.«

»Ach, dafür bist du dann zu stolz? Du bist mir ein Vogel, Nate. *Ich* muss dir hinterherrennen, *ich* muss dich fragen, ob wir ausgehen, *ich* muss mir anhören, dass es dir zu schnell geht, aber beim Abholen ist Schluss? Ich habe mich gerade daran gewöhnt, der männliche Part zu sein.«

Er grinste. »Um acht?«

»Um acht!«

»Bis später, Sarold.«

»Halt die Klappe, Nataly.« Sie küsste ihn auf die Wange, hüpfte die Stufen hinab und sprang in ihren Wagen. »Sei pünktlich!« Mit einem Lächeln im Gesicht schwang er sich auf das Rad und fuhr los.

Triefend nass kam er zuhause an, stellte sich direkt unter die Dusche und wärmte sich dort auf. Er rubbelte sich das Haar trocken, versuchte sich an einer Frisur, indem er die Spitzen aus der Stirn kämmte, und durchsuchte dann den Rucksack nach seinen besseren Sachen.

Schließlich stand er in der Küche vor Ethan und fragte: »Kann ich so ausgehen?«

Er blinzelte. »Ausgehen?«

»Ja.«

»Kommt darauf an, wohin.«

»Sara hat mich gefragt, ob ich mit ins Pub komme.«

»Dann geht's.«

Nate öffnete den Mund, um empört zu widersprechen, als Ethan den Kopf abwandte, um sein Grinsen zu verstecken. »Hallo?«

»Verzeihung.«

Erst dachte er, Ethan hätte wieder gekniffen, dann sah er seine Schultern beben. *Ein bisschen mehr Zeit und es wird doch wie mit Sara.* »Was gefällt dir denn an mir nicht?« Mit den Händen in den Hosentaschen drehte er sich im Kreis.

»Dein Hemd hat Grasflecken. Am Rücken.«

»Ehrlich?« Er versuchte, rücklings an sich hinabzublicken.

»Ja.« Ethan warf sich das Tuch wieder über die Schulter, nachdem er sich die Hände abgetrocknet hatte, und kam auf ihn zu. Zögerlich streckte er ihm die Finger entgegen. Nate erhob keinen Einwand.

Ethan berührte ihn. Behutsam. »Hier«, sagte er und strich kaum merklich mit seinem Finger unter seinem Schulterblatt entlang. »Und hier.«

Über die Schauder, die ihm über den Nacken krochen, wollte er nicht nachdenken. »Es ist das einzig vernünftige Hemd, das ich habe.«

»Ich ... leihe dir eins von meinen, wenn du möchtest.«

»Sie werden mir nicht passen. Du bist größer als ich.«

»Nimm eins mit kurzen Ärmeln. Dann fällt es nicht so auf.«

»Okay.«

»Warte hier.«

Während er Ethans Anweisung folgte, plagten ihn Gedanken, die er so nicht kannte. Sollte er sich das alte Hemd ausziehen? Oder war das zu ungeduldig? Sollte er zumindest die locker gebundene Krawatte abmachen, mit der er das Fehlen des obersten Knopfes verdeckte? Im Unterhemd auf Ethan zu warten, erschien ihm seltsam unangemessen. Dabei hatte er sich nach der ersten Radtour auch nichts mehr angezogen. Und ganz nebenbei hatte Ethan ihn ohnehin schon komplett nackt gesehen.

Aber daran wollte er lieber nicht denken.

Schlussendlich entschied er sich dafür, die Krawatte aufzubinden. Der Stoff glitt von seinem Hals, als Ethan in der Tür erschien. Über seinem Arm lagen drei Hemden, allesamt gebügelt und schwarz. Er wies ihn an, ihm zu folgen.

Im Bad bediente er den Lichtschalter. Jetzt konnte er sein Hemd ausziehen, oder nicht? *Wie willst du das andere sonst anziehen, Idiot?* Mit den Knöpfen verhedderte er sich. Warum zitterten seine Finger?

»Darf ich dir helfen?«

Nate seufzte. »Wie peinlich.«

»Das passiert, wenn man aufgeregt ist.« Ob er das tatsächlich dachte, konnte man ihm nicht ansehen. Er lachte ihn zumindest nicht aus. Schnell und ordentlich öffnete er Knopf um Knopf. An ihm wirkte sogar diese Geste respektvoll, obwohl er ihn eigentlich ... auszog.

Der Gedanke trieb ihm die Röte auf die Wangen. Nate konzentrierte sich auf die Badezimmerdecke. Dann spürte er, wie das Hemd aus seiner Hose glitt. *Oh nein, bitte nicht.* Er nahm Ethan den Stoff aus der Hand und erledigte den Rest. »Danke.« *Reiß dich zusammen!*

»Gerne.« Ethan trat einen Schritt zurück und reichte ihm das erste Hemd.

Wie erwartet saß es locker. Ihm fehlte nicht nur Ethans Größe, sondern auch seine Statur. Der Stoff lag angenehm auf seiner Haut. Er roch nach ihm. Nach kräftigem Kaffee und Leder. Schluckend schloss er die Knöpfe selbst, auch wenn es einen Moment dauerte, und begutachtete sich nach einem beruhigenden Atemzug. Der Ausschnitt saß recht tief, obwohl er geschlossen war. Unglücklich zupfte er ein bisschen daran herum, bis er Ethans Blick im Spiegel begegnete. Er stand hinter ihm an die Wand gelehnt und sah ihm zu.

Einen Moment verharrten sie.

Dann stieß Ethan sich ab und rückte vorsichtig den Stoff zurecht, bis er passend saß. Den überschüssigen Teil des Hemdes rollte er auf. »In die Hose«, sagte er.

Nate gehorchte. Während er vor ihm stand und den Stoff unter seinen Gürtel schob, versuchte er zwanghaft, ihn nicht anzusehen. Als er fertig war, lockerte Ethan das Hemd ein wenig und nickte zufrieden. »So kannst du ausgehen.« Stirnrunzelnd neigte er den Kopf. »Obwohl, nicht ganz.«

Ethan hob ihm die Hand entgegen und wartete auf Nates Zustimmung. Dabei bildete sich ein schelmischer Zug um seine Mundwinkel. Oder lächelte er bloß? Plötzlich zerzauste er ihm das Haar. Nate zuckte zusammen, bevor er lachte. »Hey!« Er hielt ihn auf.

»Das steht dir besser.«

»Na, danke auch.«

»Gerne.«

Da erst bemerkte er, dass er Ethans Hand immer noch festhielt. Eilig ließ er sie los.

»Nervös?«

»Ein bisschen.«

»Erstes Date?«

»Nein.« Nate versuchte, sein Haar zumindest ein wenig

ordentlicher fallen zu lassen. Sobald sie eine gewisse Länge erreicht hatten, lockten die blonden Strähnen sich wie wild. »Weder ist es ein Date, noch wäre es mein erstes.«

»Verstehe.« Ohne ein weiteres Wort ließ Ethan ihn im Badezimmer zurück.

Manchmal ist er echt seltsam. Er spürte, wie sich ein Grinsen auf sein Gesicht stahl.

Sara hupte um fünf vor acht.

Nate biss von seinem Toast ab und sprang vom Barhocker. »Lass die Sachen stehen«, rief er Ethan zu, während er seine Jacke überstreifte. »Ich bin mit Abwasch dran!«

»Ich überlege es mir.«

»Wenn du es nicht erträgst, stell die Sachen in die Spüle, damit du sie nicht siehst.«

»In Ordnung.«

»Bis später!« *Warum ist er nicht immer so?* Er warf die Tür zu und begrüßte Sara mit einem Kuss auf die Wange.

»Na, Nate? Du siehst gut aus.«

»Du auch.«

Sie lachte und deutete in Richtung ihres Wagens. Rot wie ihre Lippen glänzte der Lack im Halbdunkel. »Los geht's!«

Auf dem Weg plapperte sie ununterbrochen. Nate schaffte es, ab und zu ein interessiertes »Mhm« oder »Ach?« einzuwerfen. Sie erzählte, dass Heath und Jessica zwar ein Paar waren, aber immer stritten und ihren Zwist danach im Bett beiseitelegten, dass Gordon ein furchtbar anstrengender großer Bruder war, der sie den ganzen Nachmittag davon abbringen wollte, Nate abzuholen, und dass Camille ein Auge auf Thomas geworfen hatte. »Du wirst ihn gleich kennenlernen«, fuhr sie fort und setzte den Blinker. »Er ist Vins Barkeeper. Meistens macht Vin es zwar selbst, aber Tom bekommt dann Geld dafür, gut auszusehen. Sagen die anderen. Mein Typ ist er ja nicht.«

»Was ist denn dein Typ?«

»Fremd, blond und ein bisschen neben der Spur.« Sie grinste. »Nein, keine Ahnung. Ich mag Charakter. Was ist mit dir? Was für Mädchen magst du?«

»Ich, ähm, glaube, ich habe kein Schema.«

Sara hob ihre Augenbraue und musterte ihn. »Hattest du schon mal ein Mädchen?«

»Ja.«

»Immerhin.« Mit einem Ruck brachte sie den Wagen um die Kurve. Sie fuhren einen Seitenweg entlang, der hinter ein Backsteingebäude führte. »Gott, du bist so unschuldig. Fast zu schade, um dich zu versauen.«

Er räusperte sich. »Wer kommt denn alles?«

Der Wagen hielt an. »Lass uns nachsehen!«

Seine Handflächen schwitzten, als sie aus dem Auto stiegen. Sara hakte sich bei ihm unter und führte ihn um das efeubewachsene Gebäude herum. In der Luft lag die saure Note von Regen und – weit weniger – kalter Asche. Vorne reflektierte eine verdunkelte Fensterfront die grünen und gelben Lichterketten. Sie rankten sich von einem Holzschild mit unleserlichen Lettern. Zeit und Witterung hatten ihre Spuren hinterlassen. Die Pfützen auf dem Trottoir schimmerten. Raues Lachen und Musik passierten die Eingangstür. Ein Glas klirrte. Jemand fluchte.

»Bereit?«

»Klar.«

Mit einem Grinsen öffnete sie die Tür und verbeugte sich

dabei, als wollte sie ihn vorlassen. Nate nickte ihr zu, vorzugehen, was sie mit einem übertriebenen Schmollmund tat. Stickige Luft empfing sie gemeinsam mit dem Geruch von Ale und Zigaretten.

Auf dem Weg zur Bar schlängelten sie sich durch unterschiedlich breite Rundtische. Die Kneipe erfreute sich einiger Gäste. Die meisten Tische waren belegt. Altertümliche Leuchten, die Öllampen imitieren sollten, baumelten über den Plätzen. Wie die Dämmerung verteilten sie ihr Licht nur spärlich.

Die Bar dagegen glänzte. Mehrere Strahler beschienen die verspiegelten Flaschenschränke. Gläser - von kleinen, untersetzten für die harten Sachen bis hin zu den langstieligen Sektkelchen – dekorierten die Lücken zwischen den Flaschen. Auf den Etiketten las er alles von Cider über Portwein bis Whiskey. Genug Auswahl gab es. Er hatte nur nicht vor, sich zu betrinken.

Auf den Hockern vor der Theke saßen ein halbes Dutzend Leute, deren Gesichter ihm bekannt vorkamen. »Aye, Nate!« Kian hielt ihm die Hand entgegen. »Schön, dich zu sehen.« Die Musik im Hintergrund lief in angenehmer Lautstärke, die Unterhaltungen zuließ.

»Das gebe ich gerne zurück.« Er schlug ein und spürte, wie Kian ihn mit sich zog.

»Kommt, ihr zwei!«

Gordon begrüßte ihn ebenfalls mit einem Handschlag, wobei er einen Augenblick länger zudrückte als nötig.

»Ich weiß …«, meinte Nate, »… sie ist deine Schwester.«

Um sie herum brach Gelächter aus. Heath schlug ihm auf die Schulter. Mit einem Grinsen ließ Gordon von ihm ab. *Mann, wie habe ich dich je hübsch finden können?* Einen Augenblick wartete er, betrachtete die gerade Nase und die dicken Lippen, die geschwungenen Brauen. In ihm regte sich – nichts. Er wagte ein vorsichtiges Aufatmen.

Camille und Jessica begrüßten ihn jeweils mit einem Kuss auf die Wange. Heath lüftete seine Cap für ihn und Blake verpasste ihm einen blauen Fleck auf der Schulter. »Naty! Du hier?«

Hinter der Bar zapfte ein Mann Bier aus dem Hahn. Um seine Stirn gewickelt trug er ein Kopftuch, das seine krausen Haare zurückhielt. Die Beleuchtung in der Kneipe ließ zwar zu wünschen übrig, aber Nate war sich ziemlich sicher, dass er nicht nur dunkle Wimpern besaß, sondern sich darüber hinaus schminkte. Tätowierungen wanden sich über seine entblößten Arme bis hin zu seinem Kinn. Er musterte ihn mit seeblauen Augen.

»Du musst Thomas sein.« Nate bot ihm einen Handschlag an.

»Ganz recht«, erwiderte der Mann und nahm an, »... und du bist Bobs Junge.«

»Nate.«

»Der Erste geht aufs Haus, Nate.« Er schob ihm über die Bar einen Drink zu. Durchsichtig. Mit Eiswürfeln und einer Limette am Rand. Gin Tonic.

Ich wollte nicht trinken. »Danke dir.«

Sie stießen zusammen an. Der Vorteil an einem Long Drink bestand darin, dass niemand von ihm erwartete, das gesamte Glas in einem Zug zu leeren. Wenn er aufpasste, würde alles gut gehen.

Ganz bestimmt.

Den ersten Gesprächen lauschte er lediglich. Als Neuer in

der Gruppe fand er es schwer, sich in bestehende Unterhaltungen einzuklinken oder die Neuigkeiten über diesen und jenen Mitbürger richtig zuzuordnen. Irgendjemand hatte einen Wurf deutscher Schäferhunde, die er nicht loswurde. Jemand anderem war der Teich gekippt, eine Riesensauerei, und wer anders hatte auf dem Fest letzte Woche seine Brieftasche verloren. Eine von Ashtons Kühen hatte sie wohl gefressen. »Selber Schuld, wenn man's nicht aushält bis zuhause«, meinte Blake und erfreute sich am dreckigen Gelächter der anderen. Er erzählte mit einem breiten Grinsen davon, dass er sich mit Flynn Maylers angelegt hatte – »Warum diesmal?« – und beschwerte sich, dass bald die Erntezeit anstand und er dann wieder von früh bis spät auf den Feldern sein würde. Gordon lachte ihn aus und Heath küsste Jessica. Die gesamte Zeit über. Nate fragte sich, ob ihre Lippen nicht wund wurden. Blake drehte ihm eine Zigarette an, die er dankend annahm. Bald diskutierte er mit Sara darüber, ob Luckys oder Marlboros besser schmeckten. Camel, behauptete Heath zwischen zwei Küssen, und Camilles Herz schlug für Gauloises.

»Der Billardtisch ist frei«, sagte Kian.

»Dann zeig uns mal, wie Städter spielen!«

»Ich kann nicht spielen ...«

»Krass!« Blake zog ihn zu sich. »Das bring' ich dir bei.«

Wie sich herausstellte, brachte die ganze Gruppe es ihm bei. Wenn Sara nicht gerade seine Queue-Haltung korrigierte, griff Kian ihm dreist unter den Arm, damit er besser zielte, und Gordon trat ihm gegen das Bein, weshalb er im letzten Moment herumriss und die Acht durch die Gegend schoss. Das Gelächter war groß. »Das musst du abkönnen!«, sagten sie, und Nate lachte mit; zumindest, bis er unter die Eckbänke kroch, um die Kugeln einzusammeln. Je später es wurde, desto höher stieg der Alkoholpegel um ihn, sodass er in der vorletzten Runde den zweiten Platz belegte, obwohl er die Regeln noch immer nicht verstand.

Sie räumten den Billardtisch und kehrten an die Bar zurück. Sein Glas war leer, was in den Augen der Anderen Nachschub bedeutete. Easton spendierte ihm ein Bier.

»Das letzte«, sagte er, und sie buhten ihn aus.

»Nicht immer arbeiten«, schalt Camille ihn und spielte an seinem Hemdkragen. »Schlaf morgen aus. Sonntags kauft eh keiner Bücher.«

»Sie hat Recht«, stimmte Sara zu. »Das Leben besteht aus so viel mehr.«

»Ficken zum Beispiel!« Blake grölte über seinen eigenen Witz. »Schade, dass Charlotte nicht da ist.«

»Du bist ihr tatsächlich treu?«, fragte Gordon.

»Oh, ihre Titten! Mann, die sind echt der Hammer.« Er rülpste und schlug sich gegen die Brust. »Da spart man auf, wenn du weißt, was ich meine.«

Nate blinzelte und schwenkte sein Glas.

Kian stieß ihn an. »Was ist?«

»Nichts.«

»Lass ihn.« Sara schnippte gegen seine Nase. »Unser goldiger kleiner Unschuldsengel hat keine Ahnung, wovon Blake da redet.«

»Blödsinn!«

»Was hast du gesagt?« Camille lehnte sich über Saras Schulter und brachte ihr Gesicht nah an das seine. Sie stank nach künstlichem Kirscharoma und Kokos. »Unschuldsengel?«

»Nicht wirklich.«

Kian kicherte. »Wie rot du wirst.«

»Du arbeitest eindeutig zu viel.« Jessica griff ungefragt nach seinen Schultern und massierte sie. »Du verpasst die ganzen schönen Dinge im Leben!«

Ruppiger als nötig riss er sich los und nahm einen großen Schluck, um nicht antworten zu müssen. Sie lachten. Wenige Minuten später drehte sich, zu seiner Erleichterung, das Gespräch um Heaths Job in der Autowerkstatt und Gordons Studium. »Pa bezahlt's«, meinte er und deutete auf Sara. »Ihr's auch.«

Gegen zwei Uhr verabschiedeten sie sich. Kian umarmte ihn taumelnd und Blake verpasste ihm einen weiteren blauen Fleck. »Nächste Woche kommst du wieder!«, rief er ihm hinterher, während er sich durch die Wangenküsse der Mädchen arbeitete.

»Du hast dich wacker geschlagen«, meinte Sara. »Bald trinkst du ein wenig mehr und na ja, machst dich locker, dann wird das.«

»Ja, natürlich.«

Sie brachte ihn nach Hause.

Wie versprochen küsste sie ihn nicht, als sie vor seiner Tür standen, obwohl sie darüber nachzudenken schien. Ihr Gesicht verharrte länger als nötig direkt vor dem seinen, ehe sie ihre Lippen auf seine Wange legte und sich verabschiedete.

Schlag dir das bloß schnell aus dem Kopf. Seufzend sah er ihr nach, bevor er das Haus betrat. Rücksichtsvoll, wie er hoffte. Dabei stellte sich seine Mühe als unnötig heraus. Ethan wartete im Wohnzimmer auf ihn und steckte seinen Kopf in den Flur. Er bot ihm an, seine Jacke aufzuhängen, doch Nate schüttelte entschieden den Kopf und folgte ihm hinein. »Warum schläfst du nicht?«, fragte er.

»Ich habe gewartet.«

»Auf mich?«

»Ja.«

»Wieso?« Nama lag auf dem Sofa und miaute ihn verschlafen an. Die Decke daneben auf dem Boden verriet ihm, wo Ethan gesessen hatte. »Hattest du Angst, dass ich es allein nicht die Treppe hochschaffe?«

»Vielleicht.«

»Dann muss ich dich leider enttäuschen.«

»Ich bezweifle, dass ›enttäuschen‹ das richtige Wort ist.«

»Ach, Ethan. Lass das.«

»Okay.«

Nate sank gegen den Sessel und schloss die Augen.

»Wie ... war es denn?«

»Gut. Die meiste Zeit über zumindest.« Er schenkte Ethan ein schräges Grinsen. »Warum kommst du nächstes Mal nicht mit?«

»Das geht nicht.«

»Warum?«

»Ich gehe nicht in die Stadt.«

»Warum?«

Die Zipfel der Decke warf er über Namas Gesicht und verzog die Mundwinkel, wenn sie sich beschwerte. Seine Schultern hoben sich. »Es ist kompliziert.«

»Ich habe Zeit. Es ist erst ... halb drei oder so.«

»Irgendwann anders.«

»Versprochen?«

Er blinzelte. »... okay.«

»Okay.« Nate erhob sich gähnend. »Ich gehe schlafen.«

»Einen Moment«, bat Ethan. »Es hat jemand für dich angerufen.«

»Für mich? Wer?«

»Ein gewisser Herr ... Hickson? Ich habe die Nummer notiert, sie liegt ...«

»Tony.« Nate atmete seufzend aus. »Hat er gesagt, was er wollte?«

»Nun ... nein. Hätte ich den Anruf ... nicht ... annehmen sollen?«

»Doch, klar.« Kurz zögerte er, dann hob Nate die Hand. »Gute Nacht.«

»... Gute Nacht.«

Oben streifte er die Hose ab, warf sie auf den Boden und kuschelte sich ins Bett. Ethans Hemd verströmte noch immer dezent dessen Geruch. Eigentlich mochte er ihn, beschloss er. Also gab es keinen Grund, es auszuziehen, nicht wahr? Außerdem lenkte es ihn von Tony ab. Mit den Fingerspitzen zeichnete er den Kragen nach.

Trotz Alkohol war nichts geschehen. Seine Gedanken blieben sauber und sein Herz im Takt.

Vielleicht hatte er es sich doch nur eingebildet.

»Wer ist da?«

»Valery?«

»Nate?! Ich hab dir doch gesagt, du sollst nicht mehr —«

»Ich weiß. Ich halte es kurz.«

»Du hast zwei Minuten.«

»Wie geht's Mum?«

»Den Umständen entsprechend. Morgen fahren wir zu einem Arzt in Rushden.«

»Wie lange bleibst du bei ihr?«

»Was meinst du? Glaubst du, ich überlasse sie sich selbst?! Ich bin nicht —«

»Zieht ihr dort ein?«

»Übergangsweise. Vielleicht nehmen wir sie nächstes Jahr mit nach Texas, zu Marcus' Familie.«

»Ach? Der Umzug nach Texas ist natürlich viel erträglicher für sie.«

»Deshalb sagte ich *vielleicht,* du Idiot. *Wir* arbeiten daran, dass ihr Zustand stabil genug wird. Und was willst du?«

»Deine Kontonummer und deine Bankleitzahl.«

»Ach?«

»Ich sollte zumindest für die Renovierungen bezahlen. Und für die Arztrechnungen.«

»Du? Als ob du für irgendeine Renovierung in diesem Haus gezahlt hast.«

»Willst du Geld oder nicht?«

»Haust du ab? Machst dir anderswo ein nettes Leben, während meine Tochter von Anfang an zurückstecken muss, weil ich Mum pflege?«

»Ich habe achtzigtausend Pfund Schulden, die ich nicht mit zurücknehmen kann.«

»Du bist widerlich, Nate. Einfach nur widerlich.«

»Willst. Du. Geld?«

»Null. Vier. Minus. Null —«

»Alles klar.«

»Das war's?«

»Ja.«

Die nächsten Tage verbrachte er hauptsächlich im Pawn's. Das Wetter hatte umgeschlagen und machte keine Anstalten, wieder besser zu werden. An manchen Tagen schaffte Nate es mit äußerster Überwindung, sich auf das Rad zu setzen, nur um klatschnass in der Stadt anzukommen. Es war nur eine Frage der Zeit, bis er sich eine böse Erkältung einfing.

Die Mühen, die er investierte, zahlten sich aus. Der Buchladen blühte auf. Er sortierte und sortierte und sortierte, räumte aus und um, und putzte jedes Bisschen Schmutz aus den unmöglichsten Ecken. Gemeinsam mit Sara organisierte er den ›Bücherflohmarkt‹, wie er ihn nannte. Sie richteten auf zwei Tischen all die Bücher an, die sie verkaufen wollten.

»Nächste Woche beginnt das neue Semester«, sagte Sara, als sie eine Pause einlegten und auf den roten Sesseln herumlungerten. »Dann kann ich dir leider nicht mehr helfen. Nur noch am Wochenende, wenn wir nicht bei Vin sind.«

Er hatte gelernt, dass ›Bei Vin‹ den im ganzen Dorf geläufigen Begriff für das offenbar namenlose Pub darstellte. Sara behauptete, dass niemand den ursprünglichen Namen kannte und Vin die Kneipe schon besaß, bevor sie geboren wurde. »Manche sagen Vinny's, aber das kann er nicht leiden. Er sagt, das klingt wie ein billiger Supermarkt oder noch schlimmer,

eine von diesen Schwulenbars. Wenn du es so nennen willst –
na ja, dann mach es bloß nicht vor Vin.«

Den Samstag darauf lernte er Vin kennen. Der Mann schien
vom selben Schlag zu sein wie sein Barkeeper Thomas. Tätowierungen rankten sich über seine Haut wie der Efeu draußen
um sein Haus. Seine weiße Mähne ließ sich schwer bändigen;
zu allen Seiten stand sein Haar ab, selbst wenn er es als Zopf
trug. *Ganz anders als Ethans.* Sein Haar war glatt und fein, während Vins wie statisch aufgeladen wirkte. Aber er lachte weitaus herzlicher, mit weit geöffnetem Mund und ohne Scheu davor, seine Zähne zu zeigen. Er schlug ihm auf die Schulter,
meinte, dass er aussehe wie sein Vater – »Na ja, zumindest das
Gesicht« – und spendierte ihm wie Tom die Woche zuvor einen Drink.

»Irgendwann ist dein ›Der Neue im Dorf‹ Bonus vorbei.
Dann zahlst du wie jeder andere auch. Blöder Schnorrer.« Sara
zog einen Schmollmund.

Er schob ihr seinen Drink zu und erntete einen Kuss auf die
Wange. »Wer ist hier der Schnorrer?«

»Werd' nicht zu Nataly. Tanz lieber mit mir!«

Dieses Mal kam er nüchterner nach Hause als den Samstag davor. Wieder wartete Ethan auf ihn. Obwohl er ihn damit aufzog und ihm versicherte, dass das nicht nötig wäre – insgeheim
mochte er den Gedanken, dass er es nicht nur aus reinem
Pflichtbewusstsein tat.

Gegen fünf Uhr morgens weckte ihn erst ein Gewitter, dann
sein Durst. Nate tapste ins Badezimmer, um – ganz ungalant
– einen Schluck Wasser aus dem Waschbecken zu nehmen, als

er plötzlich innehielt.

Unter Ethans Tür fiel ein Streifen Licht heraus. *Habe ich die Uhr falsch gelesen?* Vor Ethans Schwelle blieb er stehen und horchte. Kein Geräusch. Nicht mal ein Atmen oder Schnarchen. War er mit Licht eingeschlafen?

Auf dem Rückweg in sein Zimmer hörte Nate die Musik. Feine, im Sturm verklingende Gitarrenakkorde. Er reckte den Kopf, als könne er ihn dadurch besser hören. Ein paar Minuten lauschte er Ethans Spiel. Der Wind zerrüttete die Melodie, machte es unmöglich, das Lied zu erkennen.

Mit einem Lächeln auf den Lippen zog er sich zurück.

Am Montagmorgen erhielt er einen Anruf von der Bank. Die Karte sei da, er müsse unterschreiben. Statt ins Pawn's radelte Nate in das graue Gebäude gegenüber der Eisdiele und unterschrieb unter Mrs. Hartings strengem Blick weitere Dokumente. Plötzlich besaß er sechzehntausend Pfund. Er überwies fünfhundert Pfund an Valery und nahm weitere hundert mit, um die Vorräte im Haus aufzustocken. Wie Ethan fünf Monate ohne Einkaufen überlebt hatte, faszinierte und gruselte ihn gleichermaßen.

Er fragte Mrs. Harting nach dem Kredit, der auf seinen Vater lief.

»Darüber ist mir nichts bekannt«, sagte sie mit gerunzelter Stirn. »Wie kommen Sie darauf?«

Er erzählte ihr von dem Erbe.

»Bringen Sie die Briefe am besten zu mir.«

Nate bedankte sich und verließ die Bank.

Das Wetter war ihm heute gnädig, also fuhr er weiter zu Claude, holte Katzenfutter, Küchenrollen, Gewürze, Milch und alles, was er spontan Zuhause vermisste. Sogar an Taschen dachte er diesmal und fuhr anständig angezogen zurück.

»Du bist früh«, bemerkte Ethan.

»Ich habe mir frei genommen.« Die Einkäufe lud er auf der Kücheninsel ab.

»Und dann kommst du hierher?« Ethan kniete vor dem Backofen und verschwand halb darin, während er die hintere Seite schrubbte. Seine Stimme klang blechern.

»Wieso nicht?« Nate stieg über seine Beine und räumte das Katzenfutter in den Küchenschrank.

»Es gibt jede Menge Orte, an denen du sein könntest.«

»Hier ist einer davon.«

»Okay.«

Nate schnaubte. *Gehe ich dir auf die Nerven?*, würde er gerne fragen, oder *Störe ich dich?*, oder vielleicht sogar *Freust du dich denn gar nicht?*, begleitet von einem frechen Grinsen, aber er wagte es nicht. Ob ihr Verhältnis jemals derart auftaute, dass sie sich keine Gedanken mehr darüber machten, wie sie miteinander sprachen?

Nate blieb und half bei der Reinigung der Küche. Anschließend schickte er Ethan hinaus, um den Boden in Ruhe zu wischen. Während er darauf wartete, dass die Fliesen trockneten, kochte er ihnen Tee. »Milch?«, rief er über die Schulter.

»Nein, danke!«, kam es aus dem Wohnzimmer.

Immerhin kein Widerspruch. Mit einer Tasse in jeder Hand

schlenderte er durch den Flur und fand Ethan zwischen einem Stapel CDs und Bücher sitzend. Er wischte die Böden der Schränke aus.

Den Tee stellte Nate zur Seite und kniete sich neben ihn. Wahllos griff er nach einigen CDs und stapelte sie ordentlich auf. Bei einer blieb er hängen. Verstohlen schielte er zu Ethan. Der beachtete ihn nicht, also drehte er sie herum und las die Titel auf der Rückseite.

»Ich kann sie auflegen, wenn du möchtest.«

Nate wusste nicht, warum er das Gesicht verzog. Weil er sich ertappt fühlte? Weil er versuchte, nicht zu lächeln, als Ethan von der CD sprach wie von einer Vinyl-Platte? Weil ihm der Vorschlag eigentlich gefiel?

»Du kannst es selbst tun, wenn dir das lieber ist.«

»Magst du diese Musik überhaupt?«

»Ist das wichtig?«

»Ja!«

»Darf ich sie sehen?«

Nate gab seinen Fund zögerlich aus der Hand.

»Nicht übel«, meinte er, stand auf und machte sich an der Musikanlage zu schaffen. Wenige Augenblicke später drangen die ersten Takte von ›The Reflex‹ aus Duran Durans Album ›Seven and the Ragged Tiger‹ aus dem Lautsprecher. Ethan bemerkte offenbar seinen Blick. Seine Mundwinkel zuckten. »Alles okay?«

»Ja, natürlich.«

Beim zweiten Lied summte Ethan leise mit. Das Holz der Schränke glänzte, als er von ihnen zurücktrat. Nate räumte die ersten CDs wieder ein. Nach kurzem Zögern schloss Ethan sich ihm an. »Mein liebstes Lied auf dem Album«, sagte er, als ›*Cracks in the Pavement*‹ anklang. Nate warf ihm einen Blick zu und entdeckte ein Lächeln auf Ethans Gesicht.

Den folgenden Song übersprangen sie beide. Sie streckten ihre Hände gleichzeitig nach dem Knopf mit dem Vorwärtspfeil aus – ihre Finger berührten sich fast. ›*Of Crime and Passion*‹ spielte an. Nate überwand sich und gab zu: »Das ist meins.« Es erinnerte ihn an Ivy. An Ivy, aber auch ... den ›*summer of madness*‹ und den Sog, der ihm den Boden unter den Füßen weggerissen hatte und ... ›*a stranger's smile*‹.

Ethan erwiderte seinen Blick. »Interessante Wahl«, sagte er.

»Nicht wahr?« Mit einem Räuspern bückte er sich zu den nächsten Alben und reichte sie an ihn weiter.

»Meiner Meinung nach ...« Ethan zögerte.

»Ja?«

»Meiner Meinung nach befindet sich ihr bestes Lied nicht auf diesem Album.«

»Ich kann mir gut vorstellen, welches du meinst«, sagte Nate lächelnd.

»Lass es uns herausfinden.«

Nate fand es vor ihm. »Jeder kennt das.«

Ethan hob die Augenbraue. Anstatt ›*The Wild Boys*‹ abzuspielen, sortierte er sie in das Regal und studierte die Titel. »Was ist damit?«, fragte er. Mit flüssigen Bewegungen, aus denen Gewohnheit sprach, holte er Duran Duran aus der Anlage und legte eine neue CD ein. Auf dem Rücken der Hülle ging er die Titel des Albums durch und drückte vorwärts, bis er zufrieden war.

»›*Do you really want to hurt me!*‹ Das ist von Culture Club.«

»Du bist gut.«

»Das Lied auch.«

Amüsiert schnaubte Ethan. *»So habe ich das nicht gemeint«*, schien es zu sagen, oder: *»Du hörst nur, was du willst.«* Statt einen dieser Sätze auszusprechen, suchte er nach weiteren Liedern. »Das hier?«, fragte Ethan.

Überrascht horchte Nate auf die ersten Takte. *Eine Ballade?* Er runzelte die Stirn, dann grinste er. *Oder auch nicht.* »Flashdance!«

»Diesmal lasse ich das gelten.«

Nate schob ihn mit dem Ellbogen zur Seite, um die Hüllen zu überfliegen. »Hast du den Film gesehen?«

»Einmal. Und du?«

»Auch nur einmal. Im Kino. Wir wollten eigentlich nochmal gehen, aber ...« *Oh, das hier ist gut.* Mit der Hand verdeckte er den Titel der CD, bevor er sie herauszog. »Schau weg!«

»Wir?«

»Mary und ich«, murmelte Nate, während er versuchte, die CD aus der Hülle zu bekommen, ohne sie versehentlich durchzubrechen. *Das ist gar nicht so einfach. Wie macht er das?*

»Verstehe.«

Endlich löste sich die Scheibe aus der Halterung. Nate wechselte das Album und drückte auf Start.

»Killerqueen.«

»Das war geschummelt.« Er suchte weiter.

»Keineswegs.«

Schnell wechselte er die CDs aus. »Okay, und das hier?«

»Aerosmith!« Ethan schnipste. »Dieses, ach, wie heißt es noch?«

Nate grinste. ›Big Ten Inch Record‹ übersprang er eilig – nicht gerade ein Lied, das man sich zu zweit anhörte –, dann begann der recht eindeutige Einleitungsdialog von ›Sweet Emotion‹. *Oh*

Gott, lieber weg damit.

Ethan meinte: »Sie hat bestimmt zwei Packungen geraucht vorher.«

Er hielt inne. »Was?«

»Wie sie spricht. Das ist nicht ihre normale Stimme.«

»Das ist ... das gehört zu ihrem ... Job.«

»Ihrem Job also.«

»Sprechen wir wirklich *darüber*?«

Ethan schnaubte und warf ihm einen Blick zu. »Scheint so.«

Da war er wieder, der Knoten in seiner Zunge. Nate öffnete den Mund und brachte nur ein peinliches Stammeln zustande. *Was auch immer.* Seine Wangen brannten. Hastig drückte er auf den Vorwärtspfeil. »Okay, nächstes.«

»Möchtest du den Interpreten nicht wechseln?«

»Oh, stimmt.«

Drei Lieder später drängte Ethan ihn zur Seite, und er war wieder an der Reihe, zu raten. Er genoss ihr Spiel. Abgesehen davon, dass er mehr über Ethan erfuhr als in all der Zeit, die er bereits hier war, mochte er vor allem den Umstand, dass er echt war. Der echte Ethan, der sich für Musik interessierte und gefühlt jede CD in diesem Haushalt auswendig kannte, der Songtexte mitsprach und Melodien summte, der lächelte, einmal sogar mit leicht geöffnetem Mund, und der schlagfertige Sprüche auf den Lippen hatte.

Das letzte Album landete im Schrank. »Du hast gewonnen«, gab Nate zu.

»Schade.«

Schade? Sein Blick streifte den Tee. Er hatte ihn einfach vergessen. Obwohl er längst kalt war, trank er ihn aus. »Wollen wir kochen?«, fragte er, und Ethan nickte.

Sie entschieden sich für Gemüselasagne. Die letzten Abende hatte sich unausgesprochen ein Ablauf etabliert: Ethan teilte Schneidebretter aus. Jeder von ihnen schnappte sich ein Messer und die Hälfte der Zutaten, und dann arbeiteten sie mit dem Rücken zueinander: Nate an der Kücheninsel, Ethan neben dem Ceranfeld.

Nate krempelte die Ärmel hoch und wusch sich die Hände. »Seit wann spielst du Gitarre?«, fragte er in dem Versuch, es beiläufig klingen zu lassen, und beobachtete ihn aus dem Augenwinkel.

Ein feines Lächeln kräuselte Ethans Lippen. »Du hast mich gehört, ja?«

»Ein wenig«, gestand er und kehrte an seinen Platz zurück.

»Seit ich klein bin.« Mit geübten Bewegungen hackte er Knoblauch klein. »Viele meiner ältesten Erinnerungen haben mit einer Gitarre zu tun.«

»Wie das?«

»Sie war ... überall. Wenn mein Vater sie spielte, dann ... es war besser.«

»Was?«

»Alles.« Er schnaubte. »Vielleicht mochte ich ihn auch einfach mehr, wenn er die Gitarre in der Hand hielt.«

»Das klingt ... als hättet ihr eine seltsame Beziehung.«

»Viele Dinge in meinem Leben passieren auf seltsame Art und Weise.«

»Dieses Gefühl kenne ich.« Nate zog den Schäler über die Karotte und beobachtete, wie die Schale sich kringelte. »Mein erstes Date habe ich bekommen, weil ich über ein Tischbein gestolpert bin.«

»Das klingt nach einer abenteuerlichen Geschichte.«

»Möchtest ... du sie hören?«

»Ja.« Sein Lächeln klang breit und frech. »Natürlich.«

Na warte. Grinsend fuhr Nate fort. »Ich war Kellner. An einem meiner ersten Arbeitstage habe ich unterschätzt, wie weit die Beine unter den Tischen herausragen. Ich bin darüber gestolpert. Aber natürlich nicht einfach so.«

»Natürlich nicht.«

»Mein Tablett flog durch die Gegend. Das meiste davon landete auf dem Boden, aber ein Glas ...« Er unterdrückte ein Kichern. »Ein Glas flog direkt in ihren Schoß. Ich habe mich entschuldigt, tausendmal, und versucht, ihr Kleid mit Tüchern zu trocknen. Mein Chef war außer sich. An diesem Abend habe ich so viele blaue Flecken kassiert wie nachher nie wieder.« Beinahe hätte er begonnen, die Möhre ein zweites Mal zu schälen. »Leise, damit niemand es hörte, sagte sie zu mir: ›Wenn du schon in meinem Schoß herumrubbelst, dann wenigstens richtig.‹ und während ich sie geschockt anstarrte, sagte sie zu meinem Chef: ›Es ist in Ordnung. Er führt mich morgen aus.‹«

»Erfolgreiches erstes Date?«

»Ja. Also nein, nicht in ... dieser Hinsicht.« Nate räusperte sich. »Aber ... eine gute Geschichte. Hätten wir eines Tages geheiratet, wären wir nie müde geworden, sie zu erzählen.«

»Das stimmt.« Hinter ihm knisterte es. Vermutlich schälte Ethan eine Zwiebel. »Es hielt nicht?«

»Nicht einmal ein halbes Jahr.«

»Das tut mir leid.«

Mir nicht. Wie enttäuscht sie ihn anblickte, als ... »Mir nicht.«

»Hm.« Das Rascheln wurde durch das Schaben seines Messers ersetzt. »Auch meine Schwester hatte eher Pech mit Männern. Sie ist ... war knapp zehn Jahre älter. Die Dinge, auf die sie sich einließ, habe ich erst sehr viel später verstanden – oder warum meine Mutter immer mit ihr darüber sprechen wollte.«

»Meine Mutter hat sich darum nie gekümmert.« *Nicht nachfragen. Nicht jetzt.* »Ob meine Schwester Dates hatte, weiß ich nicht – aber ich denke nicht. Nach der Schule war sie immer zuhause. Ich kann nicht mal glauben, dass sie verheiratet ist.«

»So schlimm?«

»Du kennst sie nicht.«

»Aber ...«

Dich? Nate verdrehte die Augen. »Es geht nicht einmal um ihr Aussehen. Sie ist ... ein schwieriger Charakter.«

»Schwierig?«

Er runzelte die Stirn. »Na ja ...«, er nahm die nächste Karotte, »... ich glaube nicht, dass sie bösartig ist. Aber sie ist ... sehr ... auf sich fixiert. Immer geht es ihr am schlechtesten. Sie macht am meisten. Andere sind nie gut genug. Es ... es ist nicht so, als würde sie nichts tun, aber ...«

»Verstehe.«

»Und ich bin am Schlimmsten. Ich mache es sowieso immer falsch und bin an allem schuld. Daran habe ich mich gewöhnt. Meistens ignoriere ich sie, aber jetzt, wo sie ...«

Ethan legte das Messer beiseite. »Du kannst jederzeit sprechen, wenn du möchtest.«

»Nicht so wichtig.«

»Bist du fertig da drüben?«

»N... nein. Ich habe ein bisschen geträumt, fürchte ich.«

Eine Schublade ging auf und schlug wieder zu, dann tauchte Ethan an seiner Seite auf und half ihm.

»Was ist mit dir?«, fragte Nate.

»Was soll mit mir sein?«

»Ich ... Keine Ahnung. Vielleicht wolltest du auch etwas erzählen?«

»Ich habe leider keine so charmante Geschichte«, meinte er. Als Nate ihn mit dem Ellenbogen anstieß, schnaubte er. »Ehrlich! Ich hatte nie ein Date. Ich hatte immer nur ...« Er zuckte mit den Schultern. »Bekanntschaften?«

Du? Mit deinem Aussehen? Die Frauen müssen dir zu Füßen liegen.

»Das kommt, weil du nie rausgehst.«

»Wahrscheinlich.«

»Ich könnte dich mitnehmen.«

»Auf ein Date?«

»Was? Nein!«

»Hm, schade.«

»Schade?«

Sie lachten. Also, er lachte, aber Ethans zusammengepresste Lippen zählten auch, so wie seine Schultern dabei zitterten. Gott, es tat so gut, etwas Menschliches an ihm zu sehen.

Nama beschwerte sich geräuschvoll, doch keiner von ihnen beiden bewegte sich, bis die Möhren geschält waren, dann erst nickte Ethan ihm zu. »Du fütterst sie gerne«, meinte er. »Ich kann die hier schneiden.«

»Danke.« Während Nate neben ihr kniete und sie streichelte, hörte er Geschichten über sie. Ethan besaß ein Gespür für Erzählungen. Nama war neun Jahre alt und damit fast so lange hier wie er, und sie stiftete gerne Unruhe und Chaos. Nate grinste, als Ethan erzählte, wie oft er sie nachts einfangen musste. Oder, wie sie im Winter immer unter den Kotflügeln des Autos schlief und »*Er*« regelmäßig Herzattacken bekam, wenn er den Wagen startete. Irgendwann schob Ethan den Auflauf in den Backofen und lehnte sich an die Küchenzeile.

»Eines Nachts ist sie über die Garage hoch in mein Zimmer geklettert. Ich war irgendwo zwischen Dösen und Schlafen, als sie plötzlich auf meinen Bauch sprang. Aus dem Nichts.« Er schüttelte den Kopf. »Ich habe mich zu Tode erschreckt – und weiß nicht, wer lauter geschrien hat: sie oder ich.«

Nate lachte leise, dann kratzte er seinen Mut zusammen. »Ich bin mir sicher, dass ich mich wesentlich mehr vor dir erschreckt habe.«

Ethan schnaubte.

Als ihn der Verdacht beschlich, wieder eine Grenze überschritten zu haben, hob er den Blick. Vor ihm stand nicht der Haushälter mit dem seltsam abweisenden Auftreten, sondern ein junger Mann, der versuchte, nicht zu lachen, als er sagte: »Das werde ich niemals vergessen.«

Nate grinste, zum großen Teil vor Scham. »Das will ich doch hoffen. So einen Anblick wirst du so schnell nicht wieder bekommen.«

Ethan schloss die Augen, während er die Lippen aufeinanderpresste. Nach einer ganzen Weile schüttelte er grinsend den Kopf, drehte sich um und linste in den Backofen, als überprüfe er den Zustand des Essens.

»Sei ehrlich«, wollte Nate fragen, *»was hast du gedacht?«* Stattdessen streichelte er Nama, die neben ihm auf dem Boden saß und fraß. Diese Frage konnte er an einem anderen Tag stellen, zu einer anderen Zeit.

Nate erhob sich und schaltete das Radio an. Es dauerte nicht lange, bis sie über die Lieder sprachen und Ethan dann und wann summte. Heimlich, wie er hoffte, deckte Nate die Kücheninsel ein wie einen Esstisch. Selbst, als er den Auflauf auf den Tellern verteilte, widersprach Ethan mit keinem Wort. Sie aßen zusammen. Nate wusste nicht, was daran ihn so glücklich machte. Ihn störte nicht einmal, dass sie sich während ihres Gesprächs nicht ansahen. Er unterhielt sich gerne mit ihm, wenn er nicht gerade tonlose Phrasen von sich gab. Manchmal wurde Ethan unsicher und fiel in diesen Kanon zurück. Heute störte es Nate nicht. Er verstand es. Er verstand, dass es schwer für ihn sein musste, sich zu öffnen, nach so vielen Jahren, die er in diesem Haus verbracht hatte, und dass es Momente gab, in denen er diese alte Sicherheit suchte. *»Bei mir brauchst du dich nicht zu verstellen«*, wollte er sagen, als er später die Teller abtrocknete, die Ethan ihm aus der Spüle reichte. Stattdessen sagte er irgendetwas Dummes, sowas wie: »Nächstes Mal dann mit Kerzenschein?«, und freute sich über sein Schmunzeln.

Sie saßen auf dem Wohnzimmerboden um den Couchtisch. Im Fernseher lief irgendein Streifen, den sie nicht beachteten. Sie erzählten sich lieber Geschichten und Anekdoten, um sich gegenseitig zum Lachen zu bringen. Nate bemerkte, wie knapp Ethan über seine Familie berichtete. Er fragte nicht nach. Nicht heute. Nicht jetzt. Er dagegen teilte mit ihm hauptsächlich seine glücklichen Tage, bevor Mum krank wurde; bevor er neben Krankenhausbetten stand und eine Hand hielt, deren Haut sich über Knochen und Sehnen spannte. »Am Tag meiner Einschulung hat Valery mein Hemd mit Kleister und Glitzer überzogen«, erzählte er. »Mum blieb zuhause und Valery brachte mich, daher wusste sie nichts davon. Alle haben mich ausgelacht. Alle. Am lautesten sie. Damals kam ich nach Hause und hab' geweint. Ich habe sie *gehasst*. Als sie von der Schule kam, habe ich sie angeschrien. Dann hat sie mich bei Mum verpetzt und ich bekam die Ohren langgezogen.« Er schnaubte. »Als ob der Tag nicht schlimm genug gewesen war.«

»Und heute?«

»Heute wäre ich mit einem fleckigen Hemd ins Pub gegangen.«

»Ich meinte, ob du sie immer noch hasst.«

»Ich wünschte, ich könnte«, murmelte Nate. »Aber so einfach ist es nicht. Sie ist meine Schwester.«

»Hm.«

Nicht nachfragen, merkte er an dem Zittern in Ethans Stimme. »Es gab nicht nur schlechte Zeiten«, fuhr er fort. »Ich war manchmal ein sehr eifersüchtiger kleiner Bruder. Ein schreckliches Kind.«

Dafür gab Ethan zu, dass er lange nicht schreiben und nur Musiknoten lesen konnte.

»Wo hast du es dann gelernt?«, fragte Nate.

»Hier.«

Nate erinnerte sich an Tonys Nummer neben dem Telefon, die Zahlen akribisch und ordentlich geschrieben, und lächelte. Tony verdrängte er schnell wieder. Tony war jetzt nicht wichtig. Ethan war es.

Irgendwann stellte der ein Weinglas vor ihm ab. Lange Zeit starrte Nate es an, zögerte. »Nur, wenn du mittrinkst.«

Ethan nickte.

Seine Befürchtungen schienen unnötig gewesen zu sein. Nichts geschah. Zumindest nichts, worum er sich sorgen müsste. Vielleicht trafen sich ihre Blicke öfter als sonst, und wenn nicht öfter, dann länger, und vielleicht sprach er mehr als mit irgendjemandem sonst in letzter Zeit. Zwei oder drei Weingläser später saß er mit Ethan auf der Terrasse, jeder von ihnen eingeschlagen in Decken, und beobachtete ihn dabei, wie er rauchte. Es war nichts Verruchtes daran. Er hatte auch Tony währenddessen stets betrachtet wie ein Kunstwerk. Die Art, wie Menschen ihre Sucht befriedigten, sagte so viel über sie aus. Schnell und hart und abgehackt? Ungeduldig? Oder langsam, genießerisch, als hätten sie alle Zeit der Welt? Er mochte, was es über Ethan sagte. Ethan betrachtete die Sterne dabei, vergaß die Zigarette in seiner Hand und musste sie zweimal neu entzünden.

»Bist du oft hier draußen?«, fragte er und Ethan nickte. »Hast du mich letztens zugedeckt?«

Wieder ein Nicken.

»Warum?«

Er hob die Augenbrauen. »Weil ich nicht wollte, dass du frierst.« Dann nahm er einen Zug und Nate bemerkte, wie seine Finger dabei seine Lippen berührten.

»Du hättest mich wecken können.«

»Du hast den Schlaf gebraucht.«

»Ach ja?«, fragte er und nippte an seinem Wein.

Ethan betrachtete ihn. »Ja.«

»Du hast nie gefragt, warum ich hier bin.«

»Das musste ich nicht.«

»Wieso?«

»Ich wusste, dass du kommst.«

Nate seufzte. »Es kommt mir vor, als hätten alle hier gewusst, dass ich komme. Dabei wusste ich es selbst nicht, bis ...«

»Bis?«

Will ich? Als Ethan ihm eine Zigarette anbot, griff er zu.

»Ich wusste nicht, dass du rauchst.«

»Gelegentlich.« Nate beugte sich zu ihm hinüber, um die

Kippe an seinem Feuerzeug zu entzünden. Die Flamme zischte, dann glühte das Ende der Zigarette auf. »Valery hat mich hierher geschickt.« Er blies den Rauch in den Nachthimmel und beobachtete, wie er nach und nach verging. »Es war ihre Idee. Oder vielmehr meine Strafe.«

»Was kann jemand wie du getan haben, um eine Strafe zu verdienen?«

»Oh«, machte er. »Mehr als genug.«

»Das traue ich dir nicht zu.«

»Ich habe nie gesagt, dass ich es absichtlich getan habe.« Beim Ausatmen musste er husten. »Gott, was ist das? Die sind stark.«

»Was also hast du getan?«

Nate sah ihn an. Lange. Ethan wandte den Blick nicht ab. Er rutschte auf dem Stuhl neben ihm zurecht, holte einen Arm unter der Decke hervor und tippte auf sein Ohr. Nate spürte, wie sich ein Lächeln in sein Gesicht schlich. Er nahm einen weiteren Zug, ehe er es ihm erzählte, auch wenn er nicht wusste warum. Oder ob es vernünftig war. »Wo fange ich an?«

Er entschied sich für den Moment, als Ivy ihn fragte, ob er mit ihr zur Party käme. »Wahrscheinlich hältst du mich jetzt für einen Versager«, sagte Nate. »Aber ich konnte einfach nicht absagen. Nicht, als ich wollte, und auch nicht, als ich es musste, weil es Mum schlecht ging. Ich hab's gewusst. Eigentlich hab ich's gewusst.«

»Was hast du gewusst?«

»Dass etwas passieren wird.« Dann sprang er zur Party, zu dem Moment, als Tony ihm diesen Becher andrehte. »Ich hätte nie gedacht, dass mein bester Freund so etwas tun würde.« Dass das Telefon oben geklingelt haben musste, aber niemand es hörte. Die Musik war zu laut, nicht nur für ihn. »Während ich also ... halb besinnungslos war, ist Mum vom Sofa gefallen. Sie kam nicht hoch. Also ist sie bis zum Telefon gerobbt, um mich anzurufen, aber ...« Nate seufzte. »Ich hab' sie im Stich gelassen.«

»Es war nicht deine Schuld.«

»Wessen denn sonst?« Asche fiel von der Spitze seiner Zigarette. Nate bürstete die Decke ab und schluckte. Die nächsten Worte über konnte er Ethan nicht ansehen. »Mein Kumpel hat mich bei meiner Ex-Freundin abgesetzt und ... und ... also, am nächsten Morgen ...«, Nate schloss die Augen, als er die Küsse spürte und die Hände, die an seinem Oberschenkel entlangglitten, »... bin ich aufgewacht und sofort losgerannt, obwohl mir schlecht war. Ich habe die Tür aufgerissen und – plötzlich bin ich nach hinten gefallen, mein ganzes Gesicht hat *gebrannt*. Fast hätte ich geheult.« Nate schnaubte. »Und dann sehe ich sie, wie sie vor mir steht, die Hand noch erhoben.«

»Valery?«

»Ja.«

Ethan entzündete seine Zigarette ein drittes Mal.

»Wenn Mum nicht nach ihr gerufen hätte, hätte sie mich wieder geschlagen. Ich habe es in ihrem Blick gesehen. Sie hat diese ganz bestimmte Art, wie sie mich ansieht. Voller Ekel. Als wäre ich ... Als wäre es Überwindung genug, mich ansehen zu müssen. In diesem Moment war es mehr als das. Es war Abscheu. Es war ...«

»Es war ungerecht.«

»War es das?«

»Natürlich war es das.«

»Sie hat mich ins Haus gezerrt. In die Küche. Und bevor ich

178

wusste, wie mir geschah, schrie sie mich an. Dass ich unfähig wäre, mich um Mum zu kümmern, wenn ich mir lieber die Birne wegknalle als für sie da zu sein – wenn Valery und Marcus nicht zufällig an dem Tag gekommen wären, hätte Mum noch immer auf dem Boden gelegen –, dass ich das Haus so verkommen lasse, dass ich ... ich ... Valery riss an mir, an meinem Arm, und sie sagte ... sie sagte ...« Er räusperte sich, atmete tief durch. »Sie hat viele Dinge gesagt, an die ich lieber nicht mehr denken will. Und dann? Dann holte sie den Brief hervor. Beim Aufräumen hatte sie das Kuvert entdeckt, das ich am Morgen verloren hatte. Ich hatte es vergessen. Einfach vergessen. Wie die Frist. Sie hatte den Absender gesehen und wusste, dass es ernst war. Der Brief war leicht zu finden gewesen. Ich ... ich hatte Mum nichts von den Schulden gesagt, weißt du. Es war ein Schock für sie.« Er schmeckte den Tabak auf seiner Zunge. Seine Augen tränten, wahrscheinlich von dem Brennen in seinen Lungen, dem Kratzen in seinem Hals. »Du verstehst das nicht. Mum ist auf mich angewiesen. Sie ist krank. Schwer krank. Ohne Hilfe kommt sie nicht zurecht. Schlimm genug, dass sie allein war, wenn ich ins Halter's mus...«

»Hey«, unterbrach Ethan ihn.

Nate sah ihn an, doch Ethan hob nur die Augenbrauen und neigte den Kopf, als würde er fragen: *»Hörst du dir eigentlich zu?«*

Nate schenkte ihm das Lächeln, das er auch Jacob geschenkt hatte. Schnell zog er an der Zigarette, ehe er sie ausdrückte. Schwindel griff nach ihm. Der Wein? Oder die Kippe? »Ich weiß nicht, ob Mum je so enttäuscht von mir war. Valery, sie ... wir saßen am Küchentisch – ich hatte noch nicht mal geduscht, meine Güte – und ... Valery kann sehr überzeugend sein, wenn sie will. So sehr, dass Mum zugestimmt hat, mich hierher zu schicken, damit ... ich mich um die ganze Sache kümmere. Immerhin hab' ich sie ja auch verbockt, nicht wahr?« Nate zuckte mit den Schultern und schluckte. »Ich muss genug Geld zusammenbekommen, um weiterhin Mums Therapien zu bezahlen. Das Haus. Die dringend nötigen Renovierungen ...« Er spielte an der Naht seiner Decke. »Ich hoffe, ich sehe sie nochmal wieder.«

»Bestimmt.« Mehr sagte Ethan nicht. Stattdessen gab er ihm eine zweite Zigarette in die Hand, und Nate glaubte zu spüren, wie ihre Finger sich berührten.

»Danke.«

»Du kannst jederzeit sprechen, wenn du möchtest.«

»Du auch.«

»... danke.«

Schweigend saßen sie nebeneinander, rauchten und nippten an ihren Weingläsern. Über ihnen wanden sich die Blätter in einem forschen Windzug, raschelten in der Dunkelheit. Vor Nates Augen verschwammen die Sterne, wenn er inhalierte. Wieder hustete er und drückte die Zigarette zu früh aus. Die Übelkeit stieg an, bis er dachte, ins Haus rennen zu müssen. Dann verging sie. Ethan neigte fragend den Kopf, aber Nate winkte ab, ein zögerliches Lächeln auf den Lippen, das sich noch viel zögerlicher auf Ethans Gesicht spiegelte.

»Es war dumm von mir«, flüsterte Ethan irgendwann. »Zu denken, dass du bist wie er.«

Nate neigte den Kopf in seine Richtung. »Wie war er?«

»Anders. Anders als du.«

»Also war es nicht dumm, sondern vorsichtig?«

»Vielleicht.«

Er spürte die Grenze, als er sich ihr näherte. »Wann anders?«

»Versprochen.«

Als er sein Weinglas ansetzte, stellte er fest, dass es leer war. Dabei bemerkte er Ethans Blick.

»Möchtest du langsam zu Bett gehen?«

Nicht. Bitte nicht. Ich mag dich so viel lieber, wenn du dich nicht versteckst. Er stellte das Glas zur Seite und betrachtete das Mondlicht, das sich darin fing.

»Es ist sehr spät. Du hast morgen gewiss viel zu erledigen.«

»Was habe ich getan?«

»Nichts. Ich ... es ist ...«

Die Frage nach seinem Vater war es gewesen. Ganz sicher. Langsam wickelte er sich aus der Decke und rieb sich über die Arme. »Ja«, meinte er. »Vielleicht.«

6

Am nächsten Morgen weckte Ethan ihn um zehn. »Ich dachte, du möchtest gerne zur Arbeit«, sagte er leise.

»Mhm.« Nate rieb sich den Schlaf aus den Augen. »Danke.«

»Ich ... ich habe Crumpets gemacht. Falls du möchtest.«

»Ich war mit Frühstück dran.«

»Ich wollte dich nicht eher wecken. Du warst lange wach letzte Nacht.«

»Ach, und du nicht?« Seufzend richtete er sich auf. »Danke, Ethan.« Er stieg er aus dem Bett und sammelte ein paar Klamotten zusammen.

»Möchtest du, dass ich deine Kleider in den Schrank lege?«

»Nein. Lass sie bitte liegen.«

Ethan neigte den Kopf. »Ich warte unten.«

Ich hätte es wissen müssen.

Dann duschte er und packte sich sein Frühstück ein. »Bin spät dran«, murmelte er, als Ethan fragend den Blick hob. Der warf einen Blick zur Uhr, nickte dann aber. Nate seufzte und schwang sich auf sein Fahrrad. Warum kümmerte es ihn, ob Ethan nun wieder den Haushälter spielte oder nicht? Nur, weil sie einen Abend zusammen verbracht hatten, bedeutete das nicht, dass sie fortan beste Freunde fürs Leben sein würden. Und außerdem: was wusste er schon von Ethan? Während Nate ihm sein Herz ausgeschüttet hatte – die Erinnerung ließ sein Gesicht brennen -, hatte Ethan geschwiegen. Nate trat in die Pedale und fror dennoch. Zwar besaß er zwei Pullover, doch die lagen ungewaschen auf dem Fußboden neben seinem Bett.

Verloren stand er im Pawn's. Wie sollte er öffnen? Einfach das Schild umdrehen und hoffen, dass Kundschaft den Laden betrat? Eigentlich wollte er nicht richtig öffnen, nur die alten Bücher loswerden, irgendwie. Hatte er sich übernommen? War diese Aufgabe doch eine Nummer zu groß für ihn?

Womit sonst sollte er Geld verdienen?

Hilfe. Er brauchte jemanden mit Erfahrung. Kurz überlegte er, Buck zu fragen, doch der kannte sich vermutlich am besten mit seinem Traktor und seinen Kühen aus. Sara fuhr über die Woche nach Stafford, wo sie die Uni besuchte.

Ashton fiel ihm ein. Wer könnte ihm besser unter die Arme greifen als der Bürgermeister selbst? Er suchte nach seiner Nummer. Zuerst sprach er mit seiner Tochter Amanda, die ihn sofort weiterreichte, und dann hörte er Ashtons warme Stimme. »Schön, dass du anrufst«, sagte er, und später dann: »Natürlich helfe ich dir! Gib mir zwei Tage. Wir bereiten alles gemeinsam vor.«

Diese zwei Tage nutzte er, um die Notizen seines Vaters durchzuarbeiten. Er entsorgte den Fischmantel, trieb einen Hocker auf und saß stundenlang in der Abstellkammer. Nate hatte nicht gewusst, auf wie viele verschiedene Arten er sitzen konnte, bis er schließlich – das Notizbuch über die Vorlieben der Autoren in der einen, ein Käsesandwich in der anderen Hand – lesend durch die Bücherregale wanderte. Nicht nur einmal stieß er sich Ellbogen oder Zehen.

Ashton erschien pünktlich am Freitagmorgen in einer fleckigen Latzhose und hochgekrempelten Hemdsärmeln. Er stellte einen Eimer Alpinaweiß neben den roten Sessel am Eingang und ließ seinen Blick schweifen. »Dann lass mich mal sehen, was du mit dem Schmuckstück angestellt hast.« Während er durch den Laden schritt und Nates Vorarbeit inspizierte, brummte er zustimmend. »Sieht besser aus. Freundlicher. Die frische Farbe wird nochmal helfen.«

Wenig später rückten sie die Regale von der Wand – eines sogar mithilfe von Kian, den sie kurzzeitig aus der Eisdiele ›ausliehen‹ –, um zu streichen. Die gelblichen Tapeten erstrahlten in neuem Weiß. Statt nach Staub, roch der Laden so intensiv nach Farbe, dass Nate Türen und Fenster aufriss. Neugierige Blicke fielen ihnen zu, wenn draußen die Leute vorbeischlenderten. Nate stellte sich auf einen Hocker und übernahm den oberen Teil der Wand, Ashton etwas versetzt den unteren.

Ohne in seiner Beschäftigung innezuhalten, sagte Ashton: »Für den Flohmarkt musst du dir Werbung organisieren. Schreib Sammlerwert auf die Tafel und stell sie vorne vor die Tür. Häng ein Plakat in dein Schaufenster. Zwanzigster und einundzwanzigster September, großer Bücherflohmarkt. Begrenze es. Sie haben Angst, etwas zu verpassen, und dann kommen sie. Den Rest erledige ich.«

»Den Rest?« Nate betrachtete seinen weißgesprenkelten Pullover und unterdrückte ein Seufzen.

»Na, irgendjemand muss es den Leuten ja erzählen. Und das überlässt du mir.«

Die Zeit verflog. Abends lag Nate bäuchlings im Bett und las im Schein der Nachttischlampe in den Unterlagen seines Vaters, bis ihm die Augen zufielen. Die Zahlen schwirrten ihm im Kopf herum, wenn er mit Ashton den Teppich reinigte oder den Schlüssel für die Kasse suchte, und die Namen der Autoren murmelte er vor sich hin, während er auf dem Ladenboden kniete und ein neues Regal zusammenschraubte, weil das alte eingebrochen war. Steuersätze, Abzüge, Genreliteratur. Auf der Straße sprachen ihn Menschen auf den Flohmarkt an und Nate versicherte ihnen, dass er stattfinden würde. Mehr Farbe, mehr Bestellverläufe, mehr Quittungen. Zwischendurch packte ihn das schlechte Gewissen, weil er weder regelmäßig in Hedford anrief noch sonderlich viel mit Ethan sprach, doch dann kam Ashton wieder vorbei und half ihm, den Laden zu dekorieren, denn plötzlich stand der große Tag vor der Tür. Letzte Änderungen wurden getätigt, der Dorfklatsch noch einmal angekurbelt und der Laden ein letztes Mal abgeschlossen, bevor er seine Pforten offiziell wieder öffnen würde. Als Nate an diesem Abend ins Bett fiel, fand er kaum in den Schlaf. Er nahm die Notizen seines Vaters zur Hand, blätterte darin herum, las die Zeilen nochmal, auch die, die er selbst mittlerweile dazu gekritzelt hatte. Dann legte er das Buch wieder weg und drehte sich auf die andere Seite. Wie hatte er sich nur darauf einlassen können, diesen Laden zu übernehmen? Nate fuhr sich über das Gesicht. Was, wenn er sich blamierte? Wenn er morgen vor einem leeren Laden stand und übermorgen dann als Witzfigur in der Zeitung? Der Versager-Sohn von Robert Alglow. Jungspund treibt nicht nur Mutter, sondern auch Vaters Laden in den Bankrott. Kellner sucht eine Stelle, an der es nicht brennt.

Es muss klappen. Es muss.

Irgendwann schlief er ein.

Zweihundertfünfzig Pfund. So viel Geld hielt er am Ende des nächsten Tages in den Händen, mit einem erleichterten Grinsen im Gesicht. Es waren viele Besucher gekommen, auch aus dem Nachbarort, und sie kauften ein oder zwei Bücher zu Spottpreisen. Die meisten von ihnen, das gestand er ihnen zu, waren nur vorbeigekommen, um ihn zu sehen, den Sohn von Robert Alglow, über den ganz Dwellton sprach. Wenn er damit seine Bücher vertrieb und ein paar grüne Zahlen eintragen konnte, sollte es ihm recht sein. Kian hatte sich blicken lassen und beglückwünschte ihn, Buck war auch vorbeigekommen und spendierte Bier, während Camille und Jessica sich kichernd in den Ecken herumgedrückt hatten. Auch Gordon beehrte ihn mit einem Besuch, »nur, weil Sara mich schickt«, hatte er behauptet. Dann grinste er und schlug ihm auf die Schulter.

Zweihundertfünfzig Pfund. Immer noch lächelnd verstaute er das Geld in der Kasse und streckte sich. Auf sämtlichen Oberflächen standen noch Bierflaschen oder die Pappbecher mit dem Sekt, die Nate verteilt hatte, außerdem lag auf dem Tisch noch einen Stapel Bücher, die niemand hatte haben wollen, doch darum würde er sich morgen kümmern. Morgen. Denn es würde ein Morgen geben – einmal in seinem Leben hatte er es nicht verbockt.

Wie weh seine Beine taten, bemerkte er erst, als er sich auf das Fahrrad setzte und nach Hause fuhr. Die Septembernacht kroch als Gänsehaut unter seinem Jackett entlang. Bis er zuhause ankam war er nicht nur durchgefroren, sondern auch sicher, was er mit dem frisch verdienten Geld anfangen konnte. Er würde Ashton anrufen, gleich morgen früh.

Das Pawn's würde wieder öffnen.

Je eher, desto besser.

Der September neigte sich dem Ende zu. Nate schlief mit dem Geschäftsbuch auf dem Nachttisch und blätterte durch Kataloge, die Ashton ihm beschafft hatte. Er eignete sich Verhandlungsstrategien an, zunächst unter Ashtons Anweisung, dann allein. »Kauf nie ohne mindestens fünfzehn Prozent Nachlass«, prägte er ihm ein. »Egal, ob du Hühnerfutter oder Bücher verkaufst. Deine Gewinnspanne ist kein Wunschdenken, sondern eine harte Grenze.« Sie schmiedeten einen Plan: »Ruf McDullen an, und Willkens. Wir machen ein großes Fest aus der Wiedereröffnung – eine Lesung, wie nur dein Vater sie organisieren konnte.« Dazu gehörten Seyval Blanc und Pusser's auf Eis, aber auch die Neuerscheinungen der Autoren, auf die Robert Alglow geschworen hatte. Spät abends, teilweise von Zuhause aus, telefonierte Nate mit Schriftstellern und handelte Gagen aus. Gemeinsam mit Sara entschied er sich für eine Auswahl an Gegenwartsliteratur und Romanen, für die er ein ganzes Sachbuchregal leerte. Sara überredete ihn zu einem Abend bei Vin, und Nate stimmte zu. Nie zuvor war er sich einer Sache so sicher gewesen wie mit der Neueröffnung des Pawn's, und das Interesse, das ihm selbst in der Dorfkneipe um ein Uhr nachts entgegenschlug, bekräftigte ihn umso mehr.

Ethan wagte sich wieder hinter seiner Haushälterfassade hervor. Es dauerte, doch Nate bemerkte es. Manchmal, wenn sie mit dem Rücken zueinander kochten und im Radio eines der Lieder lief, mit denen sie sich den Tag vertrieben hatten, hörte er Ethan summen und dachte: *Da bist du ja.* Aber er sagte nichts. Stattdessen sprachen sie über die Abende bei Vin, über Ashtons Meinungen bezüglich des Buchladens – es gab weitaus mehr zu tun, als Nate gedacht hatte -, über Autoren und darüber, dass sie beide nie große Leseratten gewesen waren.

Am Abend vor der Neueröffnung saßen sie auf der Terrasse. Der Tag war überraschend mild gewesen – kalt, aber trocken. Ethan reichte Nate eine Decke, die er mit einem leisen »Danke« annahm. Unablässig zupfte Nate an dem Stoff oder seinem Ärmel herum, fuhr sich durch das Haar oder sog seine Wange nach innen, um darauf zu kauen, ehe er sich besann. Ethan sagte etwas, doch er konnte sich nicht darauf konzentrieren, und bald schwiegen sie.

Irgendwann sagte Ethan: »Du wirst das gut machen.« Er reichte ihm eine Zigarette, und Nate rang sich ein Lächeln ab. Wenig später verabschiedete er sich mit Magenschmerzen ins Bett.

Die Wiedereröffnung des »The Pawn's Books« feierte genauso großen Erfolg wie der Bücherflohmarkt zuvor. Drei Autoren lasen Passagen aus ihren Werken vor, ein vierter lud zwei weitere Sprecher ein, um sein neuestes Drama möglichst authentisch zu präsentieren. Danach gaben sie Autogrammstunden umsonst, während Nate ihnen einschenkte, wonach auch immer sie begehrten: Wein, Wasser, Tee, meistens allerdings Bier oder Rum. Zwischendurch hüpfte er an die Kasse. Überraschenderweise hatte diese Arbeit viel mit dem Kellnern gemein; er wischte Tische ab, wenn Tinte darauf gekleckert wurde, zwinkerte den Kindern zu, die sich überwiegend über die Bonbons an der Ladentheke freuten, und trieb oberflächliche Späße mit Kunden. Über die Preise verhandelte er ebenso wenig wie über die Quittung nach dem Essen, und das Trinkgeld nahm er genauso dankend an.

Ashton schaute ihm über die Schulter. Wie ein Schatten hielt er sich stets in seiner Nähe auf und übernahm Gespräche, wenn Nate anfing, aus Nervosität zu stammeln oder das nötige Fachwissen noch nicht besaß. Manchmal ging er auch zur Kasse, wenn jemand sich ein Buch kaufen wollte, um es signieren zu lassen, und einmal raunte er Nate zu: »Ab morgen machst du das hier alleine. Du kannst das, Nathaniel. Nur weiter so.«

Die ersten Gäste verließen das Pawn's gegen 22 Uhr – die letzten um kurz vor ein Uhr morgens. Zwei der Autoren verkündeten, dass sie auf Nates Anruf warten würden, der dritte verabschiedete sich taumelnd und mit einem breiten Grinsen im Gesicht. Ashton bestand darauf, Nate nach Hause zu fahren. Das Fahrrad warf er kurzerhand in den Kofferraum. Als er vor der Einfahrt parkte, sagte Ashton: »Du kannst wirklich stolz auf dich sein, mein Junge.« Dann, nach einer Pause: »Dein Vater wäre es bestimmt.«

Es kümmert mit nicht, was er denkt. Mir ist nur wichtig, dass Mum das Geld bekommt. Mit einem Stechen in der Brust verabschiedete er sich und betrat das Haus. In der Diele streifte er die Schuhe und das Jackett ab. Stimmen drangen aus dem

Wohnzimmer; bestimmt lief der Fernseher. Nate spürte, wie ein Lächeln seine Mundwinkel hob. »Ich bin wieder da«, rief er durch den Flur.

»Guten Abend«, kam zurück.

Ashtons Worte waren beinahe vergessen. Nate setzte sich im Wohnzimmer zu Ethan auf den Boden, der Couchtisch zwischen ihnen.

»Du siehst zufrieden aus«, sagte Ethan. Er nahm den Ellbogen vom Sofa, den er dort abgestützt hatte, und rückte zurecht. »Wie lief die Eröffnung?«

»Gut.« Nate schnaubte, als Ethan eine Augenbraue hob. Dann erzählte er. »Da waren so viele Leute. So viele. Wirklich! Ich hatte gar nicht genug Stühle. Sogar Vin war da. Gut, dass ich neue Bücher bestellt hatte, denn die alten hätten nicht gereicht, und ... Dieser Willkens – von dem ist das Buch über die Schwäne, von dem ich dir erzählt habe – hat fast eine halbe Flasche Rum allein getrunken, und Blake saß neben Tiffany und ist fast eingeschlafen, aber dann kam das Drama und ...«

Mit einem angedeuteten Lächeln hörte Ethan zu, neigte den Kopf oder nickte, aber er unterbrach ihn nicht.

Schließlich sagte Nate: »Schade, dass du nicht da warst.«

Ethan blinzelte, dann entspannten sich seine Züge zu einem kleinen, echten Lächeln. »Ach ja?«

Nate schnappte sich das Kissen vom Sessel und warf es nach ihm.

Und so begann der Oktober.

Nun öffnete das Pawn's täglich. Jeden Morgen drehte Nate das Schild an der Eingangstür auf ›Open‹ und freute sich über Kunden, die den Bücherladen betraten. Ihre Anzahl ließ selbstverständlich nach, aber um die Rechnungen zu bezahlen, reichte es. Mit der Zeit verblassten die Gefühle, die ihn nachts wachhielten. Seine Schuld wog nicht weniger schwer, doch mit jedem verkauften Buch trug er sie ab. In seinem neuen Alltag vergaß er sie sogar dann und wann, was sicherlich auch an der Arbeit lag. Die Notizen seines Vaters und das Geschäftsbuch waren in den Laden zurückgekehrt, doch Nate telefonierte nach wie vor bis spät abends, nahm sich aus jeder Rubrik Bücher mit, die er lesen wollte, um seine Kunden beraten zu können. Er schaffte es, eine Lesung mit Robert Benfried zu organisieren, dem Namensvetter seines Vaters. Der kannte das Pawn's seit seiner Entstehung und las seither regelmäßig aus seinen Büchern vor. Er hatte eine detaillierte Vorstellung davon, wie seine Lesung ablaufen sollte. Darüber hinaus wurde er zu dem Grund, weshalb Nate sein Glück zukünftig lieber mit neuen Autoren versuchte.

Zwischen Verhandlungen, neuen Bücherlieferungen und Abenden bei Vin besuchte Buck ihn regelmäßig. Üblicherweise kam er zu ihm ins Pawn's, warf seine Baskenmütze auf die Ladentheke und begrüßte ihn mit einem breiten Grinsen. Wie es ihm ginge, wollte er wissen, und ob er mal wieder zum Abendessen käme. Nate schlug die meisten dieser Einladungen aus. Dann und wann überwog sein schlechtes Gewissen und er sagte sein Kommen zu. Seine Abneigung gegen diese Abende rührte nicht von Tiffanys fehlenden Kochkünsten her, im Gegenteil, vielmehr lag es an dem Gedanken, dass Buck versuchte, ihm ein Ersatzvater zu sein. Als wäre er es seinem alten Freund Robert schuldig. Überwiegend verbrachte er diese Abendessen recht schweigsam und überließ Blake und Buck das Reden. Die beiden lieferten sich stets einen Wettkampf darum, wer den dreckigsten Witz erzählen konnte, während Tiffany und er sich Blicke zukommen ließen.

Einzig Ethan kam zu kurz. Hin und wieder scheute der zurück, und in Nates stressigem Alltag blieb wenig Zeit, um immer wieder nachzubohren. Nur das Abendessen nahm sie weiterhin zusammen ein. Sie saßen an der Kücheninsel auf Barhockern und aßen, ohne sich anzusehen. An besseren Tagen, oder wenn er angeheitert aus der Kneipe kam, versteckten sie sich unter Decken und warmen Kleidern, während sie sich auf der Terrasse aufhielten und rauchten. Eines Abends beobachtete er Ethan dabei, wie er seine Zigarette neu entzündete. *Komm mit mir, wenn es Zeit ist. Ich hatte noch nie jemanden wie dich.* Stattdessen wandte er den Blick ab, als Ethan den seinen hob, und meinte: »Ich mag das.«

»Was?«

»Hier zu sein. Mit dir.«

Ethan entwich ein Kichern, doch es entstand nicht aus Amüsement. Es klang wie ein unsicheres Aufbegehren, wie ein Kind, das widersprechen wollte, es sich aber im letzten Moment anders überlegte. »Ich ...«

»Du musst nichts darauf sagen.«

»... ich ... bin froh, dass ... *du* hier bist.«

Nate blinzelte, dann lächelte er. »Hab' schon schlechtere Komplimente bekommen.« *Vielleicht wird er sich ab morgen wieder zwei Wochen vor mir verstecken ...* »Hast du schon das neue Lied von Bonnie Tyler gehört?«, fügte er schnell hinzu.

»Sicher«, sagte Ethan. »Aber sie hatte schon bessere.«

Den restlichen Abend verbrachten sie auf bekanntem Terrain; nur Ethans fast gequältes Kichern verfolgte Nate bis in den Schlaf.

Benfrieds Lesung fiel auf die zweite Woche des Oktobers. Der in die Jahre gekommene Autor kleidete sich in dunkles Leder mit Fransen und trug sein ergrautes Haar kurz. Während er sich vor den anwesenden Gästen sinken ließ, winkte er Nate heran und kommandierte ihn den gesamten Nachmittag herum. Nachdem er sein neuestes Buch zuklappte, erwartete er, dass die Mütter mit ihren Kindern sein Werk kauften und danach den Laden verließen, damit die Männer rauchend und trinkend auf ihn anstoßen konnten. Nate erfüllte seine Erwartungen mit einem bitteren Geschmack im Mund, den er auch nach dem dritten Bier nicht loswurde. Danach wusste er, wie die Lesungen fortan nicht mehr stattfinden würden, selbst wenn der Tag zu seinen bisher profitabelsten zählte.

Dies wiederum erinnerte ihn daran, dass er Briefe mit Mrs. Harting zu besprechen hatte. Sie zeigte sich überrascht, überflog die Dokumente mehrmals und murmelte dann etwas davon, dass sie nicht einmal ahnte, mit wie viel Geld Robert um sich geworfen hatte. Mit ihrer Beratung richtete er einen bezahlbaren Betrag ein, den er jeden Monat abtragen würde, und eine sechstausend Pfund hohe Sofortzahlung, um vorhandene Ratenrückstände sicher abzudecken.

»Wenn Sie es gut anstellen, sind Sie in zwanzig Jahren schuldenfrei.«

Er lächelte und nickte. Die Bank verließ er mit einer gusseisernen Kugel im Magen, die ihn in die Knie zu zwingen drohte. Zwanzig Jahre, wenn er es gut anstellte. Zwanzig. Jahre. Wenn nichts dazwischen kam. Und wenn doch? Dann würden es dreißig oder gar vierzig Jahre werden? Würden seine Kinder diese Schulden weiter abbezahlen?

Nein. Nate biss sich auf die Innenseite seiner Wange, schwang sich auf Ethans Rad und öffnete das Pawn's. Er kannte den Weg, den er gehen musste, um einen großen Teil dieser Schulden direkt zu tilgen. Bei jedem Buch, das er verkaufte, und an diesem Mittwoch schienen es weniger zu sein als die Tage zuvor, wog sein Herz schwerer.

Ich habe es vergessen. Wie die Briefe und die Frist und alles andere auch. In einem ruhigen Moment, nachdem Susan Hallows ihre Waren gepackt und den Laden verlassen hatte, griff er nach dem Telefonbuch und begab sich auf die Suche.

Wenn er ehrlich war, wollte er das Haus nicht mehr verkaufen. Nicht, weil es plötzlich einen emotionalen Wert für ihn besaß, sondern ... *Das ist Blödsinn.* Entschlossen wählte er die Nummer einer Maklerin.

»Wissen Sie, Mr. Alglow ...«, sagte sie und er hörte, wie sie durch Papiere blätterte, »... im Winter, und das haben wir ja fast, sehen alle Häuser gleich aus. Wenn Sie darauf bestehen, kann ich am fünfzehnten November bei Ihnen sein. Mein Vorschlag wäre allerdings März nächstes Jahr. Meiner Erfahrung nach bringt man Häuser im Frühjahr und im Sommer leichter an den Mann.«

Eigentlich hätte er darauf bestehen müssen, dass sie dieses Jahr hier erschien. Dennoch stimmte er ihrem Vorschlag zu und wusste doch, dass er sich damit eine Schonfrist einrichtete. Als er an diesem Abend nach Hause kam, schaffte er es nicht, mit Ethan darüber zu sprechen. Auch am nächsten Tag nicht und auch nicht am Tag darauf. Eine ganze Woche lang sprachen sie nur das Nötigste. *Es tut mir leid*, dachte er jeden Abend wieder, wenn er im Wohnzimmer saß und Ethan verfrüht zu Bett ging. *Morgen spreche ich es an.*

Aber er hatte doch Zeit bis März, nicht wahr?

In schmerzhafter Regelmäßigkeit wählte er sonntags die Nummer seiner Mutter. Trotz seiner Hoffnungen hob jedes Mal Valery ab. Er erfuhr, dass es Mum schlechter ging. Dass der Arzt in Rushden ihr empfohlen hatte, die Therapien im Krankenhaus unter ärztlicher Überwachung fortzuführen. Marcus fuhr sie aktuell jeden zweiten Tag dorthin, aber er würde bald nach Texas zurückkehren. Zumindest für eine Weile. Valerys Tochter erblickte Mitte Oktober das Licht der Welt. Immer, wenn er sie im Hintergrund weinen hörte, schnürte es ihm die Kehle zu. Alles, woran er denken konnte, war die Freude, die dieses Kind seiner Mutter bereiten würde. Er schickte ein Paket nach Hedford mit Kleinigkeiten für das Baby. Was auch immer er erwartet hatte, übertraf Valery, als sie an diesem Sonntag jedes seiner Geschenke bemängelte. Es versetzte ihm einen tieferen Stich als sonst. Er beendete ihr Gespräch nicht zum ersten Mal damit, dass er unvermittelt auflegte.

Es dauerte nur einen Moment. Ein paar Minuten, bis er sich wieder im Griff hatte. Er wischte sich über das Gesicht und hob den Blick.

Ethan lehnte am Türrahmen.

Für einen Herzschlag sahen sie einander nur an. Zögerlich und langsam, als rechne er mit Widerspruch, setzte Ethan sich in Bewegung. Vor ihm blieb er stehen und hielt ihm eine Zigarettenpackung entgegen. »Du darfst jederzeit sprechen, wenn du möchtest.«

Nate schluckte. »Es tut mir leid, dass ich ...«

Sacht schüttelte Ethan den Kopf. »Ich hätte es wissen müssen.«

»Was?«

»Dass es nicht ... meine Schuld ...«

»Du hast gedacht, es ist deine Schuld?« Er bediente sich und wies mit der Hand neben sich. »*Das* tut mir vor allem anderen leid.«

Das Leder des Sofas knarzte. Überrascht hob er den Blick. Ethan erwiderte seine Musterung kurz, bevor er aufmerksam seine Hände betrachtete. Wie elegant es aussah, wenn er eine Zigarette aus der Packung zog.

»Du hast nichts falsch gemacht.«

Ethans Mundwinkel zuckten. Er griff in seine Hosentasche, holte ein Feuerzeug hervor und bot ihm zuerst die Flamme an. Nate beugte sich zu ihm. Ein kleines Stück weiter, und er würde an seiner Schulter lehnen. Er stockte. *So ein Blödsinn!*

»Alles in Ordnung?« Ethan saß an der Kante, als würde er jeden Moment aufstehen, aufrecht und mit angespannten Schultern.

»Bleib sitzen«, sagte Nate. »Bitte.« Als Ethan ein Stück weiter vorrutschte, hielt er ihn sachte am Arm zurück. »Bitte«, wiederholte er leise. »Du bist doch kein Hund.«

Ethans Mund öffnete sich, dann stieß er die Luft aus, als hätte er ihm einen Stoß verpasst.

»Du musst nie wieder auf dem Boden sitzen.«

Mit einer Geste hielt Ethan ihn davon ab, weiterzusprechen.

»Ich ... ich wollte nicht ...« Nate verstummte, als er Ethans Blick bemerkte.

Der sank zurück, bis sein Rücken die Lehne berührte. Sein

Blick folgte den Rauchschwaden, die über ihnen verblassten, dann kehrte er zu Nate zurück. Sogar ein Lächeln rang er sich ab.

Nicht nachfragen. Nicht heute. Nate lächelte zurück.

Sara feierte ihren zwanzigsten Geburtstag eine Woche später bei Vin. Abgesehen von den üblichen Verdächtigen erschien gefühlt das halbe Dorf. Reden wurden gehalten. Saras Mutter weinte ein paar Tränen, während ihr Vater den Arm um ihre Schultern legte. Nach einem gemeinsamen Anstoßen im vorderen Teil der Bar splittete ihre Gruppe sich ab. Die Anstandsgäste blieben vorne bei Tom an der Bar, ließen sich dort mit Cider und Bier bedienen und passten auf den reichlich gedeckten Geschenketisch auf.

Hinten befanden sich der Billardtisch und ein paar Eckbänke in dämmrigem Licht. Sie spielten, bis Mr. Birming auftauchte und zur Feier seiner Tochter Drinks ausgab. Als Nate den Mund öffnete, um höflich abzulehnen, schlug Blake ihm in den Nacken. »Halt's Maul, Naty! Heute geht's um Sara, nicht um dich!«

Ihr Blick zeigte, dass sie Blake zustimmte. Also trank er. Kaum stellte er das leere Glas ab, brachte Vin die nächste Runde. Nach einem Seufzen akzeptierte er sein Schicksal. *Nur noch ein Drink,* sagte er sich, als er den Alkohol durch seinen Körper wandern fühlte. Der leichte Schwindel. Das Grinsen auf seinen Lippen.

Dann bestellte jemand Schnäpse.

Sara tätschelte ihm die Wange. »Das wird mein bestes Geburtstagsgeschenk.« Ihr Lächeln bekam eine zweideutige Note. »Dich abfüllen!«

»Nein, das ...«

»Bin dabei! Die nächste Runde geht auf mich!« Kian lachte. »Hab' dich seit Ashtons Sechzigsten nicht mehr betrunken gesehen.«

»Na los!« Gordon griff sich ein Schnapsglas vom Tisch. »Wir gönnen dir den Spaß ja wohl nicht allein!«

Gottverdammt. Er hob ebenfalls ein Glas. »Auf Sara.« Sie stießen an, und während er trank, hoffte er, dass er sich schnellstmöglich aus der Affäre ziehen konnte. Es lief ihm heiß und kalt über den Rücken. *Ich sollte aufhören.*

Wie er wenig später feststellte, hätte er gar nicht erst damit anfangen sollen, Schnaps zu trinken. Klein, aber biestig fraßen sich die Shots in sein Blut. Es wurde leichter, mehr zu trinken, wenn man sich nicht permanent sorgte. Er pikste Heath in die Seite, als er über Jessica herfiel, und grinste, als dieser ihm seine Mütze hinterherpfefferte. Camille zog an seiner Krawatte, also band er sie auf. Sie keuchte, stolperte und schimpfte; wenig später trug sie diese um ihr blondes Haar gewickelt. Nach dem Billard setzten sie sich zusammen in eine Ecke. Wenn Jessica auf Heaths Schoß saß, passten sie alle an denselben Tisch. Blake faselte von Trinkspielen: wenn doch sogar ihr Städter mit ihnen trank! Sara suchte das erste davon aus. »Kartenküssen!«

Er kannte es nicht.

»Karten weitergeben«, erklärte Blake. »Das kennt man selbst hinterm Mond, oder nicht?«

»Hat jeder was zu trinken?«, fragte Kian.

Gordon stemmte sich auf den Tisch. »Wer hat Karten dabei?«

»Willst du vorher eine rauchen?« Heath verdrehte die Augen und warf eine Packung Camel auf den Tisch. »Dann schnell!«

»Tom, eine Runde Likör für alle!«

Jessica jauchzte, als Sara sie vom Schoß ihres Freundes schubste. »Mach Platz!«, sagte sie. »Ihr gewinnt sonst sowieso!«

»Hat denn jemand Karten?«

»Okay, Naty, pass auf: Wer die Karte verliert, muss trinken.«

»Wir geben sie einfach weiter?«

»Nicht einfach so ...« Camille wickelte sich eine seiner Locken um den Finger. »... sondern mit dem Mund.«

»Mit dem Mund?«

»Kartenküssen halt!« Sie formte einen Kussmund und kam ihm damit erstaunlich nahe. Nate wich zurück und legte ihr einen Finger auf die Lippen. Gelächter brach um sie herum aus. Gemeinsam rückten sie ein Stück, um auf magische Weise Platz für Saras Hintern zu schaffen.

Kian kehrte mit einem überfüllten Tablett und einer Packung Spielkarten zurück.

Als Geburtstagskind übernahm Sara den Start. Sie saugte die Karte mit der Herzdame an ihren Lippen fest und beugte sich zu Heath. Mit einem selbstsicheren Grinsen schob er sein Gesicht vor ihres und küsste die Karte von ihren Lippen. Nun brachte er die Karte schnell hinüber zu Easton. So ging es weiter. Manchmal sah Nate den blauweiß karierten Rücken der Karte, dann wieder das Antlitz der Herzdame. Plötzlich hatte er Blakes sauren Atem im Gesicht. Instinktiv wich er zurück und verlor dabei die Karte. Ein gemeinschaftliches »Ooh«

begleitete den Fall, dann stupste Camille ihn an. »Du musst trinken!«

»Oh.« Nate leerte einen Schnaps unter Applaus, bevor er sein Glück erneut versuchte. Warm wurde er mit dem Spiel nicht, vor allem, wenn Blake dazu ansetzte, ihm eine Herzdame auf die Lippen zu kleben. Wie schaffte es Charlotte, diesen Kerl zu küssen? *Guter Gedanke.*

Als Nächstes spielten sie eine Art Wahrheit oder Pflicht. »Das kennst selbst du.« Gordon wank Tom herbei. »Ich behaupte gleich, noch nie getrunken zu haben. Dann strengst du dein kleines Städterhirn an und findest heraus: Ha, ich aber schon! Also trinkst du. So einfach.« Er beugte sich vor, um seine Bestellung über den Tisch zu rufen, was Thomas mit einem Daumen nach oben quittierte. »Kapiert?«

Auch hier zog er den Kürzeren. Oft genug sah er den anderen dabei zu, wie sie tranken – seine Strafe erhielt er dann als spöttischen Kommentar.

»Du hast nie Gras geraucht?«

»Noch nie betrunken durch das Fenster geklettert?«

»Du siehst auch nicht aus wie einer, der sich prügelt!«

»Hast du überhaupt was erlebt?«

»Ich hab' noch nie so richtig blau eine flachgelegt!«, rief Blake, und Nate spürte Saras Blick, als er sein Glas nicht an die Lippen hob. Genauso wie Jessicas und Camilles. Der Rest war beschäftigt damit, zu trinken.

Sie hob die Augenbrauen. Er grinste.

Heath bot ihm eine Camel an. »Jetzt was Einfaches für dich«, meinte er. »Ich hab' noch nie geraucht!«

Nate trank. Als er an der Kippe zog, dachte er plötzlich an Ethan. Lieber säße er jetzt mit ihm auf der Terrasse, eingewickelt in alle Decken, die sie fanden, während sie sich seine Zigaretten teilten. Diese argen, die ihn zum Husten brachten, wenn er nicht achtgab.

»Naty, du bist dran!«

»Was?«

»Denk dir was aus!«

»Oh ... Ich passe diese Runde. Brauch' frische Luft.« Er zwängte sich an Blake vorbei und taumelte dann Richtung Hinterhof. Eine junge Frau, er glaubte, sie hieß Mariette, tanzte ihn an. Er wich ihr aus. Beinahe verlor er seine Zigarette, als jemand anderes ihn anrempelte.

Die kalte Luft draußen verpasste ihm eine Ohrfeige. Nate hustete. Ihm wurde schwindlig. An der Wand rutschte er hinab, bis Steine durch seine Hose piksten. Die Lichter der Straßenlaternen verdoppelten sich, tanzten von links nach rechts. *Oh, verdammt.* Der Zigarettengeruch ließ ihn würgen. Hastig warf er die Kippe fort und schloss die Augen.

Böser Fehler.

Er übergab sich in Vins Blumenkübel und nahm sich vor, sich dafür bei ihm zu entschuldigen. Seinen Kopf lehnte er an die Backsteinmauer und wartete darauf, dass die Karussellfahrt vorüberging. Jemand sank neben ihm zu Boden. Eine Hand wand sich um sein Knie. »Du kippst mir nicht wieder um, oder? Letztens hast du mir so einen Schrecken eingejagt. Ich schwöre dir, wenn Kian nicht gewesen wäre, hätte ich angefangen, zu weinen. Du willst doch nicht, dass ich ihn holen muss, oder?«

»Natürlich nicht.«

»Du bist echt ein Vogel. Wie du einfach davongerannt bist. Alle nennen dich Nataly.«

Er grinste. »Das haben sie von dir.«

»Komm mit rein.«

»Gib mir zwei Minuten.«

»Nein, jetzt. Ich wünsche mir einen Geburtstagstanz mit dir.«

»Und wenn ich dir auf die Füße kotze?«

»Wirst du nicht. Vorher rennst du wieder weg.« Sara zog ihn auf die Beine und dann mit hinein. Sie führte ihn hindurch zur Jukebox. Dort ließ sie von ihm ab und begann, sich im Takt zu bewegen.

Das erste Mal glaubte er, sie wirklich zu sehen. Wie ihr dunkles Haar schimmerte, und wie der spitzbübische Ausdruck auf ihrem Gesicht sich in etwas Anderes verwandelte. Etwas … Ehrlicheres. Ihre Augen leuchteten grau und grün, und wenn ein Lichtstrahl sie streifte, könnten sie braun sein, aber er wusste, sie waren grün. Irgendwann legte sie ihre Arme um seine Schultern und lehnte sich an. Er ließ es zu.

»Ich mag dich wirklich«, flüsterte sie an sein Ohr.

Nate rieb mit der Wange über die ihre. »Du weißt, dass ich dich auch mag.«

»Aber nicht so.«

»Nein.«

»Nicht mal, wenn du betrunken bist?«

»Nein.«

»Können wir uns trotzdem, na ja – festhalten? Nur heute?«

Er seufzte. Dann legte er die Arme um sie, spürte ihre Rippen unter ihrem dünnen Kleid, und wiegte sich mit ihr im Takt. »Ausnahmsweise.«

Sie vergrub ihre Finger in seinem Haar, spielte mit den Locken, die sich in seinem Nacken kringelten. Es fühlte sich nicht so falsch an wie das, was Ivy getan hatte, und er beschloss, dass es okay war. »Aber gewöhn dich nicht daran«, setzte er hinterher, und sie lachte. Zögerlich streichelte er über ihre Seite. Ihr Kopf sank in seine Halsbeuge. Das Lied wechselte.

»Du bist so naiv«, murmelte sie. »Andere hätten längst versucht, mich zu vögeln. Oder Camille. Wenn du nicht so ein Trottel wärst, hättest du längst bemerkt, wie sie dich ansieht. Was sie von dir will.«

»Wieso sollte ich das tun?«

Sie zuckte mit den Schultern. »Mich ausnutzen, solange ich es mitmache?«

»Für so etwas habe ich dich viel zu gern.«

Ihre Hand wanderte von seiner Schulter herab auf seine Brust. Sara suchte seinen Blick. »Oder erzählst du mir irgendetwas nicht?«

»Was soll ich dir denn verheimlichen?«

»Hast du jemand anderes?«

»Nein.«

»Hm. Unerfahren?«

Schulterzuckend erwiderte er ihr Lächeln.

»Oh, jetzt hab ich's!« Sie beugte sich vor, bis ihr Atem sein Ohr streifte. »Du magst gar keine Mädchen, stimmts?«

»Zumindest keine so frechen wie dich.«

Sie warf den Kopf in den Nacken und lachte. »Ist ja gut. Komm, wir trinken noch was.« Ihre Hand schloss sich um die seine.

Nates Lächeln verblasste. *Es war ein Witz.* Er nahm einen großen Schluck von dem Bier, das Sara ihm reichte. *Nichts weiter.*

Gemeinsam kehrten sie zu den anderen zurück. Während sie

feierten und spielten, hielt er sich abseits und nippte ab und zu an seinem Getränk. Ein Kratzen wühlte ihn ihm, ein ungutes, beharrliches Kribbeln. Seine Rippen schmerzten, dabei gab es keinen Grund dafür.

Wenig später küsste er Sara zum Abschied auf die Wange und stellte sein Bier auf einen freien Tisch, bevor er die Kneipe verließ. Niemand fragte, warum er ging, oder folgte ihm. Üblicherweise störte er sich nicht daran, doch heute versetzte es ihm einen kleinen, fiesen Stich.

Er fror erbärmlich. Zu Fuß dauerte der Nachhauseweg länger, als er ihn in Erinnerung hatte. Seine Beine gehorchten ihm nicht; einmal kugelte er in den Straßengraben, ein anderes Mal stolperte er über seine eigenen Füße und landete schmerzhaft auf dem Asphalt. Bibbernd und mit vor der Brust verschränkten Armen torkelte er den Kiesweg zwischen den Bäumen entlang. Die Schatten kamen ihm heute seltsam lang vor. Seltsam dunkel.

Endlich tauchte das Haus vor ihm auf. Für einen Moment war ihm, als ballte sein Atem sich zu Wolken, während er die Treppen erklomm, und er schlang seine Arme noch enger um sich. Mit der Schulter drückte er gegen die Haustür, die leichter als erwartet nachgab. Fluchend flog er über die Schwelle, ruderte mit den Armen und landete doch auf dem Boden. Ein scharfer Schmerz schoss sein Rückgrat hinab. Hinter ihm miaute eine Katze und kurz darauf wanderten Tatzen über seine Brust. »Hey, Nama«, nuschelte er. Sein Kopf dröhnte. Warum blieb er nicht liegen? Ein Nickerchen im Flur erschien ihm gar nicht übel. Sollte er sich noch das Bein brechen, wenn er sich die Treppe hochschaffte? Thunfischatem streifte seine Lippen, gefolgt von einer rauen Zunge. »Igitt, lass das!« Er schob die Katze zur Seite, die mit einem empörten Maunzen davontapste.

»Guten Abend.«

»Hi, Ethan. Steig ruhig über mich drüber. Ist in Ordnung.«

»Bist du okay?«

»Ich glaube, ich bin betrunken.«

»Das glaube ich auch.«

»Darf ich hier schlafen?«

Er hörte ein leises Lachen, war sich aber sicher, dass er es sich einbildete. Ethan lachte nicht.

»Möchtest du nicht wenigstens das Sofa nehmen? Ich helfe dir, wenn ich darf.«

»Hm.«

»Du darfst nein sagen.«

»Was?«

»Ich würde dir gerne helfen, aber ich lasse dich liegen, wenn du darauf bestehst.«

»Schon ... okay.« Nate griff nach der dargebotenen Hand und ließ sich aufhelfen. Ethans warme Finger umklammerten die seinen ganz eng. Er taumelte, doch Ethan hielt sie beide auf den Beinen. »Langsam.« Sein Arm wanderte über seinen Rücken. Vielleicht konnte er sich etwas abstützen? Wie Sara vorhin? Sein Kopf wog ohnehin tonnenschwer. Ganz kurz würde er ihn auf Ethans Schulter ablegen.

»Ein paar Schritte noch.«

Er riecht gut. Aber das tat er immer. Schwitzte Ethan überhaupt irgendwann mal? Wenn es ihn störte, dass Nates Stirn an seiner Halsbeuge ruhte, ließ er es sich nicht anmerken.

»Du kannst ... ah!«

Als Nate fiel, vergaß er, Ethan loszulassen. Oder wollte er

ihn mit sich ziehen? *So ein Blödsinn.* Halb liegend, halb sitzend quetschte er Ethans Arm zwischen seine Hüfte und die Lehne.

Mit großen Augen starrte Ethan ihn an, als wäre er wieder nackt.

Nate kicherte. »Tut mir leid ...« *... glaube ich.*

Begleitet von einem Schnauben schüttelte Ethan den Kopf. Seine Lippen wölbten sich zu einem Lächeln.

»Warum lachst du nie?« Nates Blick wanderte über Ethans Nasenrücken nach oben, bis er den seinen kreuzte. *»Du hast wirklich schöne Augen«,* wollte er sagen. *»Sie sind nicht unheimlich, wenn man sich erst an sie gewöhnt hat.«*

Mit einem Räuspern befreite Ethan seinen Arm und erhob sich vom Sofa. Sein Bein streifte Nates Knie; für einen Moment hielt der den Atem an. Ethan legte beide Hände an den Hinterkopf, während er einen Schritt zurücktrat. »Ich lache doch.«

»Wann denn?«

»Mit dir?«

»Nein, du tust nur so.«

Seufzend stemmte er eine Hand in die Hüfte, mit der anderen gestikulierte er, als versuche er, die richtigen Worte aus der Luft zu picken. »Mein Lachen ist zu laut. Es stört.«

»Wer sagt sowas?«

»Er hat mir verboten, zu lachen.«

»So ein Idiot.« Nate unterdrückte ein Gähnen. »Ich wette, du lachst genauso frech, wie du grinst.«

»Frech? Du bist wirklich betrunken.«

»Lüge ich?«

»Vielleicht?«

»Siehst du, du bist es schon wieder.«

»Okay, Mr. Betrunken, Zeit zu schlafen.«

»Gehe ich dir auf die Nerven?«

»Es ist halb fünf.«

»Also ja.«

»Das habe ich nie gesagt.«

»Ich hab's gehört. Das reicht.«

»Was du nicht alles hörst.« Ethan griff nach einer Decke. »Möchtest du die Schuhe ausziehen?«

»Oh.« Ächzend stemmte Nate sich hoch. »Gott, ist mir schwindlig.«

»Ich kann dir helfen, wenn du möchtest.«

»Ich schaff' das schon.« Er rieb sich mit Daumen und Zeigefinger über die Stirn, bis der Druck hinter seiner Schädeldecke nachließ.

»Ist dir übel?«

»Nicht mehr.« Zwei Versuche brauchte er, um sich die Schuhe von den Füßen zu treten. »So ein Mist«, murmelte er, als er das Loch in seiner Jeans bemerkte. Sein Knie lugte blutig daraus hervor.

»Was ist passiert?«

»Zu dumm zum Laufen. Sonst nichts.«

»Nach Hause?«

Die Art, wie er dieses Haus ganz selbstverständlich als sein Zuhause bezeichnete, ließ ihn einen Moment stocken. »Ja.«

»Hat Miss Birming dich nicht gebracht?«

»Nein. Ich bin alleine gegangen.«

Ethan runzelte die Stirn. »Ist denn alles in Ordnung?«

Er zuckte mit den Schultern. »Nicht so wichtig.«

»Gab es Ärger?«

»Nein.« Nate fuhr sich durch das Haar und seufzte. »Willst

du ein wenig bei mir sitzen?«

Mit einem schiefen Lächeln im Gesicht warf Ethan ihm eine zweite Decke zu. »Nur, wenn du mir Platz machst.«

Nate rutschte zur Seite, während Ethan kurz den Raum verließ. Zurück kam er mit einem Glas Wasser: »Wenn du es jetzt trinkst, sind die Kopfschmerzen morgen gar nicht erst so schlimm.« Vor allem half es, etwas auszunüchtern und den pelzigen Geschmack von seiner Zunge zu spülen. Ethan wartete geduldig, bis er ausgetrunken hatte, und ging nochmal in die Küche, um das Glas aufzufüllen. Danach setzte er sich zu ihm auf das Sofa. Sie teilten sich seine Zigaretten. Nach ein paar Späßen über sein ramponiertes Knie erzählte Nate von seinem Abend und davon, wie er endete. »Ich gehöre nirgends richtig dazu. Meistens ist es nicht schlimm, aber manchmal …«

»Schlechter Tag, um zu trinken.«

»Es gibt gute Tage dafür?«

»Sicher. So wie es gute und schlechte Betrunkene gibt.«

»Du kennst dich wohl damit aus.«

Ethan drückte seine Zigarette in den Aschenbecher. »Nicht jeder kann sich betrinken. Manche werden … zu anderen Menschen. Monstern, manchmal. Sie werden wütend. Erst schlagen sie mit der Faust auf den Tisch, dann irgendwann prügeln sie auf Menschen ein. Fremde, Freunde, Frau und Kind – es macht keinen Unterschied. An den guten Tagen kommst du als Zuschauer davon. An den schlechten denkst du, sie hören nie wieder damit auf.«

Oh, Ethan.

»Dann gibt es Leute wie dich.« Er neckte ihn mit einem Lächeln. »Die werden einfach sentimental. Das Schlimmste, was dir passieren kann, ist ein Gespräch um sechs Uhr morgens auf dem Sofa.«

»Ich bin nicht …«

Ethan hob seine Augenbraue.

»Schön.« Nate schnaubte. »Das nächste Mal gehst du ins Bett.«

»Ich denke nicht.«

Nate stützte den Kopf in die Handfläche und warf ihm einen Blick zu. »Was passiert an den guten Tagen?«

»Das weißt du.«

»Nein. Sobald ich trinke, geht es schief.«

»Hm?«

»Entweder, ich lande auf der Nase oder in irgendwelchen Armen, in die ich nie wollte.«

»Arme? Von …«

»Das ist das Einzige, was du hörst?«

Grinsend neigte Ethan den Kopf. »Verzeihung.«

»Siehst du, nicht einmal du bleibst ernst.«

»Ich bin todernst. Ich lache nicht mal.«

Nate schaffte es nicht, sich das Lächeln zu verkneifen. »Warum bist du nicht immer so?«

»Das … ist eine gute Frage.«

»Du kennst die Antwort.«

»Ja.«

Nate betrachtete ihn eine Weile. Ethan bemerkte seinen Blick, wandte sich jedoch ab. Dabei lächelte er. Es war ein unüberlegtes, vielleicht sogar ein gedankenverlorenes Lächeln. Nate mochte, wie es ansatzweise seine Zähne enthüllte und eine Falte in seine Wange grub. »Wirst du es mir erzählen?«

»Es gibt Dinge, an die ich nicht gerne denke. Manchmal ist es besser, so zu tun, als wären sie nie geschehen.«

Etwas wackelig schnappte sich Nate die Zigarettenschachtel vom Tisch, fädelte eine heraus und reichte sie weiter. »Wollen wir ein Spiel spielen?«

Mit einem Schnauben nahm Ethan seine eigene Kippe an. »Ein Spiel?«

Nate hob die Schultern. »Es ist ganz einfach. Stell mir eine Frage. Ich beantworte sie. Danach stelle ich dir eine Frage und du beantwortest sie.«

»Welche Regeln gelten?«

»Keine Ahnung. Willst du welche aufstellen?«

»Was geschieht, wenn ich eine Frage nicht beantworten möchte?«

Das Feuerzeug ruhte zwischen ihnen auf dem Sofa. Nate griff danach und bot Ethan die Flamme an. »Dann ist das Spiel vorbei, glaube ich. Wie letztens. Wenn wir keine Alben mehr haben, die wir abspielen können, bleibt es eben still.«

»Okay«, stimmte Ethan zu.

»Fangen wir locker an. Von wo kommst du? Wo wurdest du geboren?«

»Das sind zwei.«

»Such dir eine aus.« Nate steckte seine eigene Kippe an. Der Rauch brannte in seinen Augen, reizte seinen Hals.

»Slaithwaite«, sagte Ethan. »Nördlich des Colne, Richtung Bradford. Dort, wo die Kinder über den Fluss springen und zum Spielen auf die andere Seite der Stadt wechseln.« Er schenkte ihm ein schmales Lächeln. »Reicht dir das?«

»Klar.«

»Also frage ich dich jetzt etwas?«

»Ja.«

»Ohne Einschränkungen?«

»Ja.«

Ethan legte den Kopf in den Nacken und pustete Qualm in die Luft. Sein Blick irrte über die Wand, flog über Bücherrücken und Risse in Tapeten. »Wer ist dieser ›Tony‹, den du nicht zurückrufst?«

»Wie lange wolltest du das schon fragen, hm?« Nate schmunzelte. »Wir sind zusammen aufgewachsen. Er ist ein Jahr älter, aber in der Siebten sitzen geblieben. Von da an gingen wir sogar in dieselbe Klasse. Ich kann die Male nicht mehr zählen, die er mir den Arsch gerettet hat. Ehrlich gesagt habe ich vergessen, dass ich ihn anrufen muss. Ich habe wohl lieber nicht an ihn gedacht.«

»Was ist passiert?«

»Na, die Party.« Nate hob die Augenbrauen. »Außerdem bin ich mit dem Fragen dran.«

So spielten sie. Von *»Hast du dich früher nachts davongeschlichen?«* kamen sie über *»Was ist das Schrägste, was du je getan hast?«* und *»Wann hattest du deinen ersten Kuss?«* bis hin zu: »Warum bist du geblieben, nachdem mein Vater starb?«

»Wohin hätte ich gehen sollen?«

»Nach Hause?«

Ethan stieß ein schroffes Zischen aus. »Für mich gibt es keinen anderen Platz als hier.«

»Was ...« Nate unterbrach sich. Mit einer Geste forderte er ihn zum Sprechen auf.

»Warum rufst du deine Schwester jede Woche wieder an?«

»Wieso sollte ich nicht?« Er warf einen Blick durch den Torbogen hinüber zu der Fensterfront. Die Nacht wich den Vorläufern der Sonne: zögerlich blaue Schwaden mit purpurnen Spitzen, die die Dunkelheit vertrieben. »Wenn Mum nicht ans

Telefon geht, ist Valery das einzige Bindeglied zwischen ihr und mir. Wenn Valery mir nichts erzählt, wüsste ich nicht, wie es ihr geht. Soll Valery mich schlecht reden und über mich herziehen. Das hat sie schon immer. Aber ich will wissen, was mit Mum los ist. Also rufe ich sie an.« Mit einem unterdrückten Gähnen wandte er sich Ethan zu. Der stützte sich schwer an die Sofalehne und kämpfte damit, die Augen offen zu halten.

»Was ist passiert? Mit deiner Familie, meine ich?«

Mit einer Hand fuhr sich Ethan über den Hals, bis er die Narbe hinter seinem Ohr berührte. Dann drehte er den Kopf zur Seite und präsentierte sie. »Die hier stammt von meinem Vater.«

»Wie ...«

»Sein letztes Geschenk an mich. Als ich floh, rief er mir etwas hinterher. Ich glaube, es war: ›Hau ab und verreck!‹, aber ich bin mir nicht sicher.«

»Ethan, das ...«

»Ich bin aus freien Stücken gegangen und musste mit meiner Entscheidung leben. Dafür brauche ich kein Mitleid.«

»Das bedeutet nicht ...«

»Du weißt nicht, was es bedeutet.«

»Ach nein?«

»Nein.«

»Warum erzählst du es mir dann?«

»Du hast gefragt.«

»Oh, also wolltest du es mir nicht sagen?«

Ethan blinzelte und blickte auf seine Knie.

»Warum sagst du mir nicht, dass ich die Klappe halten soll, wenn es nicht okay ist? Ich habe dir extra gesagt, dass du ...«

»Vielleicht wollte ich, dass du es weißt.«

»Was?«

Ethan hob die Schultern, ohne aufzusehen. »Wenn ich es jemandem erzählen kann, dann vielleicht dir.«

Mit einem Schnauben wandte Nate sich ab. Er kaute auf seiner Wange. Wie sollte er je aus ihm schlau werden? Wie konnte er lernen, darauf zu vertrauen, dass das, was Ethan tat, tatsächlich aus freien Stücken geschah, wenn er jedes Mal wieder …

»Warum glaubst du, dass du die ganze Welt retten musst?«, fragte Ethan.

»Ich … was?«

»Du datest Sara, obwohl du sie nicht liebst. Du arbeitest dich kaputt für deine Familie. Du gibst dich ab mit mir, obwohl …«

»Obwohl was?«

Ethan wich seinem Blick aus. »Es ist meine Frage.«

»Oh, wundervoll. Ich date Sara nicht. Wir gehen aus, das ist alles. Ich mag sie, okay? Es ist nichts Falsches dran, sie zu mögen. Ich muss nicht mit jeder Frau schlafen, nur weil …« *Beruhig dich.* Ein Räuspern, ein Durchatmen. »Meiner Mum bin ich es schuldig. Sie hat uns nie aufgegeben, obwohl sie so oft Grund dazu hatte. Ich kann sie nicht hängen lassen. Oder verletzen. Ich will kein Arschloch sein. Davon gibt es schon genügend.«

»Das bist du nicht.«

Nate blinzelte und stieß dann langsam die Luft aus.

Im Garten krähte der Hahn.

»Wie kamst du hierher?«, fragte Nate leise.

»Er hat mich mitgenommen.«

Nate hob sein Wasserglas an die Lippen und warf ihm einen Blick zu.

»Von der Straße. Das ist es, was du hören möchtest, nicht

wahr? Er fand mich in Manchester. Ich glaube, er hatte dort eine Vorlesung, als er noch Literaturprofessor war. Ich spielte für ein paar Pence, und er fragte mich, ob ich für ein paar Pence mehr mit ihm nach Hause käme. Er bräuchte jemanden, der für ihn aufräumt. Ich könnte es lernen.«

»Das klingt nicht gerade ... Ich meine ... Hattest du keine Angst, dass er dir etwas antut?«

»Könnte es schlimmer sein als das, was ansonsten auf mich wartete?«

»Hat er ... dir weh getan?«

Ethan zwängte die Decke wie ein Kissen zwischen seine Wange und die Lehne des Sofas. Er versteckte seine Finger in den Falten der Wolle, als klammere er sich daran fest. Sein Daumen strich immer wieder über dieselbe Stelle der Naht.

»Hat er?«

Ihre Blicke trafen sich. Ethan schenkte ihm ein Lächeln - ein erschöpftes, in den Mundwinkeln liegendes Lächeln. »Eine Frage zur Zeit«, sagte er langsam. Mit einem unterdrückten Stöhnen rückte er zurecht und zog die Beine in den Schneidersitz. »Also ...«, meinte er, »... was ist denn nun mit deinem ersten Date passiert? Du hast ihr das Wasser in den Schoß geworfen – und danach?«

Nate zögerte. »Bist du okay?«

»Es ist sehr spät.« Ethan schloss die Augen und bettete seine Wange zurück in die Decke. »Oder früh.«

»Wir können aufhören.«

»Gleich. Du schuldest mir noch eine Antwort.«

»Na schön.« Nate trank sein Wasser aus und stellte das Glas zur Seite. Bevor er sprach, zündete er sich eine Kippe an. Die würde er brauchen. »Ich habe sie zum Essen eingeladen. Wie abgemacht. Es lief ganz gut. Nach ein paar Treffen sahen wir uns täglich. Sie wohnte auf der anderen Seite des Ferrers Lakes. Meistens haben wir uns in der Mitte getroffen. Im Wasser. Es dauerte nicht lange, bis sie … Dinge von mir verlangt hat. Du weißt schon. Diese Dinge.«

»… mhm …«

»Was soll ich sagen? Ich hab's … versucht.« Nate leckte sich über die Lippen. »Versucht. Gott sei Dank war es dunkel.« Er tippte auf den Rücken der Zigarette, um die überschüssige Asche abzuklopfen. »Das … das war's.«

Ethan regte sich nicht.

Mit einem Kopfschütteln hob er zaghaft die Mundwinkel. »Warum gehst du nicht raus, hm? Hat er dich … eingesperrt?« Er zog lange an der Zigarette und blinzelte, als sein Rachen brannte.

»Tue … ich«, nuschelte Ethan. »Jeden Morgen … laufen … im Wald … niemand …«

Nate lächelte sacht, als Ethans Kopf leicht nach vorne sank. Bevor er sich über die Lehne beugte, um an den Quilt zu gelangen, der über dem Sessel ruhte, drückte er die Zigarette aus. Seine Hände waren ungeschickt, doch schließlich breitete er ihn über Ethan aus. Mit der flachen Hand strich er behutsam über den Stoff, dort, wo er seine Schultern vermutete.

Im Schlaf schien er ein anderer Mensch zu sein; die Strenge verschwand aus seinem Gesicht und hinterließ nur die sanften Falten um seine Augenwinkel. Zusammengekauert hing er auf seiner Seite des Sofas, die Beine angezogen, die Arme an der Brust, die Hände zu lockeren Fäusten geballt – als wäre er selbst im Traum auf der Hut.

»Gute Nacht«, flüsterte Nate.

Ein dumpfer Schmerz begleitete Nates Aufwachen. Über seine Beine, die er in einer unangenehmen Position hielt, über seinen Rücken bis hin zu seinem Nacken, der seit gefühlten Stunden in einer Schieflage verharrte. Er blinzelte. Kam der Druck hinter seiner Stirn von der langen Nacht oder den verfluchten Schnäpsen? Er hob die Hand, um sich über das Gesicht zu reiben, und hielt erstaunt inne, als er stattdessen in braunes Haar fasste.

Ethan.

Oh Gott. Während er schlief, musste er zur Seite gekippt sein. Seine Wange lag auf Ethans Schulter, seine Stirn an seinem Hals. *Oh nein, oh nein, oh nein.* Ethans Kopf war zur Seite gewandert, ruhte auf dem seinen und drückte auf seine Stirn.

Wie sollte er das erklären? Wo waren seine Hände? Erleichtert atmete er auf, als er bemerkte, dass zumindest die lagen, wo sie hingehörten. Wie sollte er sich von ihm lösen, ohne ihn zu wecken? Vorsichtig versuchte er, sich zurückzuziehen, aber Ethan war verdammt schwer, wenn er schlief.

Was sollte er machen? So tun, als würde er weiterschlafen? Er schielte zur Wanduhr, dessen Zeiger auf der Elf stand. Er hatte vielleicht zweieinhalb Stunden geruht. Es konnte ewig dauern, bis Ethan aufwachte. Wollte er so lange hier liegen und mit ihm ... kuscheln?

Nate verdrehte die Augen. Das hier war kein Kuscheln. Kuscheln geschah einvernehmlich und in einem wachen Zustand aus einem gewissen Grund. Das hier war ... ein Unfall?

War ein Unfall nicht etwas Schreckliches? Etwas, das man nicht wollte?

Er wollte das ja auch nicht.

Oder?

Blödsinn, Blödsinn, Blödsinn. Wenn er ein Kissen fand, könnte er es unter Ethans Kopf schieben. Aber wäre das nicht ebenso befremdlich? Wenn er mit einem Kissen am Ohr erwachte, würde er wissen, wer es dorthin gelegt hatte. *Verdammt.* Irgendetwas musste ihm einfallen!

Sara ahnte es. Sie hatte nicht ohne Grund gefragt.

Nein. Man konnte nichts ahnen, wenn ... es nicht existierte.

Konnte er Ethans Decke passend zurechtrücken? Sie war nach unten gerutscht und lag über seinen Beinen. Probehalber zupfte er daran, doch sie klemmte unter seinem Knie fest.

Ivy hatte ihn ebenfalls danach gefragt. Aber sie war verletzt und enttäuscht nach der Nacht, in der er sie abgelehnt hatte.

Ethan regte sich.

Oh Gott. Nate schloss die Augen und rührte sich nicht.

Er brabbelte zusammenhangslose Silben, ehe er sich wieder beruhigte.

Er redet im Schlaf. Ein Lächeln stahl sich auf Nates Gesicht. *Hör auf!*

Zögerlich öffnete er seine Augen und sah sich um. Sein Wasserglas stand noch auf dem Tisch. Wenn er es gekonnt hinunterstieß, würde es laut genug auf den Boden fallen, ohne zu zerbrechen. Sie beide schräken schneller hoch, als sie realisieren konnten, und alles wäre gut. Nate streckte vorsichtig das Bein aus und trat gegen das Glas. Mit einem unangenehmen Kratzen rotierte es, stand aber nach wenigen Sekunden wieder aufrecht da. *Verfluchtes Ding.* In seinen zweiten Versuch legte er mehr Kraft.

Immerhin der Part mit dem Erschrecken funktionierte, denn als das Glas zersplitterte, hockten sie kerzengerade auf dem

Sofa. Nate beeilte sich, sein Bein anzuziehen und auf den Boden zu starren. Ein kleiner, rotweiß getigerter Flauschball tapste um den Kaffeetisch herum und miaute, als fühlte er sich verantwortlich.

Danke, Nama.

Ethan rieb sich den Schlaf aus dem Gesicht und seufzte.

»Guten Morgen«, murmelte er, stand auf und begann sofort damit, das Chaos zu beseitigen.

»Ja, guten Morgen.« Nate erhob sich ebenfalls. Ethan würde nicht alleine aufräumen, wofür er die Schuld trug. Eifrig ging er in die Knie und sammelte die Scherben ein. Dass er auch gleich übertreiben und das Glas gegen den Kamin kicken musste ... Seine Finger zuckten verräterisch. Wenn Ethan es bemerkte, sagte er nichts dazu. Generell wirkte er eher verschlafen und mürrisch. Als Nama sich an seinem Bein rieb, kraulte er ihr mit der freien Hand das Ohr. *Danke.*

Sie schnurrte.

7

Ende Oktober lud Tiffany anlässlich ihres Geburtstages ins Marvolo's ein. Das Lokal erinnerte an eine gut in Schuss gehaltene Jagdhütte in den Wäldern. Dunkle Holzpaneele bedeckten die Decken und die Wände, an denen Geweihe und Tierschädel versetzt hervorragten. Zur Feier des Tages hingen Wimpel in ihren Hörnern und gerollte Papierschlangen aus ihren leeren Augenhöhlen. Nate rümpfte die Nase.

»Städter«, schimpfte Buck und lachte.

An diesem Tag machte Luis Hamfond gutes Geschäft. Die Thunnings waren eine der bekanntesten – und beliebtesten – Familien im Ort; dementsprechend ausgebucht war sein Restaurant. Die Birmings kamen, die Garteners, die Hallows, die Cromptoms, sämtliche Leute, die Nate mittlerweile kannte und mehr. Niemanden, nicht einmal mehr ihn selbst, wunderte es, dass er bei den Thunnings am Haupttisch landete, als sei er Teil der Familie. Nate lernte Rudolph kennen, Tiffanys Bruder, und seine schweigsame Frau Alison.

Sie belegten die lange Tafel in der Mitte der Gaststube. Ein weißer Leinenläufer mit breitem Saum dekorierte das Eichenholz. Darren hätte ihn zu einem Ball gepresst und ihm hinterhergeworfen. *»Wenn da Flecken drauf kommen, kochst du den aus.«*

Das Gedeck bestand aus Porzellan mit fein ziselierten, schwarzen Rändern. Kein einziger Fingerabdruck. Keine Flecken. Keine abgebrochenen Tellerkanten.

Um sie herum stützten Balken aus ganzen Holzstämmen die

hohe Decke. Dahinter erhaschte er Blicke auf die umliegenden Tische. Er erkannte Sara zwei Plätze weiter und sah Eastons blonden Schopf hinter einer anderen Ecke hervorschimmern.

Die Gastgesellschaft traf sich gegen siebzehn Uhr zum Tee. Für die Anzahl an Menschen im Lokal blieb die Lautstärke angenehm. Nate begegnete Kian, der sich am Buffet ein Stück Torte holte. »Warte bis zum Hauptgang«, raunte er ihm zu. »Da laufen alle durcheinander, weil sie dann Ale ausschenken. Ich sitze hinten links.«

In Gegenwart von Tiffanys Familie schien Buck sein Mundwerk zu kontrollieren, was Nate nicht verwerflich fand. Es gab Mockturtlesuppe und zum Hauptgang Hirschbraten mit Kartoffeln und saurer Rahmsoße. Je betrunkener Buck wurde, desto mehr wuchs in Nate das Bedürfnis, sich einen anderen Tisch zu suchen. Von gepflegten Worten hielt Buck nichts. Zu seinen liebsten Themen zählten Brüste, rüde Namen für die Geschlechtsteile von Frauen und was sie damit anfangen sollten. Absichtlich langsam essend, um möglichst wenig Anteil an diesem Gespräch haben zu müssen, fing Nate ab und zu einen amüsierten Blick von Tiffany ein. Wenn Buck ihn nach seiner Meinung fragte, antwortete er höflich und distanziert, bis er mit einer wegwerfenden Handbewegung von ihm abließ.

Ich mag ihn immer weniger. Buck war bestimmt kein, von Grund auf, schlechter Mensch. Aber sie passten nicht gut zueinander. Immerhin – und dessen war er sich mittlerweile sicher – war er nicht sein Vater.

Nach dem Dinner verabschiedete sich Rudolph. »Du weißt ja, bis nach Matlock ist es ein Stück.«

Im Nachhinein stellte Nate fest, dass er sich hauptsächlich vor dem Besäufnis in Sicherheit bringen wollte, das kurz darauf folgte. Manchmal war Hedford näher, als ihm lieb war. Dann verschwamm das Marvolo's mit dem Halsters, und alles, was noch fehlte, war die rockige Musik aus der Jukebox und das dunkle Raunen, das die Unterhaltung dort stets begleitet hatte.

Nun begleitete der volle Umfang von Bucks außerordentlich blumigen Vokabular den Nachtisch. *Bin ich zu empfindlich?* Nate stocherte appetitlos in seinem Apfelkuchen herum und lächelte Sara zu, die sich zu ihm setzte. »Gefällt es dir heute?«

Schulterzuckend griff sie nach ihrem Glas. »Ma und Pa sind ziemlich betrunken. Das ist meistens peinlich. Ich glaube, sie erzählen der alten Susan Hallows gerade die Geschichte, wie ich mit vier nackt die Straße runtergelaufen bin. Dabei kennt die echt jeder.«

»Ich kenne sie nicht.«

»Da musst du schon mit Pa reden.«

»Okay, ich verzichte.«

»Was ist denn heute los mit dir? Du bist so schrecklich langweilig.«

Charlotte fand ebenfalls den Weg zu ihnen. Sie küsste Blake zur Begrüßung auf den Mund, bevor sie sich an die Tafel setzte. Mit ihrer Anwesenheit kehrte etwas Ruhe ein.

Ein Mann – der Stimme nach könnte es Vin sein – rief einen Toast auf Tiffany aus, der vielstimmig beantwortet wurde. Applaus und Gelächter folgten. Als hätte er eine Welle losgetreten, rollten über sämtliche Tische nun Trinksprüche. Auf Tina oder Billy, auf Harriet und …

»Ein Toast auf Bob!«, rief Buck und wartete darauf, dass Nate seinen Becher hob.

Er starrte ihn an.

Vor ein paar Tagen hatte er es hochgehoben – das Foto, auf dem Robert Alglow sein Zertifikat in die Höhe reckte. Auf dem Bild zeigte er ein strahlendes Lächeln mit geraden Zähnen. Ein Diplom in Literaturwissenschaften. Natürlich. Auf seiner Nase saß eine Brille, die in Nates verwaschenen Erinnerungen vollkommen fehlte. Sein braunes Haar trug er militärisch kurz, zumindest auf diesem Bild. Die Lippenpartie erinnerte ihn an Valery: Der ausdrucksstarke, spitze Mund, die Winkel, die kein Lächeln, sondern nur ein Kräuseln andeuteten, als bewegten sie sich in umgekehrte Richtungen.

Auf einem anderen Bild stand Robert Alglow ein paar Jahre später, als sein Bauch gewachsen und sein Haar ergraut war, gemeinsam mit seinem Freund Buck vor dem Pawn's. Sie legten sich ihre Arme um die Schultern, als bildeten sie eine Einheit. Nicht wie Liebhaber, sondern wie ein Bollwerk. Damals schon trug Buck eine Baskenmütze und Hemden, in die sein Sohn zweimal passen würde. Robert die Haare ein Stück länger, mit Strähnen, die er sich wohl aus der Stirn gekämmt hatte. Krähenfüße bildeten sich um seine Augen, Falten wie lange Wimpern, die vom Lachen kamen. Der Mann, der sein Vater sein sollte, grinste zufrieden vor sich hin.

So wie der Mann, der ihm auffordernd den Boden seines Glases zum Anstoßen darbot.

Nate wandte sich ab und presste die Gabel durch den Teig seines Kuchens.

»Auf Bob«, wiederholte Buck.

Sara zwickte ihn in die Seite. Als er nicht reagierte, tat sie es erneut.

»Der Junge trinkt nicht!« Buck klopfte mit der Faust auf den Tisch. »Ein richtiges Mannsweib ist der. Bob hätte sich geschämt.«

»Wirklich?« Nate hob die Augenbrauen.

»Buck«, warnte Tiffany ihren Mann.

Sara griff unter dem Tisch nach seiner Hand.

»Nur die Wahrheit.« Er kippte ein Bier und nickte Blake zu. »Sei so gut und hol' deinem alten Herrn ein neues.«

»Was hätte er denn von mir erwartet?«, fragte Nate.

Während Sara an seinem Arm zog, als wollte sie sagen: *»Bist du verrückt?!«*, erntete er von Tiffany einen besorgten Blick. Buck lachte. »Dass du dir die kleine Birming schnappst, anstatt um sie herum zu huschen wie ein Schuljunge. Oder dass du's dir nicht mit Benfried verscherzt. Dass du arbeitest, richtig arbeitest. 'Nen richtigen Sohn halt. Einen, der anpackt. Nicht so ein … Muttersöhnchen.«

»Dann hätte er sich um mich kümmern sollen, anstatt abzuhauen und die Erziehung meiner Mutter zu überlassen.«

Charlotte legte ihre Gabel beiseite. Tiffany hielt inne. Die Flamme ihres Feuerzeuges züngelte vor ihrer Zigarette, ohne sie zu entzünden. Ihr Blick irrte zu Sara. Die Finger an seiner Hand zogen sich zurück und hinterließen eine klamme Kälte.

»Mädels …« Buck beugte sich vor und starrte ihn an. »… seht ihr einmal nach, wo Blaky bleibt?«

Tiffany nahm Charlotte und Sara bei der Hand. »Kommt, ihr Süßen. Wir machen uns frisch.«

Nates Handflächen schwitzten und er rieb sie unter dem Tisch an seiner Hose trocken. *Verdammt.*

»Dein Vater …«, sagte Buck, »… war ein besserer Mensch als du. Wie ein Bruder, den ich nie hatte. Immer adrett angezogen, gut frisiert und 'ne Einladung, die Bob abgelehnt hat, gab's nicht. Zur Erntezeit ist er mit auf die Felder gegangen. Er hat angepackt. Er hat was gemacht aus sich und seinem Leben. Studiert war er, ja, aber das war ihm egal. Hat nie schlau dahergeredet oder sich für was besseres gehalten. Nicht so wie du.«

Nate schwieg.

»Alle Leute ham sich an ihn gewandt, wenn sie Probleme hatten: Bob hat sie gelöst. Gab' keinen, der ihn nicht kannte, keinen, der ihn nicht mochte. Immer 'nen guten Spruch auf Lager. Und von euch hat er geredet, im ganzen Dorf, bis es keiner mehr hören konnte.« Bucks Blick nagelte ihn an seinen Sitz. »Es hat ihm das Herz gebrochen, dass deine Mutter ihn rausgeworfen hat. Das Herz. Aber sein Geld, pah! Das hat sie immer genommen. Hat ihm Briefe geschickt. Valery braucht dies, Nathaniel braucht das. Hat er alles bezahlt. Aber die Kinder? Die gab sie ihm nie.«

Mum hat ihn nicht rausgeworfen. Er hat sie verlassen. Unter dem Tisch ballte er seine Hände zu Fäusten, spürte, wie die Hitze ihm ins Gesicht schoss. Schweiß sammelte sich in seinem Nacken. *Und Geld habe ich auch nie gesehen.*

»Weißt du, warum? Hat sie auch nur einmal gesagt, warum, Nathaniel?«

Er deutete ein Kopfschütteln an.

Buck schlug mit der flachen Hand auf den Tisch. Sein Messer klirrte auf seinem Teller. Nates Gabel rutschte vom Rand des Tisches und knallte auf den Boden. »Zu viel gesoffen hat er ihr! So ein Weibergeschwätz. Ja, Bob hat hier und da einen über den Durst getrunken, aber bei Gott, wer macht das nicht? Die Kinder würde er schlagen, behauptet sie, und weißt du, was ich dir sage?« Er zielte mit seinem Finger auf ihn. »Weißt du, was ich dir sage? Bob hat euch geliebt, deine Schwester und dich! Geliebt bis zum Ende. Wenn er euch geschlagen hätte, hättet ihr's verdient. Alle beide.«

So wie ... Ethan?

»Geschadet hätte es dir nicht! Aus dir ist viel geworden, aber kein Mann. Ein Junge bist du, ein Bursche, der keine Ahnung hat vom Leben. Ein Schwanzeinzieher. Was kannst du denn, außer dumm grinsen und jedem den Arsch abwischen?« Erneut schlug er mit der Faust auf den Tisch. »Jetzt sitzt du schon wieder nur da! Bist du taub? Dumm? Bist du so dumm, wie du tust, oder bist du einfach nur ein arrogantes Drecksbalg?«

Nate kaute auf seiner Innenwange, rieb seine schon wieder schweißnassen Finger aneinander.

»Hast du deine Stimme verschluckt?« Buck stemmte sich gegen den Tisch. Die Kante knallte gegen Nates Arm. Er keuchte. Sein Glas zersplitterte auf dem Tellerrand und überschwemmte den Läufer mit Rotwein. »Antworte gefälligst!«

Er zuckte zusammen, unfähig, einen klaren Gedanken zu fassen. »T... tut mir leid.« Nate tastete nach seiner Brieftasche, riss einen Fünfziger heraus und warf ihn auf den Tisch. Die Ecken sogen sich voll mit portugiesischem Niepoort. »Kommt nicht wieder vor.« Hastig rupfte er sein Jackett von der Stuhllehne und konnte die Blicke spüren, die ihn hinter jedem Balken folgten, als er flüchtete.

»Memme«, spuckte Buck.

Nate stieß die Tür auf und holte tief Luft, kaum dass er draußen war. Er hastete die Stufen hinunter, spürte den kalten Herbstwind, der zwischen den Häusern entlang rauschte und seine brennenden Wangen kühlte. *Was für ein Abgang, du Idiot.* Mit der Hand fuhr er sich über das Gesicht. *Es ist nichts passiert und du ...*

»Nate! Nate, warte. Ist alles gut? Hat er dir was getan? Nate, bleib stehen!«

»Nicht jetzt, Sara!«

»Hat er dir ...«

»Es geht mir gut!«

»Lüg' mich nicht an und steig ein. Ich fahr dich.«

»Nicht nötig.«

»Nate!« Sie packte ihn grob an der Hand. »Hör auf damit!«

»Womit?!« Mit einem Schnaufen riss er sich los. Seine zitternden Hände versteckte er in seinen Taschen, seinen Blick wandte er ab. Vor seinem Gesicht bildeten sich unregelmäßige Atemwolken. »Scheiße, tut mir leid.«

Vorsichtig trat sie wieder an ihn heran und bot ihm eine Umarmung an. »Hey ...«

Er schüttelte den Kopf. »Ich will einfach nur nach Hause.«

»Hat er dich geschlagen?«

»Nein.«

»Wenn ich verspreche, die gesamte Fahrt über die Klappe zu halten, darf ich dich dann nach Hause bringen?«

Er seufzte. »Schön.«

Sara hielt ihr Versprechen. Nate starrte aus dem Fenster und grub seine Zähne in die Innenseite seiner Wange, bis sie schmerzte. Kaum berührte der Wagen die Kiesstraße, stieß er die Tür auf und stieg aus. Er wollte einfach nur weg.

Sara folgte ihm. »Ich könnte mir nächste Woche frei nehmen.«

»Wofür?«

»Fahrstunden. Dann kannst du nächstes Mal alleine abhauen. Wenn ... wenn ich nicht da bin.«

»Es wird kein nächstes Mal geben.«

»Sicher?«

Nate rollte mit den Augen. Wieder wollte er Nein sagen, aber sie würde nicht aufhören, ihm hinterherzulaufen, wenn er ihr nicht ein Stück weit entgegenkam. Mit gezwungen ruhiger Stimme sagte er: »Ich überlege es mir.«

»Ruf an.«

»Okay.«

Sie wippte vom Ballen auf die Fußspitze. »Es tut mir leid«, sagte sie dann.

»Ich hätte nur meine Klappe halten müssen.«

»Das meinte ich nicht.«

Ein Seufzen drückte auf seinen Kehlkopf. »Okay. Gute Nacht.« Schnell wandte er sich ab und ging hinein. Das erste Mal, seit er im Rubson Way wohnte, nahm er den Schlüssel aus dem Kasten und schloss die Haustür hinter sich ab.

Am nächsten Morgen klingelte das Telefon viel zu früh. Nate drehte sich noch einmal um und zog sich die Decke über den Kopf. Als Ethans Tür aufging, gab er sich einen Ruck. Was, wenn es Sara war und sie Ethan alles brühwarm erzählen würde? Darauf konnte er verzichten. »Ich gehe schon«, rief er und eilte die Treppenstufen hinunter. Etwas atemlos nahm er das Gespräch an. »Hallo?«

»Guten Morgen«, sagte Tiffany durch den Hörer.

Nate zog einen Stuhl vom Esstisch heran und setzte sich.

»Guten Morgen.«

»Hör mal ...« Eine Weile blieb es still. »Ich möchte mich für meinen Mann entschuldigen. Du weißt ja, Betrunkene sagen manchmal Sachen, die sie gar nicht so meinen, und ...«

»Es war nur ein Gespräch. Kein Grund für dich, um Verzeihung zu bitten.«

Sie seufzte. »Wollen wir uns bei einer Tasse Tee unterhalten? Alleine, natürlich.«

Wieder herrschte eine unangenehme Stille, ehe Nate das Wort ergriff. »Das ist ein nettes Angebot, aber ... ich brauche Zeit zum Nachdenken.«

»Ich verstehe das, Liebling«, sagte sie. »In ein paar Tagen rufe ich dich zurück.«

»In Ordnung.« Er legte auf und fuhr sich mit Daumen und Zeigefinger über die Augen. Sein Mund schmeckte sauer, seine Zunge fühlte sich pelzig an, dabei hatte er gar nicht viel getrunken. Eine Gänsehaut prickelte auf seinen nackten Armen. Er sollte sich anziehen gehen.

Als er aufstand, lehnte Ethan im Türrahmen. Schnell senkte dieser den Blick, als er Nate in seinen Schlafsachen sah, und scharrte mit dem Fuß. »Ist ... etwas vorgefallen?«

»Nein«, sagte Nate. »Nichts.« Dann rang er sich ein Lächeln ab. »Was möchtest du frühstücken?«

In Ethans Blick blieben Zweifel zurück, doch er fragte nicht weiter nach. Nate schmierte Käsetoasts und Ethan kochte Kaffee.

Der kühle Morgen wich einem lauwarmen Herbsttag, und Nate verabschiedete sich nach dem Frühstück, um etwas spazieren zu gehen. Er hatte einiges, worüber er nachdenken musste, und auf verschlungenen Waldwegen wich es sich

Ethans Fragen – denn sie würden unweigerlich kommen – leichter aus.

Am Abend darauf, kurz nachdem sie begonnen hatten, das Abendessen vorzubereiten, klingelte das Telefon wieder. Nate bedeutete Ethan mit einer Geste, dass er das Gespräch annehmen würde, und zog im Gehen die Wohnzimmertür hinter sich zu. Es war Sara.

»Wie geht's dir?«, fragte sie.

»Mir fehlt nichts.« Die Stille zog sich in die Länge. »Und dir?«

»Ich, na ja, hab mir Sorgen gemacht.«

»Wie gesagt, es geht mir gut.«

»Sei nicht so.«

»Wie bin ich denn?«

Sara seufzte frustriert. »Eigentlich ruf ich nur an, um zu fragen, ob du morgen mit zum Gottesdienst kommst. In der Kirche gibt's nur eine kleine Andacht, aber nach dem Gräbergang ...«

»Wen sollte ich denn beim Gräbergang besuchen?«

»Nate, solche Bräuche sind den Leuten hier wichtig. Wenn du nicht kommst, werden sie dich suchen, und gerade nach der Sache mit Buck ...«

»Ich glaube, ich werde krank. Richtest du das für mich aus?«

Wieder seufzte sie. »Klar.«

Mit einem flauen Gefühl im Magen legte Nate auf. Kurz dachte er daran, Mum anzurufen oder zumindest Valery, aber ihn verließ der Mut, bevor er nach dem Hörer gegriffen hatte. Also kehrte er in die Küche zu Ethan zurück.

Eine Weile war nichts außer dem Schaben ihrer Messer und schließlich dem Brutzeln in der Pfanne zu hören, als Ethan die Zwiebeln in Butter anbriet. Nachdem er sich die Hände gewaschen hatte, steuerte Nate das Radio an.

»Was ist passiert?«, fragte Ethan, ohne sich umzudrehen. Seine Schultern spannten sich unter seinem Hemd, seine Bewegungen waren fahrig.

»Nichts.«

»Bitte ...«, sagte Ethan, »... lüg mich nicht an.«

Ertappt zuckte Nate kurz zusammen. Das feine Zittern in Ethans Stimme stach seine Kehle hinab bis zwischen seine Rippen. »Es war nichts Besonderes. Buck und ich hatten nur eine kleine Meinungsverschiedenheit. Mach dir keine Sorgen.«

»Bist du sicher?«

»Hundertprozentig.«

Ethan schien aufzuatmen. Beim Essen bemerkte Nate allerdings, dass Ethans Fingerknöchel weiß hervortraten, weil er das Besteck so fest umklammerte.

Als sie am nächsten Abend – nachdem Nate den Allerheiligengottesdienst geschwänzt hatte – zusammen aßen, platzte es aus Ethan heraus. »Es war meinetwegen, oder?«

»Nein. Keine Sorge.« Es war nicht gelogen. Warum fühlte es sich trotzdem so an?

Appetitlos kratzte Ethan mit der Gabel den Rest seiner Erbsen zusammen. Immer wieder arrangierte er sie neu, es sah aus, als würde er sie zählen, bis ihm das Besteck fast aus den Fingern glitt. Er hatte den Kopf eingezogen und den Blick starr auf seinen Teller gerichtet, die Lippen zusammengepresst, sodass nur noch blutleere Striche blieben.

»Du hast Angst vor ihm.«

Ethan nickte, ohne Verschönerung, ohne Zögern, ohne dabei mit den Schultern zu zucken.

Gottverdammter Mist. Nate schob seinen Teller von sich und stand auf, um Wasser in das Spülbecken zu lassen.

»Bist du in Ordnung?«

Er hielt inne. »Bald wieder.« Dann seufzte er und schleuderte den Schwamm ins Wasser. »Es ging um meine Mum. Buck hat so viel behauptet und ... Ich habe Angst, Mum anzurufen und zu fragen, was davon stimmt. Denn ... was ist, wenn er mit irgendetwas davon Recht hat? Wenn sie mich in einer einzigen Sache belogen hat? Und warum bin ich so ein schlechtes Kind und wage, an ihr zu zweifeln?«

»Das bist du nicht.« Ethan erhob sich ebenfalls von seinem Hocker, kippte die Essensreste in den Müll, sammelte das Geschirr ein und stapelte es neben ihm auf der Ablage. Als er Nates Blick bemerkte, blieb er stehen und lehnte sich an die Küchenzeile. »Ehrlich.«

Nate betrachtete ihn, wie er vor ihm stand. Die leicht gehobenen Augenbrauen, das leicht aus der Hose gerutschte Hemd, weil er es so eilig damit gehabt hatte, beim Abwasch zu helfen. Seufzend gab Nate nach und ließ seinen Kopf sinken, bis er an Ethans Arm stieß. Es war ein wenig wie anlehnen, und es tat besser, als er zugeben wollte.

Erst stockte Ethan, schob ihn aber dann sacht an sich heran und legte einen Arm um seinen Rücken. Sie verharrten in einer halben Umarmung, beide angespannt und doch nicht bereit, sich als Erster zu lösen. Er konnte Ethans Herzschlag hören, etwas zu schnell, und schloss die Augen für einen Moment. »Danke«, flüsterte Nate.

Ethan drückte ihn noch einmal, ehe er sich mit einem sanften Lächeln zurückzog. Wohin, sagte er nicht, und eine Mischung aus Scham und Unsicherheit hielt Nate davon ab, zu fragen. Den Abwasch erledigte er allein. Als er fertig war, kehrte Ethan zurück und machte sich schweigend daran, das Geschirr abzutrocknen.

»Ich glaube, ich gehe ins Bett«, murmelte Nate.

»Du hast Valery noch nicht angerufen.«

»Ja«, sagte er, während er die Küche verließ. *Ich weiß.*

»Kann ich mich bei dir verstecken?«

Nate sah von dem Katalog auf, den er gerade durchblätterte. »Was?«

»Hast du nicht zugehört?«

»Tut mir leid.« Er schob das Heft zur Seite und beobachtete Sara dabei, wie sie durch das Pawn's tigerte.

»Ich mag Feste. Wirklich. Auch zum Guy Fawkes Day«, meinte sie. »Aber nicht, wenn meine Großonkel aus Wyoming kommen. Die sind vielleicht schräg drauf. Und sie reden schlimmer als Tante Rosie.«

Er lächelte. »Meinetwegen.«

»Kann ich auch bei dir schlafen?« Als er die Stirn runzelte, rollte sie mit den Augen. »Meine Eltern organisieren den großen Umzug durch die Innenstadt. Mit dem Musikerverein und so weiter. Danach feiern sie bis spät in die Nacht. Mit. Meinen. Onkeln. Aus. Wyoming!«

»Ist ja gut, ist ja gut.« Abwehrend hob er die Hände. »Aber nur, wenn du mir vorher beibringst, wie man ein Auto fährt. Wie komme ich sonst weg von dir, wenn ich es nicht mehr aushalte?«

Sie neigte den Kopf und wirkte einen Moment lang, als würde sie wieder mit Büchern werfen wollen. Dann blickte sie sich demonstrativ im leeren Laden um. »Worauf warten wir? Dienstags kauft eh niemand Bücher. Vor allem nicht, wenn der Ladeninhaber gerade das Stadtgespräch ist.«

»Halt die Klappe.« Schmunzelnd stand er auf, ging ins Büro, um seine Jacke zu holen, und hielt inne, bevor er den Laden wieder erreichte. Mit einer neuen Idee kehrte er dorthin zurück, malte ein Plakat und klebte es an das Schaufenster.

Sara begutachtete sein Werk. »Kunst hast du nicht studiert, hm?«

»Kannst du es lesen?«

»Urlaub bis zum achten November.«

»Dann reicht's.«

»Nataly, was ist mit dir? Seit Buck dich angequatscht hat, hast du schlechte Laune. Du bist ja schlimmer als ich, und das will was heißen.«

»Ich arbeite daran, der männliche Part in unserer Freundschaft zu werden.«

Sie seufzte. »Meine Güte, wenn du so weiter machst, verstecke ich mich bei Kian.«

»Bitte.«

Mit mehr Kraft, als er ihr zugetraut hätte, schlug sie ihm gegen den Hinterkopf.

Er grinste, während er ein Auge zudrückte und sich die schmerzende Stelle rieb. »Schön. Darf ich mit deinem Auto fahren?«

»Untersteh dich!« Sara schubste ihn von ihrem heißgeliebten Triumph Acclaim weg.

Am Nachmittag betrat er die Garage das erste Mal. Allein wäre er vermutlich direkt wieder umgedreht, doch Sara und Ethan begleiteten ihn. Ganz in seiner Haushälterrolle zeigte Ethan ihm alles: Die Werkbank, die Ersatz- und Sommerreifen, den Schrank mit Schläuchen und Motoröl und Notkanistern, und den Mechanismus für das Garagentor. Es war seltsam, ihn so distanziert zu erleben, so zurückgezogen und scheu, nachdem er ihn gestern Abend in den Arm genommen hatte.

Sara dagegen scharwenzelte um den hellblauen Ford Cortina herum. Staub lagerte sich auf der Motorhaube ab, den sie mit der flachen Hand herunterschob. »Schickes Ding«, sagte sie. »Caddler, wo ist der Schlüssel dafür?«

»Ethan«, berichtigte Nate. »Sein Name ist Ethan.«

Stirnrunzelnd sah sie auf, dann zuckte sie mit den Schultern. »Von mir aus. Wo ist der Schlüssel?«

Als sie sich abwandte, ließ Ethan ihm einen strengen Blick zukommen. Nate hob herausfordernd die Augenbrauen. *Ich behandle dich wie einen Butler, wenn sie da ist, aber ich werde dich nicht wie einen Hund behandeln. Und sie auch nicht.* Mit einem Schnauben wandte Ethan sich ab, um Sara zu bringen, wonach sie verlangte.

Wie zu erwarten überforderte ihn zunächst alles, was mit einem Auto zu tun hatte. Sara erklärte ihm geduldig, welches Pedal wofür gedacht war, wie er die Gänge einlegte und ganz wichtig, wie gefühlvoll er die Kupplung bedienen musste, um den Wagen nicht abzuwürgen. Als er den Ford in Bewegung setzte, überkam ihn eine Welle der Panik. Mit einer Vollbremsung hielt er ihn an, was Sara mit einem Lachanfall kommentierte.

Weil sie Besuch hatten, kochte Ethan heute keinen Kaffee, sondern Tee. Er brachte ihn auf einem Tablett in die Garage und ließ es sich nicht nehmen, ihm bei seinen jämmerlichen ersten Versuchen zuzusehen. Nate konnte vorhersehen, was er sich abends würde anhören müssen. Doch mit Ethan, fand er, waren solche Kabbeleien nicht schlimm.

Sara lud sich selbst zum Abendessen ein. Was er davon hielt, sprach er nicht aus. Er mochte es nicht, von Routinen abzuweichen, sagte er sich. Dann schloss er die Augen, um sie nicht zu rollen. Natürlich hätte er lieber mit Ethan zu Abend gegessen. Natürlich ging es darum. Wie lange wollte er sich noch belügen? Er mochte ihn. Mit guten Freunden verbrachte man gerne seine Zeit.

Es gab Shepherd's Pie; ein Essen, das Ethan nicht anrühren würde und daher nur kochte, weil Sara zu Gast war. Er verschmähte das Fleisch.

Sara verdrehte genießerisch die Augen. »Wenn ich jeden Tag so essen würde, wäre ich doppelt so breit.«

Ethan neigte höflich den Kopf. »Vielen Dank.«

Nach einem Schluck Wasser wandte sie sich an Nate. »Wie schaffst du es, trotzdem so dürr zu sein?«

Er zuckte mit den Schultern, schob sich demonstrativ eine Gabel voll in den Mund und kaute.

»Da kann man nur neidisch werden.« Sie seufzte. »Weißt du was? Wenn du dir eine Woche Urlaub genommen hast und ich diese Woche die Uni schwänze – ich meine, frei habe –, könnten wir endlich nach Shrewsbury fahren und dir vernünftige Klamotten besorgen. In den Dingern siehst du immer so … na ja, ungalant aus. Alles ist dir zu groß. Selbst deine Hosen. Dass du die nicht verlierst, ist ein Wunder.« Als sie seinen Blick bemerkte, wandte sie sich an Ethan, der hinter ihnen das Sofa richtete. »Oder, was meinst du? Ein paar neue Sachen würden ihm nicht schaden.«

Überrascht sah er auf und blinzelte einige Male, während sein Blick zwischen ihr und ihm hin und her wanderte. »Vermutlich haben Sie Recht, Miss Birming.«

Blöder Verräter. Nate warf ihm einen Blick zu, den Ethan mit einem unterdrückten Lächeln erwiderte.

Wie versprochen, oder eher gedroht, holte Sara ihn am nächsten Morgen ab. »Den Unterricht holen wir heute Nachmittag nach«, sagte sie. »Steig ein.«

Seufzend nahm er es hin und setzte sich auf den Beifahrersitz. Auf dem Weg sprachen sie über die Fahrprüfungen, die einmal monatlich abgenommen wurden.

»Wenn wir es gut anstellen, kommst du im November mit durch.« Außerdem redeten sie über Saras Vater, der als Chirurg im Krankenhaus arbeitete und eine Beförderung erhalten hatte, und über Gordon, der neuerdings mit Julia ausging. »Es ist echt angenehm, dass er jetzt jemanden hat«, erzählte Sara, während sie einen anderen Autofahrer anhupte. »Dann sitzt er mir nicht mehr im Nacken.«

In Shrewsbury fühlte Nate sich überwältigt von den ganzen Menschen. Als er zuletzt hier gewesen war, hatte die Welt sich schwer und grau angefühlt und so auch die Stadt. Dieses Mal leuchtete eine schwache Herbstsonne über die Straßen und tauchte sie in vorsichtiges Gold. Die Welt hinter Dwellton wirkte so anders – vielleicht, weil er vergessen hatte, dass es eine gab. Obwohl Shrewsbury laut war – um sie herum hupten und brummten Autos in einer Intensität, die er nicht kannte, Menschen riefen und redeten und verblassten zu einem großen Surren – löste sie einen Knoten in seiner Brust, den er zuvor nicht wahrgenommen hatte.

Sie parkten inmitten von Kreuzungen und riesigen Gebäuden. »Zuerst einen Kaffee«, beschloss Sara und ging voran. Durch das Chaos fanden sie den Weg zu einem Kaufhaus.

In einem altbackenen Café holten sie sich überteuerten Kaffee für unterwegs. Während sie durch Menschenströme wanderten, schlug sie ihm ein Spiel vor. »Guck mal, die da hinten ...«, raunte sie ihm zu, »... mit dem Nerz und den Lackstiefeln. Das ist eine für dich, oder?«

»Auf jeden Fall.« Nate ließ seinen Blick schweifen. »Siehst du den Herrn dort drüben? Sogar im Haus trägt er eine Sonnenbrille. Der will gar nicht sehen, womit er sich befasst – der nimmt einfach alles.«

Nach einem Schlag gegen seinen Oberarm grinste sie und nickte in Richtung einer jungen Frau. »So, wie du dich die letzten Tage benimmst, passt sie da gut zu dir. Sogar ihr Lippenstift ist schwarz. Schwarz, schwarz, schwarz, als wäre jede andere Farbe eine Falle.«

Er lachte leise. »Als würde jedes Teil verbrennen, das nicht schwarz ist.«

»Ja! Sie trägt ihre schlechte Laune wie einen Mantel. Und wer zieht schon was über seinen Mantel?«

»Vielleicht ist es Kummer.«

Ihre nächsten Worte betonte sie wie die Sprecherin eines Theaterstücks. »Und so trug sie fortan nur schwarz, denn schwarz war die einzige Farbe, die nicht sofort in Flammen aufging, wenn sie ihre melancholiegetränkte Haut berührte.«

»Okay, du übertreibst.«

»Du hast mit dem Kummer angefangen.«

»Ich dachte nur.« Nate drängte Sara mit dem Ellenbogen, weiterzugehen. »Immerhin lacht sie nicht mal.«

»Dann die Dame da hinten im rosa Plüschmantel?«

»Besser.« Er nahm einen großen Schluck Kaffee und verbrannte sich die Zunge daran.

Als Erstes besuchten sie einen Laden, mit dem Nate nichts anfangen konnte. Ihn umgaben deckenhohe Spiegel, die die bonbonfarbenen Kleidungsstücke zu allen Seiten reflektierten. Er sträubte sich gegen alles, was Sara ihm präsentierte, bis sie seufzend aufgab und ihn in ein anderes Geschäft führte. Ruhiger, weniger schrill, gesetzter. Dort lief es besser. Ihr zuliebe probierte er sich durch verschiedene Kleiderschichten. Zuletzt band sie ihm einen Schal um, nickte zufrieden und schob ihn vor einen Spiegel.

Der Mann, der ihm dort entgegen stierte, hatte nichts mehr mit dem Jungen gemein, der in Hedford aufgebrochen war. Die Sachen, die er trug, passten ihm; kein ausrangiertes Jackett, das edler wirken sollte als Shirts mit abgeblättertem Druck und verblassten Farben. Keine Hosen mehr, die um seine Beine schlackerten. Keine rissige Jeansjacke, sondern ein dunkler Wintermantel.

»Du siehst so gut aus«, schwärmte Sara. Mit der flachen Hand frisierte sie sein Haar, bis sie den widerspenstigen Locken einen Seitenscheitel aufgezwungen hatte. »Wie ein neuer Mensch.«

Am Ende ihrer Tour besaß er einen Satz Shirts und fünf gute Hemden sowie drei brandneue Jeans. Sogar zu Schuhen überredete sie ihn – und zu dem Mantel, der ihn tatsächlich warm hielt. Er bezahlte mit einem mulmigen Gefühl. »Das ist viel Geld«, meinte er.

»Du hast die Sachen gebraucht«, sagte Sara.

»Die anderen haben noch gepasst.«

»Dir passt auch eine Mülltüte. Willst du unbedingt eine tragen?«

Seufzend nahm er die Tüten entgegen. Sara nickte zufrieden. »Und jetzt«, sagte sie, »hab' ich Hunger. Lass uns ein Restaurant suchen.«

Nachdem sie in einem chinesischen Lokal zu Mittag gegessen hatten, machten sie sich auf den Heimweg. Er schwieg die meiste Zeit über. Auch, als Sara ihn darauf ansprach. Wie sollte sie verstehen, wie er sich fühlte? Selbst er wusste es nicht.

Am Nachmittag erreichten sie Dwellton und tauschten sowohl Fahrzeug als auch Platz. Was als Witz begonnen hatte, wurde zur Realität: Er lernte Autofahren. Ob es ihm gefiel, konnte er nicht sagen – aufhalten konnte er es ebenso wenig. Zweimal fuhr er den gesamten Kiesweg entlang bis zur Hauptstraße und wieder zurück. Seine Finger klammerten sich um das Lenkrad, ohne dass er das Leder spürte, und er erschrak vor dem Grollen des Motors, wenn er das Gaspedal betätigte.

»Du kriegst das hin«, sagte Sara, bevor sie verkündete, dass sie auch heute gerne zum Essen bleiben würde.

»Ich hab' dich doch heute schon eingeladen«, sagte Nate, während er aus dem Auto stieg.

Sara grinste. »So großzügig bist du also? Kein Wunder, dass dir die Frauen hinterherrennen.«

Seufzend verdrehte er die Augen und nahm sie mit hinein. Er bat Sara, sich am Esstisch einen Platz zu suchen, und schlich zu Ethan in die Küche. »Sie ist heute wieder da«, raunte er ihm zu.

»Das ist in Ordnung«, sagte Ethan, ohne von den Tomaten aufzusehen, die er gerade schnitt.

»Ist es das wirklich?«, wollte er fragen, beschränkte sich aber auf ein leises: »Na dann.«

Nachdem sie das Essen weitestgehend schweigend eingenommen hatten und Sara sich verabschiedet hatte, setzte er sich auf den Barhocker vor der Kücheninsel. Seine Beine schmerzten von den Stunden, die sie in Shrewsbury durch das Kaufhaus gelaufen waren, seine Füße von der Anspannung, die er im Auto an den Tag legte, und seine Brust ... wegen etwas Anderem.

Ethans Zigarettenpackung knallte vor ihm auf die Arbeitsplatte. Nate zuckte.

»Was ist los?«, fragte Ethan.

»Keine Ahnung.« Er betrachtete die Schachtel. Sie glänzte weinrot und fühlte sich glatt an und kalt. Davidoff stand darauf, in seltsam eleganten Lettern. Reiche-Leute-Zigaretten, wie es schien. Seine Finger zeichneten die ineinander übergreifenden

Buchstaben nach.

Ethan lehnte sich auf die andere Seite der Insel und fing seinen Blick ein. »Du siehst gut aus.«

Nate schnaubte. Warum hatte er noch mal zugestimmt, die neuen Sachen gleich anzubehalten? »Ja, natürlich.«

»Nein, wirklich.«

Mit gehobenen Augenbrauen sah er ihn an. »Meinst du?«

»Mhm.«

»Ich bin mir nicht sicher, ob mir vorher nicht besser gefallen hat.«

»Manchmal braucht es Zeit, sich an etwas zu gewöhnen.«

»Was ist, wenn ich mich nie daran gewöhne?«

»Wenn es gut ist, wirst du das.« Ethan räumte das abgetrocknete Geschirr in die Schränke. »Wenn es das nicht ist, wirst du es spüren.«

»Was ist, wenn es falsch ist?«

Kurz verharrte er mit einem Stapel Teller in der Hand. »Manchmal ist es nur die Angst davor, dass es anders sein könnte.«

»Hm.« In der Schachtel steckte nur noch eine Zigarette. »Deine letzte?«

»Ja.«

»Die allerletzte?«

Er lachte leise. »Ja.«

»Die werde ich dir sicher nicht klauen.«

»Du klaust sie nicht. Ich habe sie für dich aufgehoben.«

Nate spürte, wie ein schräges Lächeln seine Lippen hob. Er klappte die Schachtel zu und legte sie wieder auf den Tisch. Mit kräftig schlagendem Herzen ging er zu Bett, konnte lange nicht einschlafen. *Morgen kaufe ich ihm neue.*

Den folgenden Tag verbrachte er intensiv mit Sara. Bald bemerkte er, dass Autofahren kein Hexenwerk war - sich auf der Straße zurechtzufinden, bereitete ihm zu Beginn dennoch Unbehagen. Bis zur nächsten Prüfungsabnahme würde er fit sein. Wenn er Mum zu Weihnachten besuchte, würde er mit dem Auto dorthin fahren. War das zu glauben?

Wie er sich vorgenommen hatte, kaufte er neue Davidoff, die er Ethan abends zusteckte, während der das Abendessen kochte. Er bedankte sich wortlos mit einem Knuff in die Seite, den Nate grinsend erwiderte. Daraufhin erntete er einen weiteren, kräftigeren Stups. Mit dem Ellenbogen stieß er Ethan an und feixte, als dieser ihn mit der Schulter wegdrückte. Nate taumelte, fing sein Gleichgewicht und stemmte sich gegen ihn. Mit einem Schnauben griff Ethan in seinen Nacken, packte ihn dort, wo Katzenmütter ihre Jungen anhoben, und rüttelte an ihm. Nate lachte. Er drehte sich unter seiner Hand weg und landete in einer halben Umarmung.

Ethan ließ ihn nicht los.

Wenn er die Arme ausstreckte, könnte er sich an ihn schmiegen und die Wärme spüren, die von Ethan ausging. Er könnte sein Gesicht wieder auf seiner Schulter abstützen, die Stirn in seiner Halsbeuge, und ... Eilig entschuldigte er sich und trat einen Schritt zurück. Die Lider gesenkt, die Hand an seinem Hinterkopf fragte er: »Was gibt's heute?«

»Kürbissuppe«, antwortete Ethan.

Nate spürte seinen prüfenden Blick und verließ die Küche.

Bis zum Guy Fawkes Day bewegte Sara sich zielsicher im Haus. Sie kannte sein Zimmer, seine Schränke, seine Kleider. Sogar seinen Rucksack stellte sie auf den Kopf und fand darin das alte Zugticket. »So lange bist du schon hier.« Sie wedelte mit dem Ticket vor seiner Nase herum und ging dann ins Erdgeschoss, wo sie den letzten Raum erforschte. Aus Ethans Erzählungen wusste er, dass es das Zimmer seines Vaters gewesen war. Grund genug, es nicht zu betreten. Ethan erklärte sich bereit, es zu einem Gästezimmer umzuräumen, in dem Sara nächtigen konnte. Er verbrachte zwei volle Tage damit. Nate fragte nicht nach.

Während Saras Anwesenheit gab Nate sich die größte Mühe, Ethan wie einen Haushälter zu behandeln, doch er reagierte ihm gegenüber nie respektlos oder undankbar. Sara übernahm sein Verhalten. »Eigentlich ist er ganz hübsch«, sagte sie am Freitag, während Ethan ihre Tasche in das neue Gästezimmer trug.

»Findest du?«

»Ich meine, wenn sie im Dorf über ihn reden, na ja ... da tun sie immer, als wäre er ein Monster. Aber er ist ... nett.«

»Wohl wahr.«

»Über dich reden sie ja auch jeden Schund.«

»Zum Beispiel?«

»Dass du mich schwängern wirst, bevor wir heiraten.«

»Stand das im Vertrag?«

Sie verdrehte die Augen. »Komm rein. Was gibt es heute Leckeres zu essen? Ich habe einen Bärenhunger.«

Nate verschränkte die Arme vor der Brust. Es gefiel ihm, jemanden zu haben, der wie er erkannte, dass Ethan den ganzen Hass nicht verdiente. Eines Tages schafften sie es bestimmt, ihn dazu zu bringen, dieses Haus zu verlassen. Er strich über seinen Bauch. Ein nagendes Brummen rumorte darin, das nicht am Hunger lag. Er sah Sara hinterher und kaute auf seiner Lippe. Es war doch gut, dass sie Ethan mochte. Oder?

Nach dem Abendessen – Roastbeef mit Kartoffeln – bestand Sara darauf, dass Ethan sich ihnen anschloss.

»Gibt es hier auch sowas wie Gesellschaftsspiele?«, fragte sie.

»Sicher.« Ethan verschwand und kehrte mit einem Stapel zurück ins Wohnzimmer. Jeder von ihnen angelte sich eines, das er entstaubte und inspizierte. Sara entschied sich für Ludo, Ethan für Poker und Nate nahm sich die Canastakarten vor.

Es war das erste Mal, dass er Ethan am Esstisch sitzen sah.

»Ludo zuerst.«

»Wie Sie wünschen.«

Eine Weile lang blieb es befremdlich – bis Sara es schaffte, Ethan ein Schmunzeln zu entlocken. »Nate! Nate, hast du das gesehen? Er kann lachen!«

»Ich weiß«, erwiderte er grinsend.

»Ach?«

Kaum merklich stupste Ethan ihn unter dem Tisch an. »*Sei vorsichtig.*« Nate unterdrückte den Impuls, ihm eine Hand auf das Knie zu legen. *Reiß dich zusammen.*

Die restliche Partie verbrachten sie in gelöster Stimmung. Nate ertappte sich dabei, immer wieder den Blickkontakt zu Ethan zu suchen, und starrte vorwiegend auf den Würfel oder in sein Ciderglas. Sara grinste breit, wenn sie seinen Stein vom Brett kickte – was erstaunlich oft geschah – und jubelte, als sie die erste Runde gewann. Im zweiten Durchgang konzentrierte er sich, verlor aber in den letzten Zügen gegen Ethan. Er war ein schrecklicher Gewinner. »Verzeihung«, bat er. Mehr als Gelächter bekam er dafür nicht.

Danach spielten sie Poker. »Ich will die gelben Chips!«, bestand Sara.

»Die wollte dir keiner streitig machen.«

»Bei dir weiß man nie.«

»Was soll das denn heißen?«

Sara verteilte die Karten. »Um was zocken wir?«

»Höchstens ein paar Pence.«

»Oder Klamotten?«

»Dafür bin ich nicht betrunken genug.«

Sie lachte und beobachtete Ethan, der sich vornehm zurückhielt. Nate räusperte sich und schnappte sich die grünen Chips.

Nach zwei Runden, in denen Ethan sie beide abzog, verabschiedete er sich höflich und ging zu Bett. Sein Verschwinden lud Sara dazu ein, Fragen zu stellen, die Nate nicht beantworten konnte – und oft nicht wollte. »Warum ist er so still?«, fragte sie.

Er zuckte mit den Schultern.

»Ist er immer so schüchtern?«

Wieder erhielt sie keine Antwort.

»Ihr versteht euch gut, nicht wahr?«

»Normal.« Er hob die Achseln.

»M-hm«, machte sie mit einem bedeutungsschweren Grinsen.

»Mir kommt es so vor, als würdest du dich gerne gut mit ihm verstehen.«

Sara grinste breiter. »Und wenn?«

Ist das ihr Ernst? »Er ist oben«, meinte er und wies mit der

Hand hinauf. Während sie lachten, lag ihm ein Gewicht im Magen - ein Eisenring, kalt und schwer. Er rieb über sein Shirt, doch das komische Gefühl verging nicht. Mit spitzen Fingern griff er nach seinem Glas und trank.

Die restlichen Runden wich er weiterhin ihren Fragen aus, bis sie das Thema fallen ließ. Sie sprachen über Blake und seine Prügeleskapaden – »Letzte Woche hat er sich mit Sully angelegt. Hat ihm die Nase gebrochen. Keine Ahnung, was mit dem nicht stimmt.« –, Valery und Gordon und darüber, dass Sara vorgestern Stoff bei ihm im Zimmer fand. »Ich wette, das kommt von Julia«, sagte sie. »Gordon macht so 'nen Scheiß nicht.« Nate stimmte zu. Was sie weiter erzählte, hörte er nicht. Warum erinnerte ihn das Gefühl in seinem Magen - dieses Drücken und Schieben und Kratzen - an Tony und Ivy und Sara und Ethan gleichermaßen? Er spülte sich mit Cider den bitteren Geschmack aus dem Mund. »Ich bin müde. Zeit fürs Bett.« Er erhob sich, räumte die Karten in die Schachtel und verabschiedete sich von Sara.

Der Schlaf blieb ihm fern. Rastlos wälzte er sich herum, deckte sich ab und wieder zu, schwitzte und fror und lauschte irgendwann heiseren Wellen von Gitarrenakkorden, die heimlich durch die Nacht brandeten. Ob er rübergehen sollte? *»Spielst du mir etwas vor?«*, könnte er fragen, oder: *»Warum kannst du nicht schlafen?«* Stattdessen lag er halb zugedeckt in seinem Zimmer und starrte an die Decke. Wenn Ethan ein wenig lauter spielen würde, verstünde er das Lied. Zu gerne würde er wissen, was es bedeutete.

Mit der Hand unter dem Kopf warf er einen Blick zum Fenster hinaus.

Wie konnte ein einziger Satz ihm den ganzen Abend verderben? Dabei wusste er nicht einmal, ob sie es genauso gemeint hatte. Selbst wenn – was kümmerte es ihn? Hatte er Angst davor, dass Sara ihre Geheimnisse stehlen würde? Das Band, das ihn mit Ethan verknüpfte, lockern würde? *Blödsinn.* Er verdrehte die Augen und fuhr sich über das Gesicht. Selbst für ihn klang es nur noch nach einer Phrase. *Gottverdammter Mist.* Gab es diese Verbindung zwischen ihnen überhaupt? Oder war er nur der erste Mensch, dem Ethan sich je geöffnet hatte, und bildete sich etwas darauf ein? Da er den Anfang mit ihm gemacht hatte, ging es mit Sara vielleicht viel schneller.

Er wollte nicht an so etwas denken. Es bohrte tief in seiner Brust, schmerzte und zog sich bis hin zu seiner Kehle. Das Atmen fiel ihm schwer, das Schlucken sowieso.

Täuschte er sich, oder hörte er Gesang? Nate hob den Kopf weit genug aus dem Kissen, um beide Ohren frei zu haben. Tatsächlich. Ethan sang. Gott, warum war der Wind so laut und seine Stimme so leise? Er wollte ihn hören. Gleichzeitig fühlte er sich wie ein Dieb. Diese Momente gehörten ihm nicht. Er sang für sich, nicht für heimliche Zuhörer wie ihn.

Auch, wenn er nur Bruchstücke vernahm, verstand Nate die Melodie hinter seinen Worten, die Wehmut hinter den Akkorden. Verband sie doch mehr, als er dachte?

Am Morgen bereitete Ethan Crumpets mit Marmelade und Butter zu.

»Wie früh stehst du denn bitte auf?«, murmelte Sara verschlafen.

Ethan lächelte sacht und schwieg.

Irgendwie konnte Nate es nicht mehr abwarten, bis sie ging. Als es endlich so weit war, hatte er sein Frühstück noch nicht einmal angerührt. »Ich glaube, sie mag dich.«

Der Blick, den Ethan ihm schenkte, lag irgendwo zwischen Erheiterung und Verständnis. »Vielleicht.«

Mit einem Brummen räumte er seinen Teller mit Folie bedeckt in den Kühlschrank. Was sollte er schon sagen?

»Ist es nicht okay?«

»Doch.« Als er die Kühlschranktür zuschlug, wartete Ethan dahinter auf ihn. Er sah ihn an, mit diesem *Warum-glaube-ich-dir-nicht?* -Blick. Nate verdrehte die Augen und floh in sein Zimmer.

Irgendwie hatte er gehofft, dass Ethan ihm folgte. Noch schlechter gelaunt als ohnehin schon fiel er wieder auf sein Bett, schob das Kissen unter seinen Kopf und starrte aus dem Fenster. *Ich bin ein schrecklicher Freund. Ich sollte mich für ihn freuen. Es wird nur besser für ihn, wenn er lernt, dass es auch andere Menschen gibt.* Warum tat es dann so weh?

Nate vergrub das Gesicht im Kissen. Die Luft schmeckte stickig durch die Daunen und ein wenig nach seinem Duschgel. Er blinzelte und kaute auf seiner Innenwange.

Gottverdammter Mist.

Er krallte seine Hände in die Laken.

Du weißt es.

Du hast es die ganze Zeit gewusst.

Wieso fluteten Bilder von Sara seinen Kopf, wie sie Ethan einen Kuss auf den Mund drückte? Ihre Hand lag in seinem

Nacken und zog ihn nach unten, denn er war so viel größer als sie, und sie leckte über seine Lippen, bis er sie öffnete. Dabei lachte sie. Er erwiderte ihre Küsse. Das Rosa ihrer Zungen blitzte zwischen ihren Zähnen hervor, Sara streichelte seine Brust ...

Nate erstickte seinen Schrei im Kissen, während seine Finger Furchen durch die Decke zogen. Es schmerzte, seine Kehle hinab bis in seine Magengrube, wand sich durch ihn wie eine Schlange.

Du magst ihn mehr, als gut für dich ist.

Wieso hörte es nicht auf?

Du weißt, warum.

Aus demselben Grund, aus dem es sich verboten anfühlte, sich vorzustellen, dass er es war, der seine Lippen auf Ethans Mund legte, verboten und aufregend, verboten und verwirrend, verboten und falsch.

Schluchzend zog er sich die Decke über den Kopf.

8

»Hab' dich vermisst, mein Junge.« Ashton schloss die Tür des Pawn's hinter sich. »Du warst eine Weile weg.«

»Eine Woche«, erwiderte Nate, bevor er sich erneut bückte. Vor ihm stapelten sich drei Kartons mit neuen Büchern. Seit seiner Ankunft heute Morgen packte er sie aus und sortierte sie in die passenden Rubriken. Eine gute Arbeit für den ersten Tag, fand er. Einfach und stumpf.

»Nicht nur hier. Du warst auch nicht bei Vin, sagte Amanda. Wenn du krank bist, darfst du um Hilfe fragen.«

»Ich habe Fahrstunden genommen.«

»Bei der jungen Birming, nicht wahr? Sie hat erzählt, dass du dich für nächste Woche angemeldet hast. Mutig, mutig.«

»Wird schon klappen.«

»Daran zweifle ich nicht.« Ashton trat einen Schritt auf ihn zu. »Wie läuft das Geschäft?«

Ihn überkam ein ungutes Gefühl. »Es ist an der Zeit für eine neue Lesung, glaube ich.«

»Das glaube ich auch.«

»Ich weiß nicht, wen ich einladen könnte. Es ist ...«

Ashton räusperte sich. »Ich bin nicht deswegen hier.«

»Das ... habe ich mir gedacht.«

»Die Leute beginnen, Fragen zu stellen.«

»Weswegen?«

Der Bürgermeister seufzte und ließ sich schwer in einen der Sessel fallen. »Dwellton ist eine kleine Gemeinde. Hier leben

250

die Menschen von ihrer Tradition. Aber du scheinst nicht daran interessiert zu sein, sie zu lernen.«

»Du meinst meine Unterhaltung mit Buck.«

»Unterhaltung ist ein netter Ausdruck dafür.« Ashton brummte. »Man erwartet, dass nach so einem Zwischenfall die Streitigkeiten begraben und vergessen werden. Buck hat seitdem nicht ein schlechtes Wort über dich verloren.«

»Ich ebenso wenig über ihn.«

»Das mag sein. Aber du gehst ihm aus dem Weg.«

»Bitte?«

»Wo warst du beim Gottesdienst letzte Woche?«

»Ashton.« Kopfschüttelnd wandte Nate sich zu ihm um, einen Stapel Lexika in den Händen. »Nicht alle meine Sorgen haben mit Buck zu tun.«

»Du meidest deinen Vater.«

»Er ist tot. Ich kann ihn nicht …«

»Doch, das tust du.«

Nate gestattete sich einen tiefen Atemzug. »Ich verstehe nicht, was das irgendjemanden angeht.«

»Als du hierher kamst, hast du zwar seinen Laden übernommen, aber nicht sein Erbe. Robert war die Seele des Dorfes. Sein Fehlen ist allgegenwärtig. Die Menschen haben gehofft, dass …«

»Ich bin nicht mein Vater.« Mit einem Ruck beförderte er die Bücher in das passende Regal. »Und das will ich auch nicht sein.«

»Schön und gut. Nichtsdestotrotz hast du hier keinen Platz, wenn du dich gegen alles sträubst, was den Menschen hier wichtig ist. Gestern hat der junge Morris die gute Mrs. Hallows zum Arzt gefahren. Blake hat geholfen, den Traktor von

Jerome abzuschleppen und die Birmings haben den Cromptoms geholfen, ihren Hühnerstall zu reparieren. Was hast du für die Menschen hier getan? Was war mit dem Gräbergang? Hier feiern wir Messen und ehren Feiertage. Wir glauben an Gott. Weiß der Herr, warum du es nicht tust. Behalte deinen Atheismus für dich.«

»Woher willst du das wissen?«

»Ich bin vielleicht alt, aber nicht blind.« Ashton bedachte ihn mit einem scharfen Blick. »Ich erwarte, dass du dich in Zukunft mehr bemühst. Du musst nicht Jesus am Kreuz küssen oder tun, als wärst du Robert, aber die Leute müssen aufhören, sich deinetwegen zu sorgen.«

»Ich habe niemandem etwas getan.«

»Spiel nicht dümmer, als du bist.«

Nate schwieg. Er hatte genug andere Sorgen, die ihn nachts wachhielten. Nachdem er die Bücher verräumt hatte, begann er, die Kartons an Ort und Stelle zu zerreißen.

»Vielleicht fängst du damit an, Benfried einzuladen.«

»Nein.«

Ashton seufzte. »Wie alt bist du? Fünfzehn?«

»Alt genug, um zu wissen, wen ich als meinen Gast begrüßen möchte.«

»Die kleine Birming tut dir nicht gut.«

»Sehr sogar, wie ich finde.«

»Weißt du, Nathaniel ... Manchmal gehört es zum Leben dazu, wissend in den sauren Apfel zu beißen.«

Was auch immer. Er bückte sich, um das Papierchaos zu seinen Füßen aufzusammeln und brachte es zur Mülltonne. Als er den Laden wieder betrat, saß Ashton noch immer in seinem Sessel.

»Du kannst weiterhin tun, als ginge all das dich nichts an«, fuhr er fort. »Dann garantiere ich dir, dass du vor Weihnachten den Laden aufgibst. Robert hatte ein paar Ersparnisse, aber bei Weitem nicht genug, um all das hier zu erhalten. Du hast eine einzigartige Chance. Verspiel sie nicht aus falschem Stolz und Trotz.«

»Wer sagt denn, dass ich derjenige mit falschem Stolz bin?«

Ashton rückte zurecht und faltete die Hände. »Du vergisst, dass auch ich einmal in deinem Alter war. Jugend verleitet zu unklugen Entscheidungen. Sie erzeugt Abneigung und Hass, wo sie nicht nötig täten. Leider erkennt man seine Fehler erst mit der Zeit. Manchmal ist es dann zu spät. Als ich meinem Vater vergeben habe, war ich beinahe vierzig Jahre alt. Er hat es nicht erlebt, obwohl ich es mir gewünscht hätte. Robert wird es auch nicht erleben. Wenn du erst einmal selbst Kinder hast, wirst du verstehen und erkennen, dass das, was dich jetzt wütend macht, nur Teil des Lebens ist.«

Ich werde keine Kinder haben. Er musste einen Laut unterdrücken, der irgendwo zwischen Lachen und Weinen lag. »Du kennst mich nicht.«

»Ich kenne junge Männer wie dich.« Unter seinem grauweißen Bart bildete sich ein feines Lächeln. »Es wird leichter, wenn du aufhörst, nach einem Schuldigen zu suchen.«

Nate blätterte durch die Rechnungen, ohne die Zahlen zu lesen, und ging zur Ladentheke, wo er sie abheftete. »Ich werde nicht jeden Sonntag zur Kirche gehen.«

»Wie du meinst. Dann lass dich zu Weihnachten sehen.«

Er hielt inne. »Zu Weihnachten wollte ich nach Hedford fahren.«

»Dein Zuhause ist jetzt hier. Wie sollen die Leute dich je aufnehmen, wenn du zur erstbesten Gelegenheit fliehst? Überleg' dir das gut.« Mit der Hand wies er um sich. »Es wird nicht voller, wenn du wiederkommst.«

In diesem Moment belegte er Ashton innerlich mit einigen wüsten Verwünschungen. Er knallte das Geschäftsbuch zu und verschwand damit im Büro.

»Nathaniel, warte.«

Wie oft musste er ihn vorne sitzen lassen, bis er Leine zog? Und weshalb bekam er den Mund nicht auf? Er musste nicht sagen: »*Hau ab, Mann. Ich will nicht mit dir reden*«, ein »*Das Geschäftszimmer ist privat*« würde schon genügen. Stattdessen ließ er zu, dass Ashton sich zu ihm in die kleine Kammer quetschte.

»Niemand hier will dir etwas Schlechtes.« Er legte ihm die Hand auf die Schulter und drückte zu. »Vergiss das nicht.«

»Ja, natürlich.«

»Gut. Jetzt lass mich sehen, wie es mit den Umsätzen aussieht.« Ohne auf sein Einverständnis zu warten, schob er ihn beiseite. Mit seinen kurzen Fingern blätterte er durch die Seiten, bis er den aktuellsten Eintrag fand, und strich über Nates Handschrift. »Hier hältst du dich doch auch an das, was man dir sagt«, murmelte er. »Kein Rot. Das ist gut. Aber es wird nicht lange so bleiben. Überleg' dir, ob du dir nicht die Tageszeitung ins Haus holen willst. Wenn die Leute kommen, um sich eine zu holen, haben sie den Laden bereits betreten. Dafür müsstest du früher aufstehen. Die meisten Zeitungen werden vor dem Frühstück weggehen.« Als er keine Reaktion darauf erntete, seufzte er. »Ich lasse dir Ruperts Nummer da. Er arbeitet bei der Daily Express bei einem Ableger hier in der Nähe.«

Was solltet ihr auch sonst lesen? »Okay.«

»Es wird alles wieder gut, mein Junge.« Noch einmal klopfte

er ihm auf die Schulter. »Denk daran, was ich dir gesagt habe. Dann kann nichts mehr schief gehen.«

Nate wartete, bis er die Klingel an der Ladentür vernahm, und atmete auf. *Wo bin ich hier gelandet?* Er starrte auf die Zahlenfolge, die Ashton ihm notiert hatte, und wischte den Zettel vom Tisch. *Es ist schlimmer, als ich dachte.*

Auf dem Weg nach Hause überkam ihn das Bedürfnis, eine ausgiebige Radtour zu machen. Er schälte sich aus seiner Winterjacke und zwängte sie unter den Gepäckträger, bevor er radelte, so schnell er konnte. In der schnittigen Luft fror und schwitzte er gleichermaßen; seine Muskeln brannten. Er passierte Ashtons Anwesen, ohne es eines Blickes zu würdigen, und folgte dem Pfad der Straßen, der ihn zwischen die – nun viel kahleren – Hügel führte, bis er zu dem See gelangte. Seinem See. Nahe dem Steinbett sank er auf den Hosenboden. Während der Wind seinen Schweiß trocknete, betrachtete er die sanften Wellen im Wasser.

Stell dich nicht dumm, warfen sie ihm vor. Buck, Sara, Ashton, sie alle, vermutlich sogar Ethan, obwohl er es nie aussprach. Dabei war er genau das: dumm. Unbelehrbar. Manchmal kam er sich vor wie eines dieser Kinder, das jedes streunende Tier aufsammelte und nach Hause schleppte, nur um wieder zu hören, dass er es nicht behalten konnte.

Nicht, dass er so eines gewesen wäre.

Natürlich nicht.

Er griff nach einem Stein, der neben ihm lag und warf ihn ins Wasser. Mit einem dumpfen Platschen versank er. Nate formte die Hände zu einer Schale und blies hinein, um sie zu wärmen. Die Kälte kroch durch seine Kleider tief in seinen

Körper. *Ich will nicht aufstehen. Nicht zurückfahren.* Über ihm zog die Nacht schneller herauf, als ihm lieb war. Ob es zu kalt war, um hier draußen zu übernachten? Vermutlich. Immerhin hatten sie fast Mitte November.

Bald würde der erste Schnee fallen. Nicht nächste Woche, aber vielleicht die darauf. In beinahe dreiundzwanzig Jahren hatte er nie einen Winter ohne seine Mutter erlebt, geschweige denn den ersten Schneefall. Oder einen Geburtstag.

Oder ein Weihnachtsfest.

Nein, nicht darüber nachdenken. Dieses Problem musste er nicht jetzt lösen.

Nate zog die Beine an und umklammerte sie mit seinen Armen. Hier würde kein Jacob zu ihm kommen. Auch kein Blake würde ihn hier finden, der ihm weismachen wollte, dass dort, wo er herkam, jedem geholfen wurde. Keine Sara, die ihn davon überzeugen wollte, dass er sich in sie verlieben sollte, und auch kein Ethan, den er sich von all diesen Menschen am meisten wünschte.

Es war anders geworden seit ... *dem.* Ethan schien zu spüren, dass Nate sich von ihm distanzierte. Ganz von selbst hielt er Abstand, den es zuvor nicht gab. Zu gerne würde er ihn fragen, ob er es wusste. Ob er es schlimm fand. Jetzt, wo er verstand, fühlte er sich schuldig. Ungenügend. Wenn sein Herz in seiner Brust flatterte wie ein Jungvogel, weil Ethan ihm dieses Lächeln schenkte, schmolz sein eigenes. Er würde nie von ihm verlangen, was er sich wünschte. Nie.

Sein engster Verbündeter war plötzlich nur noch jemand, der ihn zwar kannte, aber nicht wirklich sah.

»Es tut mir leid«, wollte er ihm sagen. Aber er tat es nicht.

»Umarmst du mich?«, wollte er fragen. Aber er schwieg. Als

Sara ihn fragte, bei Vin, während sie tanzten, da war es ... nichts Besonderes. Nun verstand er ihren Schmerz. Auch sie hätte eine Entschuldigung verdient. Vielleicht mehr als Ethan.

Warum hatte er jemals zugestimmt, mit Ivy auf diese Party zu gehen? All das wäre nie geschehen. Valery hätte ihn nicht rausgeworfen. Er wäre noch immer Kellner bei Darren, würde Guidos Kochlöffel ausweichen, während er mit Sabrina scherzte, er würde sich um Mum kümmern und mit ihren Kreuzworträtseln kämpfen, und er würde Penelope kennenlernen und nicht nur ihre Schreie am Telefon hören, und mein Gott, mit Valerys Hass käme er klar. Im Sommer wären sie im Ferrers Lake geschwommen und jetzt, im Winter, hätten sie darauf ihre Schlittschuhe ausprobiert. Also, die anderen, denn er hatte keine. Aber dort würde er Ivy noch immer küssen, obwohl er es nicht wollte. Sie würde ihn zu Nähe drängen, die er nicht ertrug, ohne dass er wusste, warum, und er würde mit Tony abhängen, weil er ihm wie immer vergab, und er würde Valerys Schikanen erdulden, ohne sich zu wehren. Er hätte keine Ahnung, wie Gin Tonic schmeckte oder wie man Billard spielte, wie man Karten auf die Lippen eines Mädchens drückte oder wie es war, nicht immer der seltsame Außenseiter zu sein, dem Blicke folgten, wohin er auch ging. Ethan, er würde Ethan nicht kennen und Sara und Kian, und ... vor allem wüsste er immer noch nicht, wer er eigentlich war.

Er warf einen weiteren Stein.

Dann fluchte er, schaffte sich auf das Rad und fuhr zurück.

»Du bist spät.«

»Ich habe etwas Zeit für mich gebraucht.«

Ethan nahm die Einkaufstaschen entgegen, die Nate ihm über die Kücheninsel reichte. »Bist du okay?«

»Ja, natürlich.«

Begleitet von einem Rascheln packte er aus, fand die Stange Zigaretten und hielt inne.

»Gib mir eine ab.«

Kopfschüttelnd knibbelte sein Gegenüber das Plastik ab und warf ihm eine Schachtel zu. »Das war wirklich nicht nötig.«

»Doch.« Nate zog sich eine Zigarette heraus.

Ethan betrachtete ihn nachdenklich. »Ich wusste nicht, dass du rauchst. Zumindest nicht ...«

»Tue ich nicht«, erwiderte Nate, während er sein eigenes Feuerzeug aus der Hosentasche fischte. Das Metall glänzte wie poliert, der Mechanismus klickte geräuschvoll.

»Du kannst jederzeit sprechen, wenn du möchtest.«

»Alles gut, danke.«

»Auch später. Ich werde nicht wegrennen.«

Oh, Ethan. Er schluckte das Lächeln, das sich ihm aufdrängte hinunter. Der Rauch brannte in seinem Hals, dann atmete er aus, steckte sich die Kippe zwischen die Lippen und half Ethan dabei, die Einkäufe wegzuräumen. Nebenbei stellte er das Radio an, um das drückende Schweigen zu unterbrechen.

»Was möchtest du essen?«

»Ich richte mich nach dir«, sagte er anstelle von: *»Ich habe keinen Hunger«* und fühlte sich mit jedem Wort, als würde er die Kluft zwischen ihnen gewaltsam verbreitern. Er mied seinen Blick, drückte die Zigarette in den Aschenbecher auf der

Fensterbank aus und ging zum Spülbecken, um sich die Hände zu waschen.

Danach schnitt er, was Ethan ihm reichte, und aß später kaum mehr als einen Pflichtanteil. So bemerkte er das Glas Wein direkt, als er es absetzte. Sein Herz wog sofort leichter, die Welt war ein Stück weit erträglicher.

Er hasste sich dafür. *Ich bin nicht mein Vater.*

Aber wer war er dann?

»Ich mache mir Sorgen«, sagte Ethan.

Nate sah auf. Offenbar hatte Ethan ihn seit einer ganzen Weile beobachtet; sein Besteck lag ordentlich neben dem Teller, seine Stirn in Falten. Er ertrug diesen Blick nicht und wandte sich ab. »Nicht nötig. Es ist nicht deine Schuld.« Nate drehte das Glas in seiner Hand und stellte es anschließend räuspernd beiseite. »Ich glaube, ich bleibe bei Wasser.«

»Bist du sich...«

»Ja!« Selbst in seinen eigenen Ohren war sein Ton zu scharf. »Entschuldige«, schob Nate hinterher. »Es war ein langer Tag.«

»Verstehe«, sagte Ethan.

Das restliche Abendessen verbrachten sie schweigend. Nachdem Ethan sich dazu bereit erklärt hatte, den Abwasch zu erledigen, zog Nate sich zurück, um ein Bad zu nehmen.

Gedankenverloren tapste er die Stufen hinauf, sperrte die Tür hinter sich ab und streifte sein Shirt über den Kopf. Als er es in den Wäschekorb werfen wollte, fiel sein Blick auf sein Spiegelbild. Langsam trat er an das Waschbecken heran.

Die Augen, die ihm entgegen starrten, hatten diese trübe Farbe zwischen grau, grün und blau, aber sie wirkten dumpf, so alt. Sein ganzes Gesicht schien um Jahre gealtert. Er betrachtete die Bartstoppeln, die sich bis zu seinem Hals erstreckten. Sein erster Gedanke war es, nach dem Rasierer zu greifen, doch eigentlich mochte er sie und die Vorstellung davon, sich einen Bart stehen zu lassen.

»Du wirkst ungepflegt mit deinem Flaum«, hatte Mary gesagt und an den blonden Härchen gezogen.

»Wie weich deine Haut ist«, hatte Ivy geschwärmt und ihre Hände über seine Wangen gleiten lassen. Sobald er sie mit dem Hauch eines Bartes küsste, verzog sie das Gesicht. Er betastete sein Gesicht. So schlimm war es gar nicht. Und wer würde ihn schon küssen, hm?

Hatte er sich jemals angesehen? Seine Arme zeigten deutlich die Stelle, an der sein Shirt üblicherweise endete. Selbst Monate nach dem Ende des Sommers. Als er sein Unterhemd abstreifte, entdeckte er ähnliche Übergänge an seinem Hals.

Ihm fiel auf, wovon Sara ständig sprach: Seine Schultern ragten knochig hervor, ebenso sein Schlüsselbein. Langsam strich er mit den Fingern darüber. Er glitt ab, folgte seiner Mitte nach unten und fuhr über das wenige Brusthaar, das er besaß. Dazu war es blond, wie die Locken auf seinem Kopf, und damit quasi unsichtbar. Er hatte wohl schon Glück damit, Augenbrauen zu besitzen. Ein Traummann sah anders aus.

Was tat er hier? Kopfschüttelnd wandte er sich ab und entledigte sich dem Rest seiner Klamotten.

Seine Hüftknochen stachen genauso aus seiner Haut wie seine Schultern. Mit der flachen Hand rieb er über die Stelle, konnte sie deutlich fühlen, viel zu deutlich, um angenehm zu sein. Nate verdrehte die Augen. Er benahm sich wie ein Teenager, dem das erste Schamhaar spross. Das zumindest hatte er hinter sich, wenn er so an sich herabblickte. *Meine Güte.* Als hätte er sich noch nie nackt gesehen.

Selbst Ethan hatte das.

Das reicht. Statt zu baden, duschte er. Die Matte am Boden erwies sich als eine seiner besseren Investitionen. Wenn sie am ersten Tag schon hier gelegen hätte, wäre ihm sein kleiner Sturz vielleicht erspart geblieben.

Das Wasser erreichte eine angenehme Temperatur. Die Schauder verschwanden und hinterließen eine behagliche Wärme. Seufzend lehnte er sich an die Fliesen. Im ersten Augenblick klebten sie kalt an seiner Haut, dann wärmten sie schnell nach.

Hätte Ethan an seiner Stelle anders reagiert? Vermutlich. Mit seinen langen Beinen konnte er wahrscheinlich mühelos über den Wannenrand steigen und wäre nie gestürzt. Oder wäre er festgefroren, wie in dem Moment, als er ihn mit sich aufs Sofa gezerrt hatte? Vielleicht wäre er einfach stehen geblieben? Oder ...

Begann er gerade, sich Ethan nackt in der Dusche vorzustellen?

Das ging zu weit. Schlimm genug, dass er mehr von ihm begehrte, als gut für ihn war, aber das ...

Wo sollte das enden?

Oh, er wusste genau, wie so etwas endete.

Nein, nein, nein. Dafür war er nicht bereit. Dafür sollte er auch nie bereit sein! Was würde Ethan sagen, wenn ... Wenn was? Er es ihm erzählte?

Nate vergrub das Gesicht in den Händen. *Geh ins Bett.* Hastig vollendete er seine Dusche und flüchtete aus dem Bad, als könnte er die Gefühle, die in ihm rangen, dort zurücklassen wie seine dreckige Wäsche.

Am nächsten Morgen beschloss er, sowohl das Klopfen an seiner Tür als auch die Uhrzeit zu ignorieren. Nate drehte das Kissen auf die kühle Seite und merkte kaum auf, als Ethan vorsichtig die Tür öffnete.

»Guten Morgen«, sagte Ethan.

»Mhm. Guten Morgen.«

»Möchtest du zur Arbeit?«

»Nein.«

»... geht es dir nicht gut?«

»Nein. Oder doch. Vielleicht. Ich weiß es nicht.«

»Wie wäre es mit einem Frühstück?«

»Nicht jetzt.«

»Kaffee zumindest?«

»Später.«

Kaum war Ethan verschwunden, zog er sich die Decke über den Kopf und schlief wieder ein. Nach unten kam er kurz vor vierzehn Uhr. Er entdeckte Ethan auf dem Boden vor dem Sofa und bat ihn, sich ordentlich hinzusetzen. Als er nicht reagierte, seufzte er. Hungrig, aber appetitlos stöberte er in der Küche herum und entschied sich dann für lauwarmen Kaffee, den er in der Mikrowelle aufwärmte, und eine Zigarette.

»Mrs. Thunning hat angerufen«, sagte Ethan, als er die Küche betrat. »Ich habe ausgerichtet, dass du dich nicht wohl fühlst. Sie hat sich für das Abendessen angekündigt.« Er nahm die leere Kaffeetasse von der Kücheninsel und stellte sie in die Spüle. »Ich soll dir Suppe kochen.«

»Wundervoll.«

»Geht es dir denn zumindest besser?«

Nate hob den Kopf. Sein Herz krampfte, als er den Ausdruck auf Ethans Gesicht bemerkte. Strenge, aber eine empa-
thische, vielleicht sogar eine verständnisvolle Strenge. »Mach
dir nicht so einen Kopf um mich«, murmelte er, unfähig seinem Blick standzuhalten.

»Das ist mein Job.«

»Das ist nicht dein verdammter ...«

»Als ein Freund.«

Der du nicht mehr wärst, wenn du alles wüsstest. Er atmete tief
durch. *Ich tue dir Unrecht, nicht wahr? Verdammt, Ethan. Ich weiß
nicht, was ich machen soll.* »Tut mir leid.« Er nahm einen letzten
Zug und drückte dann die Zigarette aus. »Aber ich ... ich kann
nicht. Reden. Oder ... irgendwas.«

»Ich kann das Essen verschieben und sagen, dass du unpäss-
lich bist.«

»Nein, schon gut.« Nate rieb sich über die Stirn. »Sie wollte
schon letzte Woche mit mir sprechen.«

»Dann kann sie auch bis nächste Woche warten.«

Er rang sich ein Lächeln ab, das nicht bis zu seinen Augen
reichte. »Danke, Ethan.«

»Nicht dafür.«

»Ist es okay, wenn ich noch etwas schlafe?«

»Sicher.«

Als Nate sich aus der Küche schlich, fügte er hinzu: »Gehst
du morgen zur Arbeit?«

»Weiß nicht.«

»Verstehe. Ruh’ dich aus. Ich sehe später nach dir.«

» ... okay.«

Er lag wach. Natürlich lag er wach, nachdem er stundenlang geschlafen hatte. Dabei fühlte er sich müde, noch immer kraftlos, als hätte er das Pawn's an einem einzigen Morgen umgeräumt.

Der Tag rannte ihm davon, ohne dass er es bemerkte. Nate beobachtete die Sonnenstrahlen zwar, wie sie grau und neblig mit den skelettierten Ästen der Bäume spielten, aber er verstand nicht, dass es Zeit war, die verging. Wann war es Winter geworden? Die bunten Farben an den Baumwipfeln, das Laub, das zu Boden segelte ... nichts davon hatte er gesehen.

Es war, als hätte er das Leben verlassen, wäre ausgestiegen für einen Tag, als wäre er nicht mehr als ein unempfänglicher Zuschauer für die Botschaft eines Theaterstücks.

Es erfüllte ihn mit einer schweren Ruhe. Gleichzeitig machte es ihm Angst. Das glaubte er zumindest; denn fühlen konnte er sie nicht.

Als Ethan anklopfte, kam es ihm vor, als wären nur wenige Minuten vergangen.

Der Raum um ihn herum lag bereits in tiefen Schatten.

»Steh auf«, bat er.

Nate schüttelte den Kopf.

Also sank Ethan auf die Bettkante, und obwohl Nate dachte, dass er von ihm wegrutschen sollte, blieb er liegen. Ihm fehlte die Kraft, sich aufzuregen, geschweige denn, sich zu bewegen.

»Du bist müde.« Es war eine Feststellung, keine Frage. Was erwartete er zu hören?

Ethan seufzte, dann beugte er sich vor, um ihm die Decke überzuwerfen. Seine Hände lagen schwer auf seinen Schultern, strichen darüber, als würde er ihn wärmen. »Sag' mir, wenn es etwas gibt, das ich für dich tun kann.« Er fuhr ihm durch das

Haar, und irgendwo unter all diesen lähmenden Gefühlen spürte er den Nachhall des Gedankens, dass es nicht richtig war.

Das Gewicht auf seiner Schulter verschwand, und er war wieder allein, mit sich und seinen Gedanken. Sie meinten es nicht gut mit ihm, wurden lauter und lauter. Valery war da. Sie sah ihn an, mit diesem ganz bestimmen Blick. »Steh auf, Versager«, maulte sie. »Hopp! Los! Die Rechnungen zahlen sich nicht von allein!« Andere Male schlug sie ihn mit einer Kraft, die ihn von den Füßen riss, während er im Bett lag und an die Decke starrte. »Warum hasst du mich?«, fragte er sie.

»Du hast mein Leben ruiniert!«

Dabei weißt du das Beste noch nicht.

»Soll mich das wundern?« Sie lehnte sich lachend zu Marcus, der manchmal da war und auch nicht, und dann beugte sie sich nach vorne und schlug wieder zu.

Er musste eingeschlafen sein. Als er hochschreckte, schob Ethan die Lampe von seinem Nachttisch, um Platz für ein Tablett zu schaffen. Es roch nach Toasts und Kaffee. Sein Magen regte sich mit einem tiefen Brummen.

»Danke«, nuschelte er und rieb sich den Schlaf aus den Augen.

Nach wenigen Bissen hatte er keinen Appetit mehr. Er raffte sich auf, um ins Bad zu gehen, und bemerkte, wie schwindlig ihm wurde. Also fiel er wieder ins Bett und verbrachte auch den folgenden Tag dort. *Ich muss zurück ins Pawn's. Es gibt so viel zu tun. So viel …*

Ethan brachte ihm zwischendurch Essen und bat ihn, zumindest zu trinken, wenn er schon keinen Appetit hätte. Stundenlang hockte er neben Nate auf dem Boden, bis der entweder mit ihm redete oder seiner Aufforderung nachkam. Einmal warf er ihm ein Kissen ins Gesicht und entlockte ihm damit ein kleines Lächeln.

Wenn er allein war, stellte er sich vor, wie es wäre, Mum wiederzusehen. Sie reagierte ganz unterschiedlich. Manchmal fiel sie ihm um den Hals und ihre Hände tätschelten seinen Rücken, wenn sie ihn umarmte. Andere Male saß sie in ihrem Rollstuhl und sah ihn an. Regungslos. Nach einer Weile runzelte sie die Stirn, nahm ihre Brille ab und betrachtete ihn eingehend. »Kenne ich Sie?«

Wenn sie ihn erkannte, sank er neben ihr auf die alte Eckbank, und sie unterhielten sich. Er erzählte ihr von Sara, aber nicht von Ethan, und er gab ihr all das Geld, das sie brauchte. Er bezahlte ihre Behandlung und sie wurde gesund. Wenn sie aus dem Krankenhausbett stieg, stand sie auf beiden Beinen – ihr Kopf reichte ihm bis zur Schulter. Blond war sie, dunkelblond wie er, doch ihre Locken kringelten sich breiter, viel lockerer als seine. Sie lächelte. »Ich bin stolz auf dich, Nathaniel.«

In diesem Moment packte ihn der Mut. »Mum, ich muss dir etwas sagen.«

Sie lächelte erwartungsvoll. Also sagte er es ihr. Während sie zurück in den Rollstuhl sank, veränderte sich ihr Gesicht. Ihre Augen nahmen diesen Glanz an, wie an jenem Tag, und sie fragte mit leiser Stimme: »Stimmt das?« Hilfesuchend wandte sie sich an ihre Tochter, die wie ein stummer Schatten hinter ihr stand. »Warum sagt er nichts?«

»Weil es stimmt, Mum. Er sagt nichts, weil es stimmt.« Ihre Augen leuchteten aus der Dunkelheit, schmutzig grau und voller Abscheu. »Du widerst mich an!«

»Ja ...«, stimmte Marcus zu und legte ihm die Hand auf die

Schulter, als er ihn in sein Auto zwängte, »... absolut ekelerregend.«

Wenn er aus diesen Alpträumen aufwachte, weinte er. Manchmal weinte er im Traum oder zumindest, was er dafür hielt. Später meinte er, sich an einen dieser Momente zu erinnern. Er lag auf dem Bauch, den Arm unter dem Kissen, den Kopf halb darauf. Ethan saß bei ihm. Er strich immer wieder über sein Haar, und ob es nun richtig war oder nicht, es fühlte sich tröstlich an, irgendwie. Er sagte etwas wie: »Es wird besser ... mit der Zeit.« Vielleicht war es nur einer dieser Träume, aber er mochte ihn und klammerte sich daran fest.

Auch von seinem Vater träumte er. Es spielte keine Rolle, dass sie sich nicht kannten. Wenn sie sich begegneten, pflegten sie dies auf der Terrasse zu tun, wo er sonst mit Ethan saß. Nate stellte ihm Fragen. »Warum bist du gegangen?«

»Was hast du ihm angetan?«

»Hättest du mich genauso geschlagen?«

Sein Vater antwortete nie. Vielleicht besaß er keine Stimme. Der Blick hinter den Brillengläsern blieb vorwurfsvoll. Nach jeder Zusammenkunft fühlte Nate sich, als wäre er derjenige, der die Fehler beging, für die er ihn anprangern wollte. Es schmerzte mehr als Valerys Schläge, sogar mehr als Mums Blick. »Ich bin nicht wie du«, sagte er. Um Robert Alglows Mundwinkel entstand ein spöttisches Lächeln, bevor er sein Gesicht abwandte und verschwand.

Als er seine Augen einen Spalt breit öffnete, stand Ethan neben dem Bett. »Geht es dir besser?«

Der Himmel war immer nur grau und das Zimmer ständig in Dunkelheit gehüllt, also wusste er nicht, ob es morgens oder mittags oder abends war.

Um zu prüfen, ob er wach war, rieb er sich mit der flachen Hand über das Gesicht. Seine Haut war aufgeweicht und wund. »Ein bisschen, glaube ich.«

»Du weißt, dass du jederzeit sprechen kannst.«

Nate schüttelte den Kopf.

»Wenn du möchtest, kann ich jemanden anrufen. Miss Birming, zum Beispiel. Ist es dir lieber, wenn du mit ihr sprichst?«

Wieder verneinte er.

Ethan seufzte. »Okay.« Er ging neben ihm in die Hocke, wartete, bis er seinen Blick fand. »Wenn ... du zur Arbeit möchtest, wäre es an der Zeit, aufzustehen.«

»Ich sollte gehen.«

»Das solltest du.«

Sein Kreislauf spielte ihm übel mit. Als er aufstand, schwankte er, und ehe er sich versah, hielt Ethan ihn fest. »Lass das!«, zischte er und zog sich eilig zurück. Sofort bereute er seinen Tonfall. »Tut mir leid. Ich bin ein bisschen durcheinander.«

»Das ist mir wohl aufgefallen.« Ethan trat einen Schritt zurück.

Nate tapste zum Fenster und öffnete es. Irgendwie hatte er Regen erwartet. Stattdessen waberte dichter Nebel um die Stämme der Bäume, der dunkel wirkte im blassen Sonnenlicht. »Wie spät ist es?«

»Zehn Uhr.«

»Mittwoch?«

»Donnerstag.«

Er fluchte. »Ich habe viel zu viel Zeit verschwendet.«

Ethan lehnte sich vorsichtig neben ihn an das Fensterbrett. »Ich bezweifle, dass ›verschwendet‹ das richtige Wort ist.«

»Die Welt hat nicht auf mich gewartet.«

»Ist das wichtig?« Schulterzuckend stieß Ethan sich ab. »Ich wechsle die Bettwäsche, ja?«

»Ich mache das.«

»Du wolltest zur Arbeit.« Ethan neigte erst den Kopf, dann grinste er. »Du solltest vorher duschen.«

9

Seine Fahrprüfung hätte er beinahe verpasst. Sara nahm sich das Wochenende noch einmal Zeit und scheuchte ihn eine gesamte Tankladung lang durch Dwellton und die Nachbardörfer. Ihrem Engagement hatte er es zu verdanken, dass er seine Prüfung auf Anhieb bestand. Wenige Tage nach den Behördengängen hielt er seinen Führerschein in der Hand. Es erschien ihm unwirklich und surreal. Er, der schräge Typ, den man immer nur auf seinem Fahrrad sah – einen Führerschein? Ein Auto?

Die ersten beiden Tage fuhr er weiterhin mit dem Fahrrad zur Arbeit. Ein heftiger Regenguss am dritten Morgen zwang ihn schließlich, das Fahrzeug zu wechseln. Zum ersten Mal setzte er sich ohne Begleitung in den Wagen seines Vaters.

Später wusste er nicht, weshalb er sich so genau an diesen Moment erinnerte. War es das Chaos in seinem Inneren? Das Auf und Ab, das Hin und Her? Er verbarg es hinter einem Lächeln, das er Ethan schenkte. Oder lag es an dem Song, der von einem lästigen Knistern begleitet aus dem Autoradio tönte? Dunkel und euphorisch, genau so, wie er sich fühlte. Als er anfuhr, hob er die Hand, und Ethan winkte zurück. Auch wenn er lässig an die Backsteinmauer angelehnt war, mit dem Arm um den Bauch gelegt wirkte er dennoch angespannt.

Wie erwachsen er sich plötzlich vorkam, wenn er die Straßen entlangfuhr und nicht mehr auf dem Beifahrersitz hockte. Er spürte das Vibrieren des Motors unter seinen Füßen und wie der Wagen arbeitete, wenn er den Gang einlegte. Zwischen seinen Schulterblättern wohnte ein Kribbeln. Die ganze Fahrt über, bis er den Laden betrat.

Er fühlte sich fremd an, seit er ihn für eine Weile verlassen hatte. Vielleicht lag es an den Tageszeitungen, die sich neuerdings neben der Theke befanden. Kein Daily Express, aber etwas Regionales zumindest. Oder an der rotweißen Filzmütze, die Sara dem Keramikbären aufgesetzt hatte, um langsam Weihnachtsstimmung zu verbreiten. Oder daran, dass er die Sessel verrückt hatte oder nun das Schaufenster dekorierte.

An diesem Freitag stürmte Sara abends in den Bücherladen, kurz, bevor er schloss, und beglückwünschte ihn zur bestandenen Prüfung. »Du hättest anrufen können«, warf sie ihm vor. »Aber genug davon. Heute feiern wir dich! Und dieses Mal ...«, sie verneigte sich, »... holst du mich ab.«

Nate versprach, genau dies zu tun.

Es wurde einer dieser längeren Abende bei Vin, weil er nicht richtig Anschluss fand. *Immerhin macht mir das Trinken keine Angst mehr.* Er entdeckte seine Vorliebe für Rum – pur, auf Eis – und tanzte mit Camille. Nach zwei, drei Liedern ersetzte er sie in Gedanken durch Ethan. Ihn würde er nicht abweisen, wenn er ständig versuchte, mit seinen Fingern zu spielen oder sich anzuschmiegen. Camille dagegen zog nach einer Weile ab, und er nutzte den Moment, um sich zu Tom an die Bar zu setzen. Jessica küsste Heath und rieb sich danach über die Oberlippe. Sie meckerte an seiner unsauberen Rasur herum. Wie wäre es mit Ethan? Er pflegte seinen Bart und stutzte ihn regelmäßig. Würde er piksen? Bestimmt übertrieb Jessica. Nate ertappte sich dabei, wie er mit den Fingerspitzen über seine

Lippen strich. Wie empfindsam die Haut dort war. Vielleicht hatte sie Recht? *Nun ja, ich werde es nicht herausfinden.*

Mitten in der Nacht brachte er Sara nach Hause. Sie verabschiedeten sich wie immer, mit einem Kuss auf die Wange, doch diesmal war es ihre Einfahrt, und sie war es, die hinter einer Haustür verschwand und ihn zurückließ. Für einen Moment, einen Herzschlag lang, fühlte er sich zurückversetzt. Um beinahe ein halbes Jahr; wenn Ivy hinter einem weißen Zaun verschwand, ohne sich umzudrehen, und er sich abwandte und mit dem Gefühl nach Hause fuhr, nicht genug zu sein.

Am nächsten Morgen fasste er den Entschluss, Valery anzurufen. Drei Wochen waren seit seinem letzten Anruf ins Land gezogen. Nach dem Frühstück zog er das Telefon auf seinen Schoß. Unruhig wippte er vor und zurück, während er dem Tuten lauschte.

»Alglow?«

»Mum?« Plötzlich saß er kerzengerade auf seinem Stuhl. »Bist du das?«

»Nathaniel?«

»J… ja, ich bin's.«

»Ach, mein Schatz. Wo bleibst du denn? Du warst schon lange nicht mehr hier.«

»Ich weiß. Tut mir leid, Mum. Es … ist alles schrecklich kompliziert.«

»Mhm.« Es raschelte, als würde sie den Hörer auf ihr anderes

Ohr legen. »Ist denn viel los?«

Ich möchte dich nicht mehr belügen. Wer wusste schon, wie lange es dauern mochte, bis Valery von ihrer Unterhaltung Wind bekam und das Telefon an sich riss?

»Bist du noch da?«

»Ja, entschuldige. Ich ... du weißt, wo ich bin, oder?«

»Ja«, sagte sie leise, aber klar. »Ist dein Vater gut zu dir?«

»Er ist vor einer Weile gestorben.«

»Ach, stimmt ... das ... hatte Valery gesagt.« Es folgte ein tiefer Atemzug. »Kannst du nicht zurückkommen?«

»Ich würde, aber ... es geht gerade nicht. Halte noch ein bisschen durch. Wie geht es dir? Was sagen die Ärzte in Rushden?«

»Sie sagen das, was sie immer sagen, diese Ärzte. Nehmen Sie diese Tabletten, sie werden Ihnen helfen. Machen Sie noch diese Therapie, dann schaffen Sie das. Aber ich glaube ihnen nicht. Ich kann es fühlen, weißt du.«

»Das sagst du jedes Mal.«

»Und jedes Mal werde ich müder.«

»Du machst es aber, oder?«

»Nun ... ja. Valery besteht darauf. Sie lässt mir keine Ruhe.« Ihr Lachen klang ehrlich, doch er hörte den feinen Misston selbst durch das Telefon hindurch. »Sie meint es nur gut.«

»Ist sie denn gut zu dir?«

»Selbstverständlich.«

»Okay.«

»Wie geht es dir denn, mein Schatz? Du klingst so anders.«

»Das macht das Telefon.«

»Nein, ich glaube nicht.«

»Mir geht es gut. Wirklich.«

»Belüg mich nicht.«

»Das würde ich nie wagen.« Er klopfte mit den Fingerspitzen auf sein Knie. »Du würdest mich auch nicht belügen, oder?«

Ihr Schweigen zog sich in die Länge. Er rieb seine Hand an seiner Hose trocken, dann vergrub er die Finger darin. *Warum habe ich nur damit angefangen?*

»Was möchtest du wissen?«

Nate zögerte. »Ich habe ein paar Dinge gehört, und ... wahrscheinlich ist alles davon Blödsinn, aber ich bekomme sie nicht aus dem Kopf. Es tut mir leid, ich sollte ...«

»Frag mich. Na los, keine falsche Scheu.«

Wo sollte er beginnen? Was würde sie übelnehmen, was falsch verstehen? »Hast du mit ... ihm gesprochen, seit er weggegangen ist? Mit meinem Vater, meine ich?«

»Manchmal«, sagte sie.

»Du hast mit ihm gesprochen?«

»Wenn es nötig war.«

»Wenn du ... Geld brauchtest?«

»Oh nein ...«, meinte sie, »... nein, nein. Das hat er immer geschickt, ob ich es wollte oder nicht. Das Meiste davon ging unberührt zurück. Dann hat er das nächste Mal mehr geschickt, bis ich es schließlich annahm.« Beinahe konnte er sie vor sich sehen, wie sie abwehrend mit ihrer Hand wedelte. »Das war ihm immer wichtig, dieses Geld. Dann konnte er nächstes Mal wieder behaupten: ›Ich kümmere mich doch.‹ Blablabla.«

»Wenn es ihm so wichtig war, weshalb war er dann nie da?«

»Wer?«

»Mein Vater.«

»Ach ja.« Ihr Atem knisterte in der Leitung. »Robert, nicht wahr? Er war kein schlechter Mensch, nein. Aber er war stur, und er war unberechenbar. Gott weiß, was ihm geschehen ist, dass er so wurde, aber er ...«

»Er was?«

»Wusstest du, dass er einen Laden eröffnet hat? Einen Laden! Sowas passt nicht zu ihm. Er ist pragmatisch, mag es, anzupacken, aber so ein Laden ...«

»Ich weiß, Mum. Dort arbeite ich jetzt.«

»Wirklich?«

Nate seufzte. »Ja.«

»Bezahlt er dich gut?«

»Er ist tot.«

»Oh«, machte sie. »Ach ja.«

Mit einem Kopfschütteln beschloss er, nicht weiter nachzuhaken. »Ich habe Autofahren gelernt.«

»Du hast einen Führerschein?«

»Seit Anfang der Woche.«

»Das ist wundervoll. Ich wusste, dass du dich machst. Sie haben dich immer belächelt, aber ich wusste ...«

»Schon gut.« Nate starrte auf seine Finger, die sich um sein Knie wanden. »Ich vermisse dich.«

Es quietschte, als versuchte sie, den Rollstuhl zu wenden. »Wenn du wiederkommst, musst du all die Rätsel lösen, die ich nicht hinbekomme.«

Ein sachtes Lächeln stahl sich auf seine Lippen. »Lies mir doch welche vor.«

»Oh, gute Idee! Warte einen Moment.«

Ein paar Augenblicke später las sie ihm vor, langsam und manchmal durcheinander, verzählte sich bei den Kästchen und erwartete, dass er trotzdem genau wusste, was sie meinte. »Ein Hohlraum unter der Haut«, wollte sie wissen, erst mit sechs, dann doch nur vier Buchstaben, und sie kamen nicht darauf, aber er wusste, dass *Ray* eine Kleesorte mit drei Buchstaben war.

»Woher?«, wollte Mum wissen.

»Mr. Huttson war Gärtner, schon vergessen?«

Sie kicherte. »Ach ja, Ivy, die Liebe. Sie hat letztens erst nach dir gefragt.« Sie hustete und er hörte ihren Schmerz heraus. »Meine Stimme versagt«, sagte sie gezwungen fröhlich, während ein letztes Husten sie schüttelte. »Machen wir das nächste Mal weiter, ja?«

»Ja, natürlich.«

»Ich mag es nicht, wenn du das sagst. Weil du es nicht so meinst. Du bist ein schlechter Schauspieler, Nathaniel. Das warst du schon immer.«

»Ich finde, ich mache das ganz passabel.«

Sie lachte. »Wenn ich wetten müsste, dann kenne ich all deine Geheimnisse.«

»Alle?«, fragte er.

»Nicht alle ...«, lenkte sie ein, »... aber die Wichtigsten.«

Ich wünschte, es wäre so. »Wo ist Valery eigentlich?«

»Sie wird schon irgendwo sein. Sie kommt immer zurück, weißt du? Vielleicht solltest du sie nach Robert fragen. Sie hat ihn doch besucht, vor zwei Jahren, oder drei.«

»Sie hat – bitte was?«

»Wusstest du es nicht? Sie sagte, du wolltest nicht. Er kam auch zu ihrer Hochzeit. In Amerika. Oder? So war es doch?«

»Nein, das ... wusste ich nicht.«

»Sei ihr nicht böse. Bestimmt wollte sie dich nur beschützen. Du weißt ja, wie sie ist.«

»Ja«, sagte er. »Natürlich.«

»Wann kommst du denn nach Hause?«

»Es dauert noch eine Weile. Aber ich komme. Immer.«

»Das weiß ich doch.«

»Du musst müde sein. Ruh' dich aus, Mum. Ich hab' dich lieb.«

»Ich hab' dich auch lieb, mein Schatz. Rufst du morgen wieder an?«

»Bald.«

»In Ordnung.«

Er legte den Hörer auf die Gabel und stellte das Telefon beiseite. »Ethan?«, rief er. »Ethan!« Nate sprang auf und rannte die Treppen hinauf. »Bist du hier?«

»Hm?« Ethans Kopf lugte hinter der Badtür hervor, die Haare nass, sein Oberkörper nackt. »Was ist passiert?«

»Du kennst sie?« Er versuchte, sich abzuwenden, ohne sich abzuwenden, ihm ins Gesicht zu sehen, ohne *ihn* anzusehen.

»Wen?«

»Valery.«

»Oh.«

»Oh?!«

»Gib mir bitte zwei Minuten.«

»Alles, was dir einfällt, ist ›Oh‹?!«

»Bitte. Ich bin sofort bei dir.« Ethan verschwand wieder im Badezimmer. Nate fluchte, dann sank er an der gegenüberliegenden Wand zu Boden.

Wie versprochen dauerte es nicht lange, bis Ethan aus dem Bad kam. Sein Hemd war schlampig zugeknöpft und seine Haare zu einem knotigen Nest gebunden. Vorsichtig setzte er sich ihm gegenüber in den Schneidersitz und warf ihm einen Blick zu, der vor schlechtem Gewissen nur so troff. »Darf ich fragen ...«

»Nein!« Nate zog die Knie an und legte die Arme darum. »Warum hast du mich angelogen?«

»Das habe ich nicht. Du hast mich nie gefragt.«

»Oh«, er kämpfte gegen den Druck auf seiner Kehle an, »also muss ich explizit nach allem fragen, was auch nur irgendwie wichtig sein könnte? Das ist der Grund, warum du wusstest, dass ich komme. Nicht wahr? Warum ihr es alle wusstet? Weil Valery hier war! Hier!«

Ethan schluckte und blickte zu Boden.

Ich sollte ihn nicht so anfahren, dachte er, und gleichzeitig: *Er hat es gewusst. Die ganze Zeit.* »Stimmt es, oder stimmt es nicht?«

»So einfach ist es nicht.«

»Wie ist es denn dann?!«

»Bitte ...« Mit abwehrend erhobenen Händen rückte er ein Stück zurück. »Nicht.«

»Dann antworte doch!«

»Okay. Das ... ich werde alles tun, was du möchtest. Aber bitte hör auf, mich anzuschreien.«

Nate presste die Kiefer aufeinander, bis sie schmerzten. *»Es geht nicht um dich!«,* wollte er ihm an den Kopf werfen. Seine Finger formten Fäuste, die er unter seinen Kniekehlen versteckte. »Schön.«

»Ich kenne Valery nicht. Zumindest nicht richtig.« Ethan zeichnete mit dem Finger das Muster des Teppichs nach, auf dem sie saßen. »Er hat mir verboten, mit ihr zu sprechen. Ich habe sie stets nur gesehen und ihr das Essen serviert. Das war alles. Aber ich habe gehört, worüber sie sprachen. Sie verliert selten ein gutes Wort ... über dich.«

Nichts Neues.

»Er war krank. Schon lange. Es war absehbar, dass er bald

sterben würde. Die Zigaretten haben eine Seite seiner Lungen gefressen, und seine Leber ... Er war nicht alt, ja, aber sein Körper war es.« Ethans Finger begannen zu zittern. Er legte die flache Hand auf den Teppich und fuhr damit über die Fransen. »Er wollte, dass sie kommt, um das Geschäft zu übernehmen. Sie sagte ihm, dass es besser sei, wenn du es tust, denn ... du bräuchtest einen Grund, um ... ich möchte das nicht sagen. Es ist eine Lüge.«

»Dann sprich weiter.«

»Sie sagte ihm, dass du es machen würdest. Dann scheuchte sie mich fort. Ich habe wohl zu lange dort gestanden.«

»War mein Vater auf ihrer Hochzeit?«

»Er verreiste ständig und sagte mir selten, wohin. Manchmal nur über das Wochenende, meistens sogar, und wenige Male länger.«

»Und wieso sagst du es mir erst jetzt?«

»Ich wollte«, sagte er nachdrücklich. »Aber ... wenn wir sprechen, dann erscheint es mir nicht mehr so wichtig, meistens. Ich ... es tut mir leid.«

»Hat sie hier angerufen?«

»Ja, manchmal.«

»Sie kennt also diese Nummer?«

Ethan hob die Schultern. »Wahrscheinlich?«

In diesem Moment hasste er sie. Abgrundtief.

»Danke«, murmelte er und stand auf. »Ich gehe zur Arbeit.«

»Es ist Samstagmorgen ...«

»Ich weiß.«

Nate verbrachte den Vormittag mit dem Geschäftsbuch. Es gab ihm nicht das, wonach er suchte. Missmutig sah er ein, dass er am Montag die Hilfe von Mrs. Harting brauchen würde. Zurückfahren wollte er nicht.

Also blätterte er lustlos durch die Kataloge, informierte sich über Buchveröffentlichungen und Autoren, die Interesse daran haben könnten, ihr Werk im Pawn's zu präsentieren. Die Telefonate trugen nicht dazu bei, seine Laune geduldig oder großzügig zu machen. *Einen Anruf wage ich noch.* Er sprach mit Joachim Folkes, der eine überarbeitete Fassung von ›A Christmas Carol‹ herausbrachte – passend zum sechsten Dezember. Eine Woche bis dorthin. Trotz knapper Worte schien er sich vor Freude zu überschlagen. »Wissen Sie, Mr. Alglow, so eine Chance bekomme ich nicht oft!« Sie vereinbarten einen Termin und Nate verließ mit diesem kleinen Erfolg den Laden und lief über die Straße.

Die Eisdiele an sich schloss den Winter über. Die Tische und geflochtenen Stühle vor der Eingangstür, die sonst den gesamten Bürgersteig bis hin zur Straße bevölkerten, waren verschwunden. Drinnen allerdings servierten sie noch immer Kaffee und Tee und statt Eis nun Gebäck. Weder das eine, noch das andere lockte ihn, sondern ein Gespräch mit dem Kellner.

»Hi, Nate! Was machst du denn hier?« Kian wischte sich sein schwarzes Haar aus der Stirn und wies auf einen freien Platz. »Kann ich dir was bringen?«

»Nicht wirklich. Ich wollte mit dir reden.«

»Mit mir?« Er klemmte sich das Tablett unter den Arm, und präsentierte ihm die Handflächen. »Ich hab' Sara nicht angerührt, ich schwör's!«

»Darum geht es nicht. Wann hast du Feierabend? Kann man dich danach auf einen Tee einladen?«

»Trinkt Mr. Alglow neuerdings Tee?« Grinsend wippte er

vor und zurück. »Um zwei.«

Nate warf einen Blick auf die Uhr – solange könnte er warten. »Dann nehme ich vielleicht doch eine Tasse.«

»Schwarztee?«

»Mit Milch. Aber kein Zucker.«

»Kommt sofort. Setz dich.«

Nate ließ sich auf einem der rotgepolsterten Sessel nieder. Als Kian wenig später wiederkehrte, dankte er ihm und steckte ihm direkt sein Trinkgeld zu.

Kurz vor zwei Uhr bestellte er ihn noch einmal zu sich. »Zwei Getränke«, bat er, »und du suchst aus.«

»Aye, Sir!« Er salutierte mit einem leeren Tablett und verschwand.

Fünf Minuten später kehrte er zurück und ließ sich neben ihm sinken. Ohne die Schürze und das formelle weiße Hemd wirkte Kian wie ein anderer Mensch. Er bevorzugte lose Shirts und Lederjacken sowie enge Hosen, die mehr preisgaben, als sie sollten. Nate versuchte, nicht zu starren. *Wenn man so ist wie ich, dann … starrt man dann nicht absichtlich? Oder … nein, ich will nicht hinsehen.*

»Was gibt's?«

Konzentrier dich. »Hast du meine Schwester schon einmal hier gesehen?«

»Ja.« Kian runzelte die Stirn. »Du willst mich aber nicht mit ihr verkuppeln, oder?«

»Gott, nein!«

»Puh, das wäre unangenehm geworden. Ich bin ja sonst nicht wählerisch, aber das …«

Nate konnte sich ein Kichern nicht verkneifen. »Es ist nur … ich wusste es gar nicht. Also, dass sie hier war. Vor mir.«

»Echt nicht?«

»Echt nicht.«

»Du verwickelst mich jetzt nicht in irgendein Familiendrama, oder?«

»Entspann dich. Ich würde nur gerne wissen, was sie hier wollte. Und Ethan ist dabei nicht wirklich eine Hilfe.«

»Ethan?« Kian grinste und beeilte sich, die rustikalen Deckenleuchten zu betrachten. »Sara hat erzählt, dass du ihn so nennst. Ich würd's lassen. Caddler ist nicht so beliebt.«

»Es ist sein Name.«

»Es ist nur Caddler. Der ist das gewohnt.«

»Verstehe. Eine große Hilfe ist er trotzdem nicht.«

»Das kann ich mir vorstellen. Würd' mich wundern, wenn er seinen Namen schreiben kann.« Kian lachte leise. »Veronika also, ja?«

»Valery.«

»Sagte ich doch.«

»Wann war sie hier? Weißt du das?«

Schulterzuckend durchstöberte Kian seine Taschen. »Nicht oft. Dreimal? Dein Pa hat sie rumgezeigt wie eine Trophäe. Einmal war auch so ein komischer Kerl dabei. Amerikaner, glaube ich.«

»Ihr Ehemann.«

»Na, wenigstens hat sie einen.« Zufrieden mit dem Fund einer Zigarettenschachtel setzte er sich aufrecht hin.

»Weißt du, was sie hier gemacht hat?«

Er schüttelte den Kopf. »Keinen Schimmer. Hat nicht viel geredet, die Gute. Aber Bob, der hat wohl geredet. Danach wussten wir alle, dass sie in den Staaten studiert und somit sein Geld gut angelegt hat.« Mit einem Augenrollen widmete er sich seinem Feuerzeug. »War irgendwie komisch, das Ganze. All die Jahre hat man kein Sterbenswort von euch gehört. Seine Frau entsagt ihm die Kinder, hieß es, und der arme Schlucker darf nur für sie zahlen, sonst nichts. Dann plötzlich kam Valery hierher und tat, als wären sie ein Herz und eine Seele.« Er zog an seiner Zigarette und blickte durch die Fensterscheibe nach draußen. »Und jetzt? Dein alter Herr ist seit 'nem halben Jahr unter der Erde, von Valery hört man nichts mehr, dafür hocke ich mit dir am Tisch.«

»Ich habe von ihm auch nie etwas gehört.«

»Hättest du gerne?«

»Keine Ahnung.«

»Über dich hat er nie sowas gesagt«, fuhr Kian fort. Er reckte den Hals und betrachtete eine Dame, die am Fenster vorbeilief.

»Seltsam, dass *ich* dann hier gelandet bin und nicht *sie*.«

»Sie hat ziemlich deutlich gemacht, dass sie mit dem ganzen Stuss hier nichts zu tun haben will.« Noch immer versuchte er, einen Blick auf die junge Frau zu erhaschen. »Irgendwas von Bauerndorf und Kuhmist hat sie gelabert. Und dass es gut wär', so für dich, bevor du anfängst, deine Mutter zu knallen.«

Nate räusperte sich. »Warum gehst du nicht raus und sprichst sie an?«

»Sorry, Kumpel.« Mit einem breiten Grinsen wandte er sich ihm zu. »Guck nicht so. Du hast gefragt.«

»Habe ich.«

»Nicht das dabei, was du hören wolltest?«

»Wer hört schon gerne, dass er angeblich mit seiner Mutter ins Bett steigt?«

Kian lachte. »Touché.«

»Ob mein Vater einmal bei ihr zu Besuch war, weißt du nicht, oder?«

»Nein, keine Ahnung. So dicke war ich mit Bob nicht. Aber Buck, der könnte das wissen.« Wieder schenkte er ihm dieses Grinsen. »Musst du wissen, ob's dir das wert ist.«

Später versuchte er sein Glück bei Vin, Sara und Tom. Keiner von ihnen konnte ihm mehr sagen als das, was er bereits wusste. Als Blake den Pub betrat, hörte er auf, Fragen zu stellen. Mit ihm hatte er keinen Ärger. Was jedoch passieren würde, wenn Buck erfuhr, dass er herumschnüffelte, wollte er nach Möglichkeit nicht herausfinden.

Ashtons Behauptung, dass niemand ihm Böses wollte, kam ihm in den Sinn. Davon spürte er allerdings nichts. Was er dagegen mitbekam, war eine gewisse Anspannung, wenn Blake und er aufeinandertrafen. Sie begrüßten sich, lachten zusammen und Nate ließ wie immer jegliche Späße über sich ergehen, doch etwas lag zwischen ihnen. Sie alle fühlten es. Er las es in den Blicken der anderen, den aufgezwungenen Lächeln, und in der Art, wie sie ihre Gesichter abwandten oder wie sie überall hinstarrten, nur nicht zu ihnen.

Gegen 23 Uhr beschloss er, nach Hause zu fahren. Sara wollte noch bleiben, also versprach Gordon, sie später mitzunehmen. Er verabschiedete sich und verließ den Pub mit einem seltsam wehmütigen Gefühl.

Als er das Haus betrat, stellte er fest, dass Ethan auf ihn gewartet hatte. Seinen Kopf hielt er gesenkt, selbst wenn er sprach, und wich jedem seiner Blicke aus.

Nate wünschte sich, er hätte ihm sagen können, dass alles in Ordnung war. Doch es wäre gelogen gewesen. Sie wechselten nur ein paar unbedeutende Worte, ehe Nate in sein Zimmer ging und die Tür hinter sich schloss.

Am nächsten Morgen wachte er früh auf. Die Sonne verbarg sich noch hinter den Baumwipfeln. Obwohl er sich nochmal umdrehte, konnte er nicht mehr schlafen und warf die Decken zurück.

Ethan war nicht da, als er unten ankam. Entweder, er schlief – wobei das Knarzen der Treppenstufen ihn vermutlich geweckt hätte – oder er beging einen dieser morgendlichen Läufe, von denen er erzählt hatte. Sorgen, die er so nicht kannte, befielen ihn. Was, wenn jemand ihm im Wald begegnete? Er konnte schwer einschätzen, wie die Menschen auf ihn reagieren würden. Allerdings joggte Ethan nicht erst seit heute. Seufzend raffte er sich auf und bereitete das Frühstück zu.

Während das Omelett in der Pfanne garte, vernahm Nate das Geräusch der Terrassentür. Er erkannte Ethan an seinem Gang und atmete erleichtert auf. Gerade rechtzeitig drehte er sich um, um ihn durch den Flur huschen zu sehen. »Guten Morgen.«

»Oh.« In der Küchentür hielt Ethan inne. Das Haar hing ihm in das schweißbedeckte Gesicht. »Guten Morgen. Ich nehme eine Dusche. Danach komme ich zu dir.«

»Lass dir Zeit.«

Nate war gerade fertig damit, die Theke einzudecken, als Ethan wenig später in die Küche zurückkam. Beim Frühstück sprachen sie kaum ein Wort. Nate seufzte und schob seinen Teller von sich. Im Vorbeigehen griff er nach der Schachtel Zigaretten und verschwand auf die Terrasse.

Er hätte das Haus für eine Kippe nicht verlassen müssen. Aber er hätte auch von vornherein allein essen oder Ethan ignorieren können. Er hätte so vieles. Nichts davon fühlte sich gut an, nichts richtig.

Als er draußen stand und rauchte, begann es zu schneien.

Er betrachtete die weißen Flocken, die zu Boden segelten, wo sie etwa drei Sekunden überstanden, ehe sie schmolzen. Zurück blieben kleine, schwarze Pfützen, kaum größer als der Kopf einer Stecknadel.

Nach einer Weile begann er, ohne seinen Mantel zu frieren. Nate erschauerte unter der Kälte und bemerkte die Zigarette zwischen seinen Fingern. Erloschen. Ausgegangen, während er die Schneeflocken beobachtet hatte. Seufzend warf er sie in den Aschenbecher und ging hinein.

Aus der Küche drang das leise Klicken, wenn Ethan das Geschirr zum Abtrocknen aneinanderstellte. Kurz überlegte er, ihm zu helfen, dann verwarf er den Gedanken. Im Wohnzimmer drehte er eine Runde. Dann eine zweite. Es ließ ihm keine Ruhe. Sein Blick fing sich an all den Schubladen, die er nie geöffnet hatte. *Vielleicht ist es Zeit dafür.* Entschieden überbrückte er die kurze Distanz zur Kommode, auf der die Bilder standen, und ging in die Knie. Er entschied sich für das unterste Fach und zog daran.

Urkunden, Mappen und Briefe stapelten sich darin. Kein Chaos quoll daraus empor, wie aus den Buffettischschubladen, in denen er Mums Medikamente aufbewahrte. Nate blätterte wahllos durch die Dokumente, ohne zu wissen, was er eigentlich suchte. Briefe kontrollierte er auf Absender und Empfänger: weder Hedford noch Texas. Wobei er Valerys genaue Adresse ohnehin nicht kannte und sie vermutlich überlesen würde. In den Mappen fand er Kaufverträge, Geburtsurkunden – sogar von sich und Valery –, und alles Mögliche, was irgendwie in einen Haushalt gehörte. Selbst die ursprüngliche Vereinbarung über den Kredit entdeckte er. Fünfzigtausend Pfund für ein Haus in Hedford. Kein Wort von Valery oder ihm. Nur Ann-Mary und Robert Alglow.

Er stöberte durch einen Schriftwechsel mit Benfried, als dieser sich auf einer Ägyptenreise befand. Bilder purzelten aus den Kuverts heraus, auf die er einen kurzen Blick warf, ehe er sie zurückstopfte. Zudem fand er Geburtstagskarten, eine davon unterzeichnet von »Tante Louise«. Er spähte zu Nama, die sich faul auf dem Sofa rekelte. Er lächelte, bevor er seine Aufmerksamkeit wieder der Schublade vor sich widmete. Fotos von fremden Menschen, Trauerkarten, Beileidsbekundigungen. Romina Alglow, seine Großmutter, starb am sechzehnten Juni 1971. Ein Bild von ihr lag dabei. An ihr fand er keinen arroganten Zug um den Mund wie bei seinem Vater und Valery. Trotz der vielen Falten um ihre Augen erkannte er, wie ähnlich sie sich sehen mussten. *Seltsam, dass ich nie von ihr gehört habe.* Er kannte nur seine Großeltern mütterlicherseits. Sie waren vor einigen Jahren verstorben, aber sie hatten zuvor regen Kontakt gepflegt. Von dieser Frau allerdings ... Er drehte das Bild um und entdeckte eine Einladung zur Trauerfeier mit einer Adresse, die ihm ziemlich bekannt vorkam.

Sie hat hier gelebt. War sein Vater nach der Trennung etwa an seinen Geburtsort zurückgekehrt, um sich um seine Mutter zu kümmern? Nein. Nein, das konnte nicht sein. Das würde bedeuten, dass ... *Ich bin nicht wie er. Selbst, wenn es wahr ist.* Nate legte die Papiere sorgfältig zurück. Gott, wieso tat es so weh?

In der zweiten Schublade fand er Fotoalben und Kassetten. *Ich sollte nicht hineinsehen.* Aber schließen konnte er die Fächer ebenso wenig. Er starrte auf das Leder der Alben, auf die weißen Tapes, die Beschriftungen der Videokassetten.

'Gartenfeier 05.08.1978'
'Blakes Firmung'.
'The Pawn's Books erster Tag'.

Nate schob sie zur Seite, um die Darunterliegenden zu inspizieren. Sein Herz pumpte einen leisen Schmerz durch seine Venen. Sollte er? *Wollte* er?

'Buck und Tiff Hochzeitstag'.
'Onkel Darwin 80igster'.
'Schuppen Aufbau'.

Nate kaute auf seiner Lippe, dann räumte er die erste Reihe aus, um die dahinter zu sehen.

'Niederlande August 75'.
'Josephine 22.05.81'.
'Caddler'.

Er hielt inne. Kein Wort mehr, keine Jahreszahl, keine Begebenheit. Nur sein Name. Nate drehte die Kassette herum, betrachtete sie von allen Seiten, doch er fand keinen weiteren Hinweis.

Er würde sie ansehen müssen.

Bei diesem Gedanken überlief es ihn heiß und kalt gleichzeitig. *Das geht zu weit. Das kann ich nicht.* Und dennoch legte er sie auf einen extra Stapel. Gefolgt von den Aufzeichnungen aus dem Pawn's. *Niemals.*

'Ma und Pa' landete ebenfalls dort. *Ich muss verrückt sein.*

Schließlich grub er tief genug, um zu finden, was er die ganze Zeit unterschwellig gesucht hatte.

'Valerys erste Schritte'.
'Valerys Einschulung'

und sogar: *'Nathaniel'.* Keine Erklärung, kein Datum. Auch hier: nur ein Name. *Ich war schon immer nur die zweite Wahl.* Er legte die Kassette zu den anderen auf den Stapel, den er sich – vielleicht – ansehen wollte.

Zuletzt platzierte er die letzten Aufnahmen, die sein Vater gemacht hatte, obenauf.

'Sommer 83'.

Etwas über zwei Jahre alt. Er fuhr sich über den Nacken, warf einen Blick auf den Fernseher und räumte die restlichen Tapes zurück in die Schublade.

Ethan klopfte an die Wohnzimmertür. »Darf ich zu dir kommen?«

»Ja, natürlich.«

Sein Blick glitt über das Chaos, das Nate hinterlassen hatte, ehe er sein Gesicht prüfend ansah.

»Schon okay.« *Vielleicht bin ich froh, damit nicht allein zu sein.* Er rückte ein Stück, um ihm Platz zu machen. *Was nicht bedeutet, dass ich nicht mehr sauer auf dich bin.* Oder?

Ethan räusperte sich, dann sank er neben ihm in den Schneidersitz. Er zischte, versuchte aber, es mit einem halben Lächeln zu kaschieren. »Kann ich dir helfen?«

»Ich weiß es nicht.« Er stupste die Videokassetten an, die sich vor ihm türmten. »Keine Ahnung, wonach ich suche. Die Wahrheit, vielleicht?«

»Über Valery?«

Er deutete ein Kopfschütteln an. »Über alles.«

»Verstehe.« Ethan ignorierte seine Stapel und griff zielstrebig nach den Fotoalben. »Was möchtest du sehen? Ich befürchte, ich kann sie auswendig. Frag mich. Alles, was du möchtest.« Er wischte den Staub von dem Leder und suchte weiter. »Ich werde dir alles sagen, was ich weiß.«

Nate nahm ihm das Album aus der Hand. »Du musst es nicht wiedergutmachen.«

Während er die Lippen aufeinanderpresste, ließ Ethan seinen Daumen über seine Fingernägel wandern. »Es tut mir leid«, sagte er.

»Ich weiß.« Nach einem langen Atemzug machte er ihm einen Vorschlag. »Warum ... erzählst du mir nicht die Geschichten, die du erzählen möchtest?«

»... einverstanden.« Auffordernd streckte er ihm die Hand entgegen. Nate gab das Album zurück. Ethan blätterte durch die Seiten, bis er auf ein Bild stieß, das er ihm zeigte. Vorsichtig löste er es aus der Folie und gab es ihm in die Hand. »Das ist hier im Garten. Den Hühnerstall gab es da noch nicht. Der Carport war im Aufbau, hier ... da hinten kannst du sehen, wo das Fundament gelegt wurde. Er nannte es immer den

Schuppen.«

»Der Mann hier ... das ist Buck. Nur zehn Jahre jünger.« Nate hätte ihn in dem Anzug und ohne Baskenmütze beinahe nicht erkannt.

»Nicht ganz. Das müsste ... sieben Jahre her sein, ungefähr. Der Junge daneben ist Blake. Es war der Tag seiner Firmung.«

»Es gibt auch ein Video davon.«

»Ja.«

Nate betrachtete Tiffany, die einen anderen Mann umarmte, dessen Kopf auf dem Foto abgeschnitten war. Er erkannte ihn auch so. »Sie mochten sich wirklich gern.«

»Er war großzügig mit seinen Freunden. Sie kamen oft hierher. Es wundert mich, dass sie es nicht mehr tun.« Ethan leckte sich über die Lippen. »Hinter Blake, da ...«

»Das bist du.« Nate warf ihm einen Blick zu. »Die langen Haare stehen dir besser.«

Er schenkte ihm ein zaghaftes Lächeln. »Ich durfte nicht auf die Bilder. Es gab einen Riesenärger, als er das hier sah. Dabei war es ein Versehen. Ich habe die Kamera nicht einmal bemerkt.«

»Du musstest dich verstecken?«

Ethan zuckte mit den Schultern. »Es war nicht so, als hätte ich gerne im Mittelpunkt gestanden.«

Noch einmal betrachtete er Ethans abwesenden Blick auf dem Bild. Fingerlange Haarsträhnen lösten sich aus seiner zurückgekämmten Frisur und fielen ihm in die Stirn. »Du siehst traurig aus.«

»Nur konzentriert.« Er deutete auf einen Hund, der Nate bisher entgangen war. Nur seine Schnauze hatte es auf das Bild geschafft. »Das ist Rudy. Er war der Grund, weshalb Nama nachts immer über die Garage hereinkam. Sie mochte ihn nicht. Zwei Wochen nach diesem Foto starb er. Ursprünglich gehörte er einmal Blake, doch Rudy und sein anderer Hund bekamen sich ständig in die Haare. Also zog Rudy hierher.«

»Du scheinst die Thunnings gut zu kennen.«

»Sie gingen hier ein und aus, als wohnten sie hier. Mrs. Thunning war manchmal sehr nett zu mir, wenn ihr Mann sie nicht begleitete. Eine Zeit lang kam sie oft allein. Ich habe immer geglaubt, dass sie eine Affäre mit ihm hat – mitbekommen habe ich es aber nie. Irgendwann kam sie gar nicht mehr.«

»Das wäre ...« Nate schüttelte den Kopf. »Also, wow. Das wäre ... pikant und ...«

Ethan lachte leise. »Du glaubst gar nicht, was man alles aufschnappt, wenn niemand einen wahrnimmt.«

»Du hast es nie jemandem erzählt?«

»Wem denn?«

»Gut, das ...« *Wie taktlos, du Idiot.* »Tut mir leid.«

Er steckte das Foto zurück und nahm ein neues Album zur Hand. Als Nächstes zeigte er ihm Bilder von besagter Tante Louise und ihrem Mann Darwin. Dann Fotos von einer Hochzeit. Josephine, erfuhr er, war seine Cousine. Sie wohnte nicht weit von hier, vielleicht eine Stunde Fahrtzeit. Es wäre ein Leichtes, sie zu besuchen, sie kennen zu lernen. Doch nach Leeds zu fahren dauerte auch nur einen halben Tag, und dort war er nie gewesen.

Zur Mittagszeit legten sie eine Pause ein. Nates Kopf brummte. Nachdem sie beide wenig Appetit hatten, tranken sie nur einen Tee zusammen und ließen das Essen aus. Ethan bot ihm eine Zigarette an, die er schmunzelnd annahm. Er wollte nach dem Schnee sehen, der die ganze Zeit über lautlos gefallen war, und zog daher seine Schuhe an. Ethan folgte ihm wortlos.

Auf der Terrasse hatte sich schon eine feine, weiße Schicht gebildet. Sie sprachen nicht, während sie draußen standen und froren; als würde er spüren, dass es ihm wichtig war, hielt Ethan sich zurück. Nate atmete die letzte grauweiße Wolke aus und drehte sich um. Sein Blick blieb an Ethans Haaren hängen, wo sich reichlich Schneeflocken verirrt hatten. Ein Lächeln flüchtete auf seine Lippen, dann wandte er seine Augen wieder ab und ging hinein.

Mit den Fotoalben zogen sie auf das Sofa. Der Kaffeetisch verwandelte sich in eine Ablage voller Kassetten, die Nate vielleicht ansehen wollte und vielleicht auch nicht. Daneben stapelten sich aussortierte Alben und welche, die noch kommen würden, herumfliegende Fotos, Tassen und Gläser. Sie gelangten zu einer Sammlung, die Ethan lange durchsuchte. Wieder und wieder klappte er die Seiten um und ließ seinen Blick schweifen, bis er seufzte. »Möchtest du?«, fragte er.

Nate nickte.

Also reichte er ihm das gesamte Album.

Valerys Gesicht. Überall. Die ersten Bilder zeigten sie als Baby in den Armen sämtlicher Menschen, die ihm bekannt vorkamen – einer jungen Mrs. Higgson, Tante Susan, seinen Großeltern, Mum und ... in den Armen seines Vaters. Auf den folgenden Seiten lernte sie laufen. Ihr nackter Hintern leuchtete ihm aus grünem Buschwerk entgegen. Kurz darauf trug sie ein seidenweißes Kleid und einen Hut, den Stoffblumen krönten. Ihre Hände lagen jeweils in denen ihrer Eltern. Mum kleidete sich formell und schlicht, Robert Alglow steckte in seinem Sonntagsanzug. Nates Finger zeichnete die Bildkanten nach.

Mums Bauch wölbte sich wenige Aufnahmen später. Er presste die Lippen zusammen. Valery zeigte mit gerecktem Kinn ihren Schulrucksack und ihre Uniform. Neben ihr stand Robert Alglow, das Kinn in ähnlicher Manier präsentiert, und mit einem breiten Lächeln im Gesicht.

Zwischen den Fotos wuchsen die zeitlichen Abstände. Es gab vier Aufnahmen, auf denen ein kräftiges Baby zu sehen war: eine davon, als es, gestützt durch Mums Hände, in Valerys Armen lag. Damals lächelte sie.

Er brauchte keine Bilder, um zu wissen, dass es nicht lange anhielt.

Viele der folgenden Ablichtungen kannte er und überflog sie. Valery und er stritten durchgehend. Um alles. Den Puppenwagen, die Bauklötze, sogar die Sonntagszeitung und vor allem um Mum. Ihre Gesichter verzerrten sich zu Masken aus Wut und Tränen, keiner von ihnen lachte, außer vor Schadenfreude. *Gott sei Dank fragt Ethan nicht nach.*

Gegen Ende stieß er auf ein Bild, das er am liebsten herausgerissen hätte. Er starrte ihn an: den kleinen, schmalen Jungen, der auf der Hüfte eines Mannes saß, der wenige Wochen später das Weite suchen würde. Ein Weihnachtsbaum stand im Hintergrund, den Valery schmückte. Mums Hand wies sie an, zeigte auf einen Zweig, auf den sie die Kugel hängen sollte. Zerrissenes Geschenkpapier bedeckte den Boden. Ein Ball lag darin, und eine Kuschelmaus, an die er sich vage erinnerte.

Sein fünfter Geburtstag.

Robert Alglow lachte, und es berührte seine Augen, zeichnete Krähenfüße in sein Gesicht.

Nate schlug das Album zu.

»Bist du okay?«

Er schluckte. »Hat er ... je gesagt, warum er gegangen ist?«

Ethan nahm ihm das Fotobuch aus der Hand und warf es auf den Tisch. »Manchmal, wenn er betrunken war, hat er davon erzählt. Bist du sicher, dass du ...«

»Ja.«

»Okay.« Einen Moment schwieg er. »Es gab Unterschiede in der Art, wie er trank. Begann er mit Seyval Blanc, hörte er meistens auf, bevor er betrunken war. Wein stimmte ihn traurig. An diesen Abenden sprach er mit mir. Nicht ... direkt. Ich antwortete nicht; nur, wenn er mich etwas fragte.« Ethan kratzte an seiner Narbe. »Er sagte, dass Ann eine wunderbare Frau gewesen wäre, bildhübsch und clever. Vor den Kindern. Denn die hätten sie zerstört. Er ertrug es nicht, sagte er, und ...« Ethan warf ihm einen Blick zu.

»Sag' es einfach. Bitte.«

»... er konnte sie nicht *verfaulen sehen*.«

»Was, wenn er mehr trank?« Nate zog die Beine an und schlang die Arme darum.

»Dann wurde er wütend. Er beleidigte sie mit jedem Wort, das er sprach. Sagte, dass er wegen ihr schlecht dastünde, weil er die Kinder nicht sah und nicht bei sich hatte, und dass sogar seine Mutter ihn dafür verurteilte. Ob sie mittlerweile zu einem anderen ›Dad‹ sagen würden, fragte er mich. Es spielte keine Rolle, was ich antwortete.« Ethan bedachte ihn mit einem schmalen Lächeln. »Sobald jemand zu Besuch war, erzählte er die Geschichte, wie die böse Ann ihn wegen des Trinkens hinausgeworfen hatte. Später an diesen Abenden fragte er mich manchmal, ob er ein schrecklicher Mensch wäre, weil er seine Kinder nicht kannte. Erst, als ihm klar war, dass er sterben würde, begann er, alte Bilder auszugraben und sie aufzustellen. Er diktierte mir Briefe, die er nie abschickte, oder schrieb im Rausch welche, die er tags darauf verbrannte. Bis er mir eines Tages einen in die Hand drückte, den ich aufgeben sollte. Nicht an Ann-Mary Alglow, sondern an Diara Higgson.«

Nate konnte nicht verhindern, dass ihm ein Lachen entkam. »Tonys Mutter.«

Ethan hielt inne und beäugte ihn, erforschte sein Gesicht und zeichnete seine Körperhaltung nach. Nate ertrug seine Musterung stillschweigend.

»Es ... kam tatsächlich eine Antwort.«

»Hast du immer noch Angst vor mir?«, fragte Nate.

»Nein.« Er leckte sich über die Lippen. »Ich ... versuche, nicht zu viel ... ich möchte dich nicht verletzen.«

»Das tust du nicht. Das hast du nie.«

Ihre Augen trafen sich. Es war ein Blick, eine gewisse Art davon, etwas, das man tauschte wie Worte, wenn man ihnen beraubt war. Ethan wandte sich ab, überprüfte seine Hände, hob den Kopf und atmete auf, als sie sich wieder begegneten.

»Was hat sie geschrieben?« Nate lehnte sich zurück, bis er das kalte Sofaleder in seinem Nacken spürte. »Mrs. Higgson, meine ich.«

»Ich weiß es nicht. Er hat einen Antwortbrief in die USA geschickt und den ihren daraufhin verbrannt.«

»So kam er an Valery.« Er schüttelte den Kopf. »Die Higgsons waren unsere Nachbarn, bevor sie in die Hance Street zogen. Mum war gut mit Mrs. Higgson befreundet. Als ... er fort war, kam sie, um sich um uns zu kümmern. Später lieh sie uns ihren Wagen. Dann verschwand Valery und Tony übernahm die Fahrdienste. Wäsche wegfahren, mit Mum zum Arzt, solche Dinge. Mrs. Higgson wusste immer über alles Bescheid, schlimmer als die Polizei. Als wir beide zur Rushden Sec gingen, lud sie mich öfter zum Mittagessen ein. Nur zum Mittagessen, denn abends kam Mr. Higgson nach Hause, und er mochte mich nicht. Sie fragte immer: ›Wie geht es Ann? Braucht ihr irgendetwas?‹ Sie hat mir ständig Tonys alte Klamotten zugesteckt. Manchmal waren ein paar Sachen dabei, die ich an ihm nie gesehen hatte.« Nate spielte an dem Stoff seiner Hose. »Nachdem Tony zur Uni ging, haben wir aufgehört, zu reden. Ich glaube, dass sie eine gütige Frau ist. Wirklich. Aber nach einer Weile wurde es eine Pflicht. Gut möglich, dass sie mit Schuldgefühlen gekämpft hat, wenn sie versucht hat, es zu lassen. Sobald sie damit nichts mehr zu tun hatte ... ich glaube, es ging ihr besser.«

»Das ... tut mir sehr leid.«

»Mir auch. Für sie. Sie hatte ein eigenes Leben. Meistens ist das schwer genug, ohne sich um zwei fremde Kinder mitkümmern zu müssen. Als ich anfing, zu arbeiten, wurde es besser. Niemand fühlte sich mehr für uns verantwortlich. Ich konnte es selbst regeln.« Nate wandte ihm den Kopf zu. »Valery hat geantwortet, nehme ich an?«

»Sie hat angerufen. Den ersten Abend sprachen sie stundenlang. Drei Tage später verbot er mir, nach unten zu kommen, solange er telefonierte. Kurz darauf überraschte sie ihn wieder mit einem Anruf. Er verbannte mich in die Küche, nur ... Meine Ohren sind ganz gut. Ich habe mitbekommen, wie er gefragt hat: ›Wie kann ich es wiedergutmachen? Sag mir, was ich tun kann.‹«

»Also hat er angefangen, ihr Geld zu schicken. Mehr, als er hatte. Vermutlich hat er ihr Studium bezahlt, meine Güte, vielleicht sogar ihr Haus.« Nate lachte, schon wieder, dabei war ihm eher nach Tränen zumute. »Und damit sie das alles nicht zurückzahlen musste, sobald er starb ...«

»Davon weiß ich nichts.« Ethan hob die Hände.

»Deshalb war Mrs. Harting misstrauisch. Von Anfang an. Weil etwas nicht zusammengepasst hat. Weil sie nichts von Schulden oder Krediten wusste. Dabei hatte sie doch stets den Überblick über seine Geschäfte. Sie wusste, was er ausgab, woher also ...« Nate warf die Hände in die Luft. »Und ich vergesse die Frist. Gehe zu dieser verdammten Party, und dann lag da dieser Umschlag unter dem Tisch. Hatte Valery das alles geplant? Die Dokumente gefälscht? Oder kam ich ihr einfach gerade recht, um ...«

»Bitte ...«

»Was habe ich ihr getan? Was um alles in der Welt ...« Er suchte Ethans Blick. »Was hat sie ihm gesagt? Die Lüge, die du mir nicht erzählen wolltest. War es der Spruch, dass ich mit meiner Mutter ins Bett steigen würde?«

»Woher ...«

»Oder mehr?«

Ethan wich seinem Blick aus. »Sie sagte ... du würdest kleine Jungen ... ich kann nicht.«

»Ich glaube, ich habe schon verstanden.«

»Ehrlich, es ...«

»Und er hat ihr geglaubt?«

»Ja. Jedes Wort.« Ethan musterte seine Hände, nestelte an seinen Nägeln. »Wenn sie hier war, sagte sie Dinge wie: ›Weißt du noch, als wir klein waren und er dies und das gemacht hat?‹. Es klang logisch, solange sie den Mund öffnete. Erst, wenn man später darüber nachdachte ... Aber das war ihm egal. Er dachte nicht. Er trank.«

»Ich fasse es nicht.«

»Ich glaube, er hat es Mr. Thunning und Mr. Gartener erzählt. Nicht ... nicht so. Aber dass sie ... achtgeben müssten. Auf dich.«

»Das sagst du mir jetzt? Nachdem ich – zufällig – herausgefunden habe, dass Valery überhaupt jemals hier war? Denkst du nicht, dass das – ja, ich weiß nicht – *wichtig* gewesen wäre?«

»Ich kann dich nur um Verzeihung bitten. Ich ... ich habe ... Wie sollte ich dir das sagen? Wie? Ich ... es tut mir leid.«

»Weiß jemand anderes davon?«

»Die Leute beginnen, Fragen zu stellen«, sagte Ashton.

»Irgendjemand?«

»Ich glaube nicht.«

Nate schnappte sich eine Schachtel Zigaretten, seine Jacke und ein Feuerzeug und verließ das Haus.

»Warte!«

Er wartete nicht. Im Laufen nahm er das Fahrrad von der Garage, schwang sich auf den Sattel und trat in die Pedale.

Als er keine Ahnung mehr hatte, wo er war, hielt er an.

Sein Atem brannte sich einen Weg hinab in seine Lunge. Nate lehnte sich gegen eine Straßenlaterne und japste nach Luft. Seine Beine zitterten.

Ein Auto fuhr vorbei. Misstrauische Blicke begegneten ihm, die er mit einem zaghaften Winken kommentierte.

Um weiter zu treten, fehlte ihm just in diesem Moment die Kraft. Also packte er das Fahrrad und schob es ein Stück die Straße entlang. Novembernebel krochen über den Asphalt und die Gräser, die sich zu beiden Seiten des Weges erstreckten. Er warf einen kurzen Blick auf das Ortsschild, das sich vor ihm aus dem Boden bohrte. Barrow. *Das ist ein Stück.* Zuletzt hatte er den Ort mit dem Wagen seines Vaters durchquert, als Sara neben ihm saß und plapperte wie ein Wasserfall.

Daher wusste er, dass es auf dem Stadtplatz einen Brunnen gab. Einen schöneren als in Dwellton, einen mit einem breiten Becken und drei Stockwerken, aus denen das Wasser mit einem seichten Rauschen floss. Er schob das Rad bis dorthin und klatschte sich eiskaltes Wasser ins Gesicht.

Seufzend sah er in die Ferne. Er würde bald umkehren müssen, denn er hatte weder Trinkwasser noch warme Kleidung bei sich. Nur durchgeschwitzte Sachen und eine Packung Davidoff. Davon genehmigte er sich eine, während er auf dem Brunnenrand saß und den gepflasterten Stadtplatz beobachtete. Die wenigen Menschen, die durch die Stadt stromerten, hielten sich von ihm fern. Ihm sollte es Recht sein, da er ohnehin lieber die Gebäude und Schaufenster betrachtete.

Er hatte nicht nachgedacht. Nicht eine Sekunde. Er wollte einfach nur weg. Weg von all dem Chaos und all den Lügen. Von all den Dingen, die ihm niemand glauben würde, die er selbst nicht glauben wollte, nicht konnte.

Wovor floh er? Vor der Wahrheit? Oder vor dem Schmerz, den sie mit sich brachte?

Ein Feigling. Das war er! Nate atmete aus, bis seine Lunge schmerzte, und schnipste dann den Zigarettenstummel fort. Er sollte Valery anrufen und sie zur Rede stellen. Direkt morgen die Daueraufträge kündigen. Einen neuen Makler suchen, einen, der sofort und ohne Zögern käme und beide Immobilien verkaufte, so schnell es ging. Hier wollte er nicht mehr bleiben. Wer wollte schon in einer Stadt leben, in der die Leute dachten, dass man sich an seiner Mutter und kleinen Jungen verging?

Oh, Valery. Die Sache mit Gott kam dir gelegen, nicht wahr? Was hast du noch erzählt? Dass ich den Teufel anbete und ihm Hunde opfere? Nate vergrub das Gesicht in den Händen. *Warum?*

Fast wünschte er sich, Jacob würde ihm wieder über den Weg laufen und irgendwelche Weisheiten predigen. Von Eltern, die ihre Kinder bedingungslos liebten. *Mein Vater zumindest war nicht so jemand.* Was sie ihm wohl noch aufgetischt hatte? Womöglich hatte er sich noch gleich an ihr vergriffen? Was davon wusste Buck? Kein Wunder, dass er ihn beobachtete. Hatte sein Vater ihn auf ihn angesetzt? Ein letzter Gefallen unter Freunden – *»Pass auf, dass der Widerling keinen Ärger macht«*?

Nate kämpfte gegen den Drang an, auf das Fahrrad einzutreten. Stattdessen schlug er mit der Faust gegen den Stein des Brunnens. Wieder. Und wieder. Und wieder.

Und Ethan. Er hatte all das gewusst. Wie überraschend, dass er ihm zunächst aus dem Weg gegangen war. Wie lange hatte er nach dem gesucht, was Valery ihm eingepflanzt hatte? Suchte er noch immer danach?

Nein. Nicht Ethan. Er ist anders.

Oder wünschte er sich das nur?

Er wusch seine blutige Hand im kalten Brunnenwasser und hielt sie dort, bis seine Augen tränten. Fluchend zog er sie heraus. Mit zusammengebissenen Zähnen wartete er darauf, dass der Schmerz verging. Weglaufen und erfrieren. Das konnte er also – und nichts davon richtig. Eine Weile saß er dort, mit dem Gedanken hadernd, sich kurzerhand nach hinten fallen zu lassen. Es wäre unangenehm, aber bestimmt nicht allzu lang.

Mit einem Blick in den Himmel raffte er sich auf. *Nicht heute.* Er würde nicht länger weglaufen. Er war genug gerannt.

Auf leisen Sohlen, um Ethan nicht zu wecken, betrat er das Haus. Es musste zweiundzwanzig Uhr sein, vielleicht etwas später. Kein Licht brannte. Er schlich ins Bad und stellte sich unter warmes Wasser.

Als er mit einem Handtuch bekleidet nach oben tapste, fragte er sich, wo Ethan steckte. Das Geräusch der Dusche hätte ihn längst auf den Plan gerufen.

Angezogen kehrte er ins Wohnzimmer zurück. Es war unverändert; der überladene Tisch, die Kassetten, die Unordnung. Der Fernseher lief. Auf dem Bildschirm flackerten schwarzweiße Lichter, als wäre der Film längst zu Ende. Nate fand den Kabelsalat eines hastig angesteckten Rekorders, und als er um das Sofa herumging, entdeckte er Ethan. Im ersten Moment durchfuhr ihn ein Stich aus Sorge.

Zusammengesunken hockte er an der Seite des Sofas, sein Kopf abgesackt. Dann bemerkte er, wie seine Schultern sich hoben und senkten. Nate atmete auf, bevor er neben ihm auf die Knie sank. »Hey«, flüsterte er. »Hey, Ethan. Wach auf.« Als er nicht reagierte, legte er ihm die Hand auf die Schulter und schüttelte ihn. »Ethan!«

»Hm?« Hastig rieb er sich den Schlaf aus dem Gesicht. »Du bist wieder da!«

»Was hast du denn gedacht?« Nate rückte ein Stück zurück, um ihm Platz zu machen.

»Ich habe mir Sorgen gemacht. Es war ... viel.«

Du kennst mich besser, als gut für dich ist. »Schon okay. Ich hätte nicht weglaufen sollen.«

»Es tut mir so leid. Hätte ich von Anfang an mit dir gesprochen, dann … vielleicht …«

»Hast du es geglaubt, als ich hier ankam?«

Er blinzelte. »Was? *Das?*«

»Sei ehrlich. Bitte.«

»Ist *jetzt* nicht viel wichtiger?«

»Doch. Ich will es trotzdem wissen.«

»Schön.« Ethan lehnte den Kopf zurück. »Ich habe ihr nicht geglaubt. Vielleicht wäre ich vorsichtig gewesen, wenn …« Als er die Schultern hob, stieß er amüsiert die Luft aus. »Ich weiß auch nicht, ein mysteriöser Typ hier aufgekreuzt wäre. Jemand mit Messern im Gürtel. Oder ein Priester oder Pastor oder so etwas. Aber du? Du hast dich mehr vor mir erschreckt als ich mich vor dir.«

Nate spürte, wie sich ihm ein Lächeln aufdrängte. »Ich war nackt.«

»Das auch. Sowas passiert doch niemandem, der kleine Jungen ausnimmt.«

»Jetzt nehme ich sie also aus.«

»Naja, mit so großen Händ… was hast du gemacht?« Ethan beugte sich vor, um nach seinem Handgelenk zu greifen. »Bist du hingefallen?«

Er zog sie zurück. »Halb so wild.«

»*Du* warst das?«

»Was kümmert's dich?«

»Das weißt du.« Ethan stieß ihn an. »Hör auf, die Augen zu verdrehen.«

»Jetzt gibst du mir schon Befehle. Ich glaube, ich bin nicht streng genug mit dir.«

»Zeigst du es mir?«

»Es ist nur ein bisschen aufgeschürft. Das ist morgen wieder weg.«

Ethan hob die Augenbrauen und maß ihn mit einem besorgten Blick. »Wie du möchtest.«

»Was hast du gemacht?« Nate rieb sich über den Nacken. »Die alten Aufnahmen angesehen?«

»Mhm.«

»Macht es dir etwas aus, die restlichen ... mit mir durchzusehen?«

»Nein«, erwiderte er. »Ganz und gar nicht. Aber nur ...«

»Ich laufe nicht mehr weg.« Nate räusperte sich. »Versprochen.«

Nach nur einem Video wusste er, dass es eine Aufgabe für einen anderen Tag gewesen wäre. Diese ganzen Menschen zu sehen, zu hören, wie sie sprachen ... die Stimme seines Vaters zu hören, tief und irgendwie ganz angenehm, nicht so kratzig wie Bucks, nicht so harsch wie Vins, wie die eines brummigen Großvaters. Es schmerzte. Immer noch. Die meisten Aufnahmen blieben recht kurz. Manchmal passten sie nicht zueinander, zeigten erst einen Ausschnitt von einem Fest, dann wieder, wie der Garten umgegraben wurde. Ganz selten erhaschte er einen Blick auf Ethan. Meistens verbarg er sich, sobald er die Kamera bemerkte. Irgendwann legte er die Kassette mit der Aufschrift *Sommer 83* ein. Valery erschien darauf, mit ihrer riesigen, sepiafarbenen Sonnenbrille. Sie und ihr Vater aßen ein Eis zusammen in der Eisdiele, wo sie scherzten und lachten. Dann filmte er sie dabei, wie sie in den Hills spazieren ging, wenn die Blüten in voller Pracht leuchteten. Er filmte sie mit ihren Füßen im See und im Auto, wie sie es fuhr, und wie sie durch das Pawn's schlenderte. Schließlich saß sie auf der Terrasse und rief nach »Caddler«, der ihr etwas Kaltes zu trinken bringen sollte, während sie mit einem Fächer die Schweißperlen auf ihrer Haut trocknete.

Nate betrachtete das Abschlussbild, das Flackern des Bildschirms, das hellgraue Schatten über den Teppich warf. Der Rekorder spuckte das Tape aus. Der weiße Rücken mit der Beschriftung stach aus dem Kasten hervor wie ein Lächeln, die eng gemalte Acht wie eine Zahnlücke. Er schluckte. »Ich hasse den Sommer.« Seine Stimme verriet ihn – sie zitterte unter dem Druck, der auf seiner Brust lag, auf seiner Kehle.

Ethan richtete sich auf. Vorsichtig, beinahe zögerlich legte er den Arm um ihn. Seine Hand zeichnete seine Wirbelsäule nach und bahnte sich einen Weg bis an seine Seite.

Nate stockte. Konnte er? Durfte er? Aber wer sollte ihn verurteilen, um halb zwölf nachts in einem dunklen Wohnzimmer? Langsam lehnte er seinen Kopf an Ethans Schulter.

»Schon gut«, flüsterte der.

Seine Zähne gruben sich in seine Wange, während sein Gesicht sich in Ethans Halsbeuge schmiegte. Er roch nach Leder und Kaffee – nach Trost. Nate tastete mit den Fingern vorwärts, bis er Ethans Hemd zu fassen bekam. *Ich war so wütend auf dich.* Er blinzelte, presste die Augen zusammen. *Flenn jetzt nicht los.*

Ethan fuhr ihm durch das Haar. Eine Gänsehaut folgte seinen Fingerspitzen, kribbelte hinab bis in seinen Nacken. Sein Atem strich an seiner Wange entlang. »Schon gut«, flüsterte er. Behutsam rückte er zurecht. Nate schrak hoch, doch Ethan zog ihn zu sich, legte seine Arme um ihn. »Bleib. Alles gut. Alles gut ...«

10

Sara warf ihm einen langen Blick zu. »Und da bist du dir sicher?«

»Nein«, sagte Nate. »Also, doch. Dass sie damit zu tun hatte, sicher. Aber wie ... oder was ...«

»Sie ist immer noch deine Schwester.«

»Ja. Das dachte ich auch.«

Kopfschüttelnd wandte sie sich den Dokumenten zu, die vor ihnen auf dem Tisch lagen. Sie blätterte durch die Papiere. »Hast du eine Ahnung davon, was passiert, wenn du das irgendjemandem erzählst? Es ist nicht so, als stündest du gerade gut da. Wenn Buck das mitbekommt ... Lass es. Du kannst es nicht beweisen.«

»Ich soll einfach nichts tun?!«

»Was willst du denn tun? Zur Polizei gehen? Die lachen dich aus, weil sie denken, dass du keine Lust darauf hast, das Geld zu bezahlen. Ich meine, das ist, na ja, das ist viel Geld und nicht einmal ich wusste davon. U... und das schockt mich und es tut mir leid, dass ich ... dir nie geholfen habe und alles, aber ...« Seufzend strich sie sich das Haar aus der Stirn. »Wie willst du das erklären? Was für einen Grund hätte sie, dir so etwas anzutun? Und was ... Selbst wenn es ihre Schulden sind. *Du* hast das Erbe nicht ausgeschlagen.«

Er mied ihren Blick. »Verstehe.«

»Es tut mir leid.«

»Tut es nicht.«

Mit einem tiefen Atemzug stand sie auf, blieb hinter ihm stehen und schlang ihre Arme um seine Schultern. »Ich fahre mit dir zur Wache, wenn du das willst, aber ich garantiere dir, dass sie nichts tun werden. Weshalb auch. Selbst, wenn Valery ...«

Er schob ihre Hände von sich. »Wieso sollten sie mir glauben, wenn nicht einmal du das tust.«

»Nate ...«

Ein Kopfschütteln, mehr brachte er nicht zustande. Er kaute auf seiner Wange, bis es weh tat. *Ich dachte, wir wären Freunde.* »Vielleicht gehst du besser.«

»Ich bin sicher nicht hiergeblieben, damit du mich rauswirfst. Eigentlich habe ich seit einer Stunde Uni. Wegen dir falle ich noch durch das Semester.« Sara drückte gegen seinen Hinterkopf, bis er nickte. »Dann fahren wir, komm.«

»Ich glaube nicht.« Als sie ihn wieder berühren wollte, schlug er ihre Hand fort. »Hör auf.«

»Schon klar, dass dich das alles mitnimmt, aber meine Schuld ist es nicht.« Sie atmete geräuschvoll aus, umrundete den Tisch und stellte sich vor ihn. »Möchtest du mir nicht erzählen, was mit Valery los ist?«

»Bleibst du, weil du denkst, dass du musst?«

»Seit wann bist du so bitter? So kenne ich dich gar nicht.«

Weil du mich nicht kennst. Er erwiderte ihren Blick. Die Wut, die er darin sah, berührte ihn kaum. *Nicht wirklich.* »Ich muss darüber schlafen«, sagte er dann. »Davon hatte ich nicht viel, diese Nacht.«

Die Falte zwischen ihren Augenbrauen verschwand. »Was hat sie deinem Vater erzählt?«

»Glaubst du mir das denn?«

Sara setzte sich und drehte die Papiere um, sodass die Zahlen und Namen verschwanden. »Sag's mir.«

Es klang absurd, als er Valerys Worte in den Mund nahm und sich dabei genau vorstellte, wie sie es betonen, wie sie es artikulieren würde. Als er endete, las er denselben Ausdruck auf Saras Gesicht wie zuvor: die gerunzelte Stirn, der ernste Zug um ihren sonst ständig lachenden Mund, die Art, wie sie ein Nasenrümpfen andeutete, vermutlich, ohne es zu bemerken. Sie wusste offenbar nicht, was sie von seiner Geschichte halten sollte, und eigentlich konnte er es ihr nicht einmal übel nehmen.

»Weißt du ...«, begann sie. »Also ... du weißt, dass ich dich gern habe, oder?«

Er schloss die Augen und nickte.

»Du tust dir keinen Gefallen, wenn du das irgendjemandem erzählst. Wirklich nicht. Sie reden genug über dich. Dass du keine Mädchen küsst und noch nie mit einer nach Hause gegangen bist. Wenn sie das hören. Nate, das ... sie werden das glauben, weißt du?«

»Glaubst du es?«

»Nein.« Ihre Antwort kam zu schnell, zu hastig. Sie bemerkte es und griff nach seiner Hand, die reglos auf dem Tisch lag. Vorsichtig strich sie über die frischen Wunden, maß sein Gesicht mit einem neuen, scharfen Blick. »Ich kenne dich. Die meisten anderen nicht. Ich kann mir vorstellen, dass sie sagen, na ja, dass ...«

»Sag es.«

»Du bist nicht schwul, nicht wahr?«

Er schnaubte. »Ich stehe nicht auf kleine, wehrlose Jungs. Nein.«

»Das meinte ich nicht.«

»Was dann?«

In ihrem Lächeln lag Argwohn. »Erzähl es ihnen lieber nicht.«

»Hatte ich nicht vor.« Nate entzog ihr seine Hand und fuhr sich damit über den Nacken. »Denkst du, sie wissen es?«

»Um Gottes willen, nein.« Sie schüttelte den Kopf. »Sie hätten nie zugelassen, dass du hier einziehst. Eher hätten sie dich totgeschlagen. Sowas dulden sie hier nicht.«

»Wortwörtlich?«

Sara verzog das Gesicht. »Vielleicht? Ich habe es zwar nie miterlebt, aber vor ein paar Jahren, da ... Ich meine, es war nur ein Typ, und er hatte versucht, sich an Vin ranzumachen, aber er kam danach nie wieder. Eine gebrochene Nase hatte er bestimmt. Oder ...« Mit einem Blick über die Schulter vergewisserte sie sich, dass sie ungestört waren. Dann beugte sie sich vor und senkte ihre Stimme. »Oder mit Ethan. Da war es genauso. Wenn Robert nicht gewesen wäre ...«

»Ethan? Was war mit ihm?«

»Du weißt es nicht?«

»Was meinst du?«

»Ich weiß nicht mehr, wer es war. Tom? Oder Buck? Einer von ihnen hat ihn einmal böse zusammengeschlagen. Angeblich hätte er sich an einen von Luis' Söhnen – Sully glaube ich – rangemacht. Der konnte sich daran aber gar nicht erinnern. Laut ihm war es nur ein nettes Gespräch gewesen. Seitdem ... na ja. Du kannst es dir denken.«

»Nicht wahr.« *Das kann nicht sein. Das wäre ... das ist ...*

»Was hat er gemacht?«, fragte Buck.

»Wag es ja nicht, ihn anzufassen!«

»Du hast Angst vor ihm«, sagte er und Ethan nickte.

Nate schüttelte den Kopf. *Nein. Das ist bestimmt ein Missverständnis. Das ist ...* Er fuhr sich über das Gesicht.

»Du wusstest es wirklich nicht.«

»Nein.«

»Mach dir keinen Kopf. Ich glaube es nicht. Vor vier oder fünf Jahren hatte er Ärger mit Robert, weil er sich nachts rausgeschlichen hat. Angeblich hatte er was mit Clary. Du kennst sie. Sie ist ein bisschen dicker, und sie ...«

»Bei Vin sitzt sie manchmal mit Julia zusammen, und Gordon.« Er schluckte und verfluchte sein hüpfendes Herz. *Siehst du. Du bist so ein Idiot.*

»Seitdem geht er fast gar nicht mehr raus.« Sara hob die Schultern. »Soll richtig übel ausgesehen haben nach der Sache damals. Robert wollte ihn rauswerfen, aber er hat ihm dann doch geglaubt.«

»So, wie du mir glaubst?«

Sie seufzte. »Ich weiß es nicht. Das klingt, als würdest du ihr etwas anhängen wollen, weißt du. Nicht, dass ich das glaube, aber ... keine Ahnung. Vielleicht muss ich auch darüber schlafen.«

Verstehe. »Also sehen wir uns morgen wieder?«

»Zum Essen würde ich bleiben«, erwiderte sie. »Ich verhungere!«

»Sicher«, meinte er. »Aber ich glaube, ich habe keinen Appetit.«

»Ich esse auch mit Ethan alleine. Kein Problem.« Sie grinste.

Er grinste zurück, doch eigentlich drehte sich ihm der Magen um. *Ich könnte mir wirklich Besseres vorstellen.* So wie die Nacht, die er zu großen Teilen bei Ethan verbracht hatte? Bei, aber auch halb auf ihm, den Kopf an seine Schulter gelehnt, dann, später, an seine Brust. Wie es sich angefühlt hatte, als Ethans Finger über seinen Rücken strichen, seinen Arm berührten, ihn streichelten. Er hatte nicht ein Wort davon gesagt, dass es zu viel gewesen wäre. Im Gegenteil. Sobald er sich bequemer hinsetzte und Nate aufschreckt war, hatte er ihn zu sich gezogen, jedes Mal, jedes Mal wieder. »Schon gut«, sagte er dann. Gestern hatte er sich nichts dabei gedacht. Nun ja, zumindest nicht, dass er, vielleicht ... *Mach dir keine Hoffnungen. Nicht mal ein bisschen. Er hat mich getröstet, das ist alles. Einmalige Sache. Ich werde nicht* ... Nate setzte sich aufrecht hin. Er hasste sein Herz in diesem Moment, wie es schlug und schlug und schlug und ihm zuflüsterte, dass es eine Chance gäbe, eine winzige, aber reale Chance, und dass ... *Nein!* Er stand auf.

»Was hast du vor?«, fragte Sara.

»Schlafen.«

»Bist du mir böse?«

»Ja«, wollte er sagen und gleichzeitig: *»Nein«*. Er lehnte sich an den Türrahmen und warf ihr einen Blick zu. »Es tut mir leid.« Damit wandte er sich ab und ging nach oben.

Obwohl er die Fensterläden geschlossen und sich die Decke über den Kopf gezogen hatte, schlief er nicht. Manchmal wehte Saras Lachen zu ihm hoch, begleitet vom Aroma von gebratenem Fleisch. Er könnte nach unten gehen und sich ihnen anschließen. Die beiden wären nicht allein, und vielleicht würde er sogar etwas essen. Aber eigentlich wollte Sara ihn nicht dabeihaben. Und Ethan? Was wusste er schon über Ethan. Dass seine Augen heller waren, als es sich gehörte, und er den linken Mundwinkel höher hob als den rechten, wenn er lächelte. Dass er seine Hände stets sauber hielt, als fürchte er sich vor dem Dreck der daran kleben könnte, und dass er Schwarz trug, nur schwarz, als würde er mit jeder anderen Farbe in Flammen aufgehen. Dass er einsam sein musste, sehr sogar. Wenn man ihn erlebte, dachte man gar nicht daran. Er war höflich und distanziert, als wäre das alles, was er konnte, was er wusste. Aber eigentlich – und Nate spürte, wie seine Brust sich zusammenzog – musste er sich nach jemandem sehnen, bei dem er sein konnte, wie er war. Wie er wirklich war, jenseits von allem, was ihn so ... fremd machte. Vermutlich genoss er es, Zeit mit Sara zu verbringen. Schließlich war sie nicht das Kind eines Mannes, der ihn jahrelang wie einen Sklaven behandelt hatte. Sie wohnte hier nicht und verbarg ihre hässlichen Seiten vor ihm, solange sie hier war. Sie kam, um mit ihm zu reden und nicht, weil sie hier schlief.

Ob er sie so halten würde, wie er ihn gehalten hatte? Hatte er es getan, weil er es als seine Pflicht ansah? Nate seufzte. Wenn er die Decke nicht schon über sein Gesicht gezogen hätte, würde er sich spätestens jetzt darunter verstecken. Er hätte es ablehnen sollen. Nicht nachgeben, nicht hoffen, dass er ...

Ich bin so ein Idiot.

Noch ein größerer Idiot, wenn er sich bewusstmachte, dass seine eigentlichen Probleme schwerer wogen als sein Herz. Sein dummes, verräterisches Herz, das hoffte, wo es nicht hoffen sollte. Das tat es immer. Dieses Hoffen. Hoffen, dass es irgendwann besser würde. Dass Mum gesunden würde, dass Ivy ihn liebte, dass Tony sein Freund wäre, dass er irgendwann aufwachen und ein Leben führen würde, das lebenswert und glücklich war. Dass sein Vater ihn eigentlich geliebt hatte und es nur eine weitere Laune des Schicksals gewesen war, die ihnen eine gemeinsame Zukunft verwehrt hatte.

So. Ein. Idiot.

Nate riss die Decke von sich und stand auf. Er würde ohnehin nicht schlafen können. Mit einem seltsamen Gefühl, das auf seinen Kehlkopf drückte wie Übelkeit, öffnete er das Fenster. Es schneite wieder. Die Flocken von gestern waren längst zu Eis zerschmolzen. Die neuen blieben liegen, setzten sich auf brachliegende Sträucher und Äste und bedeckten die Gräser wie Puder.

Eine Weile sah er ihnen zu. Dann bückte er sich, um seine Hose aufzuheben, und zog sich an. Unten hörte er Sara, wie sie die Geschichte erzählte, in der sie mit vier nackt die Hauptstraße entlanggelaufen war, und schlug die Tür hinter sich zu, ohne sich zu verabschieden.

Er kam spät nach Hause.

Hinter der Haustür wartete Ethan bereits, angelehnt an das Schuhregal. »Wo warst du?«, fragte er.

Nate antwortete mit einem Kopfschütteln.

»Du hast getrunken«, sagte Ethan streng.

Diesmal zuckte er mit den Schultern.

»Mach das nicht«, bat er dann. »Nicht deshalb. So bist du nicht.«

Noch immer brachte er kein Wort hervor. Das Gefühl, das ihm die Luft abschnürte, wuchs. Er drehte sich um und torkelte die Treppe hinauf. Dieses Mal konnte er immerhin schlafen.

Am nächsten Morgen verließ er das Haus sehr früh, noch bevor er Ethan begegnen konnte.

Er dekorierte das Pawn's für die geplanten Lesungen, und trotz der Kopfschmerzen schaffte er es, zu lächeln, wenn jemand den Laden betrat. Viele Kunden kamen vor neun Uhr, um sich eine Zeitung zu holen, manche erst später, aber sie kamen wieder. Der Tag lief gut. Obwohl er Sara glauben wollte, dass sie alle nichts wussten, achtete er auf jedes Detail. Auf jede Mimik, auf jeden Blick, auf jede Geste. Wie Ethan kam er sich vor, der aus Menschen las wie andere aus den Büchern, die er ihnen verkaufte.

Später kramte er das Telefonbuch heraus und rief drüben in der Bank an. Mrs. Harting fragte nicht nach, warum er den Dauerauftrag für Valery kündigen und die Abtragraten herabsetzen wollte. Dafür fragte er, ob sie wüsste, wie viel ein Gutachter kosten würde. Sie verwies an einen in Bridgnorth, der gut sein sollte – Gabriel Lissler – und ein Kostenvoranschlag sollte telefonisch auch möglich sein. Er dankte ihr und rief danach Mr. Lissler an, oder besser gesagt, seine Sekretärin, die ihm einen Termin gab.

Damit ging es ihm besser. Sein Schicksal zu akzeptieren hätte bedeutet, wieder wegzulaufen. Die Konfrontation zu scheuen und Valery gewinnen zu lassen. Vielleicht würde die Polizei ihm nicht helfen, wenn er ohne Beweise dort ankam. Aber wenn er einen Gutachter auf seiner Seite hatte? Wenn er belegen konnte, dass alles gefälscht war?

Als Nächstes versuchte er es bei der Maklerin.

»Reicht Ihnen der Termin im März nicht?«, fragte Mrs. Dorten. An ihrer Stimmlage erkannte er, dass sie gelangweilt, vielleicht sogar genervt war.

»Nein«, erwiderte er. »Es muss schneller gehen.«

Sie seufzte. »Schön. Januar. Mehr kann ich Ihnen nicht anbieten.«

»Einverstanden.«

»Um was für ein Haus handelt es sich denn?«

»Zwei«, berichtigte er. Sie redeten eine Weile und Mrs. Dorten machte sich Notizen. Er beschrieb ihr die Lage und den Zustand, doch als sie ihn nach einer Wertvorstellung fragte, musste er passen. »Achtzigtausend«, sagte er schließlich widerstrebend. »Und alles, was darüber geht.«

»Könnte schwierig werden«, erwiderte sie. »Lassen Sie mich die guten Stücke erst einmal ansehen.«

Als er dieses Mal auflegte, fühlte er es wieder, dieses widerliche Gefühl, das ihm die Stimme raubte. *Ich werde es ihm sagen. Heute. Oder morgen.*

Wie immer kam es anders. Sobald er das Haus betrat, hörte er Saras Stimme, und all der Mut und die Entschlossenheit rannen aus ihm heraus wie der Sand aus einer zerbrochenen Uhr. Sie küsste ihn auf beide Wangen und zog ihn mit sich in die Küche. Am Herd rührte Ethan in einem Topf. Er hob nur kurz den Blick und nickte Nate zu. Sorge lag in seinem Blick.

»Hey«, brachte Nate hervor. Er wandte sich Sara zu. »Warum bist du nicht in Stafford?«

»Willst du mich loshaben?«, fragte sie grinsend.

»Ich habe mich nur gewundert.«

Ihr Lächeln verschwand. Zaghaft griff sie nach seiner Hand und strich über den Schorf, der sich auf seinen Fingergelenken gebildet hatte. »Du bist böse auf mich.«

Nate schaffte es nicht, ihr ins Gesicht zu sehen.

»Ich sagte doch, es tut mir leid.«

Er schüttelte ihre Finger ab. »Das tut weh.«

»Was hast du gemacht?« Wie leise sie plötzlich klang, wie zurückhaltend und kleinlaut.

»Bin hingefallen.«

»Oh.«

Er ließ sie allein, sie und ihn, und legte sich in sein Bett. Plötzlich vermisste er das Gefühl, die Wand hinter sich zu haben, und schlang als Ersatz die Arme um sein Kopfkissen, Hauptsache, er fand irgendwo Halt. Kurz überlegte er, zu Vin zu fahren, dann ließ er es sein. Später kam Sara zu ihm und entschuldigte sich. Wofür, sagte sie nicht, und Nate bezweifelte, dass sie diese Frage beantworten könnte, aber er verstand, dass sie ihn nicht ertrug. Seine Abweisungen und Abwendungen, die Kälte, mit der er sprach. »Mir tut es auch leid«, sagte er, und sie seufzte und ging.

Als er sich zum Schlafen umdrehen wollte, klopfte Ethan an seine Tür und kam herein. »Bist du okay?«, fragte er.

»Natürlich nicht!«, wollte er sagen. Stattdessen entschuldigte er sich auch bei ihm.

»Deswegen bin ich nicht hier.«

»Weshalb dann?«

Er schnaubte und sank neben ihm auf die Bettkante. »Dummkopf«, sagte er. »Das weißt du.«

»Weiß ich das?«

»Natürlich weißt du das.«

»Hm.«

»Wenn ich es nicht besser wüsste, dann ...« Ethan lachte leise und versuchte, seinen Blick zu fangen.

»Dann?«

»Dann würde ich denken, dass du eifersüchtig bist.«

»Eifersüchtig?« Nate wusste, dass er Recht hatte, in dem Moment, als er es sagte. »Auf ... dich?«

»Ja, natürlich.«

Die Art, wie er ihn mit seinem eigenen Spruch aufzog, erheiterte und verletzte ihn gleichermaßen: als kitzelte er ihn einen Moment zu lange. »Selbst wenn ...«, murmelte er, »... was würde es ändern?«

»Viel.«

»Wie viel?«

»Ich könnte sie ausladen, wenn ...«

»Nein.« Nate schaffte es nicht, ihn anzusehen. »Hör auf, Dinge zu tun, die du gar nicht willst. Meine Güte, von mir aus hörst du auf, zu putzen, kündigst und gehst, wenn dir das lieber ist. Mach es nicht, weil du denkst, dass du musst. Du magst sie, oder? Warum solltest du – mach, was du willst.«

Ethan schwieg einen Moment. »Was ist, wenn ... wenn ich möchte, dass es in Ordnung für dich ist?«

»Ist es«, erwiderte er. Dabei hörte er selbst, wie schneidend er klang, wie kühl.

»Okay.« Ethan erhob sich.

In einem Anflug von Angst fragte er: »Gehst du?«

»Nur ins Bett.«

Nate erlaubte sich ein Aufatmen und wickelte sich in seine Decken. »Okay.«

Die Tage vergingen, irgendwie. Nate kämpfte sich morgens aus dem Bett, obwohl er sich lieber vor der Welt verkrochen hätte, und ging ins Pawn's. Er verkaufte mehr Zeitungen als Bücher, doch das störte ihn nicht. Mit den Leuten sprach er, über das Wetter, über den Schnee, der sich auf den Gehwegen und morgens auf den Autodächern türmte, über die Kälte, die einem in Mark und Bein kroch und über die Veranstaltungen, die bald anstanden. »Für die Kinder ...«, sagte er zu Mrs. Tribings, einer Lehrerin aus dem Nachbarort, »... gibt es bald eine Lesung über Weihnachtsmärchen. Vielleicht etwas für Ihre Klasse?« Sie sagte lächelnd zu. Es war, als würde ihm das Leben einen Streich spielen. Nun, wo er sich entschieden hatte, das Pawn's und alles, was damit zu tun hatte, wegzugeben, lief es jeden Tag etwas besser. Egal, welche Entscheidung er traf – es schien immer die falsche zu sein.

Sara sah er erst am Freitag wieder, als sie von der Uni kam und bei ihm ein Buch suchte, das sie für ihre Hausarbeiten benötigte. Gemeinsam blätterten sie durch die Buchkataloge, bis sie fündig wurden. Nachdem er die Bestellung aufgegeben hatte, fragte Sara: »Bist du mir immer noch böse?«

»Nein. Eigentlich war ich das nie.«

Sie stieß ihn mit dem Ellbogen an. »Kann ich bei euch zu Abend essen?«

Nate nahm seine Schlüssel auf. »Klar.«

Sie fuhren in getrennten Wagen. Mit einigem Abstand folgte

Nate dem roten Acclaim, betrachtete die Rücklichter und hätte fast gelacht, als er daran dachte, dass es im echten Leben nicht anders lief: er ließ Sara den Vortritt und bildete das Schlusslicht, oder vielmehr schaltete er das Licht ab, wenn die Szene bereits verlassen war.

Gerade richtig erreichten sie den Rubson Way. Ethan hatte eine Gemüsesuppe gekocht, als hätte er gewusst, dass Sara kommen würde – der Gedanke verpasste Nate einen Stich in der Magengrube -, und sie saßen zusammen. Eigentlich sogar zu dritt, wenn man davon absah, dass Ethan nichts zu sich nahm, sondern nur mit ihnen am Tisch saß.

»Spielen wir noch eine Runde Ludo?«, fragte Sara nach dem Essen.

»Meinetwegen.«

Während Ethan das Spielbrett aufbaute, strich Sara sich das Haar aus der Stirn. Beiläufig, wie es schien, erwähnte sie: »Du fährst doch bald nach Bridgnorth, nicht?«

»Woher weißt du das schon wieder?«

»Du hast nicht mit mir geredet«, meinte sie, als wäre es ein Verbrechen. Sie würfelte eine Vier und grinste. »Also musste ich jemanden finden, der bereit war, mir zu erzählen, was du vorhast.«

Er schüttelte den Kopf. »Ist dir je in den Sinn gekommen, dass ich vielleicht nicht wollte, dass du es weißt?«

Mit einem Schmollmund kickte sie seinen Stein über den Tisch. »Ja«, sagte sie dann. »Ich mache es wieder gut.«

»Nicht nötig.«

»Jetzt spiel nicht wieder Nataly.«

Nate tat einen tiefen Atemzug. Den restlichen Abend

verbrachte er schweigsam, während er Sara dabei beobachtete, wie sie mehr und mehr Worte aus Ethan herauskitzelte.

Sara begleitete ihn zu Mr. Lissler. Wie eine von Tatendrang erfüllte Ehefrau saß sie neben ihm, hörte sich an, was der Gutachter zu sagen hatte, ließ hier und da eine spitze Bemerkung fallen und stieß danach gegen seine Schulter wie bei einem Freund. »Er sieht es sich an. Das wolltest du doch, oder nicht?«

»Ja«, murmelte er. »Ich muss jetzt ins Pawn's. Heute liest ein Herr aus London seine Märchen vor.«

»Ich warte zuhause auf dich«, sagte sie und zwinkerte ihm zu. *Bei Ethan.*

Die Lesung lief prächtig. Gut besucht, aufmerksame Zuhörer und viele Eltern, die danach das Buch mit ihren Kindern kauften und signieren ließen. Nate lehnte die gesamte Zeit über an einem der Regale und beobachtete die Szene lächelnd. Zuletzt verteilte er Süßigkeiten, auch wenn er sich bewusst war, dass dies in Valerys Bild gepasst hätte. Er konnte sie förmlich hören, wie sie sagte: *»Weißt du noch, als er den Jungs die Bonbons in die Hand gedrückt hat? Wie er ihnen in die Augen gesehen hat dabei?«* Ihm wurde übel. Mit einem schiefen Lächeln verabschiedete er seinen Gast, räumte dann auf und schloss den Laden.

Er wischte ein wenig Staub von den Regalen, sortierte eine neue Lieferung ein und stand schließlich vor dem Telefon. *Ich wollte nicht mehr weglaufen.* Aber tat er nicht genau das, wenn er sich im Bücherladen verkroch, anstatt in den Rubson Way zu fahren? *Nein*, beschloss er, *nicht, wenn ich … etwas zu erledigen habe. Etwas, vor dem ich schon viel länger weglaufe.*

Dann wählte er eine Nummer, die er viel zu gut kannte, die ihm viel zu leicht von der Hand ging, obwohl er sie schon lange nicht mehr eingegeben hatte. Es läutete ein paar Mal. Erleichtert wollte er auflegen, als sich plötzlich doch jemand meldete.

»Hey, hier ist Derek.«

»Hi, Derek.« Nate wickelte sich das Kabel des Hörers um den Finger und betrachtete den Schnee, der vor dem Schaufenster fiel. »Ist Tony da?«

Als er zuhause ankam und Saras Schuhe immer noch im Regal standen, verging ihm endgültig der Appetit. In der Küche sagte er den beiden nur kurz Hallo – Sara saß auf einem der Barhocker und beobachtete Ethan beim Kochen –, dann zog er sich in sein Zimmer zurück. Im Bett konnte er nicht liegen, sein schmerzhaft schlagendes Herz trieb ihn wieder auf die Beine, bis er Runden um das Bett drehte. Er wusste nicht, wann er sich zuletzt so allein gefühlt hatte. War es, als die Higgsons ein paar Straßen weiter zogen? Oder als Valery eines Tages einfach ging, ihn zurückließ wie das lästige Anhängsel, das er für sie gewesen war? Er wünschte sich die Zeit zurück, als Ethan abends auf dem Wohnzimmerteppich saß und auf ihn wartete, auf ihn allein. Dass sie wieder auf der Terrasse saßen und über Gott und die Welt sprachen, nur nicht über Sara. Nate schniefte, dann schalt er sich einen Dummkopf, und als er Schritte auf der Treppe hörte, verharrte er mitten im Raum.

Sara öffnete die Tür zu seinem Zimmer einen Spalt breit. »Ich wollte nochmal nach dir sehen, bevor ich, na ja, nach

Hause fahre.«

»Alles in Ordnung. Geh ruhig.«

»Jetzt lüg doch nicht so offensichtlich. Selbst Ethan ...«

»Dann lass es sein, wenn es dich stört. Ich habe nicht um Bemutterung gebeten.«

Sara hob die Augenbrauen, dann blinzelte sie empört. »Du bist unglaublich anstrengend. Hat dir das schon mal jemand gesagt?« Sie wartete nicht auf eine Antwort, sondern schlug die Tür ins Schloss und ging.

»Du bist eine Mimose«, sagte Tony.

Plötzlich war ihm nach Tränen zumute. Nate ließ sich auf das Bett fallen und vergrub das Gesicht in den Kissen.

Ausgerechnet Ethan ließ ihn in Ruhe.

Ein paar Tage später rief Mr. Lissler an und meinte, dass er ihn sprechen müsste. Nate fuhr einmal mehr in seine kleine Kanzlei und wartete im Vorraum, bis seine Sekretärin ihn durchwinkte.

»Heute ohne Ihre Frau?«, fragte der untersetzte Mann mit Halbglatze und bot ihm mit der flachen Hand einen Stuhl an.

»Ihnen auch einen guten Tag.«

Mit einem Räuspern rückte der Gutachter in seinem Stuhl zurecht. »Ich habe gute und schlechte Nachrichten für Sie.«

Nate folgte den Ausführungen, die Mr. Lissler anhand der Dokumente zeigte, aufmerksam. Nach kurzer Zeit wünschte der ihm alles Gute und er verließ das Büro. Nate presste die

Mappe mit den Dokumenten an sich. Wie betäubt stieg er in sein Auto. Plötzlich wünschte er sich, Sara wäre doch mitgekommen.

Zuhause betrat er die Küche wortlos – Ethan hatte gerade abgewaschen –, sank auf den Barhocker und rauchte.

»Wie ist es gelaufen?«, fragte Ethan.

Nate zuckte mit den Schultern.

»Was ist passiert?«

Seufzend knibbelte er an dem Kuvert herum. »Die Briefe von der Bank scheinen echt zu sein.«

»Die Schulden?«

»Ja.«

Ethan drapierte sein Tuch über dem Spülbeckenrand und schlich um die Kücheninsel herum. »Darf ich?«, fragte er.

»Nur zu.«

Mit spitzen Fingern zog Ethan die Papiere zu sich. Die Akten des Notars, die Valery ihm in die Hand gedrückt hatte, wanderten durch seine Finger. Jede Ecke des Dokuments: echt. Die Worte und das, was sie sagten: zulässig.

»Es ist meine Schuld.« Nate leckte sich über die Lippen, dann zog er sich eine zweite Zigarette aus der Schachtel. »Sie gewinnt.« Der Zündstein knirschte, die Flamme zischte, flackerte. »Ich hätte es nur ausschlagen müssen und ihr perfekter Plan hätte funktioniert. Ihr Studium wäre bezahlt, ihr Haus ebenso, vielleicht sogar Marcus' Pick-Up. Für Penelope wäre ausgesorgt. Was war das Problem? Warum hat es nicht geklappt, wo liegt der Fehler, das winzige bisschen Pech, das einem Menschen widerfahren kann?« Nate inhalierte, bis seine Lungen glühten.

Ethans Augenbrauen zogen sich zusammen. Er öffnete den

Mund, doch Nate wollte es nicht hören.

»Sie hätte sich nicht einmal die Mühe machen müssen, diese scheiß Urkunden zu besorgen, ich habe mich so gottverdammt schuldig gefühlt, ich hätte alles getan, um es wiedergutzumachen, alles, um mich besser zu fühlen, alles, damit Mum mir vergibt und ein besseres Leben leben kann, als das, was sie bisher hatte. Und weißt du was? Zurecht. Ich hab's versaut, ich hab versagt, alles, alles scheitert wie immer an mir. Soll sie ihr dummes Geld haben und auf die Kosten dieses Penners leben, meinetwegen, wenn sie dafür ihren Stolz schlucken und mit diesem Arschloch auf Vater und Tochter machen will, sie hätte ihm nie diesen ganzen Mist erzählen müssen, ich hätte seine Almosen ohnehin nie gewollt. Fuck, sie hatte wahrscheinlich nie vor, Mum damit zu belasten, denn das einzige, was wir je gemeinsam hatten, war Mum. Wir wollten ihr gute Kinder sein, sie stolz machen, haben darum gekämpft, der Erste, der Beste zu sein, und meistens war zum Schluss sowieso alles umsonst. Sie *wollte* es nicht, verstehst du? Sie wollte ...« Blinzelnd schüttelte er den Kopf. »Warum mache ich immer alles kaputt?«

Ethan tastete mit den Fingern über die Theke, bis er Nates Handgelenk fand. Sein Daumen fuhr über die Adern direkt unter seinem Handballen, verfolgte die blau schimmernden Linien, die so scharf unter der blassen Haut herausragten. »Das tust du nicht.«

»Ja, natürlich. Danke.«

Er klopfte ihm aufs Handgelenk, einmal, zweimal, dann zog er sich zurück.

Später lag er im Bett und drehte seine Hand im Mondlicht, übersah den blutigen Schorf, der langsam abblätterte, und betrachtete den rundlichen Knochen, der aus seiner Haut ragte, als suche er nach einem Zeichen, einem Symbol, irgendetwas, das Ethan zurückgelassen hatte, als er ihn berührt hatte.

»Das tust du nicht.«

Er wickelte sich in seine Decken und schloss die Augen.

11

Am Morgen des sechzehnten Dezembers stieg er später als sonst in den Wagen. Er hatte sich bereits einmal umgezogen, weil er Kaffee über sein weißes Hemd gekleckert hatte, und trug nun das hellbraune, das Sara ihm aufgequatscht hatte. Seine Finger brannten von dem Eis, das er von der Frontscheibe gekratzt hatte. Während er darauf wartete, dass der Motor warmlief, rieb er seine Hände aneinander. Auf der Straße begegnete ihm kein einziges anderes Auto. Ein Kribbeln saß in seinem Nacken wie eine lästige Spinne; unwichtig, wie oft er darüberfuhr und daran kratzte, das Gefühl wich nicht, bis er das Pawn's betrat.

Er traf Vorbereitungen für die Lesung. Joachim Folkes hatte seinen ursprünglichen Termin aufgrund von Krankheit verschoben. Nate kam es nur Recht. Einen Ersatz für den ersten Tag hatte er gefunden, und so blieb ihm die Mühe erspart, eine weitere Lesung vor Weihnachten zu organisieren.

Wenig später klopfte es an der Schaufensterscheibe. Nate sah auf. Er rückte den Sessel zurecht und wischte sich die schweißnassen Hände an seiner Hose trocken. Als er die Tür öffnete, schlug ihm der Geruch von seichtem Patschuli entgegen. »Guten Morgen«, begrüßte er den Fremden. »Sie sind Mr. Folkes, nehme ich an?«

»Ich weiß, ich bin früh«, erwiderte der Mann, dessen Grinsen von einem Ohr zum anderen reichte. Ächzend disponierte er die Bücher auf seinen Armen um und streckte ihm darunter die Hand entgegen. »Guten Morgen, Mr. Alglow. Sie sind jünger, als ich dachte.«

Was für eine Begrüßung. Er schlug ein und trat dann einen Schritt zurück, um ihm die Tür aufzuhalten. »Kommen Sie.«

Joachim Folkes drängelte sich an ihm vorbei. Nate legte den Kopf in den Nacken, um der Brille zu entgehen, die auf dem braunen Schopf seines Gastes thronte. Während er geistesabwesend über sein Hemd strich, fast schon in der Erwartung, einen feuchten Parfümfleck zu finden, breitete Folkes seine Bücher auf dem Tisch aus. Im hinteren Teil seines Haares rankten sich Haarwürmer durch filzige Stränge. Der Kragen seines abgewrackten Ledermantels verbarg die Länge dieser Strähnen, hatte er sie doch darunter gestopft. Wenn er sich bewegte, ging er dabei immer ein Stück weit in die Knie – wie ein Betrunkener, der um sein Gleichgewicht kämpft. Um seine Beine schlingerten mehrere, braunrote Stoffbahnen. Sein Schal sah aus, als hätte er ihn aus einer dieser Hosenschichten gerissen. Er wand sich mehrfach um seine Schultern. Die Zipfel fielen ihm bis auf die Handgelenke.

Die Bücher behandelte er mit großer Sorgfalt. Mit spitzen Fingern schob er jedes von ihnen zurecht, bis er mit der Position zufrieden schien.

Bevor er seine eigenen Vorbereitungen wieder aufnahm, warf Nate einen Blick darauf. Anstatt des faltigen, grantigen Gesichts eines Ebenezer Scrooges starrte ihm auf dem Umschlag ein junger Bursche entgegen. Die Stirn durchfurcht, die Augenbrauen streng zusammengezogen, ein Blick aus dunkelbraunen Augen, der gleichzeitig kalt wirkte und doch zu sagen schien: *»Das bin ich nicht. Bitte hilf mir.«* Zögerlich zeichnete er die Konturen des Jungen nach. Er entdeckte die Geister der

Weihnacht hinter ihm, doch auch sie ...

»Gefällt es Ihnen?«

Nate zuckte zusammen.

»Oh, Entschuldigung. Ich wollte Sie keinesfalls erschrecken.«

Nach all den Monaten mit Ethan müsste ich das besser abkönnen.

»Schon gut.« Nate räusperte sich. »Das scheint eine interessante Ausgabe zu sein.«

»Nun, wissen Sie ...«, Folkes strahlte wieder über das ganze Gesicht, »... ich habe versucht, es greifbarer zu machen. Dieses Wesen von Weihnachten. Vor allem für die Kinder. Sie sollten keine Angst haben müssen, weder vor Geistern, noch vor den Gefühlen, die sie manchmal ...« Er leckte sich über die Lippen. »Niemand von uns sollte Angst vor seinen Gefühlen haben müssen, wissen Sie.«

»Ja, natürlich.«

»Nein, nein, ich meine – wirklich. Niemand sollte das.« Folkes sammelte die herabhängenden Enden seines Schals ein und wickelte sie noch zweimal um seine Schultern. »Das Leben hat seine eigenen Wege, um uns zu testen. Wo kämen wir denn da hin, wenn wir uns noch ständig vor uns selbst fürchten müssen? Manchmal sind wir nun einmal angespannt und ärgerlich, und manchmal haben wir kein Mitleid mit dem Bettler, der auf der Straße verhungert, und manchmal hassen wir unsere Eltern, die wir eigentlich lieben sollten. Es ist so, wie es ist. Ist das schlimm? Manchmal.« Über die Schulter warf er ihm einen Blick zu. »Viel wichtiger ist es doch, zu verstehen, warum es so ist. Ein bisschen Zorn macht uns nicht gleich zu schlechten Menschen, genauso wenig wie etwas Eitelkeit uns schön macht.«

Nate widmete sich den Stühlen, die er noch vor dem Lesepult platzieren wollte. »Ich bin gespannt auf Ihre Geschichte nachher.«

Folkes seufzte. »Ich rede wieder zu viel, nicht wahr? Verzeihen Sie mir bitte. So ist das. Wenn ich leidenschaftlich bin, plappere ich ohne Punkt und Komma. Die meisten Leute pflegen nur noch höflich zu nicken.«

»Schon in Ordnung.«

Nach einem weiteren Seufzen fuhr Folkes gedämpfter fort. »Im Kern geht es darum, dass wir – manchmal mit etwas Hilfe – herausfinden müssen, wer wir sind. Wir sind nicht hart, weil wir kein Mitleid empfinden. Wir sind nicht stark, weil wir keine Schwäche kennen. Wir sind nicht geizig, weil wir nicht teilen können. Wir verwehren unser Mitleid, weil wir schon zu oft verletzt wurden und uns schützen. Wir wissen um unsere Stärke, weil wir schon oft zu schwach waren, um uns zu beschützen, und wir sind geizig, weil wir Angst haben, wieder zu arm zu sein, um überhaupt teilen zu können.« Folkes nahm ein paar Bücher, legte sie übereinander und teilte sie dann wieder offen auf dem Tisch aus. »Darum geht es. Ebenezer Scrooge ist eines von vielen missverstandenen Wesen auf dieser Erde.«

Jemand wie er verteidigt auch den Wolf, der das Schaf reißt. Hinter der Erheiterung fand er ein Grummeln, ein Unwohlsein, wie ein Loch, das sich langsam in seinem Magen ausbreitete. *Vielleicht hat er Recht*, schoss es ihm durch den Kopf, aber auch: *Das ist eine sehr romantische Art, die Dinge zu sehen.* Und nicht zuletzt: *Nun ja, er ist Autor. Er erzählt Geschichten, und die Leute lieben Romantik.*

Es dauerte, bis die ersten Lesungsgäste kommen würden. Nate bot Folkes Wasser an, denn außer Wein hatte er sonst nichts da, und füllte anschließend seine Tabellen an der Ladentheke aus. Immer wieder glitt sein Blick zu dem Autor, der an einem der Tische saß und in ein recht mitgenommen wirkendes Notizbüchlein schrieb. Folkes hatte eine ganz eigene Art, sich zu bewegen – selbst im Sitzen, bei so etwas Banalem wie dem Führen seines Füllers. Wenn er den Kopf hob, um das Innenleben des Bücherladens zu betrachten, erinnerte er ihn an einen kleinen Jungen, dem gerade ein Wunder geschah. Wenn er dagegen sein Gesicht dem Buch zuwandte und schrieb, wurde er plötzlich sechzig, siebzig Jahre alt, gewissenhaft und weise.

Irgendwann starrte Nate aus dem Schaufenster, vorbei an den gefalteten Schneeflocken, die Mrs. Tribings Klasse ihm vorletzte Woche vermacht hatte, und dem kleinen Tannenbaum, den Sara mit roten und goldenen Kugeln geschmückt hatte. Ob es in Hedford auch schneite? Sollte er dort anrufen? Mit Glück nahm Mum den Anruf entgegen und nicht ... Valery.

Nate füllte Folkes' Wasserglas nach, lüftete den Raum und begrüßte die ersten Gäste. Als er Tiffany die Ladentür aufhielt, kam das seltsame Kribbeln zurück. Diesmal juckte es nicht wie Spinnenbeine, sondern erinnerte ihn an die Augenblicke, wenn er das erste Mal auf fremden Straßen fuhr, sich an jeder Kreuzung umsah und den Asphalt mit aufmerksamen Augen betrachtete. *Blödsinn.* Er lächelte, als sie ihm mit einem »Nate, Liebling!« die Wangen küsste. Heimlich prüfte er in der Reflexion des Schaufensters, ob roter Lippenstift an seiner Wange klebte.

Kurz vor Beginn war das Pawn's gut besucht. Für ihn blieb kein Stuhl übrig, also verzog Nate sich in den Zwischenraum zweier Regale und lehnte an dem dunklen Holz. Das Publikum bestand dieses Mal hauptsächlich aus Müttern und ihren Kindern. Er erkannte Mrs. Foil mit ihren Zwillingen, Mrs. Abram und ihren Sohn Jasper und ihren beiden Nichten. Aber auch Ashton saß dort neben seiner Frau und bedachte Folkes mit einem strengen Blick. Tiffany zündete sich eine Zigarette an und drehte sich herum, um die Leute hinter sich nach einem Aschenbecher zu fragen. Mrs. Tribings war ebenfalls erschienen, wenngleich ohne ihre Schüler. Manche der Kinder – vielleicht zwischen vier und zehn Jahren alt – tummelten auf dem Boden vor dem Lesepult.

Mit einem Räuspern sorgte Folkes für Ruhe. »Ich begrüße Sie herzlich, meine Damen und Herren und auch euch ...« Mit einem Zwinkern wandte er sich den Kindern zu. »... die besten Zuhörer von allen. Kennt ihr den bösen, alten Ebenezer Scrooge?« Er wartete die Zwischenrufe ab. »Habt ihr euch je gefragt, wie Ebenezer als kleiner Junge war? Was wäre geschehen, hätten die Geister ihn schon eher besucht – und was, wenn die Geister freundlich wären?«

Das Raunen, das er erntete, hatte er offensichtlich erwartet. Mit einem verschmitzten Lächeln holte Folkes die Brille aus seinem buschigen Haar und setzte sie auf seine Nase. Dann schlug er eine Seite auf und begann, zu lesen.

Nicht nur Autor, sondern auch Schauspieler. Mit, wie es schien, einstudierten Bewegungen begleitete Joachim Folkes seine Lesung. Zu passenden Zeitpunkten hob und senkte er den Blick, kauerte sich zusammen und verkörperte für einen Moment den kleinen Ebenezer, der furchtsam unter seinem Bett hervorlugte. Ein schräges Lächeln hob Nates Mundwinkel, während er lauschte.

Vereinzelt lachten die Kinder oder riefen dazwischen. Folkes schenkte ihnen dann große Blicke hinter seiner Brille hervor, die sie noch mehr zum Lachen brachten. Je nachdem, welchen Charakter er gerade zitierte, schob er die Brille auf seiner Nase weiter nach vorne oder nach hinten, manchmal nahm er sie ganz ab und arbeitete mit seiner Mimik.

Die Erwachsenen dagegen regten sich kaum. Nate bemerkte den langen Blick, den Ashton mit seiner Frau tauschte. Mit einem Stirnrunzeln beobachtete er wieder Folkes, dann Ashton, und nicht zuletzt die anderen Gäste. Sie tuschelten oder unterhielten sich mit diesen Blicken, die sagten: »Denkst du, was ich denke?« Jemand schüttelte den Kopf. Mrs. Tribings suchte nach ihm, wie er zwischen den Bücherregalen lehnte, und bedachte ihn mit einer Geste, die ihm zeigte, was sie von seiner geistigen Gesundheit hielt.

Nate verschränkte die Arme vor der Brust. Unterhielten sie sich über Folkes'– zugegebenermaßen gewöhnungsbedürftiges – Äußeres? Oder darüber, dass sie einer Kinderbuchvorlesung beiwohnten, die so nicht ausgeschildert war? Folkes machte seine Sache doch gut. Die Kinder hatten Spaß und fieberten jedem neuen Wort entgegen.

Schon bevor die Lesung offiziell endete, erhoben sich die Leute. Mütter sammelten ihre Kinder ein und zogen sie mit sich. Jasper meckerte und wehrte sich, worauf Mrs. Abram ihn am Handgelenk packte. Tiffany schlängelte sich durch die Stuhlreihen. »Nate, Liebling«, sagte sie. »Hast du einen Moment für mich?«

Ashton trat auf Folkes zu. Der Autor wirkte nicht überrascht. Im Gegenteil. Zwischen seinen Brauen bildete sich eine Falte. Mit einer fließenden Bewegung erhob er sich und stemmte die Hand in die Hüfte.

Tiffany schubste Nate durch die Hintertür hinaus.

»Was ist los?«

Sie schüttelte den Kopf, wie sie es manchmal tat, wenn Buck einen seiner unflätigen Sprüche losließ. Dann wühlte sie in ihrer Handtasche, warf ihm ein Feuerzeug zu und erwartete, dass er ihr die Zigarette anzündete. »Nimm dir auch eine.«

Nate gehorchte. Nachdem er den Geschmack von Ethans Kippen gewohnt war, musste er husten. »Was ist denn passiert? Ich verstehe gar nichts.«

»Ja ...«, sagte sie, »... das ist ja das Problem.« Als hätte sie die Rolle einer liebevollen Ersatzmutter abgelegt, klang sie pragmatisch und anklagend. »Du hast mächtig Ärger, ist dir das bewusst?«

»Was hab' ich denn getan?«

Sie rollte mit den Augen. »Erst legst du dich mit meinem Mann an, und das auch noch wegen Bob, dann schwänzt du sämtliche Dorffeste und Gottesdienste, verschwindest von der Bildfläche, tauchst wieder auf, verschwindest wieder, tauchst wieder auf ... dann läuft der Laden mal zwei, drei Wochen und schon lädst du diesen Vogel da ein, eine Schwuchtel, einen Kinderficker, und lässt ...«

»Moment.« Nate hob die Hände. »Bitte was?«

Für einen Augenblick befürchtete er, sie würde ihm eine scheuern. Der Blick aus ihren dunklen Augen durchbohrte ihn, während ihre Nasenflügel bebten. »Du hast so wenig Ahnung von allem. Es ist fast schon traurig.« Sie hüllte sich in weißen Dampf und schüttelte den Kopf. »Hast du nicht gesehen, wie er sich gibt? Wie er sich benimmt? Wie er die Kinder ansieht, hinter seiner Brille?«

»Er ... ist ein bisschen schräg, aber ...«

»Er ist nicht nur ein bisschen schräg!«

»Er hat sich doch nur Mühe gegeben ...«

»Die Kinder um den Finger zu wickeln, ja genau!« Sie holte tief Luft. »Ich hätte dich viel früher zur Seite nehmen sollen. Jetzt ist es zu spät. Schlimm genug, dass er vom anderen Ufer ist, und das ...«

»Ich habe also Ärger, weil Folkes vielleicht ... schwul ist?« Er bedeckte sich mit den Armen, als wäre ihm kalt.

»Wenn du das sagst, klingt es fast natürlich. Als wäre es nicht schlimm.« Ein leises Lachen entkam ihr. »Liebling, du bist so jung und so unschuldig. Mir ist klar, dass du von solchen Dingen keine Ahnung hast. Ashton weiß es auch, da bin ich mir sicher. Aber die anderen Leute ...«

Was Ashton denkt, will ich lieber nicht wissen. Nate schaffte es nicht, sie anzusehen. Seine Finger zitterten. Falls sie es bemerkte, hoffte er, dass sie es auf die Kälte schieben würde. »Ich dachte einfach, es wäre eine gute Idee, eine bekannte Weihnachtsgeschichte ...«

»Das ist mir klar, mein Süßer. Das ist mir schon klar.« Tiffany trat ihre Zigarette aus und schlang ihren Arm um ihn. »Es wird alles gut. Ich werde ein gutes Wort für dich einlegen. Dieses Mal.« Sie kniff ihn in die Wange. »Nächstes Mal hast du es gelernt, hörst du?«

Nate nickte.

»So etwas wie diesen Dreckskerl wollen wir hier nicht haben. Weißt du denn, was diese Typen machen? Sie stecken sich gegenseitig ihre Schwänze in den Arsch und nennen es Liebe, tun so, als wäre es eine Zusammenkunft wie bei Mann und Frau ...« Sie seufzte. »Was sollen die Kinder denken? Stell dir vor, wenn sie sowas sehen müssten. Und dann gibt es noch die anderen, die, denen es nicht reicht, sich an Männern zu vergehen. Sie vergreifen sich an Kindern, locken sie mit lieben Worten oder ...«, mit dem Kinn wies sie in den Laden, »... Geschichten oder Süßigkeiten. Wenn ihnen die Kleinen dann folgen, dann ...«

»Verstehe.«

»So jemand sollte nicht auch nur in die Nähe von Kindern gelassen werden.«

»Ich verstehe.« Er musste husten und nutzte die Gelegenheit, sich aus ihrer Umarmung zu lösen. *Ganz ruhig.* »Wie hätte ich es erkennen sollen?«

»Man kann es sehen.« Ashton warf die Hintertür zu und kam ihm entgegen. Er klang kalt, fast schon dunkel. Als Nate seinem Starren auswich, umklammerte Ashton dessen Kinn. Ashtons Blick stocherte in seinem Gesicht. Nate fühlte seinen Atem auf seinen Wangen, schmeckte den schalen Geruch von Asche und Schwarztee. Unter seinen Achseln klebte sein Hemd. »Wie sie die Kinder angaffen und wie sie sich bewegen. Hast du nicht gesehen, wie er sie angestarrt hat? Gierig, das war er. Dann zieht er sich schon an wie ein Widerling, mit weiten Hosen, unter denen er versteckt, was sich dort regt. Dieses Gehabe. Dieses ...« Er quetschte Nates Kinn, rüttelte daran. »Du hättest ihn rauswerfen sollen, sobald er das Gebäude betreten hat. Stattdessen hast du zugelassen, dass er ...«

Nate riss sich los, brachte einen Schritt Abstand zwischen sich und dem Bürgermeister. »Es ... es tut ... ich wusste nicht ...«

»Dir ist nichts aufgefallen, was seltsam an ihm war?«

»D... doch, aber.«

Ashtons Augen verengten sich. »Warum hast du dann nichts

unternommen?«

»Ich ... ich wusste nicht, dass ... ich dachte ...«

»Bist du selbst so einer?«

»Nein!«

Tiffany legte dem Bürgermeister die Hand auf die Schulter. »Er hat doch keine Ahnung ...«

»Hättest du das auch gesagt, wenn dieser Wichser eines der Kinder angefasst hätte?«

Er hat doch nichts getan! Er ...

Als Tiffany nicht antwortete, schnaubte Ashton verächtlich. »Heute Abend«, meinte er. »Wenn ich Zeit hatte, darüber nachzudenken. Hier.«

Nate nickte schwach. Schnee knirschte unter seinen Schuhen, als er Abstand gewann. Wie ein Gefangener fühlte er sich, gegen die Wand gedrängt und bedroht. *Es ist nichts geschehen. Es ist nichts passiert.* Erst, als er die Tür ein zweites Mal zuschlagen hörte, wagte er es, sich umzudrehen. Sein Atem röchelte. *Gar nichts. Es ist alles gut. Hör auf, zu heulen.*

Es wurde bald zu kalt, um weiter draußen zu verharren. Zu seiner Überraschung fand er das Pawn's nicht leer vor. Joachim Folkes kniete vor dem Schreibtisch und sammelte seine Bücher vom Boden auf. »Bitte entschuldigen Sie die Unannehmlichkeiten«, sagte er, ohne aufzusehen. »Ich hätte Sie vorwarnen sollen.«

Nate wusste nicht, was er darauf erwidern sollte. Mit einem unwohlen Gefühl schlich er um die Ladentheke herum. Seine Finger zitterten immer noch ein wenig, als er sich bückte, um Folkes zu helfen.

»Sind Sie in Ordnung?«

Erstaunt hob Nate den Blick. Sollte er das nicht eher ihn

fragen? Aber Folkes wirkte gefasst, als sei tatsächlich gar nichts geschehen.

»Ich glaube schon«, rang er sich ab. »Und Sie?«

Schulterzuckend schob er den ersten Stapel Bücher zurück in seine Ledertasche. Unter seiner Nase lief ein dünnes Rinnsal aus Blut entlang. Er lächelte und wischte mit seinem Mantel darüber. »Es ist nicht das erste Mal, wissen Sie.«

»Sowas geschieht öfter?«

Mit spitzen Fingern pickte er das Brillengestell von seiner Nase und setzte es wieder auf sein Haupt. Trotz der Falten um seine Augen wirkte er sofort jünger. »Ständig«, sagte er und nahm den zweiten Stapel, den Nate ihm reichte.

»Und dann machen Sie trotzdem weiter?«

»Selbstverständlich. Warum denn nicht?«

»Entschuldigung.«

»Nein, nein ... ich meinte: Warum denn nicht? Ich bin gar nicht auf die Idee gekommen, es zu lassen. Ich bin Autor und Mensch, meinetwegen auch Mann – es gibt nichts, was ich daran ändern könnte. Ich liebe das Schreiben. Und die Menschen.« Er lächelte. »Außerdem wären Träume wohl nichts Besonderes mehr, wenn wir nicht unsere Leben damit verbringen würden, ihnen nachzujagen, nicht wahr?«

»Vielleicht.«

»Das kommt dagegen seltener vor.«

»Dass jemand die Bücher im ganzen Laden verteilt?«

»Dass jemand bleibt, um sie mit mir wieder aufzuheben.«

»Ich lerne wohl nicht gerne dazu.«

Folkes rutschte auf den Knien herum, um an weitere Bücher zu kommen. »Vielleicht haben Sie schon mehr gelernt als Ihr hoch geschätzter Bürgermeister.«

»Das glaube ich nicht.« Nate erhob sich und klopfte sich den Staub von der Hose. »Ich wollte mich Ihnen nicht aufdrängen, ich dachte nur ...«

»Ja, sehr freundlich. Danke, Mr. Alglow.« Folkes schob die letzten Bücher aufeinander. Mit einem Ächzen wuchtete er seine Ledertasche auf das Pult. Er streckte einen Finger in die Höhe und drehte sich auf dem Absatz herum. »Irgendwo habe ich doch ...«

Als er bemerkte, dass er nach dem suchte, was Ashton und Tiffany und all die anderen in ihm gesehen hatten, wandte Nate den Blick ab. *Genau davor hast du dich gefürchtet. Nach der Sache mit Valery.* »Brauchen Sie etwas?«

»Nur meinen Stift. Ach, da ist er ja.« Mit einer halben Verbeugung bückte er sich. »Ich nehme die Bücher wieder mit – ich will Ihnen keine weiteren Umstände machen, wissen Sie.«

»Eigentlich ...«

Folkes steckte seinen Füller in seine Manteltasche. »Ja, bitte?«

Du wirst das bereuen. Unsicher warf er einen Blick zum Schaufenster hinaus, vergewisserte sich, dass niemand dort entlangging. »Würden Sie mir eines verkaufen? Für mich selbst?« Mit der Hand fuhr er sich über den Nacken, während er auf den Boden starrte. *Sag es ihm doch direkt. ›Hey, Mr. Folkes, ich weiß ja nicht, wie es bei Ihnen ist, aber ich bin tatsächlich schwul, also ...‹*

Bin ich das?

»Sehr gerne.« In seiner Stimme lag keine Erheiterung und auch kein pikantes Lächeln. Er sagte einfach nur »Sehr gerne«, zückte seinen Stift und signierte eines der Bücher, die ohnehin nicht in seine Ledertasche gepasst hatten. »Ich schenke es Ihnen sogar.«

»Das ist nicht ...«

»Doch.« Damit reichte er ihm das Buch, summte und lud sich den restlichen Stapel auf die Arme. »Ich wünsche Ihnen ein gesegnetes Weihnachtsfest. Leben Sie wohl und passen Sie gut auf sich auf.«

»Danke«, murmelte Nate. »Ihnen ... auch.« Verblüfft starrte er ihm hinterher, wie er sich mit federndem Schritt hinaus-kämpfte. Viel zu spät kam ihm der Gedanke, dass er ihm die Tür hätte aufhalten können.

Noch viel später, als Folkes sich längst jenseits des Schau-fensters befand, bemerkte er, dass er das Buch hinter seinem Rücken versteckt hielt, und dass seine Finger schweißnass da-ran klebten.

Im Handschuhfach des Fords verbarg er das Buch vorerst. Er wollte weder riskieren, dass Ashton es fand, noch, dass der Bürgermeister in der Kälte vor dem Pawn's warten musste, während Nate das Buch nach Hause brachte. Lange vertrieb er sich die Zeit damit, umzuräumen. Alle paar Minuten schielte er zur Uhr. Zwischenzeitlich, gegen halb vier, wagte er es, sich drüben bei Kian Kaffee und Gebäck zu holen.

»Üble Sache«, raunte dieser ihm zu. »Die ganze Stadt spricht darüber.«

Bis der Bürgermeister vorfuhr, hatte er sich zig verschiedene Szenarien zusammengesponnen. Manchmal verwies Ashton ihn der Stadt. Andere Male erschien Ashton zusammen mit Buck und er erreichte das Haus nicht oder nur mit gröberen Blessuren. Dann wiederum ... Der Bürgermeister hupte.

Angespannt hielt Nate ihm die Tür auf. »Komm rein«, sagte er und bat ihn mit einer Geste, sich zu setzen. In der Luft lag ein fader Nachgeschmack von Folkes' Parfüm.

Ashton nahm Platz und starrte ihn an, bis Nate sich ebenfalls setzte. Im Gegensatz zum Nachmittag trug er nicht mehr Cordhosen mit Trägern und Kragenshirt, sondern einen dunkelgrauen Anzug mit weißem Hemd und Krawatte. Er wirkte, als wäre er nach ihrer Unterhaltung zum Essen geladen; als würde er noch eben ein mittelgroßes Ärgernis abhandeln, bevor er seinen Feierabend genießen konnte. »Wie geht es dir?«, fragte Ashton.

»Ich bin ... nervös.«

»Wieso?«

»Ich mache mir Sorgen. Seit vorhin.«

»Hm«, brummte er. »Vielleicht nicht zu Unrecht. So etwas dulden wir hier nicht.«

»Es tut mir leid ...«

»Manche Leute haben Dwellton nach weit weniger verlassen.« Er hob die Hand, als Nate den Mund öffnete. »Es gibt keine Entschuldigung dafür. Ich möchte dir glauben, wenn du sagst, dass du es nicht besser wusstest. Aber spätestens, als du bemerkt hast, dass etwas mit ihm nicht stimmt, hättest du handeln müssen. Oder was wäre deine Rechtfertigung, wenn tatsächlich etwas geschehen wäre?«

»Das weiß ich nicht.«

»Das weißt du nicht.« Er faltete die Hände und hob die Augenbrauen. Wartete. Worauf? Die Entschuldigung, die er gerade noch abgelehnt hatte? Eine Erklärung? Ein Flehen um Vergebung?

Je länger Ashton schwieg und ihn ansah, desto ruhiger wurde Nates Atem. Ihn beschlichen Schauder wie jene, die das Wasser auf seiner Haut hinterließ, nur länger und dumpfer. Von seiner Magengrube aus wuchsen sie heran, bis sie seine Kehle erreichten. Sie stachen und schmerzten, wenn er schluckte. *Du widerst mich mehr an, als Folkes es je könnte. Mit* deinem *Gehabe.* »Mir war nicht bewusst, dass ich mir darüber Gedanken machen müsste.«

Ashton hob die Augenbraue noch höher. »Du bist verantwortlich für deine Taten.«

»Was habe ich denn getan? Einen Autor eingeladen, der aus seinem neuesten Buch vorgelesen hat. Ist das nicht, was Buchhändler tun?«

»Er war nicht nur Autor. Das solltest du mittlerweile wissen.«

»Ich habe nichts an ihm gesehen, was mir verraten hätte, dass ...«

»Du verteidigst ihn?«

»Ich versuche, fair zu sein!«

»Was ist deiner Meinung nach fair?« Ashton lehnte sich zurück. »Ist es fair, dass er versucht, sich an wehrlose Kinder heranzumachen?«

»Er hat ein paar komische Gesichter gezogen und Grimassen geschnitten. Ist das verwerflich?«

Zwar versuchte Ashton, es zu unterdrücken, doch Nate sah sein Nasenrümpfen trotzdem. »Manchmal frage ich mich, ob du so dumm bist, wie du tust.«

Das frage ich mich auch. »Ich wollte nur eine schöne, vorweihnachtliche Lesung. Das ist alles. Ich habe weder absichtlich jemanden eingeladen, der potenziell gefährlich sein könnte, noch habe ich ihn mit den Kindern allein gelassen. Folkes hat keine Anstalten gemacht, sich an irgendwen ...«

»Warum bist du so aufgebracht?«

Nate hielt inne, zögerte. Seine Jeans warf Falten um seine

Knie, an denen er pulte. »Es fühlt sich ungerecht an.«

»Ungerecht?« Ashton begutachtete ihn wie ein kitschiges Souvenir aus dem vorletzten Urlaub: mitleidig, irgendwie, mit gehobenen Augenbrauen und ausdruckslosen Lippen, aber auch voller Überdruss, mit einer Falte zwischen den Augenbrauen und einem angedeuteten Kopfschütteln; eines von den Andenken, die er schon längst hätte aussortieren sollen. »Hast du auch nur einmal daran gedacht, was die Mütter gefühlt haben? Die Menschen aus deinem Dorf, die dort saßen? Sie fanden es nicht ungerecht. Sie kamen zu mir, empört, wütend, manche sogar ängstlich. Wie kann es sein, dass so jemand ihren Kindern Geschichten erzählen darf? Was, wenn er schlechten Einfluss auf ihre Kinder hat? Wenn er wiederkommt und sie nächstes Mal nicht da sind?«

»Ich habe sicher nicht vor, ihn wieder einzuladen.«

»Ah.« Ein leises Lächeln kräuselte seine Lippen. »So weit reicht deine Gerechtigkeit also?«

Ihm blieb nicht viel mehr, als den Blick zu senken.

»Ich verurteile dich nicht dafür, dass du keine Kinder hast und die Angst dieser Eltern nicht nachempfinden kannst. Ich verurteile dich ebenfalls nicht dafür, dass du blind und blauäugig durch die Welt gehst und das Unheil nicht siehst, bis es dich einholt. Aber ich verurteile dich dafür, dass du, wieder einmal, nicht weiter denkst als an dich selbst.« Wie zufällig griff er hinter sich und zog ein Buch aus dem Regal. Er blätterte durch die Seiten. »Es gibt Regeln und Rollen in einer Gemeinschaft. Sowohl das eine, als auch das andere muss funktionieren, damit ein Zusammenleben möglich ist. Ein Vater, der seine Tochter vorschickt, um den Einbrecher zu stellen, riskiert das Leben derer, die er beschützen sollte – auch, wenn er es tut, um sich einen Knüppel zu besorgen. Es reicht nicht, sich an die Regeln zu halten.« Mit einem Knall schlug Ashton das Buch zu. »Das, was du als ungerecht empfindest, ist das Gefühl, gescholten zu werden. Du hast vielleicht nach den Regeln gespielt, aber in deiner Rolle als Teil dieses Dorfes hast du versagt. Schon wieder.«

Wie gut, dass ich nicht vorhabe, länger zu bleiben.

»Du solltest dir im Klaren darüber sein, wer du sein willst – und ob es nicht besser für dich wäre, zurück in die Stadt zu gehen.« Ashton legte das Buch beiseite und erhob sich. »Dein Vater sagte mir, dass es schwer mit dir werden könnte. Gut, dachte ich, mit Raufbolden komme ich klar. Mit Schwerenötern weiß ich umzugehen. Aber dass du so ... so ...« Er warf die Hand in die Luft. »So fremd bist, so sonderbar und dabei so stur, das macht es schwerer als alles andere. Du kannst nicht akzeptieren, dass die Welt läuft, wie sie läuft. Werde erwachsen. Finde deinen Platz. Am besten eher gestern als heute. Das nächste Mal gibt es niemanden, der dich rettet.«

»Ich habe nicht darum gebeten.«

»Ist es so schwer, ›Danke‹ zu sagen?«

»Entschuldigung.«

»Nicht ›Entschuldigung‹«, erwiderte er. »Sondern ›Danke‹.«

»Danke.«

»Wofür?«

»Noch eine Chance.« Er verschluckte sich an seinen Worten, die nur zäh seinen Rachen hinab liefen, und schaffte es gerade so, seinen Satz nicht wie eine Frage klingen zu lassen.

»Die Letzte.« Mit hinter dem Rücken verschränkten Armen trat er auf ihn zu. »Ich weiß nicht, was es ist ...«, fuhr er leiser fort, »... aber etwas sagt mir, dass du den Laden besser eine

Weile schließt. Die Menschen brauchen Zeit, um sich zu beruhigen.«

»Ja, natürlich.«

»Ich erwarte dich nächste Woche zum Weihnachtsgottesdienst.«

»Ja.«

»Die Leute werden Fragen haben und ich hoffe für dich, dass du sie beantworten kannst.«

»Verstanden.«

Lange, nachdem Ashton den Laden verlassen hatte, saß Nate in seinem Sessel. Selbst, als die Sonne endgültig hinter den Dächern verschwunden war, rührte er sich nicht. Die Nacht kam in das Pawn's wie ein letzter Besucher, ein letzter Kunde, ein letzter Gast. Ihre Schatten fraßen das Licht und krochen zwischen die Laminatspalten, die Buchrücken, über seine Kleider und seine Haut. *Es ist immer noch nichts passiert.*

Sein Vater hatte Valery geglaubt. Jeder von ihnen hier hätte Valery geglaubt. Einfach so, wie sie auch über Folkes glaubten, dass er sich an Kindern verging.

Dass Ashton wiedergekommen war, wunderte ihn. Eigentlich hatte er nichts zu sagen gehabt.

Nichts.

Leise stöhnend erhob er sich, räumte die Ladentheke leer und schloss die Kasse. Er stellte den Keramikbären in den Schrank und zog ihm die Weihnachtsmütze über den Kopf. Dann packte er kurzerhand das Wechselgeld ein, trug im Geschäftsbuch das Jahr 1985 als erledigt ein und zog einen schwarzen Strich durch die freien Kästchen.

Er schwor sich, dass er sich an diesen Moment erinnern

würde, wenn er das Schild an der Ladentür ein letztes Mal umdrehte. »Es tut mir leid«, flüsterte er der Tür zu und fühlte sich wie ein Spinner dabei. Der Schlüssel klickte, dann versank er wie üblich in seiner Hosentasche. Doch er wog schwer, schwerer als sonst. Nates Blick wanderte über die verzierten Buchstaben, über das ›Closed‹, das Schild und das Schaufenster, über die altertümlichen Lettern mit der Aufschrift »The Pawn's Books«, als hätte er sie eben erst entdeckt. »Es tut mir leid«, sagte er wieder.

Hatte er doch mehr darin gesehen als eine lästige Pflicht?

War das, was in ihm wühlte, mehr als ein Abschied?

Vielleicht.

Seine Hoffnungen an das Dorf hatte er viel zu lange hochgehalten; es könnte hier besser werden, hatte er geglaubt. Die Leute begrüßten ihn herzlich und sahen etwas in ihm, das er nicht sah – etwas, das mehr war als der seltsame Junge der alten Alglow, die langsam den Verstand verlor.

Vielleicht musste er nicht zuhause sein.

Vielleicht war zuhause auch gar kein Ort, sondern ein Gefühl.

Und vielleicht war er hier genauso zuhause wie an jedem anderen Ort der Welt.

Er stieg in den Wagen und schlug die Tür hinter sich zu.

Es schneite.

12

In hohem Bogen warf er die Autoschlüssel auf das Schuhregal. Nate gab sich keine Mühe, leise zu sein. Wenn er ehrlich war, hoffte er darauf, dass Ethan auf ihn wartete. Er lugte um die Ecken doch weder in der Küche, noch im Wohnzimmer brannte Licht.

Es tat weh – ein bisschen. Aber eigentlich hätte er es wissen müssen.

Den gesamten Tag hatte er sich mit drei Schlucken Wasser, einem Kaffee und etwas Süßgebäck am Leben erhalten. Mittlerweile schlug die Uhr bald acht. Sein Magen grummelte und rumorte. Obwohl er keinen Appetit verspürte, machte er sich seufzend auf den Weg in die Küche.

Das Deckenlicht flackerte. Nate warf einen müden Blick nach oben, stöberte im Kühlschrank herum und entschied sich dann für Toast mit Käse.

Das Brot hüpfte mit einem Klingeln aus dem Toaster und sein Messer schabte knisternd darüber. In seinen Ohren klang es viel zu laut.

Während er lustlos kaute, verbot er sich, nachzudenken. Wie erniedrigend wäre es, mit einem Mund voller Käsetoast in einer lausig beleuchteten Küche in Tränen auszubrechen? Nein. Nein, nein. Das wollte er sich ersparen.

Nach seinem kargen Abendessen spülte er seinen Teller direkt ab. Was blieb ihm schon, außer ins Bett zu gehen? Als er die Treppe erklomm, überkam es ihn. Dieses Gefühl. Er wollte nicht hier sein. Nicht in dieser Küche, nicht auf diesem Sofa, nicht in diesem Zimmer. Nicht in diesem Bad duschen und dann in ein Bett fallen, dass sich noch immer nicht wie seines anfühlte und es auch nie mehr werden würde. Aber wo sollte er hin? Nach Hedford fahren, jetzt gleich?

Oben überraschte ihn der Klang von Gitarrensaiten. *Natürlich*. Ethan vertrieb sich die Zeit. Wie enttäuscht er gewesen war, als er das Wohnzimmer leer vorgefunden hatte ... Die dritte Stufe von oben knarzte, wenn man darauf trat, also hielt er sich am Geländer fest und streckte sein Bein, um sie zu überspringen. Nate landete unsanft, doch offenbar leise genug, denn Ethan unterbrach sein Spiel nicht. Zwei, drei Schritte wagte er den Flur entlang, dann blieb er unschlüssig stehen.

Er erkannte *»Seasons in The Sun«* in dem Moment, als Ethan zu singen begann. Für einen Moment wagte er kaum, zu atmen.

Nach dem Refrain wechselte er in eine andere Melodie. Auch diese kannte er, das Lied, es lag ihm auf der Zunge – und bevor er den Titel erriet, bevor ihm auffiel, wie reibungslos Ethan den Übergang gestaltet hatte, zitierte er schon wieder einen anderen Text, spielte ein anderes Lied. Ethan klang so ehrlich dabei. Rauer, aber aufrichtig, als würde er es fühlen, jedes Wort. In einem Moment erzählte er von verlorenen Seelen, von dem Tor zu Himmel, an das er klopfte, und dann wieder davon, wie schwer es war, zu sterben, wenn die Vögel sangen. Die ganze Zeit flog er zwischen den Melodien, den Liedern, pickte sich heraus, was er brauchte, bis er schließlich bei »denselben alten Ängsten« blieb und immer leiser wurde.

Die letzte Note verstummte. Ethan seufzte. Laut und nachdrücklich. Ein Murmeln folgte, das Nate nicht verstand. Etwas kratzte. Ein weiteres Nuscheln, das hohle Klopfen eines

Klangkörpers, der gegen einen Handballen stieß. Gerade, als Nate an seine Tür klopfen wollte, begann er wieder von vorne. Dieselben Lieder, andere Passagen.

Erst ließ Nate die Hand sinken, dann überwand er sich. Er hatte ihn lange genug bestohlen.

Ethan verstummte augenblicklich, als seine Fingerknöchel gegen das Holz klopften. »Herein«, sagte er.

Nicht »Ich komme gleich« oder »Alles gut?«.

Nicht »Warte kurz« oder »Einen Moment, bitte ...«.

Was hatte er sich nur dabei gedacht? Seit seinem ersten Tag hatte er weder diese Tür geöffnet, noch das Zimmer dahinter betreten. Es war Ethans. Ethans Raum, Ethans Rückzugsort, Ethans Bett, Ethans Klamotten. Ethans Gitarre, Ethans Musik ... Nate schluckte. »Wirklich?«

Ein leises Lachen drang durch das Holz. Er polterte drinnen herum, die Saiten sangen empört, dann bewegte sich der Türgriff. »Sicher«, sagte er. Ethan bot einen ungewöhnlichen Anblick, bekleidet mit locker sitzenden Stoffhosen und einem Shirt, das um seinen Körper schlackerte. »Ich habe noch gar nicht mit dir gerechnet. Komm.« Ethan ließ ihn an der Schwelle zurück. Er bückte sich, um nach seiner Gitarre zu greifen, und platzierte sie vorsichtig auf dem Ständer.

Nate gab sich einen Ruck.

So strikte Ordnung er im Rest des Hauses hielt – in seinem eigenen Reich schien Ethan weniger strenge Regeln walten zu lassen. Es roch leicht muffig, als hätte er geschlafen, aber vor allem nach ihm. Überall hingen oder lagen Oberteile, Socken, Hefte mit Noten, lose Blätter oder Haarbänder. Nate stieg über einen Pullover hinweg, der mitten im Weg lag. »Ziehst du dich jedes Mal um, bevor du nach unten gehst?«

»Vielleicht?«

»Warum?«

Ethan hob die Achseln, bevor er einen Kaffeetisch aus dem Weg schob. Auf dem dunklen Holz stapelten sich Blätter. Manche davon zeigten gerade Linien, andere waren schlampig bekritzelt mit Noten. Quer darüber kullerten Bleistifte und zerknüllte Papiere, fielen vom Rand und versanken im Teppich. Seine eigenen Lieder? Ethan warf ihm das Sitzpolster zu und schnappte sich das Kissen von seinem Bett. »Entschuldige die Unordnung«, sagte er, ehe er im Schneidersitz zu Boden sank. »Ich habe nicht mit Besuch gerechnet.«

Er konnte die süße Erheiterung darüber, dass Ethan sich schämte, nicht unterdrücken. »Schon in Ordnung.« Nate hob einen Wecker auf, den er neben dem Nachttisch entdeckte, und versuchte, nicht auf die durchwühlten Laken zu sehen. Der Gedanke, dass Ethan darin gelegen hatte, löste etwas in ihm aus, womit er sich nicht näher befassen wollte. »Eigentlich ...« ... *wollte ich gar nicht bleiben? Aber jetzt ...*

»Hm?«

»Vergiss es.« Nate ließ sich zögerlich nieder. »Ich habe dich spielen gehört.«

»Ach ja?«

Gott, er machte es ihm wirklich nicht einfach. Bis gerade eben hatte er nicht einmal gewusst, dass Ethan rot werden konnte. »Ich mochte es.«

»D... danke.« Er spielte mit den Ecken des Kissenbezuges, auf dem er hockte. »Was machst du schon zurück? Vor halb zwölf habe ich nicht mit dir ...«

»Lenkst du ab?«

»Genauso wie du.«

»Ich? Ich lenke von gar nichts ab. Ich lenke zu dir hin.«

»Wie war die Lesung?«

»Warum spielst du immer heimlich?«

»Waren viele Leute da?«

»Würdest du mir etwas vorspielen, wenn ich dich darum bitte?«

»Um welche Geschichte ging es noch gleich?«

»Und erzählt, dass du singen kannst, hast du auch nie.«

»War der Autor denn von der erträglichen Sorte?«

»Warum schämst du dich?«

»So schlimm war es also?«

»Ja«, antwortete er, schneller, als er sich eine neue Frage ausdenken konnte, und biss sich auf die Zunge. »Verflixt.«

Ethan unterdrückte sein Grinsen. »Ich habe gewonnen. Du zuerst.« Während er überlegte, strich sich Ethan ein paar lose Haarsträhnen aus der Stirn. »Schlechter Tag?«

»Ich hatte es bis eben vergessen.«

»So schlecht also. Was ist passiert?«

»Eine Frage, eine Antwort.«

Er zog eine Grimasse. »Einverstanden.«

Also spielten sie. Schon nach wenigen Runden verlief sich ihre anfänglich gute Laune im Sand. Es war eine Sache, davon zu erzählen, dass Ashton und Tiffany mit ihm gesprochen hatten. Das Warum eine ganz andere. Meistens brachte er nur ein Stammeln zustande. Ethan verstand trotzdem; oder vielleicht gerade deswegen.

»Warum spielst du nur in deinem Zimmer?«, fragte Nate, als er an der Reihe war.

»›Er‹ hat mir verboten, dort zu spielen, wo Gäste es mitbekommen könnten.« Ethan schüttelte den Kopf. »Ich weiß heute nicht mehr, wie er so viel Macht über mich haben konnte. Wenn ich es dir erzähle, klingt es immer wie eine Ausrede: ›Er hat Nein gesagt!‹, als wäre ich ein Kind. Als hätte ich mich nicht wehren können.« Bei diesen Worten schlich ein Schatten über Ethans Züge, schnell und kaum merklich. »Irgendwann ertrug ich den Gedanken nicht mehr, dass irgendjemand mich spielen hören könnte. Ich fing an, nachts zu spielen. Für mich allein.« Er setzte ein schräges Lächeln auf. »Wie kommt Mr. Gartener darauf, dass mit Mr. Folkes etwas nicht stimmt?«

»Das weiß ich nicht«, antwortete Nate und hasste sich dafür, dass er ihn belog. »Warum trägst du immer nur Schwarz?«

»So fühle ich mich bedeckter. Unsichtbarer.« Wie ein Mantel, sagte Sara. Und wer zieht schon etwas über seinen Mantel?

Die Pausen zwischen ihren Fragen und Antworten wuchsen.

»Was hast du jetzt vor?«, fragte Ethan schließlich.

Nate hob die Schultern. »Ich weiß es nicht. Wirklich nicht. Es ist, als wären alle Wege plötzlich zu Ende. Bestimmt ... finde ich bald einen neuen, aber ...«

»Verstehe.« Er zog die Schublade des Nachttischs auf und holte eine Packung Zigaretten hervor. Eine davon behielt er, den Rest warf er ihm zu. »Deine Frage?«

»Ich habe keine mehr.«

»Du bist traurig.«

»Ja, vielleicht.«

»Schon eine Weile.«

Nate hob die Augenbrauen. »Was meinst du?«

»Ich sorge mich.«

»Das tust du gerne.«

»Mehr als sonst.«

Mit einem weiteren Schulterzucken führte er das Feuerzeug

an seine Zigarette. »*Nicht nötig*«, sollte es heißen, und vielleicht auch: »*Ich will nicht darüber sprechen.*«

»Was machst du sonst, wenn du traurig bist?«, fragte Ethan.

Stirnrunzelnd stieß Nate den Rauch aus. »Ich verstehe nicht, was ...«

»So kompliziert ist es nicht.« Ethan wies mit dem Kinn auf die Gitarre. »Manchmal habe ich dann gespielt, wenn es weh tat. Danach ging es mir besser. Wenn ich nicht spiele, wird es immer schwerer. Es gab Tage ... es gab Tage, an denen ich meine Finger nicht rühren konnte, um die Saiten zu zupfen, so schwer war es.« Er starrte zur Decke. »Also habe ich angefangen, immer zu spielen. Wenn es schwer wird, spiele ich mehr, denn ich weiß, danach – wann auch immer danach ist – wird es besser. Ich warte nicht mehr.«

»Ich kann nicht Gitarre spielen.«

»Wenn du möchtest, bringe ich es dir bei.« Ethan lächelte. »Aber das hilft dir heute nicht. In einem Jahr vielleicht, oder zwei. Was also machen wir jetzt?«

Nate schnaubte. »Keine Ahnung. Meistens renne ich einfach nur weg.«

»Gut.« Er stand auf und drückte seine Kippe in den Aschenbecher auf der Fensterbank. »Komm.«

»Was?«

»Wir laufen.«

»Jetzt? Es ist stockdunkel.«

»Jetzt.«

»Wir haben minus zehn Grad ...«

»Okay. Zieh dir etwas Warmes an.«

»Du bist doch verrückt!«

Ethan hielt ihm den Aschenbecher hin und grinste.

»Vielleicht?«

»Du gehst doch nicht raus.«

»Jeden Morgen. Ich kenne einen Weg, den niemand sonst kennt.«

»Durch den Wald? Jetzt?«

»Wenn ich morgens laufen gehe, ist es auch nicht heller. Los!« Er pflückte die Zigarette aus seiner Hand und zog ihn auf die Beine. »Zieh dich an.«

Hilflos breitete er die Arme aus. »Warum?«

»Weil ... weil.« Es war Frage und Antwort zugleich. Ethan hielt ihn fest, als er über die Schwelle stolperte, und führte ihn hinüber in seinen eigenen Raum.

Was es bedeutete, weshalb er es tat, und warum jetzt, verstand er. Der Gedanke wärmte ihn. Gerade genug. »Okay.« Nate streifte seinen Mantel ab und trat an seinen Schrank. Dieses Gefühl kehrte zurück, dieses Bedürfnis, nicht hier, nicht er zu sein. Kurzerhand stülpte er sein Hemd über den Kopf und ignorierte Ethan, der ihn mit gehobenen Brauen betrachtete. Dann wühlte er sich durch die Klamotten. Die ganzen neuen Sachen aus Shrewsbury landeten auf dem Bett. Er griff nach seinem Lieblingspullover, den blauen, der ihm zu groß war und ein Loch besaß, durch das er seinen Daumen stecken konnte. Er hatte an dem Stoff gepult, immer dann, wenn er nervös war oder aufgeregt, bis eine Lücke zwischen den Maschen klaffte. Sein alter Schal roch nach Hedford und dem muffigen Duft, der in seinem Zimmer dort wohnte.

Als er sich umdrehte, stand Ethan im Türrahmen und sah ihm zu. »Ich warte unten«, sagte er und verschwand. Nate fand eine Mütze, die er seit seinem Eintritt in die weiterführende Schule trug. Sie landete auf seinem Kopf, und er verstaute die lästigen Locken darunter. Nur den neuen Mantel zog er wieder an; denn eine andere Winterjacke hatte er nie besessen.

Derart dick angezogen schwitzte er. Er rief Ethan zu, dass er vor der Haustür warten würde, und schnappte sich Handschuhe, die auf dem Schuhregal lagen. Die Tür fiel hinter ihm ins Schloss.

Das Licht an der Garage flackerte auf. Plötzlich wirkte die Nacht gar nicht mehr bedrohlich. Zwischen vereinzelten Wolken schimmerten Sterne, kaum größer als die Pfützen, welche die ersten Schneeflocken auf den Pflastersteinen hinterlassen hatten. Sein Atem tanzte vor seinem Mund, während er draußen wartete. Draußen. Auf Ethan.

Hinter ihm ging die Tür auf. »Falsche Seite«, meinte er leise. »Wir gehen über den Garten.«

Nate fragte nicht nach. Das Wohnzimmerlicht ließen sie an: so würden sie nachher leichter zurückfinden.

Sie kletterten hinter den Mülltonnen durch eine kleine Lücke im Zaun. Hoch genug, um die Hühner drinnen zu halten, brauchte Nate Ethans Hilfe, um durch das Loch zu gelangen. »Wir hätten außenrum gehen können«, nuschelte er.

Ethan schmunzelte und wies auf einen schmalen Pfad. »Dort entlang.« Bis sie zwischen den Bäumen verschwanden, wandte Ethan sich dreimal um und ließ seinen Blick schweifen. Das Schaben von Schuhen im Schnee begleitete sie. Die Kälte brannte auf seinen Wangen, bis Nate den Schal über die Nasenspitze zog. Um sie herum wuchs dichtes Geäst. Ständig blieb er an kleineren und größeren Stauden hängen. Das Harz der Bäume überdeckte den Duft nach Moder und Tannennadeln. Eine Weile wanderten sie schweigend, bis der Weg sich ausdehnte. Wie surreal, dachte er. Mitten in der Nacht. Im

Wald. Mit Ethan, der nie das Haus verließ.

Nun konnte er nachvollziehen, weshalb er sich vor Tagesanbruch hier sicher fühlte. Ein oder zwei Schritte vor ihm gab er den Weg vor; dank seiner schwarzen Kleidung verschmolz er mit der Dunkelheit, selbst für Nate. Wenn er nun ihn, der ständig stolperte und trampelte und fluchte, nicht im Schlepptau hätte, könnte er unbemerkt durch den Wald streifen.

Unvermittelt blieb Ethan stehen. »Hier müsste es gehen.«

»Was?«

»Du wolltest laufen. Also laufen wir.« Er schob ihn vor sich. »Damit du mir nicht verloren gehst.« Dann stupste er ihn an.

»Ich fühle mich total dämlich.«

Zwar war er sich aufgrund der Dunkelheit nicht sicher, aber ihm war, als verdrehe Ethan die Augen. Er packte ihn am Arm – nicht sanft und zögerlich wie sonst – und schleifte ihn mit sich. Er fiel in einen schnellen Trab, ein harsches Tempo. *»Ist ja gut«*, wollte Nate sagen, doch er sparte seinen Atem lieber und entwand sich seinem Griff.

Nach wenigen Minuten bemerkte er, dass er nur halb so fit war, wie er dachte. Mit Ethan konnte er nicht mithalten. Keine Chance. Nate zupfte den Schal von seinem Gesicht, um besser Luft zu bekommen, und nahm den schnittigen Eiswind in Kauf, der ihm Tränen in die Augen trieb. Unter seinen Kleidern schwitzte er. Immer weiter fiel er zurück, bis er schließlich stehen blieb, mit den Händen auf den Oberschenkeln, während er um Atem rang. Ein saurer Geschmack lag ihm auf der Zunge.

Ethan kam zurück. »Komm.« Auch er keuchte, aber bei Weitem nicht so wie er. Sein Atem ließ kleine Wölkchen zwischen ihnen entstehen. »Ein wenig schaffst du noch.«

Er raffte sich auf. Diesmal ließ Ethan ihn das Tempo vorgeben. Je länger er rannte, desto schwerer wogen seine Glieder. Es gab einen Punkt, an dem er aufhören wollte, an dem er dachte, dass er keinen Schritt weiter laufen könnte, doch als er ihn überwand, wurde es leichter, und so erging es auch seinem Herzen.

Weder wohin, noch wie lange wusste er nicht. Irgendwann rannte er nur noch um des Rennens willen, bis die letzten Schritte, die er tat, ein kraftloses Stapfen im Schnee waren. Ethan legte den Kopf in den Nacken und gierte nach Luft. Sein Lächeln verwandelte sich in eine Grimasse. »Besser?«, stieß er hervor.

Nate nickte. »Ein wenig.« Auch er klang angeschlagen.

Ethan kramte eine Taschenlampe aus seiner Jacke. Als würde er nach dem Weg suchen, leuchtete er um sie herum. Wenn er es so vor sich sah, die ewigen schwarzen Wege zwischen den Stämmen, die Schneeflocken, die dazwischen zu Boden segelten, und die Dunkelheit, überkamen ihn Schauder. Ethan orientierte sich schnell. Er führte ihn ein kleines Stück weiter auf eine Lichtung. »Ich mag es nicht, sichtbar zu sein«, sagte er und schaltete das Licht ab.

Nate, erblindet durch die plötzliche Dunkelheit, brummte nur. Er spürte, wie Ethan nach seiner Hand griff und stockte. Er umklammerte nicht seinen Arm, er legte ihm die Finger nicht aufs Handgelenk oder auf den Rücken. Er nahm seine Hand. Wurden seine Knie gerade noch weicher? Durch die Handschuhe konnte er Ethan schwer erfühlen. Vielleicht sollte er sie ausziehen.

»Hier drüben können wir sitzen.« Ethan führte ihn zu ein paar Baumstümpfen. »Eine kurze Pause.«

Obwohl er nur eine Jeans trug und der Stoff in Windeseile kalt und nass sein würde, ließ er sich sinken. Die leise Enttäuschung darüber, dass Ethan ihn losließ, versuchte er eilig zu verdrängen. *Keine Hoffnungen.* Doch es war so schwer. Mit jedem Tag, mit jedem Lächeln und jedem Blick wurde es schwerer. Er hatte sich geschworen, nie etwas von ihm zu verlangen. Am Anfang klang es so einfach. Er musste sich nicht dafür entscheiden, weil es von vornherein nur einen Weg gab, damit umzugehen. Das hatte er zumindest geglaubt.

Wurde es schlimmer, je mehr man es zuließ? Oder hatte er nie eine Wahl gehabt, so sehr er sich auch eine wünschte? Er mochte nicht, wie sein Körper morgens reagierte, wenn er nachts von Ethan geträumt hatte. Wenn sie miteinander lachten, redeten, wenn sie diese Blicke tauschten – in diesen Momenten hörte es auf, unangebracht zu sein. Als sei es das nie gewesen. Aber es war falsch. Verboten und falsch.

Oder?

»Alles in Ordnung?«

»Ja«, sagte Nate. »Natürlich.«

Er sorgt sich. Ständig. Rund um die Uhr. Das würde er nicht tun, wenn ich ihm rein gar nichts bedeuten würde.

Oder?

Er hasste es, dieses »Oder?«. Manchmal wünschte er sich, Sara zu sein. Infrage zu stellen, was sie fühlte, kam ihr nicht in den Sinn. Sie würde es darauf anlegen, ohne über die Konsequenzen nachzudenken und mit dem leben, was sie bekam. Bestimmt existierte dieses »Oder?« in ihrer Welt nicht. Aber er war nicht Sara. Unwichtig, wen sie begehrte, in einer Sache war sie ihm stets überlegen. Alles, alles wäre simpler, wenn es anders wäre.

Ethan drehte sein Handgelenk und schob seinen Handschuh zur Seite. Eine Uhr? Wurde ihm langweilig, während er darauf wartete, dass Nate zu Atem kam und seine Beine aufhörten, zu zittern? Nun, das hatte andere Gründe.

Wieso ist alles so schrecklich kompliziert? Nate verbarg sein Gesicht in den kalten Handschuhen und gestatte sich ein gedämpftes Seufzen.

»Was denkst du?«, fragte Ethan.

»Nur Blödsinn«, murmelte er. »Ziemlich blödsinnigen Blödsinn.«

»Ah, das kenne ich.«

»Wirklich?«

»Mhm.«

Nate schluckte. »Und du?«

Ethan warf erneut einen Blick auf sein Handgelenk, dann lächelte er. »Dass es Zeit ist.«

»Zeit wofür?«

Begleitet von einem leisen Lachen erhob er sich und streckte ihm die Hand entgegen.

»Nach Hause zu gehen?«

Anstatt zu antworten, zuckte Ethan auffordernd mit den Fingern. Sein Lächeln wuchs.

Zögerlich streckte auch Nate ihm die Hand entgegen und er zog ihn auf die Beine. »Okay ...«, Nate hörte das Grinsen aus seinen Worten heraus, »... und jetzt mach die Augen zu.«

»Was hast du vor?«

»Nichts.« Ethan zwang seine Mundwinkel nach unten, doch seine Augen funkelten. »Mach sie zu.«

Nate warf ihm einen misstrauischen Blick zu.

»Bitte.«

Mit einem seltsamen Gefühl gehorchte er. In seiner Brust rangen seine Erwartungen miteinander, manche ein Karussell seiner Hoffnungen, andere erfüllt von einer vagen Vorahnung. Sein Herz musste es ausbaden, denn es schlug und schlug und schlug und schlug ... Ethan ging um ihn herum. Unter seinen Schritten knirschte der Schnee. Nate öffnete ein Auge.

»Du schummelst! Mach sie zu, habe ich gesagt.«

»Schön.«

Da spürte er Ethans Hand, wie sie über seinen Mantel glitt, über seine Hüfte, bis sie dort verharrte.

Würde er? Oder ... *Reiß dich zusammen!*

Ethans Atem berührte seine Wange.

Schlief er? Träumte er und wachte gleich auf? War es doch nur der Wind, der ihm ins Gesicht pustete? Wenn es nur nicht so kalt wäre, könnte er fühlen, ob und wie nah er ihm war und ...

War das, was er dachte, in Ordnung? Irgendetwas davon? Garnichts? Alles?

Er wird mich sowieso nur ärgern.

Oder?

»Herzlichen Glückwunsch«, flüsterte Ethan. »Zum Geburtstag.«

Er spürte seine Lippen an seiner Wange. Kalt, zögerlich, beinahe schüchtern. Es war nur ein kleiner Kuss. Kurz. Schnell. Ethans Bart kratzte an seiner Haut. Nate versuchte, sein Keuchen zu unterdrücken. *Ich muss nur den Kopf drehen. Nur den Kopf ...*

Plötzlich brannte sein ganzes Gesicht. Er japste nach Luft, rieb sich über die Augen, fluchte und spuckte Schnee. Schnee! »Ethan!«

Hinter ihm lachte er. Es war nicht sein übliches, leises, unterdrücktes Lachen. Er lachte, und er tat es aus ganzem Herzen, laut und überdreht und ansteckend.

Nate bückte sich und formte einen Schneeball. Ohne zu zielen, pfefferte er ihn hinter sich. Ein dumpfes Klopfen belohnte ihn. Mit einem breiten Grinsen auf den Lippen drückte er den nächsten Ball zusammen. *Er hat mich geküsst.* Der folgende Schneeball traf ihn an der Schulter, aber auch nur, weil er sich rechtzeitig weggedreht hatte. Dann duckte er sich, feuerte zurück, lachte, als er Ethan verfehlte. *Er hat mich geküsst!* Nate wich ihm aus, schoss noch einen Schneeball und noch einen, bis er über einen abgebrochenen Ast stolperte und auf dem Hosenboden landete. Ethan kam, um ihm hoch zu helfen. Ganz, wie er erwartet hatte. Dieses Mal war er es, der lachte, als Ethan sich den Schnee aus dem Gesicht rieb. *Er hat mich geküsst.*

Sie jagten sich wie Kinder. Nate versteckte sich hinter einem der Baumstämme, um dem nächsten Schneeball zu entgehen, während er sich um einen neuen bückte. Ethan nutzte die Gelegenheit schamlos aus und kippte ihm Schnee in den Nacken. Nate keuchte auf. Sie lachten, dann fluchten sie übereinander, und nicht nur einmal strichen sie sich mit dem Arm den Schnee aus dem Gesicht. Irgendwann stolperte Nate über seine Beine. Ethan griff nach seinem Arm und hielt ihn davon ab, den Boden zu küssen. Mit dem Schwung nahm er eine Handvoll Schnee. Bevor er ihn werfen konnte, packte Ethan sein Handgelenk und stand unvermittelt vor ihm, viel zu nah und doch zu weit weg.

»Lass uns nach Hause gehen«, meinte Ethan schwer atmend und ließ von ihm ab. Sein Gesicht leuchtete rot. Eiskristalle klebten in seinem Bart, in seinem Haar, überall an seiner Kleidung.

Ich will nicht. Als Ethan ihm erneut die Hand hinhielt, wagte er es nicht, zu widersprechen. Das Lächeln schien an ihm festgefroren wie der Schnee und das Eis und die Kälte. Vorsichtig drehte er seine Hand ein wenig, bis die äußersten Spitzen ihrer Finger sich halbherzig verkeilten. Ethan beschwerte sich nicht. Er wurde mutig und lehnte sich an seine Schulter. Der Blick, den sie tauschten, wog schwer von Freude und etwas Anderem, etwas, das tiefer reichte und ihm Schauder über den Rücken jagte. Nate wandte sich ab. Langsam zog er sich zurück. Ein Teil von ihm wünschte sich, Ethan würde es wieder sagen, dieses »Schon gut«, während ein anderer froh darüber war, dass er schwieg.

Nur seine Hand hielt er fest, als er sie wegziehen wollte.

»Hier.«

Nate nahm die Tasse, einen leisen Dank murmelnd, entgegen. Ein alkoholischer, gleichzeitig fruchtiger Duft empfing ihn. Nelken und Orangen, Zimt und Schwarztee. Auf seinen Schultern ruhte eine schwere Decke und wärmte ihn. Sein Haar war noch nass, seine Finger noch kalt.

Bevor er sich sinken ließ, öffnete Ethan die Kamintür und warf ein Holzscheit nach. Dann schlang er den Quilt um sich und widmete sich dem Punsch, den er aus dem Keller geholt und frisch erwärmt hatte. »Besser?«, fragte er über den Rand seiner Tasse hinweg.

Obwohl er dagegen ankämpfte, stahl sich ein Lächeln auf seine Lippen. »Besser.« Nate nippte und verbrannte sich die Zunge.

Ethan schmunzelte über sein leises Zischen. »Langsam.« Er pustete seinen Punsch und beobachtete das Feuer.

Seit ihren ersten Tagen Ende August hatten sie nicht mehr so viel geschwiegen. Es blieb nur das Knacksen, wenn die Flammen das Holz im Kamin bersten ließen. Etwas saß zwischen ihnen. Es war der Kuss, er musste es sein. Dieser kleine, belanglose Wangenkuss, und was er vielleicht bedeutete und vielleicht auch nicht. Jedes Mal, wenn er schluckte, hatte Nate das Gefühl, als schnüre sein hüpfender Adamsapfel ihm die Luft ab.

»Woher wusstest du davon?«, fragte er schließlich.

Mit einem Schulterzucken stellte Ethan seine Tasse zur Seite. »Möchtest du die schöne oder die ehrliche Antwort?«

»Was ist der Unterschied?«

»Dass dir die eine davon vermutlich nicht gefällt.«

»Erzähl mir beide.«

»Okay.« Er kratzte sich an der Narbe hinter seinem Ohr. »Die schöne Antwort wäre, dass ich das Datum vor ein paar Tagen zufällig gelesen habe. Als du mir die Urkunden gezeigt hast. Das ist tatsächlich passiert.« Dann schnaubte er. »Die ganze Wahrheit ist, dass ich es auch so gewusst hätte. Er zelebrierte diese Tage und bat mich, abends mit ihm anzustoßen. Vierzehnter April, zweiundzwanzigster Juli, siebzehnter Dezember. Darüber gesprochen hat er nie. Nachdem deine Schwester hier war, konnte ich eins und eins zusammenzählen.«

»Danke.«

Ethan lächelte sacht, doch er mied seinen Blick.

Es wird wie immer. Wie lange gehen wir uns diesmal aus dem Weg?

»Wann ist dein Tag?«

»Erst nächstes Jahr wieder.«

»Das dachte ich mir fast.«

»März.«

»Welcher Tag?«

Er seufzte. »Der fünfte.«

Nate überlegte, was er sich für ihn ausdenken könnte – ein nächtlicher Waldspaziergang in Schnee und Eis kam vermutlich nicht infrage –, bis ihm einfiel, dass er im März nicht mehr hier sein würde. Der Gedanke kam unerwartet, irgendwie, obwohl er vor wenigen Tagen alles darangesetzt hatte, von hier wegzukommen. Der Schmerz erwischte ihn schnell und heftig, ganz so, wie er eine Maus erwischen musste, die nur den Käse aus der Falle stehlen wollte.

Wieder schwiegen sie. Zwischendrin beugte Ethan sich vor und warf ein frisches Scheit in das Feuer. Sie nippten an ihrem Punsch. Ethan räusperte sich zwischendurch; seine Wirbel knacksten, als er sich aufrichtete und streckte.

Nate seufzte. »Hast du dich je gefühlt, als hättest du viel zu viel Zeit? So viel, dass du es nicht erwarten kannst, bis sie umgeht? Und gleichzeitig meinst du, dass es zu wenig ist, dass sie dir zwischen den Fingern zerrinnt?«

»Ja.«

»Was hast du dann getan?«

»Nichts. Aber wenn ich zurückschaue, hätte ich gerne das Beste daraus gemacht.«

»Du hast einfach nur gewartet?«

»Ja. Meistens hatte ich zu viel Angst, um irgendetwas zu tun. Ich habe immer Angst. Vor allem.« Ethan zuckte mit den Schultern. »Sobald ich etwas wage, habe ich das Gefühl, dass es ... falsch war. Aufdringlich, vielleicht.«

»Dann ziehst du dich zurück?«

Er warf ihm einen Blick zu. »Ja.«

»Das musst du nicht.« Nate betrachtete sein Spiegelbild in der dunkelroten Oberfläche des Punschs, sein unordentliches Haar und die zerrupften Augenbrauen. »Außerdem gibt es viele Wörter, mit denen ich dich beschreiben würde. Aufdringlich zählt nicht dazu.«

»Du weißt gar nicht, wie oft ich mich zurückhalte.«

»Mit was denn? Und jetzt sag nicht: mit allem.«

»Unangemessene Sprüche?«, schlug er vor. »Mitsingen, wenn ein gutes Lied im Radio läuft. Lachen. Ich lache nicht ... also meistens.«

Nate lächelte. »Ich weiß.«

»Warum fragst du?«

»Hm?«

»Was beschäftigt dich?«

»Alles und nichts.«

»Die Lesung?«

»Auch.«

»Denk nicht so viel darüber nach. Nicht heute.« Mit einem fragenden Blick zeigte er ihm die Fernbedienung.

Nate nickte. Er schnappte sich ein Sofakissen, auf dem er seinen Kopf abstützte, und legte sich auf den Bauch, um es bequemer zu haben. Während Ethan durch die Kanäle zappte, fragte er sich unwillkürlich, ob er wirklich nur von der Lesung gesprochen hatte.

Sie sahen Rio Bravo, einen alten Westernstreifen. Von der Handlung bekam er nicht viel mit. Stattdessen betrachtete er immer wieder Ethans Hand, die unweit von ihm auf dem Teppich lag. Zwischen Schnee und Nadelbäumen war er sich sicher gewesen, dass es etwas bedeutet hatte. Und jetzt? Jetzt war alles wieder kompliziert, verwirrend und verworren. War dies der Grund, weshalb sich früher oder später alle ihre Gefühle gestanden? Weil sie dieses Chaos und diese Zweifel nicht länger mit sich herumtragen konnten? Selbst, wenn sie wussten, dass es aussichtslos war?

War es das?

Zögerlich schob er seine Hand über den Teppich. Sobald Ethan sich bewegte, verharrte er. Wollte er das wirklich tun? Was, wenn *er* plötzlich der Aufdringliche von ihnen war?

Kurz, bevor ihre kleinen Finger einander berührten, zog Ethan seine Hand weg und kratzte sich hinter dem Ohr. Anstatt sie wieder zurückzulegen, spielte er an dem Stoff seines Pullovers. Hatte er geahnt, was er vorgehabt hatte? Oder war es Zufall? Mit einem gedämpften Seufzen ließ er seinen Kopf auf das Kissen sinken. *Gottverdammt.* Er konzentrierte sich wieder auf den Film.

Irgendwann schlief er ein, begleitet von den Geräuschen einer Westernstadt, rauem Männerlachen und dem Knistern von brennendem Holz.

Während seiner Kindertage hatte er gelernt, dass sein Geburtstag nur ein Tag war – manchmal auch einer wie jeder andere. Er war acht oder neun Jahre alt, als Mum es nicht mehr schaffte, seine Freunde einzuladen oder ihn zu beschenken. Manches Jahr blieb nicht einmal Zeit für ein Lied oder einen

Kuss. Meistens dann, wenn sie nicht da war. Valery sang ihm keines. Stattdessen erinnerte sie ihn daran, dass er lieber für Mum beten sollte, damit sie schnell wiederkäme.

Statt Geschenken hatte er etwas Anderes bekommen. Etwas, das wie ein Schatten über seinem Herzen wohnte, das ihn stach und quälte, das manchmal auch schwieg – teilweise so lange, bis er glaubte, es losgeworden zu sein. Dann lachte es und flüsterte: *»Du bist nicht gut genug.«* Er glaubte dem Schatten. Jedes Jahr mehr. *»Einfach nicht wichtig genug.«*

Wenn er gebetet hätte, wäre es dann anders geworden?

Am Vormittag des nächsten Tages lagen Ethan und er eine gefühlte Ewigkeit zusammen auf dem Wohnzimmerboden, redeten mit in den Kissen vergrabenen Köpfen und beschwerten sich alle Nase lang darüber, wie sehr ihre Glieder nach einer Nacht auf dem Teppich schmerzten. Irgendwann fragte Ethan, was Nate zum Frühstück wollte. Als dieser nur mit den Schultern zuckte, ließ er ihn wissen, dass er keine dieser Entscheidungen heute treffen würde. »Es ist dein Tag«, erinnerte er ihn. Sie aßen Pfannkuchen zusammen und unterhielten sich darüber, was Nate mit seiner ganzen freien Zeit anfangen sollte. *»Versager«*, flüsterte der Schatten. Für Nate war klar, dass er nicht nach Hedford fahren würde. *»Sie würden dich nicht wollen«*, sagte der Schatten. *»Zurecht, zurecht, zurecht.«* Wie also sollten sie Weihnachten feiern? Es wäre ihr erstes Weihnachtsfest, über das sie selbst bestimmen konnten. »Warum machen wir dann nicht, worauf wir Lust haben?« Kein Baum, kein Schmuck, keine Geschenke. Einen Waldspaziergang, einen Film ansehen oder vielleicht – dabei grinste Nate – würde Ethan abends Gitarre spielen. Er bedachte ihn mit gehobenen Augenbrauen, widersprach aber nicht.

Nachmittags meldete sich Sara. Sie sang ihm durch die Leitung ein so lautes »Happy Birthday«, dass er den Hörer weghalten musste. Woher sie es wusste? Nun, das müsste er Ethan fragen. »Am Freitag beginnen die Ferien«, erzählte sie weiter. »Gehen wir aus?«

Sie hatten also über ihn gesprochen. Gefiel ihm das? Vermutlich nicht. Gefiel ihm irgendetwas daran, dass die beiden sprachen? Vermutlich noch viel weniger. Würde er sich damit arrangieren? Natürlich. Für Ethan war es nur gut. Während er sich das einredete, hörte er den Schatten leise kichern.

Es wunderte ihn nicht, dass sich ansonsten niemand meldete. Das Dorf befand sich im Aufruhr wegen seines Fauxpas; abgesehen davon hatte er es niemandem erzählt. Wenn niemand davon wusste, konnte niemand ihn vergessen.

Dass Valery nicht anrief, hatte er erwartet. Dass Mum es nicht tat ... gut, sie hatte wahrscheinlich den Tag vergessen. Das geschah bisweilen. Morgen oder übermorgen würde sie sich gewiss daran erinnern.

Beim Abendessen bot Ethan an, ihn am nächsten Tag früh zu wecken, damit sie gemeinsam eine Runde laufen konnten. Nate stimmte zu. Danach hörten sie Musik, errieten Titel und Interpreten, und er kam nicht umhin, zu bemerken, dass Ethan – auf seine eigene Weise – alles gab, um ihm zu zeigen, dass er ihn schätzte. Dass es nicht nur ein Tag war wie jeder andere. Zumindest für ihn.

Das frühe Aufstehen fiel ihm schwer. Ethan blieb geduldig mit ihm. Tatsächlich gab es Verlockenderes, als sich direkt anzuziehen und in einem noch schlafenden Wald zu joggen. Bei Minusgraden. Manchmal schämte er sich, wenn er vor Ethan keuchte und schwitzte. Nach einer Dusche fühlte er sich besser. Spätestens beim gemeinsamen Frühstück freute er sich, aufgestanden und mitgelaufen zu sein.

Sie verbrachten ein paar Tage abseits vom Leben. Abseits von den Gerüchten, die in Dwellton rumorten, von den Sanktionen, den Konsequenzen, sogar abseits der Zeit, denn die Zukunft wartete weit entfernt. Nate lernte Ethan auf eine andere, auf eine rauere, ehrlichere Art kennen. Auch, dass er sich zurückzog, dann und wann, seine Nähe mied und Ruhe brauchte. In dieser Zeit, wenn er sich weder mit dem Rennen noch mit Ethan ablenken konnte, holten ihn die Schatten ein, die Gedanken und die Wehmut. Meistens lag er dann auf dem Sofa und zappte immer wieder durch dieselben Fernsehkanäle, während Nama auf seiner Brust schlief, oder verkroch sich oben unter seine Decke. Seine Gedanken kreisten unaufhaltsam. Immer weiter. Immer tiefer.

Dann stürmte Sara am Freitag zurück in ihr Leben. Statt mit einer Umarmung begrüßte sie ihn mit Verwünschungen und Vorwürfen. Was in der Stadt los wäre, erzählte sie. Was die Leute redeten. Ob er es sich überhaupt vorstellen könnte?

Das Schlimmste an diesem Gespräch war nicht, zu sehen, wie selbst Sara Folkes verurteilte. Damit hatte er gerechnet. Sondern, dass er die gesamte Zeit über nur Ethans Rücken sah. Das, was er ihm dort in seinem Zimmer erzählt hatte, entsprach der Wahrheit. Einer abgemilderten, die unschönsten

Details aussparenden Wahrheit. Die Worte, die Sara durch den Raum schleuderte, schlitterten an Respekt und Rücksicht weit vorbei. Würde Ethan ihn verurteilen? War er enttäuscht oder sauer? Die ganze Zeit über starrte er auf Ethans Schultern, die sich nur bewegten, wenn er einen Teller aus der Spüle hob und zum Abtrocknen auf ein Tuch stellte.

»Dass du dich versteckst, macht nichts besser!«, schimpfte Sara. »Dann kannst du ja gleich sagen, dass du's mit ihm treibst. Wir gehen zu Vin. Heute!«

Als er ablehnte, meldete Ethan sich zu Wort. »Miss Birming hat Recht.« Mehr sagte er nicht. Als er sich umdrehte, trug er die perfekte Haushältermaske, ein freundlich-distanziertes Gesicht.

Im Pub betrank Nate sich zügig. Er ertrug die Blicke nicht, mit denen sie ihn maßen, und das Getuschel, das diesen folgte. Sie spielten Billard und Kartenküssen. Durch das Gelächter löste sich die angespannte Stimmung. Wie immer reservierte Camille sich den Platz neben ihm. Als er die Herzdame wieder einmal verlor, küsste sie ihn auf den Mund. Ein Johlen und Klatschen folgte darauf. Er unterdrückte das Zucken, das ihn von ihr wegführen wollte, und erwiderte ihren Kuss. Sie schmeckte nach Gauloises; ihre Zunge glitt über die seine. Er zog sich zurück. Kian klopfte ihm auf die Schulter, während Camille sich an ihn drückte, und Nate grinste, bevor er zur Toilette ging und sich den Mund auswusch.

Er stand draußen und rauchte, als Sara zu ihm kam.

»Bist du jetzt glücklich?«, fragte er.

Sie nahm ihm die Zigarette aus der Hand und zog daran. »Ich will dir nur helfen.«

»Ja, natürlich.«

Den restlichen Abend verbrachte er damit, seinen Kopf zur Seite zu drehen, wenn Camille ihm zu nahe kam, und nüchtern genug zu werden, um nach Hause fahren zu können.

Am nächsten Morgen rannte er schneller.

Beim Frühstück blieben sie still. »Es tut mir leid«, sagte Nate irgendwann.

»Es gibt keinen Grund, sich zu entschuldigen.«

»Ich ... habe nicht alles ...«

Ethan schenkte ihm ein schmales Lächeln. »Du wirst dir etwas dabei gedacht haben. Außerdem ändert es nichts.«

»Nichts?«

»Nichts.«

Der Weihnachtstag näherte sich unaufhaltsam. Er brachte nicht nur einen Schneesturm mit sich, sondern auch eine Kälte, die kein Kamin und keine Heizung vertreiben konnte. Nate fror den ganzen Tag. Als Ethan fragte, was mit ihm los sei, hob er nur die Schultern. Dabei ahnte er es.

Der Schatten wuchs. *»Nicht gut genug«*, flüsterte er. *»Nicht wichtig genug.«*

Nach ihrem morgendlichen Lauf duschte Nate und verzog sich in sein Zimmer. Schlimm genug, dass er nachher zum Gottesdienst gehen musste. Sara zwang ihn, oder vielleicht auch die Thunnings oder Ashton oder doch das gesamte Dorf. Die Plage, die niemand haben wollte, die jedoch so lästig war, dass man sie unmöglich ignorieren konnte – das war er. Irgendwann grub er unter den Klamottenbergen auf dem Boden nach Folkes' Buch, in der Hoffnung, dort etwas Ablenkung zu finden.

Zuerst fühlte es sich zäh an. Doch bald versank er zwischen den Zeilen. Hier ähnelte das Werk seinem Schöpfer: In seiner Andersartigkeit lag eine Zufriedenheit, eine Kraft, ein Wissen um sich selbst und seinen Wert, die er beneidete.

Mit viel Humor gab Folkes' die Geschichte eines Jungen zum Besten, der lernen musste, dass all die Liebe, die seine Eltern ihm verwehrten, dennoch in ihm lag und in der Welt um ihn herum. Der Geist der zukünftigen Weihnacht sprach mit ihm – im Gegensatz zur ursprünglichen Fassung – und erzählte ihm davon, wie viel Gutes er in der Welt anrichten könnte, wenn er zuließ, dass sein großes Herz die Bitterkeit besiegte.

Es berührte ihn dort, wo es gleichzeitig schmerzte.

Als die eigentliche Geschichte endete, wunderte er sich über die übriggebliebenen Seiten. Ein Nachwort. *»Für all jene, die sich fürchten, von den Geistern der Vergangenheit heimgesucht zu werden«*, hieß es. Folkes' leitete von der Angst hinüber zu Weihnachten.

»Wenn wir plötzlich alle nach der Liebe suchen, finden wir vermehrt die Wunden, die sie uns schlug. Das macht diese Zeit so besonders. Der Zauber von Weihnachten liegt in uns Menschen selbst. Jeder von uns öffnet sich, der eine laut, der andere leise, und in dieser Offenheit zeigen wir uns von unserer empfindsamsten Seite. Wir sind verletzlich. Ein gefundenes Fressen für Magie und Menschlichkeit, aber, und das ist es, was schmerzt, viel mehr noch für Geister: Die Grausamkeit alter Wunden. Die Folter der Momente, die wir bereuen und die Schmach all der verpassten Gelegenheiten.«

Wie vor wenigen Tagen stieß er amüsiert die Luft aus und spürte doch, dass etwas in diesen Worten lag. Etwas, das Gewicht besaß und ihn zögern ließ. *Vielleicht hat er Recht. Ein wenig zumindest.* Er klappte das Buch zu.

Er wollte nicht, dass Ethan zu einer dieser Erinnerungen wurde. Ein Moment, den er bereute, oder eine verpasste Gelegenheit, die ihn ein Leben lang verfolgte. Der Weg war nicht weit. Seufzend fuhr sich Nate durch das Haar, zog daran, bis es ziepte. Schließlich kämpfte er sich aus dem Bett und flitzte ins Wohnzimmer, wo Ethan vor der Stereoanlage stand und eine CD auflegte. »Hey.«

»Hey.« Ein letztes Durchatmen, dann überwand er die wenigen Schritte, die sie trennten, und lehnte sich an. Er schlang seine Arme um ihn und bettete seinen Kopf auf seine Brust.

Ethan rührte sich nicht. »Bist du okay?«

»Nein.«

Hinter ihm zog der CD-Player die Scheibe ein. »Okay«, sagte Ethan. Leiser. Sanfter. Er drückte auf eine Taste und es klickte. Die ersten Takte eines Liedes von Def Leppard spielten an. Ethans Arme tasteten über seinen Rücken, als wäre er zerbrechlich, als bräuchte es eine besondere Vorsicht, ihn zu halten. »Ich bin froh, dass du hier bist«, murmelte er, als wüsste er, was tief in ihm bohrte. Vielleicht wusste er es tatsächlich. Vielleicht fühlte er sich aber auch wie Nate damals, als er Sara hielt: in vollem Bewusstsein darüber, dass er nicht in der Lage war, ihm zu geben, was er brauchte, aber gewillt, die Schmerzen zu lindern, so lange er konnte. Ein ganzes Lied standen sie einfach nur da. Nate schloss die Augen und genoss Ethans Herzschlag an seinem Ohr, Ethans Atem, der sanft seinen Nacken berührte, Ethans Körper, der so nah an dem seinen war, dass er sich fragte, ob ihn je zuvor jemand so gehalten hatte. *»Lass mich nicht los«,* hätte er beinahe gesagt, als Ethan sich irgendwann sanft löste, doch er biss sich im letzten Moment auf die Zunge.

Später, beim Gottesdienst, dachte er daran, wie warm Ethans Arme sich anfühlten und wie kalt im Gegenzug die Bank, auf der er saß. Er hörte sich die Weihnachtsgeschichte an, die Lieder, die der Chor ihnen sang, und die Predigt des Pfarrers. Nate fieberte dem Ende entgegen. Es war nicht so, als ginge er in Flammen auf, sobald er ein Kirchenschiff betrat. Aber diese leise, ehrfürchtige Atmosphäre, die einem Gottesdienst innewohnte, widerte ihn an. Wenn die Menschen um ihn herum zu einem Heiland beteten, der kleine Kinder ihrer Eltern beraubte, fühlte er vieles, nur kein Verständnis.

Anschließend standen sie draußen zusammen und rauchten. Buck nahm ihn zur Seite. Im Schatten des Kirchturms gab er ihm eine Entschuldigung und das Eingeständnis, dass er seinen Vater ja gar nicht kannte. Nein, er würde nicht mehr so über Bob sprechen. Ob sie Feinde wären? Natürlich nicht. »Ich mag dich nicht sonderlich leiden«, gab Buck zu, »aber es ist nicht so, dass es mich gar nicht kümmert.«

Nate bedankte sich und nuschelte sowas wie »Frohe Weihnachten«, dann stapfte er zum Auto und fuhr nach Hause. Das Schneetreiben hatte sich beruhigt. Weiße Berge türmten sich zu beiden Seiten des Asphalts, als wäre die Straße, die er befuhr, ein Gefängnis, ein strikt vorgegebener Weg, den er nicht verlassen durfte, nicht konnte.

Zuhause angekommen rief er Valery an. Ihr Gespräch verlief wie erwartet: kühl, distanziert, voller unausgesprochener Vorwürfe, die dicht unter ihren Worten lauerten. An Mum reichte sie ihn ohne Gemecker weiter. »Wenn Weihnachten ist, musst du Geburtstag gehabt haben«, erinnerte sie sich, und er beruhigte ihr schlechtes Gewissen und versicherte ihr, dass es nicht schlimm sei. Sie berichtete von Penelopes rotem Haarflaum und davon, dass Marcus wieder hier war und das Bad sanierte. »Dieses Mal bleibt er länger«, sagte sie. Dabei stieß sie ein Seufzen aus, das alles heißen könnte: »Gott sei Dank« genauso wie »Um Himmels willen, wieso?«

Sie erzählte, dass es Sauerbraten zum Abendessen gab, und dass Tony vorbeigeschaut hätte. Was die Ärzte sagten – dasselbe wie immer – und dass es sich schrecklich anfühlte, all ihr Haar zu verlieren, wo es erst so schön nachgewachsen war. Zuletzt fragte sie, wann er wiederkäme, und er antwortete mit einem knappen »Bald«.

Schließlich saß er mit Ethan auf dem Sofa. Sie vertrieben sich die Zeit mit Weihnachtsfilmen oder Poker, tranken Punsch und sprachen wenig. Nachdem er eine weitere Runde verloren hatte, stand Ethan auf und streckte sich. »Brauchst du noch etwas?«

»Gehst du ins Bett?«

Er zuckte mit den Schultern. »Es ist spät und es ist Weihnachten.«

»War ich zu aufdringlich?«

Eine Falte bildete sich zwischen Ethans Augenbrauen. Nicht tief genug, um von Wut oder Ärger zu zeugen, dennoch stand sie dort wie eine Mahnung. »Nein«, sagte er dann. Er wünschte ihm eine gute Nacht und ließ ihn zurück.

Wenig später folgte Nate. Die Stille im Wohnzimmer erlaubte seinen Gedanken, zu kreisen – und selten taten sie ihm etwas Gutes. Vielleicht schadete es nicht, dem Tag ein frühes Ende zu bereiten. Er hatte sich gerade in sein Zimmer begeben und sich zugedeckt, als er die Musik hörte. Ethans Musik. Ethans Gitarre, Ethans Stimme, Ethans Lieder. Ethans Momente, in denen es schwer war und schmerzte.

Er wünschte, er hätte den Mut besessen, ihn nochmal zu umarmen.

Den Silvesterabend verbrachte er bei Vin. Gelöster als zuletzt begrüßten ihn Kian, Easton, Jessica und all die anderen, nur Tom ging ihm noch immer aus dem Weg. Wenn er sich einen Drink bestellen wollte, drückte er Sara Geld in die Hand und einen Kuss auf die Wange. Bis Mitternacht tratschten und lachten sie über alles, was dieses Jahr geschehen war. Über Blake und Charlotte und dass es immer noch hielt, Roberts Tod und Nates Einzug, Ashtons Geburtstag und nicht zuletzt eröffnete Jessica ihnen, dass sie schwanger sei. Darauf stießen sie in großer Runde an. Heath murmelte etwas davon, dass er sie ja nun heiraten müsste und lud sie alle zur Hochzeit ein. Um Mitternacht begann das Feuerwerk. Bei jedem Pfeifen, das die Sprengkörper in den Himmel begleitete, bei jeder Explosion stellte er sich vor, dass es eine seiner Ängste, seiner Sorgen war, die er hier zurückließ, in diesem verfluchten Jahr. Danach fühlte er sich besser.

Zumindest, bis er Sara mit Clary sprechen sah. Zwar hatte er den ein oder anderen Hot Toddy intus, aber er bezweifelte nicht, dass er ihr Gesprächsthema kannte. Dann bestellte er noch mehr zu trinken, diesmal über Kian, und konzentrierte sich darauf, dass Camille ihn nicht wieder versehentlich küsste.

Zuhause fiel er Ethan um den Hals, jedenfalls versuchte er es. Die Türschwelle kam ihm unvorhergesehen in den Weg, und so verwandelte sich seine Neujahrsumarmung eher in eine seltsam unangenehme Mischung aus Taumeln und Festhalten. Ethan lachte darüber. »Du bist betrunken«, meinte er, zu nah an seinem Ohr, um ihm keine Gänsehaut zu verpassen.

»Oder ein Idiot. Oder beides.«

»Dir auch ein frohes neues Jahr.«

Nate schnaubte. Er genoss die Nähe und die Wärme, zögerte den Augenblick hinaus, bevor er sich löste. Als er den Kopf hob, begegnete er Ethans Blick: der hochgezogenen Augenbraue und dem halb unterdrückten Lächeln. Nates Augen irrten von seinen Lippen bis hin zu seinen Augen, dann wieder zurück. Hoch. Zurück. Es wäre so leicht, ihn jetzt zu küssen. Wie küsste man einen anderen Mann? Gab es dabei etwas zu beachten? Wartete Nate darauf, geküsst zu werden, weil er der

Kleinere von ihnen war? Das würde bedeuten, Ethan zu unterstellen, dass er in diesem Moment dasselbe dachte. Wollte Ethan es überhaupt oder wollte er, dass er es wollte? Was, wenn ...

»Ich glaube, du gehörst ins Bett.« Ethan nickte zur Treppe. »Hoch mit dir.«

Seine Lippen verzogen sich, während er eilig auf den Boden starrte. *Verdammt.* Er gehorchte ohne Widerrede und versteckte sich unter seiner Satindecke.

Trotz seines alkoholisierten Zustandes kratzte die Scham an ihm und raubte ihm den Schlaf. Ob Ethan es bemerkt hatte? Oh, ganz bestimmt. Nate hielt sich nicht für übergriffig – direkt subtil war er deswegen nicht. Vor allem nicht angetrunken. *Oh Gott.* Er fuhr sich über das Gesicht und seufzte. Hoffentlich hatte er das morgen vergessen.

Unentschlossen setzte er sich nochmal auf. Ihm war warm. Der Weg zum Fenster erschien ihm zu weit, also knibbelte er an den Hemdknöpfen, bis sie endlich aufgingen. Letztes Mal ... letztes Mal, als seine Finger nicht gehorchten, hatte Ethan das für ihn erledigt. Er hatte ihn ausgezogen. Knopf für Knopf. Sehr genau erinnerte er sich an das Gefühl, als das Hemd aus seiner Hose glitt, der Stoff langsam über seine Haut strich ... Nate schüttelte den Kopf. Nein, nein, nein.

Oder?

Was war falsch daran? Nachts, alleine? Vielleicht würde es helfen. Etwas ... Spannung nehmen.

Nein.

Oder?

Er musste es ja nicht zu Ende bringen. Sobald es seltsam wurde, konnte er einfach ...

Gott, es wurde wirklich immer schlimmer. Unschlüssig streifte er sein Unterhemd ab. Er saß auf der Bettkante, rutschte unbehaglich vor und zurück. *Was stimmt nicht mit mir?* Selbst das Knarzen der Matratze erinnerte ihn daran. Er hatte es gehört, damals im Gästezimmer der Thunnings, während Blake und Charlotte ... Er fuhr sich über das Gesicht. *Ein Versuch. Mehr nicht.*

Wie machte man so etwas? Nackt? Seine Wangen brannten vor Scham und etwas anderem, etwas, das seine Fingerspitzen kribbeln ließ. Zwei Anläufe brauchte er, um seinen Gürtel zu öffnen und die Jeans abzustreifen. Hastig versteckte er sich unter der Decke. Der Stoff fühlte sich anders an, kalt, seidig, auf eine gewisse Art neu. Womit begann er? Und wie? Er hatte doch keine Ahnung von solchen Dingen. Woran sollte er denken? Sollte er überhaupt denken?

Der Wangenkuss. Daran konnte er denken. Nichts Verwerfliches. Zögerlich berührte er seine Wange. Mit geschlossenen Augen fiel es ihm leichter. Er tastete weiter, befühlte seine Lippen und stellte sich vor, wie Ethans Mund sie bedeckte.

Eine Gänsehaut kroch über seine Haut. Er gewann an Mut und nahm seine andere Hand dazu, erforschte seinen Hals und seine Brust. Bis sein Körper sich regte, dauerte es nicht lange. Kurz zögerte er. Dann glitten seine Finger unter den Bund seiner Unterhose.

Erst war es befremdlich. Was sollte er spüren? Bewegliche Haut, runzlige Kurven, Adern und Schwellungen. Was gehörte sich, was nicht? Mit spitzen Fingern glitt er den Schaft auf und ab, versuchte, sich nicht vorzustellen, was er gerade berührte. Ethan. Er dachte an Ethan und daran, dass es seine Hand sein könnte. Nach und nach entdeckte er, was sich gut anfühlte, ließ sich von seinen Gedanken tragen. Ein Prickeln breitete sich in ihm aus, gefolgt von einer pulsierenden Wärme. Er entledigte sich der Decke, legte den Kopf in den Nacken, spürte, wie hektisch er atmete. Ethans Hand – oder seine? – betastete seine empfindlichen Nippel, drehte an ihnen, bis er keuchte. Die andere ... *Oh Gott.* Wenn er ..., wenn er nicht aufhörte ... Die Hitze wuchs. Mit jeder Berührung. Sie staute sich, bis seine Lenden brannten. Bis es ziepte. Und spannte. Und – *oh Gott* – plötzlich – zu viel und – was – nicht ...

Nate stöhnte. *Oh Gott, oh Gott, oh Gott.* Sein Körper erbebte. Warmer Erguss benetzte seine Finger, seinen Bauch, klebte an seiner Haut. Schwer atmend lag er dort. Der Nachhall verging wie ein Erdbeben, langsam und pochend. Er starrte zur Decke, bis sein Herzschlag sich beruhigte. *Das war ... ganz ... nett?*

Ein leises Schmatzen begleitete seine Hand, als er sie löste. Nate verzog das Gesicht. Duschen. Jetzt. Jetzt? Würde Ethan sich nicht wundern, wenn er jetzt über den Flur huschte und ... oh Gott, Ethan.

Hatte er sich nicht vorgenommen, aufzuhören, sobald er solche Dinge dachte? Doch währenddessen wollte er dann nicht mehr stoppen. Er *wollte* sich vorstellen, wie es wäre, wenn Ethan seinen Körper erkundete oder seine Zunge mit der seinen spielte. Er wollte ... *Meine Güte.* Ihm fiel gerade rechtzeitig ein, dass es keine gute Idee wäre, sich jetzt über das Gesicht zu streichen. Wie sollte er so denn ins Bad gehen?

Er klaubte sein Unterhemd auf und säuberte sich notdürftig damit. Mit der befleckten Seite nach innen knüllte er es zusammen. Er würde darauf achten, dass nicht Ethan es in die Waschmaschine legte, sondern er selbst. Ethan würde sicher nichts davon erfahren. Ganz sicher. Ganz. Sicher.

13

Eine Woche nach dem Neujahrsfest rief die Immobilienmaklerin an. Mrs. Dorten versicherte sich, dass ihr Termin stand, bevor sie sich in ihren Wagen setzte und den Weg nach Dwellton in Kauf nahm. Nate zögerte, sagte aber zu. Erst danach erlaubte er sich, sich zu fragen, ob er nicht lieber für immer hierbleiben wollte. Bei Ethan. Vielleicht fragte er Kian, ob er nicht doch mit ihm kellnern könnte, oder Luis, ob er im Marvolo's Hilfe bräuchte, oder sogar Buck, denn auf die Felder gehen sollte er ohnehin, oder nicht?

»Alles, was ich höre, ist, dass du dir da oben ein schönes Leben machen willst ...«

Mum verließ sich auf ihn. Hierzubleiben bedeutete, sie im Stich zu lassen.

Nun konnte Nate die Tage, die ihm blieben, an den Fingern abzählen. So wenig Zeit. So wenig Zeit, um sich zu verabschieden, um zu packen, um sich zu überlegen, wie es weitergehen sollte. So wenig Zeit, um mit Ethan zu sprechen. Er hatte es immer noch nicht getan. Natürlich nicht.

Natürlich nicht.

Er dachte daran, als sie sich am Wochenende dazu entschieden, Brot zu backen. Ethan versuchte, ihm etwas beizubringen. Mehr als ein höfliches Lächeln brachte Nate meistens nicht zustande. Die ganze Zeit über wartete er. Auf einen guten Moment, auf ein passendes Stichwort, auf irgendetwas. Seine Augen hingen an jeder von Ethans Gesten. Mit seiner Daumenkuppe befühlte er alles, bevor er es zur Hand nahm, sei es die Mehltüte oder das Tuch, das er über dem Teig ausbreitete, als es an der Zeit war, ihn ruhen zu lassen. Er wischte sich über das Gesicht und verteilte weißes Puder auf den dunklen Haarsträhnen, auf seinem Nasenrücken, und erst, als Ethan zurücktrat, bemerkte Nate, dass er schon lange nicht mehr lächelte.

»Du kannst jederzeit sprechen, wenn du möchtest.«

Er deutete ein Kopfschütteln an. Als seien seine Lippen zusammengenäht, blieben sie aufeinander liegen, rührten sich kein Stück. Während Ethan das Radio anstellte, versenkte er seine Finger in einem Fitzelchen Teig, das noch auf der Arbeitsfläche ruhte. Kalt und klebrig. Er knetete daran herum, betrachtete die Fäden, die seinen Fingerspitzen folgten, und wie sie rissen, wenn er sie zu weit voneinander entfernte.

Am nächsten Tag versuchte er es nach ihrem morgendlichen Lauf. In der Zeit, in der er duschte, legte er sich mögliche Gesprächsverläufe zurecht. Nach dem Abtrocknen entschied er sich spontan für ein Parfüm, das er sonst nie trug. Es musste Ethans sein, dem Geruch nach. Leicht rauchig, dunkel, ein wenig wie Leder. Wenn Ethan es trug, kam die Note nach Kaffee hinzu, starkem und schwarzem Kaffee – nichts Süßes wie Latte macchiato oder Cappuccino. Er würde diesen Duft vermissen. Sehr sogar.

Beim Frühstück kratzte er lange an seinem Toast herum, bis er etwas Mut fand. »Hast du je darüber nachgedacht, von hier wegzugehen?«

»Oft.«

»Aber du bist es nie.«

»Nein.«

»Wieso?«

»Es gibt keinen Platz für mich außer hier. Daran wird sich nichts ändern.«

»Was wäre, wenn das Haus eines Tages abbrennt? Oder es eine Überschwemmung gibt?«

Ethan kaute ausgiebig. »Hoffen wir, dass das nie passiert.«

Entmutigt schwieg er. Nachmittags, ja genau, später, wenn Ethan bessere Laune hatte, würde er es nochmal versuchen.

Zur Mittagszeit beschlossen sie, lieber abends warm zu essen. Ethan setzte Wasser auf. »Schwarztee?«, fragte er und Nate schnaubte. »Als ob du das fragen müsstest.«

Mit einer hochgezogenen Augenbraue schnipste Ethan ihm den Teebeutel gegen die Nase.

Nate grinste und zwickte ihn in die Seite.

Als überlege er, wie er darauf reagieren sollte, neigte Ethan den Kopf. Dabei glitt sein Blick wieder und wieder über ihn. Er warf den Beutel in die Tasse und griff nach seinem Nacken, schüttelte ihn, bis Nate keuchte und lachte, und diesmal trat er nicht zurück, als er sich in seine Arme drehte, sondern empfing ihn mit einer Umarmung.

Nate wagte es kaum, den Hemdstoff zwischen seinen Fingern zu reiben, geschweige denn, die Handflächen an seinen Rücken zu legen, sich an ihn zu ziehen, ihm zu sagen, was er sagen wollte. Es wäre doch einfacher, jetzt, wo er ihm so nah war und ... »Ethan ...«

»Schwarztee. Ich weiß.« Mit einem Schnauben ließ er von

ihm ab. »Gehst du vor und suchst Musik aus?«

»Ja, natürlich«, sagte Nate und erntete einen letzten Knuff in die Seite. Sein Grinsen schmolz, sobald er die Küche verließ.

Tags darauf versuchte er es abends. Im Kamin leckten träge Flammen an einem Holzscheit. Die Deckenleuchte hatten sie ausgelassen. Sie sahen eine Dokumentation über die Musik der sechziger und siebziger Jahre. Mit brummiger Stimme begleitete der Moderator eine fragwürdige Musikauswahl, die Ethan nicht unkommentiert lassen konnte. Nate vergaß seine Magenschmerzen für eine Weile, während er ihm zuhörte oder sie diskutierten. Ethan lag bäuchlings auf dem Sofa, als hätte er nicht vor wenigen Monaten noch davor zurückgeschreckt, sich darauf niederzulassen. Er hatte ein Kissen unter seine Brust geklemmt, es sich bequem gemacht. Die farbigen Lichter des Fernsehers zeichneten die Umrisse seines Rückens nach und warfen bläuliche Strähnen in sein Haar.

Ihre Blicke kreuzten sich. Ethan stützte sein Kinn auf seiner Handfläche. »Woran denkst du?«

Dass du mir fehlen wirst. Dass ich noch nie jemanden hatte, mit dem ich mich so gut gefühlt habe wie mit dir. Dass ich bei dir bleiben möchte und dass ich mich dafür hasse, dass ich gehen muss und ..., dass ich dir nichts davon sagen kann. »Ich weiß nicht.«

Mit einem Brummen richtete Ethan sich auf. Er warf das Kissen zur Seite und klopfte mit der Hand auf den freien Platz. »Möchtest du rüberkommen?«

»Ja.«

Ein schiefes Lächeln teilte seine Lippen. »Na, dann komm doch.«

Also floh er über den Teppich auf das Sofa und sagte den ganzen Abend kein Wort mehr darüber. Er vergewisserte sich, dass es in Ordnung war, wenn er sich anlehnte. Ethan zog ihn zu sich. *Ich werde dich so sehr vermissen.* Nate prägte sich alles ein: das Kaminfeuer, das seine Wangen rot färbte; die Art, wie Ethan seinen Arm um ihn legte und mit seinem Daumen über seinen Ellbogen streichelte; wie Ethans Atem an seinem Ohr vorbei strich; Ethans Geruch, wie er ihn umgab und sich mit seinem verwebte; die Falten, die Ethans Hemd warf, wenn er sich aufrichtete wie aus einem Bett. Er wusste nicht, ob das, was sie taten, sich gehörte, ob Freunde sich so nahe kamen oder ob es bedeutete, dass sie mehr waren als das, aber es fühlte sich gut an, und es tröstete ihn, und vielleicht würde er Ethan deswegen noch mehr vermissen.

Zwei weitere Tage verstrichen.

Als sie am dritten Tag gemeinsam das Mittagessen vorbereiteten, spürte Nate, dass er sich dem Augenblick näherte. Dem Moment, wenn er endlich etwas sagen konnte. Er musste ihn nutzen. Ignorieren, dass sie sich nicht ansahen. Anfangen. Mit irgendetwas. Mit ...

»Ethan?«

»Hm?«

»Was denkst du über die Sache mit Folkes?«

Das Schaben seines Messers verstummte. »Das beschäftigt dich die ganze Zeit?«

»A... auch.«

»Was sollte ich denn darüber denken?«

»Denkst du, es stimmt, was sie sagen?«

»Das weiß ich nicht. Weder kenne ich ihn, noch habe ich ihn gefragt.«

»Sie sagten, man könnte es sehen.«

»Ist das so?«

»Denkst du, dass es so ist?«

Mit einem Seufzen nahm er seine Arbeit wieder auf. »Nein.«

»Nicht mal ein wenig?«

»Nein. Wenn er es absolut verbergen wollte, würden sie es nie herausfinden. Er würde lernen, es zu verstecken.«

»Also sagst du, Folkes könnte es sein, aber auch jeder andere?«

»Theoretisch.«

Nate knibbelte an der Zwiebelschale herum. »Was wäre, wenn er Interesse gezeigt hätte?«

»Das kommt vermutlich darauf an, um welche Art von Interesse es sich handelt.«

»N... nicht an den Kindern.«

»Das ... dachte ich mir.«

»Sagen wir ... Zuneigung?«

»Oder mehr?«

Während er die Achseln hob, nickte er gleichzeitig. Er zerbröselte Schalenstücke zwischen seinen Fingern.

»Ich glaube ...«, sagte Ethan leise, »... dass Menschen, die einander gernhaben, sich einander verraten. Vollkommen unabhängig davon.«

»So einfach?«

»Und so schwer.«

»Was, wenn er irgendetwas davon gezeigt hätte?«

»Dann hätte man es vielleicht sehen können.«

»Denkst du, es wäre etwas Schlechtes?«

»Was ich darüber denke, ändert nichts daran, wie die Leute reagiert hätten.«

Jetzt. Jetzt! »Aber vielleicht ändert es etwas für mich.«

Ethan hielt inne. Ein leises Klopfen sagte Nate, dass er sein Messer beiseitegelegt hatte. Seine Schritte kamen ihm erstaunlich nah. Als er aufsah, lehnte Ethan sich neben ihn an die Küchenzeile, suchte nach seiner Aufmerksamkeit, seinem Gesicht, seinem Blick. Zwischen seinen Brauen stand wieder diese Falte. »Hast du je darüber nachgedacht, warum Menschen Geheimnisse haben?«

Nate deutete ein Kopfschütteln an.

»Manchmal schweigen sie, weil die Dinge, die sie geheim halten, etwas verändern würden. Etwas, das ... gut ist, wie es ist, und von dem sie nicht möchten, dass es sich verändert.«

»Also sagst du es mir nicht?«

»Ich dachte nicht, dass ich das muss.«

Nate legte sein Messer neben das Brett und verbarg seine Hände unter seinen Achseln. Ein paar Mal versuchte er, zu sprechen. Schließlich blieb er bei: »Ich verstehe nicht, was ...«

Ethan unterdrückte ein Seufzen. »Ich denke nicht, dass es einen schlechten Menschen ausmacht. Nicht einmal ... ein wenig. Aber das ändert nichts. Die Welt verändert sich dadurch nicht. Die Leute hören nur, was sie hören wollen.«

»Also sollten wir nicht darüber sprechen?«

»Es wäre sicherer.«

»Sicherer?«

»Sobald man darüber spricht, besteht die Gefahr, dass es gehört wird.«

Seine Lippe schmerzte von den etlichen Bissen. »Wenn wir nur hier ...«

Ethan lachte leise, doch es lag keine Erheiterung darin. Als Nate aufsah, hatte er die Arme vor der Brust verschränkt. »Wie viele Geheimnisse, denkst du, kann dieses Haus hier noch bewahren?«

»Nur ... nur noch dieses.«

»Wie lange?«

Ein Klingeln. Ein normales Türklingeln, und doch sprang Ethan auf, als hätte jemand auf ihn geschossen. Er fluchte, dann vergrub er das Gesicht in den Händen. Seine Beine zitterten. Kurz fürchtete Nate, dass er hinfallen würde. Ethan lehnte sich gegen die Arbeitsplatte und nahm einen tiefen Atemzug. »Würdest du bitte die Tür öffnen?«

»Ja, natürlich.«

Als er an ihm vorbeirauschte, hielt er ihn am Arm zurück. »Verstehst du es jetzt?«

Nate nickte, bevor er Ethans Hand abschüttelte. Eigentlich verstand er gar nichts. Er fühlte sich wie das Opfer und der Täter gleichermaßen, gekränkt und entsetzt darüber, dass er andere verletzt hatte.

Es war Sara. Natürlich war es Sara. Als Nate mit ihr in die Küche zurückkehrte, war sein Schneidebrett verschwunden. Ethan pulte die Schale von der letzten Zwiebel. Wundervoll, mit welcher Schnelligkeit – und Leichtigkeit – er alle Zeichen ihrer gemeinsamen Zeit beseitigt hatte. Vielleicht zwei

Minuten, länger nicht. Welchen Küchenschrank musste er öffnen, um sein Messer zu finden? Lag es zwischen zwei Packungen Mehl? Oder zwischen den Tees und dem Kaffee?

Sara begrüßte Ethan mit einem Kuss auf die Wange. »Was zauberst du da?«, fragte sie. Er antwortete, als sei nichts geschehen. Ruhig, sogar mit einem unterdrückten Lächeln.

»Ich muss einkaufen«, sagte Nate. »Brauchen wir noch etwas für das Abendessen?«

Ethan wandte sich zu ihm um. In seinem Gesicht stand – nichts. Keine gerunzelte Stirn, keine schimmernden Augen. Nur Leere. Höfliche, zurückhaltende Leere.

Wie kannst du nur so sein?

»Bist du denn zum Abendessen schon zurück?«, fragte Sara.

»Oh, sollte ich nicht?«

»Nein, nein. So habe ich das nicht gemeint. Wirklich. Es ist nur ...«

»Ja?«

Ihr Blick glitt über ihn, von oben nach unten und zurück. »Seit der Sache bist du so anders. Manchmal glaube ich, dass du mich nicht mehr hier haben willst. Du gehst immer, und du ...«

»Warum kommst du dann?«

Sie schnappte nach Luft. »Weil ich eine gute Freundin bin und nicht so ein Arschloch wie du!«

Nate biss sich in die Wange. »Okay.« Er hob abwehrend die Hände. »Tut mir leid.« Dann drehte er sich um. In weniger als zwei Minuten warf er sich in Jacke und Schuhe und stiefelte zum Auto. Er war schneller geflohen, als Ethan gebraucht hatte, um ihn verschwinden zu lassen. Mit einem Knall zog er die Wagentür hinter sich zu. Zwei, drei tiefe Atemzüge, dann fuhr er irgendwo hin, irgendwo lang, und fragte sich, ob er je lernen würde, kein Feigling zu sein. Dicht unter seiner Wut lauerte Trauer und das Brennen von Verletztheit, doch er wollte nichts davon fühlen. Lieber verfluchte er Sara und Ethan und sagte sich, dass sie ihn ohnehin nicht dort haben wollten und dass er ihnen einen Gefallen tat, wenn er ging.

Er parkte den Wagen am Straßenrand. Solange es trocken war, konnte er zumindest einen Spaziergang machen. Der Schnee taute an. Überall schimmerten halb vereiste Pfützen auf den Wegen. Dazwischen lungerten Brocken aus festgefrorenem Schnee, so hart, dass es weh tat, sie wie einen Ball zu kicken.

Jeder neue Schritt verlor an Elan und Kraft. Eigentlich wusste er sehr gut, weshalb Ethan war, wie er war, und warum er tat, was er tat. Und Sara? All seine Ablehnung hatte nichts mit ihr – mit ihr als Person – zu tun. Bevor er ging, sollte sie das wissen. Seufzend kehrte er zum Auto zurück. Er fuhr bei Claude vorbei und kaufte neue Zigaretten und Pralinen für Sara. Für eine angemessene Entschuldigung reichten sie nicht, aber sie dienten als Anfang. Bevor er wieder nach Hause fuhr, saß er im Auto und rauchte. Dabei fiel sein Blick auf das Armaturenbrett. Die Treibstoffanzeige näherte sich dem unteren Ende. Sollte er zur nächsten Tankstelle fahren? Alles nur erkaufte Zeit. Seine zurechtgelegten Sätze würden sich bis dahin komisch und schräg anfühlen und vermutlich würde er dann wieder gar nichts sagen. Also startete er den Motor.

In der Garage genehmigte er sich eine weitere Zigarette. Sein Abgang hatte etwas Theatralisches gehabt. War dafür die erste Entschuldigung nötig? Oder ... Gott, er wusste es nicht. Er würde es aber auch nicht herausfinden, wenn er noch zwei

Packungen rauchte. *Mach schon.* Gedankenversunken stolperte er auf dem Weg über das Rad, das an der Garagenwand lehnte.

Die Haustür lag halb im Schloss. Anscheinend hatte er sie vorher nicht richtig geschlossen. *Okay.* Er tippte sacht gegen das Holz. *Es tut mir leid, dass ich mich aufgeführt habe wie ein Arsch. Es tut mir leid, dass du denkst, dass ich dich nicht mehr leiden kann. Das ist Blödsinn. Ich habe viel, worüber ich nachdenken muss, denn ...* Ja, warum sagte er es Ethan nicht auch direkt? ... *denn ich werde das Haus bald verkaufen, und dann muss ich gehen. Ich will aber nicht gehen, und deshalb ...* Gut, das würde er spontan weiterführen. Ob er das überhaupt ansprechen sollte? Was, wenn Sara nach dem Grund fragte? Nate unterdrückte ein Seufzen. Gewappnet fühlte man sich anders, aber besser wurde es nicht mehr. *Ich habe es auf so viele Arten versucht. Es muss klappen. Jetzt.* Jeder Schritt den Flur entlang kostete ihn Überwindung. Der Geruch nach Essen lag noch in der Luft: geröstete Zwiebeln, Fett und das Aroma von scharf angebratenem Steak.

Mit den Einkäufen sollte er zuerst in die Küche. Ja, das klang logisch, das konnte er erklären, falls ... Die Tür stand einen Spalt breit offen.

»Wovor hast du Angst?«

Nate zuckte und blieb stehen.

»Nichts«, antwortete Ethan.

Er erlaubte sich, flach die Luft auszustoßen.

Sara lachte. »Ja, klar. Hast du was mit ihm?«

Was?!

»Wie bitte?«

Sie lachte lauter. »Nate. Schläfst du mit ihm? Hast du Angst, dass er ...«

»Nein.«

Nate warf einen Blick durch die Öffnung.

Sara wanderte um die Kücheninsel herum. Als Ethan sich zu ihr umdrehte, legte sie ihm die Hand auf die Brust. »Wovor fürchtest du dich dann?«

Geh weg von ihr, bitte.

»Es ... es ist ... das steht mir nicht zu.«

»Sagt wer?«

»Wir sollten nicht ...«

»Warum? Es sind noch zwei Stunden bis zum Abendessen.« Sie stellte sich auf die Zehenspitzen und küsste ihn.

Sie küsste ihn.

Ihre Lippen legten sich auf die seinen, nicht zögerlich, nicht vorsichtig, nicht so, als täte sie es zum ersten Mal. Ethan schloss die Augen dabei. Seine Hand glitt über Saras Seite, bis sie an ihrer Hüfte verharrte.

Bei einem Umzug war ihm einmal ein Spiegel aus der Hand geglitten. Bevor er ihn auffangen konnte, zerschellte er auf dem Boden. Unzählige Scherben lagen darum herum verteilt, unterschiedlich in Größe und Form. Was sie gemeinsam hatten, war ihre Schärfe. So oft sagten sie, dass Herzen auf diese Weise brachen. Laut, scheppernd, scharf. Doch er fühlte sich vielmehr wie der Junge, der sich damals auf den Boden gekniet und versucht hatte, die Scherben einzusammeln. Dessen Finger bluteten, als er sie wieder an die richtige Stelle puzzelte, der sich die Haut aufschnitt, während er einsehen musste, dass er diesen Spiegel nicht mehr retten konnte. Zuletzt hatte er ein rotes Bild zusammengesetzt, ein verzerrtes, rotes Bild aus Scherben und Blut, und das war es, was er wieder vor sich sah, als Ethan Saras Kuss erwiderte.

Das Schmatzen, mit dem sie sich lösten, bescherte ihm eine

Gänsehaut. Saras Hand wanderte an Ethans Brust hinab, bis er sie nicht mehr sah. »Fühlt sich gut an, hm?«

»Sara ...«

Wie er sie Sara nannte, als sei es nichts, und wie er sie stets Miss Birming nannte, wenn Nate zugegen war. Spielte er mit ihr dasselbe Spiel wie mit ihm? Seine Lippe begann zu zittern, also biss er darauf. *Geh einfach,* sagte er sich, aber er tat nichts. Gar nichts. Er sah zu, wie sie Ethan wieder fragte, ob es an ihm, an Nate, läge. Ob er der Störfaktor war, der ihn davon abhielt, sie sofort auf der Theke zu nehmen.

»So ist es nicht.«

So ist es nicht?

Sara raffte Ethans Hemd, um ihn mit sich nach hinten zu ziehen. »Beweis es.«

Bitte. Tu es nicht. Tu es n...

Ethan blickte ihr ins Gesicht. Seine Augenbrauen senkten sich, während seine Mundwinkel sich hoben. Er beugte sich vor, immer weiter, je weiter sie vor ihm zurückwich, kichernd, aufreizend. Dann küsste er sie, und sie küsste ihn, schlang ihre Arme um seine Schultern. Ethan stemmte sie nach oben, bis sie auf der Küchentheke saß, während er sie immer wieder küsste. Sara löste sich von ihm, warf ihren Pullover auf den Boden und enthüllte rosige Haut. Ethans Hände glitten über ihre Seiten, legten sich über ihre Brüste ...

Nate warf die Einkäufe auf den Boden und rannte.

»NATE!«

Halt den Mund, Sara.

Als er das Rad von der Garagenwand zerrte, schluchzte er. Er verfluchte sich dafür, dass er nicht getankt hatte, denn er wollte weg, so schnell und so weit wie möglich. Er schwang sich auf den Sattel, als Ethan die Haustür öffnete. Nate wandte sich ab und trat in die Pedale.

Tränen ließen seine Sicht verschwimmen.

Er biss sich in die Wange, bis es schmerzte.

Kies und Schnee knirschten unter seinen Rädern. An ihm zogen die Kiefern vorbei, immer schneller, verwandelten sich in grünweiße Flecken.

»Nate!«

Dabei klang sie angenehm weit entfernt. Er trat und trat und trat. Schneller. Unwirsch wischte er sich mit dem Handrücken über die Augen.

Er hat sie geküsst.

Schneller, er musste noch schneller treten. Unter ihm wechselte der Kies zu Asphalt. Das Vorderrad rutschte und ächzte. Schleunigst. Weiter. Weg.

Schon wieder war er nur die zweite Wahl.

Er fluchte, er schluchzte, dann schlingerte der Lenker. Treten, er musste treten. Weiter. Schneller. So weit weg wie möglich, ganz weit weg, vielleicht sogar ...

Lichter. Eine Hupe dröhnte. Schrill. Warnend. Bremsen quietschten.

Nate riss das Fahrrad herum. Ausweichen. Ausweichen! Er schlitterte über die schneenasse Fahrbahn. Seine Hand wand er um die Bremse und drückte, stemmte sich in die Pedale. Seine Beine brannten, seine Augen – *Ich schaffe es nicht!*

Mit dem Vorderrad rammte er die Stoßstange.

Der Schwung katapultierte ihn aus dem Sattel.

Nate riss die Arme nach oben. Er sah silbernen Lack, roch Tannennadeln und Benzin, hörte jemanden fluchen und schreien, er dachte, dass er besser die Augen geschlossen hätte, hielt den Atem an, instinktiv, und ...

Der Aufprall trieb ihm die Luft aus den Lungen.

Jemand schrie.

Er schlitterte über Metall. Weiter, er schlitterte weiter, er konnte sich nicht festhalten, sein Brustkorb fühlte sich so eng an, er bekam keine Luft! Sein Kopf knallte gegen etwas – Schmerz explodierte in roten Farben – er wusste nicht –

»Bei Gott! Nathaniel!«

Atmen, er konnte nicht atmen. Er wollte schreien, doch die Luft weigerte sich, zu ihm zu kommen. Er rieb sich über das Gesicht, seine Finger voller Blut. Atmen! Seine Augen rollten zur Seite, seine Sicht flimmerte, dann ...

»Nathaniel!«

Er erbrach sich, dann schoss die Luft zurück in seine Lunge. Sie schmerzte. Sie brannte. Er hechelte, alles drehte sich, er gierte nach Atem und erbrach sich wieder. Alles schmeckte nach Blut und Galle – Jemand riss an ihm. Sein Kopf drehte sich, alles drehte sich, und dann ...

Atmen. Einfach atmen.

Einfach at...

Sein ganzer Körper bebte. Er tat es langsam, in einem brummenden Rhythmus. Jemand hielt ihn fest.

Er atmete. Kurz glaubte er, zu ersticken, aber er atmete. Hatte er sich wieder übergeben? Jemand strich ihm über die Schultern und sagte ihm, dass er sich hinlegen sollte. Keine Bewegung. Einfach atmen.

Grelles Licht blendete ihn. Jemand drückte ihm etwas auf das Gesicht. Es schnitt unangenehm in seine Wangen. Außerdem roch es scharf nach Desinfektionsmittel und warmgewaschenem Plastik. »Atmen«, sagte jemand, also atmete er. Diesmal sah er die Schwärze kommen, am Rande seines Blickfeldes zuerst, dann krabbelte sie näher. »Weiter so, Junge.«

Seine Augen wogen schwer. Öffnen ließen sie sich nicht. Irgendwo hinter ihm dröhnte ein repetitives Piepen, ein Brummen und Surren. Er wusste nicht, wo sein Körper begann oder wo er endete. Der Schmerz waberte von links nach rechts, von oben nach unten, manifestierte sich hier eine Weile, dann dort. Immer noch schnürte etwas in sein Gesicht, oder zumindest dort, wo er sein Gesicht vermutete; aber das Atmen fiel ihm leichter. Unvermittelt setzte sich die Welt um ihn herum in Bewegung. Es dauerte einen Moment, bis er verstand, dass er es war, der bewegt wurde. Ihm wurde übel davon. Ein metallisches Rollen begleitete ihn und das Tapsen von Füßen. Leise, murmelnde Stimmen, ein wenig wie Rauschen …

»Bist du wach?«

Ich? Nate versuchte zu schlucken, doch sein Hals schmerzte. Ein Husten schüttelte ihn. Wie eine Schere grätschte der Schmerz in seinen Torso, links und rechts und überall.

Jemand hielt ihn zurück, als er sich aufrichten wollte.

»Ist dir schlecht?«

Er nickte flüchtig. Das Brennen ließ langsam nach.

»Kannst du mich ansehen?«

Zögerlich versuchte er, die Lider zu heben. Über seiner rechten Augenbraue spürte er einen Widerstand. Er zischte, dann blinzelte er. Eine junge Frau musterte sein Gesicht.

»Gut«, sagte sie. »Wie fühlst du dich?«

Er hob ihr ratlos die Handfläche entgegen. Da bemerkte er, dass ein Zugang darin steckte. Ein Schlauch ging davon ab, räkelte sich über ein weißes Laken bis hin zu einem Ständer direkt neben ihm. Sein Arm verbarg sich unter strengen Bandagen. Sein Hemd ... war nicht mehr sein Hemd, sondern ein blaugrüner Kittel. Er murmelte einen Fluch. Als er die Stirn runzelte, zwickte der scharfe Schmerz über seiner Augenbraue.

»Wie heißt du?«

Beinahe hatte er die Frau vergessen. »Nate.«

»Und weiter?«

»Alglow.« Seine Stimme klang heiser. Jedes Wort schmerzte, als rissen dadurch all die Wunden in seinem Hals wieder auf.

»Gut«, sagte sie. »Weißt du, was passiert ist?«

Vorsichtig deutete er ein Kopfschütteln an.

»Du bist hier im Krankenhaus. Dir geschieht nichts.

Verstanden?«

Als er nickte, dröhnte sein Kopf.

»Du hattest einen Unfall mit dem Fahrrad. Aber du hattest jede Menge Glück. Es wird alles gut.« Obwohl sie müde wirkte, rang sie sich ein Lächeln ab. »Ich werde deine Temperatur und deinen Blutdruck messen, und danach kannst du wieder schlafen, in Ordnung?«

Er nickte. Es zog, als sie seinen Arm anhob und die Manschette darum legte. Die Bewegung hinterließ ein Grummeln in seiner Magengrube. »Mir ... mir ist schlecht.«

Sie nickte mit dem Stethoskop in ihren Ohren. Kaum war sie zufrieden, reichte sie ihm eine Schale. »Bleib heute liegen und versuch gar nicht erst, bis zur Toilette zu kommen«, sagte sie, während sie seinen Arm befreite. »Ist nicht schlimm. Hier.« Sie zeigte ihm einen Knopf. »Wenn du Hilfe brauchst, drücken. Jemand kommt dann zu dir. Jetzt ruh' dich aus.«

Wenn er nicht so müde gewesen wäre, hätte er sich vielleicht geschämt. So dämmerte er nach kurzer Zeit wieder weg.

Ein Arzt kam an sein Bett und erzählte ihm, dass er mit einem fahrenden Auto kollidiert wäre. Ein Aufschlag auf dem oberen Drittel der Frontscheibe, ein weiterer, als er über das Dach rutschte und kopfüber auf den Asphalt prallte. »Der Geistesgegenwart der Fahrerin haben Sie es zu verdanken, dass Sie noch leben«, sagte er und blätterte durch seine Akten. Geprellte Rippen – sie würden heute noch Entzündungswerte nehmen, denn die ersten beiden Tage hatte er schlecht geatmet – und ein bis auf die Knochenstruktur geprellter Arm, eine Gehirnerschütterung, aber nichts weiter. »Unglaubliches Glück«, murmelte er. »Eine Platzwunde am Kopf. Schmerzhaft, außerdem wird es eine schöne Narbe. Aber Sie hätten tot sein können. Ihr Schutzengel hat ganze Arbeit geleistet.«

Nate nickte höflich. Ihm war wieder schlecht, und er wollte nicht erneut jemandem zumuten, die Laken zu wechseln. »Darf ich aufstehen?«, fragte er. Die Antwort erledigte sich, als die Übelkeit schneller siegte als erwartet. Er sah sich das Malheur an und entschuldigte sich. Wenn es nur nicht so weh täte, als wollte sein Körper sich all seiner Organe gleichzeitig entledigen.

»Lieber nicht«, meinte der Arzt. »Vermutlich wird Ihnen das noch ein paar Mal passieren. Eine Folge der Gehirnerschütterung. Machen Sie sich keine Sorgen, das sind die guten Schwestern hier gewohnt. Gleich wird eine von ihnen kommen und Ihnen helfen. Ich gebe vorne Bescheid.« Damit ließ er ihn allein.

Die Dame, die kurze Zeit später sein Zimmer betrat, besaß goldblondes, leicht ergrauendes Haar und einen Blick, der ihm sagte, dass sie schon wirklich alles gesehen hatte. Nicht, dass sie ihm das heute bereits versichert hatte, als sie ihm dabei half, sich zu waschen.

»Fühlst du dich besser?«, fragte sie ihn, während sie das Bett bezog. »Gestern warst du so hinüber, dass du meine ganze Schicht verschlafen hast.«

»Ich ... weiß nicht. Ich hätte gerne Klamotten, und ich würde gerne aufstehen.«

»Hast du denn niemanden zuhause, der dir etwas bringen kann?«

Nate seufzte und spürte, wie sein Brustkorb dabei protestierte. »Ich glaube nicht, nein.«

»Immerhin redest du wieder. Rebecca meinte gestern, dass

du kaum ein Wort herausbekommen hast.« Sie warf ihm die Decke über. »Ich sehe mal, was ich für dich auftreiben kann, Herzchen.«

Sie verließ das Zimmer und kam später mit Unterwäsche, Socken und einer bequemen, leichten Stoffhose zurück. Nate bedankte sich erleichtert und vergaß dabei, dass er auch zum Anziehen ihre Hilfe brauchen würde. Als es geschafft war, fühlte er sich etwas wohler.

Er musste eingenickt sein, denn er wurde vom Geruch billigen Krankenhausessens geweckt. Sofort rumorte sein Magen, und er war noch nicht ganz wach, da übergab er sich erneut. Jemand seufzte. Er stammelte eine Entschuldigung und wischte sich hastig die Tränen aus den Augen.

»Versuch trotzdem, etwas zu essen«, lautete die Anweisung der Krankenschwester, die sich dieses Mal darum kümmerte.

Also tastete er sich vorsichtig an matschigen Kartoffelbrei heran. Den Fisch daneben ließ er liegen. Wieder eine andere Dame kam, um seinen Teller mitzunehmen. Sie brachte ihm Wasser und einen Medikamentenblister voller Ibuprofen. »Deine Lungen mochten den Aufprall nicht«, sagte sie. »Wir wollen doch nicht, dass sie sich entzünden.«

Er hätte die Tabletten auch so genommen, aber das behielt er lieber für sich.

Danach lag er wach und starrte aus dem Fenster. Es war kein reizender Ausblick: Sein Zimmer musste im dritten oder vierten Stock liegen. Außer den Dächern der Gebäude rundherum sah er nicht viel. Tuten und Brummen verrieten ihm, dass sich unter ihm eine Hauptverkehrsstraße befand. Bei jedem lauten Hupen zuckte er zusammen; sein Körper dankte es ihm nicht.

In seinem Kopf saß ein bohrender Schmerz, der ihn daran hinderte, allzu viel nachzudenken. Aber er erinnerte sich klar an grausilbernen Lack und schwarze Reifen, an einen Schrei, der in seinen Ohren widerhallte wie das Dröhnen von Zwölfuhrglocken. An den Geruch von nassem Schnee und Abgasen, an den Geschmack von altem Eisen und Säure.

Vor allem anderen erinnerte er sich an den Moment, als er dachte, zu sterben – als er glaubte, dass er just in diesem Augenblick erstickte.

Das Quietschen der Bremsen. Der Knall, mit dem er aufgeprallt war ... der Schrei ...

Nate fuhr sich über das Gesicht und zischte, als er den Verband an seiner Stirn streifte. Unvermittelt spürte er Tränen in seinen Augenwinkeln. Wenn ein Seufzen ihn schon quälte, würde ein Schluchzen es nicht besser machen. Den Blick zur Decke gerichtet, versuchte er sich zu beruhigen. Seine Hände begannen zu zittern, sein Herz zu rasen. Er flüsterte einen Fluch. *Nicht daran denken. Denk an etwas Anderes. Irgendetwas.* Das hier war nicht mehr nur der schwelende Kummer über seine Dummheiten; etwas geschah mit ihm, mit seinem Körper. Raus. Weg. Er wollte hier weg! Plötzlich schoss er hoch. Als er sich aufrichtete, schien seine Schädeldecke zu bersten. Vor seinen Augen tanzte das Zimmer. Der Knopf! Seine Finger zittern so heftig, dass er es fast nicht schaffte, ihn zu drücken. Nate japste nach Luft, griff sich an den Hals. *Nicht schon wieder!*

Jemand kam und drückte ihn mit sanfter Gewalt zurück auf das Bett. »Atmen«, sagte eine strenge Stimme. »Los, Herzchen. Es ist alles in Ordnung. Atmen.«

Als er gehorchte, wurde es besser. Nachdem der Schmerz abgeklungen war, brach er in Tränen aus. Schnell wischte er sie fort, aber sie hörten nicht auf zu kommen. »T... tut mir leid ...«

»Nicht doch.« Sie schenkte ihm ein Lächeln, das wohl aufmunternd wirkend sollte. Eher trug es den Charme einer Lehrerin, die ihrem Schüler zum fünften Mal erklärte, wie Bruchrechnung funktioniert. »Das passiert manchmal, wenn der Schock nachlässt. Hier kann dir nichts passieren. Falls es schlimmer wird, gebe ich dir etwas, das dich schlafen lässt.«

Nate lehnte ab. Nachdem sie seinen Puls geprüft hatte, ließ sie ihn wissen, dass er nur zu klingeln bräuchte. Er zog die Decke hoch bis zum Kinn und versuchte, es sich bequem zu machen. Selbst, als er die Augen geschlossen hielt, flohen immer wieder Tränen über seine Wangen. *Es ist doch gar nichts passiert.* Sie alle sagten es. Dass er so ein Glück gehabt hätte und dankbar sein sollte, dass es ihm gut ging. Die Wahrheit war, dass sein gesamter Körper schmerzte und er sich schämte, dass er es nicht kommentarlos wegstecken konnte. Dass er über ein verdammtes Auto geflogen war, nachdem er die verfluchte Windschutzscheibe mitgenommen hatte, und dass er Angst hatte, wenn er daran dachte, und dass ihm der Gedanke Angst machte, dass er in diesem Moment hätte sterben können.

Schon wieder zitterten seine Hände. Nate verschränkte sie ineinander und warf den Kopf in den Nacken.

Böser Fehler.

Er hatte vergessen, dass ihm immer noch schlecht war.

Am nächsten Tag kam die Erinnerung, von der er sich

401

wünschte, sie wäre verlorengegangen.

Nach einer sehr ausgiebigen Runde Schlaf fühlte er sich endlich besser. Der Arzt kommentierte dies mit »Ja, die ersten paar Tage sind immer am schlimmsten« und meinte dann, dass er duschen gehen könnte, bevor der Druckverband erneuert werden würde. Die junge Krankenschwester – Rebecca, glaubte er – nahm ihm die Verbände ab und half ihm auf den ersten Schritten. »Nicht absperren«, sagte sie, »falls du fällst und Hilfe brauchst.«

Noch mehr schämte er sich, als ihm auffiel, dass er wieder nichts zum Anziehen hatte. Rebecca brachte ihn zurück ins Bett, wo er mit einem Handtuch um die Hüfte geschlungen dasaß. Aber er saß, und allein das fühlte sich angenehmer an als der gesamte gestrige Tag. Bevor er zu sehr ins Grübeln kam, kehrte Rebecca zurück. Er bestand darauf, sich selbst anzuziehen, was sie mit einem gutmütigen Kichern quittierte. »Nicht übermütig werden«, sagte sie und bückte sich, um ihm die Socken überzustreifen. »Du bist nicht hier, um den starken Mann zu spielen.«

»... danke.«

Sie lächelte etwas breiter.

Im Sitzen konnte er die Straße beobachten. Es wäre gelogen gewesen, zu sagen, dass es ihm kein mulmiges Gefühl bereitete. Immer wieder raste sein Herz, aber meistens behielt er sich unter Kontrolle. Wenn unten jemand hupte, zuckte er und musste sich anstrengen, an etwas Anderes zu denken.

An diesem Tag übergab er sich nur noch zweimal. Beide Male schaffte er es bis ins Bad. Die Kopfschmerzen danach drohten seinen Schädel zu sprengen, aber das war es wert.

Nachts drehte er sich auf die Seite. Die Wände der Gebäude

hinter der Fensterscheibe reflektierten die Lichtkegel der Straßenlaternen und Scheinwerfer, ohne sie ihm zu zeigen. Manchmal bellte ein Hund, den er tagsüber nicht hörte, weil der Lärm ohrenbetäubende Ausmaße erreichte.

Ob Ethan auf der Terrasse stand, rauchend, und den gleichen Nachthimmel betrachtete? Dachte er an ihn? Wusste er, was geschehen war?

Wollte er, dass er es wusste?

Am Nachmittag darauf bekam er unerwarteten Besuch. Nate war einmal mehr froh darum, bekleidet auf seinem Bett zu sitzen, als die Tür aufging. Dann erkannte er sie – Ashtons Tochter. Die Stimme, die voller Grauen gekreischt hatte, als es knallte. »Oh Gott«, murmelte er. »Amanda, es tut mir so leid.«

Ihr Lachen klang hoch und schrill. »Mir tut es leid. Wirklich. So, so leid.«

Sie unterhielten sich eine Weile. Amanda hatte ihm Schokolade mitgebracht, die er dankend ablehnte, also aß sie selbst davon. Ständig tränten ihre Augen. Wenn sie kaute, mied sie seinen Blick. »Vater saß neben mir«, erzählte sie. »Du hättest hören müssen, wie er ...« Sie schniefte. »Wie er mich angeschrien hat, und wie er gekeift hat, und dann sollte ich ihm helfen, dich auf den Rücksitz zu packen, aber du hast kaum geatmet und überall war Blut und ...«

»Mir geht's gut«, beruhigte er sie schnell. »Bitte. Es wird alles wieder gut.«

»Rechts oben hat die Scheibe einen Sprung«, sagte sie und griff nach einer weiteren Praline. »Jedes Mal, wenn ich das Auto sehe, denke ich daran, wie ...«

»Ich bezahle den Schaden.«

»Nein. Vater sagt, wir werden so tun, als sei nichts geschehen. Als Bürgermeister kann er sich so etwas nicht leisten. Ich sollte dich nicht besuchen, aber ich konnte nicht ... als ich dich das letzte Mal gesehen habe, da ...«

»Amanda ... Ich lebe. Siehst du?« Er zupfte an seinem Shirt, bis sie lachte. »Es ist weiß, aber nicht, weil ich ein Geist bin. Alles okay. Die Ärzte geben mir noch ein paar Tage, dann gehe ich wieder nach Hause.«

Sie nickte. »Ich habe Alpträume davon.«

Ich auch. »Bestimmt nicht mehr lange. Ich verspreche, dir nie wieder vors Auto zu fahren.«

Ihr Lachen löste das Schniefen ab, was es ein bisschen grotesk klingen ließ, aber sie lächelte tapfer. »Warst du betrunken?«

»Hm?«

»Du ... du bist so gefahren. Links, dann rechts, dann wieder links. Vater meinte, dass ich aufpassen soll. Ich habe gehupt, aber ...«

Ich wünschte, das wäre ich gewesen. Nate versuchte sich an einem Lächeln. »Es war meine Schuld.«

Amanda riskierte einen schüchternen Blick. »Soll ich dich abholen, wenn du gehen darfst?«

»Nicht nötig«, wollte er sagen. »Ja, das wäre nett. Ich wüsste nicht, wie ich sonst nach Hause komme.«

Als er entlassen wurde, brachte Rebecca ihm einen Beutel mit den Sachen, die er am Unfalltag bei sich trug. »Nächste Woche sehen wir uns nochmal zum Fädenziehen«, erinnerte sie ihn und wies hinter sich auf den Flur. »Na los, raus mit dir.«

Er schenkte ihr ein sachtes Lächeln, schulterte den Beutel und ging zum Empfangstresen, wo er eine Abfertigung des Berichtes und ein Rezept für Schmerzmittel erhielt. »Stillhalten, ausruhen, und kein Sport!«

Der Weg durch das Krankenhaus zog sich. Abgesehen davon, dass er seine Station in einem eher desorientierten Zustand betreten hatte, kannte er den Rest des Gebäudes nicht und durchquerte es zögerlich. Draußen atmete er endlich frische, klare Luft und spürte, wie seine Augen tränten. Kein Desinfektionsmittel mehr, kein Jod, kein Chlor.

Als er den Blick zur Seite wandte, entdeckte er Amanda, die auf dem Parkplatz auf ihn wartete. Er fühlte sich seltsam entrückt, in raufaserigen Klamotten, die eigentlich dem Klinikum gehörten, in Hausschuhen, weil seine eigenen in einer Tüte auf seinem Rücken baumelten, und ohne Jacke, während rundherum knöchelhoch Schnee lag.

Sie wies auf den Beifahrersitz, als er bei ihr ankam.

»Das ist nicht dein Wagen.«

»Nein. Das ist Vaters Auto. Meines ist in der Werkstatt.«

»Ja. Natürlich.« Seine Finger krallten sich fester um den Beutel. »Ashton hat sicher nichts dagegen, wenn ich ...?«

»Steig ein. Ich sage es ihm später.«

Nate kaute auf seiner Wange, dann duckte er sich vorsichtig. Von einem eleganten Einstieg konnte man wohl nicht sprechen. Amanda knallte die Beifahrertür zu, und er zuckte. *Es. Ist. Nur. Ein. Auto! Du sitzt drin und nicht draußen. Es passiert nichts!*

»Alles in Ordnung?«

Er rang sich ein Lächeln ab. »Schon gut.«

Die Fahrt verbrachten sie größtenteils schweigend. Nate klammerte sich gleichermaßen an den Sitz wie an die Trageschlaufen seines Beutels. Ab und zu bemerkte er, wie Amanda ihm einen Blick zuwarf.

»Du bist blass«, bemerkte sie.

»Ich fühle mich nicht so wohl«, gab er zu, in der Hoffnung, dass das Thema damit erledigt wäre.

»Sagst du Bescheid, wenn ich anhalten muss?«

»Ja, natürlich.«

Damit verfielen sie die restliche Fahrt wieder in Schweigen. Amanda lenkte den Wagen auf die Kiesstraße und hielt ein paar Schritte vom Haus entfernt. Für einen Moment dachte Nate, im Küchenfenster einen Schatten zu sehen, dann lag alles wieder still und regungslos vor ihnen.

»Danke für die Fahrt«, sagte Nate heiser.

»Gar kein Problem. Ich bin dir unendlich viele Gefallen schuldig ... wirklich. Meld' dich einfach, wenn du etwas brauchst.«

»Ja, natürlich. So machen wir das.«

»Soll ich dich zur Haustür begleiten?«

»... nein. Schon gut.«

Nate stieg aus, brauchte zwei Versuche, um die Autotür vernünftig zu schließen. Er winkte ihr, als sie kehrtmachte.

Dann stand er vor der Tür. Unter normalen Umständen hätte er sich längst verschiedene Diskussionen zusammengesponnen. Er hätte zig Verläufe im Kopf, an denen er sich entlanghangeln könnte, und er wüsste, welche Sätze mit größerer Wahrscheinlichkeit fallen würden als andere.

Aber nicht heute.

Gab es überhaupt etwas zu sagen?

›Tut mir leid, Ethan. Ich hoffe, du hast dir keine Sorgen gemacht und Vorwürfe bitte schon gar nicht. Du weißt ja, ich bin ein Idiot. Ich hoffe, es geht dir gut? Wie geht's Sara?‹

Nate erlaubte sich ein letztes Durchatmen, bevor er die Klingel betätigte wie ein Fremder.

Hoffentlich gibt es eine gute Erklärung.

Er hörte die Schritte hinter der Tür.

Irgendeine.

Im ersten Moment stand der Haushälter-Ethan vor ihm. Der mit dem glatten Gesicht und dem unterwürfig-desinteressierten Blick - bis er ihn erkannte. Ethan presste die Lippen zu dünnen Strichen zusammen. Mit einer angedeuteten Verbeugung hielt er ihm die Tür auf.

Nate ging zögerlich an ihm vorbei.

»Wer ist es?« Saras Stimme drang aus dem Wohnzimmer.

Irgendeine?

Schluckend warf er Ethan einen Blick zu. Der wandte sich ab.

Ich verstehe. Nate rückte sein Bündel zurecht und wollte direkt nach oben gehen, als eine Hand sich an seine Schulter klammerte.

»Nate.«

»Sara.«

»Sieh mich an.«

Er haderte einen Moment. Hätte Ethan auch nur einmal den Blick gehoben oder ihm ein Zeichen gegeben, wäre er gegangen. Hätte oben auf ihn gewartet, bis sie in Ruhe sprechen konnten. Doch Ethan inspizierte noch immer seine Finger und pulte an seinen Nägeln. Nate schluckte, dann drehte er sich um.

»Weißt du eigentlich ...«, begann sie, »... was für ein unglaublich dummer, verfickter, hässlicher Idiot du bist?!« Mit jedem Wort schwoll ihre Stimme an wie ein Crescendo. »Du – du – weißt du, wie viele Sorgen ich mir gemacht habe?! Weißt du ... mein Pa hat angerufen, an dem Abend und er ... weißt du, was er gesagt hat? ›Sara, was ist passiert?‹ Und ich hatte keine Ahnung, weil du ... du einfach abgehauen bist, wie ein Arschloch, wie ein Weichei, weil man nie mit dir reden kann ...« Ihr Finger bohrte sich in seine Brust. »Und er sagte: ›Sara, weißt du, wer gerade auf meinem Tisch lag?‹« Sie schluchzte. »ICH DACHTE VERDAMMT NOCH MAL, DASS DU STIRBST!« Plötzlich fiel sie ihm um den Hals und vergrub ihr Gesicht an seiner Schulter. »Ich dachte, dass du stirbst«, wiederholte sie leiser. »Und jetzt stehst du da und sagst nicht einmal was. Fick dich, Nate. FICK DICH!«

»Es tut mir leid.«

Ein Lachen zerrüttete ihre Tränen. »Das ist alles, was dir einfällt? Ich hasse dich. Umarm' mich wenigstens, Arschloch!«

»Wenn du dich so anlehnst, bekomme ich keine Luft mehr«, hätte er sagen können, oder: *»Du tust mir weh«* oder zumindest: *»Ich will das nicht«*. Stattdessen ließ er seinen Beutel fallen und legte seine Arme um sie. *Außerdem hättest du jederzeit vorbeikommen können. Du wusstest doch, wo ich war, oder nicht? Ich war dir nur nicht wichtig genug.* Aber er war noch nicht einmal stark genug, um sie vernünftig zu halten, also schwieg er.

»Du hättest anrufen können! Von mir aus eine Brieftaube schicken! Aber nichts, es kam ... nichts, die ganze Zeit, und ...«

»Wird nicht mehr vorkommen.« Seine Stimme klang aufgezehrt. Hastig räusperte er sich, was in einem Husten endete.

Sara löste sich gerade genug, um ihm dabei zuzusehen. »Das tut weh, nicht wahr?«

»Ein wenig.«

Sie verdrehte die Augen. »Setz' dich endlich. Was willst du trinken? Darfst du schon wieder alles trinken? Brauchst du Umschläge oder Medikamente oder irgendetwas?«

»Nichts.« Als er sich zu seinem Beutel bücken wollte, bemerkte er sein Fehlen. Ethan. Natürlich hatte er sich bereits darum gekümmert. Immerhin war es sein Job, nicht wahr? »Ich möchte etwas Ruhe.«

»Okay«, sagte Sara. »Ich wollte sowieso gerade verschwinden.«

»Schon gut. Ich gehe nach oben.«

»Nein, nein. Ich habe wichtige Sachen zu erledigen. Alles okay. Ruh' dich aus. Ich ...« Sie seufzte. »Bis später, Jungs.« Sanfter als zuvor umarmte sie ihn, ohne sich zu beschweren, dass er ihre Geste nicht erwiderte, und schlüpfte in ihre Schuhe. Sie beugte sich zu Ethan. Nate wandte sich ab und hörte nur, wie sie sich küssten.

Nachdem die Tür hinter ihr ins Schloss fiel, breitete sich Stille zwischen ihnen aus. Es war keine angenehme Stille. Nicht eine von denen, in deren Zufriedenheit sie kochten oder Liedern zuhörten, und auch nicht eine von denen, in deren Unsicherheit sie schwelgten, wenn sie sich berührten. Sie war kalt, fast schon brutal, und sie bohrte mehr mit jedem Atemzug.

»Ich wollte nicht, dass sie geht. Tut mir leid.« Nate rieb sich über den Arm und blinzelte seine Augen trocken.

Ethan raschelte vor sich hin. Er öffnete den Beutel. Ein saurer Geruch nach altem Erbrochenen kroch daraus hervor.

Schlüssel klimperten, als er sie auf das Schuhregal legte. Nates Brieftasche landete daneben. Die Schuhe stellte er auf den Boden, nicht in das Regal – er wollte sie putzen, vermutlich. Ganz der Haushälter.

»Ich wollte dir keine Arbeit machen ...«

Schließlich zog er den Mantel heraus und hielt inne. Mit den Fingerspitzen strich er über die dunklen Flecken und die Kratzer, die den Stoff verunzierten.

Freust du dich nicht wenigstens ein bisschen, mich zu sehen?

Ethan murmelte einen Fluch. Plötzlich warf er den Beutel zur Seite, den Mantel darauf. »Wann wolltest du es mir sagen?«

»Ich habe es doch versucht ... in der Küche.«

»Ich rede nicht davon!«

»Was ... was dann?«

Ethan starrte zur Decke, als er die Arme vor der Brust verschränkte. »Wann hast du beschlossen, das Haus zu verkaufen?«

Nein.

»Wann?«, wiederholte er leise.

»S... sie war hier?«

»Natürlich war sie hier! Wo du wärst, wollte sie wissen. Sie hatte doch extra angerufen, um sich abzusichern – der Termin stand doch?«

»Ethan ...«

»Keine Sorge, ich habe ihr alles gezeigt. Ich habe ihr sogar die verfluchten Unterlagen mitgegeben, alles, was sie wollte, und ich habe ihr auch noch den Schlüssel für den Laden gegeben, damit sie sich ihn ansehen kann. Ich habe all ihre Fragen beantwortet und weißt du was? Jetzt richte ich dir aus, dass sie dir gute Besserung wünscht und dass du sie anrufen sollst, wenn es dir besser geht. Falls du ihre Nummer bei deinem Sturz vergessen haben solltest, habe ich sie für dich aufgeschrieben.«

»Ich wollte es dir sagen.«

»Wann?«

»So oft! Aber jedes Mal ...«

»Was? Hast du es plötzlich vergessen?«

»Es war so schwer ...«

»Schwer? Für *dich* war es schwer?«

»Ich wollte dich fragen, ob du mit mir kommst!«

Ethans Kiefer mahlten.

»Ich habe tagelang überlegt, wie ich es dir sagen soll! Du hast mich so oft gefragt, was mit mir ist ... aber ich wusste nicht, wie. Du hast behauptet, du würdest nie weggehen, und ich hatte solche Angst, dass ...«

»Ich nicht einmal für dich weggehe?«

»Ja!« Nate presste die Lippen aufeinander und rieb sich mit der Hand über den Nacken. Dann schloss er die Augen, krallte die Finger in sein Haar und zerrte daran. »Aber anscheinend muss ich nicht mehr fragen.«

»Ich hätte alles getan«, sagte Ethan. »Ich hätte *alles* getan, um dich *hier* zu behalten! Aber du ...«

»Du hast mit ihr geschlafen!«

»Was hätte ich tun sollen?«

»Es ... es *nicht* tun?!«

»Hatte ich denn eine Wahl?«

»Was ... Was war mit u...«

»Hatte ich *jemals* eine *Wahl*?!«

»Du hättest Nein sagen können!« Ein Husten packte ihn. Nate fluchte. Sein Brustkorb fühlte sich an, als drückten seine

Knochen nach außen. Er wollte nicht husten, er wollte rasend sein und laut, er wollte ihn anschreien und nicht an seinen angeschlagenen Lungen scheitern. »Du hättest nein sagen können ...«

»Ah«, machte er. »So wie du? Was hat es dir gebracht?«

Nate lehnte sich an die Wand, als ihm schwindlig wurde. Er bedeckte seine Augen mit der Hand und rieb darüber. Verflucht, er musste vernünftig atmen, aber es war so gottverdammt schwer. »Also ...«, jedes Wort kostete ihn Überwindung, »... bleibst du hier?«

»Deine Entscheidung steht? Du verkaufst das Haus?« Seine Stimme hob sich zum Ende hin – wie die eines Kindes, das fragte, ob es die streunende Katze behalten durfte, nur dieses Mal, bitte, dieses eine Mal, es würde sich auch darum kümmern, versprochen.

Oh, Ethan. »Es ist nicht so, als hätte *ich* eine Wahl.« Nate kratzte in seinem Nacken herum, bis seine Fingernägel ein Brennen hinterließen. »Ich kann ... ich kann sie nicht im Stich lassen.«

»Verstehe.« Ethan atmete geräuschvoll aus. »Ich kann dir packen helfen, wenn du möchtest.«

»Hör auf.«

»Außerdem kannst du mich gerne mit in den Katalog eintragen, falls das deine Chancen ver...«

»Halt den Mund!«

»Wie du wünschst.«

»Bitte ...«

Nate hörte nur noch, wie die Treppenstufen knarzten, und sank an der Wand hinab.

Oben schlug die Tür ins Schloss.

Nicht gut genug. Nate presste die Lippen aufeinander. Er würde nicht weinen. Er hatte so viel ... *Nicht wichtig genug.* Erschöpft vergrub er sein Gesicht zwischen seinen Knien. *Du wirst niemals gut genug für irgendjemanden sein.*

Er verlor.

Während er seine Finger in seine Arme krallte, wünschte er sich, dass jemand käme. Jemand, der ihn in den Arm nahm, als verdiene er diesen Trost; jemand, der ihm versprach, dass alles gut werden würde, und auch wenn er die Lügen von seinen Lippen lesen konnte, er würde sie glauben, jede einzelne davon, wenn er doch nur zu ihm käme, zögerlich, mit diesen leicht gehobenen Augenbrauen, der einzige Part seines Gesichtes, der seine Unsicherheit verriet, wie damals, als er an seine Bettkante sank oder ihm Zigaretten anbot, als sei er es wert, dass man für ihn zurückkehrte.

Nichts davon geschah. Natürlich nicht. Stattdessen weinte er. Er weinte, bis er sich in das kleine, grüngefliese Bad schleppte und sich übergab. Ein Schrei drückte auf seine Kehle, doch er schluckte ihn; er schluckte jeden Laut hinunter. Irgendwann schleifte er sich die Treppen nach oben, torkelte an Ethans Zimmer vorbei, als wäre er betrunken, und fiel in ein strikt gemachtes Bett, in einem Raum, der sauber und steril wirkte, als hätte er hier nie geschlafen, nie gelebt.

Warum hatte Amanda nur gebremst? Es wäre schnell gegangen. Und es hätte nie wieder wehgetan. Mum hätte sich nach einer Weile nicht mehr an ihn erinnert. Sie vergaß Namen wie ihre Termine, und wenn er nur lange genug nicht nach Hause käme, wäre ihr Gedächtnis ihr gnädig.

Selbst jetzt würde sie nie verstehen, was es ihn gekostet hatte. Was für ein glorioser Märtyrer er doch war, hm?

Zuhause würde sich nichts verändern. Vielleicht würde er erstmal bei Tony leben, solange Valery ihm das Haus verbot – aber dabei blieb es. Dort würde er wieder mit Ivy reden und bei Darren arbeiten, härter und länger und vielleicht noch irgendwo anders. Er würde ein Mädchen küssen, wenn er musste, und eines Tages würde er vielleicht mit einem schlafen.

So wie Ethan.

Ihn würde er vergessen, ihn irgendwo vergraben, wo er ihn nie wieder fand, ja, ein Grab inmitten seines Herzens, wo er ihn mit so viel Erde bedeckte, dass es ein Leben lang dauern würde, ihn wieder auszuheben.

Vielleicht hätte er besser daran getan, Ivy seinen Körper zu überlassen und die Übelkeit zu schlucken, die ihn dabei überkam, und vielleicht hätte er besser nie nachgefragt, was Valery geplant hatte und was nicht.

Es wäre so einfach gewesen, den Arm wegzuziehen, der nun unter strengen Bandagen lag, weil er seinen Kopf vor dem Schlimmsten beschützte.

Einfacher. Und besser. Vor allem für Ethan.

Ethan hätte das Haus behalten können, ohne all die Schulden, denn die gehörten Mum. Gemeinsam mit Sara wäre er dort eingezogen und hätte unzählige Kinder bekommen, die ihn glücklicher machten als alles andere in seinem Leben. Nate wäre zu einer Erinnerung verkommen. Einer von denen, an die man sich jedes zweite Weihnachtsfest mit einem mulmigen Gefühl erinnerte. Die Schmach einer verpassten Gelegenheit.

Schließlich hätte er ihn vergessen.

Irgendwann.

14

»Du siehst schrecklich aus. Konntest du nicht schlafen?« Sara sank an seine Bettkante. Er ertrug es, als ihr Daumen über seinen Handrücken streichelte. »Unten steht Frühstück. Ich habe das Rezept gefunden, i... in dem Umschlag, und ... na ja, es tut mir leid, dass ich spioniert habe. Ich habe dir die Medikamente geholt. Du sollst sie dreimal am Tag nehmen, aber vorher essen, und ...«

»Ich komme.«

»Willst du duschen? Ich bleibe und helfe dir, wenn ...«

»Ich schaff das schon.«

»Okay.«

Es dauerte eine Ewigkeit, bis er sich aufraffte und zum Schrank trottete. Die Erleichterung darüber, dass sich seine Sachen noch darin befanden, währte nur kurz.

Mit nassem Haar, weil er es nicht schaffte, die Arme lange genug oben zu halten, um sie trocken zu reiben, nahm er die Treppen. Nicht, weil er Appetit verspürte oder sich nach Gesellschaft sehnte. Sondern, weil er musste.

Im Wohnzimmer warteten sie auf ihn. Sara und Ethan hatten längst gegessen, aber ein Gedeck stand noch auf dem Esstisch. Er fragte, ob es in Ordnung wäre, wenn er allein aß. Zuerst reichte Sara ihm eine ganze Packung Ibuprofen. Unwillkürlich dachte er daran, wie viele er davon nehmen müsste, bis es aufhörte, weh zu tun.

Danach rief er Mrs. Dorten an. Sie versicherte ihm, dass alles in Ordnung war. Ob er seine Wunschsumme bekommen könnte, konnte sie nicht garantieren, aber unwahrscheinlich war es nicht. Sie fragte, ob sie die Schlüssel behalten dürfte, damit sie Besichtigungen durchführen konnte, solange er sich nicht gut fühlte. Er stimmte zu und gab ihr die Nummer seiner Mutter, falls sie ihn hier einmal nicht erreichte. Dann legte er auf.

Er hatte erwartet, Ethans Schatten im Türrahmen zu sehen, als er sich umdrehte – doch das Haus wirkte wie leergefegt. Vermutlich waren sie oben. Was sie dort taten, wollte er nicht wissen. Das allerdings hinderte ihn nicht daran, es sich vorzustellen.

Es gab nichts mehr zu tun. Keine Gespräche mehr zu führen, keinen Laden mehr zu öffnen, keine Zigaretten mehr zu teilen. Er nahm eine Tablette, überlegte kurz und warf eine zweite hinterher. Dann räumte er den Tisch ab, spülte das Geschirr und legte sich zu Nama auf das Sofa. Er wünschte, er hätte wieder weinen können. Stattdessen streichelte er die Katze, die er ebenfalls vermissen würde, und sah sich eine Seifenoper im Fernsehen an, in der zwei Väter um die Gunst ihrer Kinder buhlten.

Als er Einkaufen fahren wollte, stand er lange vor dem Auto. Dann drehte er um und sagte Sara, dass er ihr Angebot, sich darum zu kümmern, annehmen würde. Er gab ihr Geld und sie kaufte ein. Für sie war es in Ordnung.

Nach zwei Tagen begann er zu packen. Sara erwischte ihn dabei. Mittlerweile wohnte sie quasi bei ihnen.

»Du wirst mir fehlen«, sagte sie, während ein paar Tränen auf ihren Wangen glitzerten.

»Du hast doch Ethan.«

Sara boxte ihn gegen den Arm und entschuldigte sich sofort, als er das Gesicht verzog. »Ich weiß, was los ist. Bitte glaub nicht, dass ich dich deswegen nicht mehr mag. Ich hab' dich so gern. Das weißt du doch, oder? Es tut mir leid, bitte ...« Sie spielte mit den Spitzen seiner Finger. »Ich mag dich nicht weniger. Kein bisschen. Du ... na ja, du bist nicht, wie sie sagen, dass du's müsstest. Ich hab's niemandem verraten und ich schwöre, das werde ich nicht tun, aber ... Bitte hör auf, mich zu hassen.«

»Tue ich nicht.« Nate seufzte. »Hat er es dir gesagt?«

»Nein. Ich habe es die ganze Zeit gewusst. Es war so ein Gefühl. Gesagt hast du es mir, als du ...« Sie nickte zum Fenster hinaus auf die Straße. »Weißt du, was meine Ma immer sagt? Es ... es ist dumm, aber vielleicht hilft es ja ein bisschen: auch andere Mütter haben schöne Söhne.«

»Das hilft nicht. Gar nicht.« Dabei konnte er aber nicht verhindern, dass ihm ein leises Kichern entkam. Mehr aus Scham, aber es schien ihr zu genügen.

Sie umarmte ihn.

Der Januar wich dem Februar.

Nates Fäden wurden gezogen. Das erste Mal begutachtete er die fingerlange Narbe auf seiner Stirn. Rot und ein bisschen hügelig wand sie sich über seiner Augenbraue entlang, bis sie damit verschmolz und das letzte Stück seiner Braue ersetzte.

Sie würde verblassen, sagten sie, und die Braue würde wieder nachwachsen. Aber sie würde für immer bleiben, auf seiner Stirn, direkt in seinem Gesicht, ein Mahnmal seiner Dummheit.

Im Haus seines Vaters verkam er zu einem Geist. Er aß dann, wenn die anderen beiden längst fertig waren, und er erledigte den Abwasch jeden Tag allein. Ethan begegnete er kaum. Falls doch, gingen sie wortlos aneinander vorbei. Manchmal mussten sie ihn hören, wenn er duschte oder wieder über irgendetwas stolperte, aber meistens verschmolz er mit der drückenden Stille im Haus. Er war an Ethans Platz gerutscht, dachte er eines Tages, und das traf es ziemlich gut.

Jeder Tag, den er länger blieb, war ein Aufschub. Es gab keinen Grund mehr, nicht zu Mum zu fahren.

Kurz vor seiner geplanten Abreise kam Sara auf ihn zu. »Mein Pa hat Geburtstag. Wir feiern bei mir zuhause. Es wäre schön, dich nochmal dabei zu haben, bevor ... Alle sind da. Du könntest dich verabschieden. I... ich hole dich auch und bringe dich wieder her. Du musst nicht fahren.«

Also sagte er zu.

Die Birmings besaßen ein großzügiges Grundstück am anderen Ende des Waldrands. Im Sommer musste es herrlich aussehen, wenn ein grünes Meer im Hinterhof wogte und man kaum hundert Schritte bis zum Wald zurücklegen musste. Jetzt wirkte es eher wie ein sumpfiges Feld aus halbgefrorenen Gräsern. Überall dort, wo der Boden fest genug war, parkten Autos. Sie bildeten Straßen umgeben von Bürgersteigen aus Schlamm.

Obwohl Nate förmlich aus dem Wagen hechtete, wünschte er sich, dass er darin hätte abwarten können, bis die Feier vorbei war. Sara hatte nicht übertrieben, als sie meinte, alle kämen.

»Bist du sicher, dass du das schaffst?« Das hätte er gern zu Ethan gesagt, der sich aus dem Auto quälte. Die gesamte Fahrt über hatte er geschwiegen und mit seinem Bein gewackelt: er war nervös genug, um es nicht mehr verbergen zu können. Und doch – der Gedanke erfüllte ihn mit einer sehnsüchtigen Bitterkeit – ging es ihm wie Nate selbst: Er hasste es, Menschen zu enttäuschen. Ethan hatte Sara für sein zukünftiges Leben gewählt. Hier war er, stieg mit ihm aus demselben Auto, während er versuchte, sein Zittern zu verstecken und ihr zu gefallen. *»Bleib bei mir, ich helfe dir«,* hätte er gerne gesagt, oder: *»Geh nach Hause. Du musst das nicht tun.«* Aber stand es ihm zu, so etwas auch nur zu denken?

Gleichzeitig spürte er wieder diesen Dorn in seiner Brust, der sich tiefer und tiefer bohrte, bis er ihm auf die Kehle drückte. Er hatte derjenige sein wollen, der Ethan dazu brachte, ins Leben zurückzukehren, und er wollte derjenige sein, der nach seiner Hand griff, um ihn mit sich zu ziehen. Nein, nicht ganz. Er wollte seine Hand nehmen, um ihn zu unterstützen.

Aber auch das stand ihm nicht zu.

Während er hinter den beiden herging, wünschte er sich nur noch eines: *Ich will aufhören, mich um ihn zu sorgen.*

Mr. Birming begrüßte seine Tochter überschwänglich. Er schien gut betrunken sein, so wie er wankte und ihre Wange beim Kuss beinahe verfehlte. Dann fiel sein Blick auf Ethan. »Caddler«, sagte er.

Ethan neigte den Kopf, höflich wie immer. »Ich danke Ihnen vielmals für die Einladung. Es ist mir eine Freude, Sie kennenzulernen.«

Lügner.

Er nickte ihn durch. Sara und Ethan verschwanden. Nate blieb. Während er Mr. Birmings Hand schüttelte, dachte er etwas wie: *»Als wir uns das letzte Mal gesehen haben, lag ich anscheinend nackt vor dir auf einem Tisch«,* doch er sagte nur: »Danke, dass Sie mich gerettet haben.«

Sein Blick fiel auf die Narbe, so wie sie alle auf die Narbe starrten. »Das war Gott, Junge. Komm rein. Es ist gut, dich zu sehen.«

»Herzlichen Glückwunsch zum Geburtstag.«

Mr. Birming klopfte ihm auf die Schulter.

Kian begrüßte ihn. Er tat es, wie Tony es getan hätte – er sprang von seinem Stuhl auf und forderte ein High-Five. »Aye, Nate! Mann, bin ich froh, dich zu sehen.« Dann zog er ihn in eine Umarmung. »Sara hat erzählt, was passiert ist«, sagte er leiser. »Wir haben uns alle Sorgen gemacht.«

Warum wart ihr dann nie da? »Ach was, mir geht's gut.« *Tony. Tony wäre da gewesen.*

Er vermisste ihn.

Hinter Kian warteten Gordon und Heath und Easton. Danach kam Jessica und küsste ihm die Wange. »Narben machen einen Mann attraktiv«, sagte sie und fragte gar nicht erst, bevor sie mit ihrem Finger die rote Linie nachzeichnete.

»Na, dann hatte ich die wohl nötig«, erwiderte er, und sie lachten.

Blake wollte ihm gegen die Schulter schlagen. Kurz davor hielt er inne und klopfte ihm stattdessen auf den Rücken. Nicht, dass das besser gewesen wäre. Schließlich kam Camille und küsste ihn auf den Mund. »Langsam«, meinte er, und wieder lachten sie.

In diesem Moment fing er Ethans Blick.

Nate wandte sich ab. Er sprach mit Tiffany, die ihn ausschimpfte wie eine besorgte Mutter, und sogar mit Buck, der zugab, dass er ihn ungern neben Bob in die Erde gelegt hätte. Als er das hörte, war Nate plötzlich froh, einen Schutzengel gehabt zu haben. Weiter hinten schlich sich Amanda aus einem Gespräch mit ihrem Vater davon, um ihn zu begrüßen. Ashton beachtete ihn kaum. Nate war es nur recht. Ziellos stromerte er umher, bis er doch bei Sara und Ethan landete. Die Leute machten einen Bogen um sie. Ethan saß neben ihr und lächelte, doch er stützte sich schwer auf den Tisch. Sie hielt seine Hand und redete. Als er zu ihnen stieß, beugte sie sich zu Ethan.

»Entspann dich! Das hier ist eine Feier, da hat man Spaß. Keiner tut dir was. Pa hat dich offiziell eingeladen.«

Er nickte.

»Lass ihm doch Zeit zum Ankommen. Er hat das Haus seit Jahren nicht verlassen«, sagte Nate, nahm ein Bier, toastete ihnen zu und verschwand.

»Du sollst nicht trinken, solange du Medikamente nimmst!«, rief Sara ihm hinterher.

Mit der anderen Hand zeigte er ihr eine Schachtel Zigaretten, bevor er den Weg hinaus suchte. Ihr empörter Blick zauberte ihm ein halbes Lächeln ins Gesicht.

Er schaffte es nicht raus. Camille wollte mit ihm tanzen, Kian mit ihm sprechen, Blake über ihn scherzen. Für einen Moment war es fast wie früher. Er konnte nicht recht mit ihr tanzen, weil sein Körper schmerzte, aber er bot Blake Paroli und brachte die anderen zum Lachen. Das konnte er. Andere dazu bringen, zu lachen – vorzugsweise über ihn. Oft lachte er nicht mit. Nicht, dass es ihnen auffiel. Aber ihm fiel es auf. Heute. In diesem Moment.

Später sprach er mit Mr. Birming darüber, dass er das Haus verkaufte. Buck würde ihm den Hals umdrehen, wenn er es herausfand. *Was soll's?* In zwei Tagen würde er abreisen. Mr. Birming erschien ihm dazu betrunken genug, um es gleich wieder vergessen zu haben. So wie alle anderen. Vin und Buck grölten schweinische Lieder, während Gordon mit Julia knutschte und seine Hand unter ihr Shirt schob. In der anderen hielt er ständig ein Bier. Blake polterte »Krass!«, wann immer er konnte, und Charlotte ging ihm aus dem Weg, bis sie betrunken genug war. Kian küsste – begleitet von Jessicas Applaus – die Herzdame auf Heaths Lippen. Nate scherzte über seine Zeit im Krankenhaus. Das erste Mal hatte er das Gefühl, dass Camille ihm tatsächlich zuhörte. Es stimmte ihn versöhnlich, ein wenig.

Außerdem hatte er keine Zeit, sich nach Ethan umzusehen, wenn er sich unterhielt.

Also sprach er auch mit einer sehr engagierten Mrs. Birming, die ihm anbot, Reste vom Mittagessen aufzuwärmen, weil er noch dünner wirkte als letztes Mal, und mit Jessica, die sich über die Morgenübelkeit beschwerte. Sie bot ihm an, ihren leicht gewölbten Bauch zu berühren. Er tat ihr den Gefallen und stellte sich dabei Sara vor, wie sie aussehen würde. In ein paar Jahren vielleicht oder in einem schon.

Irgendwann warf er seinen Mantel über und schlüpfte nach draußen. Ethan hatte weder die Blutflecke restlos herausbekommen noch die Kratzer spurlos entfernt; aber eine andere Winterjacke hatte er nie besessen.

Direkt vor der Haustür zu stehen, gefiel ihm nicht, also wanderte er zwischen den Autos umher, bis er den Triumph Acclaim fand und sich dagegen lehnte. Eine Weile betrachtete er sein verschwommenes Spiegelbild in der Scheibe des Wagens nebenan. *Ein Geist.* Er zündete sich die erste Zigarette seit Wochen an und wunderte sich dennoch, dass er hustete.

»Du lernst auch nie dazu.«

Nate hob den Blick. »Was machst du hier?«

Ethan zuckte mit den Achseln. »Ich brauche frische Luft.«

»Ja, natürlich.«

Ethan lehnte sich an Saras Auto. Er zitterte und streckte seine Beine durch, bis sie stillstanden. Während sein Daumen über seine Fingernägel glitt, rutschte er immer wieder ab, bis er die Hand zu Faust ballte, um es zu verstecken. Nate sah es dennoch. Wortlos hielt er ihm die Zigarettenschachtel hin. Er war sich nicht sicher, ob Ethan ihn ignorierte oder ob er es nicht bemerkte. Als er sie gerade zurückziehen wollte, griff er zu.

»Danke«, sagte Ethan.

»Nicht dafür.«

»Nein, nicht dafür.«

Nate rauchte seine Zigarette fertig und trat sie aus. Er nickte Ethan zu. Als er sich umdrehte, brauchte Ethan nur sechs Worte, um ihn zu stoppen. Schnell gesprochene Worte, als wüsste er im Vorhinein, dass sie weh tun würden.

»Mr. Birming möchte das Haus kaufen.«

»Was?«

»Ja.«

»Das ist ... schön für dich, glaube ich.«

Das Ende von Ethans Zigarette glühte dunkel auf. »Lässt du ihn?«

»Das Haus kaufen?«

»Ja.«

»Ja.«

»... okay.«

Er sollte nicht fragen. Er sollte nicht fragen und er wusste es. »Bleibst du bei ihr?«

Ethan lachte. Es war kein wütendes Lachen. Keines, das Abneigung zeigte, und er lachte ihn auch nicht aus. Er weinte, aber er konnte nicht, also lachte er. »Habe ich eine Wahl?«

Zögerlich lehnte Nate sich zurück an den Wagen. »Jemand hat einmal zu mir gesagt, dass man nein sagen darf.«

Er schnaubte. »Was für ein Idiot.«

»Du musst nicht bleiben.«

»Ihr Vater wird das Haus kaufen, wenn ich sie heirate.«

Und ich Idiot sage es ihm noch. »Das darfst du nicht.«

»Warum?«

»D... du würdest es nicht aus Liebe tun.«

Als er diesmal lachte, klang es bitter. »Aus Liebe? Wie oft heiratet jemand wie ich aus Liebe?«

»Du könntest es versuchen.«

»Du weißt immer noch nicht, wovon du eigentlich sprichst.«

»Und du hast immer noch viel zu sehr Angst vor allem.«

Ethan sah ihn an. Das erste Mal seit Tagen, vielleicht Wochen.

Alles, er hätte alles erwartet. Dass er ihn wieder anschrie, dass er sich umdrehte und ging oder sogar, dass er ihn verspottete.

Stattdessen sagte er: »Vielleicht.«

»Tu's nicht.«

»Ich habe keine ...«

»Hast du!«

»Ich werde hierbleiben.«

»Das weiß ich.«

»Warum kümmert es dich dann?«, fragte Ethan.

»Weil du mich kümmerst!«

Ethan presste die Lippen aufeinander und wandte sich ab. »Das ist dumm.«

»Ja.«

»Das warst du schon immer.«

»Ja.«

»Ich befürchte, du hast mich angesteckt. Sieh nur, wo ich bin.«

Nate schnaubte. »Das ist nicht meine Schuld.«

»Wenn ... wenn er das Haus kauft, kannst du deine Schulden bezahlen.«

»Ja.«

»Vermutlich verkauft der Laden sich ebenso schnell. Dann kannst du deiner Mutter all das geben, was du dir für sie wünschst.«

»Ja.«

»Vielleicht reicht es sogar für ein neues Haus.«

»Würdest du dort einziehen?«

»Nein.«

»Dann will ich es nicht.«

Ethan schwieg.

Wie er so neben ihm stand, überkam Nate das Bedürfnis, seine Hand zu nehmen. Er ballte seine Finger zur Faust. »Willst du dein ganzes Leben lang unglücklich sein?«

Kopfschüttelnd blies Ethan Qualm in den Abendhimmel. »Wer sagt, dass ich das wäre?«

»Stimmt«, sagte Nate. »Das war wieder dumm von mir, oder?«

»Nein.«

Er hatte keinen Grund mehr, zu bleiben. Also fischte er seine Zigaretten aus der Hosentasche und zündete sich eine neue an.

»Du solltest deine Lungen schonen«, meinte Ethan.

»Was kümmert's dich?«

»Das weißt du.«

»Weiß ich das?«

»Natürlich weißt du das.«

»Ich wünschte, ich wüsste es nicht.«

»Es wird besser ... mit der Zeit.«

Das hast du schonmal zu mir gesagt. »Weißt du das, oder hoffst du das?«

»Beides.« Erst schwieg er, dann lachte er wieder, dieses Lachen, das eigentlich ein Weinen war. »Ich weiß es nicht. Es war noch nie wie jetzt.«

»Tut mir leid.«

»Was davon?«

»Dass ich dich angesteckt habe. Mit meiner Dummheit.«

Ethan schüttelte den Kopf. »Nicht dafür«, sagte er. Dann holte er seine Zigaretten aus seiner Jackentasche und zündete sich eine neue an.

Innerlich verfluchte er ihn. *Lass mich in Ruhe. Lass mich los.* »Wirst du mich anrufen?«

»Nein.«

»Verstehe.« *Nicht wichtig genug.* »Dann ist das jetzt Lebewohl, schätze ich.«

»Bitte nicht.«

»Du hast gerade ...«

»Geh nicht.«

»Wieso?«

Ethan wischte sich mit dem Daumen über die Augen. »Du weißt, warum.«

»Es macht nichts besser, wenn ich bleibe. Wollt ihr heiraten und mich ...«

»Sag das nicht.«

Nate breitete die Arme aus. »Was? Dass es besser ist, wenn ich gehe?«

»Ja. Genau das.«

Kopfschüttelnd wandte er sich ab.

»Warte.«

Nein. Nicht mehr.

»Nathaniel. Bitte ...«

Er hielt stirnrunzelnd inne. Hatte Ethan gerade das erste Mal seinen Namen laut ausgesprochen? »Was?«

»Bitte.«

Nate zwang sich, ihn anzusehen. Ihre Augen fanden einander, wie sie es immer taten, und es schnürte ihm die Kehle zu, als seine nass waren, nass und rot.

»Du hast Recht. Ich bin nicht glücklich. Vielleicht war ich das noch nie. Und warum? Weil ich alle, die mir etwas bedeuten, von mir fortjage, als hätte ich eine Seuche. Also lasse ich einfach niemanden mehr an mich ran, denn niemand kann mich verlassen, wenn niemand da ist, und weißt du was? Es hat verdammt gut geklappt! Und dann? Dann kamst du und ich dachte ... ich wollte nicht ... aber du ... hast nicht aufgegeben und ... ich habe angefangen zu hoffen, dass es mit dir anders wäre. Ich ... habe es gehofft, so sehr ...« Ethan blinzelte. »Sag nie wieder, dass es besser ist, wenn du gehst. Das ist Schwachsinn. Du hast keine Ahnung, wie viel Angst ich hatte, als du weg warst. Egal, wie lange, egal, wohin. Als ich dachte, dass du nie wiederkommst ... ich ... ich hatte immer Angst, dass du nicht zurückkommst, dass du gehst, und dann – dieser Unfall – und dann kommt sie und sagt mir, dass du das Haus verkaufen willst, und ... ich dachte, ich sterbe. Das war mein erster Gedanke.« Er holte Luft. »Was stimmt nicht mit mir?«

»Du hast dich gegen mich entschieden.«

»Das ist nicht wahr!«

»Ist es das?«

»Du hast immer noch keine Ahnung.« Ethan wandte sich schniefend ab. »Keine Ahnung, wovon du sprichst.«

»Ich weiß es verdammt genau!« Nate hatte es satt. Satt, dass gerade er es ihm absprach – er, der mit ihm litt, es mit ihm teilte. Satt, sich schämen und verstecken zu müssen, gerade vor ihm, und ... Ihm blieb noch ein Moment, bevor Ethan zu einer dieser verpassten Gelegenheiten werden würde. Dieser Moment. Es war seine Entscheidung. Drei Schritte dauerte es, bis er seine Finger in Ethans Bart vergrub. Hektische Atemwolken kondensierten auf ihren Wangen. Nate ließ ihm diese paar Sekunden. Die Möglichkeit, ihn abzuschütteln wie eine lästige Fliege. Nichts dergleichen geschah. Er suchte Zustimmung in diesen honigfarbenen Augen, doch er fand sie nicht; nur ein Flackern. Das Zögern. Seinetwegen. Also schloss er die Augen und küsste ihn.

Es war kein schöner Kuss.

Er war grob. Ethans Lippen schmeckten nach Nikotin und Salz und Kälte, und sie blieben ihm verschlossen.

Plötzlich gab er nach. Einfach so. Ethan stieß ihn gegen Saras Wagen, er war genauso harsch und unbeherrscht. Zwischen ihren Küssen flüsterte er einen Fluch, vielleicht auf ihn, es war egal. Nates Finger sanken an seinem Hals hinab, bis er seine Jacke zu fassen bekam. Kalt und ledrig. Er zerrte ihn zu sich, so wie Ethan sich an ihn drückte. Sein Brustkorb stöhnte schmerzlich unter Ethans Gewicht, doch er dachte nicht daran, von ihm abzulassen. Er erwiderte jeden Kuss, jeden Druck seiner Lippen, und er schaffte es nicht, behutsam zu sein.

Ohne Vorwarnung presste Ethan Nates Hände nach unten und verdrehte sie. Nate keuchte auf. »Was tust du?!« Ethan biss in seine Lippe, verdammt fest, und Nate schmeckte Blut. »Hör auf!«

Nah an seinem Ohr flüsterte Ethan: »Mach, dass du wegkommst«, und grub seine Zähne in die Haut dahinter.

Nate zischte. »Du tust mir weh! Hör ...«

»CADDLER!«

Bis er verstand, war es zu spät.

Jemand riss Ethan von ihm fort. Nate spürte, wie er am Arm gezogen wurde. Ein Tuch landete in seinem Mund. Tiffany. Tiffany bugsierte ihn nach hinten und versuchte seine Blutung zu stoppen, aber er schüttelte sie ab. Er spuckte Stoff und Eisen. Hinter ihm baute sich Ashton auf, und vor ihm plötzlich Buck. Blake kletterte über das Autodach. Gordon drängte sich an ihm vorbei, stieß ihm den Ellenbogen in die Rippen. Nate keuchte, dann presste er die Lippen zusammen, aber es nützte nichts; der Schmerz zwang ihn in die Knie.

Buck drehte Ethan die Arme auf den Rücken.

Nein!

Tiffany rüttelte an ihm, fragte ihn irgendwas.

Blake ballte seine Hand zur Faust und stürzte sich auf Ethan, riss ihn zu Boden. Er hörte ihn ächzen. »Diesmal wird Bob dich nicht retten!« Sie rangen miteinander. Die Alarmanlage des Acclaims sprang an, laut und tönend. Leute strömten aus dem Haus, verteilten sich zwischen den Autos.

Als Blake gegen Saras Wagen knallte, sprang Ethan auf die Beine. Seine Lippe blutete. Ihre Blicke trafen sich. Für einen Moment. Einen Herzschlag. Dann hielt Gordon plötzlich seine Flasche in der Hand und zielte.

Hinter dir! Er wollte schreien, aber er konnte nicht. Seine Lungen ...

Sie zerbarst an Ethans Schläfe.

»Das ist für meine Schwester, Arschloch!«

Blut, so viel Blut. Ethan duckte sich weg und rammte Gordon mit der Schulter. Sie kämpften um den Flaschenhals. Die Spitzen. Voller Blut. Ethan hakte sein Bein um Gordons Knöchel. Als er stolperte, zerrte er ihn mit sich.

Sie stürzten.

Das feuchte Schmatzen von Schlamm drang an seine Ohren. Das Schnaufen. Wie Tiere rangen sie miteinander, keiner gab nach, keiner stand auf, ihre Beine verschwanden unter Saras Auto, die Alarmanlage dröhnte wie eine Sirene, eine Warnung, Gefahr ...

Ein Husten bäumte sich in ihm auf. Nates Kehle brannte, seine Augen tränten. Ein Laut aus Ächzen und Japsen entkam ihm.

Blake trat auf das Bündel ein. Es war ihm egal, wer von beiden schrie. Er trat.

Mr. Birming schraubte sich mit seinen Ellenbogen durch die Leute. Er rief nach seinem Sohn. Niemand tat etwas. Niemand griff ein. Außer Blake. Er trat.

»Liebling, geht es dir gut?«

»Nein«, keuchte Nate.

Es knirschte widerlich. Ein unterdrückter Schrei folgte.

Gebrochene Knochen? Gordons?

Ethans?

Sie bringen ihn um.

Ethan brachte seinen Stiefel auf Gordons Brust und schleuderte ihn von sich. Er stemmte sich hoch – Buck schoss nach vorne und riss an seinen Haaren – an diesen langen, seidigen Haaren, die Nate so oft bestaunt hatte –, packte sein Gesicht und knallte es gegen den Kotflügel des Wagens.

Die Alarmanlage beschwerte sich. Laut. Tönend.

Sie bringen ihn um!

Blake winkte seinem Vater, zur Seite zu gehen. Er hielt den Flaschenhals in der Hand.

Nein.

NEIN!

Mach etwas. Irgendetwas!

Buck zögerte.

STEH AUF! Sie bringen dich um! Steh auf...

Sein Gesicht. Voller Blut. Seine Finger. Sie krallten sich in Bucks Bein. Blutverschmiert. Sie drangen in seine Haut – plötzlich stolperte Buck rückwärts, er brüllte und fluchte auf den Bastardsohn – Ethan rappelte sich auf, duckte sich, als Blake nach ihm schlug, und sprang ihm entgegen.

Sara rannte zu Gordon und half ihm auf die Beine.

Blakes Kopf donnerte gegen die Seitenscheibe des Wagens. Er rutschte daran hinab, doch er wrang seinen Arm um Ethans Kehle. Sein Gesicht verzerrte sich. Ethan kratzte an Blakes Haut, während er mit den Beinen um Halt kämpfte.

Tu doch etwas!

Blake lachte. Er beugte sich über ihn, als würde er ihn küssen wollen. Ethan bäumte sich unter ihm auf – Blake drückte seinen Kopf zur Seite – Ethans Haut färbte sich dunkel, seine Finger hinterließen rote Spuren an Blakes Armen ...

Seine Gegenwehr verebbte; seine Hände sanken.

NEIN!

Blake lachte.

Ethans Arm schnellte zurück. In seinen Fingern glitzerten Scherben.

Der Flaschenhals.

Blake schrie.

Ethan platzte aus seinen Armen.

Blake schrie.

Er gierte nach Luft. Ethan atmete schwer, aber er atmete, er japste, er krächzte, aber er atmete. Seine Arme zitterten. Er wühlte über den Boden, zog sich an der Motorhaube hoch, schwankte unter Ashtons Fäusten hindurch.

Blake hob sein Gesicht.

Das Glas hatte seine Wangen zerschnitten.

Ethan taumelte auf das Autodach.

Tiffany kreischte. Sie stieß Nate zur Seite, rannte zwischen die Männer, schrie den Namen ihres Sohnes.

Mit einem Knall landete Ethan auf einem anderen Auto.

Nicht nur seine Wangen. Blakes Auge. Es blutete. Es starrte weiß und leer, und Nate hatte nie gesehen, wie Augen bluteten. Wie Finger lief das Blut an ihm herab, eine blutige Hand, die ihm sein Auge raubte.

Ethan kletterte über die Motorhaube eines weiteren Wagens. Vin stellte sich ihm in den Weg.

Blakes zerstörtes Gesicht. Die Wunden. Sein Auge. Ein Schnitt teilte es, klar und scharf. Es blutete.

Ethan packte Vin und schleuderte ihn gegen das Heck eines

grünen Ladas.

Tiffany schrie, dass jemand einen Krankenwagen rufen müsste.

Sie wollten ihn töten.

Blake.

Ethan.

Mr. Birming, der Easton zur Seite schubste. Tiffany, die immer noch schrie, bis Nate sich fragte, ob sie jemals wieder damit aufhören würde. Vin, der sich fluchend aufraffte, zu Blake eilte, als könnte er irgendetwas tun. Ethan, der über das Feld jagte, der stolperte, sich aufraffte, rannte.

Blake, der schrie, dass er ihn umbringen würde.

Ethans Schatten verschwand zwischen den Bäumen.

Ihre Stimmen verblassten. Alles verblasste.

Nate fühlte nichts.

Seine Beine trugen sein Gewicht nicht länger. Er stieß sich den Kopf an der Stoßstange eines blauen Austin Minis. Als er sich aufrichten wollte, bemerkte er, wie sehr er zitterte. *Es ist meine Schuld.* Seine Finger rutschten ab, und er wischte sich mit dem Ärmel über den Mund, als hätte er sich übergeben, aber ihm war immer noch schlecht.

Jemand riss an seinem Arm. Sara. Sie riss an ihm, bis er sich aufrichtete. Er kam so schwer hoch, zitternd und zitternd und – Sie schlug ihm mit der flachen Hand ins Gesicht. Sie besaß nicht Valerys Stärke, aber verdammt viel Wut. »Du hast fünfzehn Minuten«, zischte sie. »Such ihn. Sonst sage ich ihnen, dass er es nur getan hat, um deinen verfickten schwulen Arsch zu retten!«

Unfähig, etwas zu tun, starrte er sie an.

»Pass auf, dass ihm nichts passiert! Kapiert?!« Sara weinte.

Sie schrie, ohne die Stimme zu erheben. Sie flüsterte, aber sie schrie, weil sie ihn in diesem Moment hasste.

Vielleicht würde sie ihn für immer hassen.

Er hätte es verdient.

»Fünf. Zehn. Minuten.« Sie drehte sich um und stürmte zurück zu ihrem Bruder. Gordon kauerte auf dem Boden. Seine linke Gesichtshälfte schwoll an. Ethans Verdienst? Oder Blakes?

Nate taumelte durch die Leute. Niemand beachtete ihn.

Tiffany schrie. Sie verfluchte den widerlichen Streuner, der ihr aller Leben immer nur schwerer gemacht hatte, die Schwuchtel, die dieser gottverlassene Robert hierher geschleppt hatte, und sie schrie ihren Mann an, dass er mit diesem Geisteskranken befreundet gewesen war, dass er doch schon immer gewusst haben musste, dass er ihn fickte. Sie schrie, bis sie weinte und zusammenbrach, und dann schrie sie noch mehr.

»Ich schwöre bei Gott, wenn ich ihn erwische ...«

Irgendjemand rief nach einem Krankenwagen. Vin. Es war Vin.

» ... ein toter Mann ...«

Nate suchte nach Amanda. Zusammengekauert hinter der Haustür fand er sie. »Schuldest du mir immer noch einen Gefallen?«

Sie hob ihren Kopf gerade genug unter ihren Armen hervor, dass sie ihn ansehen konnte. »J... ja.«

»Fährst du mich nach Hause?«

Sie linste zu ihrem Vater, aber Ashton war viel zu beschäftigt mit Blake. Dann nickte sie.

Nate sagte ihr, dass er sich hinlegen musste, und Amanda stellte keine Fragen. Dennoch wartete er, bis ihr Wagen um die Kurve scherte. Immer wieder warf er einen Blick über die Schulter. Fünfzehn Minuten. Er fluchte, als der Schlüssel zu Boden klirrte. Bücken. Aufheben. Schneller! Seine größte Hoffnung, Ethan zu finden, lag hier. In diesem Haus. Denn es war der einzige Ort, an den er gehörte.

Er war verletzt. Bestimmt schaffte er den Weg durch den Wald nicht so schnell wie Amanda mit dem Auto darum herum. Aber es hatte gedauert, bis sie einen guten Moment fanden. Einen, in dem sie den Motor anlassen und unbemerkt wegfahren konnten. Endlich klickte es. Nate stemmte sich gegen die Tür.

Ethan hätte ihn beinahe umgebracht.

Nate schrie auf, als er ihn gegen die Wand donnerte. Er sah das Messer in seiner Hand blitzen. »Verdammt, ich bin's!«

Schwer atmend ließ er ihn los. Das Messer entglitt ihm, polterte auf die Dielen. Ethan weinte. Tränen vermischten sich mit dem Blut auf seinen Wangen, aber er schluchzte nicht.

Er sah so viel schlimmer aus als Blake.

Wie Krater öffneten die Schnitte eine Seite seines Gesichts. Einer von ihnen sichelte bis in die Oberlippe, die Nate gerade noch geküsst hatte. Er stank nach Bier und Tod, nach saurem Atem und Eisen, sein Blick flackerte, sein Blut rann an seiner Wange herab und vermengte sich mit Schlamm.

»Komm«, sagte er. »Komm, wir gehen.«

Ethan schüttelte den Kopf.

Fluchend rannte Nate die Treppen hinauf. Sein Rucksack stand fertig gepackt neben seinem Bett. Er riss ihn hoch, ungeachtet des provokativen Pochens seiner Rippen. Ließ sich die Tür zu Ethans Zimmer schon immer so schwer öffnen? Er stopfte seinen Ranzen mit Ethans Klamotten voll, bis er überquoll.

Ethan saß zusammengesunken vor der Treppe, als er wiederkam. Er zitterte am ganzen Körper. Und blutete.

»Komm«, sagte er wieder.

Keine Reaktion.

Mit einem weiteren Fluch brachte er den Rucksack hinüber in die Garage. Er warf ihn in den Kofferraum und rannte zurück.

Fünfzehn Minuten.

»Ethan, komm!« Nate griff nach der Erste-Hilfe-Tasche, holte seine Tabletten von der Küchentheke, seine Brieftasche und zwei Flaschen Wasser.

»KOMM!«

Ein Handtuch. Kühlakku. Noch ein Handtuch. Er rannte in die Garage und zurück. Nama lief ihm zwischen die Beine, er setzte sie auf die Terrasse und schloss die Tür. *Tut mir leid.* Schließlich holte er sogar die Gitarre aus Ethans Zimmer, in der verzweifelten Hoffnung, dass sie etwas in ihm auslösen würde.

Er brachte auch sie in die Garage.

Als er wiederkam, sah Ethan ihn an.

Nate ging vor ihm auf die Knie, griff nach seinen Fingern, seinen blutverschmierten Fingern. »Komm. Wir gehen. Sie werden herkommen, und dann werden sie dich umbringen.« Es auszusprechen, trieb ihm Tränen in die Augen. »Ich lasse nicht zu, dass sie das tun.«

Ethan weinte.

»Bitte.« Nate presste die Lippen zusammen. Keine Zeit, zu

heulen. »Bitte komm. Sie werden dich umbringen. Wegen Blake.«

Er schüttelte den Kopf.

Fünfzehn Minuten.

»Doch, verdammt noch mal!« Er zerrte an ihm. Ethan war schwer und bewegte sich kein Stück. »Sara wird ihnen sagen, dass du es meinetwegen getan hast! Sie wird es ihnen sagen. Dann kriegen sie mich auch. Ich gehe nicht ohne dich.«

Endlich hob er den Blick.

»Ich würde dich nicht belügen, das weißt du, oder?« Nate rieb sich über die Wangen. »Komm, Ethan. Bitte. Wir müssen gehen. Schnell! Sara hat mir fünfzehn Minuten gegeben. Die sind schon lange um.« Er streckte ihm die Hand hin. »Bitte.«

Ethan starrte ihn an. Dann schluchzte er. Es war das erste Geräusch, dass er von sich gab, und es brach ihm das Herz. Langsam hob er ihm die Finger entgegen. Nate hatte keine Zeit, um auf ihn zu warten, er griff nach ihm und kicherte vor Erleichterung, als er einschlug. Schwankend kam Ethan auf die Beine. Auf dem Weg hinüber zur Garage musste er ihn stützen. Lag es an seinen Verletzungen? Keine Zeit. Keine Zeit, sich noch mehr zu sorgen.

Er musste fahren.

»Leg dich hin, damit sie dich nicht sehen«, wies er ihn an und deutete auf die Rückbank. »Zieh deine Beine an, wenn es geht. Ich lasse dir Wasser hier. Siehst du?« Er hatte keine Ahnung, was er hier tat. Bevor Ethan auch nur den Hauch einer Chance bekam, es sich anders zu überlegen, sprintete er zum Fahrersitz. Mit rasendem Herzen drehte er den Schlüssel. Welchen Gang legte er ein? Welcher Fuß gehörte auf welches Pedal? »Alles okay bei dir?«

Ethan antwortete nicht.

Er konnte nicht darauf warten, dass er antwortete. Nate legte seine Hände an das Lenkrad, atmete tief durch und fuhr an. Seine Hände zitterten. Zweimal rutschte er von der Kupplung und würgte den Wagen ab.

Fünfzehn Minuten.

Fahr endlich!

Er fuhr.

Sollte er das Garagentor schließen? Nein, er würde aussteigen müssen. Anhalten.

Er konnte nicht anhalten.

An seinen Fingern klebte Blut. Ethans? Blakes? Gordons?

Sie wechselten von Kies auf Asphalt. Nate warf einen Blick nach links. Nach rechts.

Die Straßen höhnten mit Leere.

Seine Lungen fühlten sich rau an. Vielleicht atmete er schwer. Vielleicht nicht.

Er gab Gas.

Sie verließen die Straße zwischen den Bäumen. Noch immer kein Auto. Kein Alarm, keine Sirenen. Der Wald wich zurück. Die Landstraße. Der Weg nach Barrow.

»Bist du okay?!«

Ethan antwortete nicht.

Kein Auto. Es begann, zu regnen.

Er atmete auf.

Dann fiel sein Blick auf die Tankanzeige.

15

Er hielt an einer Selbstbedienungstankstelle kurz vor der Autobahn. Der Umweg hatte sie nicht nur jede Menge Zeit, sondern auch das letzte Tageslicht gekostet. Aber er hatte es nicht gewagt, in Barrow zu halten. Zu nah. Zu hell.

»Ich steige aus und tanke«, erklärte er. »Okay?«

Keine Antwort.

Nate wandte sich um. Ethan lag zusammengepfercht auf der Rückbank. Sein Gesicht verbarg er in seiner Jacke. Im fahlen Licht der Tankstelle schimmerte seine Haut wie von dreckigem Öl überzogen, fleckig und schwarz. Vorsichtig rüttelte Nate an ihm. Keine Reaktion. Ohnmächtig? Oder eingeschlafen? Er bezweifelte, dass Ethan gerade schlafen könnte. Besorgt zog er an dem Stoff, bis er sich sicher war, dass er genug Luft bekam. Nate sah ihn an und wünschte, er hätte es nicht getan.

Sie wollten dich umbringen.

Er riss sich los und tankte. Dabei warf er ständig einen Blick über die Schulter und das Autodach hinweg. Auf der Autobahn war immer etwas los. Sie schlief nie. Selbst in einer kalten Februarnacht. In regelmäßigen Abständen ließ das Surren eines nahenden Fahrzeugs ihn in Schweiß ausbrechen. Jeder von ihnen könnte Buck sein. Oder Ashton.

Der Regen machte es nicht besser.

Endlich klickte der Zapfhahn. Nate warf sich seine Kapuze über und wartete, bis der Automat seine Karte wieder freigab.

Bis zu seinem Unfall hatte er den Geruch von Benzin gemocht. Jetzt roch es nach Gefahr.

Ethan zuckte unter dem Türknallen zusammen. Aber er wachte nicht auf.

Der Wagen sprang an – bereit, sich in Bewegung zu setzen. Nate wusste nicht, wohin. Er entschied sich für die Autobahn.

Es gab keinen Ort, an den sie konnten.

Also fuhr er.

Ein Stück später nahm er die Abfahrt nach Worcester. Nicht, dass er vorhatte, nach Worcester zu fahren. Aber er suchte einen Parkplatz. Einen Ort für die Nacht. Er wollte sich um Ethan kümmern, das Blut von ihm abwaschen. Die nächstbeste Landstraße erschien auf einem Schild, und er folgte den Pfeilen.

Ich muss aufpassen, dass ich nicht aus Versehen zurückfahre.

Die nächste Abzweigung nahm er auch.

Er fand den Severn. Der Fluss wand sich auch durch Shropshire, aber hier schien er breiter, und er spiegelte einen kalten Mond wider. An einem flachen Kiesbett hielt er an. Zu beiden Seiten wuchsen Weidenbüsche und Hecken. Noch waren sie kahl, aber bald würde der Frühling kommen. Nate parkte im Schutz ihrer Schatten und atmete tief durch, als der Motor verstummte.

Bis heute hatte er gedacht, dass er nie wieder Autofahren könnte. Aber er hatte auch gedacht, dass in zwei Tagen nicht viel passieren würde.

Mit einem Fluch auf den Lippen stieg er aus und kroch zu Ethan auf den Rücksitz. »Hey«, sagte er. »Hey, wach auf.«

Zwar erhielt er keine Antwort, aber Ethan regte sich.

Erleichtert schluckte er seine Tränen und schraubte die Wasserflasche auf. »Trink, bitte.«

Ethan gehorchte.

Währenddessen grub Nate in seiner Unordnung nach etwas, um ihm zu helfen. Notdürftig, zumindest. Der Kühlakku fiel ihm ein, den er Ethan aufs Gesicht legen wollte. Mittlerweile aufgetaut nützte er nichts mehr. Er kniete sich vor ihn, unbequem zwischen die Sitze, und kippte etwas Wasser über ein Tuch. »Komm her«, bat er.

Ethan nahm es an sich. Anstatt über sein Gesicht, rieb er zuerst über seine Finger. Seine Hände. Natürlich. Nate schnaubte, aber er ließ ihn gewähren. Dreimal befeuchtete er das Tuch noch, dann war es quasi unbrauchbar. Er suchte das zweite Handtuch. Nachdem er den Rest der Flasche darüber geleert hatte, rieb er zuerst über Ethans Stirn.

Glücklich wirkte er nicht darüber, aber er widersprach nicht. Nicht, dass er gesprochen hätte. Oder auch nur lauter geatmet.

Im Halbdunkel konnte er es nur erahnen, aber Nate vermutete, dass Ethans rechte Gesichtshälfte sich blau verfärbte. Er zuckte regelmäßig unter seinen Berührungen zusammen. »Ich bin so vorsichtig, wie ich kann.« Es klang wie eine Entschuldigung. Bevor er beide Tücher grob im Fluss auswaschen ging, steckte er Ethan die zweite Flasche und die Schmerztabletten zu.

Es regnete noch immer. In der Ferne hörte er ein Auto näherkommen. Nate stürzte zum Wagen zurück. Er warf die nassen Handtücher auf den Beifahrersitz und schnallte sich an. »Da kommt jemand«, sagte er.

Ethan zog seine Tür zu.

Nate drehte den Schlüssel und fuhr.

Quer durch Worcester zu fahren, stellte sich nicht als seine beste Idee heraus. Er hatte gehofft, im Chaos einer großen Stadt verloren zu gehen – für andere. Tatsächlich verlor er selbst die Orientierung. Schneller, als ihm lieb war.

Bei Nacht wirkten Städte imposanter als tagsüber. Manchmal lenkte er den Wagen über mehrspurige, gut ausgebaute Straßen, zu deren Seiten sich teils beleuchtete Gebäude erstreckten. Dann wieder fand er enge Gassen mit schäbigem Licht. Frauen standen dort. Mit teilnahmslosen Blicken beobachteten sie die vorbeifahrenden Autos. Er mochte diese Seitenstraßen nicht. Sie wirkten schmutzig.

Und gefährlich.

Einmal erhaschte er einen Blick auf die Kathedrale. Wenn er gläubig gewesen wäre, hätte ihm der hell erleuchtete Kirchturm vielleicht Hoffnung geschenkt. So prophezeite er Gefahr.

Licht bedeutete, gesehen zu werden.

Polizeiwagen begegneten ihnen von Zeit zu Zeit. Keiner setzte den Blinker oder verfolgte sie – meistens sahen sie ihnen nicht einmal nach –, aber Nate schwitzte, bis sie aus ihrem Blickfeld verschwanden.

Ethan sagte die ganze Zeit über kein Wort.

Er fand den Weg aus der Stadt hinaus. Wobei es nicht weniger befremdlich blieb, durch schlafende Vorstädte zu fahren. Der Motor brummte, während die Welt um sie herum den Atem anhielt. Er drosselte das Tempo und schlich über die

Straßen, als wäre er ein Eindringling. Ein Flüchtling. Ein Verbrecher. Haus reihte sich an Haus, Garage an Garage, wie im Blakouv Way oder der Lane Street. Er betrachtete die weißen Jalousien an den Fenstern. Heruntergelassen. Manche schief, manche gerade. Sie glühten, wenn das Mondlicht sie traf. Wenn dahinter jemand wartete, würde er ihn nicht sehen. Die Leute aber sahen sie. Den Wagen. Was, wenn sie Bescheid wussten? Wenn sie die Polizei riefen?

Nate schüttelte sich.

Er musste schlafen. Ganz dringend.

Aber er konnte nicht anhalten.

Er entschied, dem Severn zu folgen. Wenn er sich richtig erinnerte, würde er sie zumindest bis nach Gloucester bringen. Von dort aus könnten sie nach Oxford. Oder Bristol. Auf jeden Fall weit, weit weg von Dwellton.

Rechts von ihnen wich die Stadt zurück. Ein kurzes Waldstück begann, ein dunkler Schatten vor einem noch schwärzeren Horizont. Vermutlich Privatbesitz. Nate nahm die erste Abzweigung direkt hinein. An einer recht breiten Stelle parkte er den Wagen neben der Straße.

Seit er acht oder neun Jahre alt war, hatte ihm kein Wald mehr Angst gemacht.

Dieser tat es.

Zwischen den Bäumen waberten schwarze Schatten. Sie wuchsen, wenn er sie ansah. Kamen auf ihn zu, als besäßen sie Beine und Hände. Je länger er sie anstarrte, desto wütender wurden sie. Nate wandte sich um. Nach links, nach rechts. Die Zweige vor der Windschutzscheibe nickten im Takt eines Windlieds, das er nicht hörte. Auf dem Dach hämmerte der Regen.

Wenn er sie noch länger ansah, würden sie ihm etwas antun. »Ich muss schlafen.« Nate traute sich nicht, auszusteigen. Er schloss den Wagen ab und stieg zwischen den Sitzen nach hinten. Auf dem Boden rollte er sich zusammen.

Er wünschte, Ethan würde ihn wieder zu sich ziehen.

Als er aufwachte, schien eine triste Sonne. Es regnete nicht mehr. Mit schmerzenden Gliedern richtete er sich auf. Ethan starrte aus dem Fenster. Gott, wie er aussah. Die Schwellung um sein rechtes Auge breitete sich aus und verschwand unter seinem Bart. Demselben Bart, in dem noch immer Blut klebte. An seiner Lippe. An seinem Nasenrücken. Zwei lange Kratzer klafften an seiner Schläfe, seiner Stirn, drei kurze an seiner Wange. Die Scherben. Sie hatten auch ihm das Gesicht zerschnitten. Aber er behielt sein Auge.

Ethan bemerkte seinen Blick. Er sah ihn an, doch sein Gesicht reagierte nicht; es blieb stumm und leer. Dann streckte er ihm die Hand entgegen, bevor er zögerlich seine Lippe berührte.

Nate zuckte überrascht, als es weh tat. *Er hat mich gebissen. Natürlich.* »Keine Sorge«, sagte er. »Willst du einen Spiegel?«

Ethan Mundwinkel zuckten.

»Bist du okay?«

Er schloss die Augen.

»Trink etwas«, meinte Nate. Bevor er ausstieg, reichte er ihm das Wasser. Er brauchte frische Luft. Ein paar Schritte allein.

Wenn das Sonnenlicht zwischen den Zweigen hindurch sickerte, sah der Wald anders aus. Es war nicht einmal ein Wald, sondern ein kurzer Abschnitt aus sorgsam gepflanzten Bäumen. Zwischen den Stämmen erspähte er eine freie Wiese. Die

Grashalme knickten sich unter dem Gewicht des Bodenfrosts. Er leckte sich über die Lippen, bevor er sie zusammenpresste.

Dann setzte er sich hinter das Lenkrad und brachte den Wagen zurück auf die Straße.

»Ich besorge etwas zu essen.«

Ethan nickte.

Immerhin nickte er.

Nate hielt beim erstbesten Supermarkt. Bevor er hineinging, warf er Ethan seinen Kapuzenpullover zu. »Zieh ihn über«, sagte er. »Kapuze hoch. Komm mit.«

Er schüttelte den Kopf.

»Ich bin bestimmt eine halbe Stunde weg. Vielleicht länger. Okay?«

Nach einem kurzen Zögern nickte er.

»Wie du willst.« Es gefiel ihm nicht, Ethan im Auto zu lassen. Aber er hatte keine Zeit, lange zu diskutieren.

Noch nie hatte er sich so unwohl in einem Laden gefühlt. Er griff wahllos nach Sachen, die ihn ansprachen. Währenddessen starrten sie ihn alle an. Die Mütter mit ihren Kindern. Die alten Damen mit ihren Ehegatten. Die Mitarbeiter und sogar der Penner, der von seinen letzten Pence Bier kaufte. Vielleicht hätte er sich vorher frischmachen sollen. An seinen Fingern klebten die Reste von Blut. An seiner Lippe auch? Der Blick der Kassiererin haftete ihm an. Zog sie seine Sachen absichtlich langsam über die Kasse? Kaum drückte sie ihm das Wechselgeld in die Hand, verließ er den Markt.

Er warf die Wasserflaschen in den Kofferraum. Das improvisierte Frühstück nahm er mit auf den Beifahrersitz.

Sie aßen ein paar Minuten später auf dem Parkplatz eines

Elektrogeschäfts. Während er kaute, fragte Nate sich, wie er auch nur einen Bissen hinunterbrachte. Aber er hatte Hunger. Ihm war schlecht. Und vor allem brauchte er eine Zigarette.

Er klappte den Sichtschutz herunter und betrachtete sich in dem kleinen Spiegel. Im Gegensatz zu Ethan sah er blendend aus. Die Ringe unter seinen Augen könnten von einer ausgiebigen Feier stammen. Gut, seine Lippe wölbte sich ein wenig, und eine Dusche schadete ihnen beiden nicht.

Seine Kippe neigte sich dem Ende zu. Er schnipste sie aus dem Fenster und sah dabei im Seitenspiegel einen grünen Lada.

Er fluchte und fuhr los.

Es half nicht, dass er das falsche Kennzeichen trug.

Gar nicht.

Irgendwann schaltete er das Radio an. Die Lieder vertrieben die drückende Stille. Seine Geduld mit Ethan schwand zusehends. Dabei wollte er nicht bissig sein. Nicht unfair. Aber seine Hände zitterten noch immer und er konnte nicht anhalten. Ethan musste es spüren. Er sank auf der Rückbank immer mehr zusammen.

Als Stalbridge vor ihnen auftauchte, musste Nate sich eingestehen, dass er sich verfahren hatte. So groß konnte England doch gar nicht sein, dass man sich derart hoffnungslos verirrte? Wann hatte er die Straße neben dem Severn verlassen?

Seit einer Weile tuckerten sie von einem Dorf in das nächste.

Keine großen Städte weit und breit. Hätte Gloucester nicht längst vor ihnen auftauchen müssen? Er fluchte, und als Ethan zuckte, fluchte er noch mehr. Er hätte an der Tankstelle vorhin eine Karte kaufen sollen. Dann hätten sie gewusst, wo sie waren. Wo sie hinkonnten. Was sie benötigten, um die nächsten Tage zu überstehen, und ...

Er brauchte eine Pause. Eine gottverdammte Pause.

Nachdem er ein Stück weitergefahren war, las er auf einem Schild von einem Motel. Der Teil von ihm, der noch immer unter Strom stand, sagte ihm, dass er weiterfahren sollte. Dass es zu gefährlich wäre.

Aber er hätte ganz England durchqueren und trotzdem noch Gespenster sehen können. Sein Nervenkostüm war genau das: ein Kostüm. Also setzte er den Blinker. Er fragte Ethan nicht.

Aber der sagte ohnehin kein Wort.

Das Gebäude tauchte hinter einem Hügel auf und wirkte an sich freundlich; weiß gestrichen und mit großen Fenstern. Nur wenige andere Fahrzeuge parkten vor den Eingängen. Nate richtete sein Haar dürftig und betrat das Motel. Die Rezeption lag in einem kleinen Eingangsbereich. Er fragte nach einer Unterkunft für zwei. Die Rezeptionistin meinte, dass die Zimmer für Paare bereits belegt wären. Eins mit zwei Einzelbetten könnte sie ihm anbieten. Ja, genau, so eins meinte er doch. Er bezahlte für zwei Nächte und erhielt Schlüssel und die Nummer für den Parkplatz. Dass sie ihm keinen schrägen Blick zuwarf, rechnete er ihr hoch an.

Vielleicht waren sie hier Typen wie ihn aber auch einfach gewohnt.

Nate stellte den Wagen ab und holte den Rucksack aus dem Kofferraum. Sein Arm schmerzte.

Ihr großer Vorteil bestand darin, dass das Zimmer vom Parkplatz aus direkt erreichbar war. Nate scheute jedes Risiko. Seine leicht geschwollene Lippe geriet schnell in Vergessenheit; Ethans demoliertes Gesicht hingegen nicht.

»Zieh dir den Pullover über«, sagte er.

Ethan gehorchte.

Er sah ihm dabei zu und erstickte beinahe an dem Druck auf seinen Kehlkopf. Kein Recht – er hatte kein Recht, so gereizt zu sein. Es war seine Schuld.

Ethan zog sich die Kapuze tief ins Gesicht. Beim Aussteigen zitterte er. Nate hätte ihm gern seine Hand angeboten.

Das Zimmer enthielt nichts Besonderes. Zwei Betten, die sich einen Nachtschrank teilten, ein Schrank, eine schlichte Sitzgruppe, dahinter ein Mini-Kühlschrank, und ein kleines Bad. Es war sauber, die Betten frisch bezogen, und vor allem konnte man die Fenster schließen und verdunkeln. Nate sperrte die Tür hinter ihnen ab.

Ethan ließ sich auf eines der Betten fallen. Er lag nur halb darauf; ein Bein stand auf dem Boden, als wäre er jederzeit bereit, aufzuspringen. Nicht einmal die Kapuze hatte er abgestreift. Seine Augen hielt er geschlossen, während seine Stirn tiefe Falten warf.

Er litt.

Nate seufzte. Im oberen Kühlschrankfach suchte er nach Eiswürfeln. Nicht viele, aber sie genügten fürs Erste. Er bettete sie in ein Tuch, das er vorsichtig auf Ethans Stirn ablegte.

Kurz zuckte er. Einen Moment später presste er das Bündel an sein Gesicht. »Danke.«

Sein erstes Wort seit anderthalb Tagen.

Und es war ›Danke‹.

Am liebsten hätte er sich übergeben. »Es tut mir so leid.«

»Mir auch.«

Nate rieb sich über die Augen, ehe er sich nach dem Verbandszeug umsah. »Kannst du dich nochmal aufsetzen?«

Mit einem Ächzen stemmte Ethan sich hoch. Währenddessen holte Nate warmes Wasser aus dem Badezimmer. Frische Handtücher gab es dort auch. Er half Ethan, sich aus dem Pullover zu befreien. Danach aus seinem Hemd. Unter anderen Umständen hätte er vielleicht etwas gesagt wie: *»So habe ich es mir nicht vorgestellt, dich das erste Mal auszuziehen«*, aber er schämte sich, und er war traurig, also schwieg er. Als er ihn dieses Mal wusch, zitterten seine Hände nicht. Er war sanft. Vorsichtig. Das Blut klebte an Ethans Körper und wehrte sich, ging nicht ab. Bis an sein Schlüsselbein wogten die roten Flecken. Bis unter sein Unterhemd. An Ethans Hals dunkelten die Male, die Blake hinterlassen hatte.

Kein Wasser der Welt konnte sie abspülen.

»Möchtest du duschen?«

Ethan nickte.

»Schaffst du es alleine?«

Er nickte wieder.

»Lass die Tür auf.«

Noch ein Nicken, bevor er im Badezimmer verschwand.

Es war, als hätten sie wieder einmal die Rollen getauscht. Nate wünschte, er könnte mehr für ihn tun. Während Ethan duschte, suchte er ihm Klamotten aus dem Rucksack. Er kam aus dem Bad und zeigte ihm den blauen Fleck. Größer als seine Hand breitete er sich über seinem unteren Rippenbogen aus und versprach gebrochene Knochen.

»Du musst ins Krankenhaus.«

Ethan schüttelte den Kopf, rollte sein Unterhemd darüber und kroch unter seine Decken. Er erinnerte Nate in diesem Moment schmerzlich an einen kleinen Jungen, der sich vor der Welt versteckte.

Nicht, dass er sich ähnlich fühlte.

Natürlich nicht.

Ohne das ganze Blut wirkte es weniger gefährlich. Nicht gesund, nicht freundlich oder »halb so wild«, aber – und als er es dachte, wusste er, dass genau dieser Gedanke ihn angetrieben hatte – nicht mehr lebensbedrohlich.

Was war es nur mit ihm und der Angst, dass alle um ihn herum starben?

Nate raffte sich auf und brachte ihm die Tabletten. Dann bat er ihn, die offenen Stellen versorgen zu dürfen. Er nickte zwar, schloss aber die Augen dabei. Ertrug er es nicht?

»Danke«, sagte Ethan.

»Es tut mir so schrecklich leid.«

»Mir auch.«

Sie kosteten die Sicherheit, die ihnen das Motel versprach, volle zwei Tage aus. Nate verließ das Zimmer nur, um Essen zu besorgen; Ethan gar nicht. Aber das musste er auch nicht. Hauptsache, er kam mit ihm, wenn es Zeit war, aufzubrechen.

Das tat er, wenn auch widerwillig.

Nate wusste nicht, wohin. Es gab noch immer keinen Ort, an dem sie bleiben konnten. Also fuhr er.

Die nächste Nacht verbrachten sie in einem Hotel in der Nähe von Budleigh Salterton. Die Luft schmeckte nach Salz und Regen. Nate kaufte an einem Touristenstand eine Karte und fragte, wo man hier günstig schlafen könnte. Sein Gegenüber, ein zigarrenrauchender Herr, wies den Strand entlang und sagte: »Da hinten.«

Das Problem an einem Hotel war der Weg in ihr Zimmer. Ethan warf sich die Haare vor sein Gesicht und zog die Kapuze weit in seine Stirn. Außerhalb jeglicher Ferien herrschte auf den Fluren kaum Verkehr. Nur eine Familie kam ihnen entgegen. Die Tochter zupfte am Ärmel ihrer Mutter und deutete auf Ethan. Diese nahm ihr Kind bei der Hand, entschuldigte sich und suchte eilig das Weite.

Obwohl es ansonsten friedlich blieb, atmete Nate auf, sobald sie ihr Zimmer erreichten.

Ein Blick aus dem Fenster sagte ihm, dass es vergleichsweise früh sein musste. Die Sonne stand recht hoch am Himmel. Hätten sie mehr Meilen zwischen Buck und sich bringen sollen? Als Nate die Jalousien schließen wollte, bat Ethan ihn, es nicht zu tun. Schulterzuckend sank er an den Tisch und breitete die Karte aus. *Hier sind wir.* Mit dem Finger skizzierte er die Straßen, die von ihrem Hotel wegführten. Zwischen Budleigh Salterton und Dwellton lagen über zweihundert Meilen. Gut. Sehr gut. Nach Hedford noch etwas mehr. Nicht, dass sie dort sicherer gewesen wären, aber ... Er seufzte. »Wo sollen wir hin?«

Ethan antwortete nicht.

Als Nate den Blick hob, entdeckte er ihn, wie er vor dem Fenster saß und hinausstarrte. »Ich rede mit dir«, sagte er.

Keine Reaktion.

»Weiter südlich gibt es nur noch Wasser. Wir müssen uns überlegen, wo wir ...« Nate klopfte mit den Fingerknöcheln auf den Tisch. »Ethan, hörst du mir bitte zu?«

Er blinzelte. »Verzeihung. Es ... es ist nur ... Ich habe das Meer noch nie gesehen.«

Seufzend rieb er sich über die Stirn. *»Möchtest du einen Spaziergang machen?«*, wollte er fragen. Zu hell. Zu gefährlich. Er ließ die Karte auf dem Tisch zurück und lehnte sich neben ihn an die Fensterbank. Eine Weile betrachtete er die Menschen, die vor einem grauen Horizont und einem noch graueren Meer umherwanderten. Weiße Schaumkronen spülten das Salz an die Küste. Es war zu kalt, um zu baden. Aber der Sand musste trocken sein, denn es hatte seit zwei Tagen nicht geregnet. Das Rauschen beruhigte ihn, je länger er lauschte. Hier und da riefen Möwen durcheinander. Es störte ihn nicht. »Wir können später rausgehen«, sagte er dann. »Wenn es dunkel ist und niemand uns sieht.«

Sie schlichen um kurz nach elf aus ihrem Zimmer.

Nate schielte immer wieder besorgt zu Ethan. Er zitterte, aber natürlich sagte er kein Wort. Bis zum Strand dauerte es nur wenige Schritte; dann flüsterte er ihm zu, dass er die Schuhe ausziehen sollte. Nate machte es ihm vor. Erst, als Ethan den ersten Schuh bereits losgeworden war, fiel ihm der blaue Fleck ein. Er hätte helfen sollen. Ihm die Schmerzen ersparen. Ein toller Freund war er.

Letztlich schlenderten sie nebeneinander durch kalten Sand. Mit der Zeit flaute Ethans Zittern ab. Er watete bis hin zum Meer, tastete mit den Füßen hinein, bückte sich und ließ das Wasser seine Finger umspielen. Nate sah ihm zu. Er wünschte sich, er hätte ihn küssen können.

Ethan kehrte zurück und drückte ihm ein Muschelstück in die Hand. Es war nass, kalt und scharf. »Danke«, sagte Nate.

»Danke«, erwiderte Ethan.

In dieser Nacht hatte er das erste Mal diesen Alptraum. Er fuhr mit dem Wagen über rotierende Straßen. Der Asphalt riss aus dem Boden und formte Wellen und Kreise, versuchte ihn abzuwerfen wie ein Stierbulle. Auf dem Weg nach unten überfuhr er Blake, und sein Gesicht klebte an seiner Scheibe, ganz ohne Körper. Er hatte noch nie gesehen, wie Augen bluteten. Aber er würde es nie mehr vergessen. Irgendwann versenkte er den Ford im Meer, er befreite sich daraus, aber er musste Ethan zurücklassen, denn er sprach und tat nichts. Er versank mit dem Wagen, er erstickte, immer wieder, und dann sah er Blake. Er kam zu ihm. Nate spürte seine Hände an seiner Kehle, wie sie sich langsam darum wanden.

Dann drückte er zu.

Er fuhr hoch und wusste, dass er geschrien hatte. Ethan saß auf seinem Bett und sah ihn an. Nate sprang auf, ging duschen, packte den Rucksack und wartete, bis um sechs Uhr die Rezeption öffnete. »Wir müssen los«, sagte er.

Ethan nickte nur und folgte.

Im letzten Augenblick schnappte er sich die Karte vom Tisch. Er wusste noch immer nicht, wohin.

Dieses Mal bat er Ethan, ihn zu navigieren. Eine Weile hinterfragte er kein ›Links‹ und kein ›Da hinten rechts‹, sondern fuhr. Die Angst, die ihn auf die Beine gejagt hatte, verschwand mit den Meilen. Seine Hände hörten auf, zu zittern.

»Wohin fahren wir?«, fragte er Ethan nach einer Weile.

»Ich weiß es nicht. Weg vom Meer.«

»Und wohin fahren wir jetzt?«

»Marlborough.«

»Okay.«

Mit der Karte fanden sie sich besser zurecht. Es dauerte nicht mehr den ganzen Tag, von einer Stadt in die nächste zu finden. Auf dem Weg überlegte Nate, ob sie es wagen könnten, essen zu gehen. Er sehnte sich nach einer warmen Mahlzeit. Oder zumindest einem Kaffee. Obwohl es begann, abzuschwellen und das Schwarz sich in Blau verwandelte, fing Ethans Gesicht noch immer jeden Blick ein. Stattdessen fragte er, ob er ihn auf die Autobahn lotsen könnte.

»Sicher«, sagte der. »Da vorne irgendwo rechts.«

Er folgte dem Verlauf der Autobahn, bis er eine Raststätte entdeckte. Ein paar Brötchen gab es dort und warmen Kaffee.

»Zwei große«, bestellte er. »Die größten, die Sie haben. Und zwei von den Scones, bitte.«

Als er zurückkehrte, hellte Ethans Blick sich auf.

»Wir sind schreckliche Briten«, sagte er und reichte ihm den Becher durch die heruntergelassene Scheibe. Sie teilten ein scheues Lächeln, als wäre es noch nicht in Ordnung, zu lachen. Nate lehnte sich gegen den Wagen und aß draußen. Es regnete nicht und die Sonne schien; es hätte ein schöner Tag sein können.

»Vielleicht sind wir gar keine«, sagte Ethan.

»Meinst du, wir sollten die Fähre nehmen und Franzosen werden?«

»Lieber Belgier.«

»Dann können wir gleich Deutsche werden.«

»So schlimm sind sie nicht.«

»Ach ja?«

»Wie wäre es mit Spanien?«

»Zu warm.«

»Italien?«

»Kannst du Roller fahren?«

»Nein. Aber ich wette, ich könnte es lernen.«

»Ja«, sagte Nate. »Das glaube ich auch.«

Sie betrachteten die anderen Reisenden, aber niemand beachtete sie. Wenn er die Sonnenstrahlen abbekam, schwitzte er unter seiner Jacke. Sein Appetit hielt sich dank des aromatischen Raststättengeruchs in Grenzen. Doch der Kaffee kam ihm vor wie das Beste, was er seit Tagen zu sich genommen hatte.

Um sie herum gab das Leben ein Konzert. Wenn sie nicht wie er an ihren Fahrzeugen lehnten, tankten die Leute. Oder sie stritten. Eine Ehefrau diskutierte mit ihrem Mann darüber, dass er ihre Reisehandtasche nach unten in den Kofferraum gepackt hatte. »Wie soll ich es drei Wochen in Lettland mit dir aushalten?!«, fragte er, bevor er in der Herrentoilette verschwand. Nate ertappte sich bei dem Gedanken, dass er ihre Probleme gerne gegen seine tauschen würde. Als er sich Ethan vorstellte, der sich wegen einer Handtasche aufregte, musste er grinsen. Weiter hinten entdeckte er eine Gruppe von Männern. Sie prahlten voreinander mit ihren Autos oder ihren Muskeln, selten aber beides. Er fand sie dumm. *Nicht nur ein schrecklicher Brite.*

Da erst fiel ihm auf, wie leicht ihr Schweigen wog. Sein Lächeln wuchs. Während er dastand und einfach nur lächelte, bemerkte er, wie selten es geworden war. Wie seltsam es sich anfühlte. Als wäre er außer Übung und seine Muskeln würden später deshalb schmerzen. Was Quatsch war. Wer hatte schon Muskelkater vom Lächeln?

»Was hältst du davon?«, fragte Ethan.

»Wovon?«

»Na, davon!« Er deutete hinüber auf den Parkplatz.

Nate folgte seinem Fingerzeig. »Sicher?«

»Bevor wir Italiener werden ...«

Er legte den Kopf schief. »Nicht in beige.«

»Hast du etwas gegen beige?«

»Würde?«

Ethan lachte. Leise, aber er lachte. Es war das schönste Geräusch seit Tagen.

Heute Abend will ich ihn zu küssen.

Als sie schließlich vor einem Motel hielten, war er müde. Diese Müdigkeit fühlte sich nicht so bleiern an wie die Abende zuvor, nicht so dunkel und schwarz und übermächtig.

Er war einfach nur müde.

Es war schön.

Guildford zählte mehr Einwohner als die anderen Städte, in denen sie bisher übernachtet hatten, daher brummten wesentlich mehr Motorengeräusche um sie herum. Autos mit den unterschiedlichsten Kennzeichen fuhren über die Parkplätze, und wie Nate feststellte, waren die meisten Zimmer bereits belegt. Er ergatterte eines im zweiten Stock. Ethan über eine Treppe zu schmuggeln klang immer noch besser, als ihn durch die engen Flure eines Hotels zu bugsieren. Während er den Rucksack schulterte, fragte er sich, ob sie dieses Spiel mittlerweile aus Automatismus spielten – oder ob die Bedrohung noch so real war, wie sie sich die ersten 48 Stunden angefühlt hatte. Darauf hatte er keine Antwort.

Diesmal hatte er direkt für ein paar Tage gebucht. Eine Woche. Zeit, die Ethan brauchte, um gesund zu werden; Zeit, die sie beide für die Zukunftsplanung nutzen mussten.

Noch immer sperrte er jede Tür hinter sich ab. Ob dieses Bedürfnis je wieder verschwand?

Mit dem Gefühl, durchatmen zu können, widmete er sich längst überfälligen Aufgaben. Ihr Gepäck ordnen, zum Beispiel.

Ethan saß auf seinem Bett und beobachtete ihn dabei.

Während er umpackte und Wäsche sortierte, dachte Nate darüber nach, ihn zu küssen. Er ging duschen, um seine Entscheidung hinauszuzögern. Als er wiederkam, schlief Ethan. Er ließ ihn schlafen und löschte das Licht.

In dieser Nacht träumte er wieder von lebendigen Straßen, Blake und Ethan und davon, dass er sterben würde.

»Du hast Alpträume«, sagte Ethan drei Tage später.

Nate nickte. Was hätte er erwidern sollen? Er reichte ihm den Kaffee, den er besorgt hatte, und eine Tüte vom Bäcker um die Ecke.

»Sind sie schlimm?«

»Es ist immer der gleiche.« Er streifte seine Schuhe ab und sank auf sein Bett. Es fungierte mittlerweile als alles Mögliche: Schlafplatz, Hocker, Schreibtisch, Sessel ...

»Möchtest du mir davon erzählen?«

»Hast du denn keine?«

»Doch.«

Sie wechselten einen Blick. Nate spürte sich lächeln, zumindest bis er zu sprechen begann. »Wir sterben. Erst Blake, dann du, dann ich. Es ist meine Schuld. Ich überfahre Blake und lasse dich ertrinken.«

»Wie stirbst du?«

»Blake ... erwürgt mich.«

»... oh.«

»Tut mir leid.« Nate seufzte und pulte den Deckel von seinem Kaffeebecher. »Und du?«

»Ich habe schon sehr lange Alpträume. Es gibt Zeiten, da kommen sie seltener oder verschwinden ganz.« Ethan raschelte mit der Brötchentüte. »Momentan kommen sie, sobald ich die Augen schließe.«

»Was siehst du dann?«

»Meistens meinen Vater.«

»Bedroht er dich?«

»Das möchtest du nicht wissen.«

Nate warf einen Blick auf die Narbe, die sich hinter Ethans Ohr entlang wand. »Wir sind ganz schön kaputt, was?«

»Vielleicht.«

Ethan hielt ihm auffordernd die Tüte entgegen. Die Scones lagen warm in seiner Hand. Das zählte schon fast als warme Mahlzeit. Nach dem Essen öffnete Nate das Fenster und betrachtete die Straßen. Noch immer zuckte er, sobald ein Hupen dröhnte. »Wenn wir jemals ankommen«, murmelte er, »will ich nie wieder fahren müssen.«

Ethan lehnte sich neben ihn. »Es tut mir leid.«

»Ich möchte nicht, dass es dir leidtut.«

»Ohne mich hättest du nie ...«

»Du hast es für mich getan.«

»Der Unfall?«

»War genau das. Ein Unfall.«

»Es ...«

»Schhh.« Unwillkürlich fragte er sich, ob es Dinge gab, die man lieber totschwieg, bis man ihr Gewicht mit ins Grab nahm. Sein Blick glitt über die nebelverhangene Silhouette am Rande des Horizonts. Irgendwo dort wusste er London, obwohl er nie dort gewesen war. Die rauen Nebelspitzen erinnerten ihn an Gebäude, die sich an Gebäude lehnten. Vielleicht wetteiferten sie darum, wer am ehesten den Himmel erreichte. Er mochte den Gedanken, dass zwei dieser Türme zur Tower Bridge gehörten. Welche es waren, konnte er nur vermuten. Die mit den höchsten Spitzen? Die mit den eckigen Dächern? Bevor er starb, würde er es wissen. »Ethan?«

»Hm?«

»Warum hast du es getan?«

Er brummte. »Sie hätten dir weh getan.«

»Dafür haben sie dir mehr weh getan.«

»Ja.«

459

»Glaubst du, es hätte mir geholfen, wenn du für mich ...«

»Ja. Zumindest, wenn du mir nicht gefolgt wärst.«

»Wärst du ... lieber dortgeblieben?«

Ethan knibbelte an seinem Kaffeebecher herum.

»Wärst du?«

»Ich weiß es nicht.«

»... verstehe.«

»Tust du nicht.«

»Warum sagst du es mir dann nicht?« Nate zwang sich, zumindest einen Mundwinkel zu heben. »Wann ist ›wann anders‹, wenn nicht jetzt?«

»Möchtest du das?«, fragte er.

Nate nickte.

Er kippte den letzten Schluck Kaffee, bevor er auf sein Bett sank und nach den Zigaretten griff. »Dann komm.«

Nate nahm ihm die Schachtel ab und setzte sich auf seine Decken. Kein goldorangener Satin, sondern nadelgestreifte, blauweiße Leinen, die mittlerweile nach seinem Schweiß stanken. Sie teilten den Nachtschrank und den Aschenbecher. Der Rauch waberte zwischen ihnen umher und überdeckte den Geruch von ungewaschenen Kleidern und Körpern nur schal.

Ethan erzählte. Von dem Haus, in dem er aufgewachsen war. Vom Tod seiner Schwester und davon, wie seine Mutter das Geld verdienen musste. Von den Jahren auf der Straße, wenn er manchmal seinen Körper für eine Nacht im Trockenen verkaufte. Von seinem Vater und von Nates. Er erzählte durcheinander, nicht chronologisch, gerade so, wie es ihm einfiel. Mitunter verstummte er mitten im Satz. Seine Augen verrieten das Ende jeder Geschichte. Sie klebten an einem unverrückbaren Punkt und schimmerten mit roten Rändern; er weinte nicht.

Nicht mehr, vielleicht. Sein Daumen glitt über seine Lippen, außer, wenn er die Hand etwas anhob, um an seiner Zigarette zu ziehen.

Nate konnte sich nicht daran erinnern, dass Ethan jemals so viel gesprochen hatte. Aber er unterbrach ihn nicht.

Und verstand.

»Manchmal fürchte ich mich nicht mehr vor dem Tod«, sagte er irgendwann. »Es kann nicht mehr weh tun, wenn es vorbei ist.«

Oh, Ethan. »Versprichst du mir etwas?«

»Ich kann dir nicht versprechen, dass ich ...«

»Nein.« Nate schluckte. »Versprich mir, dass du mit mir redest. Immer.«

»Du kannst mich nicht retten.«

»Ich werd's versuchen.«

»Bis du die Nase voll davon hast.«

»Das wird nicht passieren.«

»Es passiert immer. Früher oder später.«

»Nicht mit mir.«

Ethans Schultern hoben sich, als er schnaubte.

»Wenn du mich nicht verlässt, werde ich dich nicht verlassen.«

»Versprichst du's?«

»Ja«, sagte Nate.

Zwar schüttelte Ethan den Kopf, aber Nate sah sein unterdrücktes Lächeln trotzdem. »Lügner.«

»Du wirst wohl hierbleiben müssen, um das herauszufinden.«

»Oh nein. Du hast mich ausgetrickst.«

»Wie konnte ich nur.«

Sie lachten zurückhaltend, als wären ihre Stimmen zerbrechlich. Ob sie je wieder so lachen würden wie damals im Schnee? Ethan beugte sich nach vorne, um seine Zigarette – die zweite oder dritte – auszudrücken. Müdigkeit sprach aus jeder seiner Gesten. Sein Bart war lang gewachsen und dicht; sein Haar wirr und zerrupft. Er wirkte alt. Zu alt für den Körper, den er bewegte.

»Ethan?«

»Hm?«

»Darf ich dich umarmen?«

Mit einem schrägen Lächeln stieß er seine Wäsche vom Bettende. »Das musst du fragen?«

Ich will dir nicht wehtun. Dennoch wartete er nicht, bis Ethan es sich anders überlegte.

Er dagegen schien sich darum nicht zu scheren. Es gab kein ›nah genug‹. Ethan ließ keinen Raum zwischen ihnen. Seine Finger krallten sich in Nates Rücken, er tat ihm weh, aber Nate beschwerte sich nicht. »Ich versprech's«, flüsterte er stattdessen. Er folgte der Krümmung von Ethans Wirbelsäule unter dem kratzigen Wollstoff seines Pullovers, lehnte sich an, spürte seinen Herzschlag an seiner eigenen Brust. Ethan atmete auf, sog die Luft ein, bis sein Rippenbogen anwuchs. Die Kraft seiner Finger ließ nach; von ihm ab rückte er dennoch nicht.

»Nathaniel?«

Sein Lächeln versteckte er an Ethans Schulter. »Ich mag die Art, wie du meinen Namen sagst.«

»Darf ich dich küssen?«

Oh, bitte. »Ja, natürlich.« Er hob den Kopf. »I… ich meine … Ja. Jederzeit.«

Ethan schnaubte. »Du hast immer noch keine Ahnung, wovon du sprichst.«

»Sicher?«

»Sicher.« Er ließ die Hand langsam über seinen Nacken gleiten, bis sie an seiner Wange lag. »Aber das ist nicht wichtig.« Mit jedem Stück, das Ethan näher rückte, geriet sein Herz mehr aus dem Takt. Ethans Daumen strich über seine Lippen und öffnete sie zärtlich. Nate schloss die Augen. Er erfühlte die alte Narbe hinter seinem Ohr und liebkoste sie mit seinen Fingerkuppen. Ethans Atem roch nach Asche und Kaffee.

Behutsam betasteten sich ihre Lippen. Ihnen fehlte die verzweifelte Kraft, die sie zwischen den Autos teilten, das lang unterdrückte Begehren. Nate ließ seine Hand wandern und wagte es nicht, Luft zu holen. Barthaar kitzelte seine Oberlippe. Ethan forderte nichts. Er küsste ihn ein zweites, ein drittes Mal, ganz ohne Eile, ohne Druck.

Eng umschlungen sanken sie in die Decken. Nates Haut prickelte unter Ethans Händen. Er zeichnete seinen Körper nach, als hätte er ihn nie zuvor berührt. Ihre Worte verebbten zu einem Flüstern.

»Geht das so?«

»Liegst du bequem?«

Sie küssten einander. Oft. Sanft. Nichts davon gehörte sich und nichts davon war falsch. Nates Finger spielten an den Maschen seines Pullovers, er hielt sich daran fest, an ihm, als könnte der nächste Windstoß aus dem offenen Fenster ihn fortwehen.

»Ich bin müde«, nuschelte Ethan irgendwann.

»Schlaf«, erwiderte er leise. »Schon okay.«

Er bettete seinen Kopf auf Nates Brust und döste mit dem

Ohr auf seinem Herzen. Einfach so.

Nate betrachtete ihn. Seine Finger kämmten die Knoten aus Ethans Haar. Wie lange hatte er davon geträumt, genau das zu tun? Blinzelnd beugte er sich vor und hauchte einen Kuss auf seinen Scheitel. Gott, wie er auf ihm schlief, als wäre er sicher. Mit leicht geöffneten Lippen, die untere noch dezent geschwollen. So verletzlich.

Er wollte ihn beschützen. Die Welt von ihm fernhalten, bis die grünlich-gelbe Färbung aus seinem Gesicht verschwand und weit darüber hinaus. Er wollte ihn trösten; den Schmerz übernehmen, der in ihm wohnte wie eine zweite Seele. Jedes halbherzige Lächeln in eines verwandeln, das er nicht unterdrücken konnte, und seine Alpträume für ihn träumen, damit er schlafen konnte, bis er nicht mehr müde war.

Doch dafür genügte er nicht. Vielleicht würde er das niemals. Das Vertrauen, das Ethan ihm schenkte – es stand ihm nicht zu. Er strich ihm ein paar Strähnen aus der Stirn. Die Schnittwunden heilten langsam. Länglich wie die Blätter von roten Akazien im Licht, wenn die Sonne jede Ader präsentierte, und wulstig wie Regenwürmer, die an ihm entlang krabbelten, über seine Wange bis in seinen Mund. Sie würden ihn ein Leben lang entstellen.

Es war seine Schuld.

Ich verlasse dich nicht. Er küsste sein Haar und vergrub seine Finger in den Strähnen. *Niemals.*

Wenn Ethan aufschreckte, flüsterte er: »Schon gut. Schlaf ruhig. Alles gut.« Jedes Mal, und jedes Mal wieder.

Vor ihrer Abfahrt hielt Ethan ihn zurück. »Einen letzten Kuss«, bat er.

Das war der Moment, in dem er verstand. »Zwei.«

Als Nate den Kofferraum öffnete, begann Ethan zu lachen. »Du hast sie mitgenommen?«

»Ich habe sie dir sogar gezeigt.«

»Wann?«

Nate neigte den Kopf abwägend zu beiden Seiten. »Zugegeben, du hattest andere Sorgen.« Überrascht zuckte er zusammen, als Ethan ihm die Hand auf den Rücken legte. »Hey! Wer von uns weiß anscheinend nicht, wie das hier läuft?«

»Ich versuche, dich nicht zu küssen.« Bevor er auf dem Rücksitz verschwand, grinste er ihm zu.

Zwar verdrehte Nate die Augen, aber er unterdrückte ein Lächeln dabei. Er verstaute den Rucksack neben Ethans Gitarre und setzte sich auf den Fahrersitz. »Also?«, fragte er, während er den Rückspiegel einstellte. »Wo geht's hin?«

»Ich bin immer noch für Wildurlaub.«

»Urlaub? Das ganze Geknutsche ist dir wohl zu Kopf gestiegen.«

»Keine Städte mehr. Keine Hotels mehr. Keine anderen Menschen, vor denen ich mich verstecken muss.«

»London ist gleich um die Ecke.«

»Sehen die Zimmer dort anders aus als hier?«

»Mach es mir ruhig schwer.«

»Was sonst? Werden wir Italiener?«

»Du spinnst doch.«

»Vielleicht.«

465

Nate trommelte auf dem Lenkrad. »Ich weiß nicht, ob ich das kann.«

»Was davon?«

»Noch länger weglaufen.«

Ethans Hand fand ihren Weg vorbei am Fahrersitz, bis sie auf seiner Seite ruhte. Mit dem Daumen strich er über sein Shirt. »Okay«, sagte er.

»Ich möchte das nicht von dir verlangen.«

»Das tust du nicht.«

»Ich will mit dir dorthin fahren, wo niemand uns kennt, ein neues Leben beginnen, was auch immer. Aber ... zuerst muss ich nach Hause.« Nate schluckte. »Kommst du mit?«

»Es ist nicht gerade so, als könnte ich ...«

»Ich würde dir ein Zimmer in London mieten, in dem du auf mich warten kannst.«

»Du würdest mich hierlassen?«

»Nur, wenn du das willst.«

Die Hand verschwand von seiner Hüfte, als Ethan sich zurücklehnte. »Du würdest mich hierlassen und dann wiederkommen? Nur für mich?«

»Natürlich.« Im Rückspiegel suchte Nate nach seinem Blick. Er wollte darin lesen, wissen, was er dachte, was er fühlte. »Aber ich würde dich viel lieber mitnehmen.«

»Warum?«

»Das musst du fragen?«

»Nein«, sagte er. »Ich fand London ohnehin nie schön.«

16

Nate nahm die Ausfahrt nach Northampton. Aus dem Radio rauschte Duran Durans ›Of Crime and Passion‹, unterbrochen durch überlappende Frequenzen und fremde Stimmen. *Wie passend*. Ethan dachte ebenfalls daran, so wie er seine Hand über den Sitz schob und auf seinem Knie liegen ließ. Seit ihrem Halt vorhin an der Tankstelle saß er bei ihm. Vorne. Auf dem Beifahrersitz, wo er hingehörte. Auf seiner Nase saß eine Sonnenbrille, mit der er die gelblichkranke Färbung seines Gesichts zu verbergen versuchte.

»Valery wird dich erkennen«, sagte Nate. »Sie wird eins und eins zusammenzählen.«

»Hast du Angst?«

»*Ja*«, wollte er sagen und »*nein*« und alles dazwischen.

Die Landschaft, die an ihnen vorbeizog, kam ihm seltsam bekannt vor. Sie vereinte die Stadt mit dem Land, verschmolz Ortschaften mit den Hügeln und den Gewässern, die zwischen ihnen darauf warteten beschwommen zu werden. Von hier aus fand er blind durch das Straßengewühl bis nach Rushden: zur hölzernen Plattform vor den Seen. Es wäre nur ein kleiner Umweg auf dem Weg nach Hause, nach Hedford, am Halter's Hutch vorbei und die Lane Street entlang.

Die Kenntnis darüber, was ihn hinter der nächsten Kreuzung erwartete, bot keine Vertrautheit, sondern eine gewisse Erwartung. Er suchte nach Veränderung, in jedem Loch im Asphalt, hinter jeder Kurve, an jedem Haus, das sie passierten.

Stand die Hütte schon dort, als er das letzte Mal hier war? Gab es das Sportgeschäft noch an der George Street Corner, vor dem er nach der Schule stand und träumte? An den Namen erinnerte er sich nicht, nur daran, dass SportsDirect es vor zwei, drei Jahren aufgekauft hatte. Die Auslage hatte er angehimmelt und sich vorgestellt, einer von diesen coolen Jungs zu sein, die mit einem Hockeyschläger umgehen oder einen Fußball dorthin schießen konnten, wo er hinsollte. Mit einem Seufzen hatte er sich verabschiedet und war nach Hause getrottet, hatte Steine gekickt oder war auf ihnen ausgerutscht, und jedes Mal, wenn er sich den Hintern rieb, hatte er sich umgesehen und gehofft, dass niemand ihn gesehen hatte.

Er hätte getauscht, wenn er der dafür der Junge sein könnte, von dem er dieses Wissen borgte; der, der sich hier zu Hause fühlte und nicht behauptete, es zu sein.

Es wird besser, wenn wir erst da sind.

»Ich glaube, ich möchte es ihr sagen.«

»Valery?«

»Mum.«

Ethans Daumen streichelte sein Knie. »Okay.«

»Sicher?«

»Ist es in Ordnung, wenn ich draußen warte?«

»Hast du denn Angst?«

»Sehr.«

Gegen die Mittagszeit suchten sie sich ein Restaurant in Wellingborough. Der Name versprach ein italienisches Menü und eine warme Mahlzeit. *Zu nah. Zu hell.* Nate kaute auf seiner Wange. *Entspann dich. Es ist vorbei.* Niemand würde hinter die Gläser von Ethans Sonnenbrille spähen. Sein Haar strich er sich weit genug in die Stirn, um die gröbsten Narben zu verdecken. Ob er das beibehalten würde? Der Gedanke schmerzte. *»Du bist wunderschön«*, hätte er gern gesagt, öffnete sogar den Mund, doch er brachte es nicht über die Lippen. Stattdessen vergewisserte er sich mit einem Blick, dass niemand sie beachtete, bevor er Ethan auf dem Parkplatz einen Kuss stibitzte.

Daran würde er sich gewöhnen müssen. An die Heimlichkeiten und die gestohlenen Momente, während sie versicherten, etwas nicht zu sein, das sie waren. *»Du bist ein schlechter Schauspieler«*, hatte Mum gesagt. Hatte sie eine Ahnung davon, wie Recht sie hatte?

Ethan schlug sich wacker. Zu Beginn verbarg er seine Beine unter dem Tisch, denn sie zitterten. Unter der Tischdecke suchte Nate nach seinem Knie und streichelte es. Der Kellner nahm ihre Bestellung auf und schenkte ihnen nichts weiter als ein Lächeln. »Kommt sofort.«

»Ist das unser erstes Date?«, flüsterte Nate, während sie warteten.

Ethan lächelte scheu und atmete auf.

Bei Käsepizza und Limonade sprachen sie über Mum und Valery und darüber, dass er seiner Schwester nichts mehr zu sagen hatte. »Nach all dem?«, fragte Ethan und Nate zuckte mit den Schultern. »Ich bin nicht ihretwegen hier.« Die Augenbraue über der Sonnenbrille hob sich, aber er sagte nichts weiter. Beim Verlassen des Lokals erklärte er Ethan, wie Trinkgeld funktionierte und weshalb manche Menschen mehr davon gaben als andere.

Der Weg nach Hedford schien gleichzeitig zu weit und zu kurz. Zu nah und zu fern. Während er sich darauf freute, Mum von all den schönen, den erinnerungswürdigen Dingen zu erzählen, wäre er am liebsten eine Ewigkeit mit Ethan durch England gefahren und nie nach Hause zurückgekehrt. Plötzlich würden sie einen Plan brauchen, etwas, das ihnen eine Zukunft ermöglichte, und keiner wusste, was es sein würde.

Er hielt Ethans Hand, wenn er nicht schaltete. Während der Fahrt tauschten sie Geschichten. Es waren keine wichtigen Geschichten, keine von denen, die sie sich damals angetrunken draußen auf der Terrasse erzählten, sondern leichte, meistens mit einem heiteren Unterton, und sie lachten ab und zu.

Der Motor erstarb. Was üblicherweise nur eine Sekunde dauerte, vielleicht nicht einmal eine ganze, zog sich hin. Das letzte Surren, bevor die Maschine verstummte, ein lautes Aufseufzen umgeben von Stille, und es brannte in seinen Ohren.

Dort, wo die Schindeln darauf gewartet hatten, dass er sie deckte, wuchsen nun Liguster. Hyazinthen und Krokusse streckten ihre Köpfe vorsichtig aus der moosigen Erde, wo früher die Dornen von Stechpalmen wucherten. Die Risse an den Wänden waren verputzt und die fehlenden Vertäfelungen eingesetzt worden. Trotz allem sah man dem Haus an, dass es alt war. Es hatte viel erlebt. Früher, das wusste er, hatte es einer anderen Familie gehört; vielleicht einer, die intakt war und ihr Leben in diesen Wänden lebte. Er stellte sich vor, wie es wäre, hier das Radio anzustellen. Beim Kochen Musik zu hören, anstatt darauf zu hoffen, dass der Gasherd noch einmal ansprang, und barfuß durch die Küche zu tanzen, ohne dass man Angst hatte, sich die Zehen an einer der kaputten Fliesen aufzuschneiden. Nach einem Streit wären Teller auch mal geflogen, wenn man nicht jeden davon abzählen musste, oder ein paar böse Worte im Eifer des Gefechts. Statt nur einander, hätte man immer jemanden, zu dem man gehen, mit dem man lachen konnte. Die Stille danach wäre keine Stille. Nicht wirklich. Die Vergebung käme schnell. Niemand würde den anderen verlassen, denn es gäbe keinen Grund.

Es wäre schön gewesen.

Zu schön vielleicht.

Nate schnallte sich ab. Zwischen Fichten und Ahornen musste er sich wenigstens nicht dreimal umsehen, bevor er Ethan zum Abschied küsste. Die Bäume interessierten sich nicht dafür, was sie taten. Sie verurteilten nicht.

Ethan erwiderte seinen Kuss. »Du bist wirklich nicht ...«

»Nein. Warte ruhig.«

»Pass auf dich auf.«

»Niemand wird mich umbringen.«

»Lass nicht zu, dass sie dir wehtun.«

»Ich versprech's.«

Ethan küsste ihn wieder.

»Alles wird gut«, sagte Nate. Ein allerletzter Kuss, ein letztes Lächeln, dann stieg er aus. Unter seinen Schuhen zerrieben die Blätter, die den Winter überstanden hatten, beinahe als wäre es Herbst.

Die Tür gab nach wie immer: ohne Schlüssel. Vielleicht besaßen sie tatsächlich keinen. Ihn empfing der Geruch nach nassem Holz und Stein, und noch viel mehr, der Duft des Waldes, der ihn mit hinein begleitete wie ein alter Gefährte. Es gab keinen anderen Ort, der vergleichbar roch. Moosig und erdig, so intensiv, dass man es schmeckte, nach Tod und Leben zugleich. Er überdeckte Mums Geruch und den von Desinfektionsmittel, und diesen fremden, leicht säuerlichen, der ihn an Marcus erinnerte.

»Ich bin wieder da!«

Nate betrat die Küche. Wo die alte Eckbank ruhen sollte, standen Stühle um einen niedriggelegten Tisch. Die Gardinen waren nicht mehr alt und gelb, sondern fingen das Sonnenlicht wie ein Netz. In Rautenmustern flutete es die Arbeitsplatte. Neue Küchenschränke breiteten sich darunter aus, deren Terrakottaton nur seine Schwester ausgesucht haben konnte. Selbst der Kühlschrank war neu, oder zumindest neu gebraucht. Ein, zwei Zettel hingen daran.

»Mum? Valery?«

Mit gerunzelter Stirn ging er ins Wohnzimmer. Die kaputte Anrichte war verschwunden; die Fotos darauf ebenfalls. Auf dem Sofa lagen gefaltete Decken. Anstatt eines Schranks erhob sich eine Fernsehwand an der Seite. Ein Apparat stand darin, klobig und grau. Nate konnte beinahe vor sich sehen, wie Mum fasziniert zwischen den aufgeschüttelten Kissen saß und mit großen Augen über den Rand ihrer Brille hinweg starrte. Er würde gern einen Film mit ihr schauen. Vielleicht hätte er das längst tun sollen.

»Mum?«

Im Waschraum gab es eine neue Wand, die Toilette und Dusche voneinander trennte. Sie hatten eine gefliste Wand. Eine neue Dusche. Ein Schemel ruhte darin, bestimmt für Mum.

Wo auch immer sie war.

Plötzlich stand er in seinem alten Zimmer. Es war nicht mehr sein Zimmer. Tonys Comichefte, die er ohnehin nie las – verschwunden. Die Jalousien? Die Poster an der Wand? Sein Schrank? Ein Teppich lag auf den zerkratzten Dielen, weich, terrakottafarben, überall. Die Bettwäsche. Das Bett, zu groß, zu breit, strikt gemacht, wie seines in Dwellton, im Rubson

Way, im Zimmer seines Vaters, als Ethan dachte, dass er nie wiederkäme.

Nate stürmte in Mums Zimmer.

Es war leer.

Natürlich war es das.

»Wir fahren zu Mrs. Higgson«, erklärte er, als er die Autotür zuwarf.

Ethan fragte nicht nach.

Nate musste sich beherrschen, um nicht zu rasen. Die Fahrt dauerte vielleicht fünf Minuten. Er sprang aus dem Wagen und nahm immer zwei Stufen auf einmal. Er klingelte. Wieder. Und wieder.

»Wer macht denn hier so einen Lärm?« Mr. Higgson öffnete ihm die Tür. Er sah alt aus. In seinen dichten Augenbrauen blitzten weiße Haare, als er sie zusammenzog. »Diara«, sagte er, ohne sich abzuwenden. »Besuch für dich.«

Nate wusste nicht, wie er durch den Flur in die Küche gelangt war. Eine Tasse Tee stand vor ihm und roch nach Hagebutten. Mrs. Higgson, die netteste Frau, die er kannte, saß ihm gegenüber und redete. Dabei hörte er nur jedes zweite Wort.

»Zurück in Texas«, sagte sie.

Er nickte. Die Schränke waren ausgeräumt worden. Alle. Das Babybett – leer.

»Im Krankenhaus?«, fragte er. »Ist sie im Krankenhaus?«

Als sie die Ärmel ihres hellblauen Kleides zurückschob, enthüllte sie die Haut ihrer Unterarme. Die Haut, die sie für gewöhnlich versteckte: Sie war dunkel und anders. Für einen Moment glaubte er, sie besser zu verstehen denn je. Er mochte diese Haut; es war Tonys Haut.

Ihre Handflächen schimmerten etwas heller. Als er sieben Jahre alt war, strich sie ihm damit durch das Haar, wenn sie ihn bat, zum Mittagessen zu bleiben – oder wenn sie sich gestritten hatten, Tony und er. Nate war immer der Kleinere von ihnen gewesen. Der Schwächere. Der, der die Schläge einsteckte. Sie wusste davon. Mütter schienen ein Gespür für solche Dinge zu besitzen und ihres war ausgeprägter als das der Drogen-suchhunde, mit denen ihr Sohn so manches Mal zu kämpfen hatte. Als Nate vierzehn und damit zu alt für mütterliche Ges-ten wurde, drückte sie ihm die Schulter. Jetzt griff sie nach sei-ner Hand. Tiffany, Sara, Ivy, sie alle hatten seine Hand genom-men, bei jeder sich bietenden Gelegenheit. Keine von ihnen hatte es je getan wie Mrs. Higgson. Zärtlich legte sie ihre Fin-gerspitzen auf seine Handfläche. Sie folgte dem Verlauf seiner Narbe, ganz mild, als berühre sie die Haut eines Neugeborenen. Er hatte sie vergessen, diese Narbe.

»Es tut mir leid«, sagte sie.

»Nein.«

»Ich weiß, es ist schwer ...«

»Das kann nicht sein.«

»Es ... es ging ganz schnell zuletzt. Sie musste nicht leiden.«

»Bitte. Bitte nicht ...«

»Es tut mir leid.«

»Nein!«

Sie stieß die Luft auf eine Art aus, die ein Seufzen hätte sein können; wenn es nicht andauern würde, bis der letzte Atem ihre Lungen längst verlassen haben musste. »Ich würde dir gerne etwas Anderes sagen.«

Nate grub seine Zähne in das empfindsame Fleisch seiner Wange. »Wann?«

»Vor ein paar Wochen.« Ihr Daumen streichelte über seinen Handballen. »Hat deine Schwester dich nicht angerufen?«

»Kann sein«, sagte er leise. »Ich war nicht da.«

»Es ist okay, zu weinen«, sagte sie. »Nate, mein Schatz, es ist in Ordnung.«

Später wusste er nicht mehr, wie lange er dort saß und die Maserung des Küchentischs betrachtete. Er wollte etwas tun. Schluchzen, bis seine Rippen wieder schmerzten. Schreien. Seine Tasse an die Wand schmeißen und hören, wie sie klirrend zerbrach, wie ein Spiegel, in tausend Scherben. Stattdessen verharrte er. Regungslos. Er wollte etwas fühlen. Irgendetwas.

Dann sagte sie: »Du musst nicht tapfer sein. Das warst du schon so lange.«

Und dann weinte er.

Mrs. Higgson scheuchte ihren Mann fort, wie früher. Während Nate weinte, saß sie bei ihm und legte ihren Arm um ihn, als wäre er Tony, als wäre er ihr Sohn. Hatte er ihr Unrecht getan, all die Jahre? Hatte sie nie aufgehört, sich zu sorgen und zu kümmern? Sie trug mehr Güte in ihrem Herzen, als er verdiente.

Sie sprachen sehr lange.

»Ich war nicht da«, sagte er.

»Das ist nicht schlimm.«

»Ich habe mich nur um mich gekümmert«, sagte er. »Ich hätte anrufen sollen.«

»Du bist der beste Sohn, den sie sich wünschen konnte«, erwiderte sie, und er lachte, weil es sich falsch anfühlte, was sie sagte.

Danach sprachen sie über seinen Vater.

»Er hat geschrieben, vor ein paar Jahren. Ich dachte mir nichts dabei, weißt du? Wo ihr wohnt, wollte er wissen, also sagte ich es ihm.«

»Von uns beiden?«

»Selbstverständlich.«

Er hat sich gegen mich entschieden, bevor Valery auch nur ein Wort zu ihm gesagt hat. Sollte er darüber lachen oder weinen? Gab es irgendetwas, was er dazu sagen konnte?

»Robert war ein wütender Mann. Selbstgerecht und wütend. Ann war so stolz darauf, dass du nicht bist wie er.«

Vielleicht weinte er immer noch.

Als er die Einladung zum Abendessen ausschlug, bestand sie darauf, ihn zum Wagen zu begleiten.

Ethan stand gegen das Auto gelehnt da. Mit dem Öffnen der Tür sprang er auf. Seine Lippen formten ein Wort. Er verbot sich, es auszusprechen, als er Mrs. Higgson entdeckte.

Auf der letzten Treppenstufe verharrte sie. Mit verschränkten Armen betrachtete sie Ethan dabei, wie er zurück ins Auto scheute. »Dein Freund?«, fragte sie.

»Mein Freund.«

»Behandelt er dich gut?«

»Sehr.«

Die Wärme kehrte in ihr Lächeln zurück. »Du bist hier immer willkommen. Ihr. Ihr seid willkommen.«

»Danke«, sagte er.

»Besucht uns ab und an.«

»Ja, natürlich.«

Sie strich durch sein Haar, als wäre er nicht einen Kopf größer als sie, und schüttelte seine Locken. »Gut siehst du aus«, sagte sie. »So erwachsen.«

Wieder schluckte er seine Tränen. »Wissen Sie, wo sie ...?«

»Rushden. Newton Road.«

»Danke, Mrs. Higgson. Für alles.«

Kräftiger, als er von einer zierlichen Frau wie ihr erwarten würde, presste sie ihn an sich. »Immer«, flüsterte sie. »Denk daran.«

Sie war bereits auf dem Weg zurück ins Haus, als es ihm einfiel. »Ach, und ...«

»Ja?«

»Herzlichen Glückwunsch zu Ihrem Enkelkind.«

Ihr Gesicht wurde weich. »Hat er dich angerufen?«

»Ich habe ihn angerufen«, sagte er. »Sie passen gut zusammen.«

»Du bist ihm nicht böse?«

Nate schüttelte den Kopf. »Ich glaube, ich habe Ivy nie wirklich geliebt.«

»Das weiß ich.«

Sie teilten ein Lächeln, ein schwermütiges, aber ehrliches Lächeln, ein wissendes und gleichzeitig ein schweigendes, ein verbindendes Lächeln, hoben ihre Mundwinkel gerade hoch genug, damit es nicht schmerzte. »Es hätte Ann nicht gestört«, sagte sie. Sie blieb, bis er den Motor startete.

Es zog ihn zum Wasser. Zum Ferrers Lake.

»Etwas, das ich nie verstanden habe«, sagte Ethan. Dabei

rieb seine Hand warm über Nates Rücken. »Du hasst es, nass zu sein. Sobald dein Hemd einen Tropfen Wasser abbekommt, ziehst du dich um. Nach dem Duschen reibst du dich komplett trocken, sogar dein Haar. Aber wenn du mit dem Rad unterwegs warst, erzählst du jedes Mal von den Seen.«

Er liebte ihn dafür, dass er nicht von Mum sprach. Ethan musste es wissen. Ethan wusste alles. Ethan wäre vermutlich der erfolgreichste Detektiv aller Zeiten, weil er allein aus Gesichtszügen erfuhr, was er wissen musste. Er wusste es.

Aber er sagte kein Wort.

Sie hatten ihre Jacken ausgebreitet wie eine Decke. Sein Kopf ruhte auf Ethans Schoß, während er auf das Wasser hinausblickte. Niemand war je hier. Nicht, wenn es kalt war. Also konnten sie hier sein.

Der Wind trieb die Wellen ans Ufer. Sie zerrten kleine Stöcker oder Gräser an Land. Dort ließen sie ihre Fracht zurück oder nahmen sie wieder mit hinaus, es war nicht wichtig. Manchmal tauschten sie ein Blatt gegen ein Stück Rinde, als wäre das Holz leichter zu tragen. Genauso wollte er manchmal kopfüber ins Wasser springen und ertrinken oder für immer hier liegen bleiben und dem Flüstern des Sees lauschen. Es hatte etwas Befriedendes. Vielleicht nickte er zwischendurch kurz ein, denn er war müde. Unglaublich müde. Ethan redete einfach weiter. Dafür liebte er ihn auch. Was er erzählte? Bestimmt irgendetwas. Seine Stimme zu hören, schenkte ihm Trost. Das tat er, nicht wahr? Seit sie sich kannten, tröstete er ihn, immer wieder, immer noch, und es schien nicht, als wäre er dessen jemals überdrüssig. Vielleicht hätte er ihm eine Zigarette angeboten, wenn die nicht im Auto lägen. Irgendwo den Waldweg hoch hatte er es geparkt. Irgendwo dort.

Nach einer Weile bat Ethan um den Schlüssel. Zurück kehrte er mit seiner Gitarre. »Leg dich hin«, sagte er sanft und schob Nates Kopf auf seinem Oberschenkel zurecht. »Mach die Augen zu.«

Er gehorchte.

Zögerlich glitten Ethans Finger über die Saiten. Er holte tief Luft und spielte. Für ihn. Zwei, dreimal wiederholte er das Lied. Beim vierten Mal sang er, begann irgendwo mittendrin, leise zuerst, dann immer sicherer.

Von dort an ging es wie von selbst. Als hätte er vergessen, dass Nate ihm zuhörte, sprang er wieder zwischen Liedern und Texten, zwischen Phrasen und Passagen und schrieb eine eigene Geschichte. Manchmal gelang ihm der Übergang nicht reibungslos. Dann spielte er einfach weiter. Die Wellen trugen seine Stimme über den Ferrers Lake, über das heimliche Meer in der Mitte Englands, bis hin zu den Bäumen am anderen Ufer.

»Danke«, flüsterte Nate.

Ethan legte seine Gitarre zur Seite und küsste ihn.

An seinen Lippen brach er wieder in Tränen aus, wofür er sich entschuldigte.

»Dummkopf«, schalt Ethan und küsste das Salz von seinen Wangen. »Komm her.« Das Feuerzeug klickte. Nate lehnte sich an und bedankte sich für die Zigarette, die er ihm reichte.

Der Wind frischte auf und trieb graue Wolken über den Horizont.

»Ethan?«, fragte er.

»Hm?«

»Bin ich ein schlechter Mensch?«

»Nein.«

»Ich habe so viele Fehler gemacht. Allein, dass ich zugelassen habe, dass Valery mich rauswirft … ›Meine große Schwester hat gesagt, ich darf nicht zu Mum.‹ als wäre ich …« Plötzlich lachte er. »Oh, Ethan. Das hatten wir schon mal, oder?«

Er gab ein Geräusch von sich, das weder ein Lachen, noch ein Schnauben war. »Angst ist ein seltsames Ding.«

»Ich verstehe nicht, wie ich sie je so fürchten konnte. Was hätte sie mir groß antun können?«

»Das musst du nicht wissen.« Ethan vergrub seine Finger in Nates Locken. Eine vertraute und neue Berührung gleichermaßen. »Du bist kein schlechter Mensch.«

»Aber warum …«, er schluckte, »… warum bin ich dann so froh, dass es vorbei ist?«

»Das bist du nicht.«

»Woher willst du das wissen?«

»Es würde nicht wehtun, wenn du dich freuen würdest.«

»Aber …«

»Ich glaube, es ist Erleichterung«, sagte er leise.

»Ist das nicht genauso schlecht?«

»Hm.«

Ethans Daumen erfühlte die Kuhle zwischen seinem Ohr und seinem Kiefer, bevor er den Schwung des Knochens skizzierte. Nate betrachtete seine Hand dabei. Ethans Haut – sonst stets poliert – zeigte Risse und Schnitte und sogar Staub an seinen Fingerspitzen.

»Damals, als ich klein war, habe ich mir oft gewünscht, dass mein Vater an seinem Bier erstickt. Ich war überzeugt davon, dass es alles besser machen würde. Das Geld, das fehlte – wir würden es irgendwoher auftreiben. Vielleicht wären wir sogar reicher als zuvor, wenn er seinen Lohn nicht versoff.«

»Mein Vater trank auch.«

»Ja.«

»Hast du es bei ihm auch gedacht?«

Ethan atmete aus. »Ja, ich glaube schon.«

Nate schloss die Augen und lehnte seine Stirn an Ethans Halsbeuge. Er mochte das Geräusch seines Atems und das Knarzen seiner Lederjacke.

»Glaubst du, ich war traurig, als es endete?«, fragte Ethan leise.

»Warst du's?«

»Ich weiß es nicht. Lange Zeit hatte ich Angst. Wie sollte es weitergehen? Was würde mit dem Haus geschehen? Würde ich danach noch hinausgehen können? Solange er lebte, stand ich unter seinem Schutz. Niemand würde sich an mir vergreifen, denn es würde Ärger geben, wenn ich nicht zurückkäme. Aber danach?«

Wie Regenwolken, schwer und vollgesogen, als könnte es jederzeit anfangen, zu regnen. So redete Ethan, während er Nates Wangen liebkoste und sich nicht daran störte, wie nass sie waren und kalt.

»Er hatte mir schon lange nichts mehr getan. Dafür war er zu schwach. Aber ... Ich glaube, dass es ihn irgendwann nicht mehr kümmerte. Er verlor an Gewicht und verließ sein Bett nur noch selten. Er war nicht derjenige, der bleiben und zusehen musste. Jeden Tag stand ich auf und hatte Angst, sein Zimmer zu betreten. ›Was, wenn es heute ist?‹, dachte ich. Es hat mich zermürbt. Ich wusste, dass es geschehen würde – aber nie, wann. Wenn es still wurde, suchte ich nach ihm. Ich schlief kaum noch, habe nachts auf jedes Geräusch gehorcht und bin mit zitternden Händen aufgestanden.« Ethan strich ihm das

Haar aus der Stirn. »Wie viel schwerer muss es sein bei jemandem, den man liebt?«

Nate schluchzte. »Du darfst niemals krank werden, hörst du?«

Ethan presste ihn an sich und entließ ihn erst nach einer ganzen Weile aus dieser Umarmung. »Was hast du jetzt vor?«

»Wir«, sagte Nate.

Ein sachtes Lächeln umspielte Ethans Mundwinkel. »Okay.« Er entzündete seine Zigarette ein zweites Mal und legte ihm die freie Hand auf das Knie. Sein Daumen folgte der Rundung. »Möchtest du sie besuchen?«

»Morgen vielleicht.«

Er nickte. »Und danach?«

Nate hob die Schultern.

»Wir könnten ... nach London gehen.«

»Ich dachte, du fandest es dort nicht schön.«

»Ohne dich ist keine Stadt schön.«

Er schnaubte. »London also?«

»Ich habe darüber nachgedacht. Erinnerst du dich an die Aufstände? Dort gibt es Platz für Leute ... wie uns.« Ethan aschte zwischen die Steine. Der Wind pflückte die grauen Partikel und schleuderte sie in die Luft, ließ sie tanzen, bis sie in den kränklich blauen Wellen des Sees versanken. »Bis zum Sommer könnten wir dort ein Appartement haben. Ich werde arbeiten. Unwichtig, was. Hauptsache ich verdiene genug, um ...«

»Zum Sommer?«

»Ja«, sagte Ethan. »Ist es ... nicht in Ordnung?«

»Doch.« Neben ihm wuchsen dichte Waldreben bis zwischen die Stämme der Eichen. Sein Blick folgte den Strängen, die sich verwoben und ineinander verirrten, scheinbar bedeutungslos, ein ewiges Muster. Manche von ihnen trugen kleine Knospen, ein winziges Fünkchen Leben inmitten eines grauen Labyrinths. Nate suchte nach der Hand, die noch immer sein Knie bedeckte, und ließ seine Finger zwischen Ethans sinken. »Vielleicht wird es der erste Sommer, den ich nicht hasse.«

DER AUTOR

Kai C. Moore

Kai C. Moore wurde 1995 im Süden Deutschlands geboren. Mittlerweile wohnhaft im Norden, schreibt Moore unter geschlossenen Pseudonym New Adult und Romance im Bereich LGBTQ+.

Im Weltenbaum-Verlag erscheint Moores Romandebüt.

DANKSAGUNG

Wem dankt man am Ende eines Buches, das man zwar selbst geschrieben hat, aber an dem eigentlich so viele Menschen mitgewirkt haben, damit es heute fertig ist?

Zu allererst: Danke an das Team des Weltenbaum Verlages. Danke an Giusy, die mir in phänomenaler Zeit auf Exposé und Leseprobe geantwortet und mir damit mitten in einem Kurs Tränen der Freude in die Augen gezaubert hat. Auch danke an Giusy, die mir so lieb die gute Nachricht überbracht hat, dass mein Buch ins Verlagsprogramm aufgenommen wird, und nochmal an Giusy dafür, dass sie meiner Geschichte ein Gesicht gegeben hat, das all meine Vorstellungen bei Weitem übertrifft.

Danke an Hanna – meine Lektorin –, die mir neben wertvoller Kritik auch so viele bestärkende, ehrliche Kommentare dagelassen und mit mir den Weg durch meine eigene Unsicherheit genommen hat, ohne die Augen zu verdrehen. (Aber mit Ausrufezeichen. Und Caps.)

Danke, dass ihr so sehr an mich und dieses Projekt geglaubt habt, dass ihr Band 2 direkt mitgenommen habt. ♥

Danach: Danke an jeden, der in den letzten Jahr(zehnt)en und Monaten mein Gejammer über die unterirdisch schlechte Qualität meiner Texte ertragen und tonnenweise (mittlerweile gestrichenes) Material gelesen und bewertet hat, nur um mir den Selbstbewusstseinsboost zu geben, den ich zum Weiterschreiben brauchte. Wenn du dich angesprochen fühlst, bist du vermutlich auch gemeint. Auch, wenn es um andere Projekte geht, die gerade im Winterschlaf liegen. Oder wir uns heute nicht mehr sprechen, weil wir uns auseinandergelebt haben. Weil du die Lehrerin warst, die mir in der fünften Klasse mein erstes 137-seitiges Manuskript ausgedruckt hat. Weil du der Fantasy-Autor warst, der nicht nur meine Fragen beantwortet, sondern auch eines meiner Kapitel korrigiert und mit Tipps & Tricks versehen hat. Weil wir zusammen geschrieben und gelernt haben, damals noch auf ›hierschreibenwir.de‹. Weil du mich unterstützen wolltest, auch wenn du nicht viel von Büchern verstehst. Weil ich dir wichtig war, also war es auch mein Buch. Danke. Für alles.

Last, but not least: Danke an all die Lesenden, die Nate und Ethan auf ihrem Weg bis hierher begleitet haben. Die mit ihnen gelitten und gelacht haben. Danke, dass ihr meiner Geschichte einen Ort gebt, an dem sie eine Weile bleiben kann. ♥

Freunde Plusminus
Opposites attract

Gay Romance von
L. Mattis

ISBN: 978-3-949640-49-0

»Für dich ist das Ganze nur ein Spiel, bei dem du als Einziger nichts zu verlieren hast. Und weißt du, warum? Weil dir alle egal sind.«

Flo sucht nicht nach Liebe, er will unverbindlichen Spaß, ausgelassene Studentenpartys und wilde Affären. Dabei spielen weder das Geschlecht seiner Bekanntschaften noch ihre Gefühle eine Rolle, denn sein Herz verschenkt er nicht.
Sein bester Freund Lars weiß das. Er ist die kühle Stimme der Vernunft, die dafür sorgt, dass Flos Höhenflüge kein böses Ende nehmen. Und nur er kennt die Wahrheit hinter der egoistischen Fassade seines Freundes – die dunklen Schatten, die in dessen Träumen lauern.
Als die gegensätzlichen Freunde sich unerwartet näherkommen, geraten ihre Leben gefährlich aus dem Gleichgewicht. Mit jeder Grenze, die Flo überschreitet, wird das Eis unter seinen Füßen dünner und die Dunkelheit in ihm größer, bis er erkennen muss:

Wer mit dem Feuer spielt, kann sein Herz verbrennen.

Besuche unsere Website
und werde ein
Weltenbäumchen.

Lerne uns und unsere
Autoren und Autorinnen kennen.

WELTENBAUM VERLAG   www.weltenbaumverlag.com

/WELTENBAUM VERLAG   @WELTENBAUMVERLAG